Duel en enfer

BOB
GARCIA

Duel en enfer

REMERCIEMENTS

Je tiens à remercier Frédéric Brument, responsable éditorial aux éditions du Rocher. Sans son aide et ses conseils précieux, je serais probablement encore en train d'errer dans les brouillards londoniens, sur les traces d'un cauchemar victorien.

À Flore, Éléonore et Philémon

Je dédie ce livre à la mémoire de Jeremy Brett, incarnation définitive et providentielle de Sherlock Holmes à l'écran.

BUREAU DE GEORGE NEWNES

Je n'avais jamais reçu autant de courrier depuis la disparition de Sherlock Holmes. C'était comme si moi, George Newnes, directeur du *Strand Magazine* et éditeur du docteur Watson, je devenais tout à coup responsable de tout ce qui concernait de près ou de loin le fameux détective. Le décès de Sherlock Holmes provoquait un incroyable regain d'intérêt auprès du public. On me demandait d'éditer de nouvelles enquêtes du grand détective, comme si je disposais d'un stock inépuisable d'inédits au fond de mes tiroirs. Mais ce n'était malheureusement pas le cas. J'avais bien demandé à Watson d'écrire quelques-unes de ces fameuses « *untold stories* » qu'il se plaisait à citer dans ses récits. Mais le bon docteur prétendait ne plus s'en souvenir. En vérité, son intérêt du moment était bien ailleurs.

Je pris la première lettre de la pile et la parcourus :

> *Monsieur Newnes,*
> *Je suis tout simplement scandalisée. J'ai admiré et soutenu Sherlock Holmes et son bio-*

13

graphe, le docteur Watson, depuis la première parution de leurs exploits. J'ai acheté tous les numéros de votre revue et tous vos livres. Et je ne suis pas la seule dans ce cas. Vous avez bâti votre réputation sur des milliers de lecteurs et de lectrices comme moi. Et aujourd'hui, que nous proposez-vous ? Rien. Nous estimons que vous nous récompensez fort mal de notre fidélité. C'est pourquoi nous avons pris une grave décision à l'unanimité. L'Association des fidèles lectrices du Strand Magazine, *que je préside, n'engagera pas un centime de plus dans votre revue si vous ne publiez pas de nouvelles enquêtes de Sherlock Holmes. Nous savons que vous n'avez pas tout édité. Le docteur Watson fait allusion à des dizaines d'affaires dans ses écrits. Pourquoi n'ont-elles jamais été publiées ?*

Nous avons toutefois réfléchi à une solution qui mettrait tout le monde d'accord. Il suffirait...

Je froissai la lettre et la jetai au feu.

Du reste, je ne me souvenais même pas de l'existence de cette association.

Un toussotement me fit sursauter. Ma secrétaire se tenait sur le pas de la porte.

— Mlle Strawberry est arrivée, monsieur Newnes.

Il y avait bien longtemps depuis le décès de mon épouse qu'aucune dame ne me rendait plus visite.

— Mlle Strawberry ?

Elle lut la surprise dans mon regard et ajouta :

— La présidente de l'Association des fidèles lectrices du *Strand Magazine*.

14

— Allons bon. Avions-nous rendez-vous ?

— Je pense que oui, monsieur. En tout cas, c'est bien noté dans votre agenda.

Je ne me souvenais pas d'avoir pris un rendez-vous avec elle.

Je demandai encore :

— Vous semble-t-elle... quelque peu irascible ?

Ma secrétaire haussa les sourcils.

— Oh non ! C'est une personne tout à fait charmante. Elle m'a même apporté des petits gâteaux de sa fabrication, en remerciement de notre excellente revue.

Je lui rendis son haussement de sourcils. Que voulait donc cette bonne femme ? Pourquoi était-elle devenue si aimable ? Était-ce un simple stratagème pour gagner les grâces de ma secrétaire ?

Impossible de ne pas la recevoir.

Je marmonnai sur un ton résigné :

— Faites-la entrer.

En fait de demoiselle, je vis entrer une vieille dame, mince et voûtée, qui avait dû connaître Ramsès II en personne.

Je tentai de lui sourire et lui désignai un fauteuil.

— Quelle agréable surprise. Si je m'attendais à recevoir la présidente des fidèles...

— Ne vous fatiguez pas, jeune homme.

Le « jeune homme » me conforta sur l'estimation de l'âge de ma visiteuse, ayant moi-même dépassé les soixante-dix ans.

Elle s'enfonça dans le fauteuil situé en face de moi et parut encore plus petite.

J'allais l'interroger sur le but de sa visite quand elle me lança :

— Vous avez reçu mon courrier.

C'était plus une affirmation qu'une question.

— Oui. Je l'ai lu avec attention et je l'ai... classé.

Il me sembla que le feu crépitait avec un peu plus d'ardeur dans mon dos, comme pour désapprouver mon mensonge.

Elle poursuivit, les lèvres pincées :

— Je suis venue vous proposer un marché. Voyez-vous, il ne me reste plus longtemps à vivre...

Elle marqua une pause.

Comme je m'abstins de la contredire, elle poursuivit :

— Bref, ma plus grande passion, désormais, c'est la lecture. Et plus précisément la lecture des récits du docteur Watson.

Nous y voilà !

J'ouvris la bouche pour protester, mais elle tendit avec autorité la paume de sa main décharnée.

— Laissez-moi finir.

Elle se racla la gorge, comme pour prononcer un discours de première importance :

— Vous avez tort de négliger la puissance de mon association, monsieur Newnes. Nous comptons plusieurs dizaines de milliers d'adhérentes, toutes passionnées par les aventures de Sherlock Holmes. Si vous éditiez une enquête inédite aujourd'hui, vous feriez au moins trois heureux : vous-même, car vos gains seraient considérables ; l'Association des fidèles lectrices du *Strand Magazine*, car elle aurait enfin le plaisir de découvrir une aventure originale de Sherlock Holmes ; et...

Elle sembla hésiter un court instant.

— Et ?...

— Le docteur Watson, bien sûr.

Je haussai les épaules.

— Watson refuse de reprendre la plume depuis la disparition de son ami. Et vous savez comme moi que plus rien ne l'intéresse en dehors de sa fondation.

Elle allait protester mais, cette fois, je parvins à la prendre de vitesse :

— Vous deviez m'entretenir d'un sujet important, mademoiselle.

— Précisément. Il s'agit de la fondation Watson.

— Quel rapport ?...

— Le docteur Watson y a englouti toutes ses économies. Malgré cela, la fondation connaît de graves difficultés financières. Le nombre de nécessiteux ne cesse d'augmenter, les aides gouvernementales se font rares et ne sont pas à la hauteur des dépenses engagées...

— Comment savez-vous tout cela ?

Son regard se durcit.

— Les fidèles lectrices du *Strand Magazine* ne sont pas toutes des rêveuses. Nombre d'entre elles sont engagées au côté du docteur Watson et partagent son quotidien, en partie par vocation, en partie pour côtoyer leur écrivain préféré. Malgré notre âge... respectable, nous ne sommes pas dépourvues de caractère.

— Je n'en doute pas.

— Toujours est-il que le docteur Watson a besoin de cent mille livres dans un délai très court, faute de quoi sa fondation devra fermer ses portes.

Je faillis m'étouffer.

— Cent mille...

— Une somme colossale, certes, mais que vous pourriez rapidement amortir en publiant une aventure inédite de Sherlock Holmes, qui connaîtrait un succès planétaire.

Pour une contemporaine de Ramsès II, elle n'avait rien perdu de sa vivacité d'esprit. Son idée avait un indéniable relent pharaonique.

Je me tassai dans mon fauteuil.

— Même en admettant que Watson reprenne la plume, ce qui semble difficile compte tenu de ses pertes de mémoire, nous ne parviendrions jamais à rentabiliser un tel livre.

Elle prit un air énigmatique.

— Sauf s'il s'agit d'une enquête tout à fait exceptionnelle.

Cette sacrée bonne femme avait une idée en tête. Je l'invitai à la confidence en répétant à voix basse :

— Exceptionnelle ?

Elle se retourna vers la porte, comme si elle craignait d'être espionnée.

— Mes amis et moi-même avons remarqué que le docteur Watson n'a rien écrit de très significatif entre août et décembre 1888. Plus étrange encore, il refuse avec obstination d'évoquer certains événements terrifiants qui se sont déroulés à cette époque.

Je frissonnai en m'entendant prononcer :

— Jack l'Éventreur.

— En effet. Il semble pourtant peu probable que M. Holmes et lui-même soient restés inactifs pendant toute cette période.

— Qu'est-ce qui vous permet de supposer cela ?

— Pure intuition féminine.

Elle prononça encore quelques mots qui se perdirent dans les méandres de mon subconscient. Puis le silence s'installa entre nous.

Quand elle fut partie, je plongeai bientôt dans un abîme de réflexions, tentant de me remémorer cette période. À cette époque, j'avais moi-même relancé Watson pour lui commander de nouveaux récits de Sherlock Holmes. Mais il me répondait invariablement qu'il était trop occupé pour écrire. Avec le recul, je me demandai quel genre d'occupation l'accaparait à ce point. Le doute s'installa rétrospectivement en moi. Et si ce diable de détective avait réellement mené l'enquête sur Jack l'Éventreur ? Et s'il l'avait démasqué ? Quel récit cela ferait ! L'apothéose de ma carrière. Je voyais déjà le titre : *Sherlock Holmes contre Jack l'Éventreur, l'affaire du siècle*. La gloire du *Strand* pour les années à venir, sans parler des bénéfices que cela représenterait.

Une voix me fit sursauter.

— Vous en voulez un ?

— Plaît-il ?

Ma secrétaire cultivait depuis toujours l'art d'apparaître au beau milieu de mes réflexions les plus intimes. Elle me tendit une assiette couverte de petits gâteaux.

— Elle a dit qu'elle en apporterait d'autres dès que le récit paraîtra. Quelle charmante vieille dame...

J'écartai l'assiette de petits gâteaux et me ressaisis.

— Appelez-moi Watson tout de suite !

— Vous savez bien qu'il ne possède pas de poste téléphonique chez lui, monsieur Newnes.

— Dans ce cas, faites-lui porter un message en urgence. Je veux le voir demain matin dans mon bureau. Dites-lui que c'est... de la plus haute importance.

J'avais retourné la question toute la nuit. Watson n'était pas né de la dernière pluie. Il fallait user de beaucoup de délicatesse pour l'amener à parler de littérature. Mais la diplomatie n'avait jamais été mon point fort, surtout face à un tel renard.

Il se présenta à mon bureau en milieu de matinée.

Après les salutations d'usage, nous échangeâmes quelques banalités sur le temps qu'il faisait, la dérive économique du pays, la dégradation des mœurs et les prochaines élections.

Ayant épuisé ces sujets, Watson évoqua ses problèmes de santé, ses éternelles blessures de guerre qui le tourmentaient, sa mémoire qui n'était plus ce qu'elle avait été, le naufrage de la vieillesse... La conversation s'enlisa peu à peu dans les marécages des souvenirs. Puis un long silence gênant s'installa.

Je décidai d'en venir au fait.

— Je... voudrais savoir si vous auriez quelque anecdote concernant Sherlock Holmes ?

— Qui ça ?

— Sherlock...

Je suspendis ma phrase, effaré à l'idée que Watson ait pu oublier jusqu'au nom de son illustre compagnon.

Je répétai, en détachant chaque syllabe :

— Sherlock Holmes, le fameux détective privé dont vous avez relaté les exploits avec tant de talent...

— Ah oui ! Ce Sherlock Holmes-là. Bien sûr...

— Avez-vous tout raconté ou vous reste-t-il encore quelque enquête non publiée ?

— Il est mort, n'est-ce pas.

Je marquai un nouvel arrêt. Difficile de dire s'il s'agissait d'une question ou d'une affirmation. Avait-il oublié cela aussi ?

— Je le crains.

— Connaît-on le coupable ?

— Le... eh bien...

Watson se frappa le front du plat de la main, comme si un brusque souvenir venait de lui traverser l'esprit.

— Quel drôle de type. Plutôt déroutant. Une intelligence hors du commun doublée d'un cynisme du même niveau. Quand il ne voulait pas répondre à une question, il feignait de ne pas entendre, ou pire, de ne pas comprendre. Combien de fois me suis-je demandé s'il parlait sérieusement ou s'il se payait ma tête ?

J'avais envie de lui retourner la question, mais je m'abstins.

— Il était parfois facétieux. La police a souvent fait les frais de ses sarcasmes. En particulier ce pauvre inspecteur Balustrade.

— Lestrade ?

— Peut-être bien. Holmes prétendait qu'entre lui et ce Lestrade il y avait incompatibilité d'humour.

Il se leva et me tendit la main.

— Ce fut un vrai plaisir. Merci encore pour cette délicate invitation.

Il se dirigea vers la porte. Je ne pouvais pas le laisser partir ainsi.

Je tentai de le retenir.

— Je crois que nous n'avons pas parlé de tout. Restez un peu, cher ami.

Il se figea. Le « cher ami » était peut-être superflu. Puis il se retourna et leva un sourcil circonspect.

— Vous ai-je parlé de cette satanée sciatique qui me torture avec ces changements de température, mon cher Newnes ?

Cette fois, il me sembla déceler un léger rictus d'ironie au coin de ses lèvres.

Il fallait le retenir coûte que coûte.

Je lui lançai sans réfléchir :

— Mes lecteurs se sont toujours demandé pourquoi vous n'avez rien raconté des crimes de Whitechapel. Que puis-je leur répondre, sinon que Sherlock Holmes se reposait à cette époque ?

Je réalisai que je venais de dévoiler tout mon jeu en une seule tirade. Je restais tapi dans mon fauteuil, l'œil rond, mortifié par mon manque de tact. Je m'attendais à voir Watson filer hors du bureau, mais il sembla piqué au vif et rétorqua :

— Holmes n'est jamais resté longtemps inactif. Il ne vivait que pour ses enquêtes.

Cette réaction inattendue me donna l'audace de poursuivre :

— Si vous n'avez rien écrit à ce sujet, j'en déduis que c'est parce que votre ami a été dépassé par les événements. En termes clairs, son enquête a échoué.

22

Watson tressaillit, comme si je venais d'enfoncer un pic dans une partie sensible de son anatomie.

— Son enquête n'a pas échoué !

Sa mémoire semblait lui revenir en bloc. Ce cher vieux Watson venait de tomber dans mon piège. Il se tut soudain. Je ne pus m'empêcher de sourire.

— Ainsi donc, Holmes a bien mené l'enquête sur Jack l'Éventreur.

Il balbutia :

— Je... je ne me souviens plus très bien... c'est possible, en effet.

Ses joues rosirent. Toute trace d'ironie avait déserté son visage défait.

Je décidai de battre le fer pendant qu'il était chaud.

— Dans ce cas, pourquoi n'en avez-vous jamais parlé ?

Watson s'empourpra un peu plus et écarta la remarque avec un geste d'impatience :

— C'est du passé. Ça n'a plus d'importance.

Il mit une main sur ses reins et s'appuya de l'autre sur sa canne, tentant de retrouver son personnage de vieillard amnésique.

— Adieu, Newnes. Je suis trop vieux à présent. Autrefois, je faisais cela pour gagner ma vie. Et puis, il y avait l'enthousiasme de la jeunesse. aujourd'hui, je n'ai plus rien à raconter. Ne comptez pas sur moi pour écrire une seule ligne à ce sujet. Le temps qui me reste à vivre est bien trop précieux. Des tâches plus importantes m'attendent.

— Comme votre fondation, je suppose ?

Il s'immobilisa de nouveau.

— Dommage que vous ne puissiez rester plus longtemps, docteur Watson, c'est justement de cela que je voulais vous parler.

Je laissai flotter une seconde de silence et ajoutai à mi-voix, comme si je me parlais à moi-même :

— Rapport aux cent mille livres.

Il se retourna lentement et me jeta un regard oblique, flairant quelque piège. Plusieurs secondes s'écoulèrent encore. Je poursuivis :

— Lors de votre dernière visite, vous m'avez fait part de votre difficulté à réunir les fonds nécessaires à votre fondation, je crois ?

Notre dernière conversation remontait à plusieurs semaines. Il y avait peu de chances pour qu'il s'en souvînt.

— Je vous ai parlé de ça ?

J'opinai du chef. Peu m'importait qu'il crût ou non à mon mensonge.

Il poursuivit d'un ton morne, comme s'il pensait tout haut :

— Quoi que nous fassions, le nombre de malheureux de cesse de croître. Il nous faut des fonds supplémentaires, mais ma cause n'est pas politique et personne ne s'y intéresse au point de verser ses propres deniers.

— Si. Moi.

Il se redressa, le sourcil en accent circonflexe.

— Vous ?

— Oui. Je pourrais envisager un premier versement de cinquante mille livres.

Il ouvrit la bouche, mais aucun son ne franchit ses lèvres.

Je portai l'estocade finale :

— Et un deuxième versement du même montant...

Je marquai un léger temps d'arrêt et ajoutai, comme une évidence :

— ... à la publication du roman.

Il revint au fauteuil et se laissa tomber de tout son poids. Il sortit de sa poche un large mouchoir blanc et s'essuya le front, comme s'il venait d'accomplir un effort surhumain.

Je jouais une dangereuse partie de poker.

Finalement, il sourit.

— Vous êtes diabolique, Newnes. Vous parvenez toujours à vos fins, n'est-ce pas ?

Je préférai ne pas répondre et fixai mon encrier, comme un gamin face à son maître, sachant que cette attitude de soumission plairait à Watson. La moindre agressivité ou le moindre signe victorieux de ma part pouvait briser le fragile équilibre de cette discussion.

Je sentais que Watson hésitait encore. Il ne pouvait perdre la face.

Je lui tendis la perche qu'il attendait :

— J'ai compris votre préoccupation, Watson. Je ne vous demande pas de reprendre la plume. Mais tout au plus de rechercher dans vos archives si vous n'auriez pas gardé, à tout hasard, quelque trace de vos écrits datant de cette époque.

Comme il semblait encore songeur, j'ajoutai :

— Il va de soi que je ne changerai pas le moindre mot de ce que vous pourriez me confier.

Il se gratta le menton.

— Il faudrait que je remette la main sur...

Il marqua un arrêt, plongé dans sa réflexion.

Mon sang devait être proche du point d'ébullition.

Il ajouta au bout d'une éternité :

— ... mon journal personnel de l'époque.

Une goutte de sueur dévala de mon front, saisit le toboggan de mon nez et s'écrasa sur le sous-main de mon bureau.

Je parvins cependant à garder un air dégagé.

— Je pense que cela pourrait convenir.

La vérité, c'est que ce document, s'il existait, était au-delà de toutes mes espérances.

Le regard de Watson s'éclaircit.

— Quand pourriez-vous verser cette somme à la fondation ?

Le poisson était ferré. Je soufflai.

— Il me suffit de prévenir mon banquier. La transaction peut s'effectuer le jour même de la remise de vos... documents.

Watson semblait soudain retrouver ses jambes de jeune homme. Il s'extirpa du fauteuil avec une nouvelle vigueur et regagna la porte sans se tenir les reins.

— Je vais rechercher dans mes archives. Pourvu que Mme Hudson n'ait pas pris de mauvaise initiative !

Je passai le reste de ma journée à faire les cent pas dans mon bureau, fumant cigare sur cigare.

J'étais accaparé par une pensée unique : pourvu que Watson retrouve son fameux journal !

Au milieu de l'après-midi, je profitai d'une éclaircie pour sortir faire quelques pas afin de calmer mon angoisse. J'enfilai mon manteau, ouvris la porte de mon bureau et me trouvai nez à nez avec ma secrétaire.

Elle sursauta, aussi surprise que moi, et me tendit un pli d'une main tremblante.

— Un coursier vient d'apporter ceci.

Je l'ouvris d'un index fébrile et lus :

Mon cher George,
Préparez cinquante mille livres en billets de banque pour demain matin 10 heures. Vos désirs seront comblés au-delà de vos espérances.
Votre dévoué,
Docteur Watson.

Ma promenade avait désormais un but : ma banque !

Mon excitation était à son comble.

Je courus à mon bureau pour prendre ma sacoche de cuir, dont je vidai le contenu sur le sol. Ce sac était bien assez grand pour contenir cinquante mille livres en billets.

Je courus vers la porte, sous l'œil perplexe de ma secrétaire qui observait mes allées et venues sans comprendre. Je passai en trombe devant elle, la laissant méditer sur mon état de santé mentale.

La liasse de billets était prête dans ma sacoche de cuir. Je l'avais rapportée la veille, sous bonne escorte. Aidé de ma secrétaire, j'en avais recompté le contenu plusieurs fois.

J'avalais ma troisième tasse de café de la matinée et allumais ma deuxième pipe quand ma secrétaire apparut sur le pas de la porte, le visage inquiet.

— Deux messieurs demandent à vous voir. Dois-je les faire entrer ?

Je sursautai.

— Évidemment.

Elle ne bougea pas.

— C'est que... ils ne m'ont pas l'air très... enfin, je me suis dit qu'avec tout cet argent ici il serait peut-être imprudent de recevoir n'importe qui.

Je la fusillai du regard.

— Je suis assez grand pour savoir qui je dois recevoir. Faites-les entrer !

J'éteignis ma pipe et tentai de masquer mon impatience. Les deux hommes se présentèrent devant moi. Le premier, tout en longueur, avait la gaieté d'un croque-mort et les manières d'un tueur à gages. Le deuxième, plus petit et plus rond, respirait bruyamment et suait à grosses gouttes. Avec ses yeux trop mobiles et son haut-de-forme ridicule, il semblait sortir tout droit d'une illustration de livre pour enfants et évoquait une grenouille asthmatique.

Le grand type ajusta ses lorgnons et me tendit une lettre au bout de son bras télescopique.

— Bonjour, monsieur Newnes, nous venons de la part du docteur Watson.

Je saisis le pli, le décachetai en hâte et lus :

Mon cher George,
J'ai bien retrouvé les documents auxquels je pensais. En revanche, je ne peux pas vous les apporter moi-même car je suis bloqué au lit à cause de cette méchante sciatique. Vous en ai-je déjà parlé ? Elle se réveille à chaque changement de temps.

28

Je vous demande donc de traiter cette affaire
avec M. Abendurff, notre juriste, qui est porteur
de cette lettre et à qui je donne tous pouvoirs.
Le trésorier de la fondation, M. Pumpf, vous
délivrera un reçu en bonne et due forme.
Votre dévoué,
Docteur Watson.

J'en déduisis que mon croque-mort tueur à gages devait être le juriste et que la grenouille asthmatique était le trésorier.

Abendurff tenait sous son bras un petit paquet de la taille d'un livre. Je le lorgnai avec insistance.

— Que devez-vous me remettre ?

— Ce paquet.

— J'entends bien, mais qu'est-ce qu'il y a dans ce paquet ?

— Aucune idée.

Je tendis la main, faisant le geste de saisir l'objet. Je n'allais tout de même pas débourser cinquante mille livres sans la moindre garantie.

Mais l'homme se raidit et serra le paquet plus fort sous son aisselle.

— Les consignes du docteur Watson sont strictes : pas d'argent, pas de paquet.

Ce sacré Watson avait capitulé, mais n'avait rien perdu de sa méfiance. L'envie fut plus forte que le risque.

Je sortis la sacoche de cuir de dessous mon bureau et la tendis à la grenouille asthmatique.

— Voilà l'argent. Donnez-moi ce paquet maintenant.

Il ouvrit la sacoche et entreprit le comptage des billets.

Abendurff sortit un autre papier de sa poche.

— Pas avant d'avoir réglé la deuxième partie du contrat.

Je faillis m'étrangler.

— Quoi ? Mais il n'a jamais été question...

Il posa un index autoritaire sur le bas de la page.

— Signez ici !

C'était un peu fort. Ces gens avaient-ils l'intention d'abuser de ma confiance ?

Je lus :

> *Conformément à notre accord,*
> *Le don de cinquante mille livres remis ce jour par M. Newnes à la fondation Watson ne sera jamais restitué. Il demeure définitivement acquis à la fondation Watson.*
> *Les documents remis à la direction du* Strand *resteront la propriété intégrale du docteur Watson, tant qu'ils ne seront pas édités.*

Je regardai tour à tour le croque-mort et la grenouille.

— Vous n'êtes pas du genre à prendre des risques, vous deux.

Ils s'inclinèrent dans un parfait mouvement d'ensemble.

— Merci, monsieur.

Prenaient-ils vraiment ma remarque comme un compliment ?

Pumpf n'en finissait plus de compter les billets. Une éternité plus tard, il remit le sac au croque-mort, qui réitéra l'opération.

Deux éternités plus tard, ce dernier referma le sac d'un claquement sec.

— Tout est en ordre.

Pumpf apposa sa signature sur un reçu qu'il me remit. Quelle valeur pouvait bien avoir un tel document ? Mon cœur battait un peu trop fort.

Ensuite, tout se passa très vite. Ils posèrent le paquet sur le bureau devant moi et se précipitèrent vers la sortie. Tout cela ne me disait rien qui vaille. Je tentai de les retenir :

— Ne partez pas si vite ! Vérifions ensemble que le contenu de ce paquet est conforme.

La grenouille jeta un coup d'œil à l'horloge.

— Notre mission est terminée, monsieur Newnes. Veuillez nous excuser mais nous sommes très pressés.

J'en conclus que cette entrevue n'était pas importante à leurs yeux. Je me mordis la lèvre inférieure pour éviter de proférer des paroles désagréables.

Ils sortirent et je les vis passer en courant sous les fenêtres de mon bureau. À cet instant, j'étais partagé entre le désir de crier au voleur, sans trop savoir pourquoi d'ailleurs, et celui, encore plus prenant, d'ouvrir le paquet.

Je fis sauter la ficelle d'un coup de coupe-papier. Une seconde lettre attendait au-dessus du paquet.

Mon cher George,

Je pense sincèrement qu'il vous sera difficile de publier cette enquête tant elle dépasse l'entendement. C'est la raison pour laquelle j'ai tenu à récupérer la première moitié de la somme. Vous connaissez bien le proverbe : « Mieux vaut tenir que courir. »

J'espère que vous ne m'en voudrez pas trop d'avoir pris autant de précautions. Je vous

*recommande de lire attentivement ces deux
documents. Vous comprendrez alors pourquoi
nous ne pouvions pas parler de cette affaire à
l'époque. C'est de loin l'enquête la plus terrible
à laquelle j'ai participé.*

Je vous laisse seul juge.

*Nous en reparlerons demain matin, lors de
ma visite.*

Votre dévoué,

Docteur Watson.

Je déchirai fébrilement l'emballage et découvris
un petit carnet. Je lus : « Journal du docteur
Watson (1888). » Mon cœur fit un bond dans ma
poitrine. Toutes mes inquiétudes s'envolèrent en
une fraction de seconde. Je feuilletai le précieux
journal d'une main nerveuse. Dans ma précipitation, je décrochai un feuillet qui tomba à mes
pieds.

Je le ramassai et lus : « Duel en enfer. » Je
compris que ce feuillet n'appartenait pas au
journal de Watson. L'écriture n'était pas la même.
Je cherchai en vain la signature de son propriétaire. Une pensée me traversa l'esprit. Avais-je
entre les mains un manuscrit de Jack l'Éventreur ?
Était-ce la confession du criminel ?

Mon excitation était à son comble.

Je compris pourquoi les deux lascars étaient si
pressés de partir. Sans doute redoutaient-ils que
je ne revienne sur ma décision à la lecture de la
lettre si franche de Watson. Mais ils avaient eu
tort de se méfier de ma réaction. Rien ne pouvait
me satisfaire plus que ce journal et sa mystérieuse
annexe.

Dès cet instant, j'eus la certitude que j'allais publier cette enquête, même si la forme devait être un peu inhabituelle. Quant à mes cent mille livres, elles seraient vite rentabilisées.

Il me tardait de me plonger dans ce journal.

La pendule venait de sonner les dix coups du matin. J'aurais terminé cette lecture avant la tombée de la nuit.

J'appelai Anna et lui dis :

— Que l'on ne me dérange sous aucun prétexte. Watson revient demain matin, je dois finir la lecture de ce carnet avant son retour.

— Bien, monsieur.

Ma secrétaire s'effaça et referma la porte du bureau.

JOURNAL DU DOCTEUR WATSON

(1888)

Vendredi 24 août 1888

Voilà maintenant près d'un an que Mary et moi sommes mariés.

Depuis quelques mois, son beau visage calme s'est transformé en un masque de douleur. Ses yeux s'assombrissent un peu plus chaque jour. Elle n'a que vingt-sept ans, mais ses traits sont ceux d'une femme mûre et endurcie. Elle respire avec difficulté et semble lutter en permanence contre une main invisible qui lui serre les côtes. J'aurais tant voulu faire quelque chose pour alléger sa douleur, mais mes connaissances médicales sont dérisoires devant la maladie qui la ronge.

En ce jour d'été torride, je ne fus pas surpris de l'entendre m'annoncer :

— Je souhaite retourner quelque temps à Lower Camberwell, chez Mme Forrester.

Mme Cecil Forrester, chez qui Mary avait servi avant notre mariage, était autant une mère qu'une patronne pour elle. Étant privée de ses parents biologiques, Mary n'avait d'autre famille que cette brave Mme Forrester sur laquelle s'appuyer.

Elle poursuivit :

— L'air de Londres ne me convient plus. J'étouffe.

Elle reprit sa respiration.

— Tu ne m'en veux pas ?

— Bien sûr que non, je te comprends.

— Et puis...

— Oui ?

— Tu m'as apporté ton soutien et ton réconfort depuis le début de notre mariage, mais de mon côté...

Elle se tordit les doigts et baissa les yeux.

— Je suis désormais incapable de te donner ce qu'un homme est en droit d'attendre d'une femme.

— Que dis-tu là ? Tu es une parfaite épouse. Attentive aux moindres détails de notre maison...

Elle posa son index sur mes lèvres.

— La vie d'un couple ne se borne pas à la gestion des comptes et à l'entretien d'un logement. Tu es... dans la force de l'âge.

Je savais très bien à quoi elle faisait allusion. Mon rôle d'époux s'était peu à peu transformé en celui de garde-malade et de médecin personnel. Sa maladie me cantonnait dans une abstinence forcée et il m'arrivait de me sentir fort seul. La pudeur m'interdisait bien sûr d'aborder ce sujet avec elle. Avait-elle ressenti mes tourments ? L'empressement de certains de mes gestes ou l'énervement qui pointait parfois contre mon gré dans ma voix n'étaient-ils pas autant de signes révélateurs de mon malaise ?

Mary mit sa main dans la mienne. Je sentis malgré moi le renflement au bout de ses doigts. Lors de notre première rencontre, comme je l'ai relaté dans *Le Signe des quatre*, Holmes remarqua

38

immédiatement qu'elle avait un renflement des dernières phalanges avec une courbure et un élargissement des ongles. À cette époque, je ne compris pas – ou ne voulus pas comprendre – l'allusion de mon camarade. L'amour et la médecine ne font pas nécessairement bon ménage. Pourtant, cette observation n'était pas anodine. Ces déformations des doigts, si elles ne constituent pas un handicap au quotidien, sont souvent des symptômes pathologiques de la tuberculose.

Holmes avait-il essayé d'attirer mon attention sur les problèmes de santé de Mary ? Il me répétait souvent de prendre soin d'elle. Sa recommandation était de celles que l'on adresse à un médecin pour sa patiente.

Nous décidâmes de rentrer à pied. Notre chemin tout entier passait par les parcs.

Il faisait à Londres une chaleur poisseuse. Tout le monde envahissait le moindre espace ombragé. Des familles entières pique-niquaient sur l'herbe. Les plus riches étaient accompagnées de jeunes valets qui portaient sur leurs épaules des paniers bourrés de linge fin, de porcelaine, de victuailles et de fruits, de bouteilles de champagne et de vin frais. Les moins riches achetaient des saucisses, des coquillages et de la bière aux nombreux marchands. Les pauvres arrivaient avec leur pain et leur fromage enveloppés dans un mouchoir.

Le bonheur et l'insouciance s'étalaient autour de nous.

J'observais avec envie ces couples heureux. Une jeune femme seule nous croisa et m'adressa un regard un peu trop appuyé. J'en fus gêné et me tournais aussitôt vers Mary, comme pour m'excuser.

Mais tout s'était passé si vite qu'elle ne s'était aperçue de rien. Nous prîmes place sur un banc. La jeune femme vint s'asseoir à côté de nous. Mary changea de côté pour lui laisser plus de place.

Quelques minutes plus tard, Mary manifesta le besoin de regagner l'appartement, épuisée par cette longue promenade.

Je jetai un dernier coup d'œil vers le banc et m'aperçus que la fille me suivait des yeux. Elle soutint mon regard. Une fossette se creusa sur sa joue.

Nous nous éloignâmes.

Nous arrivions au bout de l'allée quand Mary me serra le bras.

— John, j'ai oublié mon mouchoir sur le banc où nous étions assis.

— Retournons. Avec un peu de chance, il y sera toujours.

Elle s'écarta de moi et s'adossa à un arbre.

— Sans moi. Je suis trop fatiguée. Fais vite. Je t'attends ici.

Elle me poussa vers l'allée.

— Dépêche-toi. J'y tiens beaucoup.

— Soit.

J'allongeais le pas.

La fille était à la même place. Elle me sourit, comme si elle savait que j'allais revenir. Mon cœur battait la chamade. Sans doute d'avoir marché trop vite par cette chaleur.

Elle me tendit le mouchoir.

— Je crois que vous avez oublié ceci.

Elle s'étira comme une chatte heureuse et ferma les paupières pour goûter la caresse d'un rayon de

soleil. Je bredouillai quelques mots de remerciement.

— Je viens ici très régulièrement.

Je me retournai, pour voir si elle parlait à
quelqu'un d'autre. Mais il n'y avait que moi.

Je m'entendis prononcer, presque malgré moi :

— Moi aussi.

Je sentis le sang affluer à mes joues, mélange
de honte et de remords.

Je lui fis un petit geste d'adieu et pris mes
jambes à mon cou.

Mary n'avait pas bougé.

Elle plongea son visage dans son mouchoir. Je
crus un instant qu'elle pleurait.

— Ça va, ma chérie ?

— Il va bien falloir.

Samedi 25 août 1888

*Je respire un peu mieux ici. Prends bien soin
de toi. Profite de la vie pour deux, car je ne
m'en sens plus la force.
Affectueusement,
Mary.*

De quoi aurais-je pu profiter ? J'avais cru faire
une bonne affaire en rachetant une clientèle dans
le quartier de Paddington, grâce au vieux Far-
quhar, qui avait été un excellent praticien de
médecine générale. Mais les patients s'étaient
avérés aussi rares que fauchés et je ne parvenais
même pas à payer le loyer de mon cabinet. J'avais
bien essayé à mon tour de revendre mon hypothétique clientèle, mais j'étais trop honnête pour
mentir. Finalement, je n'avais eu d'autre recours
que de mettre la clé sous la porte. En quelques
mois d'exercice, j'avais croqué mes maigres économies et me retrouvais sans activité.

À présent, ma maigre pension de guerre suffisait tout juste à couvrir le loyer, les frais médicaux
de Mary et mes besoins courants. Tout écart de
dépense m'était interdit.

Je posai la lettre sur la cheminée et recommençais à tourner en rond comme un loup en cage. Cet appartement était devenu trop grand pour moi. Les minutes se traînaient avec une torturante lenteur. Je ne parvenais à concentrer mon attention sur aucune tâche précise.

La solitude me pesant, je décidai de sortir faire quelques pas. Dehors, je fus accueilli par une bouffée d'air chaud et moite. Une chape incandescente, saturée de poussière et de sueur, stagnait sur Londres. Il n'était pas tombé une goutte de pluie depuis des jours, et les pierres elles-mêmes semblaient vibrer dans le chatoiement de l'air torride.

Je pris la direction du parc, seul endroit où je pouvais espérer trouver un peu d'ombre et de fraîcheur.

C'est alors que je la vis, au bout de l'allée. Mon cœur fit un bond dans ma poitrine. Elle était assise au même endroit, comme si elle m'avait attendu tout ce temps. Une cascade de cheveux d'or coulait sur ses épaules. La tête penchée en arrière, les paupières closes, elle s'abandonnait comme la première fois à la caresse voluptueuse des rayons du soleil qui filtraient à travers les arbres.

Passe ton chemin, John. Ne tourne pas la tête.

Elle ouvrit les yeux et piégea mon regard. Puis elle me sourit, prit ses cheveux à deux mains et les remonta au-dessus de sa tête, faisant ressortir le galbe parfait de sa poitrine sous sa robe légère.

Je me retrouvai assis sur le banc à côté d'elle. Elle me sourit.

— Comment allez-vous ?

— John Watson, et vous ?

Elle éclata d'un rire perlé.

— Je m'appelle Elsa.

Une voix intérieure martelait mon crâne.

Tu devrais avoir honte, John. Que penserait Mary si elle te voyait ?

Je marmonnais pour moi-même :

— Je suis un misérable. Elle a voulu me mettre à l'épreuve.

Sans doute avais-je parlé un peu trop fort. Elsa croisa les bras et fit une mine boudeuse.

— C'est moi, l'épreuve ?

— Non, je veux dire...

C'était Mary qui avait choisi ce banc. Elle s'était arrangée pour que je prenne place à côté d'Elsa. Mary ne pouvait guère se méprendre sur les motivations d'une jeune fille, se prélassant au soleil, seule dans un parc.

Ma gorge se serra. Elsa s'en aperçut et me caressa la main. Il n'y avait pas de calcul dans ses gestes, mais une sorte de tendresse instinctive. Du moins, c'est ainsi que je les interprétai. Elle aurait pu rendre n'importe qui heureux.

Une pensée incongrue me heurta.

— P... pourquoi moi ?

— Vous me plaisez, John. C'est aussi simple que ça.

Il y avait dans son regard un mélange d'innocence et d'envie.

Des sentiments contradictoires se livraient bataille dans ma tête.

— Mais vos parents ? La morale ?

— Je n'ai jamais connu mes parents. Et je brûle de vous faire partager ma conception de la morale.

Elle s'était encore approchée de moi. Sa poitrine se soulevait au rythme de sa respiration, comme un appel lancinant. Elle prit ma main dans la sienne.

Le temps s'accéléra. L'écho de son rire et de ses paroles me parvenait comme dans un rêve.

Sur le chemin qui nous conduisit chez moi, je n'aurais pu dire lequel des deux guidait l'autre.

Le regard triste de Mary, dans son cadre, sur la cheminée.

La honte sur mon front.

Est-ce ainsi que les hommes soignent leur spleen ?

Il était encore temps de tout arrêter.

Dimanche 26 août 1888

— Attention ! Déposez-le en douceur !

L'homme se tenait le ventre à deux mains. Il grimaçait de douleur, les mâchoires serrées à s'en briser les dents.

Un brancardier le prit par les épaules, l'autre par les jambes. Dans un mouvement inattendu, le blessé se contracta et roula sur le sol, à mes pieds.

Les brancardiers s'enfuyaient déjà avec la civière pour aller chercher un autre malheureux, tombé au combat.

Je retournai le blessé sur le dos. Une masse de boyaux sanguinolents et nauséabonds s'échappa de son ventre déchiqueté dans une odeur d'égout. Une bouffée de vapeurs fétides me donna la nausée. Son visage m'implora un court instant. Je posai ma main sur son front brûlant. D'un geste réflexe, sa main se referma sur mon poignet. Ses lèvres tremblèrent un court instant, comme s'il voulait me confier un ultime message. Puis son regard se figea, immobile, au-delà du mien. Ce pauvre garçon n'avait pas vingt ans. Il venait de sacrifier sa vie pour cette stupide guerre, pour s'approprier une flaque d'eau dans le désert.

Je desserrai sa main de mon poignet. Les doigts étaient tellement crispés que je dus les casser. Je lui fermai les yeux.

Déjà le brancard déposait un autre moribond, à côté de son cadavre.

Je hurlai aux brancardiers :

— Enlevez le corps !

L'un d'eux s'essuya le front du dos de sa main. Il semblait à bout de forces.

— Plus tard. On s'occupe d'abord de ceux qui ont encore une chance de s'en tirer.

Le nouveau venu avait une jambe à demi décrochée à hauteur du genou.

Je hurlai autour de moi que l'on m'apporte des compresses, de l'eau, une attelle. Peine perdue. L'eau était rationnée. Je savais que je devrais une fois encore me débrouiller avec les moyens du bord.

Je mis le manche en bois de mon couteau entre les mâchoires du blessé. L'homme paraissait encore vigoureux, malgré la fatigue et la douleur qui déformaient ses traits.

— Mordez ça ! Courage, mon vieux. Vous allez vous en sortir.

Il fallait coûte que coûte stopper l'hémorragie. Les veines de sa jambe étaient arrachées et le sang coulait abondamment. J'enlevai ma chemise à la hâte et y découpai de larges bandes à l'aide de mon couteau de chirurgie. Je confectionnai un garrot de fortune que je serrai autour de sa cuisse, juste au-dessus du genou. Le sang cessa de couler. Du moins, c'est ce que je pouvais imaginer en observant la bouillie de chair et de cartilages broyés qui lui faisait office de genou. Je coupai la jambe en quelques gestes sûrs. La douleur fut si grande que le malheureux perdit connaissance.

Je pris un fond d'alcool et le répandis sur la plaie béante. C'était insuffisant pour la désinfecter.

Une déflagration plus violente que les autres ébranla la tente. Plusieurs objets s'entrechoquèrent dans un bruit de verre brisé.

Nos pauvres réserves d'eau furent absorbées par le sable du désert en une fraction de seconde.

Le vent suffocant soufflait en rafales. Le peu d'air qui nous parvenait était brûlant et charriait des tonnes de sable.

L'ennemi pilonnait l'unique puits auquel nous puisions notre eau. La situation n'avait jamais été aussi critique.

Le blessé gisait à mes pieds, sans connaissance. Je pris son pouls et compris avec horreur que la vie quittait ce pauvre corps affaibli par des journées de combat et de privations. Une course contre la montre s'engageait. Si je ne parvenais pas à le ranimer, le malheureux allait mourir.

J'étais torse nu, les cheveux collés au front, la bouche sèche. Le sable fin entrait jusqu'au fond des gorges. La sueur salée me brûlait les yeux et brouillait mon champ de vision. Le blessé fut secoué de spasmes. Mon travail commençait à payer. L'excitation l'emporta sur la fatigue. Je redoublai d'énergie.

Le blessé ouvrit soudain les yeux et esquissa un sourire douloureux.

— La... charge... d'explosif.

— Quoi ?

— J'y ai laissé une guibole... mais la flotte a jailli comme une fontaine. On a gagné.

Il se rendormit aussitôt, apaisé.

Dehors, le vacarme avait cessé, laissant la place à un calme presque inquiétant. Même le sirocco avait tourné et soufflait à présent vers l'ennemi.

Une main lourde s'abattit sur mon épaule.

— Venez boire avec nous, Watson. Vous l'avez bien mérité.

Quand je sortis de la tente, un soleil de plomb me fit cligner les yeux et brûla ma peau encore couverte de sueur.

Des dizaines de corps, allongés sur le bord de l'oasis, buvaient à satiété l'eau claire et fraîche. En d'autres circonstances, la scène eût été comique.

À quelques centaines de mètres, les lignes ennemies semblaient désertes. Sans doute avaient-ils capitulé, faute d'eau.

Je plongeai ma tête entière dans le liquide salvateur et bus jusqu'à l'étouffement.

Quand je fus rassasié, je restai un instant allongé, à contempler l'onde claire.

L'horreur me figea soudain.

Au fond de l'eau, un cadavre me regardait, les yeux grands ouverts. Des viscères s'échappaient de son ventre béant. Il semblait me sourire, comme s'il venait de me faire une bonne farce.

Je me redressais alors sur mon lit, terrifié, le souffle coupé.

Peu à peu, le spectre du cauchemar s'éloigna, mais le sentiment de culpabilité subsista.

J'avais échappé à cette boucherie, laissant mes camarades se faire massacrer sous mes yeux.

Pourquoi eux plutôt que moi ?

Avais-je vraiment fait mon devoir ?

Ne devais-je pas plutôt mon salut à ma lâcheté ?

Je passai le reste de la nuit à méditer sur l'absurdité et la sauvagerie de cette guerre.

Des enjeux qui dépassaient largement les intérêts du peuple avaient lancé l'Angleterre à l'assaut de l'Afghanistan dès 1839. La déroute avait été sanglante. Seize mille soldats avaient péri dans le premier conflit. Mais les dirigeants des grandes nations semblaient avoir la mémoire courte. Inquiète des ambitions russes, l'Angleterre avait à nouveau envahi l'Afghanistan en 1878 pour le forcer à accepter son protectorat. Cependant, quelques mois après l'installation de l'ambassade à Kaboul, ses membres furent massacrés. L'Angleterre avait alors intronisé un nouveau roi, Abdul Rahman, et se contentait désormais d'exercer son contrôle à distance.

Pour l'heure, le sang des soldats anglais ne coulait plus en Afghanistan. Mais qui se souciait de panser les blessures de l'âme ?

Lundi 27 août 1888

Je me réveillai le corps meurtri, la tête serrée comme dans un étau, les yeux brûlants. Les cris des terrassiers et le vacarme des machines résonnaient dans mon cerveau et faisaient vibrer les fenêtres de l'appartement. Ces maudits travaux de voirie du métropolitain semblaient ne jamais devoir finir. Notre rue était devenue un enfer.

Le souvenir de Baker Street s'imposa soudain à moi, comme par contraste. Le silence et la tranquillité de notre petit appartement... Comme j'enviais Holmes, savourant ses longues heures de silence et de quiétude !

Cette pensée en appela une autre.

Ma place n'était-elle pas à ses côtés ? Après tout, je m'étais acquitté plus qu'honorablement de ma tâche de chroniqueur, et parfois même d'assistant.

Fort de ces réflexions, je décidai de proposer à Holmes de réintégrer sans plus tarder le petit appartement du 221b Baker Street, autant pour sa compagnie que pour le coût modéré du loyer.

Je pris un cab, mais nous restâmes longtemps bloqués dans un enchevêtrement inextricable de voitures de tous types. Les travaux du métropolitain, qui étaient censés décongestionner la circulation, avaient pour conséquence immédiate de l'asphyxier un peu plus.

Des cohortes d'ouvriers suaient sang et eau pour pratiquer d'immenses tranchées dans la chaussée. Des tas de gravats s'amoncelaient alors de part et d'autre des rues éventrées. Mais le trafic engendré par les charrettes de déblayage rendait impossible la circulation normale. Il faudrait ensuite attendre plusieurs mois avant que les rails soient déposés au fond du trou et que la tranchée soit enfin recouverte par un toit qui constituerait la nouvelle chaussée. Le bénéfice du métropolitain n'apparaîtrait que longtemps après le début des travaux. Et encore fallait-il être un adepte forcené de ce moyen de transport pour préférer voyager sous terre, à demi étouffé par la chaleur et la fumée des locomotives, sans parler des nombreux accidents qui avaient déjà fait tant de victimes.

À mon grand étonnement, les abords de Baker Street se révélèrent également saturés d'attelages de toutes sortes. Je demandai au cocher de me déposer au début de la rue. L'immeuble mitoyen du nôtre était en travaux, provoquant un embarras invraisemblable sur le trottoir et une bonne moitié de la chaussée.

Mme Hudson m'ouvrit la porte et sursauta, comme si elle venait de voir un revenant. Elle semblait affolée. Après quelques banalités d'usage, elle me dit :

— Un voisin vient d'emménager dans l'immeuble d'à côté. Il se livre à des travaux de rénovation. On a l'impression que le mur mitoyen va s'écrouler. Comme si on avait besoin de ce vacarme supplémentaire...

En grimpant l'escalier qui conduisait au premier étage, je me demandai comment Holmes allait m'accueillir après tout ce temps.

Quand je parvins sur le palier, je constatai que la porte était grande ouverte.

J'entrai. L'appartement était dans un désordre apocalyptique. Les objets les plus incongrus s'y entassaient, évoquant un atelier d'alchimiste installé au milieu d'un magasin de brocanteur. Il y régnait une odeur de renfermé et de chimie. Les rideaux étaient tirés. La vieille machine que Holmes utilisait pour étudier les cendres de cigarettes et de cigares occupait tout un angle du salon.

Un détail sordide attira mon attention. L'attirail dont Holmes se servait pour se droguer était déballé sur la tablette de la cheminée. La seringue était encastrée dans le flacon de mort à petit feu, prête à servir. Ou bien venait-elle de servir.

Cette vision m'accabla. Au moins, quand j'habitais Baker Street, pouvais-je intervenir et tenter de le mettre en garde contre sa sinistre habitude...

Holmes était penché sur son microscope. Il me fit un geste et je constatai qu'il portait à la main un bandage auréolé de sang.

— Vous êtes blessé, Holmes ?

Il ignora ma question.

— Cette invention va révolutionner la science criminelle, Watson.

Il s'adressait à moi comme si je n'avais jamais quitté l'appartement et que je revenais d'une course au coin de la rue.

Je me penchai sur le binoculaire du microscope mais je ne compris pas ce que j'étais censé observer. Holmes reprit sa place devant l'appareil et eut une moue de dépit.

— Hum. Ça n'est pas très probant aujourd'hui, n'est-ce pas ? Mais j'y arriverai.

Il avait les traits tirés et le visage terne. Depuis combien de temps était-il enfermé ? Savait-il seulement que nous étions en été ?

— Comment allez-vous, Holmes ?

— Plutôt bien, merci.

Je me demandais quelle tête il aurait eue s'il allait plutôt mal.

— Mais je dois être vigilant. Je suis épié en permanence par des hommes qui se dissimulent sous les hardes de mendiants ou de rôdeurs. Je reste constamment sur mes gardes.

Je fis une moue dubitative.

— Qui pourrait vous espionner ? Et qui connaît votre adresse ?

— Tout le monde, Watson. Grâce à vos comptes rendus d'enquête publiés dans le *Strand*, le 221b Baker Street est désormais aussi célèbre que Buckingham Palace. Les espions de tous les pays s'empressent sous mes fenêtres. J'ai même aperçu quelques Chinois. Sans parler des pires voyous et des chefs de bande bien connus...

— Moriarty ?

Il fit un geste d'indifférence.

— S'il n'y avait que lui...

— N'êtes-vous pas un peu surmené, cher ami ?

Il fronça les sourcils, voyant que je doutais de son discours.

— Tout cela n'est pas le fruit de mon imagination, Watson.

Il baissa la voix, jeta un coup d'œil vers la fenêtre et écarta un rideau, comme pour vérifier qu'un espion chinois ne s'était pas glissé derrière.

— J'ai fortuitement découvert un produit miracle qui devrait révolutionner la science criminelle. L'enjeu est énorme pour les polices du monde entier. Il l'est encore plus pour les meurtriers, car ma nouvelle méthode parviendrait à les confondre sans coup férir.

Ses yeux allaient de la fenêtre à la porte d'entrée. Il rentra sa tête dans ses épaules et baissa la voix.

— J'ai commis une erreur. J'étais persuadé de pouvoir vendre mon invention à la police londonienne et j'avais entrepris des démarches dans ce sens. Mais il y a certainement eu des fuites.

Il me présenta un flacon de verre épais de la taille d'une bouteille.

— Voici le seul échantillon qui me reste. Il me suffirait de retrouver la composition et le dosage précis pour le reproduire à grande échelle.

Il prit un air de comploteur.

— Je ne peux pas vous en dire plus. Secret d'État. Vous comprenez ?

Pauvre vieux.

— Bien sûr.

Je lui expliquai à mon tour la maladie et la retraite de Mary, mon inactivité professionnelle et ma grande disponibilité, laissant ainsi entendre que je serais ravi de pouvoir à nouveau chroniquer ses enquêtes.

Quand nous eûmes fait le tour des banalités d'usage, je me décidai enfin à lui demander :

— Pensez-vous que je puisse récupérer ma chambre, Holmes ?

Son visage s'éclaira.

— Je n'osais pas vous le proposer, cher ami. Tout est à sa place. Un bon coup de plumeau et vous êtes chez vous. Qu'en est-il de notre vieil arrangement financier ?

— Il tient toujours, m'empressai-je d'ajouter.

Holmes désigna le fatras d'éprouvettes et d'alambics qui encombrait sa table de travail.

— Je ne vous cache pas que votre contribution sera la bienvenue. Tout cela est fort coûteux. Et les affaires ne sont pas très reluisantes en ce moment.

Si j'en jugeais par sa tenue vestimentaire, son explication semblait superflue.

Il croisa mon regard et ajouta avec quelque fierté :

— Je viens toutefois d'envoyer à mon éditeur deux monographies, *Essai sur la détection des traces de pas* et *Traité sur l'influence des métiers sur la forme des mains*. Je ne désespère pas de toucher quelques droits d'auteur un jour ou l'autre.

Je constatais en pénétrant dans mon ancienne chambre que mon camarade n'avait rien perdu de son sens de l'euphémisme. Si le salon m'avait fait l'impression d'un laboratoire ou d'un magasin de brocante, ma pauvre chambre évoquait plutôt une annexe ignorée de la bibliothèque d'Alexandrie. La poussière et les vieux papiers déclenchèrent chez moi une série d'éternuements.

Je pris congé de Holmes, les yeux rouges et la goutte au nez, ravi malgré tout que nous ayons pu retrouver notre ancien arrangement concernant le partage du loyer.

Notre logeuse attendait au bas de l'escalier, le regard interrogateur.

— Je récupère ma chambre dès demain, madame Hudson.

Elle leva les bras au ciel.

— Demain ? Mais il y a au moins trois jours de ménage, docteur Watson.

— Pensez donc ! Un simple coup de plumeau suffira.

Elle se figea, la bouche en cul de poule.

J'ouvris la porte et désignai l'embouteillage de la rue qui tournait à l'émeute.

— J'ai hâte de retrouver la quiétude de Baker Street.

Elle comprit que je plaisantais et me désigna à son tour une charrette mal garée, remplie de gravats.

— Les travaux de rénovation compléteront votre sérénité.

Cela n'avait guère d'importance. Ce que je venais chercher, en réalité, c'était bien plus une compagnie qu'un lieu de retraite.

Mardi 28 août 1888

Le déménagement me prit la matinée et une bonne partie de l'après-midi.

À présent, la journée touchait à sa fin.

L'atmosphère était suffocante et poisseuse comme jamais. Un mélange de suie et de substances nauséeuses provenant des zones industrielles, fixé par la sueur, collait à la peau et s'imprégnait aux vêtements. Les gens étaient devenus si irascibles que de violentes rixes pouvaient éclater à tout instant pour un regard de travers ou une simple bousculade. Pas le moindre souffle d'air ne venait rafraîchir l'atmosphère. Et le soir, quand on pouvait enfin espérer la fraîcheur de l'ombre, une brume âcre et collante montait de la Tamise, raclant les gorges comme une bouffée de chlore.

C'était le moment qu'avait choisi Sherlock Holmes pour mener à bien des expériences chimiques qui nécessitaient le confinement total de notre petit appartement.

— Cette fois, je crois que je tiens le bon dosage, Watson.

Il versa le contenu d'une éprouvette dans un récipient plus grand et attendit un instant. Je vis à sa mine désappointée que ce n'était pas encore le résultat escompté.

Je profitai de cet instant de répit pour demander :

— Pourrions-nous ouvrir la fenêtre ?

Il m'adressa un regard noir.

— Vous n'y pensez pas, malheureux.

— Au moins ouvrir les rideaux...

— Encore moins, il y a trop de lumière ici. C'est sans doute à cause de cela que je n'aboutis pas.

La pièce évoquait un four.

Encore une chance qu'il n'ait pas eu l'idée d'étudier les cendres des nouvelles marques de cigarettes avec sa fameuse – pour ne pas dire fumeuse – machine.

Je pris ma canne à pommeau et décidai de le laisser s'asphyxier seul sur ses alambics.

Mais, une fois dehors, je fus assommé par un sentiment d'écrasement et d'étouffement. Le raffut était effroyable. Mille voix s'invectivaient, juraient et s'insultaient dans une effroyable cacophonie. À cette heure de la journée, le trafic atteignait son paroxysme.

Charrettes, chevaux, omnibus et fiacres s'entrecroisaient à toute allure, au risque de provoquer un accident à chaque instant. Des garçons en habit rouge couraient au milieu de la circulation pour ramasser les crottins de cheval, et des piétons fonçaient dans la circulation avec une détermination qui frisait l'inconscience.

À quelques mètres de moi, un cocher de fiacre au visage aviné beugla à un conducteur de charrette :

— T'avances ou tu cuves, sac à vin ?

L'autre le gratifia d'un geste obscène et désigna un essieu du menton.

— Je peux pas. Si je bouge, ça va péter.

L'explication ne calma pas le cocher. Il fit claquer son fouet et obligea son cheval à sauter sur le trottoir. Je fis un bond en arrière pour ne pas me faire renverser. La charrette elle-même fit une embardée.

Je parvins à m'extirper de l'enfer et m'engageai dans une petite rue adjacente qui présentait l'avantage d'être plus calme.

Longtemps, je marchai sans but. Mes pas me conduisirent aux abords de la Tamise. Le soleil se couchait à l'horizon. Une langue de feu léchait la surface stagnante des eaux. Le spectacle aurait pu être enchanteur s'il n'avait pas été gâché par l'odeur infecte qui montait des eaux. Le fleuve prenait soudain une allure de marais infernal. Essoufflé par cette promenade, je m'assis un instant sur la berge, presque aussitôt assailli par une armée de moustiques excités.

Je me levai d'un bond et brassai l'air de coups de canne inutiles. Je finis par capituler et repris le chemin de Baker Street.

Je décidai de couper encore par les petites rues afin d'éviter la circulation infernale des grands axes. Je finis par m'enfoncer dans un labyrinthe de ruelles étroites. Une jeune femme, le sac jeté négligemment sur l'épaule, vint à ma rencontre. Quand elle fut tout près de moi, elle ouvrit sa chemise et exhiba deux énormes seins nus. Je changeai de trottoir mais une gamine effrontée me dévisagea en suçant son pouce d'une façon évocatrice.

Je traversai à nouveau la ruelle, lorsqu'une vieille femme dépenaillée jaillit d'une porte cochère, saisit ma main et poussa une exclamation horrifiée :

— Je vois des choses terribles dans cette paume.

Cela commençait à bien faire.

Je retirai ma main.

— Tu pourrais bien la voir de plus près !

La vieille me beugla au visage, de son haleine putride :

— Tant pis pour toi. Tu découvriras assez tôt ton destin. Et tu te mordras les doigts de ne pas l'avoir connu plus tôt.

Déjà, un petit groupe s'attroupait autour de nous, attiré par la possible querelle qui s'annonçait. Je filai dans une ruelle adjacente, plus petite que la première, plus sombre aussi.

Dans l'ombre d'un porche, un homme bourrait de coups de pied un sac de toile qui roulait sur le sol poussiéreux. Il proférait un flot continu d'insultes et d'injures.

Comme je le dépassais, il me sembla entendre un gémissement en provenance du sac.

Je fis demi-tour et m'aperçus avec horreur qu'il s'agissait en fait d'un gamin en haillons.

J'interpellai l'homme sur un ton menaçant :

— Hé ! Arrêtez ça tout de suite !

Une brute d'un mètre quatre-vingts me fit face.

— C'est pas votre affaire.

— La vie humaine est l'affaire de tous.

La brute désigna le petit tas qui se tordait de douleur sur le sol poussiéreux.

— Je l'ai acheté dix livres. J'en fais ce que je veux.

Il décocha un coup de pied d'une violence inouïe. D'un geste instinctif, je saisis son bras et le tirai en arrière.

Il se retourna.

— Tu l'auras voulu !

Je le pris de vitesse. Mon genou jaillit comme un ressort et s'écrasa entre ses jambes. Il se plia en deux, souffle coupé. Puis il leva vers moi son visage rouge et congestionné. Je ne lui laissai pas le temps de reprendre ses esprits. Le même genou lui percuta le menton. Le coup fut si violent que la douleur paralysa toute ma jambe un court instant. L'homme roula à terre. Il passa du rouge au violet. Il parvint cependant à se redresser sur un coude. Un couteau se matérialisa dans sa main. À présent, c'était lui ou moi. Mon pied partit comme un boulet et l'atteignit en pleine poitrine avec un craquement sinistre de bois mort. Son corps s'affaissa au sol comme une grosse poupée désarticulée. Il resta immobile.

Je pris l'enfant dans mes bras. Il respirait à peine.

Je m'apprêtai à sortir de l'impasse quand une matrone au visage luisant de graisse se dressa devant moi, bras croisés et regard suspicieux.

— Qu'est-ce qui s'passe ici ?

Je désignai l'homme à terre.

— Une mauvaise chute. Je m'occupe du gamin. Voyez ce que vous pouvez faire avec celui-ci.

Elle s'avança dans l'impasse, plus par curiosité que par compassion.

Je profitai de cette diversion pour m'extirper du coupe-gorge et me précipitai vers Baker Street.

Le gamin claquait des dents et ses yeux brûlaient de fièvre. Impossible de voir ses traits sous la couche de crasse qui recouvrait son visage.

Un groupe de jeunes gens nous lança des invectives graveleuses que je feignis d'ignorer. Inutile d'espérer trouver un fiacre dans ces ruelles infréquentables. Après un bon quart d'heure de marche, je parvins au 221b Baker Street. Je cognai la porte du pied. Mme Hudson m'ouvrit. Son regard passa de moi au gamin.

— Mon Dieu ! Qu'est-ce que... ?

Je déposai le gosse sur le canapé de l'entrée.

— Vite, de l'eau, des compresses. Enlevez-lui ses hardes. Je vais chercher ma trousse pour l'ausculter.

Holmes n'avait pas quitté son poste depuis mon départ. Il était toujours penché sur ses éprouvettes, tel un alchimiste à la recherche d'une improbable pierre philosophale.

Je lançai dans son dos :

— Holmes, j'ai...

— L'instant est crucial, Watson !

Il était bien trop absorbé par ses expériences pour m'écouter.

Je pris ma sacoche et redescendis.

Mme Hudson se tourna vers moi.

— Faites vite, docteur Watson. Elle est au plus mal.

— Elle ?

Mme Hudson s'écarta. C'est alors que je découvris le corps tuméfié d'une jeune fille, si menue que je l'avais prise pour un garçonnet.

Tandis que je l'auscultais, j'expliquai à Mme Hudson ce qui s'était passé.

Puis je rendis mon diagnostic :

— Apparemment, elle n'a rien de cassé. Un vrai miracle.

— Ces gosses des rues ont la vie dure. Il en faut plus pour les blesser. Je suis certaine qu'elle sera sur pied d'ici quelques jours.

— Cependant, elle est très faible. Je vais d'abord faire tomber sa fièvre. Puis il faudra qu'elle reprenne des forces. Je compte sur vous pour vous occuper d'elle.

— Bien sûr, docteur Watson.

Elle lui caressa les cheveux d'un geste maternel.

— Pauvre petite, elle dormira sur le canapé, dans l'entrée, en attendant mieux. Nous allons d'abord lui donner à manger, puis la laver. J'ai aussi quelques vieux habits qui seront toujours mieux que ces haillons crasseux.

Je montai dans notre appartement pour rapporter ma mésaventure à mon camarade.

Il avait abandonné son microscope et se tenait dans son fauteuil, immobile comme un oiseau de proie.

Il me fallait à présent lui expliquer que je souhaitais la garder quelque temps sous notre toit. Et qu'il faudrait certainement verser un supplément de loyer à Mme Hudson.

Je tentai de trouver les mots justes, ceux du cœur, pour atteindre le sien. Holmes m'écouta avec attention.

— Votre générosité et votre dévouement vous honorent, docteur Watson. Votre petite protégée restera ici aussi longtemps que vous le jugerez nécessaire. Je suppose que nous parviendrons à trouver un arrangement temporaire avec Mme Hudson. Je puis déjà vous apporter mon soutien financier, même si pour l'instant, je dois l'admettre, il est bien maigre. Mais j'ai bon espoir de voir la fortune me sourire...

J'étais fier d'être son ami.

Pour imprévisible qu'il fût, Sherlock Holmes n'était certes pas dépourvu de cœur.

Ce soir-là, je me sentis vraiment chez moi à Baker Street.

Mercredi 29 août 1888

La fièvre était retombée sous l'effet des médicaments, mais maintenant que ma petite protégée reprenait conscience, il devenait difficile de l'approcher et de me livrer à un examen médical plus poussé. Elle se comportait comme un petit animal sauvage. Pourtant, je voyais aux rictus qui traversaient son visage qu'elle souffrait encore. Je ne pouvais pas la laisser dans cet état.

Quel terrible destin avait pu conduire cette pauvre gosse à une telle extrémité ?

Je tentai de la mettre en confiance.

— Comment t'appelles-tu, petite ?

Elle posa sur moi un regard farouche et pénétrant.

J'attendis.

Elle finit par lâcher :

— Wendy.

— C'est un très joli prénom.

— ...

— Et ton nom de famille ?

Elle haussa les épaules en signe d'ignorance.

— Et tes parents ?

Elle baissa les yeux. Je compris que le sujet était douloureux et passai à autre chose.

— Quel âge as-tu ?

— À votre avis ?

Je me sentis honteux d'avoir posé cette question. Elle me parut soudain moins jeune que je ne l'avais imaginé.

Je n'allais tout de même pas lui demander d'ouvrir la bouche pour tenter de déterminer son âge en fonction de sa denture.

Je changeai de sujet.

— Où habites-tu ?

— Nulle part.

Elle se reprit :

— Enfin... ici, pour l'instant.

— Accepterais-tu de me raconter ton histoire ?

Elle détourna les yeux.

— Je n'ai rien d'intéressant à raconter, monsieur.

— Tu dois m'éclairer un peu. Ainsi je pourrais t'aider, te défendre.

Elle sursauta, comme si je venais de dire quelque chose d'incongru.

— Me défendre ?

— Je suis médecin. Je peux t'aider, mais pour cela je dois en savoir un minimum sur ton passé.

— Mon passé... c'est rien que des horreurs et des cauchemars. Aussi loin que remonte ma mémoire.

— Qui était l'homme qui te frappait et pourquoi te molestait-il de la sorte ?

— Il m'avait achetée.

— Achetée ! L'Angleterre a aboli l'esclavage le 2 mars 1807. Cette pratique est punie par la loi. Qui t'avait vendue à cette brute ?

— Moi.

Je restai abasourdi.

— Mais... pourquoi ?

— Je n'avais rien d'autre à vendre. Je voulais sauver ma petite sœur.

Elle rectifia :

— Enfin, c'était pas vraiment ma sœur, mais elle était tellement petite. Il fallait qu'elle mange. Je voulais la soigner.

Elle ne s'exprimait pas comme une enfant. Du reste, sa morphologie ambiguë me fit songer qu'elle avait dépassé le stade de l'enfance. J'avais souvent rencontré ce problème d'évaluation de l'âge avec ma clientèle pauvre de l'East End. J'avais vu des bébés au faciès buriné et marqué comme des vieillards. Des fillettes enceintes. Des garçons aux corps maigrelets surmontés de têtes énormes. Les conditions de travail, la consanguinité, l'alcoolisme et la malnutrition conduisaient à des aberrations génétiques.

Le silence s'éternisa.

Je demandai à nouveau :

— Pourquoi te frappait-il ainsi ?

— Il était furieux parce que je travaillais plus. J'avais décidé de me laisser mourir.

— Quel genre de... travail exigeait-il ?

— Je préfère pas en parler.

— T'a-t-il fait subir des sévices... physiques ?

Elle haussa les épaules.

— Si c'était que ça.

Elle laissa sa phrase en suspens. Un nouveau silence suivit. Je compris que certains sujets étaient trop douloureux à évoquer et décidai de me retrancher derrière ma fonction de médecin.

— Je voudrais t'ausculter de façon plus approfondie. Ce ne sera pas douloureux. Mais mon analyse me permettra de te prescrire le traitement le mieux adapté et de vérifier qu'aucun organe interne n'est blessé.

Elle se laissa faire mais ne me quitta pas des yeux une seule seconde, sans doute plus habituée aux coups qu'aux soins.

Jeudi 30 août 1888

Je partageai mon temps entre la lecture et les soins apportés à Wendy.

Pas une fois elle ne se plaignit. C'est tout juste si elle grimaçait quand je lui changeais ses bandages et que j'appliquais du désinfectant sur ses plaies.

Les cicatrices se refermaient. Mais son âme demeurait un mystère.

Elle ne me révéla jamais rien de son passé. Plusieurs fois, en la soignant, je croisai son regard sans parvenir à en déchiffrer le sens.

Mme Hudson joignit ses deux mains, comme une prière.

— J'ai toujours rêvé d'avoir une fille. Je m'occuperai d'elle comme je l'ai fait avec mes propres enfants. Le seul problème...

Je me doutais de ce qu'elle allait dire et pris les devants.

— Il va de soi que je subviendrai à ses besoins et que je payerai le supplément de loyer, ainsi que tous les frais occasionnés par sa présence ici.

Elle secoua la tête en signe de dénégation.

— Oh, ce n'est pas tant une question d'argent, docteur Watson. C'est plutôt un problème de place. Je n'ai pas d'autre chambre. Pour l'instant, la petite dort sur le canapé de l'entrée. Elle semble s'en accommoder. Vous comprenez que cela ne peut être qu'une solution temporaire. Une jeune fille a besoin d'un minimum de place et... d'intimité. Il y a beaucoup de passage... Les clients de M. Holmes...

Un long silence suivit. Comme Mme Hudson prenait racine au milieu du salon, je finis par lui demander :

— Auriez-vous une solution ?

— Peut-être...

Elle semblait embarrassée. Elle finit par lâcher :

— Nous pourrions l'aider à trouver une place correcte dans une bonne maison. Nous pourrions lui rédiger une lettre de recommandation. Mais n'importe quelle patronne se renseignerait sur les parents de la jeune fille. On lui poserait des questions sur sa famille, sur sa vie, ses études... Que pourrait-elle répondre alors qu'elle n'a même pas de nom connu ?

Je lui promis de réfléchir à la question. Nous en restâmes là.

Quand Mme Hudson fut sortie, je tentai de me concentrer en vain sur un vague traité de médecine. Je finis par me lever et le replaçai dans la bibliothèque. Mon index parcourut la tranche des volumes. Mais aucun d'eux n'emporta mon choix. Je restai un instant devant la fenêtre, les mains croisées dans le dos, tout à ma réflexion.

Je tournai et retournai la question en moi-même.

Mme Hudson avait raison. Cette petite ne pouvait pas rester éternellement à Baker Street. Ce n'était pas seulement une question d'organisation, mais aussi une question d'éthique. Si elle partait, où irait-elle ?

Quant à mes moyens... Ma maigre pension était intégralement dépensée par la location de Baker Street et l'argent que j'envoyais régulièrement à Mary. J'avais moi-même abandonné mon appartement pour pouvoir subvenir à nos besoins. Comment subvenir à ceux de Wendy ?

Lundi 3 septembre 1888

J'avais passé les jours précédents à veiller sur la petite Wendy. J'avais toutes les peines du monde à faire baisser sa fièvre tant la chaleur environnante était étouffante. Je posais des linges humectés d'eau fraîche sur son front et ses membres. Elle avait grand besoin de se reposer, mais la pauvre gosse était sur ses gardes. Quand elle plongeait enfin dans le sommeil, elle finissait toujours par se réveiller en sursaut, agitée de tremblements qui semblaient autant dus à la peur qu'à son état fébrile.

En fin de week-end, elle parut toutefois plus paisible.

Ce matin-là, quand je me levai, Holmes était déjà parti.

Une lettre de Mary m'attendait, bien en vue sur la table du petit déjeuner.

Je l'ouvris et la lus.

Ses journées s'étiraient, tristes et monotones, entre les travaux d'aiguille, les conversations avec Mme Forrester et la lecture.

Sa santé ne s'améliorait pas aussi vite qu'elle l'espérait. Elle conclut en affirmant qu'elle me préviendrait dès que cela irait mieux, mais que pour l'heure toute visite de ma part ne lui paraissait pas opportune.

Je me devais de lui répondre et de lui apporter mon soutien moral.

Mais je restai longtemps la tête vide devant ma feuille blanche.

Je tentai de débuter plusieurs lettres qui finirent toutes à la corbeille.

Je parvins à jeter sur le papier quelques considérations d'une effroyable banalité sur mon retour à Baker Street et sur l'atmosphère londonienne qui ne cessait de se dégrader.

Ne trouvant rien de mieux à raconter, je finis par lui relater une sinistre affaire qui faisait la une de tous les journaux du jour. Une malheureuse avait été exécutée avec une sauvagerie extrême, au cœur de Whitechapel, le vendredi précédent. Je relatai les faits et conclus en affirmant qu'elle avait bien fait de quitter Londres et qu'elle était plus en sécurité chez Mme Forrester.

Je lui exprimai toute mon affection et lui recommandai le plus grand repos. Du reste, qu'aurait-elle pu faire d'autre dans un tel contexte ?

Quand je levai les yeux sur la pendule, je me rendis compte qu'il m'avait fallu près de trois heures pour rédiger cette piètre missive.

Mon esprit était tiraillé par un sentiment de culpabilité et de frustration.

Rongé par le remords, j'avais décidé de ne plus revoir Elsa pour rester fidèle à ma pauvre épouse. Ma retraite à Baker Street ressemblait à une fuite.

À présent, Mary était souffrante et loin de moi. Combien de temps devrais-je me contenter de cette relation épistolaire ? Était-ce là l'unique rançon de ma fidélité ? Elsa était déchirée par ma décision. Mary était loin. Et moi, je me mortifiais à Baker Street.

Jeudi 6 septembre 1888

Wendy était presque guérie. Malgré sa faiblesse évidente, elle mettait un point d'honneur à aider Mme Hudson en cuisine et dans certaines tâches ménagères.

De son côté, Holmes semblait plus occupé que jamais. Quand il était dans l'appartement, il ne levait guère le nez de son microscope. Le reste du temps, il allait et venait selon les horaires les plus fantaisistes. Son emploi du temps semblait surchargé, mais je n'aurais pu dire par quoi.

De retour d'une de ses courses, il posa un paquet sur sa table de travail, à côté du microscope. Il en extirpa quelques cuillerées d'une poudre sombre qu'il plaça dans une éprouvette. Je l'observai du coin de l'œil, n'osant pas le questionner, par crainte d'ajouter à son énervement. Il ne prit même pas soin de retirer son manteau.

Il réalisa ensuite une émulsion à l'aide d'une substance brune et pâteuse. Il secoua le tout avec énergie, observa l'éprouvette un instant, et s'effondra dans son fauteuil, dépité.

Il resta ainsi de longues minutes, en proie à une intense concentration.

Il pouvait être 16 heures.

Un léger toussotement attira mon attention.

Wendy se tenait sur le pas de la porte. Depuis quelques jours, elle montait le courrier, introduisait les rares visiteurs de Holmes ou bien encore nous servait le thé et les repas. Tout cela évitait à Mme Hudson d'avoir à grimper l'escalier plusieurs fois par jour.

Elle croisa mon regard et baissa les yeux.

— Un monsieur demande une entrevue avec M. Holmes.

Mon camarade tourna la tête vers la porte.

— Qui est-ce ?

— Il n'a pas souhaité dire son nom, monsieur. Il affirme que sa visite doit demeurer secrète.

Holmes fit un geste de la main.

— Faites-le monter, ça me changera les idées. De toute façon, je n'arriverai à rien aujourd'hui. Ces expériences sont désespérantes.

Quelques minutes plus tard, un grand gaillard aux traits volontaires se présenta dans le salon. Il semblait être né dans son habit tant il le portait avec un parfait naturel. Il avança main tendue vers Holmes.

— Bonjour, monsieur Holmes. Pardonnez-moi d'être un peu mystérieux...

— C'est bien naturel, inspecteur Abberline.

Notre visiteur s'immobilisa, bouche bée. Il pouvait avoir quarante-cinq ans et il devait être habitué à impressionner son entourage plutôt que l'inverse. Il se ressaisit vite.

— On m'avait prévenu que vous aviez l'esprit vif... Vous savez donc qui je suis ?

— Frederick George Abberline, inspecteur divisionnaire de la London Metropolitan Police, division A, en charge du quartier de Whitechapel.

— Mais, comment... ?

Holmes haussa les épaules et désigna la pile de journaux qui jonchaient sa table de travail.

— La presse ne parle que de vous et de ce meurtre sordide de Whitechapel. Il y a même votre photo dans le *Sun*. Je vous ai tout de suite reconnu.

— Oui, évidemment...

Mon camarade poursuivit sur un ton sec :

— Autant vous prévenir, je n'enquête pas sur cette affaire.

Le policier toussa dans son poing.

— En fait, c'est à ce sujet que je suis venu vous voir.

Holmes leva les yeux au plafond et soupira.

— Tiens donc. Et pourquoi maintenant ?

— Sir Charles Warren m'avait donné six jours pour résoudre l'affaire et...

— Et vous venez me voir en dernier recours parce que vous arrivez à échéance sans avoir découvert quoi que ce soit, c'est bien ça ?

Abberline observait mon camarade comme s'il s'agissait d'un animal exotique sorti d'un zoo.

— On ne peut décidément rien vous cacher. Les rumeurs les plus folles circulent parmi nos concitoyens. Sir Charles Warren attache beaucoup d'importance à cette affaire. Il y va de sa crédibilité et de celle de toute la police.

— En somme, il s'agit plutôt d'une affaire politique.

Abberline comprit que sa réponse serait déterminante. Il hésita quelques secondes et adopta un ton alarmiste.

— Whitechapel est une poudrière. Le moindre incident peut dégénérer en émeute.

Holmes scrutait le policier d'un œil d'épervier.

— Pourquoi faire appel à moi pour une affaire aussi... commune ? J'imagine que le moins compétent de vos limiers devrait pouvoir la résoudre par une simple enquête de routine.

— C'est aussi ce que je pensais. Je n'imaginais d'ailleurs pas avoir besoin de vos services. Mais nos meilleurs hommes ne sont pas parvenus à démasquer le coupable. Ils n'ont pas forcément la discrétion et la psychologie requises pour mener à bien ce genre d'enquête. Leur présence à Whitechapel aurait plutôt l'effet inverse de celui que nous recherchons.

— À savoir ?

— Apaiser les esprits. Calmer les tensions. Montrer la réactivité et l'efficacité de la police.

Le ton du policier se fit plus pressant.

— Vous êtes notre dernière chance, monsieur Holmes. Cette affaire requiert une grande discrétion que n'ont pas toujours nos agents.

Holmes prit un air faussement étonné.

— Vraiment ?

— Vous seul êtes capable d'infiltrer la pègre sans être repéré.

Holmes prit son menton entre son pouce et son index et parla comme s'il réfléchissait à voix haute :

— C'est que... je suis fort occupé. Je mène d'importantes recherches. J'y consacre toutes mes journées, et parfois même mes nuits. Tout cela me laisse peu de temps...

— Vos recherches nous intéressent.

Holmes écarquilla les yeux.

Abberline venait de toucher la corde sensible. Il s'empressa de poursuivre :

— Sir Charles Warren serait prêt à vous apporter une aide financière...

— Serait ?...

— ... contre un petit service.

— Retrouver le meurtrier de cette malheureuse ?

— Exact. Si vous estimez que le premier policier venu peut y parvenir, cela ne devrait guère vous prendre de temps, n'est-ce pas ?

— Certes.

— Dans ce cas, tout est pour le mieux. Sir Charles vous réglera les mille livres dès l'arrestation du meurtrier.

À présent, c'était Abberline qui menait le jeu. Holmes était pris au piège. Seule une légère tension dans sa mâchoire révélait que cet arrangement imposé le contrariait.

— Quand dois-je lui fournir le nom du coupable ?

— Je suppose que le plus tôt sera le mieux, pour lui comme pour vous.

Holmes resta stoïque.

— Avez-vous déjà quelques éléments d'enquête à me communiquer ?

Cette question équivalait à un accord tacite.

Le policier souffla.

— La victime se nomme Mary Ann Nichols. Elle était aussi connue sous le sobriquet de Polly et faisait partie de la cohorte des quelque mille deux cents prostituées régulières qui arpentent les trottoirs de Whitechapel. Elle mesurait un mètre cinquante-sept, était âgée de quarante-trois ans et il lui manquait cinq dents. Elle était née en 1845, mariée à William Nichols et mère de cinq enfants. Elle était séparée de son mari depuis 1882. Son corps a été retrouvé à 3 heures du matin dans Buck's Row, la gorge tranchée, presque décapitée, les intestins enroulés autour du cou et l'abdomen entaillé ; ses organes génitaux étaient également gravement entaillés.

Holmes eut un geste d'impatience.

— J'ai lu tout cela dans le journal. L'autopsie a-t-elle révélé quelque information inattendue ?

— Le docteur Llewellyn a établi un rapport très complet.

Il ouvrit sa sacoche et tendit un feuillet à mon camarade.

Tandis que Holmes le feuilletait, Abberline poursuivit son commentaire :

— On observe une blessure d'environ six ou sept centimètres sur la partie gauche de l'abdomen. Les tissus ont été profondément transpercés. Plusieurs autres incisions sont visibles en travers de l'abdomen, ainsi que trois ou quatre coupures du côté droit. Toutes ont été pratiquées au couteau. Nous en avons déduit que le meurtrier se tenait devant sa victime, qu'il a immobilisé sa mâchoire de la main droite et tranché la gorge de gauche à droite en tenant son couteau de la main gauche.

Holmes referma le dossier et le rendit au policier.

— Voilà qui ne nous éclaire pas beaucoup.

Abberline se raidit.

— Nous savons tout de même que Polly Nichols a été tuée le 31 août peu avant 3 heures du matin dans Buck's Row, une ruelle sinistre de Whitechapel. Llewellyn démontre que le meurtrier était vraisemblablement gaucher. Et compte tenu de la nature du meurtre, tout laisse supposer qu'il s'agit d'un détraqué sexuel.

— J'ajouterais que son nom doit figurer en grosses lettres sur une affiche de cirque.

— Une affiche de cirque ?

— Seul un contorsionniste de haut niveau pourrait parvenir à une telle performance sans se briser les reins. En outre, le dossier d'autopsie ne porte aucune mention concernant les hématomes *post mortem*.

— Les... mais dans quel but ?

— Ces traces apparaissent quand un corps reste longtemps dans la même position après le décès. Si elles ne correspondent pas à la position exacte du corps, cela signifie que le corps a été déplacé après la mort, donc que l'assassinat a eu lieu ailleurs.

— En tout cas, d'après les témoignages, elle a bien été tuée avant 3 heures du matin.

— A-t-on analysé la rigidité cadavérique ?

Abberline commença à feuilleter le rapport avec fébrilité.

— Bien sûr. C'est quelque part là-dedans...

— Ne cherchez pas. Tout est faux. La rigidité varie en fonction du changement de température, de l'humidité, et bien sûr de la morphologie du mort, son poids, sa taille, sa masse osseuse et graisseuse, et bien d'autres paramètres encore. La marge d'erreur dans l'appréciation de l'heure du décès peut être de plusieurs heures.

Abberline balbutia :

— Mais... mais personne n'a jamais analysé ce genre de chose. Il faudrait étudier des dizaines de cadavres et passer des journées entières dans des morgues ou des salles d'hôpitaux.

— Je ne vous le fais pas dire.

En quelques phrases, Holmes venait de réduire à néant les certitudes du policier.

Mais, visiblement, il n'en était qu'au début de son interrogatoire impitoyable. Il poursuivit :

— Qui a identifié le corps ?

— Mary Ann Monk, une pauvre fille qui avait séjourné au *workhouse* de Lambeth en même temps que Polly Nichols.

— Avez-vous interrogé tous les proches de la victime ? Savez-vous si elle avait eu récemment des différends avec quelqu'un de son entourage ? Lui connaissait-on des ennemis ?

Des gouttelettes de sueur perlaient sur le front d'Abberline.

— Je vous l'ai dit, les gens se méfient. Ils ne parlent pas facilement. C'est à croire qu'ils ont peur de la police.

— Un certain dimanche est sans doute encore trop présent dans les esprits.

Holmes faisait allusion aux événements du 13 novembre 1887. Sur l'ordre de sir Charles Warren, la police avait réprimé une manifestation de chômeurs à Trafalgar Square dans un bain de sang.

Abberline préféra ignorer l'allusion.

— Plusieurs témoins ou proches ont disparu, sans doute par crainte de représailles personnelles. C'est pour cela qu'un homme seul... en civil... fondu dans la masse...

— En somme, tout reste à faire. Je veux étudier le principal indice laissé par le tueur.

— Je crains que nous n'ayons aucun indice...

— Que faites-vous du corps de la victime ?

— Depuis quand les cadavres constituent-ils des indices ?

— Depuis que les tueurs assassinent les gens. Les stigmates que portent les victimes nous en apprennent toujours beaucoup sur le meurtrier et sur la procédure meurtrière, voire sur le lieu du meurtre, comme je vous l'ai expliqué.

Abberline blêmit.

— J'espère qu'il n'est pas trop tard.

Holmes fronça les sourcils.

— Trop tard pour quoi ?

— Elle doit être incinérée cet après-midi au cimetière d'Ilford...

Holmes jaillit de son fauteuil comme un diable hors de sa boîte.

— C'est maintenant que vous me dites ça !

Une avalanche humaine dévala l'escalier. Holmes ouvrit la porte à la volée et héla le premier fiacre :

— Au cimetière d'Ilford, le plus vite possible !

Le cocher stoppa son attelage et dévoila une rangée de dents carnassières.

— Si c'est pour un enterrement, y a plus rien qui presse.

84

Quatre crissements de roues plus tard, Holmes, Abberline et moi sautions du fiacre. Holmes hurla au cocher de nous attendre.

À l'entrée du cimetière, un petit groupe de personnes s'écarta pour laisser passer notre trio. Un vieux gardien nous indiqua la direction du crématorium. Nous y parvînmes au pas de course.

Holmes se précipita vers un employé, occupé à recopier je ne sais quoi dans un grand registre.

— L'incinération de Polly Nichols a-t-elle déjà eu lieu ?

— La fille qui a été éventrée à Whitechapel ?

— Oui.

L'homme consulta son registre pendant une éternité, ajusta ses lorgnons et annonça avec une remarquable économie verbale :

— C'est fait.

— Il y a combien de temps ?

— Environ un quart d'heure.

Holmes frappa sa paume de son poing.

— À un quart d'heure près... Que fait-on des cendres ?

— On les place dans une urne et on l'enterre. Ça prend moins de place qu'une tombe et ça coûte moins...

— Où est la tombe ?

L'homme consulta de nouveau son registre et tendit son index dans une direction :

— Tombe numéro 210752, travée E12.

Il ne nous fallut que quelques secondes pour trouver l'emplacement. Un bouquet de fleurs à moitié fanées avait été déposé à même la tombe de terre fraîchement retournée. L'endroit était désert à l'exception d'un pauvre bougre qui creusait la terre, un peu plus loin, pour un autre pensionnaire.

Holmes le salua et lui demanda :

— Il y avait beaucoup de monde à cet enterrement ?

Il compta sur ses doigts et s'y reprit à deux fois avant de répondre.

— Y avait le curé, bien sûr. Et d'après ce que j'ai compris, y avait aussi Edward Walker, le père de la fille, William Nichols, son ex-mari, et Edward John Nichols, leur fils.

— C'est tout ?

— Y avait moi aussi, vu que c'est moi qu'ai creusé le trou, mais je compte pas pour du monde, pas vrai ?

Il allait reprendre son travail de terrassement quand il se figea, la pioche au-dessus de la tête.

— Y avait aussi un autre type, plutôt mieux habillé que les trois autres. Mais je sais pas si y faisait vraiment partie de l'enterrement. Il se tenait un peu à l'écart, comme si y voulait pas déranger la famille.

Holmes s'approcha du fossoyeur et lui glissa quelque chose dans la main.

Abberline observait ce manège avec curiosité.

Holmes fixa le pauvre bougre, comme s'il tentait de l'hypnotiser.

— À quoi ressemblait ce visiteur ?

— D'où j'étais, j'ai surtout vu ses chaussures. Elles étaient bien neuves, blanc et noir, comme celles des artistes de music-hall.

— Son visage, ses habits ?

— Pas fait attention. Trop loin, trop occupé.

Il planta sa pioche dans le sol, comme pour marquer la fin de la discussion.

Holmes reprit sa course vers la sortie où le fiacre attendait toujours. Il hurla au cocher :

— Buck's Row, le plus vite possible !

Le cocher eut un rictus moqueur et répondit à mon camarade avec l'impertinence caractéristique de sa profession :

— Seriez pas du genre anxieux, vous ?

Nous eûmes juste le temps de sauter sur le marchepied et de nous engouffrer dans le fiacre. Le fouet claqua et l'attelage démarra en trombe.

Abberline s'essuya le front et demanda à Holmes :

— Vous menez toujours vos enquêtes à ce rythme ?

— Habituellement, je tergiverse moins. Il me faut maintenant analyser le lieu où a été découvert le corps... À moins que la police n'ait déjà brûlé le quartier dans un souci de salubrité.

Abberline écarquilla les yeux.

— Mais il fait presque nuit...

— Raison de plus pour ne pas perdre de temps.

Il fallut près de trois quarts d'heure au cocher pour aller de Manor Park à Buck's Row, tant la circulation était dense, aggravée par ces maudits travaux du métropolitain.

Le fiacre nous déposa quelques mètres avant Buck's Row. Une file d'attente s'était formée devant l'impasse, comme à l'entrée d'une salle de spectacle. Nous dépassâmes la file.

Un homme nous interpella sur un ton agressif :

— À la queue, comme tout le monde. Ça fait une demi-heure que j'attends.

Une matrone avait installé une table et une chaise et bouchait l'impasse de son imposante carcasse. Un écriteau indiquait : *Visite du lieux du crime avèque guide oficiel : 6 pence. Signer : La propriétère.*

Elle nous dévisagea.

— C'est six pence.

Mon camarade la transperça du regard.

— Je suis Sherlock Holmes. Voici mon ami, le docteur Watson, et l'inspecteur Abberline, de Scotland Yard.

— Alors, c'est dix-huit pence, et je vous préviens, j'aime pas les resquilleurs.

Holmes se pencha vers elle.

— Confidence pour confidence, moi non plus. Montrez-moi votre patente.

— Ma... ?

— Exercice illégal du commerce sur la voie publique. Dix mille livres d'amende et six mois fermes à Milbank.

La mégère ouvrit le passage en grinçant des dents.

Holmes s'y engouffra.

Abberline se tourna vers moi.

— Il connaît aussi la législation commerciale ?

— Quand il ne connaît pas, il invente. Le tout, c'est de mettre assez de conviction dans le ton.

— Ses méthodes sont réellement... surprenantes. Toutefois, je ne vois pas ce qu'il pourrait trouver de plus ici. Nous avons déjà passé cette cour au peigne fin et...

Il se figea soudain, bouche bée et l'œil rond. Il me fallut une seconde pour réaliser qu'il regardait par-dessus mon épaule quelque chose qui se déroulait dans mon dos.

Je me retournai et découvris un spectacle pour le moins incongru.

Holmes marchait accroupi en brassant l'air de ses bras démesurés.

Un petit groupe s'était aussitôt formé autour de lui, intrigué par cette attraction inattendue. Quelques gamins le suivaient, dans la même position, évoquant une portée de canetons derrière leur mère.

En quelques secondes, le lieu du crime se transforma en une cour de jeu. Les rires fusaient de toutes parts.

Abberline tourna vers moi un visage consterné.

— S'agit-il d'un de ses fameux procédés ?

Je m'éclaircis la voix, gagnant ainsi quelques précieuses secondes pour imaginer une réponse acceptable.

— Il... arpente le lieu du crime.

— Est-il tout à fait au point ?

— Il teste sans cesse de nouvelles méthodes.

Holmes rampait à présent sur le pavé gras, imité par une ribambelle de gamins, ravis de participer à ce jeu improvisé.

Il promenait sa grosse loupe à quelques centimètres du sol. Puis il sortit une petite fiole de sa poche et en versa le contenu entre les pavés. Il observa longtemps le sol, entouré d'une dizaine de gosses qui s'attendaient probablement à voir jaillir quelque plante magique comme dans le conte *Jack et le haricot magique*. Mais comme il ne se passait rien, la plupart se lassèrent du spectacle.

Holmes lui-même se releva et s'ébroua à la manière d'un chien qui sort de l'eau. Il ausculta ensuite la palissade centimètre par centimètre et revint enfin vers nous, le front soucieux.

Abberline lui demanda :

— Avez-vous remarqué quelque chose de nouveau ?

— Mmm.

Peu habitué aux réponses succinctes de Holmes, il insista :

— Que puis-je annoncer à sir Charles ?

Holmes braqua sa loupe sur la poitrine du policier.

— Que je ne suis pas un magicien. Si la police sollicite mon aide, elle doit comprendre qu'il est indispensable de m'associer à l'enquête le plus tôt possible.

Abberline se tassa.

Holmes poursuivit :

— Si vous avez le moindre indice, prévenez-moi sur-le-champ.

Ce n'était pas une suggestion, mais un ordre.

Abberline se montra des plus conciliants, conscient de l'aide que pouvait lui apporter mon camarade.

— Je vous donne ma parole qu'à partir de maintenant tout nouvel élément d'enquête vous sera aussitôt communiqué.

Holmes salua Abberline et s'éloigna. Je lui emboîtai le pas.

Il arrêta un fiacre d'un geste autoritaire :

— À la morgue de Whitechapel.

— La morgue ? Mais le corps a été brûlé, lui fis-je remarquer.

— Pas le médecin qui a établi le rapport d'autopsie, que je sache. Ce Llewellyn a écrit un tissu d'âneries, mais il a vu le cadavre. Il pourra donc nous le décrire. Charge à nous de tirer nos propres conclusions.

L'odeur de formol ne parvenait pas à couvrir celle des cadavres en décomposition.

Le docteur Llewellyn nous accueillit entre deux autopsies, sans cacher son mécontentement d'être dérangé dans son travail. Il semblait morose et désabusé. En même temps, son comportement avait quelque chose de hautain et de vaguement provocateur.

— Vivante, ce genre de fille n'est déjà pas grand-chose, mais morte, c'est moins que rien.

Le ton était blasé et méprisant. Il parlait sans enthousiasme. Ce type n'attirait pas la sympathie. Ces propos confirmèrent mon sentiment.

Holmes l'interrogeait sans état d'âme, avec la même neutralité que tous les autres témoins.

— Pouvez-vous nous décrire le cadavre ?

— Tout est dans le rapport d'autopsie.

— Je souhaiterais vérifier certains points de détail qui...

— Impossible. Je ne reviens jamais sur une autopsie.

— Pourquoi ?

— Parce que je n'en garde aucun souvenir. J'en vois trop. Ça défile comme à l'abattoir, ici. J'ai des quotas à respecter.

La conversation s'engageait mal.

Holmes ne se découragea pas.

— Avez-vous déjà vu des cas aussi... extrêmes que celui de Polly Nichols ?

— Tous les jours. Whitechapel, c'est l'anti-chambre de la mort. Les bonshommes démolissent leurs bonnes femmes à coups de pioche, de marteau, de pelle ou de tenailles. Chacun utilise ses outils habituels. Déformation professionnelle, sans doute. Un jour, on m'a demandé d'autopsier une fille qui avait une bouteille de rhum enfoncée dans le vagin.

Je ne pus m'empêcher de lâcher :

— Mon dieu ! Quelle mort atroce.

— Elle n'était pas morte.

Je me raidis.

— Habituellement, on attend que les gens soient morts pour les autopsier.

— Rassurez-vous, j'ai attendu qu'elle passe l'arme à gauche pour l'ouvrir. D'ailleurs, ce n'était plus qu'une question de minutes. Tout ça pour vous dire que le mari travaillait dans une rhu-merie. Voyez, il n'y a pas de mystère.

Il alluma un cigare et rejeta deux jets de fumée âcre par les narines.

Holmes revint à sa question :

— Je voudrais savoir si vous avez déjà vu des cas similaires à celui de cette malheureuse ?

Llewellyn réfléchit un instant.

— J'ai eu une avaleuse de sabres une fois. Elle avait avalé de travers... enfin, d'après le directeur du cirque où elle se produisait. Pas beau à voir.

Il se concentra encore.

— Je me souviens aussi d'un cas amusant. Façon de parler, bien sûr. Une bonne femme énorme qui avait été complètement étripée. Son mari lui avait enfoncé une tige dans l'anus, avec un hameçon au bout.

— Son propre mari ?

— Oui, pourquoi ? Il a ensuite tiré dessus et a enroulé le tout sur un treuil. Plusieurs mètres. Ça n'a pas été facile de tout replacer dans le bide. Vous allez me demander quel était le métier du type.

— ...

— Harponneur. Spécialisé dans la pêche au gros.

Il me fallait de l'air. Je respirai à pleins poumons, mais un mélange abject d'odeur de tabac froid, de formol et de chair en décomposition emplit mes narines.

Llewellyn poursuivit son inventaire morbide :

— Sinon, il y a aussi beaucoup de cas de déchiquetages en tout genre, mais rarement de tripes à l'air. Les malfrats de Whitechapel – c'est-à-dire à peu près tout le monde dans ce secteur – se promènent avec des couteaux, des rasoirs, des fourches, des baïonnettes, des bottes à bout ferré, des pinces. Bref, tout ce qui coupe, blesse ou tue. Je vois arriver des filles en charpie. Parfois on m'apporte un bras, ou un tronc. J'autopsie ce que je peux...

— Cela ne semble pas vous émouvoir, fis-je remarquer.

— Les morts ne souffrent plus, docteur Watson.

Il prit une profonde inspiration et souffla la fumée.

— Le summum de la sauvagerie consiste à mutiler les prostituées et à les laisser en vie. Les vraies victimes, c'est elles.

Il n'avait pas complètement tort.

Llewellyn abordait son métier sous un angle routinier et ouvrait les cadavres à la chaîne, plus soucieux du rendement que de la vérité scientifique.

Holmes ne semblait aucunement affecté par la teneur de cette conversation, ni par l'environnement. Il poursuivit sur un ton neutre :

— Tout ce que vous nous décrivez correspond à des actes de barbarie perpétrés par des brutes sans états d'âme. Le cas de Polly Nichols me semble plus... pervers. Il y avait quelque chose de théâtral dans la façon de déposer les boyaux de la victime sur son épaule. Une sorte d'intelligence criminelle.

Llewellyn opina.

— En effet, ça m'a aussi traversé l'esprit. J'ai ma petite idée là-dessus. C'est forcément un monstre qui a fait le coup. Mais un monstre intelligent.

— Un monstre intelligent ?

— Oui, pour se venger de la nature. Il fait payer sa monstruosité aux autres. C'est humain. Demandez donc leur avis à sir Frederick Treves et à Richard Mansfield. Ils en savent sûrement plus que moi sur la question.

Il jeta le bout de son cigare dans la sciure sale qui recouvrait le sol et l'écrasa de la pointe du pied.

— Je vous ai dit tout ce que je savais. Je dois retourner à mes clients. Ces salopards sont exigeants. Si on les fait trop attendre, ils se décomposent et commencent à attirer les vermines en tout genre. Ils empestent, se boursouflent et explosent comme des boules puantes.

— Merci encore pour ces précieux détails, conclut Holmes.

Llewellyn haussa les épaules et retourna à sa tâche.

Celui-ci ne serait probablement jamais invité à prendre le thé à Baker Street.

Le reste de la journée passa en investigations et interrogatoires divers. Certaines personnes n'avaient même pas été interrogées par la police. Holmes enregistrait le moindre témoignage, notant des détails en apparence insignifiants mais qui pour lui avaient certainement leur importance. Rien ne semblait pouvoir lui échapper.

Les avis concernant Polly Nichols convergeaient cependant. Cette pauvre fille avait été acculée à la prostitution pour survivre. Puis elle avait sombré dans l'alcoolisme afin d'oublier sa condition. Dans sa déchéance, elle était devenue violente et infréquentable, même par ses meilleures amies.

Difficile de dire dans ces conditions si elle avait été victime d'un règlement de comptes personnel ou si elle avait eu la malchance de tomber sur quelque malade sexuel.

Nous finîmes par retrouver Charles Cross, l'homme qui avait découvert le corps de Polly Nichols. Il était déjà dans un état d'ébriété avancé quand nous parvînmes à le localiser dans un boui-boui qui répondait au nom mondain de *Trousse-cotillon*.

L'homme tanguait plus qu'un marin pris dans la houle. Une main agrippée au comptoir, l'autre à son verre, il nous confia :

— Y devait être à peu près trois heures et demie du mat'. C'est l'heure où que j'vais à Pickford pour travailler. J'étais avec Robert Paul. Y m'a fait : « Viens voir, y a une fille. » Je me suis approché et j'ai d'abord cru qu'elle dormait.

Holmes lui posait des questions courtes et claires, en espérant qu'elles parviendraient en l'état jusqu'à son cerveau embrumé.

— Sur le pavé ? Dans une mare de sang ?

— Y faisait encore nuit... j'avais pas vu l'sang.

— Et les intestins sur l'épaule ?

— Dans l'noir, je croyais que c'était une écharpe ou quelque chose comme ça.

Holmes le fixa de son regard glaçant.

— Vous avez déclaré qu'elle respirait faiblement.

— Oui.

— Donc elle venait juste de se faire agresser.

— Je suppose.

— Votre collègue aurait donc pu l'égorger et vous appeler pour vous faire croire qu'il venait de découvrir la fille.

Son visage se décomposa.

— Oh non, m'sieur, pas lui.

— Vous le connaissez bien, ce Robert Paul ?

— Bien sûr. C'est un brave type. Quand je suis arrivé à Londres, il m'a défendu corps et ongles.

— Bec et ongles.

— Ah ?

— Ou corps et âme, c'est au choix.

— En tout cas, il m'a aidé à trouver du boulot et il m'a même hébergé. C'était pas le grand luxe, un gourbi avec des cafards qui grouillaient sous le papier peint, mais il m'a ouvert sa porte sans contrepartie et...

— Est-il violent ? coupa Holmes.

— Oh non, d'ailleurs il attendait qu'ils meurent de mort naturelle et il disait même une petite prière spéciale avant de les jeter à la poubelle.

— Mais de qui parlez-vous ?

— Ben, des cafards.

Holmes haussa les épaules, lui paya un dernier verre, selon leur marché tacite, et nous sortîmes.

Dans le fiacre qui nous ramenait à Baker Street, Holmes s'enfonça dans son mutisme habituel.

Il se figea soudain en se redressant, comme s'il venait de recevoir une violente décharge électrique dans la colonne vertébrale.

— Je le vois !

Son cri fut si étrange qu'il me fit sursauter à mon tour.

— Qui ça ?

Il faisait de curieux gestes, comme quelqu'un qui tenterait d'écarter la foule sur son passage.

— Je... je l'ai perdu. Il était dans le groupe.

— Quel groupe ? De quoi parlez-vous ?

Il s'essuya le front d'un revers de main.

— Le cimetière... Je crois que j'étais en train de revivre la scène en rêve.

— La scène ?

— Quand nous sommes arrivés au cimetière, un petit groupe s'est écarté pour nous laisser passer.

— En effet, je me souviens.

— L'homme aux chaussures noir et blanc était avec eux.

— Vous êtes sûr ?

— Je l'ai vu comme je vous vois, Watson. Cela n'a duré qu'une fraction de seconde.

— Vous avez eu le temps d'observer ses chaussures ?

— Non, mais sa tenue différait de celle des trois autres personnes. J'ai la certitude qu'il s'est enfui quand il nous a aperçus.

Je tentai à mon tour de récapituler l'enchaînement des faits. Le fossoyeur nous avait annoncé que la cérémonie venait de prendre fin. Le groupe que nous avions croisé à l'entrée du cimetière avait donc toutes les chances d'être la famille de la défunte. Mais je ne parvenais pas à les visualiser.

Il me tira à nouveau de mes pensées.

— Tout cela est très fâcheux. Il possède maintenant un gros avantage sur nous. Il sait que nous enquêtons. Il nous a probablement aussi reconnus... J'aurais dû lui courir après et le rattraper. Sur l'instant, je n'y ai même pas pensé. Je suis parfois d'une lenteur désespérante... Mycroft me l'a pourtant dit et répété.

Il posa sa nuque contre l'appuie-tête et retomba dans cet étrange état qui ressemblait à un sommeil éveillé.

— Quoi qu'il en soit, nous avons plusieurs pistes à explorer : Ann Monk, sir Frederick... et pourquoi pas Richard Mansfield. Je vais organiser quelques rendez-vous...

Vendredi 7 septembre 1888

Holmes était déjà attablé devant son petit déjeuner quand je me levai.

Un parfum délicieux emplit l'atmosphère. Une main gracile me servit le thé. Au bout de la main, une fée. Il me fallut quelques secondes avant de réaliser que cette merveilleuse jeune fille n'était autre que Wendy. Éclairée à contre-jour, elle semblait émerger d'un nuage dans sa robe immaculée, telle une apparition sortie d'un tableau de Botticelli. Elle avait troqué ses hardes contre des habits qui mettaient en valeur son corps juvénile et gracieux. La chrysalide s'était métamorphosée en papillon. Elle esquissa un sourire.

Holmes rompit le charme.

— Qu'en pensez-vous, Watson ?

Je crus un instant qu'il parlait de Wendy. Mais non, à l'évidence, il n'avait même pas remarqué sa présence.

J'opinai à tout hasard. Il en fit autant.

— Je vais donc activer mon petit réseau.

— Quel petit réseau ?

— Je viens de vous le dire, le jeune Wiggins et sa petite troupe des Irréguliers de Baker Street.

Je tentai de me rattraper.

— Vous croyez réellement qu'ils peuvent vous aider ?

— Ce ne serait pas la première fois. Ces gamins sont de précieux indicateurs. Rien ne leur échappe. Ils se faufilent partout avec un culot inimaginable...

— Ça, j'avais remarqué ! Mais je doute que l'on puisse uniquement compter sur leur aide.

— Ce n'est pas mon intention. Je vais mener ma propre enquête. Je veux en finir vite avec cette misérable affaire. La police néglige souvent les témoignages des proches des victimes. Nous allons nous rendre au *workhouse* de Lambeth...

Un fracas nous fit sursauter. Wendy venait de renverser son plateau et se tenait le dos collé au mur, terrorisée. Je me levai pour l'aider à ramasser les objets répandus au sol, mais elle se mit en boule sur le plancher et cacha son visage de ses mains, comme si elle craignait d'être frappée.

Je m'approchai pour la rassurer, mais elle se mit à hurler :

— Pitié. Je vous en supplie. Je ne recommencerai plus. Je n'ai pas fait exprès. Je le jure.

Holmes assistait à la scène, les yeux écarquillés. Il se leva et nous rejoignit.

— C'est de ma faute, Watson. Je n'aurais pas dû évoquer ce nom devant elle.

Je m'approchai de Wendy et tentai de la calmer. Elle tremblait comme une feuille. L'illusion avait fait long feu. Saurai-je jamais ce que cette pauvre gamine avait enduré ?

Elle resta prostrée.

— Pardonnez-moi... J'ai cru...

Holmes lui demanda :

— Vous connaissez cet endroit, n'est-ce pas ?

Sa voix s'étrangla :

— Je... oui... Peut-être bien...

Ainsi donc, Wendy était passée par le *workhouse* de Lambeth. Je pouvais comprendre sa réaction. Les conditions de travail y avaient la réputation d'être effroyables. Les patrons infligeaient des sanctions et des sévices aux pensionnaires. Comble de l'horreur, les plus mal lotis étaient les enfants orphelins. Ils étaient exploités jusqu'à l'épuisement, à demi morts de faim et rendus fous par la solitude et la fatigue. La plupart du temps, ils n'avaient pas d'amis. Pire encore, il n'existait aucune entraide. Les autres les méprisaient et les accablaient. Ils transformaient leur vie en un enfer, juste parce qu'ils étaient orphelins et qu'ils n'avaient personne pour les défendre.

Elle retrouva quelque dignité.

— Vous êtes... C'est tellement nouveau pour moi... Il faut que je m'habitue. Pardonnez-moi.

Si Holmes n'avait pas été là, je l'aurais serrée dans mes bras. Mais la convenance me l'interdisait.

Elle ramassa les reliefs du repas répandus au sol et se retira.

Holmes avait enfilé son manteau.

— Raison de plus pour visiter cet endroit. C'est là que se trouve Ann Monk, la dernière personne qui a côtoyé Polly Nichols. Je suis certain qu'elle aura beaucoup de choses à nous apprendre.

Le *workhouse* de Lambeth ressemblait à une prison. Nous demandâmes à voir Mary Ann Monk.

On nous fit attendre dans une pièce exiguë qui ressemblait à un parloir.

Un petit homme affable et dégoulinant de bienveillance entra au bout de quelques minutes.

— C'est un honneur pour moi de recevoir le grand détective que vous êtes, ainsi que le célèbre docteur Watson.

Il me tendit une main molle. J'eus l'impression de serrer un morceau de viande bouillie. Je m'essuyai discrètement la paume sur ma veste.

Son regard était fuyant. Il respirait l'hypocrisie par tous les pores de sa peau moite.

— Je vais vous faire visiter notre établissement.

Nous longeâmes un long couloir. Il s'arrêta devant une porte gardée par deux lascars larges comme des armoires et enjoués comme des percepteurs des contributions directes.

Il se plia en deux pour nous céder le passage.

— Voici le réfectoire des femmes. Nous servons chaque jour quatre cents repas le midi et quatre cents repas le soir. Le service vient juste de commencer.

Des dizaines de femmes au coude à coude sur d'immenses travées avalaient en rythme une substance grisâtre. Seul le bruit des cuillères raclant le fond des bols et des assiettes venait troubler le silence de mort qui régnait dans la salle. Elles portaient toutes la même tenue composée d'une robe de toile écrue. Leurs cheveux étaient ramassés en chignons sous des chaperons. Un foulard sombre était noué autour de leur cou, faible protection contre les courants d'air qui parcouraient la vaste pièce. Une lumière fade tombait des hautes fenêtres à vitraux. L'endroit ressemblait à une immense sépulture.

L'homme poursuivit sur un ton mielleux :

— Sans notre aide, ces centaines de pauvres filles seraient livrées à l'enfer de la rue, au froid, à la violence et à la faim. Tout cela nous coûte très cher, mais quand il s'agit de sauver des âmes, n'est-ce pas...

Le spectre du scandale hantait ces institutions depuis toujours. Des industriels avaient bâti leur fortune sur l'exploitation de la main-d'œuvre gratuite. L'État s'en était mêlé. La presse évoquait régulièrement des affaires de détournement de fonds, d'exploitation des plus démunis par des industriels cupides, un taux de mortalité élevé, une nourriture insuffisante et frelatée, des conditions d'hygiène effroyables, sans parler des mauvais traitements. J'imaginais ce que Wendy avait pu endurer ici. Cette simple idée me donna la nausée.

Le directeur débitait sa litanie, comme un discours bien appris :

— Autrefois, les pensionnaires tombaient malades pour un oui, pour un non. Ils s'endormaient sur leur travail et certains simulaient l'épuisement en s'évanouissant. Depuis que je suis à la tête de l'établissement, j'ai amélioré le règlement intérieur : le poids du repas est calculé en fonction du nombre d'heures de travail. Pas de travail, pas de nourriture. Les cas de maladie ou d'épuisement ont presque disparu. À présent, quand un pensionnaire s'arrête de travailler, c'est qu'il est mort. Au moins, on sait qu'il est sincère et on fait ce qu'il faut.

— Vous le ressuscitez ? demanda Holmes avec le plus grand sérieux.

L'homme perdit son sourire.

— Nous disons une messe, et nous faisons un enterrement décent autour de la fosse commune.

Je demandai :

— Et que donnent ces gens en échange de vos bons services ?

— Nous leur demandons juste de consacrer un peu de leur temps à de menus travaux. Les femmes tissent, brodent, tricotent et reprisent. Les hommes s'acquittent de tâches plus rudes. Les enfants, les infirmes, les vieillards et les illuminés se contentent de petits travaux.

— Combien de temps par jour ?

Son regard devenait de plus en plus fuyant.

— Rarement plus de douze heures. Mais selon la nouvelle législation, ceux qui le souhaitent peuvent se reposer le dimanche. Bien sûr, ceux qui ne travaillent pas ne peuvent prétendre à un repas.

Il dut lire la désapprobation sur mon visage et ajouta, comme pour se justifier :

— De toute façon, ces gens-là n'ont pas de travail à l'extérieur. Ils n'ont rien d'autre à faire. Ces activités leur occupent l'esprit et leur évitent de retomber dans le vice et le péché, et...

Holmes le coupa :

— Nous souhaitons poser quelques questions à l'une de vos chanceuses pensionnaires.

Le directeur tenta un sourire qui évoquait plutôt une grimace de constipation.

— Normalement, les visites sont interdites. Chaque minute est précieuse.

— Nous avions compris.

— De plus, elles vont reprendre le travail, le repas touche à sa fin...

— N'avez-vous pas dit que le service venait de commencer ?

— Si fait, mais elles mangent tellement vite. Elles sont pressées de retourner à leur tâche. Ces travaux les passionnent.

— Ne peut-on distraire un instant Ann Monk de sa passion ?

Il se tordit les mains.

— C'est à propos du meurtre de cette malheureuse à Whitechapel, n'est-ce pas ?

— Oui, pourquoi ?

— C'est que... elle garde le lit... elle est un peu souffrante.

Holmes esquissa un sourire.

— Dans ce cas, nous lui rendrons visite au dortoir.

— ...

— Nous visiterons ensuite les sanitaires et les salles de toilette. Il faut bien que nous donnions un peu d'épaisseur à notre rapport pour le préfet.

— Le... ?

Son visage se décomposa.

Il frappa dans ses mains, un coup sec. Un lascar au visage bovin se matérialisa.

— Amène-moi Ann Monk au parloir.

— Monk ? Mais elle est au...

— Tout de suite !

— Bien, patron.

Il nous conduisit dans une petite pièce séparée dans le sens de la longueur par une cloison percée de larges fenêtres vitrées.

Le directeur se fit onctueux.

— Il faut que je vous prévienne, cette fille-là n'a pas eu une vie très stable.

Il tapota son index sur sa tempe.

— Elle manque un peu de suite dans les idées, si vous voyez ce que je veux dire.

— Nous constaterons par nous-mêmes.

Le bonhomme s'esquiva.

Quelques minutes plus tard, une femme sans âge au visage tuméfié et au regard perdu apparut, encadrée par deux cerbères au visage de brutes. Son œil gauche était à moitié fermé, cerné de bleu, et la paupière était enflée. Elle portait des traces de sang séché sur son front.

L'un des deux la poussa vers la vitre.

— T'as cinq minutes pour causer. Ces messieurs veulent te parler.

Elle s'assit tout au bout de sa chaise, le dos droit, les mains sur les genoux.

— Que vous est-il arrivé ? demandai-je en désignant ses hématomes.

— J'ai fait une mauvaise chute dans l'escalier du cach... de la cave, monsieur.

C'était une voix dénuée de tonus, la voix de quelqu'un qui a fait le tour du chagrin et qui sait avoir touché le fond.

Holmes demanda :

— Pouvez-vous nous parler de Mme Nichols ?

— Polly ?

— Oui.

— Elle est morte. Assassinée.

— Nous le savons. C'est pour ça que nous voulons avoir des informations sur sa vie. Avait-elle des ennemis ? Connaissez-vous quelqu'un qui

106

lui voulait du mal ou qui aurait eu des raisons de la tuer ?

Elle jeta un rapide coup d'œil vers les deux hommes et poursuivit à voix basse :

— Y aurait bien Jane Richards.

— Qui est-ce ?

— Sa voisine de dortoir. Polly lui avait piqué son savon.

— On n'étripe pas les gens pour ça.

Elle se raidit.

— Peut-être bien que si. Vous connaissez le proverbe : qui vole un savon vole un œuf. Sans compter que Jane n'était pas du genre à se laisser faire.

— Mmm. Vous ne voyez rien de plus... grave ? Une vengeance personnelle ? Une dette non réglée ?

— Non. À part Jane Richards, je ne vois pas.

— Comment se comportait Polly Nichols avec son entourage ?

— C'était pas une mauvaise fille. Elle buvait sec, elle se battait comme un homme quand on l'emmerdait, elle volait un peu de temps en temps quand elle était trop dans la dèche et elle se prostituait, comme tout le monde.

— Comme tout le monde ?

— Je veux dire, pas plus que les autres filles. Faut bien survivre.

Son regard devint humide.

— Moi, c'est pas pareil. Quand je sors d'ici, j'ai nulle part où aller. Alors je fais ça en attendant. Pour bouffer. Et pour me payer un garni de temps en temps. Mais un jour, mon mari va revenir me chercher. Je vais retrouver mes enfants. Vous vous souvenez du petit dernier ? Comment qu'y s'appelait déjà ?

La malheureuse divaguait à haute voix.

Une main de la taille d'un jambon s'abattit sur son épaule.

— L'entretien est terminé.

Ma gorge se serra. J'aurais voulu lui venir en aide, la réconforter. Mais il était trop tard. Elle repartait, la tête basse, le corps soulevé de sanglots.

Le directeur ondula jusqu'à la porte d'entrée en nous jetant des regards suspicieux. Au moment de partir, il lâcha :

— Merci pour votre visite. Ce fut un honneur et un plaisir...

— Partagé, coupa mon camarade, en lui rendant son sourire mielleux.

— J'espère que cette fille n'a pas raconté trop de sottises. Avec ces malheureuses, il faut en prendre et en laisser.

Holmes le fixa.

— Vos pensionnaires pourraient-elles s'étriper pour un morceau de savon ?

— Et même pour moins que ça ! Un jour, une fille a crevé les yeux d'une autre parce qu'elle lui avait pris une épingle à cheveux. La blessure s'est infectée. Elle a été foudroyée en vingt-quatre heures par une septicémie galopante. Nous avons dû les renvoyer toutes les deux.

— Même la morte ?

— Bien sûr. Il faut rester ferme si on veut maintenir la discipline.

— Avez-vous une pensionnaire du nom de Jane Richards ?

Le directeur dévisagea Holmes avec des yeux de chouette.

— Comment avez-vous deviné ?

— Deviné quoi ?

— C'est Jane Richards qui a crevé les yeux de la fille avec cette fichue épingle à cheveux.

— Savez-vous où elle se trouve à présent ?

— Aucune idée. Pas chez nous en tout cas.

Il suait de plus en plus.

— Avez-vous d'autres questions, messieurs ?

Holmes le cloua du regard.

— Vous est-il déjà arrivé de faire une mauvaise chute dans un escalier de prison ?

Un tic contracta sa joue plusieurs fois de suite.

— Je... je ne vois pas...

— Mauvais traitements infligés aux nécessiteux. Exploitation de la main-d'œuvre. Conditions d'hébergement et de nutrition non réglementaires. Détournement de fonds publics et de subventions à des fins d'enrichissement personnel. Dissimulation d'informations et d'indices. Pression sur témoins dans une affaire de meurtre. Vous voyez maintenant ?

Il sortit un mouchoir brodé et s'en essuya le visage.

— B... beaucoup mieux, merci. Si j'ai la moindre information, je ne manquerai pas de vous tenir informés.

Il nous tendit une main flasque que Holmes dédaigna.

Nous tournâmes les talons et sortîmes, conscients que les menaces proférées étaient bien dérisoires face à un système aussi solidement établi.

Samedi 8 septembre 1888

Ce matin-là, en pénétrant dans le salon, je découvris que Holmes avait vidé les deux larges tiroirs de sa table de travail et brassait avec frénésie des dizaines de feuilles manuscrites.

Je pris mon petit déjeuner en l'observant du coin de l'œil.

Un œuf au bacon plus tard, son exclamation me fit sursauter :

— De deux choses l'une. Soit il s'agit d'un individu de passage, un marin, un voyageur, ou un quelconque touriste, et nous avons très peu de chances de le retrouver, mais nous n'en entendrons plus parler. Soit il s'agit d'un résident londonien et nous finirons bien par le retrouver, mais en attendant...

Il suspendit sa phrase.

À l'évidence, cette réflexion ne m'était pas particulièrement destinée.

Je prolongeai néanmoins sa pensée, curieux de savoir ce qu'il cherchait :

— Il risque de frapper à nouveau.

— En effet, Watson. C'est pourquoi je dois mener cette enquête le plus vite possible.

Il poursuivit, comme s'il pensait à haute voix :

— Le coup a été porté de face. La victime a donc vu le meurtrier.

— Elle a pourtant été tuée. Elle ne s'est donc pas méfiée de lui.

— C'est en effet une des possibilités.

— Elle connaissait donc son client ?

— Ou bien elle a pensé qu'il ne présentait aucun danger pour elle.

— Dans ce cas, il n'est pas difficile d'imaginer l'homme dont une prostituée se méfie le moins.

— Avez-vous quelque idée en tête, Watson ?

— Incontestablement un policier. C'est le moins dangereux et le plus rassurant.

— Pour vous, oui, mais sûrement pas pour ces malheureuses. Si elles sont surprises à exercer leur métier à une heure tardive, elles sont conduites au poste de police *manu militari*.

— Alors une autre fille ? Une... malheureuse ?

— Pas mieux. Ces pauvres filles se partagent un territoire bien défini. Toute intrusion d'une fille sur le territoire d'une autre peut entraîner une rixe violente.

— Un prêtre ou une sœur ?

— Mmm. Je n'imagine pas une prostituée suivant un prêtre pour se confesser au fond d'une impasse.

— Un aveugle ?

— Soyons sérieux. Comment un aveugle aurait-il pu se livrer à de telles... opérations chirurgicales ?

— J'y suis : un faux aveugle. La malheureuse lui prend le bras, l'entraîne au fond de l'impasse. Et là, l'aveugle se souvient qu'il voit aussi bien que vous et moi.

— Aucun aveugle, ni vrai ni faux, n'a été signalé par les témoins. Pas plus que de prêtre ni de religieuse, d'ailleurs.

Un long silence s'installa de nouveau, ponctué par les sonneries de l'horloge et le bruissement des papiers que Holmes brassait sans relâche.

Un désordre apocalyptique encombrait maintenant son espace de travail.

Je tentai de raviver la conversation :

— Vous évoquiez une deuxième possibilité, Holmes.

— Elle a vu le danger trop tard et elle n'a pas eu le temps de fuir ou d'appeler au secours. Elle était ivre. Ses réflexes étaient donc amoindris.

— Dans ce cas, il peut s'agir de n'importe quel individu habitué à ce genre de transaction sordide : un militaire en goguette, un ouvrier de nuit, un bourgeois insomniaque, un fêtard aux inclinations douteuses. Comment comptez-vous vous y prendre, cette fois ?

Il délaissa enfin ses papiers et vint s'asseoir en face de moi, exténué.

— Comme d'habitude, Watson. Le passé éclaire souvent le présent. Le mode opératoire est la signature du meurtrier.

Il brandit un carton au-dessus de sa tête à la façon d'un joueur de poker s'apprêtant à abattre son jeu.

— Mon fichier a parlé, Watson. Le système de classement demande certes à être perfectionné, mais avec un peu de patience...

Il me tendit la carte.

Je lus :

— *Emma Smith, prostituée, quarante-cinq ans. Violée et agressée à l'arme blanche dans la nuit du*

112

3 au 4 avril à l'angle de Brick Lane et de Wentworth Street, alors qu'elle regagnait son logement situé au 23 George Street. Ses agresseurs lui ont introduit un objet pointu dans le vagin, déchirant le périnée. Ensuite, ils l'ont dévalisée avant de la laisser pour morte au milieu de la rue. Vous pensez que ce meurtre peut avoir un rapport avec celui de Polly Nichols ?

Holmes enfilait déjà son manteau.

— Il n'y a qu'une façon de le savoir, Watson. M'accompagnez-vous ?

Il n'attendit pas ma réponse et se précipita vers l'escalier.

Je décrochai mon manteau de la patère et le suivis.

— Où allons-nous, Holmes ?

— À la dernière adresse connue d'Emma Smith : 23 George Street.

Moins d'une demi-heure plus tard, nous nous présentâmes devant une pension d'aspect médiocre portant une pancarte : *Chambres à louer. Grand confort. Service de qualité.*

Une femme au regard sournois nous reçut sur le pas de la porte, un balai dans une main, un pot de chambre dans l'autre.

— Qu'est-ce vous voulez ?

Holmes exhiba une demi-couronne.

Elle déposa les armes et nous scruta d'un regard suspicieux.

— Vous voulez louer une chambre ?

— Emma Smith, se contenta de dire mon camarade.

— Vous êtes des genres d'enquêteurs ?

— Nous sommes de ce genre-là, en effet.

— Je peux peut-être vous aider, mais c'est donnant donnant. J'aurais bien besoin de votre aide...

— Cela dépendra de ce que vous pourrez nous apprendre.

— Je parie que vous enquêtez sur la fille qu'on a retrouvée avec les boyaux en écharpe. Comment qu'elle s'appelait déjà ?...

— Polly Nichols.

— Ah oui, c'est ça. Ben, je peux vous dire qu'Emma et Polly, ce sont ni les premières ni les dernières à se faire charcuter.

Elle ajouta d'un air entendu :

— Mais personne n'aura jamais le courage de dire la vérité.

— Vous la connaissez, vous, la vérité ?

Elle se tordit le cou pour vérifier qu'il n'y avait personne d'autre dans la rue.

— Emma m'a parlé sur son lit de mort.

— Son lit de mort ? Les journaux racontent qu'Emma Smith a été agressée et laissée pour morte en pleine rue.

Elle s'écarta.

— Entrez. Ce que j'ai à vous dire ne doit pas tomber dans l'oreille d'un fourbe.

Nous prîmes place autour d'une table. L'intérieur nous parut aussi sombre qu'une grotte. Les fenêtres étaient obstruées par des cartons, sans doute pour conserver la chaleur de la pièce, et aussi parce qu'il n'y avait plus de carreaux.

La femme se pencha vers nous et parla à voix basse :

— Les journaux ont raison. Elle a été *laissée pour morte* à l'angle de Brick Lane et de Wentworth Street. Mais elle était bien vivante et bien consciente. Quand ses agresseurs l'ont enfin abandonnée, elle est parvenue à se traîner jusqu'ici. Quand je l'ai vue, tout ensanglantée, j'ai aussitôt voulu la faire conduire à l'hôpital de Londres, à Whitechapel Road. Mais elle voulait pas.

— Pourquoi ?

— À cause des frais, évidemment. Mais elle a fini par tomber dans les pommes. Je pouvais pas la laisser là sans rien faire, alors j'ai appelé l'hôpital de Londres.

— C'est tout à votre honneur.

— Pour sûr. Pas de cadavre chez moi. D'abord ça dégueulasse le plancher, ensuite ça fait mauvais genre. Alors je l'ai suivie à l'hôpital. Et elle m'a tout raconté. Elle a été agressée, volée et violée par quatre hommes. Elle les connaissait bien, mais elle n'a pas voulu donner leur nom. Se faire violer et assassiner une fois, passe encore, mais deux fois, c'est trop. Moi, c'est pareil.

— Comment ça ?

— Je donne pas les noms par peur des représailles.

Holmes sortit une deuxième pièce de sa poche et la posa sur la table, devant la femme.

À notre grand étonnement, elle repoussa la pièce.

— C'est pas une question d'argent, mais de survie. Je tiens à ma peau, moi.

Holmes posa une autre pièce sur la table.

— Pourriez-vous au moins nous donner un indice qui ne vous engage pas personnellement ?

La tentation était trop grande.

Elle ramassa le pactole et commença à voix basse :

— Elle m'a parlé d'une bande qui sévit dans le quartier...

Elle marqua un nouvel arrêt. La peur se lisait sur son visage.

— L'Old Nichol Gang. Ils rackettent les filles. Si elles ne payent pas, elles s'exposent aux pires représailles. Avant, ils leur passaient la tronche au vitriol, leur cassaient le nez et les dents, leur arrachaient les ongles. Ça allait encore. Mais maintenant...

Elle changea de visage.

Holmes insista :

— Maintenant ?

— Il y a plusieurs gangs qui se disputent les mêmes territoires et les mêmes filles. Ils sont de plus en plus exigeants. Les punitions sont de plus en plus épouvantables, aussi. C'est l'escalade. Y a plus de limites. Les filles sont au bout du rouleau. C'est pour ça que j'ai besoin de votre aide.

— Vous avez été victime de cette bande ?

— Oui... de façon indirecte. Emma Smith leur a refilé tout son pognon. Du coup, elle me doit toujours deux semaines de loyer. Alors si vous pouviez faire quelque chose pour récupérer l'argent.

Holmes se leva.

— Je vais faire tout mon possible, mais je crains que le remboursement ne prenne un certain temps, du moins tant qu'Emma Smith sera morte.

La vieille ne pratiquait pas cet humour. Elle n'en pratiquait d'ailleurs aucun.

Elle haussa les épaules et darda des regards haineux en grommelant des insultes sourdes que nous ignorâmes.

116

Sur le chemin du retour, Holmes ne desserra pas les dents. Sans doute était-il déçu par le piètre résultat de cette entrevue. Ou peut-être élaborait-il déjà quelque plan pour infiltrer ce fameux gang.

En fin d'après-midi, nous reçûmes la visite du petit Wiggins, escorté de Mme Hudson, qui monta la garde sur le pas de la porte du salon et ne le lâcha pas des yeux.

Holmes lui parla de Jane Richards et de l'Old Nichol Gang, et lui donna toutes sortes d'instructions. À chaque fois, le jeune garçon opinait, comme si tout cela lui était parfaitement familier. Il paraissait confiant et donnait l'impression qu'il savait exactement à qui poser les bonnes questions pour dénicher ce tueur fou.

Quand il sortit, Mme Hudson le raccompagna jusqu'à la porte du rez-de-chaussée en maugréant.

Holmes passa le reste de la journée à reclasser son incroyable fichier, avec la même application qu'il avait déployée pour le déclasser.

La journée tirait à sa fin.

Durant le souper, Holmes ne fut guère loquace. Je tentai bien d'engager la conversation sur la suite qu'il comptait donner à cette enquête, mais je vis à sa mine que le sujet était scabreux et n'insistai pas.

Il toucha à peine à son plat et il regagna tôt sa chambre.

Je m'installai devant la cheminée et décidai de lire un peu avant d'aller me coucher.

Mme Hudson débarrassa la table et se retira en me souhaitant une bonne nuit.

Mais elle revint quelques minutes plus tard pour déposer une grosse bûche dans l'âtre. Puis, au lieu de prendre congé comme je m'y attendais, elle entreprit d'épousseter les quelques bibelots qui ornaient le rebord de la cheminée. Elle épousseta ensuite la tranche des livres de la bibliothèque. Elle s'affairait autour de moi comme une abeille autour d'un pot de miel, agitant son plumeau de manière ostentatoire. J'observais son curieux manège dans le miroir en face de moi.

Elle ouvrit et referma la fenêtre à trois reprises et prononça à chaque fois la même phrase, comme s'il s'agissait d'une formule cabalistique :

— Ouvrons. Aérons. Cette pièce est trop confinée.

Elle aurait voulu attirer mon attention qu'elle ne s'y serait pas mieux prise.

Je finis par poser le livre que je ne parvenais plus à lire et je lui demandai :

— Auriez-vous quelque chose à me dire, par hasard, madame Hudson ?

Elle prit un air étonné.

— Puisque vous m'en parlez... C'est à propos de Wendy...

— Oui ?

— Les... voisines commencent à me regarder de travers quand je fais les courses au marché.

Je lui aurais bien livré le fond de ma pensée sur l'importance que j'attachais aux pipelettes du voisinage si la bienséance ne s'y était opposée.

— J'entends leurs chuchotements. Certains ne se cachent même plus. Ils trouvent que la présence de Wendy ici est... inhabituelle, pour ne pas dire déplacée.

118

— Avez-vous parlé de cela avec Wendy ?

— Oui, mais elle n'a aucun endroit où aller à part l'asile pour enfants pauvres. Évidemment, elle refuse cette idée.

Elle marqua un arrêt, comme si elle reprenait son souffle en vue d'une déclaration importante.

— Je crois aussi qu'elle n'est pas pressée de partir d'ici... Elle est... tourmentée...

— Allons bon.

— Un tourment qui tient plus au cœur qu'à la raison. Alors j'ai pensé qu'il y aurait peut-être une solution...

Qu'est-ce qu'elle essaie de me dire ?

— Une solution ?

— Peut-être que si elle rencontrait un homme digne de confiance, qui l'aime, qui la respecte et qui la protège...

Cette idée me choqua.

— N'est-elle pas un peu jeune ?

— Il n'y a pas d'âge pour la passion, docteur Watson...

— Cela n'a aucun sens ! Comment pourrait-elle vivre sa prétendue passion si elle refuse l'idée de partir d'ici ?

Elle recula vers la porte en regardant ses chaussures.

— Je suis désolée de vous avoir dérangé avec tout cela, docteur Watson. Je n'aurais jamais dû. J'espère que la nuit vous sera de bon conseil. Je me suis attachée à elle. Je ne veux pas qu'elle retourne à l'état sauvage, à la merci de toutes les turpitudes et ignominies de la rue...

Cette conversation me plongea dans un abîme de perplexité.

Moi non plus, je n'arrivais pas à imaginer qu'elle puisse un jour retourner à cet état.

À bien y réfléchir, je m'étais habitué à sa présence. Avais-je vraiment envie de la voir partir ?

Dimanche 9 septembre 1888

Un temps lourd et instable stagnait sur Londres. L'air était chargé d'une tension palpable. C'était un de ces climats oppressants qui précèdent l'orage et annoncent la grande mutation des saisons. La différence de température entre le jour et la nuit devenait de plus en plus importante. En se refroidissant, la Tamise exhalait un brouillard aigre qui s'infiltrait dans le moindre recoin de la ville.

Je m'allongeai tout habillé sur mon lit, incapable de trouver le repos.

Des flots de pensées contradictoires s'affrontaient sous mon crâne. Les images défilaient en une ronde folle.

Wendy, dans son autre vie.

En haillons rouée de coups par son horrible tortionnaire.

Wendy à Baker Street.

Je la soigne. Grâce à elle, je redeviens médecin. J'ai charge d'âme.

L'impression d'être utile et important pour quelqu'un. Père par procuration.

Ma récompense : son visage lumineux dans le soleil du matin.

Soudain, Mary souffrant et ne parvenant pas à tenir debout plus d'une demi-heure.

Wendy, enlevant son bonnet pour laisser échapper des cascades d'or sur ses épaules.

Le sourire triste de Mary, dans son cadre, sur la cheminée, qui semblait m'implorer.

Mme Hudson qui parle par énigmes.

Qu'essaie-t-elle de me dire ?

Le débat intérieur se prolongea très tard dans la nuit, comme un labyrinthe dont on ne parvient pas à trouver la sortie.

Je commençais enfin à m'endormir quand mon attention fut attirée par des éclats de voix et un claquement de porte au rez-de-chaussée. Il m'avait semblé reconnaître la voix de Wendy.

Je dévalai l'escalier et trouvai Mme Hudson, sur le pas de la porte, fouillant les ténèbres et le brouillard :

— Elle s'est sauvée, docteur Watson. Je crois qu'elle a pris peur quand je lui ai parlé de l'asile.

Elle suspendit sa phrase. Je plantai mes yeux dans les siens.

— Que lui avez-vous raconté ?

— Je... je ne voulais pas l'effrayer. J'aime beaucoup cette petite, mais elle ne peut pas rester ici éternellement. Il n'y avait pas d'issue. Vous vouliez bien qu'elle parte, n'est-ce pas ?

— Mais pas du tout. Au contraire. Qui veillera sur elle si je ne le fais pas ?

— Alors, il est peut-être encore temps...

— Je vais la retrouver et la ramener.

122

— Avec cette purée de poix...

Elle avait raison. Le brouillard était devenu si dense que je ne distinguais même pas le bout de mes chaussures. Je marchai d'un pas vif, sans m'écarter du mur des maisons. J'appelai Wendy, sans succès. Tout devenait confus. Je ne reconnaissais pas les lieux qui auraient pourtant dû m'être coutumiers. C'était comme si un esprit malin s'amusait à changer l'ordre des bâtiments et des rues sur mon passage. Je compris qu'il était inutile d'insister et décidai de rebrousser chemin, mais même cela, je ne parvins pas à le faire. Je réalisai avec rage au bout d'une demi-heure de marche que j'étais complètement perdu. Puis j'eus bientôt la sensation trouble que quelqu'un me suivait, quelque part dans le brouillard. Un sentiment de malaise s'empara peu à peu de moi. Un ennemi invisible me guettait. Je me sentis impuissant face aux ténèbres et à la brume sournoise. Un ricanement nerveux, tout près de moi, me fit sursauter. Je me retournai et découvris Wendy, soulagé.

— C'est toi qui me suivais ?

Elle serrait quelque chose contre sa poitrine. Il y avait quelque chose d'étrange et d'inquiétant dans son regard fiévreux. Elle me toisa avec suspicion.

— Vous me méprisez, n'est-ce pas ?

Je me défendis :

— Mais non, voyons ! C'est l'inverse. Je veux t'aider, te soigner et te mettre à l'abri dans un endroit où tu ne subiras plus de violence.

Elle fit une moue dédaigneuse.

— Vous avez pitié de moi, c'est encore pire.

— Ce n'est pas de la pitié. Je te l'ai dit, je suis médecin. Je ne fais que mon devoir. C'est la seule chose qui compte pour moi.

— Vous êtes-vous déjà demandé ce qui comptait pour moi ?

— Eh bien...

— Tout ce que je veux, c'est qu'on m'aime pour ce que je suis.

— Mais je t'apprécie beaucoup...

— Alors pourquoi ne me le montrez-vous pas ?

— Je... je ne comprends pas.

— Vous êtes comme tous les autres hommes. Vous préférez sans doute assouvir vos instincts avec ces grosses filles qui se pavanent comme des oies dans les rues de Whitechapel, plutôt que de dévoiler le moindre sentiment à l'égard d'une personne qui vous est toute dévouée.

Son regard était brûlant de fièvre.

Je tentai de la calmer :

— Tu ne sais pas ce que tu dis. Je ne peux pas t'aider si tu n'y mets pas du tien.

Elle s'entêtait :

— C'est ce que je disais. Vous voulez juste vous donner bonne conscience, mais au fond de vous, je vous dégoûte.

C'est seulement à cet instant que je vis ce qu'elle serrait contre elle : un couteau d'une taille impressionnante. Je crus qu'elle allait se le planter dans le cœur et je bondis pour le lui arracher des mains. Mais la gamine fut plus rapide que moi et disparut de mon champ de vision, happée par le brouillard et la nuit.

— Attrape-moi, si tu peux.

— Reviens ! Ne fais pas de bêtises !

Sa voix résonnait tout près de moi, comme si elle me criait dans l'oreille. Mais quand je tendis ma main, je ne rencontrais que le brouillard. Je courus à droite à gauche, incapable de la saisir. Mon souffle devint court, le sang battait mes tempes et de grosses gouttes de sueur coulaient dans mes yeux.

J'entendis sa voix, perdue quelque part dans le brouillard :

— Vous allez bientôt voir de quoi je suis capable. Quand il n'y aura plus que moi, vous serez bien obligé de me prêter attention.

Puis ce fut le silence, lourd et oppressant. Un de ces silences angoissants qui précèdent quelque malédiction. Comme si la ville entière retenait son souffle. Un hurlement déchira soudain les ténèbres. Je courus dans la direction d'où venait le cri. Il me sembla voir fuir la petite Wendy. Elle tenait toujours son couteau dans sa main. Je ne pus la rattraper car elle se fondit aussitôt dans le brouillard. Je restai à nouveau seul, à tenter d'explorer la nuit. À présent, il faisait froid.

Une voix nasillarde cria soudain quelque part :

— C'est Annie Chapman ! Elle a été éventrée à Hanbury Street !

La face de la gamine me hantait. Je grelottais de froid, ne sachant plus trop où aller.

Un claquement sec me fit sursauter. Il me fallut quelques secondes pour réaliser que je m'étais endormi tout habillé sur mon lit, la fenêtre ouverte.

Je sautai du lit et me précipitai dans le salon.

Holmes était habillé et lisait le journal, ouvert sur sa table de travail.

— Holmes !

— Bonjour, Watson, avez-vous passé une bonne nuit ?

— Quel horrible cauchemar ! J'ai rêvé qu'une autre malheureuse venait d'être tuée à...

— ... à Hanbury Street. Annie Chapman.

— Co... comment ? Que vous lisiez dans mes pensées, passe encore, mais dans mes rêves !

— Vous n'avez rien rêvé du tout, Watson. Il y a quelques minutes à peine, un petit vendeur de journaux criait la nouvelle sous vos fenêtres...

Je me souvins de la voix nasillarde, dans mon rêve.

— Je suis descendu acheter le journal et je viens de découvrir les faits.

Il replia le journal d'un geste brusque.

— Pressons-nous.

— Et Wendy ?

— Quoi, Wendy ?

Cela m'avait échappé. J'improvisai :

— L'avez-vous vue ce matin ?

Holmes me dévisagea avec une perplexité amusée.

— Non, Watson. Mais je peux vous dire qu'elle est habillée en blanc. De ravissantes boucles blondes s'échappent de sa coiffure et coulent en cascade sur ses épaules. En ce moment même, elle tient à la main un plateau et arbore un sourire radieux.

— C'est... hallucinant. Comment le savez-vous ?

— Elle est entrée au moment où vous m'avez posé votre question et elle se tient juste derrière vous, Watson.

Je fis volte-face, et me trouvai nez à nez avec elle, rouge de honte.

Holmes était sur le départ.

— Je vous suggère de vous dépêcher avant que la police et les badauds ne saccagent les derniers indices.

En sortant, je croisai le regard de Wendy. Il me sembla qu'il s'attardait sur moi plus que de raison.

Moins d'une demi-heure plus tard, le fiacre nous déposa au 29 Hanbury Street, non loin de Spitalfields Market.

Une foule de curieux et de journalistes s'agglutinait devant une cour d'immeuble d'aspect pitoyable. Nous dûmes jouer des coudes et gagner la confiance des policiers pour parvenir jusqu'à l'intérieur de la cour.

L'endroit était misérable. Les murs étaient noirs de suie et de crasse. Du linge gris pendait aux fenêtres et flottait au vent, comme des moignons crasseux et flasques d'humains incomplets.

Il ne nous fallut que quelques secondes pour localiser Abberline.

Il nous repéra et nous lança sur un ton précipité :

— Je n'ai pas eu le temps de vous prévenir. Sir Charles Warren m'a pris de court. J'allais vous faire envoyer un bobby...

Holmes éluda la question d'un geste de la main.

— Peu importe. Nous sommes là, c'est le principal, n'est-ce pas ?

Il enchaîna sans laisser à Abberline le temps de répondre :

— Qui a découvert le corps ?

— Un charretier nommé John Davis qui habite au troisième étage de l'immeuble avec sa femme et leurs trois fils.

— À quel endroit précis était le corps ?

Il tendit l'index.

— Ici même, entre les marches et la clôture entourant le jardin.

— À quelle heure ?

— Il était presque 6 heures du matin.

— Ce John Davis, il partait travailler ?

— Non. Il a déclaré qu'il s'était levé après une nuit sans sommeil. Il est sorti de chez lui et est descendu pour se rendre aux toilettes à l'extérieur. C'est là qu'il a découvert la femme, étendue sur le dos.

— Qu'a-t-il fait ensuite ?

— Il a prévenu l'inspecteur Joseph Chandler, qui était de service au commissariat de Commercial Street, qui a lui-même envoyé chercher le docteur George Bagster Phillips, le médecin légiste de ce secteur. Phillips a examiné le cadavre.

— Vous avez son rapport ?

Abberline lui tendit un feuillet que Holmes lut à haute voix :

— *Le bras gauche était placé en travers de la poitrine. Les jambes avaient été relevées, les pieds posés sur le sol et les genoux écartés. Le visage était enflé et tourné du côté droit. La langue passait entre les dents, mais pas au-delà des lèvres. La denture était parfaite jusqu'à la première molaire, en haut*

128

comme en bas, et les dents étaient en très bon état.
Le corps était terriblement mutilé... La gorge était
profondément entaillée ; les incisions dans la peau
présentaient des bords déchiquetés et faisaient le
tour du cou... Sur la palissade de bois entre le jardin
en question et le voisin, on pouvait voir des traînées
de sang, correspondant à l'endroit où la tête de la
défunte reposait.

Holmes devint songeur et poursuivit la lecture
silencieusement, ne relevant que les faits qui lui
paraissaient importants :

— *Les blessures paraissaient avoir été faites au*
moyen d'un couteau bien affûté à lame étroite...
L'éviscération attestait d'un certain savoir médical...
Le meurtrier pouvait avoir mis au moins une heure
pour procéder à de telles mutilations... Aucune trace
de lutte... Le tueur a attaqué sa victime par surprise,
en la neutralisant sans lui laisser le temps de se
débattre.

Holmes replia le rapport et demanda :

— Où est le corps à présent ?

— Le docteur Phillips l'a fait transporter à la
morgue de Whitechapel, à Eagle Street. Il doit
procéder à l'autopsie complète cet après-midi.

— Bien. Nous nous y rendrons dès que j'aurai
terminé ici. Avez-vous fait fouiller minutieuse-
ment les lieux du crime ?

Abberline lui adressa un regard indigné.

— Évidemment. Une poche de la victime,
fendue par un coup de couteau, avait contenu
quelques objets ordinaires dont deux peignes, un
morceau d'étoffe et une enveloppe renfermant
deux pilules. En outre, elle avait ses papiers

d'identité sur elle. Nous avons donc su son nom dès que nous l'avons découverte. Une de ses amies, lavandière de son état, nommée Amelia Palmer, dépêchée sur le lieu du crime, l'a formellement reconnue.

Il baissa la voix.

— Mais il y a mieux... À moins d'un mètre du corps, on a trouvé un tablier de cuir taché de sang, comme en portent les ouvriers des abattoirs ou peut-être les cordonniers et d'autres artisans travaillant le cuir. C'est un précieux indice. Nous n'en avons pas parlé à la presse. Personne n'est au courant à part vous et moi... et Palmer, bien sûr.

— Palmer ?

— C'est le policier qui a découvert le tablier.

Abberline poursuivit son idée :

— Si quelqu'un fait un jour allusion à ce tablier, nous aurons les meilleures raisons de penser qu'il en sait long sur le tueur. Reste à mener notre enquête et à guetter les témoignages divers que la presse ne manquera pas de publier.

Holmes parut admiratif.

— Voilà qui est bien joué de votre part, inspecteur Abberline.

Le policier accepta l'éloge sans cacher sa fierté. Il ajouta aussitôt :

— Ce n'est pas tout. J'ai demandé à Palmer de faire renifler le tablier par des chiens. Ces animaux ont un sens olfactif très développé.

Mon camarade opina. Il utilisait lui-même parfois les services d'un brave limier à quatre pattes nommé Tobby.

Abberline terminait son explication quand un policier passa tout près de nous, tenant en laisse trois terriers qui fouettaient vigoureusement l'air de leur queue. Les animaux étaient surexcités et l'homme parvenait à peine à maîtriser leur fougue.

Trois truffes inspectèrent le moindre détail de notre tenue vestimentaire.

Holmes écarta les chiens d'un geste brusque.

— Ne perdez pas de temps avec nous. Avec un peu de chance, ils vont remonter la piste... ou au moins dénicher de nouveaux indices.

Abberline opina et congédia le policier aux chiens.

Puis il se tourna vers nous.

— Suivez-moi, je vais vous montrer l'objet.

Il nous conduisit dans le tènement de la maison, à l'abri des regards indiscrets.

Il défit un paquet qui était dissimulé dans un coin et en sortit le fameux tablier.

Holmes l'examina à l'aide de sa grosse loupe. Puis il sortit une fiole de sa poche et versa quelques gouttes d'un mystérieux produit sur le cuir.

Il attendit un instant et déclara à notre intention :

— Regardez, il ne se passe strictement rien !

— En effet, constata Abberline, sans trop comprendre ce qu'il fallait déduire de cette étrange expérience.

Mon camarade sortit du tènement sans plus d'explication et passa encore de longues minutes à examiner le lieu du crime, centimètre par centimètre.

Quand il eut terminé, il interrogea un par un plusieurs témoins. Il ne prenait aucune note écrite. Son cerveau semblait pouvoir tout retenir et tout restituer le moment venu.

Nous apprîmes qu'Annie Chapman avait été mariée à un certain John Chapman, qui travaillait comme cocher pour des familles fortunées de Mayfair. Ils avaient eu trois enfants, dont une fille morte quand elle était encore bébé et une autre handicapée physique. Comme dans le cas de Polly Nichols, le couple s'était séparé parce qu'elle buvait trop. Mais nous apprîmes aussi que John Chapman était lui-même un alcoolique notoire. Comme souvent, les couples les plus pauvres partageaient la misère et l'alcoolisme. Séparée de son mari, Annie subsistait en vendant des allumettes, des fleurs et elle effectuait des travaux de crochet autour de Spitalfields Market, complétant tant bien que mal par la prostitution le peu qu'elle parvenait à gagner. Elle était hébergée à la Common Lodging House de Crossingham, à Dorset Street, du moins quand elle pouvait payer son lit.

Tous les témoins s'accordaient à affirmer que le soir du meurtre elle était incapable de marcher droit tant elle était saoule.

Une information sembla particulièrement intéresser mon camarade. Annie Chapman avait été aperçue au *Ten Bells*, un pub situé de l'autre côté de Spitalfields Market, peu après son ouverture à 5 heures du matin. Une demi-heure plus tard, Elizabeth Darrell, alias Elizabeth Long, l'avait vue parler avec un homme juste un peu plus grand qu'elle dans Hanbury Street.

Quand Holmes eut terminé son investigation, il était déjà 14 heures.

Il ne cachait pas sa satisfaction et semblait confiant.

— Cette fois, nous avons beaucoup plus d'éléments que pour le premier meurtre, Watson.

— Vous parlez de ce tablier ?

— Surtout du cadavre. Si nous nous pressons un peu, nous pourrons assister à l'autopsie. Ensuite, je veux retrouver et interroger cette Elizabeth Darrell moi-même. Son témoignage est capital.

Mon estomac criait famine. Nous parvînmes à acheter deux tourtes à la viande à un vendeur de rue. Nous les dévorâmes dans le cab qui nous menait à la morgue.

Quand nous arrivâmes à la morgue de Whitechapel, j'avais le ventre plein et la tête vide.

Un mélange d'odeurs de détergents et de cadavres en décomposition me sauta à la gorge. Le docteur Phillips venait tout juste de commencer l'autopsie.

Holmes et moi nous présentâmes rapidement et lui expliquâmes notre rôle dans cette enquête. Il ne fit aucune difficulté quand nous lui demandâmes de participer à l'autopsie et parut même flatté de notre aide.

Annie Chapman était une femme trapue d'un mètre cinquante-sept, aux cheveux bruns et aux yeux bleus. Elle devait avoir la quarantaine bien avancée.

La présence de Holmes sembla aiguillonner le docteur Phillips.

Il examina longuement le corps sous l'œil attentif de mon camarade et énonça :

— Les lacérations à hauteur du cou montrent que le tueur a frappé de face. Les intestins ont été sectionnés au niveau de leurs points d'attache dans l'abdomen avant d'être placés sur l'épaule. L'utérus, la moitié du vagin et une bonne partie de la vessie ont été ôtés. L'analyse des gencives et des dents montre d'évidents signes de malnutrition.

— Où sont-ils ? demanda Holmes.

Phillips arrondit les yeux.

— Plaît-il ?

— Les organes prélevés, l'utérus, la moitié du vagin, une partie de la vessie. Où sont-ils ?

— Je... je n'en sais rien. En tout cas, ils manquent à l'appel.

— Vous n'avez pas lu le rapport du médecin qui a découvert le corps ?

— Non, pourquoi ?

— Parce qu'ils n'ont pas été retrouvés sur le lieu du meurtre. L'autopsie ne prend de sens que par rapport aux faits.

Phillips devint pensif et conclut soudain :

— Les organes ont donc été emportés par le meurtrier ! Voilà une donnée qui a bien failli m'échapper. J'ai maintenant de quoi alimenter un rapport d'autopsie en bonne et due forme. Je pense que la séance est terminée.

— Je pense au contraire qu'elle ne fait que commencer, décréta Holmes en se tournant vers la tablette à outils.

Sans transition, il planta un couteau pointu dans la cage thoracique du cadavre et écarta les côtes à mains nues dans un effroyable craquement d'os. Ses gestes étaient sûrs et semblaient presque routiniers. Je comprenais mieux pourquoi il n'avait guère été impressionné par les descriptions morbides du docteur Llewellyn.

Puis, comme si cela ne suffisait pas, il demanda au docteur Phillips de maintenir solidement la tête de la fille entre ses mains et entreprit de scier la boîte crânienne à l'aide d'un outil de nécropsie pourvu de dents acérées.

Il sortit ensuite sa loupe et examina son œuvre.

Le docteur Phillips l'observait avec effarement.

Quand il eut terminé, Holmes le gratifia d'un large sourire.

— Cette fille souffrait d'une maladie chronique des poumons et de la membrane entourant le cerveau. Maladie qui l'aurait probablement tuée sous peu si le meurtrier n'avait pris les devants.

Phillips observa le corps à son tour.

— Bon sang, c'est pourtant vrai !

Pendant que Phillips confirmait point par point les conclusions de Holmes, ce dernier se livrait déjà à une analyse d'un tout autre genre.

Un quart d'heure plus tard, il annonça :

— La victime n'avait pas un gramme d'alcool dans le corps le soir du meurtre.

Puis il se tourna vers le docteur Phillips.

— Vous pouvez mentionner dans votre rapport d'autopsie que tous les témoins qui ont raconté avoir vu Annie Chapman ivre cette nuit-là se sont mépris sur son état. Elle était très malade, ce qui expliquait sa démarche titubante. Sans doute souffrait-elle déjà beaucoup.

Le docteur Phillips acquiesça à nouveau, quelque peu dépassé par les événements.

Holmes conclut :

— Elle était donc en parfaite possession de ses esprits quand le meurtrier s'est présenté face à elle. Pourtant, elle ne s'est pas méfiée de lui puisque son corps ne porte aucune trace de lutte. Je vous suggère enfin d'analyser le col du chemisier de la fille.

— Le... col ? Pour quoi faire ?

— Vous relèverez des giclures de sang sur la partie gauche et non sur la partie droite. Vous en déduirez bien sûr que le meurtrier était gaucher, comme celui de Polly Nichols.

— Bien sûr...

Quand nous sortîmes de la morgue, je poussai un soupir de soulagement. Je n'avais pas vu le temps passer. La nuit était déjà tombée. Le temps s'était rafraîchi.

Mais la tourte à la viande refusait obstinément de se laisser digérer.

Cette longue séance semblait en revanche avoir aiguisé l'appétit de mon camarade.

Il me demanda :

— Que diriez-vous d'un dîner au *Ten Bells*, mon cher Watson ?

Je n'en disais rien du tout, mais de toute façon Holmes n'avait que faire de mon avis.

Nous parvînmes donc un peu plus tard devant le *Ten Bells*, un restaurant dont la façade transpirait de crasse et de misère.

Les femmes de dockers attendaient devant la porte. La plupart d'entre elles tenaient un bébé sur les bras et des ribambelles d'enfants en haillons cramponnés à leurs jupes. Toutes paraissaient épuisées et mal nourries. Je réalisai soudain que nous étions dimanche et compris qu'elles étaient ici dans l'espoir de mettre la main sur une partie de la paye de leur mari avant que tout l'argent soit englouti, au sens propre comme au figuré.

Nous enjambâmes encore quelques clochards étalés en travers de l'entrée et parvînmes à pousser la porte du fameux *Ten Bells*.

Une odeur d'étable, de sueur et de tabac emplit nos narines. Un nuage de fumée rendait la visibilité aussi incertaine qu'à l'extérieur. Je m'arrêtai sur le seuil, bouche ouverte, tentant de trouver dans ce cloaque un peu d'air respirable. Des quintes de toux grasses ébranlaient l'atmosphère. Les quelques lampes à pétrole accrochées aux murs étaient si crasseuses qu'elles semblaient absorber la lumière plus qu'elles ne la diffusaient.

Au bar, une rangée de buveurs juchés sur de hauts tabourets lançaient des blagues de poivrots et riaient aux éclats, la moustache pleine de mousse de bière.

Un homme, chapeau en arrière, siffla son verre si vite qu'il fut pris d'un hoquet et recracha sa bière dans une gerbe d'écume. Je m'écartais *in extremis* pour éviter d'être aspergé.

Mon camarade avisa une petite femme rondouillarde à la poitrine avantageuse et à la tenue vestimentaire peu seyante. Elle était d'une saleté repoussante. Des croûtes se formaient autour de ses yeux et de ses lèvres. La sueur et la graisse miroitaient sur son visage.

Elle était engoncée dans ses robes trop serrées qui lui étranglaient le cou.

— Nous recherchons Elizabeth Darrell, vous la connaissez ?

— Ça se pourrait.

Elle s'approcha de moi.

— Si c'est pour la bricole, je suis pas mal non plus. Paraît que je ferais jouir une enclume.

Elle me souffla son haleine de hareng saur au visage.

— On m'appelle la Fouine. Les mauvaises langues disent que c'est à cause que je m'occupe de ce qui me regarde pas. En vrai, je suis toujours prête à rendre service. Et pour pas cher en plus...

Je retins sa main, qui elle aussi ne demandait qu'à rendre service.

— Dans ce cas, vous pouvez peut-être nous aider.

Elle désigna une longue tablée et un banc d'un coup de menton.

— On peut toujours discuter. Ça va être l'heure de la bouffe. Tu m'invites ?

Holmes me glissa dans l'oreille :

— Ne décevez pas votre nouvelle amie, Watson.

Nous nous installâmes sur le banc et je pris soin de me placer hors de portée des mains de la créature.

À côté de moi, un jeune homme au visage de saindoux astiquait son couteau avec son mouchoir raide de crasse. En face de nous, un gros bonhomme attachait une serviette tachée de sauce sous le menton, en prévision du festin qui s'annonçait.

La Fouine ouvrit les premiers boutons du col de sa robe.

— On crève de chaud ici, trouvez pas ?

Mon camarade se pencha sur son décolleté.

— Pas étonnant que vous ayez chaud. Combien portez-vous de robes ?

Elle dégrafa une nouvelle rangée de boutons.

— Pas tant que ça... C'est vite enlevé.

Holmes ne cessait de lorgner le décolleté avantageux de la créature, qui ne demandait pas mieux. Elle dégrafa successivement plusieurs couches de vêtements, jusqu'à laisser apparaître ses gros seins grisâtres et flasques.

Holmes plongea le nez dans cet abîme de volupté frelatée.

La Fouine leva soudain les bras au ciel et s'exclama :

— Par ici la bonne soupe !

Un homme aux oreilles décollées se tenait devant la table. Sa tête ressemblait à une soupière ratée conçue par un sculpteur amnésique. Il portait un tablier de cuisine maculé d'une croûte d'œuf et des vestiges indéfinissables d'une centaine d'autres repas. Il déposa un gros plat fumant sur la table.

— Ça vous saute au nez, pas vrai ?

— C'est un euphémisme, fit remarquer Holmes en grimaçant.

L'homme à la tête de soupière se pencha sur le plat et huma la mixture.

— Ben non, c'est un poisson.

— Vous faites de l'autodérision ? demanda encore mon camarade.

L'homme se gratta le crâne de ses ongles crasseux.

— J'en sais rien, faut que je demande au cuistot.

La Fouine explosa d'un rire sonore.

— Laissez tomber. Autant parler chinois à un aveugle.

Le bougre tendit la main.

— Ça fait cinq cents l'assiette. Quinze cents, vu que vous êtes trois.

Il paraissait meilleur en arithmétique qu'en linguistique.

Holmes lui donna ses pièces.

Ma « nouvelle amie » se jeta sur le plat et remplit son assiette jusqu'à la faire déborder.

Puis elle s'emplit les joues de l'infâme tambouille et déglutit en émettant un bruit de siphon.

L'homme à la serviette trop petite s'empiffrait bruyamment, en jetant des regards angoissés autour de lui, comme un chien qui craindrait qu'on lui retire sa gamelle. Deux ruisseaux de graisse coulaient le long de sa bouche. Il se curait les dents avec ses ongles et crachait par terre, si bien que j'en eus la nausée.

Holmes se servit une pelletée de présumé poisson. Je l'imitai sans conviction, pour entretenir l'illusion.

La Fouine siffla d'un trait le contenu d'une chope de bière. Puis elle se racla la gorge et lança sur le plancher un paquet de mucus qu'elle écrasa dans la sciure du bout du pied.

— De quoi qu'on causait, déjà ?

Il semblait difficile d'avoir une conversation

suivie dans un tel contexte. Holmes insista cependant :

— Je voudrais savoir si vous connaissez Elizabeth Darrell. C'est la dernière personne qui a vu Annie Chapman.

— Faudrait me stimuler les papilles cérébrales. Y a que le gin qui m'irrigue bien le cerveau. Avant trois verres, je me souviens de rien. Au bout de cinq verres, la mémoire me revient par petites lumières, comme les bougies qu'on allume à l'église pour faire des prières. Au bout de dix verres, la mémoire me revient intégralement. Et après dix verres...

Elle marqua une pause.

— Oui ?

— Faut que j'aille pisser.

Holmes commanda une bouteille de gin malgré mon regard réprobateur. La fille s'en servit trois verres qu'elle avala coup sur coup. Elle se redressa, l'œil brillant, comme si l'alcool avait réellement le pouvoir de la revigorer.

J'en profitai pour lui demander :

— Connaissiez-vous Annie Chapman ?

— Un peu.

— Pouvez-vous nous parler d'elle ?

Elle haussa les épaules.

— Y a pas grand-chose à raconter. C'était une pauv'fille. Elle gagnait sa vie comme nous toutes, à la sueur de mon front.

— T'as le front bizarrement placé, observa sa voisine.

Holmes baissa la voix.

— Puisque nous sommes là, nous aimerions avoir plus de détails sur la façon dont se passe

141

votre... commerce. En particulier sur votre clientèle...

— Ça dépend des personnes. Y a des vieux
cochons qui peuvent plus bander et qui se contentent de vous caresser le velours.

— Le velours ?

Holmes écrasa mon pied. Je grimaçai.

La fille me regarda d'un drôle d'air et poursuivit :

— Y a aussi des ouvriers, des marins, qui vous
pistonnent dans les coins. Mais c'est pas trop ma
clientèle.

— Non ?

— Nan. Moi, je sélectionne. Je la joue grande
dame.

Elle repoussa quelques mèches grasses en
arrière d'un coup de tête.

— C'est le port qui me fait défaut. Sinon
j'pourrais être une dame d'la haute. Vous trouvez
pas ?

— Heu...

— Notez bien, j'ai pas de mérite, j'ai baigné
dans le luxe, j'ai tutoyé l'opulence. Pour tout dire,
j'ai été demoiselle d'honneur à la cour de la reine
d'Angleterre.

— Vous ne seriez pas un peu mythomane ?
objectai-je.

Elle douta un instant et me jeta un regard noir.

— Dites donc, soyez poli. On n'a pas élevé les
cochons et les serviettes ensemble.

Holmes baissa encore d'un ton.

— Et ensuite... l'acte en lui-même ?

— Y en a qui utilisent une capote en boyau de

bête. D'autres qui se vernissent le membre à l'essence de térébenthine pour tuer les germes.

Elle avala un verre de gin et conclut par un claquement de langue sonore.

— Après, ça dépend. La plupart font ça de face, debout contre un mur. Mais y en a qui se présentent à l'entrée de service.

— L'entrée de... ?

Holmes écrasa à nouveau mon pied, ce qui devenait une fâcheuse habitude.

Le gin aidant, la Fouine se faisait volubile. On sentait qu'elle maîtrisait son sujet. Je ne pouvais pas en dire autant.

— Des fois, aussi, on n'a même pas le temps de s'essuyer les escalopes à moustaches dans son jupon qu'un lascar vous saute dessus. Y en a que ça excite les tartines beurrées.

J'ouvris des yeux comme des soucoupes. Elle émit un rire rauque et caverneux.

— Faut vraiment tout vous expliquer ! Une tartine beurrée, c'est une fille qui vient juste de se faire sauter et qui a encore la cramouille dégoulinante. Certains hommes en raffolent.

Elle lut mon dégoût et ajouta :

— Je dis pas ça pour vous, bien sûr.

Mais son regard hurlait le contraire. Holmes lui demanda :

— Certains se montrent-ils violents ?

— C'est rien de le dire. Et les pires ne sont pas toujours ceux qu'on imagine. J'ai même des gens très bien dans ma clientèle régulière.

— Je n'en doute pas.

Elle rectifia :

— Je veux dire des gens de la haute. Des aristos. Bien habillés, allure distinguée, bonnes manières et tout. Je suis sûre que chez eux ils lèvent le petit doigt quand ils prennent le thé et qu'ils honorent leur dame de la façon la plus conventionnelle qui soit. Mais avec moi...

— Vous connaissez leur nom ?

— Non, mais je pourrais les reconnaître entre mille. On leur donne des surnoms. Par exemple, y a Bite-molle.

Je fronçai les sourcils. La fille poursuivit :

— La première fois que je l'ai vu, y m'a demandé de me mettre à genoux devant lui. J'ai cru qu'y voulait que je lui bécote le zozio.

Je retins ma question et écartai mon pied avant que Holmes ne s'acharne dessus.

— Ouais, mais j'ai senti un jet brûlant qui m'a frappé l'œil droit et ça a coulé sur tout mon visage et même dans mes sous-vêtements. J'ai compris que ce salaud était en train de me pisser dessus. J'ai voulu reculer, mais y m'a chopée par les cheveux, il a recommencé et m'a obligée à ouvrir la bouche.

— Mon Dieu, c'est ignoble. J'espère que vous l'avez dénoncé.

— Sûrement pas. Y m'a donné assez d'argent pour me payer un vrai lit et me saouler la gueule jusqu'à l'aube. J'allais tout de même pas me plaindre.

— ...

— Il est revenu le lendemain. Je lui ai seulement demandé d'éviter les yeux. À cause du maquillage, vous comprenez.

— Je comprends.

Il y eut un blanc. Holmes et moi n'osions même plus nous regarder tant nous étions honteux de recueillir une telle confession.

La fille avala un autre verre de gin, renifla et s'essuya le nez du revers de la main.

Elle poursuivit son idée.

— Y a bien plus dégueulasse. Suzy, elle se coltine Sac-à-merde. Il paye bien, mais il l'oblige à...

Holmes posa sa main à plat sur la table.

— Ça suffit !

L'homme au visage de saindoux sursauta et fut pris de hoquet.

La Fouine eut un air étonné.

— Ben quoi ? Je croyais que vous étiez venus pour entendre ça. C'est quoi, votre truc, exactement ?

— Nous recherchons un détraqué, mais pas dans le même registre. Le nôtre éventre vos collègues.

— Un homme ?

Holmes haussa les sourcils.

— Pourquoi cette question ?

— Je connais des dames de la haute, pleines aux as et gougnottes comme c'est pas permis, qui donneraient une fortune pour se faire brouter la touffe. Ça se fait en catimini dans des voitures de luxe, sous l'œil impassible du cocher. Les bonnes femmes, je les trouve encore plus vicieuses et tordues que les types.

Holmes semblait étonné. Cette éventualité ne semblait pas l'avoir effleuré.

Il fit un geste de la main, comme pour évacuer une pensée incongrue.

— Homme ou femme, peu importe. Nous tentons de mettre la main sur un dangereux maniaque.

Pour toute réponse, la Fouine, qui avait bu la moitié de la bouteille de gin à elle seule et englouti deux assiettes de supposé poisson, se figea, nous regarda fixement, enjamba le banc avec difficulté et se précipita dehors.

Quelques minutes plus tard, elle regagna sa place. Les couleurs de son maquillage se mélangeaient, si bien que son visage commençait à ressembler à une bougie multicolore à moitié consumée.

— J'ai tout dégobillé.

Holmes eut une moue de dégoût.

— C'est très aimable à vous de nous tenir au courant.

Elle claqua son verre sur la table de façon ostentatoire.

— J'ai le gosier sec comme un coup de trique.

Holmes lui servit un verre de gin.

Elle l'avala d'un trait et nous regarda à travers ses yeux embués.

— De quoi qu'on causait, déjà ?

— Combien de couches de vêtements portez-vous ? demanda Holmes, revenant à son idée fixe.

Elle se pencha en avant dans un simulacre de révérence.

— Tout ce que je possède est sur moi, vu que j'ai pas d'autre endroit où déposer ma garde-robe. Chuis un vrai magasin ambulant. Mais ça s'enlève très vite. Suffit de demander.

— En était-il de même pour Annie Chapman ?

— Évidemment. On peut pas courir le risque de se les faire piquer. C'est tout ce qu'on a.

Holmes lui glissa une pièce d'or dans la main.

— Vous ne pouvez toujours pas nous dire où l'on pourrait trouver cette fameuse Elizabeth Darrell ?

La fille mordit sa pièce et revint à nous.

— *Tête de Mort*.

— Plaît-il ?

— C'est là-bas que vous la trouverez. En fin de soirée. Un établissement discret, même si la fréquentation laisse parfois à désirer. Dites pas que c'est moi qui vous ai informés sinon elle me fera la peau. Elle se planque. Elle est un peu en délicatesse avec les roussins ces temps-ci.

Holmes trouva la ressource de lui serrer la main.

La Fouine posa ses poings sur ses hanches.

— Z'êtes de drôles de types, tous les deux. Seriez pas un peu de la jaquette ?

Quand nous sortîmes du *Ten Bells*, il faisait nuit noire.

Un petit vent d'est me rafraîchit le visage. Je m'aperçus que j'avais bu sans trop m'en rendre compte.

Je pris une profonde respiration et calai mon pas sur celui de mon camarade.

— Quelle soirée ! Beaucoup de blabla pour pas grand-chose. Ces pauvres filles seraient prêtes à raconter n'importe quoi pour quelques verres de gin.

— Détrompez-vous, Watson. Nous avons accumulé une foule de détails qui peuvent se révéler essentiels le moment venu. Avez-vous remarqué ce que la fille portait sur elle ? Cela signifie...

Sa voix changea d'intonation.

— Nous sommes suivis, Watson.

J'allais m'arrêter et me retourner, mais il me prit le coude avec fermeté.

— Je vais m'éloigner de vous. Continuez à marcher et à parler comme si nous étions toujours ensemble. Faites les questions et les réponses. N'hésitez pas à parler fort. Et accourez quand je vous le dirai.

J'allais lui demander ce qu'il comptait faire, mais il s'écarta et se fondit dans la nuit.

J'entamai un monologue bruyant tout en faisant claquer mes talons sur le pavé.

Quelques secondes plus tard, des éclats de voix s'élevèrent dans mon dos.

Je reconnus la voix de mon camarade.

— Watson. Par ici !

J'accourus.

Holmes maintenait un homme au sol en lui repliant un bras dans le dos.

Il lâcha sa prise en m'apercevant.

— Relevez-vous et dites-nous pourquoi vous nous suiviez.

L'homme avait un aspect miteux. Il empestait l'urine et le mauvais vin.

— Je... j'vous ai entendus parler au *Ten Bells*. J'ai peut-être une information pour vous.

— Tu n'attendais pas plutôt le moment propice pour essayer de nous détrousser ?

— Je sais pas trop, m'sieur...

Holmes leva sa canne et fit mine de le frapper.

— Alors dis-nous ce que tu sais et nous serons quittes.

Il baissa la voix et annonça sur un ton de haute confidence :

— Moi, je le connais, le tueur. Je l'ai vu, un jour. C'était une espèce de squelette vivant.

— Tu ne serais pas en train de te payer notre tête ?

— Oh, non, m'sieur.

— Alors parle. Dis-nous la vérité !

— Faudrait savoir.

Holmes brandit à nouveau sa canne.

— Je vous jure que c'est vrai. J'en fais encore des cauchemars. En fait, il n'avait pas vraiment de visage. C'est comme si sa peau avait été arrachée. On voyait ses os. J'ai tout de suite compris que c'était un zombie qui était ressorti de sa tombe pour tourmenter les vivants.

— Faudrait savoir. C'était un squelette ou un zombie ?

— Disons un zombie squelette.

— Tu lis trop, mon vieux.

— Je sais pas lire, m'sieur...

Il se reprit :

— Mais je sais regarder les illustrations. Et je peux vous dire que le monstre ressemblait à un écorché, comme on voit dans les livres d'anatomie.

— Où est-ce que tu l'as vu, ton squelette zombie ?

— Me souviens plus, m'sieur.

— Tu lui as parlé ?

— Non, je connais pas un traître mot de zombie. Il a hurlé dès qu'il m'a vu. Sa voix était horrible, comme si elle sortait directement de l'enfer. Alors je me suis sauvé. Et je l'ai entendu courir.

Holmes insista :

— Il a couru après toi, ou bien il s'est sauvé lui aussi ?

— Je saurais plus dire. J'avais tellement peur. J'ai couru droit devant moi. Et quand je me suis arrêté pour respirer, il était plus derrière moi.

Holmes donna pourtant une piécette au bonhomme.

— Tiens, voilà pour toi. Et ne cours pas la boire.

— Tout de suite, m'sieur. À vot' bonne santé généreuse !

Lundi 10 septembre 1888

Je passai la journée entière du lundi à récupérer de la course folle des jours précédents et à rédiger le présent journal.

Holmes, lui, resta toute la journée dans sa chambre et n'en sortit pour aucun repas.

En fin d'après-midi, il fit irruption dans le salon, frais comme un jeune homme, et m'annonça qu'il avait l'intention de retrouver la fameuse Elizabeth Darrell.

Je suivis Holmes dans son nouveau périple.

Il nous fallut deux bonnes heures pour retrouver la *Tête de Mort*.

La description que nous en avait faite la Fouine était bien au-dessous de la vérité.

Holmes s'adressa à l'homme qui se tenait derrière le bar.

— Nous recherchons Elizabeth Darrell.

L'homme tiqua. Le mot était malheureux.

Holmes s'empressa de rectifier :

— Nous ne sommes pas de la police. Nous sommes des amis.

Une expression de stupeur se peignit sur le visage du barman.

— Ça alors, je n'aurais jamais cru !

— Cru quoi ?

— Qu'elle avait des amis. Elizabeth Darrell, elle aime personne. C'est la pire teigne que je connaisse.

Il haussa les épaules.

— Enfin, ça vous regarde. Qu'est-ce que vous buvez en attendant ?

Nous prîmes place à une petite table, chacun devant sa bière, tentant de faire oublier notre présence du mieux que nous pouvions.

Nous étions là depuis une heure quand une agitation se produisit autour du bar.

Le barman tendit le doigt dans notre direction. Quelques minutes plus tard, une fille traîna une chaise jusqu'à notre table et se joignit à nous sans plus de formalités.

— Paraît que vous cherchez Elizabeth Darrell ?

— Vous la connaissez ?

— Ça se pourrait. Qu'est-ce que vous lui voulez ?

— Lui poser quelques questions.

— Le genre de questions que posent les roussins et qui amènent que des emmerdes aux pauv'connes dans mon genre ?

Holmes adopta un ton rassurant.

— Vous n'aurez aucun souci. Nous ne sommes pas des policiers, mais de simples journalistes à la recherche de faits nouveaux.

La fille se méfiait toujours.

Mon camarade précisa :

— Nous voulons juste des détails. Des éléments que les autres journaux n'ont pas encore révélés. De l'inédit, en somme.

Holmes sortit son arme habituelle : une demi-livre qu'il posa sur la table devant la fille.

D'un geste d'une rapidité inouïe, elle plaqua sa main sur la pièce et la fourgua dans sa poche.

— Je suis Elizabeth Darrell. Qu'est-ce que vous voulez savoir ?

— Vous avez déclaré qu'Annie Chapman parlait avec un homme peu avant sa mort. À quoi ressemblait-il ?

— Il était brun. Un mètre soixante-cinq. Habillé comme le valet de trèfle.

— Ça ne serait pas plutôt l'as de pique ?

— J'ai pas fait gaffe aux détails. En tout cas, il était habillé en noir. Pas du gratin. Il avait plutôt l'air...

Elle promena son regard autour d'elle, et ajouta sur un ton de conspirateur :

— ... d'un étranger.

Elle baissa encore la voix et se pencha vers nous :

— Genre immigrant, si vous voyez ce que je veux dire.

Holmes recula devant son haleine putride.

— Dites-moi le fond de votre pensée.

— C'était un immigrant juif. Il a demandé à Annie Chapman : « Tu veux ? » Et elle a répondu : « Oui. »

Holmes aligna quelques pièces. Le serveur aligna quelques chopes. L'ambiance monta de quelques degrés. À la faveur du breuvage, la fille commença à se livrer. Elle devenait de moins en moins discrète et parlait si fort que presque toute la clientèle pouvait suivre ses propos.

Une femme à une table voisine jaugea notre capacité à l'abreuver et se mêla à la conversation. Elle portait un œil au beurre noir d'un violet parfaitement assorti à la couleur de sa robe.

— Secret de Polichinelle. Je peux même vous donner son nom et son adresse.

— Oui ?

— C'est le Tablier de Cuir qui a fait le coup.

Je me raidis. Comment aurait-elle pu connaître cet indice alors que la police n'en avait parlé à personne ?

Holmes garda son calme et feignit de ne pas comprendre.

— Le quoi ?...

— Le Tablier de Cuir. John Pizer.

Elle posa son index sur son œil poché.

— C'est lui qui m'a fait ça. Une brute alcoolique qui s'amuse à terroriser les malheureuses et à les tabasser pour le plaisir de les entendre gueuler et supplier.

Les bouteilles de rhum succédèrent aux verres de gin et aux chopes de bière. Il fallut trinquer dix fois et faire semblant de boire dix fois. Les regards se voilèrent et les dictions se firent pâteuses. Nous simulâmes l'ivresse, tout en restant vigilants afin de prévenir toute mauvaise initiative de la part du reste de la clientèle. La spécialité de la maison, un liquide brunâtre à l'odeur de caoutchouc brûlé, ne facilita pas la conversation. Il fallut couper dans les digressions en ménageant les susceptibilités, s'apitoyer dans les moments tragiques et s'esclaffer aux boutades présumées de nos indicatrices. Mon camarade déploya des trésors de dialectique dans un vocabulaire coloré que je ne lui connaissais pas.

Nous parvînmes finalement à déterminer que John Pizer tenait son pseudonyme du tablier qu'il portait en permanence. L'homme était un bottier juif qui traînait souvent du côté de Commercial Street et avait l'habitude de brutaliser les femmes pour leur soutirer de l'argent ou pour les effrayer. Il était trapu et massif, âgé d'une petite quarantaine d'années, avec des cheveux et une moustache noirs et une nuque très épaisse.

Après avoir déboursé une somme rondelette en boissons et alcools divers, nous finîmes par apprendre que John Pizer habitait au 7 Mulberry Street, en plein cœur de Whitechapel.

Au moment de prendre congé, le patron insista pour nous offrir une bouteille de la « spécialité de la maison » en nous assurant de son amitié indéfectible et en nous implorant de lui rendre visite plus souvent.

Holmes lui promit que l'endroit serait dorénavant notre club, et enfourna la bouteille dans sa poche. Il eût été malvenu de créer un quiproquo pour une banale question de spiritueux alors que nous étions si près de la porte de sortie.

La nuit était glacée. Chaque jour, la température chutait. Ce soir-là, le choc thermique fut violent malgré les boissons alcoolisées aux vertus calorifiques indéniables que nous venions d'absorber.

Le vend froid me remit les idées en place. Je me dis soudain que tout cela était un peu trop facile. Il avait suffi de questionner quelques pauvres filles éthyliques pour apprendre le nom du meurtrier, que tout le monde semblait connaître à part nous.

Je fis part de mes interrogations à Holmes :

— Le nom est lâché. Mais pourquoi les gens n'ont-ils pas parlé plus tôt ?

— Peur des représailles, indifférence au sort d'autrui. Loi du silence. Les gens de l'East End craignent plus la police que le meurtrier.

— Que comptez-vous faire ?

— Rendre visite à ce Pizer, bien sûr.

Je n'étais qu'à demi rassuré. Des figures grotesques et effrayantes surgissaient à chaque coin de rue et semblaient épier nos moindres faits et gestes.

Une créature au sexe et à l'âge indéfinis nous ouvrit, les yeux hallucinés dans un visage bouffi par l'alcool. Elle portait des haillons si crasseux qu'un épouvantail à moineaux n'en aurait pas voulu.

— Votre mari n'est pas ici ?

— Nan. Qu'est-ce vous lui voulez ?

— Lui poser quelques questions.

La porte se referma sur notre nez.

Holmes mit sa main en porte-voix.

— Et lui donner un shilling pour le temps qu'il nous accordera.

La porte s'entrouvrit.

— Combien vous dites ? Deux shillings ?

— Va pour deux shillings.

Holmes fit un pas en avant.

— Vous vous doutez de la raison de notre...

La femme tendit la main, bloquant encore l'accès.

— La monnaie d'abord !

156

Holmes lui remit la pièce qu'elle fit aussitôt disparaître dans un pli de sa jupe crasseuse.

— L'est pas là, mais j'peux répondre à sa place.

Elle était incapable de prononcer deux mots sans avoir une quinte de toux.

— Où est-il ? demanda Holmes.

— Probablement en train de se saouler la gueule.

— Quand rentrera-t-il ?

— Peut-être bien quand il aura fini de se saouler la gueule.

Elle ouvrit la porte en grand.

— Rentrez. On va attraper la crève avec c'putain de temps...

Elle nous lâcha un éternuement gras et sonore en pleine figure.

— Tiens, qu'est-ce que je disais !

Puis elle se moucha dans ses doigts et secoua sa main pour se débarrasser du paquet de mucus.

Nous prîmes place sur trois tabourets bancals autour d'une table qui ne l'était pas moins. Une bougie encastrée sur le goulot d'une bouteille constituait l'unique source de lumière de la pièce.

Dans un coin, nous distinguâmes un vague grabat posé à même le sol. Une odeur de moisi, d'urine et d'alcool frelaté emplissait l'atmosphère confinée de la pièce.

Holmes tenta d'exposer à la femme les raisons de notre visite, ne cachant pas les présomptions de culpabilité qui pesaient sur son mari.

Impossible de savoir si elle nous écoutait ou si elle explorait la face cachée de la lune.

Comme elle ne réagissait pas, il changea de stratégie.

— Comment se comporte votre mari avec vous ?

— Comme tous les maris. On a commencé à se regarder en chiens de fusil...

— De faïence.

— Fusil de faïence ?

Holmes eut un geste d'agacement. Elle poursuivit :

— Après on s'est crêpé le Chinois...

— Le chignon.

Elle fronça les yeux.

— Comment vous pouvez savoir ? Z'étiez même pas là !

Holmes haussa les épaules. Elle reprit :

— En tout cas, il travaille dur toute la journée. Faut bien qu'y passe ses nerfs sur quelqu'un le soir.

— Il vous frappe ?

— Seulement quand il rentre bourré.

— Il l'est souvent ?

— Tous les soirs.

— Donc, il vous frappe tous les jours.

— Nan, y a des fois où y rentre pas. Et y a des fois où je peux pas savoir si y m'a cognée ou non, vu que j'suis trop bourrée pour m'en rappeler.

— Vous buvez aussi ?

— Faut bien. Sinon, comment que j'pourrais supporter les coups ?

Elle releva sa manche et dévoila un réseau d'hématomes aux couleurs arc-en-ciel.

— Il y va pas avec le dos de la main morte.

Elle nous tendit une bouteille contenant un liquide d'aspect douteux.

— Mais avec ça, je sens plus rien.

158

— Qu'est-ce que c'est ?

— Spécialisé maison. Z'en voulez ?

— On en sort tout juste.

— Z'avez tort, c'est du bon. Tellement fort que c'est pratiquement impossible de le pisser. Ça attaque même le verre.

Elle fit claquer sa main sur la bouteille.

— On peut se payer un bon coma avec une seule dose. J'y ajoute un peu de pétrole de lampe pour adoucir le goût.

Elle remplit son verre crasseux jusqu'au bord.

— Moi, y m'en faut plutôt trois. Question d'habitude.

Elle vida son verre d'un trait et décrivit un lent mouvement gyroscopique, évoquant un boxeur qui tenterait de conserver son équilibre après un uppercut. Ses pupilles disparurent un instant, comme si le breuvage avait effacé son regard. L'ambiance était au naufrage. La porte de la bicoque ne cessait de grincer sous la poussée du vent. Nous avions l'impression d'avoir échoué sur un vieux rafiot en perdition.

Elle revint peu à peu à elle.

Je désignai la bouteille.

— Cette chimie va vous achever.

— Raison de plus. Faut profiter de la vie tant qu'on est vivant, pas vrai ? Et avec tout ce qui se passe en ce moment, je serais pas surprise de me réveiller un beau matin, toute morte et décorée comme un sapin de Noël avec les boyaux en guirlande autour des épaules.

Holmes écarta la bouteille et tenta de renouer le fil de ce simulacre de conversation.

— Vous dites que votre mari ne rentre pas tous les soirs. Vous savez pourquoi ?

Elle prit une profonde inspiration et posa ses mains à plat sur la table comme pour tenter de trouver un point d'ancrage fixe dans son univers tourbillonnant.

— Pourquoi qu'y rentre pas ?

— Oui.

— Chais pas, moi. Soit qu'y retrouve plus son chemin, ou qu'y peut plus arquer vu qu'il est gelé comme un coing.

— Lui arrive-t-il de voir d'autres filles ?

Elle réfléchit à nouveau.

— À part les putes, je vois pas.

— Son infidélité ne semble pas vous déranger.

— Quand mon premier mari est mort, ça a fait tout un tas de problèmes.

— Je ne vois pas le rapport.

— Je préfère être cocue que veuve, y a moins de formalités.

— Savez-vous s'il se montre violent avec ces malheureuses ?

— Pas plus qu'avec moi.

Elle réfléchit un court instant.

— Sauf une fois. Y devait être un peu énervé. Il a poignardé une fille.

Elle avala un deuxième verre et nous perdîmes de nouveau son regard. Holmes tenta encore de la ramener à nous.

— Poignardé ?

La réponse tarda à venir.

— Ouais. Il a fait six mois de bagne.

— J'espère que ça lui a servi de leçon.

— Pour sûr. Y cogne plus fort qu'avant, mais y poignarde moins.

Holmes leva les yeux au ciel.

— Bref, vous nous décrivez votre mari comme une brute épaisse, alcoolique, obsédé sexuel et mentalement dérangé.

Elle réfléchit encore.

— Oui, c'est bien mon John. Il est comme ça.

— En somme, il pourrait très bien être l'assassin des malheureuses de Whitechapel ?

— Y pourrait.

Holmes et moi échangeâmes un regard décontenancé.

Elle reprit :

— Mais c'est pas lui.

— Qu'est-ce qui vous fait dire ça ?

— Je le saurais. Les jours de paye, je le lâche pas d'une semelle. Sinon, y dépense tout le soir même et y a plus d'argent pour bouffer le reste de la semaine.

Je me souvins que les meurtres avaient eu lieu un dimanche et un samedi, jours où les employés touchaient leur rétribution. Et je revis le spectacle affligeant de toutes ces pauvres filles qui attendaient leur mari à la porte du *Ten Bells* dans l'espoir de grappiller quelques miettes de leur paye hebdomadaire.

— Qu'est-ce qui nous prouve que vous dites la vérité ? insista Holmes.

Elle haussa les épaules.

— Z'avez qu'à aller au *Traquenard* si vous me croyez pas.

— Le *Traquenard* ?

— C'est la taverne où y passe ses nuits à se bourrer la gueule. Des dizaines de poivrots l'ont vu les soirs des crimes.

— Vous seriez prête à témoigner pour l'innocenter ?

En guise de réponse, elle se servit un nouveau verre qu'elle avala d'un trait. Le mouvement gyroscopique s'amplifia. Puis elle se figea, le regard vide.

— Ça va ? demandai-je.

Son buste se cassa soudain en deux et elle s'étala, la face contre la table, dans un sinistre craquement de nez, ce qui mit fin à la conversation.

Je serais bien allé me coucher, mais Holmes semblait aussi frais qu'au réveil. Je savais qu'il était inutile de tenter de le dissuader de poursuivre son investigation. Je le suivis, malgré le danger.

À l'évidence, le *Traquenard* n'usurpait pas sa réputation. Il surclassait le *Ten Bells* et la *Tête de Mort*. Les hurlements qui s'échappaient de l'endroit ne laissaient pas le moindre doute sur les activités qui s'y déroulaient. Il eût été inconscient de s'aventurer dans ce bien nommé *Traquenard*.

Holmes fit la même analyse que moi :

— Toute approche frontale s'apparentant à un suicide, je propose une stratégie plus conservatrice.

Il appuya sur ma tête et nous disparûmes tous deux derrière un buisson.

Il chuchota :

— Voici notre pigeon.

Un marin ivre mort venait de sortir du *Traquenard*.

Holmes sortit une petite bouteille de sa poche. Je reconnus la spécialité de la *Tête de Mort*.

Il se présenta à découvert et s'approcha du marin en exhibant sa bouteille, comme on amadoue un chien féroce avec un os à moelle.

— Là... tout doux l'ami.

L'ami en question sortit de sa ceinture un redoutable kriss indien qui ne demandait qu'à entrer dans le vif du sujet.

Holmes conserva son calme.

— On cherche John Pizer pour trinquer avec lui.

— Pourquoi trinquer Pizer ? balbutia l'autre dans un anglais approximatif.

— C'est son anniversaire aujourd'hui. On s'est dit que ça lui ferait plaisir de trinquer avec nous.

— Vous famille de lui ?

— Éloignée.

Le marin tituba mais conserva une position à peu près verticale.

Puis il hésita encore entre le kriss et la bouteille.

La spécialité du patron emporta son suffrage.

— Moi aussi boire santé Pizer.

Il en but une lampée à la bouteille et émit un rot sonore.

— Pas piquette ! Râpeux. Garder bouteille pour moi. Toute façon, John déjà dose ce soir.

Holmes désigna le *Traquenard* d'un coup de menton.

— Il est là-dedans ?

— Ouais, dedans.

Un simulacre de conversation s'engagea entre Holmes et le marin. L'homme confirma ce qu'affirmait la femme de Pizer. La piste du Tablier de Cuir était une impasse de plus. Notre marin but la totalité de la bouteille. Il tourna sur lui-même. Je m'attendais à le voir embrasser la terre d'une seconde à l'autre. Mais il opéra un rétablissement spectaculaire et retourna vers le *Traquenard*. Il grommela quelques mots que je traduisis comme :

— C'est bon, mais c'est trop sucré. Ça m'a donné soif.

Jusqu'à présent, je n'avais abordé l'alcoolisme de l'East End qu'à travers les statistiques gouvernementales et médicales. Cette nuit venait de me prouver que la réalité dépassait de loin la légende.

Je serais mort si j'avais essayé d'avaler le dixième de la dose que ce gars-là avait dans le sang. Ce n'était plus un être humain mais une distillerie ambulante.

Je frémis à l'idée du degré de conscience que pouvait encore conserver un individu dans un tel état.

Mardi 11 septembre 1888

Mon camarade somnolait devant une tasse de thé. Je n'aurais pu dire s'il venait de se lever ou s'il ne s'était pas encore couché. Je lui désignai la première page du journal du matin.

— Le Tablier de Cuir a été arrêté.

Il posa sa main sur sa tasse.

— Non, merci, Watson, j'en ai déjà pris deux tasses.

— Holmes, je vous dis que Pizer a été arrêté.

Il tendit sa tasse.

— Bon, juste un fond alors.

Il avala le thé, s'extirpa de son fauteuil avec la lenteur d'un vieillard et se dirigea vers sa chambre d'un pas incertain.

Puis, au moment d'entrer dans sa chambre, il se retourna vers moi.

— À propos, Watson, vous devriez jeter un œil au journal. Ils ont arrêté le Tablier de Cuir. La police a trouvé cinq couteaux et armes tranchantes chez lui.

— Holmes !

— Je sais ce que vous pensez, Watson. Pizer est un parfait bouc émissaire. Scénario idéal pour une erreur judiciaire.

Je levai les yeux au plafond et poursuivis :

— Certes. Ils vont l'accuser. Il faut faire quelque chose.

— Vous avez raison. Je vais me coucher sans plus tarder.

— Vous coucher ?... Mais il est 8 heures du matin, Holmes.

Il bâilla et s'étira.

— Bon sang, je ne croyais pas qu'il était aussi tard.

Holmes s'étant retiré dans sa chambre, je me calai dans mon fauteuil et laissai vagabonder mon esprit, tentant de faire le point sur les derniers éléments de l'enquête.

Je revis les endroits affreux que nous avions visités et l'effrayante galerie des personnages que nous avions interrogés. Malgré la détermination de mon camarade, cette enquête s'enlisait dans les méandres des fausses pistes et des témoignages douteux. À moins d'un miracle, j'acquis la certitude que notre recherche prendrait plus de temps que prévu. Holmes avait tort de penser que le premier limier venu pourrait coincer le criminel. À l'évidence, nous avions affaire à plus fort que prévu.

Une cavalcade dans l'escalier me tira de ma torpeur.

Holmes entra en trombe dans le salon. Il paraissait en pleine forme.

— Holmes ? Je croyais que vous dormiez...

— Vous confondez avec quelqu'un d'autre, cher ami.

— Qui ça ?

— Vous.

Je me frottai les yeux et jetai un œil à la pendule. Je n'avais pas vu le temps passer.

— Pizer est innocenté, poursuivit Holmes. À tout prendre, j'aurais préféré qu'il soit coupable, ce type est une vraie brute. Mais j'ai horreur de l'injustice. Il en sera quitte pour une grosse frayeur. Souhaitons que cette mésaventure lui serve de leçon. La police a promis de le surveiller nuit et jour.

Tout en parlant, Holmes se précipita vers ses éprouvettes et ses cornues. Il chaussa d'étranges lunettes et se livra à une nouvelle manipulation. Le résultat obtenu ressemblait à une irruption volcanique miniature, assortie d'une odeur qu'aucun mot du dictionnaire ne pourrait qualifier.

Il jeta ses lunettes et grommela :

— J'y arriverai. Je tourne autour du pot. Je suis certain d'être tout près de la solution.

Il s'exclama soudain, l'œil rivé au microscope :

— L'Hôpital royal !

Il se releva et enfila son manteau.

Je me précipitai à mon tour à sa table de travail et collai mon œil à l'objectif. Il n'y avait rien là-dedans qui m'évoquât l'Hôpital royal.

Il m'interpella :

— Préférez-vous observer cette expérience ratée ou venir avec moi, Watson ? J'ai rendez-vous avec sir Frederick Treves à l'Hôpital royal de Londres. Je ne serais pas étonné que nous trouvions quelques réponses à nos questions.

— À l'Hôpital royal de Londres ?

— Il ne vous aura pas échappé que l'hôpital de Londres et sa faculté de médecine se trouvent sur

Whitechapel Road, juste en face de l'endroit où Polly Nichols a été tuée. Vous savez aussi que sir Frederick est un chirurgien réputé.

J'enfilai mon manteau et je le suivis.

Je me souviens des propos du docteur Llewellyn : « Demandez donc leur avis à sir Frederick Treves et à Richard Mansfield. Ils en savent sûrement plus que moi sur la question. » Holmes s'était promis de prendre rendez-vous avec ces deux personnes.

Il avait plu mais le soleil avait percé les nuages et faisait fumer le crottin de cheval qui tapissait les rues de Londres. Notre fiacre traversa des ruelles tristes et monochromes.

Nous débouchâmes sur Whitechapel Road, mais la circulation était congestionnée. Le fiacre s'engouffra soudain dans une ruelle, espérant sans doute contourner les encombrements et parvenir plus vite à l'hôpital. Mais il s'immobilisa derrière une charrette arrêtée, ce qui donna lieu à un échange de propos peu courtois de la part des deux conducteurs.

Holmes frappa le toit du fiacre avec son poing.

Le cocher se pencha à notre fenêtre.

— C'est bouché. Je peux plus avancer. Et la rue est trop étroite pour faire demi-tour.

— Nous finirons à pied, décida Holmes. Nous ne sommes plus qu'à une centaine de mètres.

Nous payâmes la course et descendîmes du fiacre.

À quelques pas de nous, le charretier déversait d'énormes sacs sur une montagne de déchets nauséabonds qui grimpait contre un mur lépreux.

Puis il aspergea le tout d'un désinfectant dont les effluves chimiques agressèrent nos narines.

Je m'approchai de lui, affolé par cette activité :

— Qu'est-ce que vous venez de jeter ?

— Les déchets mortifères du jour.

— Mortifères ?

— Ben oui, quoi. Des morceaux de cadavres de l'école de médecine, des viscères, des os, et aussi les résidus des repas laissés par les malades.

— Vous abandonnez ça en pleine rue ?

Il sembla étonné de ma remarque.

— Ça bouche pas la circulation, m'sieur. C'est contre le mur.

— Là n'est pas la question. Tout cela est contaminé et porteur de maladies.

Il nous montra ses grosses mains.

— C'est pour ça que je mets des gants.

— Et les habitants du quartier ?

— Tout est aspergé de désinfectant, m'sieur. Et puis, ça reste pas longtemps ici. C'est en attendant d'être ramassé et jeté à la Tamise.

À en juger par la taille du monticule, le nettoyage ne devait pas être effectué tous les jours.

— Qui s'en occupe ?

Il haussa les épaules.

— J'en sais rien, moi. Je travaille à l'hôpital. Je fais ce qu'on me dit de faire.

Il remonta sur sa charrette.

— Bon, faut que j'aille vider la fosse à merde. Ça, au moins, ça traîne pas. Direct dans la Tamise.

Dès qu'il eut rebroussé chemin, nous assistâmes à un spectacle effroyable. Des gamins et des femmes en haillons affluèrent de toutes les rues adjacentes. Ils se jetèrent sur le tas de déchets et se disputèrent des morceaux d'os, de la peau de poulet rôti ou du gras de porc.

Quelques chiens, gênés par l'odeur du désinfectant, attendirent que la première couche de déchets soit retournée pour se jeter à leur tour dans la mêlée. Ils fouillaient le tas immonde de leurs pattes et battaient soudain en retraite avec une pitance effroyable dans la gueule.

Ces déchets étaient censés partir dans la Tamise, mais, en attendant, ils servaient à remplir les ventres et les musettes des pauvres. Nous avions sous les yeux une des preuves du mécanisme de propagation des virus qui décimaient chaque année les miséreux de Londres. Et tout cela se passait à quelques mètres du plus grand hôpital de la ville.

Je voulus me précipiter vers ces pauvres gens pour les mettre en garde, mais Holmes me retint :

— Cela ne servirait à rien, Watson. Au mieux, vous les priveriez de leur pauvre gagne-pain ; au pire, vous provoqueriez une émeute.

Je savais qu'il disait vrai, mais je ne pus m'empêcher de leur crier :

— Il ne faut pas manger ça, c'est très dangereux !

Un gamin leva la tête vers moi.

— On le mange pas, m'sieur. On le revend juste à quelques restaurants.

C'était encore pire que ce que j'imaginais.

Je voulus répliquer, mais d'autres gamins commençaient à jeter des paquets de matières visqueuses et nauséabondes dans ma direction.

L'un d'eux cria :

170

— Et pis qu'est-ce que ça peut vous foutre ? Z'êtes de la police ?

Je serrai les poings de rage et tournai les talons.

Nous n'avions pas fait dix mètres qu'une vieille femme à moitié chauve jaillit d'un porche sombre et vint vers nous en nous implorant du regard. Je portais la main à ma poche pour donner une pièce. Holmes posa de nouveau sa main sur mon bras.

— Si vous le faites pour un, il faudra le faire pour tous, Watson.

Ne pouvait-on rien faire pour ces malheureux ? J'enrageais intérieurement. Les ruelles des abords de l'hôpital évoquaient la cour des miracles. Des estropiés tendaient la main sur notre passage, formant une triste haie d'honneur.

Un gnome au sourire baveux et au regard halluciné nous escorta jusqu'à la grande porte de l'hôpital. Ses mains simiesques gesticulaient sans cesse, comme s'il agitait des dés invisibles.

Nous traversâmes enfin Whitechapel Road. Un halo de brume semblait posé sur le toit de l'Hôpital royal, donnant à l'imposant édifice une allure inquiétante et austère.

Nous nous fîmes annoncer auprès de sir Frederick Treves.

Quelques minutes plus tard, un homme à l'allure noble se présenta. Après les présentations et banalités d'usage, Holmes en vint à l'objet de notre visite :

— Le docteur Llewellyn prétend que les crimes de Whitechapel sont l'œuvre d'un... monstre.

Sir Frederick écarta la remarque d'un geste de la main.

— Llewellyn parle de ce qu'il ne connaît pas.

— Vous le connaissez bien ?

— Assez peu, mais j'ai le sentiment que c'est suffisant. Vous savez comme moi ce qu'il a en tête, n'est-ce pas ?

Holmes opina du chef.

— Je suppose.

Je ne saisis pas l'allusion de sir Frederick. J'allais l'interroger quand il fit volte-face.

— Suivez-moi, je vais vous prouver qu'il se trompe.

Nous empruntâmes un escalier de marbre, montâmes quatre étages et parcourûmes un couloir plus large que certaines ruelles de Whitechapel.

Sir Frederick s'arrêta devant une porte, s'annonça et nous introduisit.

— Je vous présente M. Joseph Carey Merrick.

Comme tout le monde, j'avais entendu parler de l'« homme-éléphant », mais le choc de cette vision me figea d'effroi. Une protubérance molle sortait de son crâne sur le côté droit, comme si son cerveau poussait à l'extérieur de sa tête. Ses yeux étaient enfoncés dans des amas de chair. Son nez et sa bouche évoquaient la trompe de quelque animal grotesque. Je comprenais mieux à présent son surnom d'homme-éléphant.

Sir Frederick poursuivit :

— J'ai prévenu M. Merrick de votre visite, mais il ne pourra pas vous recevoir longtemps car il est très fatigué.

Le malheureux fit un effort visible pour s'extirper de son siège, s'appuya sur sa canne et vint nous saluer. Il bredouilla quelques mots que je ne compris pas. Son corps difforme et asymétrique semblait mal s'accommoder de la position verticale. Sa tête penchait vers la droite. Si sa main gauche était à peu près normalement proportionnée, la droite était énorme et informe. Il se tourna vers une table basse. Il articula du mieux qu'il put :

— Puis-je vous offrir du thé ?

— Volontiers, répondit Holmes, c'est très aimable à vous.

Nous prîmes place autour de la table.

Sir Frederick demanda à Joseph Merrick :

— Puis-je leur raconter votre histoire, Joseph ?

— Bien sûr, sir Frederick.

Sir Frederick s'éclaircit la voix et commença :

— M. Merrick était exhibé dans la vitrine de la boutique de Tom Norman, un montreur de curiosités anatomiques, juste en face de l'Hôpital royal. C'est là que je l'ai rencontré la première fois.

— Ces... présentations ne tombent-elles pas sous le coup de la loi ?

— En effet, les exhibitions de phénomènes sont interdites en Grande-Bretagne depuis 1885, car elles sont considérées comme immorales. Mais cette interdiction, si elle découle d'un bon sentiment, a privé M. Merrick de son unique source de revenus.

Je demandai :

— Tom Norman n'a-t-il jamais abusé de la situation ?

— Il ne faut pas croire tout ce que racontent les journaux, docteur Watson. C'est M. Merrick qui a proposé de s'associer à Tom Norman, et non l'inverse. N'est-ce pas, Joseph ?

L'homme-éléphant secoua son impressionnante tête et ajouta :

— Tom Norman a longtemps été mon seul ami. Je n'aurais jamais pu gagner ma vie sans son aide providentielle.

Tandis que sir Frederick déroulait son récit, Joseph Merrick s'efforçait de nous servir le thé. Comme je voyais que cela lui était très pénible, je voulus me lever pour lui proposer de l'aide. Mais je croisai le regard de Holmes qui m'en dissuada. Je compris que mon geste pouvait être perçu comme un affront par Merrick.

Nous apprîmes qu'après 1885 Merrick avait tenté sa chance en Allemagne et en Belgique, mais qu'il était tombé entre les mains d'agents moins scrupuleux que Tom Norman qui l'avaient dépouillé de tous ses biens. Il rentra donc en Angleterre où il demanda l'aide de sir Frederick. Plusieurs personnes, dont la reine elle-même, subvinrent alors à ses besoins. Depuis, il vivait dans cette petite chambre agréablement aménagée de l'Hôpital royal de Whitechapel. En contrepartie, l'école de médecine lui demandait de se prêter à toutes sortes d'études scientifiques, ce qu'il faisait volontiers.

Joseph Merrick mit un point d'honneur à nous servir le thé. Quand il eut terminé, il s'assit de nouveau dans son fauteuil, visiblement à bout de forces. Sa tête tomba en arrière.

Sir Frederick baissa la voix et désigna son protégé du regard.

— Je crois qu'il s'est endormi. Nous devrions nous retirer. Ses moments de sommeil sont si rares.

Dans le couloir, je demandai :

— Ne serait-il pas mieux allongé ?

Sir Frederick me regarda avec effarement, comme si je venais de proférer une énormité.

— Vous n'y pensez pas. S'il s'allonge, il risque de mourir étouffé. Il ne peut dormir qu'assis, et encore, pas très longtemps. Ses douleurs le réveillent et l'obligent à changer de position sans cesse.

— A-t-il l'autorisation de sortir ? demanda encore Holmes.

Sir Frederick sourit.

— Bien sûr, il n'est pas en prison. Mais en pratique, il ne peut pas se déplacer seul. Ses os ne supportent pas le poids de son corps. Et s'il tombe, il risque la mort. Ce pauvre garçon est très fragile.

Holmes posa son index sur ses lèvres et leva les yeux au plafond.

Sir Frederick capta sa mimique et demanda :

— Une question semble vous tracasser, monsieur Holmes ?

— C'est... un peu délicat.

— Vous pouvez tout me demander. Je suis médecin.

— Eh bien... Joseph Merrick a-t-il connu l'amour... je veux dire physiquement, une fois dans sa vie ?

— Je crains que non. C'est son plus grand regret. Il rêve d'être transféré un jour dans un institut pour aveugles. Il pense ainsi pouvoir trouver une jeune fille qui ne l'aimerait que pour son esprit et ignorerait son apparence physique. Je lui laisse ses illusions.

Sans transition, Holmes planta ses yeux dans ceux de sir Frederick comme s'il voulait le prendre par surprise.

— Quel est votre avis sur les crimes de White-chapel ?

Sir Frederick ne se départit pas de son flegme poli.

— Je ne peux vous donner que l'opinion d'un chirurgien de l'âme. Il me semble que c'est l'œuvre d'un fou. Comment un homme sain d'esprit pourrait-il se livrer à de telles abominations ? Les risques qu'il prend sont démesurés. Il peut être surpris à tout instant...

Il réfléchit un instant et ajouta :

— J'interviens aussi à Bedlam. Je suppose qu'en étudiant le comportement et le discours de certains de mes patients, nous parviendrions à mieux comprendre les motivations du tueur de Whitechapel. Les malades mentaux ne s'expriment pas dans notre langage. Il nous appartient de déchiffrer leurs messages. Certains témoignages en apparence absurdes peuvent se révéler importants. Un de mes patients raconte une curieuse histoire de monstre sans visage qui vit sous terre et dévore les gens.

Holmes se figea.

— Pourrions-nous rencontrer ce patient ?

— Bien sûr. Je fais une visite à Bedlam tous les jeudis. Je vous propose de nous y retrouver après-demain à 15 heures. Cela vous convient-il ?

— Parfaitement.

Sur le chemin du retour, Holmes me confia :

— Votre geste était tout à votre honneur, Watson.

— Mon geste ?

— Vous vouliez aider ce pauvre garçon à servir le thé, n'est-ce pas ?

— En effet. Mais vous m'en avez dissuadé. J'imagine que Joseph Merrick aurait pris cela comme un affront...

— Peut-être, Watson. Mais j'ai surtout voulu mesurer sa résistance. Il est plus fragile qu'un enfant. Jamais il ne pourrait sortir la nuit pour égorger des malheureuses. Sir Frederick a raison d'affirmer que Llewellyn ne sait pas de quoi il parle. Et il a encore raison quand il dit qu'il ne faut pas croire les journaux.

Il sortit de la poche un de ces journaux à scandale dont la seule évocation me révulsait. Il le déplia et me le tendit. Je pus lire le gros titre : *Nous avons identifié le tueur de Whitechapel : il s'agit de Joseph Merrick, le redoutable homme-éléphant.*

Il reprit son journal.

— Je voulais en avoir le cœur net. Aucune piste ne doit être négligée.

— Celle-ci est une impasse. Nous avons encore perdu notre temps.

— Pas tant que ça, Watson. Cette histoire de monstre sans visage m'intrigue. Souvenez-vous de ce que racontait le poivrot qui nous suivait en sortant du *Ten Bells* : « C'était une sorte de squelette vivant... il n'avait pas vraiment de visage. » Il semblait terrorisé à l'idée d'évoquer la créature.

— Vous n'accordez tout de même pas de crédit à ces élucubrations d'ivrogne ?

Holmes ne répondit pas et s'enfonça dans sa réflexion.

Ce soir-là, mon camarade toucha à peine à son dîner.

Ensuite, il passa de son microscope à son fichier sans se satisfaire ni de l'un ni de l'autre. Puis il fit les cent pas devant la fenêtre du salon, à m'en donner le vertige.

Wendy vint remettre une bûche dans l'âtre. Je croisai son regard. Elle esquissa un sourire à mon intention. Il me sembla y lire plus que de la gratitude. Sans doute voulait-elle me montrer qu'elle ne me craignait plus. Le petit animal semblait acclimaté. Sa présence m'était devenue familière et agréable, comme si elle avait toujours habité au 221b Baker Street. Je lui rendis un sourire bienveillant, presque paternel. Pourtant, elle ne serait jamais ma fille. Tant de choses nous séparaient... Une pensée me tourmenta soudain. Le départ de Wendy semblait inéluctable. Je frémis à l'idée qu'elle retrouve son ancienne existence. Et je n'arrivais plus à imaginer notre vie sans notre petite protégée.

Elle s'éclipsa sur un « bonne soirée, messieurs » des plus conventionnels.

En fait de bonne soirée, je me sentis soudain terriblement seul après son départ et ne parvins pas à me replonger dans mon livre.

Un sentiment étrange s'était infiltré en moi au fil des jours depuis mon arrivée à Baker Street, presque à mon insu. J'étais venu chercher la compagnie d'un ami, mais je n'avais trouvé qu'un mur d'égocentrisme et de froideur. Holmes appartenait à un univers inaccessible et incompréhensible au commun des mortels. Quand il était à Baker Street, ses mystérieuses recherches semblaient passer avant tout le reste. Il préférait la conversation de son microscope à la mienne. Le reste du temps, il s'enfermait dans sa chambre durant des journées entières, me laissant en tête à tête avec mes pensées, mes souvenirs, mes remords. J'avais parfois l'impression de perdre pied. Mon couple était un naufrage. Les lettres de Mary se faisaient de plus en plus rares. Elle ne paraissait plus avoir besoin de moi. Le débat intérieur reprenait, stérile et sans issue, me plongeant dans une tristesse et une mélancolie plus profondes encore.

Mercredi 12 septembre 1888

Abberline semblait amaigri et anxieux.

Son visage s'était creusé et il portait une barbe de plusieurs jours.

Il grommela quelques mots que nous interprétâmes comme une invitation à prendre un siège.

Puis il lança sans transition :

— Le flair de nos chiens a ses limites. Les pauvres bêtes ont perdu la trace du meurtrier dans les puanteurs de Whitechapel.

Il eut un geste fataliste.

— De toute façon, je ne me faisais guère d'illusions...

Son visage devint grave.

— Ce n'est pas ce qui me préoccupe le plus. La situation se dégrade.

— Une nouvelle victime ? demanda Holmes.

— Ne parlez pas de malheur.

Abberline désigna une pile de papiers du menton.

— Les incidents se multiplient. La tension monte. La police ne sait plus où donner de la tête. L'histoire du Tablier de Cuir et les témoignages qui ont suivi le meurtre d'Annie Chapman ont engendré une véritable phobie antisémite dans le quartier de Whitechapel.

— Pourtant, j'ai démontré que Pizer était innocent.

— Si vous croyez que ça suffit à calmer la populace. Plusieurs juifs ont été passés à tabac et se sont retrouvés à l'hôpital après l'affaire Pizer. Du coup, les juifs ont réagi. Seize d'entre eux – tous commerçants – ont formé une milice, le « Comité de vigilance de Mile End », et ont nommé un certain George Lusk à leur tête. Et maintenant, ce sont eux qui accusent la police d'incompétence et de laxisme. Sir Warren exige des résultats. Il risque sa place, et moi la mienne.

Son ton devint presque suppliant.

— C'est pourquoi je vous renouvelle ma demande, monsieur Holmes. Je sais que vos recherches vous prennent beaucoup de temps, mais il est dans notre intérêt commun de vous consacrer à plein temps à cette enquête. Sir Warren saura se montrer généreux.

À l'évidence, Abberline imputait le peu de résultat de mon camarade à son manque de disponibilité. La vérité était tout autre : Sherlock Holmes n'avait pas plus de solution que la police. Toutes les pistes que nous avions explorées jusqu'à présent s'étaient révélées sans issue.

Holmes prit son menton entre son pouce et son index et fit mine de réfléchir.

— Le passé éclaire souvent le présent.

J'avais déjà entendu cette musique.

Il prit un air inspiré.

— Avez-vous exploré les annales criminelles de la police ?

— Nous avons trouvé quelques cas, en effet. Mais rien de très probant. J'ai vite abandonné les recherches. Je préfère déployer mes hommes sur le terrain plutôt que dans les bureaux à brasser du papier.

— Je ne vois pourtant pas d'autre solution. Plutôt que d'attendre un nouveau meurtre dans l'espoir de recueillir quelques indices, interrogeons les archives criminelles. Je l'ai déjà fait de mon côté. Mais mon système de classement, bien que très élaboré...

Holmes évita mon regard et poursuivit :

— ... présente sans doute d'inévitables lacunes. Je n'ai trouvé qu'un cas dont le *modus operandi* était proche de celui des meurtres des malheureuses de Whitechapel.

— Alors ?

— Il pourrait s'agir d'une bande de malfrats connue sous le nom d'Old Nichol Gang. L'investigation est en cours. Je ne manquerai pas de vous informer des résultats.

Abberline s'empressa de griffonner le nom sur un petit carnet.

— Je vais mettre quelques agents sur le coup.

— En toute discrétion, insista Holmes.

— Vous connaissez nos policiers.

— Justement.

Abberline se raidit. Je crus un instant qu'il s'apprêtait à protester mais il n'en fit rien et se tassa un peu plus.

— Je vais également dépêcher cinq de mes hommes aux archives et leur demander d'éplucher les annales criminelles à la recherche de cas similaires.

Holmes parut satisfait, mais Abberline tempéra aussitôt son enthousiasme.

— Nos annales ne portent que sur la ville de Londres. Or le tueur a peut-être déjà frappé ailleurs dans le pays sans que nous en sachions jamais rien. De plus, tous les meurtres commis dans l'East End ne font pas l'objet d'un rapport de police, loin de là.

Holmes opina en déclarant qu'il serait coupable d'ignorer cette source potentielle d'information.

Abberline décrivit ensuite en détail la plupart des témoignages spontanés reçus par la police à la suite des meurtres de Polly Nichols et d'Annie Chapman. La plupart étaient fantaisistes. Quelques-uns semblaient émaner de personnes dignes de confiance. Mais ils se contredisaient tous.

— Vous vérifiez tous les témoignages ? demanda Holmes.

— Tant que faire se peut, répondit Abberline. Nous nous concentrons sur ceux qui semblent sérieux et suffisamment précis. Pour l'instant, nos agents n'ont obtenu aucun résultat tangible.

Abberline et Holmes passèrent en revue les différents témoignages et les rapports d'enquêtes des policiers. Puis Holmes en vint à parler à mots couverts de l'existence d'un suspect au visage écorché lui donnant une allure de mort vivant. Il suggéra à Abberline d'ajouter ce profil sur la liste des criminels recherchés.

Le policier promit sans grande conviction qu'il demanderait à ses investigateurs de relever tout témoignage ou toute affaire criminelle mentionnant un tel individu.

Jeudi 13 septembre 1888

Le vent était vif. Des nuages gris défilaient dans le ciel. Le fiacre longea une rangée d'érables qui courbaient l'échine sous les assauts de la bise. Des centaines de feuilles voltigeaient autour de nous dans un ballet frénétique. La route mouillée couverte de feuilles morte était d'un rouge sombre qui évoquait le sang.

L'entrée de Bedlam, avec ses six colonnes gigantesques surmontées d'un fronton triangulaire aux innombrables sculptures, se dressa devant nous tel un décor somptueux de tragédie grecque. L'endroit paraissait irréel, presque hors du temps.

Le gardien nous introduisit dans une immense cour pavée, balayée de violentes bourrasques.

J'eus l'impression immédiate de pénétrer dans un autre monde. Un flot de personnages claudicants et braillards, en proie à leurs chimères et à leurs folies, errait sans but, bras ballants le long du corps ou haranguant des interlocuteurs invisibles.

Le gardien désigna une porte de l'autre côté de la cour.

— Attendez là-bas, sir Frederick va venir dans un instant.

Nous traversâmes la cour.

Un pauvre hère nous croisa sans nous voir. Son visage lunaire semblait hanté, perdu dans un cauchemar éveillé. Je me souviens que, au Moyen Âge, la grande famille des fous était désignée par le vocable de « confrérie des hallucinés ». Le terme prenait tout son sens ici. Il émanait de cet endroit une impression de tristesse et de douleur infinies. L'atmosphère même était imprégnée d'une étrange odeur de misère et de désespoir. Un gémissement sourd emplissait l'air, qui semblait provenir de nulle part et de partout à la fois. C'était comme si toute la folie de Londres errait ici depuis des siècles et avait fini par imprégner les murs.

Nous parvenions à la petite porte que nous avait désignée le gardien quand un homme édenté nous barra le chemin. Ses vêtements étaient trop grands. Son pantalon, mal ficelé à la taille, dégringolait le long de ses jambes. Il portait une veste élimée dont le col bâillait sur ses épaules. Il mit ses poings sur ses hanches et nous lança un regard menaçant :

— Je suis Barbe-Bleue. Vous êtes dans mon château. Où allez-vous ainsi, manants ?

— Vous n'avez pas de barbe, fis-je remarquer.

Le bougre prit un air penaud.

— On me l'a coupée à cause des poux.

Sans transition, il tourna les talons et tomba à genoux, la face à quelques centimètres du sol.

— Regardez ! Une rainette.

Nous en avions à peine fini avec Barbe-Bleue qu'une petite femme à l'allure de farfadet hilare m'agrippa par la manche.

— Je ne suis pas la reine d'Angleterre.

— Vraiment ?

— Je sais que la ressemblance est frappante, mais je vous assure que ce n'est pas moi, enfin je ne suis pas elle.

— Qui êtes-vous alors ?

Elle me donna un coup de coude et m'adressa un clin d'œil.

— Allons, vous le savez très bien.

— Non, je ne vois pas.

— Je suis *vraiment* la reine d'Angleterre, mais je suis ici en visite incognito. J'essaie de démanteler une bande de comploteurs qui tentent de me renverser. Vous comprenez mieux mes précautions maintenant ?

— Beaucoup mieux.

Un petit homme rondelet arriva vers nous en courant.

— J'espère qu'ils ne vous ont pas trop ennuyés. Je suis Julius.

Il s'inclina devant le sosie improbable de la reine d'Angleterre.

— Je m'occupe de ces messieurs, Majesté, vous pouvez poursuivre votre promenade.

L'Altesse nous oublia aussitôt et s'accroupit à côté de Barbe-Bleue, toujours perdu dans la contemplation de sa rainette.

Julius essuya ses lorgnons entre son pouce et son index, les ajusta sur son nez et nous scruta de la tête aux pieds :

— Que puis-je faire pour vous, messieurs ?

Nous nous présentâmes.

— Nous avons rendez-vous avec sir Frederick, précisa Holmes.

— En effet, il m'a prévenu. Il termine avec un patient et va vous recevoir juste après. Je suis chargé d'accueillir les visiteurs. Si je peux vous fournir le moindre renseignement en attendant...

Holmes réfléchit un instant.

— Tous ces gens sont-ils libres de leurs mouvements ?

— Plus ou moins. Mais ils ne peuvent se déplacer que dans l'enceinte de Bedlam.

— J'ai entendu dire que certains d'entre eux pouvaient sortir le dimanche...

— Cela arrive.

— N'y a-t-il aucun danger ?

L'homme hésita.

— On ne peut jamais être totalement sûr, mais les plus dangereux ne sortent jamais... à moins de s'évader.

Holmes planta ses yeux dans ceux de Julius. Il m'avait un jour expliqué que c'était sa façon de surprendre et déstabiliser ses interlocuteurs.

— Un patient aurait-il pu s'évader pour commettre les crimes de Whitechapel ?

La plupart du temps, les personnes prises au piège de son regard d'acier se mettaient à bafouiller et perdaient leurs moyens, mais ce ne fut pas le cas de Julius. Il s'exclama :

— Oh, non ! Ce n'est plus possible maintenant.

— Maintenant ?

— Depuis l'incident, nous avons pris toutes nos précautions.

— Racontez-nous cela.

Il jeta un œil alentour et baissa la voix.

— Je ne sais pas si je peux...

Holmes sortit une pièce de monnaie qu'il glissa dans sa main.

— Bien sûr que vous pouvez.

Julius regarda la pièce comme si l'objet lui était indifférent et la rendit à Holmes.

Puis il expliqua :

— Ça remonte à quelques années... C'est le Glouton qui m'en a parlé.

— Le Glouton ?

Il poursuivit son idée :

— Un pensionnaire. C'était pendant l'hiver 1874. Quelques fous étaient enfermés dans les anciennes cellules du sous-sol.

— Pourquoi étaient-ils logés à cet endroit ?

— Rapport aux bruits, et aux risques. Ces gars et ces filles étaient vraiment dangereux. Fallait les attacher loin les uns des autres, pour éviter les problèmes.

— Quel genre de problèmes ?

— Un jour, un type a essayé de manger son collègue de cellule.

— Charmant... Que sont devenus ces aliénés ?

Il fit un geste d'impuissance.

— Un matin, on est venu leur donner à manger. Les cellules étaient vides.

— L'avez-vous signalé à la police ?

— Bien sûr.

— Et qu'ont-ils fait ?

— Ils sont venus et ils ont constaté que les fous avaient disparu. Et puis on n'en a plus jamais entendu parler.

— Des fous ou de la police ?

— Des deux.

La conversation fut interrompue par l'arrivée de sir Frederick, main tendue vers nous.

— Bienvenue à Bedlam, messieurs. J'espère que Julius ne vous a pas trop ennuyés. Il est parfaitement inoffensif, mais il a parfois une imagination débordante.

Julius nous gratifia de son plus beau sourire, ravi de devenir le centre d'attraction de notre petit groupe.

Holmes écarquilla les yeux.

— Julius fait partie des... pensionnaires de Bedlam ?

Sir Frederick opina.

Holmes, le maître de la déduction instantanée, semblait ébranlé.

— Il nous a dit qu'il était chargé d'accueillir les visiteurs... J'ai vraiment cru...

— L'un n'empêche pas l'autre. Si nous ne leur donnons aucune responsabilité, ces pauvres bougres n'évolueront jamais. Celui-ci s'en sort plutôt bien, non ?

Une dispute éclata un peu plus loin entre la reine d'Angleterre et Barbe-Bleue, chacun voulant récupérer la rainette pour lui seul.

Sir Frederick les désigna du menton.

— Séparez ces deux-là en douceur, Julius.

— Bien, docteur.

Sir Frederick nous invita à le suivre. Tout en marchant, la conversation s'engagea.

Holmes demanda :

— Ce... Julius nous a parlé d'une évasion de fous.

Sir Frederick sembla surpris.

— Je n'ai jamais entendu parler de ça. Sans doute une de ses inventions.

Il changea aussitôt de sujet :

— Comme je vous l'ai promis, je vais vous présenter le fameux patient dont nous parlions l'autre jour. Son cas m'a toujours intrigué. Je suis persuadé qu'il y a une part de vécu dans ce qu'il raconte. Mais je ne suis pas encore parvenu à le décrypter.

— Mon métier m'a appris à discerner la vérité du mensonge, affirma Holmes.

Sir Frederick eut un sourire énigmatique.

— Cet homme ne ment pas, du moins pas au sens où nous l'entendons. Une partie de sa vie semble se dérouler dans une existence antérieure, l'autre se passe au présent. Il m'a fallu du temps pour comprendre cela.

— Comment s'appelle-t-il ?

— Ça dépend des jours.

— Plaît-il ?

— Il ne nous a pas été possible de déterminer sa véritable identité, ni d'où il vient. Nos recherches sont restées vaines et personne n'est jamais venu le réclamer. Cet homme est une véritable énigme. C'est pourquoi nous l'avons appelé Enigmus. Vraiment un drôle de cas... Vous allez pouvoir juger par vous-mêmes. Il passe son temps à lire les Évangiles, et à écrire... si l'on peut dire...

Il nous amena dans une pièce sombre qui évoquait une cellule de moine. L'endroit sentait la poussière et le papier. Une table, une chaise et un lit constituaient l'unique mobilier. Sur un mur, une étagère contenait quelques livres.

Le fameux Enigmus nous apparut de dos, assis à sa table de travail, le dos courbé sur son ouvrage. Il se tourna vers nous. C'était un vieillard aux cheveux longs et blancs. Chaînon manquant entre Moïse et Merlin l'Enchanteur, il paraissait avoir cent ans. Il referma son ouvrage.

— Pardonnez-moi de vous recevoir ici, mais je n'ai pas mieux à vous proposer. Mes appartements sont en rénovation et j'occupe cette petite pièce en attendant.

— Cela fait longtemps ? hasardai-je.

— Oh, non. Trois ou quatre ans. Peut-être un peu plus. Je suis arrivé ici... voyons...

Il se concentra un instant.

— Entre l'époque qui a précédé le moment où je n'avais pas encore perdu la notion du temps et les événements qui ont succédé à la période antérieure à mes travaux. En tout cas, pas après.

Sir Frederick nous adressa un regard entendu.

Le petit vieux tourna sa chaise et s'assit face à nous.

— Asseyez-vous, je vous en prie. Le thé sera servi dans un instant.

Comme il n'y avait pas d'autre siège, Holmes déclara :

— Nous préférons rester debout.

— Je ne pourrai pas vous recevoir très longtemps, annonça Enigmus, j'ai un travail de fou.

— Que faites-vous exactement ? demanda Holmes.

— J'écris mes Mémoires, ce qui n'est pas un exercice facile pour un amnésique.

— Je comprends bien.

191

— Pourtant, mon témoignage est primordial. Il faut que tout le monde sache ce qui s'est passé.

— Et que s'est-il passé ?

— C'est justement ce dont j'ai du mal à me souvenir.

Enigmus désigna un gros volume posé sur l'unique étagère de la pièce.

— Mais j'ai quand même écrit tout ça.

— Apparemment, vous avez fait le principal, remarquai-je.

— Détrompez-vous. J'ai seulement rédigé les Mémoires de mes cinq premières années. Les autres volumes ne sont pas de moi. Il s'agit des Évangiles. J'ai bien connu les apôtres dans le temps. Cela m'aide à m'y retrouver dans mes souvenirs de jeunesse. Il me reste encore soixante-dix ans à relater.

Je fis un rapide calcul.

— S'il vous a fallu trois ans pour raconter les cinq premières années, il vous en faudra encore soixante-cinq pour écrire la suite.

— Voila pourquoi je ne peux pas vous accorder beaucoup de temps.

Holmes leva les yeux au plafond. Puis il revint vers le vieillard.

— Rassurez-vous, nous serons brefs. Nous voudrions savoir si vous avez entendu parler d'une sorte de monstre sévissant à Londres.

— Il y a monstre et monstre. Comment est le vôtre ?

— Décharné...

— Vous voulez dire, avec la peau sur les os ?

— Oui. Et même plus d'os que de peau...

— Est-ce qu'il porte une grande tunique à la façon d'un moine ?

— Oui.

— Et peut-être aussi une capuche qui lui recouvre le visage ?

— Oui !

— Et une grande faux ?

— Cela se pourrait.

Il se gratta le sommet du crâne et fronça les sourcils.

— Cette image m'évoque quelque chose...

Holmes commençait à s'impatienter.

— Vous avez bien parlé d'un monstre lors de vos entretiens avec le docteur Frederick, n'est-ce pas ?

— Ça ne me dit rien.

— Essayez de faire un effort.

Enigmus se concentra.

— Non, vraiment rien. Je suis désolé.

Holmes ferma les yeux, désespéré.

Il se tourna vers nous et dit à mi-voix :

— Je crois que nous perdons notre temps.

Puis plus fort, à l'intention de notre hôte :

— Merci encore pour ces précieux renseignements. Nous vous laissons à votre travail.

Le vieillard se leva, tendit sa main droite et nous serra la main avec chaleur.

— Il n'y a pas de quoi. Si je peux rendre service... Vous êtes sûrs que vous ne voulez pas reprendre une tasse de thé ?

Comme il n'y avait pas plus de thé que de siège, Holmes annonça :

— Ça serait avec plaisir, mais j'ai moi-même entrepris d'écrire mes Mémoires et cela risque d'être long.

Le vieillard écarquilla les yeux.

— Vraiment ? Vous en êtes où ?

— Nulle part, je commence demain. Voilà pourquoi je n'ai pas beaucoup de temps.

Le vieil homme nous reconduisit à la porte de sa cellule.

— Dommage que vous partiez si tôt, cher confrère. Je vous aurais raconté l'histoire de la reine-ogresse, une femme cruelle qui vivait dans les bas-fonds de Londres et qui...

Holmes fit volte-face.

— Que dites-vous ?

— Une reine terrifiante. Le traumatisme de ma vie. Ça m'était sorti de l'esprit.

Holmes revint dans la pièce.

— Je crois que je vais reprendre une tasse de thé.

— Avec plaisir ! Asseyez-vous donc.

— Merci, je... Écoutez, si vous me racontiez tout de suite ce dont vous vous souvenez.

Le vieillard reprit place sur sa chaise.

— Pour autant que je me souvienne, c'était à l'époque antérieure à celle qui a précédé...

— Au fait ! coupa Holmes.

— La reine-ogresse détestait sa bru. Elle attendit que son fils parte à la guerre pour assouvir son horrible envie.

— Quelle était cette horrible envie ?

— Elle voulait manger sa bru et ses petites-filles. Elle exigea de son maître d'hôtel qu'il étripe Aurore, la plus jeune, et lui fasse rôtir les reins, le foie et le cœur, mais le maître d'hôtel ne parvint pas à sacrifier l'enfant, alors il berna la reine en lui servant le cœur d'un petit agneau.

— Mais c'est l'histoire de..., commençai-je.

Holmes m'intima le silence d'un geste de la main.

Le regard d'Enigmus se perdit dans le vague.

— La reine réclama aussi le cœur du petit Jour, le plus jeune des gosses. Elle fut à nouveau bernée par le maître d'hôtel. La fois suivante, elle réclama le cœur de sa bru, la mère des enfants. Le maître d'hôtel parvint encore à la berner en lui servant un cœur de biche dont elle se délecta...

Holmes poursuivit à voix basse :

— Quand son fils rentra de la guerre, elle lui annonça que sa femme et ses enfants avaient été dévorés par les loups. Mais il apprit la vérité et la reine-ogresse fut punie. C'est bien ça, n'est-ce pas ?

Le vieillard garda le silence. Ses yeux s'agrandissaient de plus en plus, comme s'il revoyait une scène disparue de sa mémoire.

— Non... non, ce n'est pas ça. Le maître d'hôtel a vraiment exécuté les ordres.

Il suait à grosses gouttes.

— P... pauvres petits... J'entends encore leurs cris sous la torture. Étripés vivants, sous les yeux de la mère... Non, c'est l'inverse. La mère, étripée sous les yeux des petits. Enfin, je ne sais plus.

Il poursuivit d'une voix sourde, l'œil habité par l'horreur :

— J'aurais peut-être pu faire quelque chose... Il y a eu ce cri... J'ai eu peur... Je me suis sauvé... Lâche que je suis... Voilà mon fardeau... Voilà ma honte... Voilà pourquoi ma mémoire s'est bloquée... C'était affreux... affreux !...

Il s'effondra en larmes.

Sir Frederick, qui était resté silencieux jusque-là, se tourna vers Holmes et murmura :

— Je crois qu'il est préférable de le laisser seul. Dans un instant, il aura tout oublié.

Le spectacle de ce vieillard accablé m'emplit de pitié.

Holmes insista auprès de Sir Frederick :

— Une dernière question. S'il vous plaît. S'il y a une once de vérité dans ce récit, cela peut m'aider à sauver des malheureuses d'une mort certaine.

Sir Frederick opina.

Holmes posa ses deux mains sur les épaules du vieillard.

— Essayez de vous souvenir. Où était-ce ?

— En enfer.

— À Londres ?

Le vieillard releva la tête, sourire radieux aux lèvres et regard humide.

— Une autre tasse de thé avant de partir ?

Holmes secoua la tête.

— Non, merci, ça va finir par me porter sur les nerfs.

Dans le fiacre, Holmes ne détachait pas ses yeux de mes mains. Cela finit par devenir gênant. Je les enfouis dans les poches de mon manteau.

Il me demanda soudain :

— Auriez-vous l'amabilité de me confier vos mains un instant, Watson ?

— Mes mains ?

— Je souhaite vérifier un détail.

Je sentis mon front s'empourprer, comme une donzelle à qui l'on fait la cour. Je chassai cette stupide idée et lui tendis mes mains. Il les prit dans les siennes et les inspecta.

— Les doigts de votre main gauche sont d'une propreté irréprochable. Tandis que le pouce, l'index et le majeur de votre main droite portent des traces sombres. Comment expliquez-vous cela, Watson ?

Je retirais mes mains et les enfournais de nouveau dans mes poches.

— En voilà une question ! Je suis droitier, voilà tout. Je me lave autant la main droite que la main gauche, mais l'encre s'y est incrustée au fil des années. Il ne vous aura pas échappé que je passe le plus clair de mon temps à coucher vos exploits par écrit.

— Précisément, Watson. Avez-vous observé les siennes ?

— Les siennes ?

— Les mains d'Enigmus. Elles étaient d'une blancheur laiteuse. Pas la moindre trace d'encre. Depuis le temps qu'il écrit, les doigts de sa main droite devraient être marqués.

C'était bien Sherlock Holmes de remarquer de tels détails.

Je lui demandai :

— Et sa main gauche ?

— Hors sujet, Watson. Cet homme est droitier.

— Comment pouvez-vous en être aussi sûr ?

— L'encrier était placé à droite du livre qu'il écrivait quand nous sommes entrés et non à gauche. De plus, rares sont les gauchers qui vous tendent la main droite au moment de prendre congé.

— Quelle conclusion tirez-vous de cette observation ?

— Je ne sais pas trop. Il écrit peut-être avec des gants, ou alors...

Il interrompit sa phrase et se plongea dans la méditation.

— Ou alors ? relançai-je.

— Cette histoire de monstre m'intrigue, Watson.

Ça aussi, c'était bien de Sherlock Holmes. Il pouvait passer d'un sujet à l'autre sans la moindre transition et trouvait naturel que je puisse suivre le cheminement de ses idées, puisque aussi bien il parvenait à déchiffrer les miennes.

Je pris donc le train de sa pensée en marche.

— Vous ne croyez tout de même pas aux histoires de ce vieux fou ?

— Il n'y a pas de fumée sans feu, mon cher. Toutes les légendes ont leur fondement. Si ce fameux monstre existe, il doit bien y avoir des témoignages et des traces écrites. Quelqu'un a bien dû en parler.

— La police en aura peut-être gardé une trace...

— C'est pourquoi j'ai demandé à Abberline d'éplucher les annales criminelles de la police. Mais je suis conscient que cette investigation est très insuffisante. Il faudrait aussi éplucher les faits divers de tous les journaux d'Angleterre...

— Il existe deux cents quotidiens en Grande-Bretagne, dont près de la moitié pour la seule ville de Londres, sans parler des magazines hebdomadaires, des bimensuels, et des centaines de feuilles de chou associatives à publication plus ou moins aléatoire. Il faudrait des années pour tout consulter.

Holmes eut une moue de dépit.

— En supposant que nous ayons accès aux archives...

Le soir même, le petit Wiggins se présenta au rapport. Il se mit presque au garde-à-vous devant Holmes.

— On a retrouvé Jane Richards, m'sieur.

Je me souvins que cette fameuse Jane Richards était l'ancienne pensionnaire qui avait été exclue du *workhouse* de Lambeth pour violence. Holmes était persuadé – sans doute à raison – que son témoignage pouvait nous permettre de mieux cerner les fréquentations de Polly Nichols et peut-être même de connaître son meurtrier.

Holmes se redressa et interrogea le gamin du regard.

Wiggins haussa les épaules en signe d'impuissance.

— Elle a été enterrée fin juin au cimetière de Manor Park.

— Fin juin... Donc avant le meurtre de Polly Nichols.

Holmes réfléchit quelques secondes et lança :

— Et l'Old Nichol Gang ?

— Ces gars-là n'y sont pour rien, m'sieur.

— Pourquoi ?

— Parce qu'ils sont tous morts.

— Tous ?

— Oui. Ils ont été décimés un mois avant le premier meurtre de Whitechapel par le gang des Vitrioleurs. Y avait comme qui dirait un différend entre les deux bandes, rapport à une certaine Emma Smith qui serait passée à la concurrence.

Je récapitulais rapidement cette sinistre affaire. D'abord, il y avait eu l'horrible meurtre d'Emma Smith, dont Holmes avait retrouvé la trace dans ses annales criminelles, puis les accusations à peine voilées de sa logeuse concernant le fameux Old Nichol Gang. Tout s'expliquait, mais cette affaire prenait l'allure d'un règlement de comptes entre bandes rivales. Elle ne semblait avoir aucun rapport avec les meurtres de Whitechapel.

Holmes demanda encore :

— Et ces... vitrioleurs, pourraient-ils avoir commis les meurtres ?

— Oh non, m'sieur, vu qu'ils ne travaillent qu'au vitriol. Et de toute façon, ils sont hors d'état de nuire.

— Allons bon. Ils sont morts eux aussi ?

— Non, m'sieur, mais c'est tout comme. Ils ont été arrêtés par la police pour cause d'extermination illégale de bande rivale et ils attendent leur procès en prison. Les juges vont sûrement les envoyer à la potence, sauf que là c'est légal. Question de moralité, à ce qu'y paraît.

Holmes eut un geste d'agacement.

— Tu n'as rien trouvé d'autre concernant le meurtrier des malheureuses ?

— Pas encore, m'sieur. Y a plein de bruits qui courent, mais on n'a pas de preuve. On continue à chercher.

— C'est ce qu'il faut faire. Ne négligez aucune piste et prévenez-moi dès que vous avez la moindre information.

Holmes congédia le jeune Wiggins d'un revers de main.

— Vous pouvez disposer, jeune homme.

Le garçon resta planté au milieu du salon, un sourire idiot figé sur les lèvres.

— Rapport à notre petit arrangement, m'sieur Holmes... On est tous très fiers de travailler pour vous. Ça, pour sûr. Mais on a tous très faim aussi.

— Hmm. Je vois.

Holmes plongea sa main dans sa poche et en sortit quelque menue monnaie qu'il remit à Wiggins. Le gamin observa son maigre butin avec tristesse.

Mon camarade se rendit compte que la somme était dérisoire et ajouta :

— Le solde viendra quand vous m'apporterez des résultats sur une nouvelle piste dont je ne vous ai pas encore parlé.

Un éclair d'espoir passa dans le regard de Wiggins.

— Un nouveau suspect, m'sieur ?

— Peut-être... Je veux que vous recherchiez des informations concernant un...

Il chercha ses mots.

— ... un squelette vivant.

Wiggins agrandit les yeux.

Holmes lui répéta ce que nous avaient dit l'ivrogne à la sortie du *Ten Bells* et le vieil Enigmus à Bedlam.

Le garçon posa de nombreuses questions et se concentra sur chaque réponse.

Quand le dialogue fut terminé, il semblait plus motivé que toutes les forces de police réunies.

Il prit aussitôt congé, comme si cette nouvelle mission ne pouvait souffrir une seule minute de retard. Sans doute y voyait-il la promesse de gains enfin significatifs.

Je me demandais si Holmes prenait vraiment au sérieux cette histoire de squelette vivant, ou s'il n'avait pas confié au gosse ce simulacre de mission pour se débarrasser de lui.

Vendredi 14 septembre 1888

Holmes fit irruption dans le salon, les bras chargés de fripes.

— Voulez-vous essayer cela, Watson ?

— Qu'est-ce que c'est ?

— Un costume. Ainsi que quelques postiches de mon invention.

J'allais lui demander ce qu'il complotait, mais il devança ma question.

— L'incinération d'Annie Chapman doit avoir lieu dans une heure au cimetière de Manor Park.

— Ah ?

— J'ai tiré les enseignements de notre rencontre inopinée avec l'étrange visiteur aux chaussures noir et blanc lors de l'enterrement de Polly Nichols.

— Pensez-vous qu'il aura l'audace de se présenter à Manor Park ?

— Je l'ignore, Watson. Les criminels ont parfois des réactions inattendues. Mais nous ne devons pas laisser passer notre chance. Cette fois, il ne pourra pas nous reconnaître. Nous aurons ainsi l'avantage sur lui.

J'enfilai le déguisement que m'avait préparé Holmes, ainsi que les postiches. Mon camarade me mima l'attitude générale que je devais adopter. En quelques minutes, je pris l'apparence d'un vieillard tout ce qu'il y a de gâteux. La composition de Holmes me parut plus convaincante encore. Bien malin qui aurait pu reconnaître le grand détective dans ce personnage sénile à la démarche hésitante.

Nous traversâmes le vestibule à une vitesse peu compatible avec notre apparence.

Fort heureusement, Wendy était occupée ailleurs et je fus soulagé de ne pas avoir à affronter son regard.

Il y avait beaucoup plus de monde à Manor Park qu'à Ilford. À l'évidence, la foule interlope qui se massait autour du cercueil comptait plus de curieux et de journalistes que de familiers. Je me fondis dans la masse humaine et tentai d'identifier le mystérieux visiteur de Manor Park.

Les visages qui s'agglutinaient pour assister à ce triste spectacle formaient une barrière qui m'empêchait de voir au-delà de la première rangée. Je me dressai alors sur la pointe des pieds. C'est alors que j'aperçus un homme qui se tenait en retrait. Mais son allure générale ne différait en rien de celle de la cohue populaire.

J'aperçus soudain ses chaussures.

Mon cœur fit un bond dans ma poitrine.

Je saisis le coude de mon camarade.

— Holmes, regardez !

Il se dégagea avec violence.

— Dites donc, vous !

Une femme épaisse me toisait d'un regard méprisant. Je m'écartai d'elle.

— Oh, excusez-moi, je vous ai prise pour Sherlock Holmes.

— Ben voyons. Et vous allez me dire que vous êtes le docteur Watson.

— C'est le cas, madame.

Elle s'emballa.

— Vieux saligaud, vous n'avez rien trouvé de mieux pour aborder une jeune femme seule dans la rue ? J'ai déjà vu des photographies du docteur Watson dans le *Strand*. Il est plutôt jeune et bel homme, lui.

Je voulus me justifier, mais elle prit sa voisine à partie :

— C'est quand même un monde. S'y a plus moyen d'assister aux incinérations tranquillement. Pour une fois qu'y a du spectacle et que c'est gratuit.

Je me dressai à nouveau sur la pointe des pieds.

L'homme avait disparu.

Holmes aussi.

Holmes rentra peu de temps après moi, le visage ruisselant de sueur.

Je lui demandai :

— Où étiez-vous passé ?

— J'avais repéré un homme qui se tenait légèrement à l'écart de la cohue. Mais ses habits étaient des plus communs. Le lascar avait eu la même idée que nous.

— Il s'était déguisé !

— Oui, mais j'ai eu la présence d'esprit de regarder ses chaussures.

— C'est exactement ce que...

— Nos regards se sont croisés une fraction de seconde. Il a compris que je l'avais reconnu. Quand j'ai enfin réussi à fendre la foule, il avait pris la fuite. Je me suis précipité dehors et le gardien m'a indiqué la direction dans laquelle il s'était enfui. J'ai couru, interrogé les passants, mais j'ai perdu sa trace dans les ruelles qui entourent le cimetière.

Il semblait dépité.

— Une telle opportunité ne se représentera sûrement pas une troisième fois.

Il ajouta, comme s'il pensait à haute voix :

— J'ai sous-estimé mon adversaire. Quel type d'homme est capable d'égorger et de déchiqueter ses victimes en pleine rue, au risque d'être appréhendé à tout instant par la police ? Et quel type d'homme a ensuite l'audace d'assister aux enterrements de ces mêmes victimes, sachant qu'il a déjà été repéré une fois ? Il faut qu'il soit fou, ou bien...

— Ou bien ?

— Qu'il soit certain que rien ne peut lui arriver.

Samedi 15 septembre 1888

Il observa son verre à la lumière de la bougie et déclama, comme une incantation :

— J'ai découvert certains agents qui ont le pouvoir de secouer et d'arracher ce vêtement de chair, tout comme un vent peut agiter les rideaux d'une tente. Je suis arrivé à composer un produit dont la vertu détrône ces forces de leur suprématie et leur substitue une deuxième force, une apparence nouvelle qui me sont aussi naturelles puisqu'elles expriment des éléments inférieurs de mon âme. Voici ma terrible découverte : l'homme n'est pas véritablement un, il est véritablement deux.

Puis il porta le verre à ses lèvres et le but d'un trait. Sa main se serra sur son cou. Il se figea, la bouche ouverte à la recherche d'un souffle d'air. Il libéra un long cri effrayant, tournoya et chancela. Il parvint à se cramponner à la table.

Ses yeux gonflèrent au point que je crus un instant qu'ils allaient jaillir de sa tête.

La métamorphose s'opéra sous mes yeux. Son cou enfla. Sa figure se noircit. Ses traits se transformèrent en un effroyable rictus.

Il roula à terre et son corps se déforma de façon spectaculaire dans d'atroces reptations.

Je serrai les dents à les briser. Je pouvais presque sentir le grincement de ses os dans les miens.

Une explosion de violence avait jailli de lui comme une flamme. Une bave blanche coulait de ses lèvres. Un râle inhumain déchira mes tympans.

Il se releva, s'empara d'une canne et brisa les cornues et éprouvettes qui l'entouraient avec une sauvagerie inouïe. Il n'y avait plus rien d'humain en lui. Quand il eut assouvi son besoin destructeur, il retomba sur le sol, immobile.

Le temps se coagula.

Je restai pétrifié d'horreur.

Le rideau du Lyceum se baissa dans un silence de mort.

Il fallut une éternité pour que la salle, encore sous le choc, se réveille, comme au sortir d'un long cauchemar.

Un homme écarta le rideau et s'avança sur le devant de la scène. Je me tassai dans mon fauteuil, me demandant si ce personnage faisait aussi partie du spectacle.

— M. Richard Mansfield s'excuse auprès de son public bien-aimé, il ne pourra pas effectuer son salut traditionnel et recueillir vos ovations.

— Pourquoi ? hurla une voix depuis la salle.

— Il est... légèrement souffrant.

L'homme présenta ses deux paumes au public.

— Rassurez-vous. Rien de grave. Ça lui arrive parfois.

Une voix féminine chuchota dans mon dos.

— Ce n'est pas parfois, c'est à chaque fois. J'ai assisté à toutes les représentations pour tenter de comprendre le truc. Et ça finit toujours de la même façon.

L'homme sur scène s'efforça de sourire et de prendre un ton serein.

— Je suis certain que M. Mansfield appréciera vos encouragements depuis les coulisses.

Quelques applaudissements s'élevèrent, évoquant le clapotis de l'eau coulant dans une fontaine. Puis ce fut une cataracte. À présent les gens étaient debout et frappaient dans leurs mains en cadence. D'autres, livides, se dirigeaient déjà vers la sortie, tels des zombies. Une jeune femme se cramponnait au bras de son mari. L'homme tenta de la rassurer.

— Avez-vous passé une bonne soirée, ma chérie ?

— Horrible, très cher. Quelle idée de m'avoir invitée à ce spectacle épouvantable. Je crois que je vais demander le divorce.

Tous deux prirent le parti d'en rire. Ils étaient bien les seuls.

La plupart des gens ne cessaient de regarder autour d'eux, comme s'ils craignaient de voir resurgir l'abominable Mr Hyde en personne.

Holmes me ramena à la réalité en me tirant la manche.

— Venez, Watson. Essayons d'alpaguer ce Mansfield avant qu'il ne se dédouble encore.

Nous n'eûmes aucune difficulté à atteindre les loges, les spectateurs semblant plus pressés de quitter les lieux que d'aller saluer l'acteur.

Nous frappâmes plusieurs fois. Une voix faible nous invita à entrer.

Un petit vieux rabougri se tenait dans un coin de la pièce, assis sur un tabouret, les coudes sur les genoux, une fiole dans une main, un verre dans l'autre. Je lui demandai :

— M. Mansfield est déjà parti ?

— Non.

— Quand va-t-il revenir ?

Il posa sa fiole et son verre sur une tablette avec un geste d'une infinie lenteur.

— Jamais.

Je me raidis.

— Vous vous moquez ?

Holmes désigna l'homme du regard.

— M. Mansfield a pourtant été clair, Watson. Il ne peut pas revenir puisqu'il n'est pas encore parti.

Je devins rouge de honte et tendis la main au vieillard, qui, à y regarder de plus près, n'était peut-être pas aussi vieux que je l'avais imaginé.

— Je suis le docteur Watson et voici mon ami, Sherlock Holmes. Je vous présente toutes mes excuses, monsieur Mansfield, je ne vous avais pas reconnu.

— C'est très aimable à vous.

— Non, je veux dire...

— Ne vous excusez pas, cher monsieur. Je suis très flatté que l'on ne me reconnaisse pas. Cela signifie que ma composition scénique est... plutôt réussie.

— Précisément, comment parvenez-vous à une telle métamorphose ?

Il désigna un fauteuil.

— Asseyez-vous, je vais vous expliquer.

Il se reprit.

— Du moins, ce qui est explicable...

Holmes brandit vers l'acteur un objet souple dont je n'aurais pu déterminer ni la matière ni l'utilité.

— Des prothèses ?

Mansfield opina.

— Oui. Prothèses, postiches, vêtements transformables en quelques manipulations.

— Seriez-vous aussi transformiste ? insista Holmes.

— Je n'ai appris que quelques rudiments, mais ils s'avèrent fort utiles pour obtenir l'effet voulu. Ce rôle est exigeant.

Mansfield se leva et prit un face-à-main.

— Pardonnez-moi, mais je n'ai pas eu le temps de finir de me démaquiller. Je ne suis pas très présentable. Cet accoutrement me vieillit, non ?

Difficile de le contredire.

Il entreprit de se démaquiller devant nous.

Holmes poursuivit :

— Avez-vous lu ce que raconte la presse à votre sujet ?

Il écarta la remarque d'un revers de main.

— Les journalistes raconteraient n'importe quoi pour vendre leurs feuilles de chou. Ils m'accusent de ces crimes horribles parce qu'ils sont incapables de mettre la main sur le véritable assassin. Cette histoire a été inventée par les théâtres concurrents qui sont jaloux de mon succès.

Il éclata de rire.

— Malheureusement pour eux, mon public est de plus en plus nombreux. Cette légende attire autant de curieux que de véritables amateurs de l'œuvre de Stevenson. De plus, comment aurais-je pu commettre ces crimes alors que je joue ici tous les soirs devant des centaines de témoins ?

— Votre spectacle était terminé depuis long-temps quand les crimes ont eu lieu, objecta Holmes.

À présent, Mansfield avait récupéré le visage de l'homme que nous avions vu sur les affiches.

— Vous ne croyez tout de même pas à ces balivernes ?

— Je ne crois rien, affirma mon camarade, j'essaie seulement de comprendre.

Le ton de Mansfield devint sec.

— Comprendre quoi ?

Holmes plongea son regard dans celui de l'acteur.

— Ce n'est pas seulement avec des postiches et des faux membres que vous parvenez à interpréter vos deux personnages avec tant de force et de conviction, n'est-ce pas ?

L'acteur toussa dans son poing. Il tarda à répondre, comme s'il cherchait les mots justes, et finit par lâcher :

— Je ne peux pas vous dévoiler la vérité, votre raison scientifique n'accorderait pas le moindre crédit à mes explications.

— Dites toujours, l'invita Holmes.

— Eh bien, voyez-vous, je suis un adepte du *living phantasm*.

J'arrondis les yeux. Mansfield se tourna vers moi.

— Il s'agit de la projection à distance de son image psychique par un homme endormi, en proie à une violente émotion, sur une autre personne.

— Je crains de ne pas saisir, avouai-je.

212

— C'est bien ce que je disais. Que vous le croyiez ou non, sachez, docteur Watson, qu'un être humain peut avoir suffisamment de force de persuasion pour en obliger un autre à se dédoubler. Ou, si vous préférez, un humain peut piloter son double à distance par la seule force de son esprit. J'en fais l'expérience tous les soirs sur la scène de ce théâtre.

Je haussai les épaules, ne cherchant pas à cacher mon scepticisme. Ce genre de sectes pullulait à Londres et leurs gourous de pacotille réunissaient chaque jour plus d'adeptes. À croire que les religions traditionnelles ne parvenaient plus à étancher la soif de mysticisme de nos contemporains.

Holmes paraissait intéressé par ces curieuses révélations.

— Vous voulez dire que quelqu'un d'autre vous... commande à distance ?

— Exactement.

Je haussai de nouveau les épaules.

— Quel homme pourrait posséder un tel pouvoir ?

— M. Müller, le plus grand des médiums qu'il m'ait été donné de rencontrer. Il a prévu et décrit de façon presque parfaite les meurtres de Polly Nichols et d'Annie Chapman. Il organisera bientôt une nouvelle séance de spiritisme au cours de laquelle il a promis de donner des précisions sur le prochain meurtre.

Holmes se raidit.

— Le prochain meurtre ?

— Oui. M. Müller a noté que les deux premiers meurtres ont eu lieu à la pleine lune, durant des fins de semaine. Il est très réactif aux influences lunaires et...

— Où et quand aura lieu cette fameuse séance ?

— Au 12 Walton Street, le 20 septembre. Je vous y convie.

Il me glissa un regard entendu.

— Vous aussi, docteur Watson. Vous risquez d'être plus surpris que vous ne l'imaginez.

Holmes gardait un air grave.

— Nous viendrons.

Le visage de Mansfield s'éclaira.

Holmes poursuivit :

— Mais j'aimerais vous poser encore quelques questions avant que nous ne nous quittions...

— Avec plaisir.

— Cette écume blanchâtre qui a jailli de votre bouche ?...

— Un simple effet théâtral. Le liquide que je feins d'absorber dans le dernier acte est un mélange d'eau et de savon aussi spectaculaire qu'inoffensif.

Holmes baissa la voix et posa son regard avec insistance sur le flacon posé sur la table.

— Vous arrive-t-il de prendre des substances moins... inoffensives ?

— Sans doute. Mais je pense que vous pouvez le comprendre...

— Certes. Encore une chose que la médecine ne peut admettre.

La remarque m'était évidemment adressée.

Je lui répondis mentalement : *Inutile d'insister de la sorte, mon cher camarade, vous savez ce que je pense de votre néfaste habitude.*

Mansfield se sentit en confiance.

— Cela doit rester un secret entre nous. Je prends de l'arsenic. Un quart de comprimé avant chaque représentation. Cela me donne l'énergie nécessaire pour interpréter ce terrible double rôle. Et je deviens totalement réceptif aux ondes que me transmet le médium. De plus, cela ne présente aucun risque.

— Si ce n'est l'accoutumance, fis-je remarquer.

— J'en suis conscient, docteur Watson, mais je ne dépasse jamais cette dose.

— C'est une chance, car au-delà, vous seriez tout simplement mort.

Dimanche 16 septembre 1888

Mme Hudson se tenait sur le pas de la porte, les bras croisés sur la poitrine, avec l'air avenant d'un bouledogue à qui l'on vient de retirer son os.

— Deux gamins crasseux demandent à vous parler, monsieur Holmes.

— Que veulent-ils ? lança mon camarade depuis son microscope.

— Ils prétendent qu'ils ont des informations importantes à vous communiquer. J'ai bien essayé de les renvoyer, mais ils insistent.

— Ont-ils dit leur nom ?

— Le petit a un nom à coucher dehors.

— C'est probablement le cas.

— Quant au grand, je crois qu'il s'agit du jeune Wiggins...

Holmes se retourna d'un bloc.

— Wiggins ! Mais vous savez bien que c'est le chef des Irréguliers de Baker Street !

Mme Hudson leva les bras au ciel.

— Pour être irrégulier, il l'est. Lors de sa dernière visite, une partie de mes produits d'entretien a disparu et...

— Faites monter ! coupa Holmes.

La brave femme tourna les talons, dépitée.

Je demandai à mon camarade :

— Ne craignez-vous pas que ce Wiggins et ses petits collaborateurs ne vous fournissent des informations inventées de toutes pièces dans le but de vous extorquer un peu d'argent.

— Aucun risque, Watson. D'ailleurs, c'est moi qui ai emprunté ces fameux détergents à Mme Hudson pour une de mes expériences.

Il s'empressa d'ajouter :

— Je les remplacerai dès que j'aurai le temps, bien sûr...

Wiggins fit son apparition. Son allure était désolante, mais cela ne semblait pas entamer son enthousiasme.

Il poussa devant lui un gamin minuscule qui portait des vêtements deux fois trop grands pour lui.

Holmes scruta le petit.

— Qu'avons-nous là ?

— C'est Gedeon Pilbrock, m'sieur. Il dit qu'il a vu le monstre de Whitechapel.

Wiggins donna une bourrade au petit.

— Vas-y. Répète ce que tu m'as raconté.

Comme le gosse ne desserrait pas les dents, Holmes vint se planter devant lui, les mains dans le dos.

— Alors, mon garçon, que sais-tu exactement ?

Le gosse recula, terrifié par la taille de mon camarade.

Wendy entra à son tour, les bras chargés du plateau à thé. Elle capta mon regard et me désigna le plateau qu'elle posa devant moi, sur la table basse.

Je compris aussitôt son message.

Je pris une pâtisserie et l'exhibai de manière ostentatoire sous le nez des gamins.

— Seriez-vous tentés par un de ces macarons bien chauds, jeunes gens ?

Autant demander à un chien s'il veut un os à moelle. Les deux petites têtes oscillèrent à l'unisson.

— Approchez. Vous serez mieux près du feu.

Les gamins se précipitèrent vers la table. Wendy leur donna un macaron à chacun qu'ils dévorèrent en quelques secondes.

— Doucement, jeunes gens. C'est à croire que vous n'avez rien mangé depuis deux jours, gronda Holmes.

Le petit leva un regard candide vers mon camarade.

— Comment que vous avez deviné, m'sieur ?

Holmes toussa dans son poing, gêné.

— Disons que je suis un peu détective. C'est d'ailleurs pour cela que j'ai besoin de ton témoignage, petit.

Le gosse se détendit.

— Vous n'allez pas me taper dessus, m'sieur ?

— En voilà une idée !

— Je l'ai vu, m'sieur. C'était un soir où je passais dans l'arrière-cour d'un restaurant...

— Que faisais-tu là ?

Il baissa les yeux.

— Je regardais un peu dans les poubelles, des fois qu'y resterait quelque chose à manger. Après le service, y jettent des morceaux de viande entiers, et même des desserts pleins de sucre et de crème. Et c'est là que je suis tombé sur le monstre.

— Où était-ce ?

— À Whitechapel, m'sieur. Mais je me souviens plus exactement où. J'en ai fait tellement... Je pourrais essayer de retrouver l'endroit, mais ça risque de prendre du temps...

— À quoi ressemblait-il, ton monstre ?

— À une espèce de squelette avec des bandages autour du cou. Il était complètement défiguré.

— Comme vitriolé ?

— J'saurais pas dire, m'sieur.

— Tu te souviens de ses habits ?

— Je crois qu'il portait une sorte de grande robe sombre, avec une ceinture à la taille. Et une capuche sur la tête.

— Quelle couleur, la robe ?

— M'en souviens plus, m'sieur. Y faisait presque nuit. C'était un peu comme un habit de moine, en plus sale.

Holmes tressaillit.

— Que faisait-il à cet endroit ?

— Je crois qu'il avait attrapé quelqu'un... sûrement pour le manger.

— Quelqu'un ?

— Un gosse comme moi. Quand il m'a vu, il a tourné la tête et c'est là que j'ai vu son visage... enfin, façon de parler.

Le gamin fut secoué par un long frisson.

— Rien que d'y penser... Et sa voix était comme celle d'un mort vivant.

— Ça ressemble à quoi, la voix d'un mort vivant ?

— C'est comme quelqu'un qui crie en silence. Ça m'a tellement terrorifié d'horreur que mes jambes sont devenues toutes molles.

Il agita ses jambes en tous sens et imita un homme ivre pour illustrer son propos.

Holmes poursuivit :

— A-t-il essayé de t'attraper ? De te faire du mal ?

— Ben non, puisqu'il avait déjà attrapé quelqu'un. Il a pris l'autre gosse sous son bras et s'est sauvé. Alors j'ai couru dans la rue et j'ai fini par trouver un policier à qui j'ai tout raconté.

— Il a donné l'alerte ?

— Non, il m'a donné un coup de pied aux fesses. Et il a dit que je ferais mieux de rentrer chez moi au lieu de traîner dans la rue à raconter des âneries.

— Donc, tu es rentré chez toi.

— Ben non, vu que j'ai pas de chez-moi. Je suis rentré chez mon maître.

— Ton maître ?

— Mes parents m'ont vendu à un ramoneur quand j'étais petit.

— Tu lui as raconté ton histoire à ce... maître ?

— Oui, mais j'ai l'impression qu'il ne m'a pas cru.

— Qu'est-ce qui te fait penser ça ?

— Il m'a tabassé jusqu'à ce que je perde connaissance, et après il m'a jeté parce que de toute façon j'étais bon à rien.

— Il t'a jeté ?

— Oui, dans une poubelle. Je me suis réveillé avec des épluchures par-dessus la tête et des bleus partout. J'étais bien content.

— On le serait à moins.

— Après ça, j'étais libre. Maintenant, plus personne ne me tape dessus. Enfin, moins qu'avant...

Un silence lourd s'était installé dans notre salon.

Ce gamin racontait son effroyable aventure avec détachement, comme si tout cela était dans l'ordre des choses.

Wendy s'était rapprochée de nous et ne perdait rien de cette conversation. Son visage était devenu livide.

Holmes fut le premier à rompre le silence.

— Est-ce la seule fois où tu as vu ce... monstre ?

— Oui, m'sieur.

— En as-tu parlé à quelqu'un d'autre ?

— Juste à d'autres gosses comme moi, pour les mettre en garde, et pour savoir si quelqu'un d'autre l'aurait vu.

Wiggins intervint :

— Il l'a raconté à un Irrégulier de Baker Street qui m'a aussitôt prévenu.

Holmes se pencha vers le gosse.

— Es-tu certain de ne pas avoir rêvé ?

— Oh non, m'sieur. C'était bien réel.

Mon camarade eut une moue de scepticisme.

— Bien. Vous pouvez disposer. La suite de l'enquête me dira si je peux tirer quelque chose de ce... témoignage.

Les deux gosses se dirigèrent vers la sortie, mais Wiggins s'éternisa sur le pas de la porte et pétrit sa casquette jusqu'à l'agonie.

— Autre chose, jeune homme ? demanda Holmes.

— Cette enquête me prend beaucoup de temps, m'sieur Holmes. Les gamins m'aident comme ils peuvent, mais ils me réclament à manger tous les jours et...

— Tu veux de l'argent, c'est ça ?

— Si c'était un effet de votre bonté, m'sieur Holmes...

— Tu auras ce que je t'ai promis, mon garçon. Mais tu connais mon principe : je ne paye...

— ... qu'après vérification des informations. Je sais, m'sieur.

— Alors file ! Et continue à chercher. Plus importante sera l'information, plus grosse sera la récompense. En revanche, si vous veniez un jour à me raconter des sornettes dans le but de m'extorquer quelque argent...

Il se mit presque au garde-à-vous.

— Ça non, m'sieur Holmes ! Jamais !

Je compris pourquoi Holmes ne craignait pas d'être abusé par ces pauvres gosses.

Quand les deux enfants sortirent, je surpris Wendy qui leur glissait des petits paquets dans les poches.

Les macarons et le sucre avaient disparu du plateau à thé.

Après leur départ, elle croisa encore mon regard. Elle me sourit et fit un petit geste d'impuissance. Un dialogue muet s'instaura.

Je sais, Wendy, ces gamins crèvent de faim. Quelques macarons de plus ou de moins, cela ne change rien pour nous, tandis que pour eux...

Son regard glissa vers Holmes, qui avait déjà regagné son microscope.

Celui-ci ? Il ne voit que ce qui l'intéresse et ne comprend que ce qu'il veut... La logique lui tient lieu de sentiment... Sans doute n'a-t-il pas complètement tort, comme toujours...

Elle hocha la tête, comme si elle pouvait lire dans mes pensées.

Puis elle se retira en s'inclinant.

J'aurais eu tant de choses à lui dire.

Mercredi 19 septembre 1888

Nous passâmes les journées de lundi et mardi à tenter de recueillir quelque information corroborant les affirmations du petit Gedeon.

Les indications du gamin étaient trop vagues. Dans les bars et les restaurants, les gens nous riaient au nez ou nous prenaient pour des fous.

Nous ne rapportâmes rien de concret à Baker Street, si ce n'est quelques vilaines ampoules aux pieds.

Ce jour-là, depuis la première heure, Holmes s'affairait sur son plan de travail et multipliait les expériences de façon compulsive, comme pour rattraper le temps perdu.

Puis il abandonnait soudain, et se mettait à faire les cent pas ou à fumer des cigarettes. Il évoquait un jeune père attendant la naissance de son premier enfant, sauf que dans son cas l'enfantement semblait poser quelques complications.

Il vint s'asseoir en face de moi, sans vraiment me regarder.

— Rien ne fonctionne de façon logique dans cette affaire. D'abord, il y a la personnalité du meurtrier qui ne correspond à rien de ce que j'ai déjà étudié. Tout est nouveau, autant dans le mode opératoire des meurtres que dans leur hardiesse. Ensuite, il y a les descriptions discordantes des témoins. L'homme qui a été vu en compagnie de Polly Nichols juste avant sa mort ne ressemble en rien à celui qui accompagnait Annie Chapman peu avant la sienne.

Holmes replongea dans ses réflexions.

Je savais ce qu'il attendait de moi pour avoir vécu cette situation mille fois. Mes réactions, fussent-elles absurdes ou erronées, ne manquaient pas de provoquer chez lui des arguments ou des développements en chaîne. J'agissais sur son cerveau comme un catalyseur lors d'une réaction chimique.

Je remplis donc mon rôle d'émulateur de réflexion.

— L'homme se déguise peut-être. Nous avons vu à Manor Park qu'il en était capable.

— Il peut certes changer d'apparence, Watson, mais pas au point de modifier sa taille de plus de dix centimètres. Certains témoins parlent d'un homme replet d'à peine un mètre soixante. D'autres évoquent au contraire un grand costaud de plus d'un mètre quatre-vingts.

— L'homme pourrait-il avoir le pouvoir de se transformer de façon radicale, à la manière du docteur Jekyll devenant Mr Hyde ?

Holmes balaya ma suggestion d'un revers de main.

— Fantasme d'écrivain. Je ne crois pas à la magie.

— Dans ce cas, il pourrait s'agir de deux hommes différents.

— Je pencherais plutôt pour cette solution, en effet. Mais pourquoi tueraient-ils leurs victimes de la même façon ?

— Un quelconque rituel... Peut-être appartiennent-ils à une même secte aux pratiques barbares... Si nous parvenions à percer le sens symbolique de tels actes, sans doute parviendrions-nous à retrouver les meurtriers...

Holmes ne réagit pas à ma dernière proposition.

Une idée me revint à l'esprit.

— Mansfield a souligné le fait que les meurtres ont eu lieu les week-ends de pleine lune. Son fameux médium aurait-il percé quelque mystère ? À moins qu'il n'en sache plus long sur cette affaire...

— Nous le saurons peut-être demain, Watson.

Jeudi 20 septembre 1888

Le cocher nous déposa devant la grille rouillée du 12 Walton Street. Nous payâmes la course et le fiacre disparut en soulevant derrière lui des volutes de brouillard sale.

Le portail émit un long gémissement. Nous nous engageâmes sur un chemin caillouteux et boueux qui ressemblait plus à une vaste congère qu'à une allée de demeure respectable. Quelques arbres remuaient leurs branches squelettiques au-dessus de nos têtes comme pour tenter de nous mettre en garde contre quelque danger.

Une maison à l'allure fantomatique se dressait au bout de l'allée. Ses grandes fenêtres noires semblaient nous observer comme les yeux vides d'un crâne humain. L'immense porte d'entrée ressemblait à une bouche ouverte dans un cri silencieux. Le tout était plutôt morbide.

Un hurlement, bien réel cette fois, suivi d'un tumulte de feuilles, me fit sursauter. Je réalisai vite qu'il s'agissait d'un oiseau de nuit qui prenait son envol, aussi effrayé par notre présence que je l'étais par la sienne.

— L'endroit ne m'inspire guère, Holmes.

— Moi non plus, avoua mon camarade.

— Cette maison me semble inhabitée. À moins qu'il ne s'agisse d'un piège...

Un objet métallique luisant se matérialisa dans la main de mon camarade.

— J'ai paré à toute éventualité.

Comme toujours, Holmes semblait avoir une confiance inébranlable en sa bonne étoile.

La mienne faiblit quelque peu quand un individu éthéré ouvrit la porte d'entrée, avant même que nous eussions cogné à l'huis.

Il tenait un bougeoir à la main. Son visage ressemblait à un masque mortuaire flottant au sein de l'obscurité. Il évoquait le fantôme de Canterville de la nouvelle d'Oscar Wilde.

— Suivez-moi.

La maison était glacée comme une tombe. Le cerbère s'arrêta devant une porte et s'écarta pour nous livrer le passage.

— Attendez ici. Je viendrai vous chercher quand le Maître sera prêt.

Une femme sans âge au visage tourmenté et Mansfield lui-même grelottaient à l'unisson dans la pièce, assis autour d'une table basse sur laquelle étaient posées une théière fumante et quatre tasses.

À en juger par leurs tremblements et la goutte qui perlait au bout de leur nez, ils devaient patienter depuis un bon moment.

Nous nous présentâmes.

La femme balbutia :

— B... bonjour, je m'appelle Martha Winegrave et je... je...

— Et vous tremblez de froid, coupai-je. Voulez-vous poser mon manteau sur vos épaules ?

Elle désigna d'une main tremblante la théière.

— Non merci, docteur Watson. Le thé me réchauffe suffisamment. Vous devriez en prendre une tasse. Il est excellent.

Holmes et moi nous servîmes et bûmes le nectar. La chaleur se répandit dans mon corps.

— M. Müller a établi mon thème astral et il m'aide à trouver ma voie.

Holmes haussa les épaules.

Elle braqua un regard courroucé sur lui.

— L'astrologie est une science très précise, monsieur Holmes. Savez-vous que le jour de la naissance conditionne toute notre destinée ?

— Lestrade et moi sommes nés le même jour ; vous voyez bien que l'astrologie n'est pas une science exacte.

— Lestrade ?

Holmes dédaigna de répondre et se tourna vers Mansfield qui n'avait pas encore desserré les dents depuis notre arrivée, si ce n'est pour les claquer.

— Pourriez-vous m'en dire un peu plus sur ce M. Müller ? Fait-il apparaître des ectoplasmes ou ce genre de choses ?

— Pas du tout. Ses recherches sont sérieuses et ses expériences reconnues par la communauté scientifique internationale. Il a parcouru toute l'Europe et a étudié le somnambulisme magnétique avec les plus grands : James Braid, Azam, Paul Broca...

— Pardonnez mon ignorance, mais qui sont ces gens ?

Mansfield se chauffa les mains à sa tasse de thé.

— Des médecins et des spécialistes de l'hypnose, de la catalepsie et du somnambulisme translucide.

Holmes agrandit les yeux. À l'évidence, ces notions lui étaient étrangères.

Mansfield poursuivit entre deux gorgées de liquide brûlant :

— Ces spécialistes peuvent suggérer des actes à accomplir en état somnambulique. Ils peuvent faire naître des hallucinations, des paralysies ou, au contraire, les défaire, ou bien encore modifier tel ou tel symptôme.

— Vous voulez dire qu'ils utilisent ces techniques pour soigner des malades ?

— Bien sûr. Aujourd'hui, on traite les hystériques par suggestion. La suggestion expérimentale fait et défait les symptômes. Elle peut donc devenir suggestion thérapeutique.

— Comment s'y prennent-ils ?

— La suggestion peut s'effectuer par la parole, le geste ou une pratique quelconque qui permet de faire pénétrer dans le cerveau l'idée qu'on veut faire réaliser.

— Et ce Müller dans tout ça ?

— Il parvient à capter ce qui se passe dans le cerveau d'autres personnes. Ses expériences sont célèbres. Il a même publié à ce sujet dans la revue *Light*.

— Vraiment ? fit Holmes, faussement impressionné.

Lady Winegrave ajouta d'un ton sec :

— Le Maître est ouvert à toutes les disciplines, lui.

Holmes leva les yeux au plafond.

Elle poursuivit :

— Ses pouvoirs pourraient même devenir très utiles pour la police. Il a entrevu le prochain crime.

Le grincement d'une latte de plancher nous fit sursauter. Le fantomatique majordome se tenait dans l'encadrement de la porte, immobile comme une statue.

— Le Maître va vous recevoir. Suivez-moi.

Nous empruntâmes un dédale d'escaliers humides et glacés.

— Il n'y a donc pas de chauffage dans cette maison ? s'enquit Holmes.

— Si, répondit le majordome.

Il s'immobilisa en haut d'une volée de marches et tendit le doigt vers une porte au bout d'un couloir.

— C'est là.

Holmes me glissa :

— Ce qui est agréable avec ce garçon, c'est la sobriété de sa conversation.

— Cela semble aller de pair avec son état de santé, fis-je remarquer. Je lui trouve une petite mine.

Notre petit groupe pénétra dans une pièce dont la chaleur paraissait excessive par rapport au reste de la maison. Le feu crépitait dans la cheminée.

La lune baignait la pièce d'une fine lueur argentée qui donnait un aspect irréel et fantastique aux objets.

Il est habituellement possible de se faire une idée d'une personne en examinant la décoration et le mobilier qui ornent son habitat. Mais cette pièce donnait une impression de chaos. Les styles

les plus hétéroclites cohabitaient sans pudeur. Un bric-à-brac plus ou moins exotique constitué de fausses reliques égyptiennes et de bibelots d'origine indéterminée s'entassait sans logique apparente. Au mur, des têtes d'animaux empaillées au pelage mité et des masques africains laissaient penser que le propriétaire de l'endroit avait un passé glorieux de chasseur. De hautes étagères croulaient sous le poids des livres. Pourtant, l'endroit n'évoquait pas la bibliothèque sagement classée du bourgeois londonien moyen. Il émanait de cette accumulation de grimoires quelque chose de malsain et d'incongru.

Un homme au visage terne fixait les flammes qui dansaient dans l'âtre. À côté de lui, sur une table basse, un narguilé côtoyait une théière des plus classiques.

Depuis son fauteuil, il nous fit signe d'approcher.

— Asseyez-vous près de moi. Je suis trop faible pour me lever.

Son fort accent trahissait ses origines germaniques.

Nous prîmes place sur des poufs orientaux répartis autour de la cheminée.

L'homme se tourna vers nous. Son visage était celui d'un prédicateur dément. Il promena sur notre groupe un regard hébété et blêmit.

— J'ai... entrevu le prochain crime. Une chose horrible se prépare. Le meurtrier est tout près. J'ai vu le précédent meurtre, comme je vois celui qui va se produire.

— Comment savez-vous... ? commença Holmes.

L'homme leva la main, réclamant le silence. Sa respiration semblait difficile.

— J'ai aperçu son visage... peut-être l'endroit où il va agir. Maintenant, j'ai peur. Il est tout près d'ici. Ensemble, nous pourrions parvenir à capter ses ondes cérébrales. Mais l'expérience n'est pas sans risque.

— Pourquoi ? demanda Mansfield.

— Je pense que cet homme est fou.

Une ride s'ajouta au front de mon camarade.

— Que sommes-nous supposés faire ?

L'homme fixa le feu.

— Il vous suffit de concentrer votre pensée sur les flammes, dans le but de ne pas vous laisser distraire. C'est une méthode que j'ai maintes fois mise en pratique en Allemagne, non loin de Salzbourg.

Nous fîmes ce que le médium recommandait. Mansfield et lady Winegrave, rompus à cet exercice, plongèrent un regard fasciné dans les flammes.

Holmes ferma les yeux et fronça les sourcils, dans un effort de concentration.

Le médium était blême. Son visage devenait inquiétant, comme habité par quelque présence incontrôlable.

Un étrange sentiment s'empara peu à peu de moi.

Les murs s'étaient évanouis et la pièce était obscure.

La femme arborait un sourire bizarre, exalté, et même un brin dément. Ses yeux semblaient plus brillants qu'auparavant. Des gouttelettes de sueur perlaient sur ses tempes.

Un martèlement affreux et irrégulier s'amplifiait dans ma poitrine, comme si un oiseau énorme était pris au piège dans ma cage thoracique et se cognait contre les côtes pour en sortir. Je suffoquais, incapable de maîtriser mes sens. Quelque chose d'anormal était en train de se produire.

Holmes plissait les yeux, comme s'il cherchait à distinguer une forme dans les flammes. Un petit muscle tressautait sous son œil droit. Ses mâchoires étaient crispées.

Je sentis un horrible picotement dans mes poignets, et tout le long de mon dos. Le picotement de l'appréhension, tel un signal d'alarme. Mon cœur palpitait de façon irrégulière et inquiétante.

Mansfield gardait les yeux fermés, mais son visage trahissait le trouble qui l'envahissait.

Une éternité s'écoula.

L'obscurité devint menaçante autour de notre petit cercle lumineux, aussi épaisse et tangible qu'un rideau. Les murs se précipitèrent soudain vers nous. Puis ils s'écartèrent à une vitesse vertigineuse vers l'infini, nous laissant suspendus dans un espace ténébreux, illimité.

La voix du médium résonna dans ma tête, comme s'il chuchotait dans mon oreille :

— Il est là. Sentez-vous sa présence ?

Il avait un regard de fou. Ses yeux roulèrent au point de ne faire apparaître que le blanc.

— Je le vois.

Une panique irrationnelle s'infiltra en moi.

Müller hurla presque :

— Ça y est ! Je vois ce qui va arriver...

Holmes se leva d'un bond.

— Moi aussi !

Les regards convergèrent vers mon camarade.

Tout se passa en un éclair.

Holmes braquait son arme vers le médium et débitait :

— Edwin le Bègue, également connu sous le pseudonyme de Johnny Doigts-de-fée, alias le prince de Monte-en-l'air. Arrêté pour détournement de fonds, escroquerie à l'héritage et usurpation d'identité en 1882. Condamné à dix ans de bagne. Évadé en octobre 1884. Recherché par Scotland Yard depuis cette date...

— Putain de détective ! lança l'homme avec un indéniable accent cockney. Co... comment avez-vous deviné ?

— Le thé aiguillonne ma mémoire et mes capacités de déduction, surtout quand il est... aromatisé.

— Je ne comprends pas.

— Vous avez perdu votre accent germanique, à ce que j'entends.

— Ach ! Z'est une horripleu mépriseu.

— J'ajouterai pour votre information que Salzbourg se trouve en Autriche et non en Allemagne. C'est la fin de votre carrière de médium, mon vieux.

Les yeux du malfrat dardaient de haine.

— Je suis ruiné. J'avais mis des années à monter cette affaire. Putain de bordel !

— La contrariété vous porte au pléonasme, commenta Holmes en lui enfonçant le canon de son arme dans les côtes.

Martha Winegrave sortit de sa torpeur et implora l'ex-médium du regard.

— Dites-moi que ce n'est pas vrai, Maître. Ça ne peut finir ainsi... Que vais-je devenir ? Que dois-je faire ?

— Tire-toi, poufiasse ! ordonna l'ex-médium sans excès de tact.

Lady Winegrave tourna de l'œil dans un authentique gémissement de désespoir non dépourvu d'esthétique théâtrale.

Mansfield posa un regard effaré sur l'usurpateur, sur la femme qui gisait au milieu des poufs pseudo-exotiques, puis sur Holmes.

— Mais... que... que vais-je devenir ? Mon spectacle... mon double rôle...

Holmes désigna l'escroc du menton.

— Vous n'avez pas besoin de cet énergumène pour pratiquer votre art. Ce serait même plutôt l'inverse.

— L'inverse ?

— C'est lui qui vous a conseillé l'arsenic, n'est-ce pas ?

— En effet. C'était un moyen pour me rendre plus réceptif.

— Dépendant serait plus juste. Je vous conseille de suspendre ces absorptions, s'il est encore temps. Je sais de quoi je parle.

L'escroc ouvrit la bouche pour se défendre. Holmes appuya le canon de son arme un peu plus fort dans ses côtes. Il referma la bouche.

Holmes poursuivit :

— Tentative d'empoisonnement. Extorsion de fonds. Pratique illégale de la médecine.

Lady Winegrave reprit ses esprits, juste le temps d'entendre mon camarade annoncer le verdict :

— Il n'y aura plus de consultation pendant quelques années. Et je veillerai même à ce qu'il n'y en ait plus jamais.

Mansfield reprenait peu à peu ses esprits.

— Je veux bien admettre que cet individu soit un usurpateur, mais comment expliquer l'état somnambulique dans lequel nous étions tous plongés ?

Mon camarade désigna la théière du regard.

— La recette est simple. Une salle d'attente tenue glacée à dessein. Pourtant, le majordome lui-même a admis que la maison pouvait être chauffée, preuve en est la pièce où nous nous trouvons. Un thé brûlant. Les visiteurs boivent quelques tasses du breuvage pour se réchauffer, et le tour est joué.

— Ce thé contenait de la drogue ? demanda Mansfield, encore incrédule.

Holmes stimula la réponse du bout de son canon. L'escroc avoua en grimaçant :

— Mélange opiacé et plantes hallucinogènes.

— Qui procure un sentiment de bien-être instantané et prédispose le visiteur à prendre des vessies pour des lanternes, compléta Holmes. Par la suite, le choc thermique entre la salle d'attente glaciale et l'alcôve surchauffée du prétendu médium finit de ramollir les esprits. Les adeptes ainsi mis en condition sont prêts à avaler les plus grosses couleuvres. La danse hypnotique des flammes et les suggestions verbales du « maître » font le reste.

Mansfield fronça les sourcils.

— Pourtant, vous en avez pris vous-même, monsieur Holmes ?

— Certes, mais j'ai très vite reconnu ces symptômes pour avoir souvent... étudié ces breuvages : palpitations cardiaques, suées, déformations de la vision et des perceptions auditives.

— Mais vous sembliez vous-même concentré et réceptif. Je vous ai observé à plusieurs reprises, objectai-je.

— Certes, Watson, mais ma concentration ne s'exerçait pas sur le même terrain. Je cherchais dans ma mémoire qui pouvait bien être ce lascar. Et j'ai fini par trouver.

Mansfield sortit en tentant de réconforter Martha Winegrave comme il pouvait.

Leur triste équipage était pathétique.

Une voix d'outre-tombe grogna dans notre dos :

— Faut encore servir du thé, Maître ?

Nous fîmes volte-face pour découvrir le major-dome, tenant sur un plateau une théière fumante.

À l'observer de plus près, le pauvre bougre semblait bien inoffensif. Holmes se tourna vers l'escroc :

— Votre complice a de la suite dans les idées.

— Ce n'est pas mon complice. Ce crétin faisait partie du coût de location de la maison, alors je l'ai gardé.

Holmes servit une grande tasse de thé à l'escroc.

— Buvez ça. Vous devez bien cela à votre crétin.

— Je... je ne prends jamais de drogue.

— On n'en meurt pas, voyez autour de vous. Et puis, cela vous dissuadera quelque temps de tenter de nous fausser compagnie.

Le petit groupe se dirigea vers la sortie, un peu nauséeux, comme après un mauvais rêve.

Sur le pas de la porte, le majordome prit enfin conscience de la situation.

— Le Maître s'en va ?

— Oui, répondis-je.

— Qui va me donner mes médicaments à présent ?

Je compris soudain pourquoi il avait lui aussi ce teint cadavérique et cette allure maladive. La drogue l'avait rongé au point de le transformer en épave vivante. Voilà comment cet ignoble escroc s'attachait les services des gens qui l'entouraient.

— Vous êtes guéri. Je vous conseille de ne plus rien ajouter dans votre thé.

Nous marchâmes jusqu'à un poste de police où nous déposâmes notre titubante proie, assortie du mode d'emploi adéquat. Quand Holmes annonça qu'il ne souhaitait pas que son nom apparaisse dans le rapport, l'inspecteur le remercia et déclara que c'était le plus beau jour de sa carrière.

La pluie martelait le toit de notre fiacre. Holmes dodelinait de la tête au rythme des oscillations de l'attelage, perdu dans ses songes.

— Encore un coup d'épée dans l'eau, lâchai-je.

— Oui et non, Watson. D'une part, nous avons coffré un fieffé coquin, d'autre part, nous devons prendre en considération une nouvelle hypothèse.

— Vous n'accordez tout de même pas de crédit à cet individu ?

— Celui-ci est sous les verrous, mais combien de truands de son espèce opèrent encore à Londres, en abusant de la crédulité de leurs victimes, ou pire encore, en les poussant au crime ? La suggestion mentale est une réalité. Imaginez qu'un être malintentionné s'en serve dans un but criminel...

— Vous prétendez que le tueur de Whitechapel pourrait être commandé par un esprit machiavélique ?

— Ce n'est pas impossible. Vous avez vu comment cet Edwin le Bègue, qui soit dit en passant n'est pas plus bègue que vous et moi, est parvenu à manipuler son entourage, depuis son pauvre major-dome jusqu'au célèbre Mansfield. À tel point que ce grand acteur était persuadé de jouer son personnage sous l'influence de son gourou de pacotille.

Je m'attendais à quelque déduction de la part de mon camarade, mais il n'en fut rien. Il ferma les paupières, et je compris aux changements d'expression de son visage qu'il était en proie à une intense réflexion intérieure. Ce mutisme n'augurait rien de bon. Nos différentes investigations n'avaient fait qu'épaissir un peu plus le mystère qui entourait cette ténébreuse affaire.

Quelques pensées contradictoires bataillèrent bientôt dans mon esprit.

Les divergences de description des témoins, en apparence incompatibles, prenaient soudain un nouveau sens. Deux personnes bien distinctes pouvaient avoir commis des meurtres de prostituées selon le même procédé, puisque pilotées par le même cerveau diabolique. Cela pouvait aussi expliquer leur audace. Agissant sous influence, chaque meurtrier n'est pas conscient de ce qu'il réalise, ni du danger qu'il court lui-même.

Mais dans ce cas, qui est le cerveau de tout cela ? L'homme croisé aux cimetières d'Ilford et de Manor Park ? Pourquoi prenait-il le risque de se faire prendre à son tour ? Que venait-il chercher ? N'était-il lui aussi qu'un pion manipulé par une force supérieure ?

Mais si cet homme – ou cette créature – existait bien, combien d'esprits serait-il capable d'assujettir ? Et combien de meurtres allaient encore se produire, plongeant Londres dans les ténèbres et la terreur ?

Je frémis en pensant à une telle issue.

Je voulus m'en ouvrir à Holmes.

Mais quand je levais le regard vers lui, je vis que ses yeux grands ouverts me dardaient fixement. Un rictus de satisfaction morbide déformait son visage. Un long frisson parcourut mon échine. À quoi pouvait-il bien penser à cet instant précis ? Était-ce vraiment moi qu'il regardait ainsi ?

Je me décalai sur la banquette, afin d'en avoir le cœur net. Son regard resta fixe et ne me suivit pas. Il semblait regarder quelque chose ou quelqu'un d'autre. Mais quoi ?

De retour à Baker Street, Holmes se mit à évoluer à la façon d'un automate, plus proche du somnambulisme que de la conscience pure.

Il disparut un court instant dans sa chambre, puis revint à son fauteuil, les yeux toujours grands ouverts sur un univers inaccessible.

Je tentais de me concentrer sur un livre d'un certain Elmer Leonardo traitant de l'art d'écrire un bon roman. L'auteur assenait quelques vérités du genre : « Ne commencez jamais un roman par un texte parlant du temps qu'il fait. »

Ou encore : « L'auteur ne doit jamais donner son avis, afin de ne pas interférer avec les intentions des personnages. » Cela me fit sourire car ces préceptes étaient à l'opposé de ma prose. Le climat londonien me semblait si intimement lié à mes récits qu'il eût été impossible de ne pas en parler. Je me demandai même dans quelle mesure

240

les crimes qui agitaient Londres ne venaient pas en majeure partie de ce climat si particulier. Le brouillard, la pluie, le froid n'étaient pas évoqués comme un vague décor ou une futile entrée en matière, mais comme des acteurs essentiels de l'intrigue. Quant à donner mon avis... comment aurais-je pu l'éviter dans mon propre journal intime ? Et que penser de sa règle dix qui énonçait le plus sérieusement du monde : « Essayez d'éviter les passages que les lecteurs sautent. » J'en conclus que ce Leonardo devait être un sacré farceur.

Je m'efforçai de poursuivre ma lecture, mais, après avoir relu dix fois la règle onze sans parvenir à la comprendre, le livre me tomba des mains, au sens propre comme au sens figuré. Il atterrit dans l'âtre et je ne fis aucun effort pour tenter de le récupérer.

Il se consuma rapidement en dégageant une belle flamme bleutée. Ce fut la seule joie que cet ouvrage me procura.

En levant les yeux, je m'aperçus que la solution de cocaïne à sept pour cent avait disparu du rebord de la cheminée.

Dans son fauteuil, Holmes évoquait un oiseau de proie. Quel univers étrange scrutait son regard fixe ?

La réponse vint de lui-même, comme s'il avait pu entendre ma réflexion.

— Il est 1 heure du matin. Je traverse le parc de... Le brouillard donne aux statues des allures de créatures mythologiques. Après un quart d'heure de marche, je tourne sur... Et je débouche sur Whitechapel Road.

Je m'apprêtais à lui demander ce qu'il relatait, mais il poursuivit sur un ton exalté :

— Personne ne remarque ma présence. D'ailleurs, qui pourrait porter son regard sur un...

Le silence emplit de nouveau la pièce.

Sa voix d'outre-tombe me fit à nouveau sursauter.

— Je guette les filles, à quelques pas de la taverne. L'établissement va fermer. C'est l'heure à laquelle elles doivent trouver coûte que coûte un endroit où dormir. Une première sort, mais elle est au bras d'un homme. Je ne suis pas pressé. J'ai toute la nuit devant moi. Une deuxième fille sort, mais sa démarche est assurée. Elle n'est pas assez ivre. La troisième est la bonne. Elle sort en titubant, les habits débraillés, ne sentant même pas la morsure du froid du fond de son ivresse. Elle traverse la rue et s'agrippe à un bec de gaz comme à une bouée de sauvetage.

Ses bras s'agitèrent, mimant la scène.

— Elle avance, de bec de gaz en bec de gaz, pauvre épave à la dérive. Je la suis à distance, en prenant soin de rester dans l'ombre. Ce n'est pas trop difficile, vu le peu de lumière diffusée par ces fichus becs de gaz. Ses bottines claquent sur le pavé à l'unisson avec les miennes. Elle se retourne et fouille la brume de ses yeux non moins brumeux. Je m'approche d'elle et lui demande : « Tu veux ? » Elle me dévisage avec incrédulité : « Du moment que tu payes. Viens, je connais un coin tranquille. » Elle se pend à mon bras. J'ai l'impression qu'elle va s'étaler de tout son long si je me dérobe. Nous pénétrons dans l'impasse. Mon cœur bat plus vite. La libération est proche. Mon poing se crispe sur le couteau.

La voix de Holmes s'étrangla, jusqu'à devenir sourde et inquiétante.

— Elle tourne sa grosse trogne avinée vers moi : « Tu préfères par-devant ou par-derrière ? » Je tombe à genoux devant elle. Elle se penche vers moi et tend son cou, étonnée par mon geste. Sans le savoir, elle vient de signer son arrêt de mort. Le couteau fend la nuit, et sa gorge par la même occasion. Le sang gicle. Le couteau plonge entre ses cuisses. Jouissance. Je fouille dans son sexe, dans ses boyaux, à l'endroit même où la vie prend naissance. Rien ne pourrait arrêter la frénésie de ma main. J'extirpe une guirlande de boyaux. Je les jette sur son épaule. Œuvre artistique ultime. Délivrance. Je glisse mon butin dans un sac. J'essuie le couteau dans sa robe. Bonne nuit, petite sœur.

Je restai pétrifié, retenant mon souffle.

Holmes venait-il de me livrer une confession sous l'effet de la drogue ?

Il se leva d'un bond.

— Cela vous semble-t-il plausible, Watson ?

Je déglutis.

— T... très.

Il s'étira.

— Je pense que ça s'est passé de cette façon. C'est du moins la reconstitution mentale que je suis en mesure d'élaborer en fonction des faits objectifs.

— Objectifs ? Mais comment savez-vous que le meurtrier s'est mis à genoux ?

— Le sang des victimes a giclé de bas en haut. Le meurtrier devait donc se trouver en contrebas, ou être de petite taille.

— Vous... vous avez dit « petite sœur »...

— Façon de parler. Encore que l'inceste soit très fréquent dans les bas quartiers de Whitechapel du fait de l'exiguïté des logements et de la promiscuité des familles.

— Vous avez également dit : « D'ailleurs, qui pourrait porter son regard sur un... » Un quoi ?

— Trop tôt pour le dire...

Je connaissais assez bien ce lascar pour être certain qu'il en savait déjà très long sur cette histoire.

Il alluma sa pipe et observa un instant les volutes de fumée, comme pour y trouver l'inspiration de ses prochaines réflexions.

Vendredi 21 septembre 1888

Holmes fit irruption dans le salon en brandissant un journal à bout de bras.

— C'est bien des journalistes ! Toujours prompts à faire des amalgames pour vendre leurs feuilles de chou. Le *Star* de ce matin titre : *Le tueur de Whitechapel avait déjà frappé le 7 août.*

Il tenait encore plusieurs journaux sous son bras. Il les jeta un à un sur sa table en commentant :

— *Les terrifiantes atrocités d'un fou furieux. La terreur règne dans l'est de Londres, La police impuissante, Scènes d'horreur...*

Il en déplia un qu'il me montra.

— Il y a même des dessins pour ceux qui n'auraient pas bien compris. *Croquis de l'enquête, Taches de sang sur les marches,* et j'en passe. Où ont-ils dégotté ce prétendu antécédent ? Et pourquoi le publier maintenant ? Les journalistes voudraient organiser la psychose collective qu'ils ne s'y prendraient pas mieux.

En vérité, je connaissais assez bien mon camarade pour savoir qu'il était furieux de ne pas avoir déniché cette affaire lui-même.

Holmes commenta l'article du *Star* sur un ton contrarié. Martha Tabram, une prostituée de trente-sept ans, avait été assassinée sur le palier du George Yard Building le 7 août vers 2 h 30 du matin. Selon le rapport d'autopsie du docteur Timothy Killeen, elle avait été poignardée trente-neuf fois dans la poitrine, le ventre et le bas-ventre avec un couteau. Son cou n'avait pas été tranché et son abdomen n'était pas mutilé. La fille avait été aperçue au *Two Brewers* en compagnie d'une certaine Ann Connolly peu avant son décès. Suivaient une série de détails sordides, frôlant souvent l'obscénité, sur la vie dépravée de Martha Tabram. En conclusion de l'article, cette fille n'avait eu que ce qu'elle méritait.

Holmes jeta le journal sur la table.

— Ces journalistes prétendent faire le travail des enquêteurs, mais ils ne se concentrent que sur les éléments les plus sensationnels. La façon dont ils rapportent les faits est fallacieuse, et la conclusion me semble bien hâtive. Rien ne permet d'affirmer qu'il s'agisse du même meurtrier. Elle n'a pas été égorgée ni éviscérée. Toutefois, je veux en avoir le cœur net. L'affaire est récente. Nous devrions pouvoir retrouver cette Ann Connolly.

Holmes n'était pas du genre à négliger une piste, si minime fût-elle. Mais je sentais que cette fois il se raccrochait au premier indice venu faute de mieux. C'était sans doute sa manière de ne pas perdre complètement pied dans cette affaire. Nous nous rendîmes donc à Whitechapel et commençâmes notre investigation sur la base des maigres indications données dans l'article du *Star*.

Le cocher connaissait le *Two Brewers* et nous y conduisit sans difficulté. L'établissement ressemblait à tous ceux que nous avions déjà visités dans ce secteur. Holmes fit tinter quelque monnaie sur le zinc, ce qui prédisposa le patron à la confidence. Il nous confirma que, le soir du 6 août 1888, un jour férié, Martha Tabram était venue consommer chez lui avec une certaine Ann Connolly, surnommée Pearly Poll dans le quartier. Là, elles avaient levé deux clients, membres du corps de garde des grenadiers, une unité prestigieuse de l'armée. Elles s'étaient ensuite rendues, toujours en compagnie des deux grenadiers, dans d'autres pubs, dont le *White Swan*, à Whitechapel High Street, qui les mit dehors, tous les quatre ivres morts, au moment de fermer ses portes.

Nous écumâmes la plupart des pubs, bouis-bouis, restaurants et autres établissements douteux du secteur. Malgré un nombre d'informations contradictoires et erronées, nous finîmes par retrouver Ann Connolly au fond de l'échoppe d'un pub-barbier-dentiste spécialiste des hémorroïdes. Plusieurs personnes consommaient, accoudées à un bar rustique, en attendant de se faire soigner, raser ou je ne sais quoi d'autre. L'endroit sentait le sang tiède, l'alcool frelaté et le vomi. Le tenancier écoulait son mauvais gin, qui devait aussi faire office d'anesthésiant pour les cas les plus difficiles.

Ann Connolly était une créature vacillante, au regard injecté de sang. Les mots qui sortaient de sa gorge étaient glaireux et lourds de relents d'alcool. Sa diction était pâteuse. Elle nous expliqua avec quantité de gestes démonstratifs qu'elle venait ici pour se faire enlever les poux et quelques dents.

Après quelques gins, elle nous confirma en substance ce que nous avaient raconté les patrons des tavernes visitées et ajouta :

— En sortant du *White Swan*, j'ai vu Martha s'éloigner en direction de George Yard avec son grenadier. Si tu charges pas, tu peux pas payer ton garni.

Je levai les sourcils.

La fille croisa mon regard et ajouta à mon intention :

— Charger, ça veut dire lever un micheton, se faire remplir la mou...

— Quelle heure était-il ? coupa Holmes.

— Tard.

Elle rectifia :

— Peut-être même un peu plus, vu que j'étais défoncée comme un terrain de manœuvres et qu'y faisait nuit comme vache qui pisse.

— Il pleuvait ?

— Non, pourquoi ?

Holmes poursuivit sur un ton qu'il s'efforçait de rendre calme.

— Quand le corps de Martha Tabram a-t-il été découvert ?

— Après sa mort, je crois bien.

— Je m'en doute. Mais vous souvenez-vous de l'heure ?

— Ben non, vu que j'étais pas là.

— Où étiez-vous ?

— Dans Angel Alley, avec mon grenadier.

— Les avez-vous revus ?

— Qui ça ?

Il était difficile d'avoir une conversation suivie avec ce genre de personne.

Holmes insista :

— Les grenadiers, bien sûr. Les avez-vous revus ?

— Nan.

— Pourriez-vous nous aider à les retrouver ?

Elle fit un geste d'impuissance.

— Y en a des milliers. Autant essayer de retrouver une église dans une meule de foin.

Holmes souffla d'impatience. Des petites gouttes de sueur commençaient à perler sur ses tempes.

— Avez-vous quelque information complémentaire à nous communiquer ? Un détail qui vous semble intéressant ? Un souvenir quelconque...

Elle se concentra un court instant.

— Autant que je me souvienne, y m'a prise contre un mur. Après, y s'est essuyé la queue dans ma robe sans dire ni merci ni au revoir.

Holmes grommela, mâchoires serrées :

— Voilà qui va beaucoup nous aider.

La fille nous gratifia d'un sourire à trous.

Son mal de dents semblait s'être envolé et ses poux ne la démangeaient plus. Elle sortit en même temps que nous, oubliant les raisons de sa présence dans ce lieu.

Au poste de police, Holmes n'eut pas besoin d'user de sa persuasion ni de son charisme tant l'admiration de l'inspecteur lui était acquise. Nous pûmes donc consulter à loisir les rapports de police et d'autopsie.

Nous apprîmes que le corps avait été découvert vers 5 heures du matin sur le palier du premier étage d'un immeuble de George Yard par un certain John Saunders Reeves, un docker qui était descendu pour aller au travail. Il avait d'abord pris la fille pour un vagabond dormant sur le palier. Mais il s'était vite rendu compte qu'il s'agissait d'un cadavre et avait alerté la police. Le docteur Timothy Killeen, qui avait examiné le corps à la demande de la police vers 5 h 30, estimait que la mort remontait à deux heures plus tôt. Une blessure au sternum paraissait avoir été faite au moyen d'une dague ou d'une baïonnette. Ce dernier élément donnait à penser que le crime pouvait avoir été commis par le grenadier.

Pour le reste, il ressortait que Martha Tabram était séparée de son mari, Henry Tabram, un magasinier. Par la suite, elle avait vécu pendant quelques années avec William Turner, charpentier de formation mais qui gagnait sa vie comme colporteur. Comme dans le cas de Polly Nichols, ses compagnons avaient fini par la quitter à cause de son penchant immodéré pour la boisson, lequel était lui-même la conséquence des infidélités notoires de ses amants.

Quand nous quittâmes le poste de police, Holmes sortit la carte de sa poche.

Sur le chemin du retour, une question me taraudait.

— Comment Abberline, qui a affecté cinq de ses hommes à l'étude des meurtres passés, a-t-il pu passer à côté de ce cas ?

— Tout dépend des instructions qu'il a données à ses agents. Il manque à ce cas deux des principales caractéristiques des meurtres de Nichols et de Chapman. Martha Tabram n'a été ni égorgée ni éviscérée. Il semblerait qu'elle ait plutôt été victime d'une de ces brutes sans âme dont nous parlait Lleewelyn. Je pencherais davantage pour la thèse du grenadier ivre. Mais, à moins d'un miracle, il y a peu de chances pour que nous retrouvions le meurtrier de cette malheureuse.

— Il est tout de même étonnant que ce meurtre se soit produit à quelques semaines seulement de celui de Nichols.

— Simple hasard du calendrier. Llewellyn ne nous a-t-il pas affirmé que ce genre d'affaire faisait partie du quotidien de Whitechapel ? Mais ce dossier révèle surtout les carences des services de renseignement de la police, Watson. Les archives criminelles sont disséminées dans plusieurs endroits. Il faudrait établir un immense fichier centralisant toutes les données de toutes les forces de police de Grande-Bretagne...

Il réfléchit un instant et ajouta :

— ... et des pays limitrophes. Rien ne prouve que le meurtrier n'ait pas déjà frappé dans un autre pays avant de s'attaquer à Londres. Avec les moyens de transport actuels, il est aisé de passer d'un continent à l'autre en peu de temps. Il faudrait ensuite rapprocher ces informations d'autres sources, telles que les faits divers de la presse, les registres des cimetières et des morgues...

— Aucune bibliothèque au monde ne pourrait accueillir une telle quantité d'informations. De surcroît, ce fichier nécessiterait la présence permanente de dizaines de milliers d'employés. Qui payerait tout cela ?

— Un tel système reste à imaginer. J'ai quelques idées sur la question, que j'envisage de consigner un jour dans une monographie. Cela devrait constituer une priorité pour la police, mais je ne suis pas certain que des gens comme Abberline ou sir Charles Warren soient en mesure de le comprendre.

Mon pauvre camarade faisait parfois preuve d'une imagination débordante. Je le laissai à ses rêves et me gardai de lui donner mon avis sur de telles élucubrations. Ce projet me paraissait aussi fumeux que ces expériences chimiques qu'il menait dans le plus grand secret et sans le moindre résultat, avec une opiniâtreté forçant l'admiration.

Pour l'heure, l'enquête piétinait. Habitué aux déductions fulgurantes de mon camarade, j'étais aussi désorienté que lui. Holmes semblait lent et hésitant. Il est vrai que sans indice significatif, il ne pouvait faire de miracle. À moins qu'il ne possède déjà quelque idée précise sur le meurtrier et qu'il n'attende le moment propice pour divulguer sa solution à la faveur d'un coup de théâtre dont il avait le secret...

Mercredi 26 septembre 1888

L'hiver chassait déjà l'automne à grandes rafales glacées. Le ciel était hostile. Le long des rues, les arbres dénudés semblaient chétifs et apeurés. Le pavé des chaussées était recouvert d'une couche gluante de feuilles mortes et de boue. Depuis le 21 septembre, Londres s'enfonçait peu à peu dans la grisaille et le spleen. La bonne humeur cédait la place à la morosité. Sur les trottoirs, les gens avançaient, le buste penché et la tête rentrée dans les épaules.

Nous rendîmes une nouvelle fois visite à Abberline.

À l'image de Londres, le policier semblait terne et anxieux. Les témoignages s'entassaient sur son bureau dans un cauchemar de papiers, de courriers et de rapports de police. Il nous expliqua que ses agents ne savaient plus où donner de la tête et parvenaient de plus en plus difficilement à assurer la quiétude publique dans le même temps. Des incidents et des rixes éclataient à tout instant pour un rien parmi la population de l'East End. Les faux devins annonçaient le prochain meurtre à grand renfort de messages prophétiques, de séances de tables tournantes et de nécromancie. Les chanteurs de rues beuglaient les exploits du meurtrier. Chacun pouvait acheter la ritournelle, paroles et musique, moyennant cinq cents.

Quant aux cinq policiers dépêchés aux archives, ils travaillaient jour et nuit sans parvenir à trouver de cas réellement probants.

Dans ce contexte, la presse semblait prendre un malin plaisir à entretenir la psychose collective.

Le 22 septembre, nous nous étions rendus au 12 Saint James Square pour compulser les ouvrages de la bibliothèque de Londres. Holmes avait espéré y trouver quelques renseignements sur les sectes. Mais, au bout d'une demi-journée, il m'avait donné des instructions pour que je poursuive les recherches seul, et il était retourné à ses expériences.

Ce travail m'avait occupé l'esprit et m'avait éloigné de Baker Street plusieurs jours de suite. Je me pris au jeu et fis quelques découvertes troublantes concernant les pratiques ancestrales de certaines civilisations antiques ou barbares.

Les sacrifices humains semblaient être le lourd tribut à payer par certains peuples pour gagner la clémence et la protection des dieux.

Je finis par constituer un petit dossier sur le sujet.

Ayant fait cela, il me restait à trouver les sectes qui pouvaient encore pratiquer ce genre d'actes de nos jours. C'est à partir de là que les choses se compliquèrent. Il n'existait à Londres aucun registre répertoriant les sectes en activité, pour la simple raison que la plupart d'entre elles étaient soit secrètes, soit privées, soit illégales, et bien souvent les trois à la fois. J'entrepris un travail de fourmi qui m'obligea à parcourir des distances considérables, à rencontrer des gens à la santé mentale douteuse et à tenter de comprendre les motivations et activités réelles des sectes identifiées.

Le mot « secte » recouvrait des réalités très différentes. Parfois, une secte au nom pompeux se révélait être l'œuvre d'un seul homme et ne comptait qu'un unique membre : lui-même. D'autres fois, une secte en apparence anodine existait depuis longtemps et pouvait s'enorgueillir de compter plusieurs milliers de membres dont quantité de personnes au-dessus de tout soupçon. La durée de vie des sectes semblait éphémère, tout comme leurs sièges sociaux et lieux de réunion.

Les sectes sataniques demeuraient les plus mystérieuses. Les bruits les plus fous circulaient sur leurs pratiques héritées de lointains ancêtres. Mais leur existence demeurait très hypothétique et les actes qu'on leur prêtait semblaient plus tenir de la légende que de la réalité. Tout cela rendait très difficile une analyse exhaustive du phénomène sectaire londonien.

À Baker Street, Holmes multipliait les expériences de façon compulsive, consacrant le minimum de temps à se nourrir, et encore moins à converser avec moi. Cette activité exagérée n'était-elle pas plutôt un refuge pour masquer son incapacité à résoudre l'enquête qui lui avait été confiée ? Il ne m'accordait que quelques minutes dans la journée, ce qui me laissait tout juste le temps de faire le point sur mes découvertes du jour, comme s'il pressentait que la vérité était ailleurs.

Quand il était à bout de forces, il s'enfermait dans sa chambre où il s'adonnait au tabagisme et sans doute à d'autres vices beaucoup moins pardonnables.

Wendy était mon unique rayon de soleil dans cet univers glauque. Chaque jour, une connivence un peu plus grande s'établissait entre nous. Son regard semblait me parler. Il me disait qu'elle se plaisait à Baker Street, qu'elle y avait trouvé le foyer qui lui avait tant fait défaut jusque-là. Elle me renouvelait sa gratitude de façon tacite. Cela me réchauffait le cœur et me donnait le sentiment de ne pas être complètement inutile en ce monde.

Plusieurs fois, j'eus l'envie de lui réaffirmer ma sympathie, de lui témoigner plus de chaleur et de lui dire que je ne l'abandonnerais jamais à son sort. Par pudeur ou réserve, je ne parvins jamais à franchir ce cap.

Jeudi 27 septembre 1888

Je rentrai ce soir-là après une journée entière à courir les sectes fantômes à travers Londres. En retirant mes chaussures de mes pieds meurtris, je constatai que celles de Holmes étaient posées dans l'entrée. Mon camarade était donc déjà rentré.

Toutefois, mon attention fut attirée par les traces humides laissées par les semelles sur le parquet du salon. Quelque chose m'intriguait, mais je ne pus dire immédiatement quoi.

Habituellement, Holmes se déchaussait dans l'entrée et enfilait aussitôt ses chaussons d'intérieur, ce qui présentait le double avantage d'avoir les pieds confortablement au sec et d'éviter les foudres de Mme Hudson.

Mais cette fois Holmes semblait avoir fait plusieurs allers et retours en chaussures entre l'entrée et la porte de sa chambre. Pourtant, le geste de se déchausser était une habitude quasi immuable, à laquelle Mme Hudson n'était d'ailleurs pas étrangère. Quoique sans grande importance, ce détail m'occupa l'esprit de longues minutes. À la façon de Sherlock Holmes, je tentais de trouver une explication rationnelle par élimination. Holmes était si pressé de vérifier ou de faire quelque chose qu'il n'avait pas pris le temps d'ôter ses chaussures. Ou alors, il était dans un tel état de fatigue qu'il avait oublié d'ôter ses chaussures et ne s'en était aperçu qu'une fois à la porte de sa chambre.

Je me penchai sur les traces d'humidité laissées par les semelles et constatai que certaines traces, orientées dans le même sens, étaient parallèles ou superposées. Cela signifiait donc que Holmes avait fait au moins deux fois l'aller et retour entre l'entrée et sa chambre avant de se décider à passer ses chaussons. Cela n'avait guère de sens. Une dernière solution s'imposa à mon esprit : Holmes n'était pas seul, ce qui expliquait la présence de traces multiples et parallèles. Mais, à en juger par les empreintes, cela supposait que la personne qui l'accompagnait avait exactement la même pointure et les mêmes chaussures que lui.

Il me suffirait d'attendre le lendemain pour en avoir le cœur net.

Vendredi 28 septembre 1888

Le lendemain, Holmes apparut vers 9 heures. Tandis qu'il prenait son petit déjeuner, je ne pus m'empêcher de jeter un œil dans sa chambre dont la porte était restée grande ouverte. Il n'y avait personne d'autre.

Je voulais en avoir le cœur net, plus pour comprendre mon défaut de raisonnement que pour ennuyer mon camarade :

— Apprêtez-vous à subir les foudres de Mme Hudson, mon cher Holmes.

— Mme Hudson ?

Je désignai les traces de boue séchées sur le parquet

— Les représailles gastronomiques seront terribles.

Holmes me scruta.

— En effet, j'avais oublié d'ôter mes chaussures.

— Deux fois de suite ?

Il écarquilla les yeux, admiratif.

— Vous avez remarqué cela, Watson !

— Je suis à bonne école.

— Toutes mes félicitations. À propos, j'ai vu Abberline hier.

Cette transition abrupte me donna le sentiment que Holmes tentait de noyer le poisson. Il m'apprit que l'inspecteur avait étudié les attaques perpétrées sans provocation par des hommes contre des femmes. Il avait classé les agresseurs en deux catégories, selon qu'ils étaient âgés de plus ou moins dix-huit ans, et avait découvert que l'hostilité dirigée contre les femmes était davantage le fait des hommes plus âgés. Chez les jeunes gens, la préoccupation majeure était plutôt le comportement sexuel. Plus l'attaquant était âgé, plus le motif principal reflétait la colère et la haine. La nature répugnante des meurtres commis par l'Éventreur conduisait donc à la conclusion que le tueur n'était pas un homme jeune.

Je m'attendis à quelque révélation spectaculaire, mais Holmes conclut en affirmant :

— Nous avons encore beaucoup à apprendre sur la perversité humaine...

Il me demanda ensuite de lui faire part de mes dernières découvertes. Il hochait invariablement la tête à chacune de mes phrases. J'acquis rapidement la certitude qu'il ne m'écoutait pas et qu'il poursuivait sa propre réflexion sur un autre sujet.

Le silence s'installa peu à peu.

Je me tenais devant la fenêtre du salon, mains dans le dos, encore pensif, oscillant lentement d'avant en arrière.

La journée s'écoula avec une lenteur infinie.

Plus tard, dans la soirée, mon regard se promenait sur la rue désertique, sans but précis, quand soudain un spectacle pour le moins insolite s'offrit à moi.

Une vache déboula à l'angle de Paddington Street. Elle dérapa sur quelques mètres et glissa sur le pavé humide avant de se rétablir et de poursuivre sa course.

Quelques secondes après, un homme au tablier maculé de sang apparut en brandissant un large couteau au-dessus de sa tête. D'où j'étais, je ne pouvais entendre ses paroles, mais à en juger par son attitude, elles ne devaient pas être d'une grande amabilité.

J'appelai mon camarade :

— Holmes, venez voir !

— Quoi donc, Watson ?

— Une vache...

— Plaît-il ?

Tandis que l'animal tentait de s'enfuir dans une figure d'un intérêt artistique contestable, un groupe d'hommes vociférant déboula à son tour dans Baker Street.

— ... poursuivie par un groupe d'hommes. Apparemment des bouchers.

Holmes se leva sans grande conviction et vint coller son visage sur le carreau à côté de moi.

— Je ne vois rien...

Je scrutai la nuit.

— Trop tard. Tout s'est passé si vite. Ce n'était pas banal !

Holmes s'étira et bâilla.

— Le tueur de Whitechapel fait des émules. Probablement un entraînement nocturne.

— Vous ne me croyez pas ?

Il se leva et regagna sa chambre.

— Je crois surtout qu'il est grand temps de dormir. Bonne nuit, Watson.

En fait de bonne nuit, je restai de longues heures, allongé sur le dos les yeux grands ouverts, à observer le théâtre d'ombres et de reflets que faisait naître la lune au plafond de ma chambre. Peu à peu, des images d'avant apparurent et vinrent me hanter dans un demi-sommeil effaré. Je vis des choses que je ne compris pas tout de suite. Des personnages terrifiants qui me poursuivaient et m'accusaient. Mais de quel crime ?

Le visage pitoyable de Mary se dessina au milieu de ce fatras onirique.

— Pourquoi m'as-tu abandonnée, John ?

Puis elle me sourit, et ses traits se transformèrent. Il me fallut plusieurs secondes pour reconnaître la jeune et jolie Elsa, rencontrée lors d'une promenade dans un parc, un après-midi du mois d'août.

— Alors, John, tu m'as déjà oubliée ?

Elle plongea son visage dans ses mains et sanglota.

— Tu ne m'aimes plus.

Je tentai de la consoler, mais lorsqu'elle releva la tête, je me retrouvais face à face avec Wendy. Si proche que je pouvais presque sentir son souffle sur mes lèvres.

Je me réveillai en sursaut, le cœur battant la chamade, empli d'une panique incompréhensible.

Samedi 29 septembre 1888

Je parcourus les titres de la presse et tombai sur un fait divers insolite du *Daily News* : *Une vache capricieuse a trompé la vigilance d'un fermier tandis qu'il la conduisait aux abattoirs. La folle course-poursuite a duré plus de deux heures dans les rues de Londres. L'animal a été retrouvé aux petites heures du matin, broutant les parterres de Kensington Gardens. Le responsable des abattoirs a déclaré que cette bête était trop choyée par le fermier, qu'elle n'en faisait qu'à sa tête, et a conclu qu'il n'était jamais bon de sympathiser avec la nourriture.*

Je tendis le journal à Holmes.

— Alors, me croyez-vous maintenant ?

À mon grand étonnement, Holmes plongea son nez dans le *Daily News* et le lut en émettant de loin en loin des appréciations du style : « Tiens... fort intéressant... on en apprend tous les jours... »

La douce voix de Wendy annonça :

— Un drôle de monsieur demande à parler à M. Holmes. Il dit qu'il s'appelle...

Holmes jeta son journal sur sa table de travail et tendit sa paume vers Wendy.

— Laissez-moi deviner. À quoi ressemble-t-il ?
Elle hésita.

— Sauf le respect que je dois à un de vos visiteurs, monsieur Holmes, il a une tête de... musaraigne en colère.

Mon camarade sursauta.

— Lestrade ! Que vient-il faire ici ? Ce n'est sûrement pas Abberline qui lui a appris que nous enquêtions sur cette affaire.

Il fit un geste de la main.

— Faites monter l'animal. Les distractions sont si rares.

Lestrade se précipita vers Holmes, bras ouverts, comme s'il s'apprêtait à embrasser un vieil ami qu'il n'aurait pas vu de longue date.

Mon camarade l'esquiva avec la souplesse d'un toréador.

Lestrade me salua d'un geste bref et s'écroula dans mon fauteuil.

— Prenez donc mon fauteuil, lui dis-je sur un ton sarcastique.

— Merci, répondit le malotru en s'étalant un peu plus.

Holmes alluma une pipe avec une nonchalance affectée et laissa le silence s'installer.

— La police s'inquiète de la montée de la criminalité dans l'East End londonien, commença le policier.

— Vraiment ?

— Nos statistiques sont alarmantes. Près de quatre-vingts pour cent des habitants de Whitechapel vivent du crime et du vol et l'autre moitié de la mendicité et de la prostitution. Les braves gens n'osent plus sortir de chez eux.

— Ils ne doivent pas être très nombreux.

Lestrade suivait son idée comme un veau sa mère.

— Ce n'est pas tout. On dénombre à Whitechapel un assassinat toutes les dix secondes, un viol toutes les secondes et une rixe toutes les... euh...

Holmes se raidit.

— Vos chiffres sont complètement fantaisistes, Lestrade.

— Peut-être, mais avouez qu'ils donnent à réfléchir.

— Si vous en veniez plutôt au but de votre visite ?

Le policier sortit une lettre de sa poche et la déplia en faisant grand mystère.

— Le tueur m'a écrit.

— Serait-ce une de vos connaissances ?

Lestrade rectifia :

— Disons que cette lettre a été envoyée au chef de la police. Je me suis dit que cela vous intéresserait sûrement, bien que cette enquête semble assez éloignée de vos préoccupations habituelles. Je me suis moi-même livré à une petite analyse.

Holmes et moi échangeâmes un regard furtif. Lestrade ne savait rien de l'enquête que menait Holmes. Voilà une interférence dont nous nous serions bien passés.

Holmes examina la lettre.

De longues secondes s'écoulèrent.

Lestrade toussa dans son poing.

— Vous brûlez de savoir ce que j'ai trouvé, n'est-ce pas, Holmes ?

Comme mon camarade ne répondait pas, Lestrade poursuivit :

— D'accord, je vais vous le dire. Figurez-vous que la moitié de la population de Londres n'est pas constituée de Londoniens de souche.

Il plissa les yeux et ajouta d'un ton suspicieux :

— Je suis même certain que la plupart d'entre eux ne sont pas anglais du tout.

— Ils ont sûrement leurs raisons, lâcha Holmes.

— Bref, pour en revenir à cette lettre, seul un étranger pourrait commettre autant de fautes d'orthographe. De toute façon, aucun citoyen britannique ne saurait se livrer à des crimes de si mauvais goût.

— J'ignorais qu'il existât des crimes de bon goût.

— En tout cas, le meurtrier réside à Whitechapel.

— Comment parvenez-vous à cette conclusion ?

— C'est très simple. Les meurtres ont eu lieu à cet endroit. Et la capacité du tueur à échapper à la police s'explique par le fait que son repaire se situe non loin des lieux des crimes.

Holmes prit une mine admirative.

— Que peut-on ajouter à cette démonstration ?

— J'ai pensé que, peut-être, vous auriez pu compléter... vos connaissances en graphologie...

— Voyons cela.

Holmes fronça les sourcils, soupesa la lettre, l'observa par transparence. Puis il prit sa grosse loupe et colla son œil sur le papier.

— Des capitales nettes, formées avec précision. Une main éduquée. Les caractères profondément imprimés. Le billet a été rédigé sans précipitation.

Il le huma sous tous les angles.

— Pas d'odeur ni de parfum. Aucune fioriture identifiable dans le graphisme, neutre comme son support. Le papier est épais et de bonne qualité.

Lestrade épiait chacun de ses gestes, comme un chien qui se demande à quel moment son maître va lui lancer un os.

Holmes fronça les sourcils et lut :

— Cher Patron,

J'ai entendu dire que la police cherchait à m'attraper mais ils ne l'ont pas encore fait. J'ai rigolé lorsque, se croyant intelligents, ils ont cru être sur la bonne piste. Cette blague sur Tablier de Cuir m'a fait piquer une crise.

Je suis sur le dos des putains et je m'arrêterais pas d'éventrer jusqu'à ce que vous m'ayez bouclé.

Le dernier boulot était un grand travail. Je n'ai pas laissé à la dame le temps de couiner. Comment pourraient-ils m'attraper mintenant ? J'adore mon travail et je veux recommencer. Vous entendrez bientôt de nouveau parler de moi et de mes amusants petits jeux. J'ai gardé un peu de cette matière rouge de mon dernier travail dans une bouteille de bière amère pour vous écrire mais c'est devenu une sorte de glue épaisse et je ne peux pas l'utiliser. L'encre rouge vous conviendra j'espère, ha, ha ! La prochaine fois, je couperais les oreilles de la dame et je les enverrais aux chefs de la

police juste pour rigoler un peu. Gardez cette
lettre jusqu'à ce que j'ai fait un peu plus de
travail, ensuite vous pourrez l'utiliser comme
il faut. Mon beau couteau est si afuté que je
veux me mettre au travail de suite dès que
j'aurai cette chance.

Bonne chance,
Sincèrement vôtre
Jack l'Éventreur
Ne vous souciez pas de mon nom de métier.
P.-S. : je n'ai pas pu poster ceci avant que
de m'être débarrassé les mains de cette encre
rouge. Pas de chance donc. Ils me disent doc-
teur à présant. Ha, ha !

Puis Holmes s'éventa enfin avec la lettre et
annonça sur un ton blasé :

— Je crains de n'avoir rien d'autre à vous
apprendre que quelques lieux communs.

Lestrade était suspendu à ses lèvres.

Mon camarade mit un temps infini avant de
poursuivre :

— Sachez toutefois que l'auteur de cette lettre
n'est pas une femme.

— Vous pensez que cela pourrait être un
homme.

— À votre avis ?

— Difficile à dire. Je suppose que la vérité se
situe quelque part entre les deux, n'est-ce pas ?

Holmes leva les yeux au plafond et soupira.

Puis son regard se perdit dans le vague et il débita
sur le ton de l'écolier ânonnant sa récitation :

— Taille : un mètre soixante environ. Poids :
soixante kilos. Âge : trente ans et deux mois. Il

chausse du trente-neuf. Il porte un manteau sombre qui lui donne une allure de croque-mort surmené.

Le policier sortit un petit carnet et commença à griffonner d'une plume fébrile.

— Croque-mort surmené ?

— Ou de corbeau anorexique, si vous préférez. Quand il marche, il bombe sans cesse le torse, sans doute complexé par sa modeste taille. Il arbore fièrement une moustache noire dont la coupe évoque ces brosses à chaussures usées qu'utilisent les petits cireurs de rue. Il porte aussi un chapeau melon qui lui donne un air plus ridicule que redoutable.

Je contenais de plus en plus difficilement mon fou rire.

Lestrade s'en aperçut.

— Qu'avez-vous à me dévisager ainsi, Watson ?

Il posa sa main sur sa tête.

— Ah, j'ai oublié de retirer mon melon en entrant. Au temps pour moi.

Il posa son chapeau sur la tablette et continua de noircir son carnet.

Holmes poursuivit, imperturbable :

— Il a toutes les chances de connaître des difficultés respiratoires chroniques et il fréquente régulièrement un pub situé non loin de son domicile, bien qu'il s'en défende farouchement.

Holmes attendit un instant que la plume du limier s'immobilise et ajouta :

— Je tiens encore à préciser, même si cela ne présente qu'un intérêt modéré, qu'il a perdu ses premières dents à l'âge de huit ans.

Le policier se figea.

— Tout cela est... stupéfiant.

Holmes haussa les épaules.

— Il suffit de savoir lire, voilà tout.

Le policier souffla, comme s'il venait de courir un marathon. Il s'essuya le front et referma son carnet.

— Voilà une piste sérieuse. Je vais donc chercher un étranger répondant à ce signalement.

— Pas si vite, Lestrade. Il ne faut pas se fier aux apparences. Tout jugement est subjectif et les méchants des uns ne sont pas nécessairement ceux des autres. Pour la carotte, le lapin ne représente-t-il pas l'incarnation du mal ?

— La carotte ?... Le lapin ?...

Holmes prit un air entendu.

— Vous saisissez la métaphore, bien sûr.

On voyait presque les rouages de ses pensées fonctionner dans la tête du policier.

— Hum... Évidemment...

Holmes lui prit le coude et le poussa vers la porte.

— À vous de jouer, maintenant, cher collègue. Vous en savez au moins autant que moi.

Quand il fut parti, je demandai à Holmes :

— Que pensez-vous réellement de cette lettre ? Canular ou avertissement ?

— Trop tôt pour le dire, Watson. Mais je puis déjà vous affirmer que son rédacteur n'est pas aussi primaire qu'il veut bien le laisser croire.

— Pourtant cette lettre est bourrée de fautes d'orthographe. Certaines tournures évoquent le langage parlé du peuple.

— « Évoquent » est le mot juste. À y regarder de plus près, ces fautes semblent...

Il chercha le mot juste.

— ... calculées. Elles semblent être l'effort méritoire d'une personne instruite qui tente de s'exprimer familièrement. Le tout ressemble plutôt à un accent irlandais de pacotille. Cette lettre n'est autre qu'une interprétation par une personne sensée et cultivée de ce à quoi devrait ressembler le message d'un tueur fou. C'est trop organisé, trop révélateur d'une intelligence et d'une pensée rationnelles, et surtout trop « affecté ». Je ne pense pas qu'un meurtrier tel que celui-là décrirait jamais ses actes comme de « drôles de petits jeux » ou écrirait que son « couteau est si beau et si affûté ». S'il s'agit d'un canular, il émane de quelqu'un qui manie suffisamment bien le langage pour créer l'illusion.

Il fronça les sourcils.

— Mais s'il s'agit d'un avertissement, il faut craindre le pire... Notre tueur lance un défi à la police. Si cette lettre est réellement un avertissement, la date de son envoi peut avoir un sens. Les autres crimes ont eu lieu en fin de semaine, des jours de pleine lune. Or nous sommes vendredi, Watson.

— L'avertissement vaudrait donc pour... demain ou après-demain, qui sont justement des jours de pleine lune !

— Bien raisonné, cher ami.

— Mais à quel endroit ?

Holmes sortit une carte de Londres qu'il déplia sur sa table de travail.

Je pointai mon doigt sur l'East End.

— De toute évidence, le sinistre personnage a une prédilection pour Whitechapel.

— Certes, mais que feriez-vous à sa place, Watson ?

— Il me semble que j'éviterais de retourner sur les lieux des premiers meurtres. Ils grouillent de policiers et la population est sur ses gardes. Les journaux ont fait grand bruit de l'affaire.

— À nouveau bien raisonné cher ami. Nous pouvons donc procéder par élimination.

Holmes traça deux larges cercles.

— Il évitera les environs de Buck's Row et Hanbury Street.

— Cela laisse encore beaucoup de possibilités.

— Poussons le raisonnement plus loin. Qu'auriez-vous fait à la place du meurtrier au moment de poster la lettre ?

— À l'évidence, j'aurais choisi un bureau de poste assez éloigné de mon domicile, afin de détourner l'attention de la police.

— Exact. Or la lettre a été postée au bureau de poste de Dutfield's Yard. Le meurtrier peut donc s'attendre à ce que cet endroit soit étroitement surveillé. Il ne frappera donc pas ici.

Holmes traça un nouveau cercle.

— Il va commettre son prochain crime à un endroit aussi éloigné que possible de Dutfield's Yard.

— Remarquable !

— Ne crions pas victoire, Watson, ce ne sont que des hypothèses. Nous pouvons toutefois affiner notre raisonnement.

Il m'interrogea du regard. Je réfléchis un court instant.

— Voyons... Les deux premiers meurtres ont eu lieu assez loin des grandes artères, dans des endroits peu éclairés, où les passants sont rares. Il évitera encore les grands axes de circulation !

Holmes entoura plusieurs zones. Les endroits possibles n'étaient plus très nombreux.

Il ajouta :

— Nous connaissons aussi les rues où la concentration des tavernes est la plus forte. Le tueur a toujours cueilli des malheureuses qui sortaient en titubant de tavernes plus ou moins mal famées.

Il élimina encore plusieurs zones. Il ne restait plus qu'un triangle délimité par Whitechapel Road au sud, Bishops Gate à l'ouest et Commercial Street à l'est.

Il avait poussé son raisonnement aux limites.

— Si le meurtrier frappe, il commettra son crime dans ce triangle, affirma Holmes. Mais cela représente encore des dizaines de ruelles, de venelles et d'allées. Impossible de lui tendre un piège. Il faudrait un miracle pour lui tomber dessus.

Il frappa sa paume dans son poing et écarquilla les yeux, comme s'il venait d'avoir une révélation.

Je m'attendis à une nouvelle révélation, mais au lieu de ça, il courut s'enfermer dans sa chambre.

Un peu plus tard dans la soirée, Abberline nous fit parvenir sous pli un duplicata de la lettre signée Jack l'Éventreur. Il nous confirma que la police prenait cet avertissement très au sérieux. Abberline avait déployé tous ses hommes dans le quartier de Whitechapel, ne laissant pas la moindre rue sans surveillance.

Dimanche 30 septembre 1888

J'avais lu un jour dans une étude quelconque que Londres comptait une taverne pour cent habitants. J'avais déjà constaté lors de nos précédentes enquêtes dans l'East End que leur nombre était très élevé. Mais la rue dans laquelle je me trouvais semblait battre tous les records. Il y en avait une toutes les deux ou trois maisons. Parfois, elles étaient mitoyennes. Le plus étonnant, c'est qu'elles étaient toutes pleines à craquer. Des clameurs, des rires et des cris s'échappaient de chacune d'elles.

Holmes m'avait fixé rendez-vous à 23 heures à la *Mort Subite*, un infâme coupe-gorge de White-chapel. Il m'avait recommandé de me déguiser en ouvrier et de ne pas oublier mon arme. La soirée s'annonçait animée.

J'arrivai sur place avec dix minutes d'avance. Une enseigne rouillée et presque illisible grinçait sous les bourrasques de vent. La façade lépreuse n'avait pas dû être repeinte depuis le Moyen Âge. Je collai mon visage à une des minuscules fenêtres opaques de crasse et de suie. Le peu que j'entrevis suffit à me convaincre que l'endroit portait bien son nom.

Un déluge de pluie glacée s'abattit soudain, s'engouffrant dans mes vêtements, ruisselant dans mon cou et mes chaussures. J'avais enfilé une vieille veste élimée et noué un foulard autour de mon cou, à la façon des ouvriers. Je tenais aussi à la main ma vieille sacoche de médecin, histoire de me donner une vague contenance. Je réalisai que je ne m'étais pas assez couvert et je ne trouvais nul endroit pour m'abriter.

Je tentai de me protéger en remontant le col de ma veste quand un brouhaha me fit sursauter. La porte de la *Mort Subite* s'ouvrit à la volée et un individu fut projeté à l'extérieur par un violent coup de pied au postérieur sous la pluie battante. Il passa devant moi à une vitesse non négligeable, courut quelques mètres, tête baissée comme un nageur prêt à plonger, et s'affala sur le pavé détrempé. Je fis un bond en arrière pour éviter d'être éclaboussé. Il se releva et revint vers la porte en grognant. Un cerbère à l'allure de catcheur de foire lui lança une volée d'insultes. L'homme haussa les épaules et disparut dans le brouillard en beuglant une chanson que le diable n'aurait pas osé fredonner.

Puisque la porte était ouverte, je décidai d'entrer dans le bouge et d'attendre Holmes au chaud. Peut-être était-il même déjà là.

Je pris place au bar et commandai une bière. Puis j'entrepris de scruter les clients à travers ma chope. Les pires odeurs de Londres semblaient s'être donné rendez-vous ici. Un voile de vapeurs poisseuses et de fumées âcres stagnait sur la salle.

Les plaisanteries salaces fusaient autour de moi. Une petite femme au visage vermillon et au nez en fraise des bois avait posé son imposante poitrine sur le zinc comme s'il s'agissait de paquets encombrants. Elle interpella une collègue à l'autre bout du bar :

— Hé, Anna ! Figure-toi que je me suis fait ramoner dans un endroit à la mode !

— Où ça, dans les jardins du Lyceum ?

— Nan, dans le trou de balle !

Elle gloussa à son propre trait d'esprit.

Le groupe autour de moi explosa en rires graveleux qui dégénérèrent en autant de quintes de toux, de postillons et de crachats. Je piquai du nez dans ma chope, tentant de faire oublier ma présence. Un coude s'enfonça dans mes côtes.

— Hé ! ça vous dirait de visiter un endroit à la mode, docteur Watson ?

Je faillis renverser ma bière.

— Co... comment diable savez-vous ?...

Elle pointa le doigt sur l'étiquette de ma sacoche.

— Ben, c'est marqué là. Y a même l'adresse.

J'avais pris cette vieille sacoche pour passer inaperçu. C'était plutôt raté.

Je posai mon index en travers de mes lèvres.

— J'ai déjà rendez-vous avec quelqu'un.

Elle plissa les yeux.

— Je vois...

Elle se tourna vers ses acolytes et m'oublia aussitôt.

Holmes m'avait prévenu qu'il serait déguisé, mais j'ignorais de quelle façon. Ma vue commençait à s'accoutumer à l'endroit. Je jetai un œil circulaire. La plupart des individus étaient en couple ou en groupe, ici jouant aux cartes, là se livrant à des jeux plus licencieux dans une indifférence quasi générale. Un seul client se tenait isolé au fond de la salle. Il fumait la pipe en contemplant le verre de bière qui était posé devant lui. Il ne me fallut que quelques secondes pour reconnaître mon camarade malgré son parfait accoutrement que rien ne distinguait des autres consommateurs.

Je m'approchai et toussotai afin de manifester ma présence. Il m'adressa un clin d'œil imperceptible et m'invita à m'asseoir en face de lui.

Je lui demandai :

— Où allons-nous ?

Il mordit sa pipe et marmonna sans presque remuer les lèvres :

— Les murs ont des oreilles...

Puis il se leva et me désigna du regard un escalier délabré qui menait au premier étage.

— Deuxième porte à droite. Attendez quelques minutes afin de ne pas éveiller les soupçons.

J'attendis le temps nécessaire et me faufilai à mon tour dans l'escalier vermoulu. Je jetai un dernier coup d'œil derrière moi. Personne ne semblait prêter attention à mes déplacements.

Une fois en haut des marches, je repérai une faible lueur sous une porte. Je frappai. Holmes m'invita à entrer à voix basse.

Il était affalé sur une paillasse infâme, la pipe entre les dents et les bras croisés derrière la nuque, aussi détendu que s'il était dans son propre lit.

Il se tourna vers moi et grommela :

— Vous êtes trempé, mon vieux. Enlevez vite ces vêtements.

— Je vous remercie pour votre sollicitude, mais je ne suis tout de même pas à l'article de la mort. Quel est le programme ?

Il se leva d'un bond et colla son visage à quelques centimètres seulement du mien. Malgré la pénombre, je compris en une fraction de seconde mon horrible méprise. Ce faciès n'était pas celui de mon camarade.

— Le client est roi. Tu fais l'homme ou la femme ?

Je fis volte-face en direction de la porte, mais l'énergumène me retint avec une force inattendue et se frotta contre moi de manière suggestive.

— Tu aimes bien la lutte au corps à corps, mon gros lapin ?

Je tentai de le repousser en le frappant mais son étreinte bloquait mes mouvements et ma respiration.

Il tirait sur ma veste, tant et si bien qu'il arracha une manche. En quelques gestes experts, il parvint à me la retirer. Il s'attaquait maintenant à mon pantalon et en fit voler les boutons d'un geste brutal.

Je fulminai, à demi asphyxié :

— Lâchez-moi, espèce de crétin !

— T'aimes l'amour vache, toi, hein ?

Un hurlement de rage et de dégoût sortit de ma gorge. Sa grosse patte velue s'écrasa sur ma bouche.

— Du calme, mon vieux. Tu veux finir au bagne ou quoi ?

Je compris qu'il ne servait à rien de me débattre et optai pour la ruse. Je repris un calme affecté et lui adressai un clin d'œil en signe de connivence.

Il exhiba un clavier de dents gâtées et me souffla dans une haleine de putois :

— À la bonne heure. Je sens qu'on va être bonnes copines, toutes les deux.

Je profitai d'une seconde de relâchement pour tenter de m'enfuir, mais me retrouvai aussitôt à terre, les pieds entravés par mon pantalon qui avait glissé au bas de mes jambes.

Je tentai encore de ramper jusqu'à la porte quand elle s'ouvrit à la volée pour laisser apparaître une virago d'assez mauvaise humeur.

Tout se passa en un éclair.

Mon persécuteur eut juste le temps de demander :

— Qu'est-ce qu'elle veut, la grande poufiasse ?

Pour toute réponse, la visiteuse lui écrasa le nez d'un direct du droit.

Puis elle m'agrippa par le col de la chemise et me dit avec la voix de Holmes :

— Debout, Watson ! Pas le temps de batifoler.

Il me fallut encore quelques secondes pour réaliser que cette improbable créature n'était autre que mon camarade. Je me relevai et rajustai mes vêtements débraillés en tentant de retrouver quelque dignité.

L'homme à terre reprenait peu à peu ses esprits, le nez en sang et l'œil hagard.

— C'est quoi ce bordel ? Et ma passe alors ?

Holmes lui jeta quelques pièces.

— Voilà pour la passe et pour le nez. Inutile d'ébruiter cet incident.

J'enfilai ma veste, à laquelle il manquait désormais une manche, et tentai de me justifier, honteux de ma méprise :

— Je... je me suis trompé...

— Votre vie privée ne me regarde pas, Watson. Je me raidis.

— Je vous ai juste confondu avec ce type !

— C'est gentil, merci.

Je voulus protester mais il dévalait déjà l'escalier. Nous traversâmes la salle sous les rires et les sarcasmes. Holmes me tirait par l'unique manche de mon manteau, sacrifiant la discrétion à la célérité.

En me voyant passer, l'ivrognesse que j'avais croisée au bar me lança :

— Dépêche-toi, docteur Watson, on dirait que ta dulcinée a le feu au cul !

La porte se referma sur un concert de sifflements, de rires et de chansons égrillardes.

Dehors, la pluie redoublait d'intensité. Nous courûmes quelques minutes.

Puis Holmes s'immobilisa à l'angle d'une rue et me dit à voix basse :

— Plus que cinq minutes. Nous pouvons encore le coincer.

Il me désigna un porche.

— Tenez-vous prêt à intervenir.

Il souleva sa robe et tira d'une poche un petit objet qu'il me montra.

— S'il m'échappe, je vous préviendrai d'un long coup de sifflet. Tentez de l'arrêter. Mais n'utilisez votre arme qu'en cas de réel danger. Tirez en l'air pour l'intimider ou appeler du secours, mais ne le blessez surtout pas. Normalement, vous ne courez aucun risque.

— Normalement ?... Dites-moi au moins à quoi il ressemble.

Il rajusta sa perruque et son chapeau.

— Nous le saurons bientôt... si tout se passe bien.

— Et si tout se passe mal ?

Il remonta ses faux seins d'un geste autoritaire et écarta quelques mèches détrempées de son front.

— Suis-je encore présentable, Watson ?

— C'est affaire de goût.

Il s'éloigna sous la pluie, en faisant claquer ses bottines sur le pavé.

Je restai sous le porche, transi de froid, avec le crépitement de la pluie pour seule compagnie.

Les minutes qui suivirent me parurent une éternité. Les propos de Holmes me revinrent en mémoire : « Il commettra son crime dans ce triangle... Mais cela représente encore des dizaines de ruelles, de venelles et d'allées. Impossible de lui tendre un piège. Il faudrait un miracle pour lui tomber dessus. » Comment comptait-il s'y prendre ? Je grelottais de la tête aux pieds, incapable de me concentrer sur ma réflexion. Ma jambe droite était engourdie par le froid. En tapant du pied sur le pavé pour me réchauffer, je m'aperçus qu'une de mes chaussures s'était déchirée et prenait l'eau comme un navire en perdition. Pour tout arranger, ma vieille blessure de guerre se réveilla, provoquant une douleur lancinante qui se propageait jusqu'aux hanches.

Je n'eus pas le temps de m'apitoyer sur mon sort.

Un coup de sifflet strident perça les ténèbres, suivi d'une course-poursuite et d'éclats de voix. Je reconnus la voix de Holmes :

— Il s'échappe. Droit sur vous, Watson !

Je bondis de mon porche, juste à temps pour voir passer une silhouette affolée. Je me lançai à sa poursuite, mais ma course était entravée par ma chaussure défectueuse.

Je parvins à attraper son écharpe et tirai de toutes mes forces pour le retenir. Mais le bougre l'ôta de son cou et je perdis soudain l'équilibre. Je m'affalai dans la gadoue, l'écharpe en main.

Il disparut dans le brouillard et la nuit.

Quand je me relevai, Holmes arrivait sur mes talons. Ses vêtements étaient trempés et couverts de boue.

— Où est-il, Watson ?

— Échappé... J'ai glissé... Rien pu faire...

Il secoua sa robe trempée et maculée.

— Moi aussi. Fichu accoutrement. Mais j'ai vu son visage. Je saurai le reconnaître.

— Comment le retrouver ?

— Tâchons de donner l'alerte et de prévenir la police. S'ils parviennent à mobiliser assez d'hommes, peut-être parviendront-ils à le coincer.

Holmes souffla à pleins poumons dans son sifflet. Une fenêtre grinça dans la nuit et une voix invectiva :

— C'est pas fini, ce bordel ! Y en a qui voudraient dormir !

Ce n'était pas la réaction escomptée.

Holmes me tira encore par l'unique manche de mon manteau.

— Venez, Watson. En nous rapprochant d'une grande artère, nous aurons plus de chances de trouver un policier.

Nous n'avions pas fait dix mètres qu'un projectile humain troua les ténèbres et nous percuta de plein fouet. C'était un petit ramoneur, casquette vissée sur la tête et musette en bandoulière. Il était transi de peur et de froid. Il tendit le doigt dans la direction d'où il venait. Ses lèvres tremblaient mais aucun son n'en sortait.

Holmes le prit par les épaules et plongea son regard dans le sien.

— Un nouveau meurtre ?

Le gamin opina, incapable de prononcer le moindre mot. Holmes insista :

— Où ? Dans quelle direction ?

Le gosse semblait terrorisé. L'accoutrement et la voix discordante de Holmes avaient fini de l'épouvanter. Il s'esquiva et fut happé en quelques secondes par les ténèbres.

Holmes sortit son sifflet et souffla à s'époumoner, puis il s'arrêta au bout de quelques minutes, hors d'haleine.

— C'est à croire que tous les policiers se sont volatilisés cette nuit. Abberline prétendait qu'aucune rue ne serait laissée sans surveillance. Venez, Watson !

Nous reprîmes notre course folle pendant plusieurs minutes. La semelle à demi décollée de ma chaussure claquait sur le pavé détrempé. Et mon pantalon s'obstinait à m'échapper.

Nous nous arrêtâmes à l'angle d'une rue pour reprendre notre souffle. C'est à cet instant seulement que nous perçûmes des bruits derrière nous. Quelqu'un semblait s'être lancé à notre poursuite.

Un policier perça le mur de brouillard et se planta devant nous, l'œil noir et lanterne au poing.

— C'est vous qui faites tout ce raffut ?

Il pointa sa matraque sur Holmes.

— Vous savez ce qu'il en coûte de tapiner sur la voie publique ?

— Je sais, répondit mon camarade d'une voix caverneuse.

Le policier se figea.

Holmes retira sa perruque détrempée.

— Je suis Sherlock Holmes, et voici mon ami, le docteur Watson.

Le policier leva sa lanterne vers notre visage.

— Bon sang... c'est pourtant vrai. Qu'est-ce que... ?

Holmes reposa son chapeau et sa perruque sur sa tête. Le tout évoquait une méduse échouée sur un paquet de goémon. Il prit malgré tout une voix autoritaire :

— Il faut appeler des renforts...

— Pas la peine, tout le monde est déjà prévenu.

— Prévenu ?...

— Suivez-moi. On va être en retard.

Il reprit sa course, sans plus d'explication.

Holmes et moi avions toutes les peines du monde à suivre le policier qui était moins entravé dans ses mouvements que nous. Une bretelle de mon pantalon claqua dans mon dos. Ma chaussure faisait naufrage.

Au bout d'une rue, le bobby s'engouffra dans un poste de police, oubliant que nous étions toujours à ses trousses.

Un de ses collègues nous barra le passage. Bras croisés sur la poitrine, il s'adressa à moi :

— C'est pour le bloc ou vous êtes journaliste ?

— Le bloc ? Journaliste ?

Il répéta sur un ton agacé :

— Vous venez livrer cette... fille ou vous venez assister à la déclaration de l'inspecteur Lestrade.

— Lestrade !

Holmes passa son bras sous le mien et affirma d'une voix de fausset :

— Mon mari et moi sommes journalistes. Nous couvrons l'événement pour le *Times*. Ne faites pas attention à notre tenue. C'est un déguisement pour... passer inaperçus.

Le policier écarquilla les yeux et m'interrogea du regard. J'opinai du chef en retenant mon pantalon de la main, à travers ma poche.

Il hésita puis s'écarta.

— Vos collègues sont déjà là. Ça vient juste de commencer.

Nous entrâmes avant qu'il ne change d'avis.

La petite salle était comble.

Quelques visages incrédules se tournèrent vers nous. Je tentai de leur sourire, mais cela ne devait pas être très convaincant car ils se détournèrent d'un air méprisant.

Fort heureusement, une agitation se produisit sur une petite estrade située au fond de la salle et l'entrée solennelle de Lestrade fit diversion.

Tous les regards se tournèrent dans sa direction.

Il bombait le torse, les pouces accrochés aux goussets de son gilet.

Une main se leva et un homme lança :

— Inspecteur Lestrade, est-il vrai que vous avez arrêté le tueur de Whitechapel ?

D'autres questions fusèrent aussitôt :

— Est-il ici ?

— Est-ce une femme ?

— Connaît-on son nom ?

— Quelle est sa profession ?

— Comment l'avez-vous démasqué ?

Il écarta les bras, à la façon du pape s'apprêtant à donner sa bénédiction *urbi et orbi*.

— Avant de prendre la parole, je souhaiterais dire quelques mots.

Il se racla la gorge.

— Le meurtrier a commis l'erreur de nous écrire pour nous narguer. Il a sous-estimé l'intelligence policière.

Holmes se pencha vers moi en essorant le bas de sa robe.

— L'intelligence policière est une contradiction en soi. Je suis curieux de savoir ce que cet animal va inventer.

Lestrade marqua une pause, comme s'il attendait des applaudissements. Mais comme rien ne venait, il poursuivit :

— Il ne m'a fallu qu'un coup d'œil expert pour constater que son écriture présentait toutes les caractéristiques d'une personne de sexe masculin. Or l'écrasante majorité des personnes de sexe masculin sont des hommes. J'en ai donc déduit que l'auteur de cette lettre était de race masculine.

Il se pencha sur ses notes et rectifia :

— De race moyenne.

Il referma son feuillet.

— En tout cas, il n'est pas de race londonienne car l'immense majorité des étrangers résidant à Londres ne sont pas des Anglais. De plus, leur signalement correspond à celui de la lettre.

— Concrètement, comment êtes-vous parvenu jusqu'à lui ? s'impatienta un journaliste.

— J'ai appliqué une méthode de déduction révolutionnaire qui peut se résumer ainsi : quand on a tout enlevé, il ne reste... heu...

— Rien ? hasarda le journaliste.

Cette réflexion fut accueillie par un silence opaque.

Lestrade semblait avoir épuisé ses talents d'orateur.

Une sourde protestation montait de la salle.

Le policier tendit alors le doigt en direction d'une porte, d'un geste théâtral.

— Voici Jack l'Éventreur !

Le grondement de la salle se transforma en un murmure de stupeur.

Je me dressai sur la pointe des pieds et vis apparaître un homme au visage hagard qui flottait dans des vêtements trop grands pour lui. Il était encadré de deux policiers aux allures de bûcherons canadiens et tenu en laisse par de bruyantes chaînes.

Un journaliste se leva, carnet et crayon armés, et lança au suspect :

— Comment vous appelez-vous ?

— Pas comprendre, répondit l'homme dans un geste d'impuissance cliquetante.

— D'où venez-vous ? demanda un autre.

— Pas comprendre, répéta le suspect.

Une journaliste du premier rang leva la main vers Lestrade.

— On dirait que cet homme ne parle pas notre langue, inspecteur.

287

Lestrade écarta la remarque d'un revers de main.

— Nous avons affaire à un habile simulateur, mademoiselle.

— Mais sur quelles preuves l'avez-vous inculpé ? insista la jeune femme.

— Il a signé des aveux complets.

— Mais comment est-ce possible s'il ne comprend pas un mot d'anglais ?

— C'est un simulateur, vous dis-je ! insista Lestrade. Il s'est trahi lui-même. Lors de l'interrogatoire qui a précédé son inculpation, il a prononcé très distinctement et à plusieurs reprises les mots : « Pitié, tapez plus ! »

La jeune femme s'apprêtait à prendre la parole, mais Lestrade ne lui en laissa pas le temps.

— Observez ça !

Un policier posa sur la tête du bougre un melon qui lui tombait au ras des yeux.

— Il a suffi de lui faire endosser ces quelques habits pour avoir la preuve vivante qu'il s'agissait bien de Jack l'Éventreur.

Holmes leva le doigt.

— Inspecteur Lestrade, à quelle heure précise avez-vous capturé cet homme cette nuit ?

— Je n'ai jamais dit que je l'avais capturé cette nuit. Il est en prison depuis trois jours.

— Dans ce cas, il possède le meilleur alibi du monde. Un meurtre a été commis cette nuit.

Un nouveau brouhaha envahit la salle.

Lestrade tira sur son col avec son index.

— Qui... qui êtes-vous, mademoiselle ?... Monsieur ?

Holmes souleva le tas informe qui recouvrait sa tête.

— Je suis Sherlock Holmes !

Le tumulte s'amplifia. Des dizaines d'yeux et de sourcils froncés se concentrèrent sur mon camarade, tentant de reconnaître le détective sous le déguisement.

Lestrade plissa les yeux.

— Si un meurtre avait été commis cette nuit, la police serait la première informée, cher monsieur.

Holmes s'apprêtait à protester quand la porte s'ouvrit à la volée au fond de la salle. Un bobby au visage écarlate et couvert de sueur beugla à l'assistance d'une voix de porc asthmatique :

— L'Éventreur... Deux meurtres... Cette nuit... Horrible... 40 Berner Street... et Mitre Square, à Aldgate...

Lestrade devint livide et présenta ses paumes à l'assistance.

— Pas d'affolement. Il s'agit certainement d'un malentendu.

— Deux meurtres ? hurla quelqu'un.

— Dans ce cas, il doit s'agir d'un double malentendu, rectifia Lestrade.

Les journalistes présents dans la salle semblaient désorientés.

Holmes lui-même répéta sur un ton incrédule :

— Deux meurtres, cette nuit ?...

Un homme interpella Lestrade et désigna le pauvre bougre enchaîné et menotté.

— Alors, qui c'est celui-là, si c'est pas l'Éventreur ?

— C'est une erreur judiciaire ! hurla la jeune femme du premier rang.

— C'est une honte ! Comment expliquez-vous une telle méprise, inspecteur ? invectiva un autre.

— Vous avez tenté de manipuler la presse, s'indigna un autre.

Pour toute réponse, Lestrade apostropha à son tour le suspect :

— Ça va pour cette fois, mais que je ne vous y reprenne plus. Circulez !

L'homme rentra la tête dans les épaules.

— Pas comprendre.

Les événements se précipitaient une fois de plus. Le policier écarlate fut à son tour assailli de questions et devint le nouveau centre d'intérêt. Une partie des journalistes quitta la salle dans le plus grand désordre pour se précipiter vers les lieux des crimes.

J'étais épuisé, affamé, transi de froid, les idées sens dessus dessous et les habits en lambeaux. Mais Holmes, lui, semblait au mieux de sa forme.

— Pas une minute à perdre, Watson.

Lundi 1er octobre 1888

Le jour se levait et je serais bien allé me coucher.

— Ne pourrions-nous pas repasser par Baker Street, Holmes ? Quelques ablutions, des vêtements propres et décents, une petite collation...

— Vous n'y pensez pas, Watson. Si nous arrivons trop tard, le moindre indice aura été piétiné par la horde des journalistes et des curieux. Sans parler des policiers eux-mêmes.

Je n'eus pas le temps de protester. Holmes hélait déjà les fiacres à grands gestes. Un cocher s'arrêta, plus par curiosité que par conscience professionnelle, et nous dévisagea. Holmes s'engouffra dans le véhicule. Je le suivis sans me poser de questions.

Holmes lança au cocher sur un ton qui ne supportait aucune contradiction :

— Au 40 Berner Street, le plus vite possible !

Le cocher hésita une fraction de seconde et fit claquer son fouet.

Il contourna plusieurs rues pour éviter les maudits travaux du métropolitain. Mais il n'était pas le seul à effectuer ce calcul. Plus le temps passait et plus les rues étaient encombrées. Il nous fallut près de trois quarts d'heure pour faire un trajet qui, en temps normal, ne nous aurait demandé que vingt minutes.

Le visage de Holmes était plus impénétrable qu'un coffre de banque de la City. Cela me dissuada d'entamer toute conversation.

Nous arrivâmes enfin à Berner Street.

Holmes sauta du fiacre et fendit la foule des badauds agglutinés contre des barrières.

— Laissez passer. Je suis détective.

— Et mon cul, c'est du poulet ? lui lança une rombière frappée de scepticisme.

Je tentai de le suivre en retenant toujours mon pantalon d'une main et en écartant la foule de l'autre.

Profitant de l'inattention d'un des policiers, Holmes remonta sa robe jusqu'à la taille et enjamba la barrière sous les sifflets des badauds. Je l'imitai non sans difficulté, toujours entravé par ce maudit pantalon.

Un peu plus loin, Holmes repéra Abberline, en pleine discussion avec ses hommes.

Il décolla dans un bruit de succion son extravagante coiffure qui semblait avoir pris racine sur son crâne.

Le policier eut un mouvement de recul et écarquilla les yeux.

— Holmes ? Watson ?

— Nous sommes venus dès que nous avons appris.

Abberline détailla mon camarade de la tête aux pieds.

— Tout à fait étonnant...

Il lorgna ensuite mon manteau à manche unique et mon pantalon flottant.

— Est-ce que cela fait aussi partie de votre... méthode ?

Holmes coupa :

— Où est le corps ?

— Plaît-il ?

— Il y a bien eu un meurtre ici cette nuit, n'est-ce pas ?

Abberline semblait un peu abasourdi.

— Heu... oui, bien sûr, le corps... Il a été emporté à la morgue pour autopsie. Mais cette fois, personne n'est entré dans le périmètre du crime.

— Une prostituée ?

— Selon toute évidence, oui.

— A-t-elle été identifiée ?

— Pas encore.

— Des témoins ?

Abberline se tourna vers un de ses hommes.

— Allez me chercher Israël Schwartz, vite !

Un petit homme gris et renfrogné arriva quelques minutes plus tard. Il regarda Holmes d'un air effaré. Mon camarade le rassura en lui serrant la main.

— Je suis Sherlock Holmes.

L'homme écarquilla les yeux.

— Je vous imaginais... autrement.

— Et voici mon chroniqueur et ami, le docteur Watson.

Je lui tendis ma main libre. Il scruta les taches de boue séchée qui maculaient mon manteau et commenta :

— Les gens ne sont pas toujours conformes à l'idée qu'on s'en fait, pas vrai ?

Holmes planta ses yeux dans ceux d'Israël Schwartz.

— Racontez-moi ce que vous savez.

Ce n'était pas une question mais un ordre. Cela, par contre, devait être conforme à l'idée qu'il se faisait de Holmes car il s'exécuta aussitôt :

— J'étais planqué sous un porche en face du passage.

— Que faisiez-vous là ?

— J'attendais que la pluie faiblisse un peu pour rentrer chez moi. J'ai vu un homme et une femme rentrer dans le passage. L'homme est ressorti seul quelques minutes plus tard.

— Semblait-il énervé, excité ?

— Non, plutôt satisfait, comme après un bon repas. Il m'a rejoint sous le porche et a allumé sa pipe, non sans mal, en essayant de se protéger du vent.

— Paraissait-il pressé ?

— Au contraire. Il prenait tout son temps. Nos regards se sont croisés mais il n'a pas cherché à dissimuler son visage ou à s'enfuir.

— Sauriez-vous le reconnaître ?

— Pour sûr.

Abberline intervint :

— Nous avons relevé toutes les informations permettant d'établir un portrait-robot du suspect.

Holmes revint vers Israël Schwartz.

— Portait-il des taches de sang sur les mains ou sur ses habits ?

— Rien.

— Qu'a-t-il fait ensuite ?

— Il a ouvert son parapluie et il est reparti en sifflotant.

— Vous n'avez pas vu ressortir la fille ?

— Non.

— Vous n'êtes pas allé voir ce qui se passait ?

— Il pleuvait très fort.

— Vous n'êtes pas très curieux.

Il baissa les yeux.

— Pour tout dire, j'allais traverser la rue pour y voir de plus près quand un homme a crié « Lipski ! » dans ma direction.

Lipski était une épithète antisémite qui faisait allusion à un meurtrier juif récemment pendu.

Il poursuivit d'une voix étouffée :

— Quand on est juif, dans ce quartier, vaut mieux pas être trop curieux si on veut vivre vieux, même si on est le plus honnête des hommes.

Holmes lui serra la main.

— Je comprends. Merci pour votre précieux témoignage.

Abberline ajouta :

— Ne vous éloignez pas trop du quartier. Nous aurons sans doute encore besoin de vous pour identifier l'Éventreur... si nous parvenons à le retrouver.

L'homme disparut, happé par la foule.

Holmes demanda encore à Abberline :

— Il est question de deux meurtres. Sait-on exactement ce qui s'est passé ?

— Le premier a eu lieu à Mitre Square, à environ douze minutes d'ici à pied.

— Encore une malheureuse ?

— Oui, vraisemblablement. Elle a été seulement égorgée, si j'ose dire.

— Des témoins ?

— Un marchand ambulant du nom de Louis Diemschutz. D'après ce qu'il raconte, il menait une petite charrette tirée par un poney. En tournant dans Berner Street pour passer l'entrée de Dutfield's Yard, l'animal s'est arrêté brusquement et n'a plus voulu avancer. Diemschutz a remarqué une masse affalée contre le portail. Il a alors pris peur et a appelé deux hommes qui sortaient d'une taverne. Après avoir gratté une allumette, ils ont examiné la femme de plus près et se sont rendu compte que sa gorge avait été tranchée. Ils ont aussitôt trouvé un policier, qui lui-même a fait appeler un médecin : le docteur William Blackwell, qui est arrivé sur place alors que sa montre indiquait 1 h 16. Il a constaté le décès qui remontait selon lui à moins de vingt minutes, soit peu de temps avant que Diemschutz ne découvre le corps. Selon le policier et le médecin, le meurtrier était probablement encore caché dans le passage quand Diemschutz a trouvé le corps. Il a dû prendre la fuite au moment où ce dernier est allé chercher les deux hommes.

— Merci, je vais aller voir sur place pour mener ma propre enquête. Ensuite, j'aurai peut-être d'autres questions à vous poser.

Abberline opina.

— Vous me trouverez au bureau de police. Je dois faire mon rapport au plus vite. Le retard s'accumule. Je ne sais plus où donner de la tête. Quoi qu'il en soit, je ne manquerai pas de vous prévenir dès que les corps seront identifiés.

Il était plus de midi. Il conviendrait ici d'user de la métaphore habituelle en affirmant que j'avais l'estomac dans les talons, mais en l'occurrence je n'avais plus qu'un seul talon, ma chaussure droite étant réduite à un vague lambeau de cuir qui s'accrochait à ma cheville comme une algue à son rocher. Mes longues marches effectuées lors de la campagne d'Afghanistan ressemblaient à des promenades de villégiature par rapport au rythme effréné des enquêtes de Sherlock Holmes.

Combien de temps allions-nous encore courir dans Londres avec nos piteux accoutrements, perclus de rhumatismes et gelés jusqu'aux os ?

Je me sentais pitoyable.

Holmes n'était pas à son avantage non plus. Son maquillage, par ailleurs excessif, avait coulé sous ses yeux, sur ses joues et sur ses vêtements, en grandes traces verticales noirâtres et rougeâtres. Sa perruque, à présent sèche, sortait en baguettes raides de son galurin informe. Il évoquait une sorcière en perdition. On en avait brûlé pour moins que ça au Moyen Âge.

Holmes releva des deux mains sa robe maculée de boue, fouilla un instant sous le fatras de vêtements et en extirpa son oignon.

— Êtes-vous prêt, Watson ?

Sans attendre ma réponse, il appuya sur le bouton de chronométrage et se mit à courir droit devant lui, comme si nous participions à une compétition d'athlétisme.

Je n'eus d'autre alternative que de tenter de le suivre. Les gens se retournaient sur notre passage. Un chapelet de gamins hurlait et riait dans notre sillage.

Au terme d'une course effrénée, nous parvînmes à Mitre Square, sur le lieu du premier meurtre. Holmes appuya sur le bouton de son oignon et s'écroula sur le sol, le souffle coupé.

Il se releva quelques minutes plus tard, regarda sa montre et annonça :

— Vingt minutes et trente-trois secondes.

Les gamins applaudirent la performance, sans trop savoir pourquoi. Les gens s'attroupaient autour de nous, afin de contempler cette curiosité. Je m'incrustai dans un mur. Holmes interrogea plusieurs personnes et nous gratifia une fois encore d'un numéro exceptionnel. En temps normal, il était déjà spectaculaire de le voir inspecter le moindre recoin avec sa grosse loupe, mais dans cet accoutrement, le spectacle prenait une dimension théâtrale que Shakespeare n'aurait pas imaginée.

Au grand bonheur des gamins, il refit sa marche de canard. Mais comme il était gêné par sa robe, il l'avait remontée en un gros bourrelet autour de sa taille. L'excitation des badauds frôlait l'hystérie. Je restai à l'écart, tentant de faire oublier ma présence. Par chance, personne ne me reconnut. Holmes assura seul l'intégralité de la prestation.

Quand il eut terminé, plusieurs personnes applaudirent. Un homme lui jeta une pièce de monnaie, geste aussitôt répété par d'autres spectateurs. Les gamins se précipitèrent et fouillèrent la boue de leurs petites mains pour récupérer ce butin providentiel.

Holmes tira sa révérence sous une salve d'applaudissements. J'étais épuisé.

Holmes vint vers moi.

— Venez, Watson. Tâchons de nous éclipser discrètement. Nous n'avons plus rien à faire ici.

C'était aussi mon avis.

Nous débouchâmes dans une artère passante et entreprîmes de héler un fiacre.

La plupart passaient leur chemin sans un regard dans notre direction. Certains ralentissaient pour contempler notre piteux équipage et fouettaient leur cheval qui reprenait aussitôt sa course.

Un gamin courut vers nous et apostropha mon camarade :

— Hé ! Vous êtes Sherlock Holmes, pas vrai ? Je vous ai vu enquêter tout à l'heure. Il est formidable, votre déguisement !

Holmes lui sourit.

— Fais-tu partie des Irréguliers de Baker Street, mon petit ?

— Non, m'sieur, je fais partie des irréguliers d'un peu partout.

— Je vois.

Le gamin regarda autour de lui et baissa la voix :

— J'ai un sérieux indice sur le tueur.

— Quelle aubaine ! dit Holmes en m'adressant un clin d'œil. Connais-tu son adresse ?

— Non, m'sieur, mais j'ai récupéré sa casquette.

— Et je parie que tu es prêt à me la vendre pour quelques cents.

— Comment vous avez deviné ?

— Je suis détective.

Il se frappa le front du plat de la main.

— C'est vrai, chuis bête.

— Mais qu'est-ce qui me prouve que cette casquette n'est pas la tienne ?

Le gamin sortit la fameuse caquette de sa poche, la déplia et nous la présenta.

— Regardez, il y a encore des traces de sang.

Holmes l'inspecta.

— Disons qu'il y a quelques taches brunes qui pourraient bien être de la boue.

Il prit la casquette et la vissa d'autorité sur la tête du gamin.

— Elle te va comme un gant, dis donc !

— Tiens, c'est vrai, j'avais pas remarqué.

Le gamin marqua une pause et poursuivit sur un ton pitoyable :

— Cinq cents, ça irait ?

Holmes fouilla dans sa poche et lui donna quelques pièces.

Comme le gosse allait lui tendre sa casquette, mon camarade dit :

— Garde-la, mon garçon. Elle te sera plus utile qu'à moi.

Le gamin jubilait.

— Ça alors, vous êtes le détective le plus formidable que je connaisse, m'sieur. Si je peux vous être utile à quoi que ce soit...

Le visage de mon camarade se fendit.

— Tu ne peux mieux tomber. Exhibe cette pièce et tente d'arrêter un fiacre pour nous, veux-tu ?

Sans même prendre la pièce que lui tendait Holmes, le gamin plaça ses deux index dans sa bouche et émit deux sifflements d'une puissance inattendue.

À ce signal, un fiacre s'arrêta aussitôt.

Le cocher lui demanda :

— C'est pour qui ?

— Fais-moi confiance, c'est du gratin.

Nous nous engouffrâmes dans la cabine sous l'œil éberlué de l'homme. Holmes lui donna un ordre bref et nous fûmes bientôt bercés par les vibrations de l'attelage. Au bout de quelques minutes, un sentiment étrange me tira de ma torpeur. J'observai les noms des rues que nous traversions et fis remarquer à mon camarade :

— Le cocher se dirige à l'opposé de Baker Street.

Holmes tendit son index dans le sens de la marche.

— Vous savez bien que la morgue est par là, Watson.

— La morgue ?

Il lut mon dépit et ajouta :

— Ce ne sera pas très long. Quelques petites vérifications. Les rapports des médecins légistes ont aussi peu de rigueur scientifique que les romans de Mary Shelley. Votre avis de médecin me sera d'ailleurs très précieux.

Si l'on ramène la durée de notre visite à l'échelle d'une vie humaine, ce ne fut en effet « pas très long ». Mais les deux heures que nous passâmes dans le froid glacial de la morgue me parurent une éternité.

Par un étrange mimétisme, l'employé de la morgue avait fini par ressembler à ses locataires : teint olivâtre, muet comme une tombe, enjoué comme un receveur des contributions directes.

Quant à mon avis, Holmes n'en avait guère besoin. Je me bornais à hocher la tête à chacune de ses découvertes.

Holmes était excité comme un gamin qui découvre un nouveau jouet au pied du sapin de Noël.

— Regardez, Watson, le sens de la lame n'est pas le même !

— Mmm.

— Observez le bourrelet de sang laissé le long de la cicatrice.

— Fascinant.

— La largeur fait à peine un centimètre. J'y glisse tout juste l'auriculaire, et encore, en forçant. Voulez-vous vérifier ?

— Je vous crois sur parole.

— Elle porte de multiples blessures aux mains, ce qui prouve qu'elle s'est défendue, contrairement aux autres victimes. Tout cela ne vous semble-t-il pas singulier ?

— Si. Très.

Après quelques dizaines d'observations du même acabit, Holmes rangea enfin sa loupe dans sa poche et désigna du menton l'employé de la morgue.

— Ce garçon est tout à fait sympathique. Il m'a même offert un petit cadeau.

Il glissa dans sa poche un flacon contenant un liquide marron et dense qui présentait toutes les caractéristiques du sang.

Il semblait plus heureux qu'au sortir d'une salle de spectacle.

La nuit commençait à tomber. Un vent glacial nous fouetta le visage.

Le fiacre qui nous ramenait chez nous m'apparut comme un modèle de confort par rapport à l'endroit que nous venions de quitter.

Holmes dodelina de la tête un instant et s'endormit en ronflant comme un marin ivre.

Moins d'une demi-heure plus tard, nous débouchâmes enfin dans Baker Street. Il faisait une nuit d'encre. Heureusement, à cette heure tardive, les travaux étaient interrompus et le trafic était fluide.

Le fiacre passa en trombe devant notre appartement.

— Holmes, le cocher vient de dépasser le 221b !

Mon camarade sursauta.

— Rends-toi, Moriarty !

— Il faut faire quelque chose, Holmes.

— Hein, quoi ?

Je tentai d'attirer l'attention du cocher en donnant des coups de canne dans le toit du fiacre, mais avec le vacarme des roues sur les pavés, le lascar ne m'entendait pas.

À présent, Holmes était tout à fait réveillé et unissait ses coups de canne aux miens.

— Vous avez raison d'activer ce fainéant de cocher, Watson. Il serait bon que nous arrivions avant la nuit. Quelle idée d'avoir déposé les deux cadavres dans des morgues aussi éloignées l'une de l'autre. Tout cela pour d'obscures raisons de prérogatives territoriales...

Cette expérience m'avait confirmé l'incroyable endurance de mon camarade. Le mystère et la curiosité le nourrissaient aussi sûrement qu'un bon repas. Quand dormait-il ? Lui arrivait-il seulement de dormir ?

Une secousse sur un pavé me sortit de ma torpeur.

Je descendis du fiacre en bayant aux corneilles.
Holmes frappa à la porte du 221b Baker Street.
Pourvu que Wendy ne me voie pas dans cet état.
La porte s'ouvrit. Wendy écarquilla les yeux.
Jamais je ne me sentis aussi pitoyable. Mais il n'y avait aucune trace de moquerie dans son regard. Plutôt une sorte de soulagement. Une douce chaleur m'envahit. Nous échangeâmes un sourire.

L'escalier s'avéra plus raide que prévu.

Je pus enfin me laver et me changer. Le petit repas que je dégustai, devant le feu crépitant de la cheminée, fut sans doute un des plus appréciés de mon existence.

Mardi 2 octobre 1888

Une main se referma sur mon bras.

— Abberline vient de nous faire parvenir un pli. Les deux corps ont été identifiés.

Je parvins à m'extirper d'un profond sommeil peuplé de personnages aux trognes mythologiques. À ce moment précis, un faune lubrique tentait de rattraper une grande fille dégingandée dont le lien de parenté avec Sherlock Holmes était évident : « Mademoiselle, mademoiselle ! Vous avez perdu une chaussure ! »

Je m'aperçus que je m'étais endormi devant la cheminée et que je n'avais pas quitté mon fauteuil depuis la veille au soir.

Holmes portait son manteau et son chapeau. Impossible de dire s'il venait d'entrer ou s'il s'apprêtait à sortir.

J'enfilai une paire de chaussures digne de ce nom et un manteau à deux manches, et je le suivis, encore dans un demi-sommeil.

Abberline nous reçut dans son petit bureau, dont la surface semblait rétrécir au fil des jours. Le papier proliférait et menaçait d'étouffer l'occupant de la pièce exiguë. Des amas de dossiers, posés à même le sol, grimpaient le long des murs. Quelques étagères croulaient sous le poids de classeurs cartonnés et de rapports de toutes sortes.

Le policier se tenait derrière son petit bureau encombré de piles de papiers et de lettres. Le mur, derrière lui, était entièrement recouvert par un immense plan du quartier de Whitechapel bariolé de lignes et de cercles de couleurs.

Dans un coin du bureau, une femme recroquevillée sur un tabouret reniflait sans cesse en balançant sa tête d'avant en arrière.

Abberline nous salua brièvement. Il avait la cravate de travers et portait une barbe de plusieurs jours. On le sentait épuisé et surmené.

Il désigna un journal déplié devant lui.

— Vous avez vu ça ? Ces journalistes n'ont pas perdu de temps. Ils feraient n'importe quoi pour vendre leurs feuilles de chou. Le *Daily News* vient de publier la lettre signée Jack l'Éventreur « en exclusivité mondiale ».

— Vous voulez parler de la fameuse lettre intitulée « Cher Patron », adressée au chef de la police ? demanda Holmes.

— Oui, mais c'est l'inverse.

— L'inverse ?

— La lettre a d'abord été adressée au patron de la Central News Agency, qui nous l'a transmise. La presse a donc été informée avant la police.

Holmes se frappa le front du plat de la main, comme s'il venait d'avoir une subite révélation.

— Le *Daily News* !

— Oui. Maintenant, tout le monde est au courant. Et le *Star* ne saurait être en reste. Je suis certain qu'il publiera la lettre dès ce soir. Ce que fait l'un le matin, l'autre le fait le soir même.

Il replia son journal d'un geste agacé.

— Mais ce n'est pas tout. Le tueur nous nargue à présent.

Il exhuma une carte postale d'une pile et la tendit à Holmes.

— Voilà ce que j'ai reçu ce matin, toujours par le biais de la Central News Agency. Elle a été postée le 1er octobre, juste après le double meurtre. C'est signé Jacky l'Effronté.

Holmes lut :

— *Un double meurtre cette fois. Numéro un a crié un peu... Pas pu finir...*

— Mais je ne vous ai pas appelé pour vous commenter la prose de ce fou. Il y a du neuf. Plusieurs pistes importantes. Tout d'abord, les deux victimes ont été identifiées. Je commencerai par la deuxième, celle de Mitre Square, car c'est celle qui soulève le moins d'interrogations. J'ai le rapport d'autopsie complet.

Il tendit un dossier à Holmes.

— Tout est là-dedans.

Holmes feuilleta le document et haussa les épaules.

— Mary Shelley.

— Plaît-il ?

— Vous disiez qu'elle a été identifiée ?

— Oui. Ç'a été facile car elle portait sur elle tout ce qu'elle possédait, notamment ses papiers d'identité. Elle s'appelle Catherine Eddowes, Kate pour ses amis.

— Vous avez eu le temps de mener une enquête plus approfondie sur elle ?

— J'ai lancé mes meilleurs limiers sur la moindre piste exploitable. D'après les premiers témoignages, sa situation ressemble tristement à celle des victimes précédentes. Son mari l'avait quittée huit ans plus tôt parce qu'elle buvait. Mais elle était tombée dans la boisson parce qu'il la trompait et la frappait. Ils vivaient – ou plutôt ils survivaient – dans une pauvreté désespérante. Je doute que l'on apprenne grand-chose de plus.

— A-t-on pu reconstituer le déroulement des faits de la nuit du meurtre ?

— À peu près. Les différents témoignages se recoupent et se complètent. L'agent de police Louis Robinson l'a découverte ivre sur le trottoir. Comme elle était incapable de se relever, il l'a emmenée au poste de police de Bishopsgate. Il était minuit et demi quand elle s'est réveillée et a demandé à être libérée. L'agent a attendu qu'elle soit dégrisée et l'a finalement relâchée à 1 heure du matin, estimant qu'elle ne risquait plus de trouver à boire à cette heure tardive. Vers 1 h 35 du matin, Joseph Lawende, un marchand de cigarettes, et deux de ses compagnons ont croisé une femme et un homme qui bavardaient amicalement à l'une des entrées de Mitre Square. C'est la dernière fois que Catherine Eddowes a été vue vivante.

— Ont-ils vu le visage de l'homme ?

Tout en parlant, il ne cessait de tripoter un crayon qu'il finit par casser avec un bruit sec.

— Non, mais ils en ont fait une vague description.

— Cela pourrait-il correspondre au signalement de l'homme qui a été aperçu à Bernard Street par Israël Schwartz ?

— Pour être franc, cela pourrait être n'importe qui.

— Et la « numéro un », comme dit ce Jacky l'Effronté ?

— Une certaine Emily Swanson. Sa sœur, ici présente, l'a identifiée.

Il désigna du menton la femme qui se lamentait toujours sur son tabouret.

— C'est là que commence le problème. Sa déposition ne concorde pas avec les faits. C'est en partie pourquoi je vous ai appelé. J'ai pensé qu'en unissant nos efforts nous pourrions parvenir à mieux comprendre la situation. Je vous propose de l'interroger selon vos propres méthodes.

Holmes s'approcha de la femme et lui parla d'une voix aussi douce que possible :

— Comment vous appelez-vous ?

Les seules couleurs de son visage étaient les cernes mauves sous ses yeux et le bout de son nez, rougi à force de s'être mouchée. Elle cessa de se balancer et fixa mon camarade d'un regard halluciné.

— Mary Malcolm... Je le savais.

— Vous saviez quoi ?

— Qu'elle allait mourir. J'ai vu le meurtre en rêve, la nuit dernière.

Elle se frotta encore les yeux et se moucha avec un bruit de corne de brume.

— Je l'ai tout de suite reconnue à la morgue, avant même de voir son visage. J'ai vu la blessure à sa jambe droite. Une morsure de vipère, quand elle était gamine.

— En effet, confirma Holmes, j'ai également vu cette cicatrice. Saviez-vous que votre sœur gagnait sa vie de cette façon ?

Elle agrandit encore les yeux.

— En se faisant mordre par des vipères ?

— Non, en se prostituant.

Elle se raidit.

— Impossible !

Holmes jeta un œil à Abberline qui lui répondit par un geste d'impuissance.

Mon camarade insista :

— N'aurait-elle pas pu le faire... à votre insu... occasionnellement ?

Elle secoua la tête avec frénésie et répéta :

— Non. Non. Impossible, je vous dis. Elle ne me cachait rien. Nous étions aussi proches que les deux doigts de la main.

— Avait-elle des ennemis ? Des personnes qui auraient pu lui en vouloir ?

Elle se concentra un instant.

— Je ne vois pas. Comme je l'ai déjà dit à l'inspecteur Abberline, c'était la bonté même. Tout le monde l'adorait. Elle ne pensait qu'à faire le bien. La pauvre. C'est trop injuste.

La déclaration fut ponctuée d'un reniflement et d'un nouveau coup de trompe.

— Connaissait-elle des hommes ? insista Holmes.

— À part le curé de la paroisse, je ne vois pas.

— Quel métier faisait-elle exactement ?

— Religieuse. Elle travaillait à l'hospice.

Holmes se raidit.

310

— Buvait-elle ?

— Oui.

— Ah !

Elle leva un index sentencieux.

— Mais de l'eau, uniquement.

Abberline intervint :

— Étrange, n'est-ce pas ?

— Que dit le médecin légiste ?

— Alcoolique et prostituée. Dernier stade de la syphilis.

— C'est aussi ce que j'ai constaté à la morgue. Cela signifie donc que quelqu'un ment.

— Ou bien que cette femme menait une double vie...

Sur ces paroles, un policier glissa sa tête par la porte entrouverte du bureau.

— Y a quelqu'un qui demande à vous voir de toute urgence, inspecteur.

Abberline éconduisit l'importun d'un revers de main.

— Pas le temps.

Une petite femme vêtue de noir s'était déjà glissée dans le bureau.

— Pardonnez mon intrusion, inspecteur, mais...

Un hurlement nous fit sursauter. La femme aux yeux mauves venait de tomber de sa chaise et se tortillait sur le plancher, secouée de tremblements frénétiques. La corne de brume fit place à de petits cris hystériques.

La visiteuse poursuivit :

— J'ai appris que j'étais morte. Mais dans son infinie bonté et sa grande patience, l'Éternel m'a accordé un sursis ici-bas. Alors je suis aussitôt venue vous prévenir.

Elle désigna la malheureuse qui tremblait de tous ses membres sur le sol.

— J'espère que ma sœur ne vous a pas trop embêtés. Elle se fait tout le temps tellement de souci. Elle n'a pas toute sa tête.

Le mystère avait fait long feu.

Des perles de sueur prirent naissance sur le front d'Abberline. Il se leva, posa ses poings sur son bureau et dit d'une voix blanche :

— Je vous suis très reconnaissant de votre intervention, ma sœur. Maintenant, sauf le respect que je vous dois, je vous demanderais de bien vouloir embarquer madame votre sœur le plus vite possible car, voyez-vous, je n'ai ni la patience ni l'infinie bonté de l'Éternel.

La religieuse se signa furtivement, releva la corne de brume encore toute tremblante d'émotion et sortit du bureau en assurant que cet incident ne se reproduirait plus.

Quand elles furent sorties, Abberline s'essuya le front dans un large mouchoir blanc et retomba dans son fauteuil.

— Que de temps perdu...

— Le problème reste entier, remarqua Holmes. Reste à identifier cette fille.

Abberline fit un geste d'indifférence.

— Un proche ou un familier finira bien par s'apercevoir de sa disparition et se manifestera. Ce qui m'ennuyait, c'était la divergence entre le témoignage de cette femme et le rapport d'autopsie.

— Vous disiez que vous aviez plusieurs pistes importantes...

Abberline se tourna vers le plan, affiché derrière lui.

— En effet, mais avant de vous dévoiler mes conclusions, je voudrais vous expliquer le système de quadrillage policier que j'ai mis en place à Whitechapel.

Il désigna du doigt plusieurs traits de couleurs différentes.

— Ces lignes représentent l'itinéraire des patrouilles, et les cercles assortis de divers symboles indiquent les horaires de passage à certains endroits précis. J'ai calculé qu'il fallait au minimum dix minutes au meurtrier pour effectuer son horrible rituel.

Holmes écarquilla les yeux.

— Je suis parvenu aux mêmes conclusions.

Il semblait stupéfait que quelqu'un d'autre ait pu faire le même calcul que lui.

Le policier poursuivit :

— Les rondes des policiers sont donc calculées pour couvrir tout le périmètre en moins de dix minutes. Ou, autrement dit, une rue ne reste pas plus de dix minutes sans surveillance.

— Je suis impressionné par la minutie et l'ingéniosité de votre plan de surveillance, avoua Holmes, ce qui n'était pas un mince compliment dans sa bouche.

Abberline esquissa un sourire fatigué.

— J'ai passé des jours et des nuits à le concevoir. Dès lors, il me semblait impossible qu'il puisse passer à travers les mailles du filet.

— À moins que quelqu'un ne connaisse ce plan à la minute près.

— Personne d'autre que ma hiérarchie, moi-même et mes hommes ne connaît ce plan... et vous deux maintenant, bien sûr.

— Cela fait déjà beaucoup de monde...

— Vous ne soupçonnez tout de même pas... ?

Abberline interrompit sa question.

Un malaise s'installa.

Holmes garda le silence.

Abberline revint à sa carte et désigna un point entouré d'un cercle rouge.

— Le meurtrier, quel qu'il soit, a laissé deux indices derrière lui. À 2 h 20 du matin, l'agent Alfred Long patrouillait dans Middlesex Street. Tout paraissait normal. Trente-cinq minutes plus tard, il a découvert un bout de tissu taché de sang encore frais dans l'entrée du 108-119 Goulston Street. Il s'est avéré qu'il s'agissait d'un morceau du tablier que portait la victime de Mitre Square. Il y avait un message sur le mur, au-dessus de l'endroit où se trouvait le fragment de tablier. Alfred Long a vu un message écrit à la craie blanche et a noté dans son carnet : *Les juifs sont les hommes qui ne seront pas blâmés pour rien*[1], ce qui aurait dû désigner les juifs.

Holmes leva un sourcil.

— Aurait dû ?

Abberline sembla gêné.

— D'autres policiers assurent que la formulation était plutôt : *Les juifs ne sont pas les hommes qui seront blâmés pour rien*, ce qui pourrait signifier l'inverse.

_____
1. « *The Juwes are the men That Will not be Blamed for nothing.* » *(N.d.A.)*

314

— Il suffit de vérifier la syntaxe exacte de cette inscription pour en avoir le cœur net.

Abberline disparut dans son fauteuil.

Une ombre passa sur le visage de Holmes.

— Ne me dites pas...

— Laissez-moi vous expliquer. Sir Charles Warren a été prévenu. Il est arrivé en personne sur place vers 5 h 30 du matin. Alarmé par les implications du message griffonné, qu'il soit lié ou non au tueur, et craignant qu'il n'encourage des passions violemment antisémites dans l'opinion déjà échauffée par l'affaire du Tablier de Cuir, il a ordonné à un agent de l'effacer avec une éponge humide. J'ai été prévenu trop tard.

Ainsi donc, tandis que nous traquions un fantôme à l'autre bout de Whitechapel, les éléments les plus importants de l'enquête nous échappaient.

Le regard de Holmes était plus éloquent que des litanies de reproches, mais il garda le silence, conscient qu'Abberline n'était pour rien dans cette nouvelle erreur.

Le policier émergea peu à peu de son fauteuil.

— Quoi qu'il en soit, les crimes ont été commis sur une période de vingt à trente minutes, en deux endroits séparés par une distance que l'on peut couvrir à pied en douze minutes. Le meurtrier a donc très bien pu faire tomber ce morceau de tissu près de son domicile, ou de sa cachette. Il a encore eu le temps d'écrire le message sur le mur, de se changer et de repartir pour exécuter le deuxième meurtre. Selon moi, il réside quelque part entre Middlesex Street et Brick Lane. Qu'en pensez-vous ?

Holmes prit son menton dans sa main droite et devint songeur.

— Deux meurtres... Dans la même nuit... À si peu de temps d'intervalle et de distance... Sachant que toutes les forces de police étaient lancées à sa poursuite... Pourquoi avoir couru un tel risque ?

— L'explication s'appelle Louis Diemschutz.

Je hasardai :

— Diemschutz ?

Abberline poursuivit d'un ton sec :

— L'homme qui a découvert le corps. Je vous en ai déjà parlé. La raison logique pour laquelle le tueur n'a pas charcuté sa victime après l'avoir tuée, c'est qu'il a été surpris par l'arrivée de ce Diemschutz et a dû s'enfuir avant d'avoir achevé son travail.

Il tapota de l'index la carte postale signée par le mystérieux Jacky l'Effronté :

— Vous avez lu *Numéro un a crié un peu... Pas pu finir*... Il lui fallait donc trouver une autre prostituée à mutiler pour étancher sa soif de sang. Cette fois, il a pu agir à sa guise car il savait qu'il pouvait se replier à tout instant sur sa cachette. Voilà pourquoi je pense qu'il habite dans ce secteur, et plus vraisemblablement à proximité du lieu du deuxième meurtre. Je vais donc renforcer la surveillance dans le coin. Mais le vrai problème...

Il se tut, tourmenté par son idée. Il s'essuya de nouveau le front.

Son regard glissa vers le portrait de sir Charles Warren accroché à un mur.

— Le vrai problème, ce n'est pas le tueur lui-même, mais la psychose qu'il risque d'engendrer au sein de la population. Ma hiérarchie commence à s'impatienter et réclame des résultats. Si l'on n'arrête pas ce tueur, nous courons le risque de connaître des émeutes semblables à celles de l'année dernière. La police est alors accusée de tous les maux, elle devient la cible du mécontentement général et doit assumer le sale boulot. Il est plus facile de faire naître le chaos que de l'endiguer. C'est ensuite la valse des têtes. Comme toujours, les lampistes payent les pots cassés. C'est pourquoi cette enquête doit être menée dans la plus grande discrétion. La lettre publiée par le *Daily News* va nous faire du tort, mais nous pouvons en minimiser la portée si nous n'alimentons pas la polémique. Nous croulons déjà sous les faux témoignages et les menaces en tout genre. Je compte également sur votre discrétion absolue.

Un nouveau coup à la porte l'interrompit.

Il beugla avec autant de retenue qu'un homme qui vient de s'ébouillanter :

— Quoi encore ?

Un visage contrit apparut dans l'entrebâillement.

— Un pli urgent, chef.

— Pas le temps !

Le bobby insista :

— Il s'agit d'un ordre...

Abberline grinça :

— C'est moi qui donne les ordres ici.

L'homme se tassa un peu plus.

— ... venant de sir Charles Warren, monsieur... Avec effet immédiat...

Abberline lui fit signe d'entrer.

— Donnez-moi ça !

Le policier lui remit le pli et se pétrifia au garde-à-vous, tête rentrée dans les épaules et genoux tremblants.

Abberline écarquilla les yeux, blêmit et tendit le pli à Holmes qui lut à voix haute :

— *Les services centraux ont dupliqué quatre-vingt mille exemplaires de la lettre signée Jack l'Éventreur. Ordre à tous les postes de police de placarder et de déposer ces tracts dans les moindres recoins de Whitechapel. Nous demandons à toute personne pensant reconnaître l'écriture du meurtrier de se manifester sans délai au poste de police le plus proche. Ordre à exécution immédiate. Il faut que le plus grand nombre en prenne connaissance. Nous espérons ainsi multiplier les chances d'identifier le tueur et de rassurer le peuple de Londres.* Signé : *Sir Charles Warren.*

Holmes reposa la lettre.

— Vous pouvez compter sur notre entière discrétion, inspecteur Abberline.

— Merci, Holmes, c'est déjà ça, bredouilla le policier, le regard dans le vague.

Mercredi 3 octobre 1888

Je me réveillai vers 11 heures du matin.

Mes articulations étaient aussi souples que celles d'un dinosaure tiré des glaces sibériennes après quelques millénaires de congélation.

Ces deux jours passés ne m'avaient pas appris grand-chose, sinon que les hommes ne sont pas égaux devant la fatigue.

Je me traînai jusqu'au salon, raide comme la justice. Je m'installai à la table du petit déjeuner, me servis une tasse de thé et me beurrai un toast.

Holmes s'aperçut enfin de ma présence. Il décolla l'œil de son microscope et se tourna vers moi.

— Bonjour, Watson. Comment allez-vous ce matin ? Vous sembliez encore un peu las quand nous sommes rentrés hier soir.

— J'ai vieilli de dix ans en trois jours.

Il prit un air étonné.

— Hormis cette petite enquête de routine, je ne vois pas ce qui a pu vous fatiguer autant.

— Le pire, c'est que nous n'avons rien appris de significatif.

— Certes. À part l'identité de Jack l'Éventreur.

Le toast explosa entre mes doigts.

— Vous connaissez l'identité du meurtrier ?

— Non.

— Vous venez de dire...

— J'ai dit que je connaissais le véritable nom de l'usurpateur qui a signé Jack l'Éventreur au bas de la fameuse lettre.

— Co... comment ?...

— Je n'ai aucun mérite, c'était écrit noir sur blanc dans le journal.

J'étais de plus en plus abasourdi.

— Le... journal ? Quel journal ?

— Le *Daily News*, évidemment.

— Dans ce cas, pourquoi ne l'arrêtez-vous pas ?

— J'attends que vous ayez enfilé une tenue plus décente pour m'accompagner.

Je me tassai dans mon fauteuil, posant un œil torve sur mon petit déjeuner, éparpillé sur le plancher.

— Pas de déguisement, cette fois ?

— Je n'en vois plus l'utilité.

— Ni d'endroit infréquentable ?

— Au contraire.

— J'imagine que nous devrons prendre nos armes.

— On n'est jamais assez prudent. Les gens sont parfois si imprévisibles.

Je me pliai pour ramasser ma tasse. Mon genou me tira une grimace de douleur.

— Ma présence est-elle vraiment indispensable, Holmes ?

— À moins que vous ne préfériez que je fasse équipe avec un policier quelconque, disons... Lestrade.

Ma douleur disparut et je me levai d'un bond.

— Je vous suis ! Mais je préfère vous prévenir qu'aujourd'hui il me sera difficile de courir.

Il me gratifia d'un large sourire.

— Vous n'aurez pas à le faire, mon cher Watson. Je vous ai gardé la meilleure place.

— Que devrais-je faire ?

— Manger un bon repas dans un excellent restaurant, qui sera sûrement mieux que ce piètre petit déjeuner, en attendant que l'Éventreur vienne s'asseoir à votre table.

— Comment le reconnaîtrai-je ?

— Il vous suffira d'observer ses bottines.

— Ses... ? Mais il va me reconnaître !

— Il vous suffira de tenir votre carte de menu de façon à cacher votre visage, le temps qu'il prenne place en face de vous.

— Et ensuite... s'il tente de s'enfuir ?

— Vous lui direz que je me tiens dans son dos, l'arme au poing. Cela devrait le dissuader.

L'attrait du mystère eut raison de ma fatigue. Une fois de plus, ce diable de Sherlock Holmes avait le don pour trouver les mots. Il connaissait le moindre rouage de mon fonctionnement et savait me remonter aussi sûrement qu'un jouet mécanique.

J'enfilai mon manteau et je le suivis.

Une demi-heure plus tard, le fiacre nous déposait au 33 Roland Gardens, devant chez *Blakes*. Je connaissais l'endroit de renom, mais je n'avais jamais imaginé que j'y déjeunerais un jour.

Un doute m'assaillit.

— Est-ce vraiment à portée de notre bourse, Holmes ?

— Aujourd'hui oui, Watson. Notre table est réservée.

— Vous pourriez peut-être m'expliquer...

Je me retournai. Il avait disparu.

Le personnel du *Blakes* me reçut avec les égards d'un ministre. On m'installa dans un petit salon d'un luxe affolant, séparé de la salle par un épais rideau. Un serveur stylé m'apporta une carte aux tarifs vertigineux et s'éclipsa.

Quelques minutes plus tard, un homme écarta le rideau. Je reconnus aussitôt ses bottines et pris soin de masquer mon visage derrière la carte. Mon cœur battait la chamade.

Quand j'eus la certitude qu'il était installé, j'abaissai la carte.

L'homme écarquilla les yeux en me reconnaissant.

— Docteur Watson !

Comme il s'apprêtait à se relever, je le retins par le bras.

— Inutile d'essayer de vous enfuir, Holmes se tient juste derrière vous, arme au poing.

— Je ne vous crois pas.

— Et moi, vous me croyez ? demanda Holmes qui venait de se matérialiser dans le dos de l'inconnu.

L'homme fit volte-face et répéta :

— Vous m'avez tendu un piège.

— Chacun son tour, rétorqua Holmes avec un sourire carnassier.

Puis, à mon intention :

— Watson, je vous présente M. Thomas Bulling, journaliste au *Daily News* et auteur des lettres

322

qu'il signe sous le pseudonyme évocateur de Jack l'Éventreur dans le seul but de vendre son journal.

Thomas Bulling baissa la tête.

— Je présume que vous allez me livrer à la police.

— Cela va dépendre de votre capacité à coopérer.

Holmes lui appuya sur l'épaule.

— Rasseyez-vous. Nous serons plus à l'aise autour d'un bon repas pour discuter affaires.

Bulling hésita une seconde et se cala dans son fauteuil, l'air renfrogné, face à Holmes et à moi-même.

— Qu'attendez-vous de moi ?

Holmes s'apprêtait à répondre quand le serveur entra et se plia en deux pour présenter la carte à Thomas Bulling.

— Soyez le bienvenu au *Blakes*, monsieur Bulling.

Le journaliste se raidit.

— Vous me connaissez ?

— Bien sûr, monsieur, nous avons réservé ce salon spécialement pour vous, à la demande de votre secrétaire particulier.

— De mon... ?

Un sourire flottait sur les lèvres de Holmes.

Le serveur poursuivit sur un ton affecté.

— Nous vous avons préparé ce que nous faisons de mieux. Il vous suffit de choisir dans cette carte, tout est inclus à volonté dans le forfait.

Bulling déglutit.

— Mais je... je n'ai pas d'argent...

— Ne vous inquiétez pas pour cela, monsieur Bulling. Votre secrétaire particulier nous a transmis toutes les informations bancaires vous concernant. La note sera directement débitée de votre compte... moyennant une commission fort modeste.

— Formidable ! conclut Holmes. Envoyez le champagne pour fêter ça.

Le serveur sortit à reculons, tordu par des années d'obséquiosité.

Thomas Bulling prit un teint d'huître avariée.

— Vous... vous n'avez pas le droit. Je peux encore partir et...

Holmes glissa sa main sous la table.

— Sentez-vous cet objet métallique contre votre genou, cher ami ?

— ...

— Ce genre d'arme n'est pas d'une grande fiabilité. Le coup peut partir tout seul au moindre mouvement brusque.

Le journaliste s'essuya le front dans sa serviette.

— Que voulez-vous au juste ?

— Des informations.

— Je ne sais rien. J'ai tout inventé. Vous l'avez dit vous-même.

— Il ne s'agit pas de cela. Je veux des informations sur une histoire de monstre qui vit à Whitechapel, ou aurait vécu à Whitechapel, peut-être dans le sous-sol.

Il se raidit.

— Vous vous payez ma tête ?

— Pas le moins du monde.

Il comprit que mon camarade ne plaisantait pas.

— C'est vague.

— Je ne vous le fais pas dire.

— Où voulez-vous que je trouve ça ?

— Dans vos archives, ou dans celles des journaux concurrents. Vous semblez avoir vos entrées. Vous êtes l'homme de la situation.

Je me souvins de notre conversation concernant l'hypothétique existence d'un monstre. Holmes m'avait fait remarquer qu'il aurait fallu des années pour éplucher les archives des journaux, en supposant que nous y ayons eu accès.

Sur ces entrefaites, le serveur apporta le champagne et un plateau d'entrées à faire pâlir un maharadjah. La conversation cessa le temps d'une dégustation bienvenue.

Quelques verres plus tard, Holmes reprit :

— Je pense que cette histoire de monstre remonte à quatre ou cinq ans maximum.

Bulling ne touchait pas à son plat.

— Vous ne vous rendez pas compte du travail que ça représente.

— Goûtez donc ce caviar, suggéra Holmes, il est excellent. Quant au magret...

— Je n'ai pas faim.

Il suait à grosses gouttes. Il poursuivit son idée :

— Il y a trois cent soixante-cinq jours par an, ce qui représente plus de mille huit cents parutions annuelles pour un seul quotidien.

— Excellent calcul, confirma Holmes en se servant une tranche de magret de canard assorti de poires à la cannelle.

— Ça représente des jours de travail acharné.

— C'est toujours moins terrible que de finir sa vie à casser des cailloux au bagne de Sydney.

Les légendes et histoires qui couraient sur les terribles colonies pénales d'Australie terrorisaient le plus endurci des hommes. L'argument fut décisif.

Bulling déglutit.

— Je commence quand ?

— Maintenant, puisque vous n'avez pas faim.

— Et si je ne trouve rien ?

— Sydney.

Le journaliste était effondré. J'avais presque pitié pour lui.

Quand il fut parti, je demandai à Holmes :

— N'est-ce pas un peu dur ?

Il se servit une nouvelle tranche de magret.

— Au contraire, Watson, c'est tendre à point. Je suggérerai à Mme Hudson d'ajouter cette recette à son livre de cuisine.

Dans le fiacre qui nous ramenait à Baker Street, je demandai à Holmes :

— Quand avez-vous su que l'auteur de la lettre signée « Jack l'Éventreur » était un journaliste ?

— Cela semble évident, non ?

— Non.

Il prit un ton doucereux :

— Voyons, Watson, je l'ai compris dès que j'ai su qui était le « Cher Patron » auquel était adressée la lettre.

— Le chef de la police, n'est-ce pas ?

— Pas du tout. Souvenez-vous de ce qu'a dit Abberline. Cette lettre a d'abord été adressée au « patron » de la Central News Agency, qui l'a transmise à la police. Ça change tout.

— Je m'en souviens, en effet, mais je n'ai pas compris de quoi il s'agissait.

— C'est normal. Seul un professionnel de la presse connaît ce système. La Central News Agency est le meilleur moyen pour faire passer un message le plus rapidement possible plutôt que de donner l'exclusivité à un organe de presse en particulier. Et Bulling se trouvait dans une situation inespérée. En investiguant un peu du côté de Fleet Street...

— Fleet Street ?

— C'est là que se trouvent les locaux de la Central News Agency... J'ai découvert que Bulling travaillait pour la Central. Il semblait même assez connu dans ce coin-là. Mais Bulling vendait également des articles au *Daily News*. Il leur a donc cédé à prix d'or la primauté de cette information sans attirer la moindre suspicion sur sa personne, puisque officiellement il la détenait de la Central.

Tout se tenait. Je me souvins des déductions de mon camarade. Il affirmait que cette lettre était l'œuvre d'une personne qui maîtrisait suffisamment bien la langue pour imiter un simulacre de langage populaire.

Une autre idée me traversa l'esprit.

— Mais pourquoi Bulling a-t-il pris le risque d'assister aux deux enterrements ?

— Il a fait le même calcul que nous. Il est évident qu'il espérait repérer le véritable meurtrier. Au lieu de ça, il a eu la surprise de tomber sur nous. J'aurais d'ailleurs dû me douter qu'il était journaliste lui-même. Ça crevait les yeux. Au deuxième enterrement, ils étaient aussi nombreux que les badauds.

— Mais alors, l'homme que nous avons traqué la nuit du double meurtre, ce n'était pas Bulling.

— Bien sûr que non !

Il avait répondu un peu trop vite et avec trop d'assurance. Son regard gêné croisa le mien une fraction de seconde. À cet instant précis, j'aurais juré que Sherlock Holmes connaissait l'homme que nous avions poursuivi.

J'allais l'interroger quand le fiacre s'immobilisa devant le 221b Baker Street.

Holmes s'empressa de sauter sur le marchepied et de payer le cocher.

Nous croisâmes Billy sur le pas de la porte, en grande discussion avec un garçonnet à peine plus âgé que lui.

Il tenait son écharpe comme la peau d'un serpent mort.

— Regarde-moi ça. Je l'ai achetée il y a trois jours à Spitalfield, elle s'effiloche déjà.

— Faut la rendre au marchand qui te l'a vendue.

— J'ai essayé. Il m'a rigolé au nez et m'a dit que ce n'était pas de sa faute et qu'il ne pouvait rien y faire, comme l'inscription du mur : *Les juifs sont des hommes qui ne sont jamais responsables de rien.*

Holmes s'arrêta net, se retourna et posa sa main sur l'épaule de Billy.

— Qu'est-ce que tu racontes, petit ?

— C'est mon écharpe, m'sieur. Elle s'effiloche. C'est pas pour dire du mal, mais c'est vrai qu'on peut pas discuter affaires avec ces gars-là.

— Quel rapport avec l'inscription ?

— Le mur avec le graffiti est juste à côté du marché de Spitalfield. C'est pour ça qu'il y avait cette inscription.

— Elle n'aurait donc pas été inscrite par le meurtrier ?

Il éclata de rire.

— Oh non, m'sieur, quand même pas.

Holmes plongea ses yeux dans ceux du groom.

— Dis-moi ce que tu sais, Billy.

Le groom eut un mouvement de recul.

— J'ai rien fait, m'sieur Holmes.

— Je ne t'accuse pas, Billy. Je veux juste connaître ton avis. Que signifie l'inscription ? Qui a pu l'écrire ?

Il dévisagea Holmes avec perplexité.

— Mon avis à moi, m'sieur ?

— Oui. Je t'écoute.

— Ben, c'est le genre d'inscription qu'on trouve un peu partout autour du marché, m'sieur Holmes. À chaque fois qu'un client est mécontent, il écrit quelque chose comme : *Les juifs sont des hommes qui ne sont jamais responsables de rien.*

— Qu'est-ce que ça veut dire, d'après toi ?

— Ça veut dire ce qu'il y a de marqué, m'sieur Holmes. Quand on demande à un juif de rembourser un produit défectueux, il ne veut jamais et il dit qu'il n'y est pour rien. C'est un client mécontent qui a écrit ça.

Holmes plongea la main dans sa poche et en sortit un demi-souverain qu'il donna au gamin.

— Brave petit. Va t'acheter une écharpe neuve. Si possible chez un marchand honnête.

Billy écarquilla les yeux.

— Ben ça alors ! Ça fait longtemps qu'un truc pareil m'est jamais arrivé !

Une fois dans notre salon, Holmes s'assit dans son fauteuil, joignant les extrémités de ses dix doigts en une étrange prière, et se plongea dans une de ses longues méditations.

Il ne desserra plus les dents, ne bougea pas d'un centimètre et ne dîna pas. Rien ne semblait pouvoir troubler sa réflexion.

Jeudi 4 octobre 1888

Quand je rentrai dans le salon pour prendre mon petit déjeuner, je m'aperçus que Holmes était au même endroit que la veille. Il semblait n'avoir pas bougé, à cette seule différence qu'un sourire de satisfaction arquait ses lèvres. Avait-il trouvé la solution de quelque problème ?

Wendy déposa le plateau de thé sur la table et s'apprêtait à ajouter du bois dans l'âtre quand un tumulte inhabituel attira notre attention du côté de la porte d'entrée.

Lestrade fit irruption, l'index tendu, le menton tremblant de rage.

— Vous... vous m'avez ridiculisé !

Holmes sortit soudain de sa torpeur.

— Quel bon vent vous amène, mon cher Lestrade ?

Ce ton enjoué provoqua l'effet d'une giclée d'huile sur un brasier.

Le policier bafouilla, au comble de l'excitation :

— Vos prétendues déductions... la lettre... Comment ai-je été assez dupe pour croire un instant que vous pouviez donner la description de l'assassin ? Vous avez dit ce qui vous passait par la tête...

Holmes fit une moue d'indignation.

— Pas du tout, Lestrade. Je soutiens que je vous ai dit la vérité, à savoir que si l'assassin était londonien, il devait correspondre au signalement que je vous ai donné.

— Quand je vous ai demandé d'où vous tiriez ces conclusions, vous avez prétendu qu'il suffisait de savoir lire. Ce sont vos propos exacts, vous ne pouvez le nier.

— Certes, mais je n'ai jamais dit que je tirais ces déductions de la lettre.

— D'où les tiriez-vous, dans ce cas ?

— Des statistiques officielles de la police.

Holmes désigna un fauteuil.

— Asseyez-vous... Prenez donc une tasse de thé, le temps que je retrouve...

Lestrade jeta son melon et se laissa tomber dans mon fauteuil.

Wendy lui servit une tasse qu'il avala d'un trait, sans un regard ni un remerciement.

Holmes parcourut de l'index sa pile de journaux, en exhuma un exemplaire et tourna quelques pages.

— Tenez, c'est ici.

Il tendit le journal à Lestrade qui lut à haute voix :

— ... *Vache capricieuse... sauvée des abattoirs... Il ne faut pas sympathiser avec la nourriture...* Vous vous moquez de moi, Holmes !

— Au-dessous, Lestrade, lisez au-dessous.

Le policier reprit sa lecture.

— Grande enquête sur les caractéristiques des Londoniens : le Londonien moyen, selon les lois de la statistique, mesure un mètre soixante-cinq, il porte un chapeau melon. Vêtu de noir, il ressemble à un...

Il jeta le journal sur la table et se releva d'un bond.

— C'est bien ce que je disais, vous m'avez trompé. Mais je n'ai pas dit mon dernier mot. Désormais, il faudra compter sur l'intelligence policière.

— L'intelligence policière est une contradiction en soi, lâcha Holmes comme une évidence.

Lestrade s'approcha de Holmes et lui souffla dans le nez :

— Je peux vous dire que votre carrière est finie, mon vieux.

— Et moi, je peux vous dire que vous mangez trop d'ail.

Le policier se dirigea vers la porte, furieux.

— J'ai assez perdu de temps.

Holmes lui lança :

— Méfiez-vous, mon vieux...

Lestrade fulminait.

— Des menaces, maintenant ?

— Une simple mise en garde. Compte tenu de votre état de nervosité, il ne vous suffirait que de trois secondes pour...

— Je n'ai aucun conseil à recevoir de vous, Holmes.

Comme il s'apprêtait à sortir, Wendy se précipita vers la porte et le devança.

Elle m'adressa un regard appuyé, comme si elle voulait m'envoyer un message à distance, puis elle tendit un objet informe à Lestrade.

Le policier le saisit et lui demanda sur un ton peu aimable :

— Qu'est-ce que c'est que ça ?

Elle le gratifia d'un sourire angélique.

— Votre chapeau, inspecteur. Vous étiez assis dessus, je crois.

Lestrade donna un coup de poing dans l'objet et le riva sur son crâne.

Puis il sortit, bousculant Mme Hudson qui venait juste d'entrer dans le salon.

— Trois secondes, déclara Holmes. Une, deux...

Un vacarme suivi d'un hurlement bestial monta de l'escalier.

Je tressaillis.

— Qu'est-ce qui se passe ?

— ... trois. Lestrade a glissé dans l'escalier que Mme Hudson a ciré ce matin.

— Vous le saviez ?

— Oui. Je l'ai entendue faire.

— Vous auriez pu le prévenir.

— J'ai essayé, Watson.

Mme Hudson commenta depuis le pas de la porte :

— Votre exécrable visiteur est tombé dans l'escalier. Je crois qu'il s'est fait très mal, monsieur Holmes.

— Avez-vous d'autres bonnes nouvelles, madame Hudson ?

Elle lui tendit un pli.

— Un coursier vient d'apporter une lettre pour vous, monsieur.

Il lut à voix haute :

— *Première victime identifiée. Il s'agit en réalité d'une certaine Elizabeth Stride, une femme de quarante-quatre ans d'origine suédoise. C'est le neveu de son ex-mari, l'agent de la police métropolitaine Walter Frederick Stride, qui a identifié le corps. L'enquête a révélé qu'elle menait une existence misérable, minée par des maladies chroniques. Comme les autres victimes, elle était séparée de son mari depuis plusieurs années. Elle avait traîné du côté du sinistre* workhouse *de Whitechapel, puis dans l'un des hébergements communautaires de Flower and Dean Street, avant de se mettre en ménage à Dorset Street avec un ouvrier du nom de Michael Kidney, de sept ans son cadet.*

Il survola le reste :

— *Kidney... casier judiciaire chargé... il la battait... Elle était connue dans le quartier... arrêtée à de multiples reprises pour ivresse sur la voie publique...*

Puis il termina sa lecture en silence et reposa le pli sur la table.

— Toujours la même histoire. Femme seule, qui se prostitue pour survivre, et qui boit pour oublier sa sordide condition. Nous connaissons la suite. Voilà qui est plus conforme aux déductions des légistes. Cette fille était tout sauf une bonne sœur.

Puis il alluma une pipe et observa un instant les volutes de fumée qui montaient au-dessus de sa tête.

— Quel est le point commun entre les victimes, Watson ?

Je sursautai.

— Heu... Ce sont toutes des prostituées, n'est-ce pas ?

— Mmm.

— Elles exerçaient leur commerce à White-chapel... Elles n'étaient plus de prime jeunesse, rongées par la maladie et l'alcoolisme... Aucune d'elles ne semble s'être méfiée de son agresseur... Elles ont toutes été tuées de la même façon, ce qui tendrait à prouver qu'il s'agissait du même homme...

— Qu'en déduisez-vous ?

— Qu'elles connaissaient toutes le tueur !

— Poussez un peu le raisonnement.

Je réfléchis encore.

Une évidence s'imposa soudain.

— Ces filles se connaissaient !

— Difficile de l'affirmer, mais du moins elles partageaient le même secret.

— Le meurtrier les a donc tuées pour les empêcher de parler !

Je réfléchis tout haut aux implications de cette nouvelle hypothèse.

— Cela signifierait qu'il existe un lien entre elles. Et qu'en découvrant ce lien nous pourrions sans doute remonter jusqu'au tueur. Seraient-elles parentes ? Ont-elles eu des fréquentations communes ? Ou bien ont-elles fréquenté le même endroit ? Cela doit se trouver quelque part dans la masse de témoignages les concernant...

— Tout le problème est là, Watson. Il n'y a rien. Aucun indice. Aucune piste. À part les points communs classiques que vous avez fort justement énumérés, les témoignages ne révèlent aucun lien entre elles. Une fois encore, le passé pourrait bien éclairer le présent. Mais cette fois, ce n'est pas mon fichier qui me donnera la réponse...

Vendredi 5 octobre 1888

Le meurtre d'Annie Chapman avait plongé l'East End dans les spasmes de la terreur, mais avec ceux d'Elizabeth Stride et de Catherine Eddowes c'est tout Londres qui cédait à la panique. Et désormais, le mal avait un nom : Jack l'Éventreur, sur lequel se cristallisaient toutes les peurs. Les journaux rivalisaient de superlatifs et de descriptions morbides. Les tirages augmentaient en proportion de l'angoisse de la population. Les patrons de presse se frottaient les mains.

Le tueur courait toujours.

Et Holmes courait après le tueur.

Mon camarade regagna Baker Street vers 18 heures. Dehors, il faisait déjà nuit depuis longtemps. Une pluie battante fouettait les carreaux du salon.

Il retira son manteau détrempé et se réfugia près de l'âtre.

Il entama la conversation tout en se réchauffant les mains au-dessus du feu :

— J'ai vu Abberline.

— Lui avez-vous parlé de Thomas Bulling ?

— Non. J'ai donné ma parole au journaliste. La police attend la moindre occasion pour coffrer le premier suspect venu. Si je leur révélais que Bulling a écrit ces lettres, ce n'est pas au bagne qu'ils l'enverraient mais à la potence. De toute façon, le mal est fait. Après la deuxième lettre, qui authentifie en quelque sorte la première, Abberline est persuadé que le meurtrier se fait appeler Jack l'Éventreur. Nous savons que c'est faux...

— ... mais nous ne sommes guère plus avancés que lui.

— Au contraire, Watson. Nous progressons. Certes, nous ne savons pas grand-chose du vrai meurtrier, mais au moins nous éliminons les fausses pistes. Et je suis d'ores et déjà persuadé que...

Mme Hudson apparut sur le pas de la porte, les bras au ciel et le visage cramoisi.

— Au secours, monsieur Holmes, docteur Watson ! Ils... Ils sont plus nombreux que d'habitude... Il faut prévenir la...

Elle n'eut pas le temps de finir sa phrase. Le salon fut envahi par une ribambelle de gamins surexcités. Au milieu des visages crasseux, je reconnus Wiggins et le petit Gedeon.

Ils parlaient tous à la fois, ce qui couvrait à peine les hurlements de Mme Hudson.

— On l'a repéré !

— Il est revenu...

— Vite !

— Faut pas qu'il s'échappe !

Holmes prit sa canne et en frappa le plancher plusieurs fois, comme au théâtre avant le lever de rideau.

— Silence ! SILENCE !

338

Les gamins finirent par se taire et Mme Hudson s'effondra, à bout de souffle, dans un des fauteuils du salon.

Holmes désigna Wiggins du bout de sa canne.

— Que se passe-t-il, jeune homme ?

Le gamin reprit son souffle.

— Le monstre, m'sieur Holmes ! Ça y est, on l'a repéré.

— Quand, où ?

Une dizaine de doigts se tendirent vers l'est.

— Y a une demi-heure, à peine, du côté d'Osborne Street, pas loin de là où Gedeon l'avait vu la première fois.

— Je savais bien que je n'avais pas rêvé, confirma une petite voix.

— On l'a enfermé dans une cave. Faut faire vite avant qu'il ne s'échappe.

— Comment savez-vous que c'est l'assassin ?

Le reste de l'explication redevint confus, chacun y allant de nouveau de son avis.

— Les traces de sang...

— Il a attrapé quelqu'un...

— Des cris.

— Ça venait d'en dessous...

— Et des grognements.

— C'était affreux, m'sieur. Affreux !

Holmes arracha son manteau de la patère.

— Conduisez-moi !

La horde dévala l'escalier et passa en trombe devant Wendy qui m'adressa au passage un regard amusé.

Holmes héla un fiacre dans lequel lui et moi nous engouffrâmes, accompagnés de Wiggins et du petit Gedeon.

Quelques gosses coururent derrière le fiacre sous la pluie. Mais nous les perdîmes de vue au bout de quelques mètres.

Wiggins tendit le doigt vers un hangar.

Le fiacre s'immobilisa sur le pavé détrempé dans un effroyable grincement de roues. Les deux gamins se ruèrent à l'extérieur. Le temps de jeter quelques pièces au cocher, nous les rattrapâmes.

Après quelques mètres de course, Wiggins se figea, la main en cornet sur l'oreille.

— Écoutez. Ça vient de là-dessous.

Il désigna une porte basse.

— On a mis une poutre de bois en travers. Rien n'a changé de place. Ça veut dire qu'il est toujours prisonnier.

Au moment où nous parvenions à la porte, un hurlement monta des profondeurs. C'était une plainte rauque et terrifiante qui n'avait rien d'humain.

Nous restâmes figés, l'oreille collée à la porte.

Wiggins s'écarta. Il était blême comme un suaire.

— C'est sûrement un mort vivant.

Le petit s'appuyait la main sur l'estomac, comme pour réprimer quelque envie pressante.

— Sauf votre respect, m'sieur Holmes, je préfère pas aller plus loin, déclara Wiggins.

— Moi non plus, confirma Gedeon, j'ai une trouille à me chier dessus.

Compte tenu de l'odeur qui émanait de sa petite personne, c'était plus une constatation qu'une mise en garde.

Holmes les congédia en tordant le nez.

Tandis que les gamins s'enfuyaient, pliés en deux de peur et de coliques sous la pluie battante, un nouveau grondement animal s'éleva des profondeurs.

— Nous n'allons pas nous laisser impressionner par quelques bruits atypiques, n'est-ce pas, Watson ?

— B... bien sûr, Holmes.

— Dans ce cas, cessez de trembler et aidez-moi à retirer ce madrier.

Nous n'eûmes aucune difficulté à déplacer la poutre qui ne constituait qu'une fermeture très symbolique imaginée par les gamins pour retenir le fameux monstre dans sa tanière.

Je tentai de me raisonner et de me dire que tout cela trouverait bien une explication rationnelle, mais je ne parvenais pas à réprimer les tremblements de mes mains et de mes jambes. Holmes et moi enfonçâmes la porte à coups d'épaule et de pied.

Un nouveau grondement, plus distinct que les précédents, monta des profondeurs de la terre à l'instant même où nous fîmes irruption dans une sorte de cave aux arches voûtées.

Holmes craqua une allumette et me désigna un escalier en colimaçon qui disparaissait dans le sol.

— Ça vient d'en bas.

Il s'élança tête baissée. J'enviais parfois son enthousiasme.

Nous descendîmes plusieurs dizaines de marches. Le grondement se fit de plus en plus lancinant et monstrueux.

Holmes s'arrêta en écartant les bras, comme pour m'empêcher de tomber plus bas.

— Regardez, Watson ! De la lumière.

Il sortit son pistolet et arma le chien d'un coup sec.

— Venez. Nous serons bientôt fixés.

Une lumière crue nous aveugla, aussitôt suivie d'un beuglement :

— D'où ils sortent, les deux rigolos, là-bas ?

Je mis ma main en visière, le temps d'apercevoir un incroyable chantier souterrain.

Un homme arriva vers nous, le poing levé.

À l'évidence, les deux rigolos, c'était nous.

— Qu'est-ce que vous foutez là ? hurla l'homme.

Holmes enfourna son arme dans sa poche, mais garda le canon braqué vers lui.

— Je suis Sherlock Holmes, et voici mon ami...

— Ta gueule ! Si tu l'ouvres encore, je t'explose la tête à coups de barre à mine et on causera après.

La conversation s'annonçait délicate.

Holmes recula d'un pas et murmura sur un ton affable :

— Nous souhaiterions juste comprendre ce que vous...

L'autre lui hurla dans la face :

— C'est moi qui pose les questions ! Z'avez pas le droit d'être là !

La discussion s'engageait fort mal.

Un deuxième homme arriva en courant. Il semblait plus civilisé que notre vociférateur. Il devait avoir la quarantaine et son allure impeccable tranchait avec le comportement du premier. Il portait des petites lunettes rondes.

— Qu'est-ce qui se passe ici ?

Holmes répéta, avec un peu plus d'assurance :

— Je suis Sherlock Holmes, et voici mon ami, le docteur Watson.

L'homme ajusta ses lorgnons.

— Holmes ? Watson ? Qu... quelle surprise ! Ne faites surtout pas attention à Mongo. Je l'ai ramené d'Afrique du Sud. Il était contremaître dans les mines de diamant. Il est très efficace mais il manque parfois de tact. J'espère qu'il ne s'est pas montré désagréable ?

Holmes sourit à la brute, puis à l'homme aux cheveux gris.

— Au contraire. J'ai tout de suite perçu le gentleman sous ses manières bourrues. Nous commencions à sympathiser...

— À la bonne heure ! Un quiproquo serait préjudiciable à notre entreprise, d'autant plus que nous disposons de toutes les autorisations officielles en bonne et due forme.

— Je n'en doute pas, affirma Holmes.

Plus loin, le grognement retentit de nouveau, suivi d'un hurlement à faire frémir le diable.

L'homme congédia le fameux Mongo qui fit volte-face et disparut dans une autre galerie.

Je profitai de cette petite diversion pour glisser à l'oreille de Holmes :

— Où sommes-nous ?

— Comment voulez-vous que je le sache ?

Des groupes d'hommes s'affairaient à d'obscures tâches tandis que d'autres gémissaient sur des brancards, le visage ou les membres entourés de bandages sanguinolents.

Notre hôte se retourna vers nous.

— Vous auriez pu passer par la voie officielle. Il est évident que je vous aurais reçus avec tous les égards dus à votre qualité.

— Nous voulions vous faire la surprise, affirma Holmes sur un ton entendu.

— Nous n'avons rien à cacher ! D'ailleurs, je vais vous faire les honneurs de la visite sans plus tarder.

Il se frappa le front du plat de la main.

— Je manque à tous mes devoirs. J'ai oublié de me présenter. Je suis James Henry Greathead, ingénieur en chef à la City & South London Railway. Mais je présume que vous le saviez déjà...

Holmes lui glissa un sourire entendu.

Greathead tendit la main vers un coin sombre.

— Et voici mon fils, Jonathan Greathead. Approche, mon garçon.

Un gamin au teint blafard sortit de l'ombre. Il pouvait avoir treize ou quatorze ans, peut-être moins. Sa présence dans cet endroit avait quelque chose d'insolite.

Il vint se placer aux côtés de son père, sans un mot. Il semblait plus intéressé par les travaux de forage que par notre conversation.

L'ingénieur embrassa la salle d'un geste large.

— Ici, c'est l'atelier, qui fait également office d'infirmerie, comme vous l'avez constaté.

Il pointa son doigt vers la galerie où s'était engouffré Mongo quelques minutes plus tôt.

— Et c'est là-bas que nous testons la bête. Comme vous le savez, le métropolitain londonien a été inauguré en 1863 en réponse à l'encombrement monstrueux des rues. Pour le percement, on utilise une technique qui consiste à creuser des tranchées profondes dans lesquelles on installe une voie ferrée, et que l'on recouvre ensuite d'un toit. Vous conviendrez que ce procédé comporte des inconvénients majeurs. Les travaux nécessaires à sa réalisation ont davantage accru le chaos dans les rues, dû à l'encombrement et l'amoncellement de terre à la surface.

Je me demandais où il voulait en venir. Holmes hochait la tête, comme s'il comprenait à demi-mot les propos du vieillard.

Nous empruntâmes une nouvelle galerie. L'homme poursuivit :

— De plus, cette technique de creusage ne permet pas de percer de tunnels suffisamment profonds pour passer sous la Tamise. Vous vous demandez sûrement comment on procède dès lors que l'on rencontre une roche dure.

— C'est une question que je me pose souvent, en effet, affirma Holmes.

— Avez-vous déjà observé une taupe au travail, monsieur Holmes ?

— À part Lestrade...

L'autre était lancé dans son explication.

— La taupe creuse une galerie avec son museau, qui est de forme conique, et éjecte en arrière avec ses petites pattes ce qui gêne sa progression.

— Maintenant que vous le dites...

Nous débouchâmes dans une salle, au fond de laquelle était tapie une énorme machine.

L'ingénieur nous la désigna d'un geste emphatique.

— Eh bien, j'ai tout simplement inventé une machine qui reprend ce principe.

Notre surprise était réelle.

James Henry Greathead poursuivit :

— Vous me ferez remarquer que le perforateur Leschot servait déjà à faire des trous de mine dès 1866 sur un principe analogue.

— Certes, fit Holmes en plissant les yeux, comme s'il cherchait à accommoder sa vue sur les propos de l'ingénieur.

— Mais avec la puissance de ma machine, il sera désormais possible de creuser en milieu urbain sans avoir à percer des tranchées sur des kilomètres. Imaginez les avantages : plus de travaux en surface, vitesse de percement inégalée, sans parler des gains de productivité.

Il prit un ton solennel :

— Grâce à moi, une ligne souterraine devrait voir le jour dès 1890. Le parcours de King William Street à Stockwell sera le premier à être percé sous terre sans ouverture d'une tranchée à ciel ouvert. Nous lui donnerons le nom de « tube », en raison de la forme cylindrique de la galerie.

— Comme c'est astucieux, s'extasia Holmes.

— Et il sera le premier train souterrain à fonctionner entièrement à l'électricité.

Un peu plus loin, Mongo vociférait, le poing levé en direction de pauvres bougres, les muscles luisants de sueur et bandés par l'effort.

— Bande de fainéants, vous allez lui remuer le cul à cette grosse salope ?

— Observez la manœuvre, dit Greathead, indifférent à la syntaxe fleurie de son négrier.

Le groupe d'hommes tracta la machine à la force du muscle sur des rails prévus à cet effet. Ainsi écartée de la paroi, elle présentait maintenant son museau conique armé de centaines de dents acérées face au mur de roche. La redoutable foreuse se mit à tourner sur elle-même dans un hurlement à déchirer les tympans.

Les hommes la poussèrent alors contre la paroi.

— Cette fois, ça va être la bonne. Poussez, tas de cloportes ! hurla Mongo en faisant claquer son fouet.

La scène évoquait des galériens, ramant contre le courant, sous les invectives de leur bourreau.

Le cône mordit la roche dans un grognement insoutenable. Une partie de la voûte se fendit.

Quelqu'un hurla :

— Attention !

Une main me tira en arrière et je me retrouvai plaqué au sol, à l'entrée de la galerie.

Des cris de panique et de douleur s'élevèrent de toutes parts dans un vacarme infernal.

Un nuage de poussière étouffant emplit la salle et nous plongea dans une semi-pénombre.

— Ventilateurs, bande de loques ! beugla Mongo d'une voix entrecoupée de toux douloureuse.

La poussière disparut peu à peu, aspirée vers d'invisibles conduits. Nous découvrîmes un spectacle d'apocalypse. Plusieurs ouvriers avaient été écrasés par d'énormes morceaux de roche décrochés du plafond et de la paroi. D'autres, à l'agonie, gémissaient et se tordaient de douleur. Partout, le sang, l'horreur effroyable. Un homme sain et sauf pleurait, la tête dans les mains, à bout de nerfs et de douleur. À ses pieds gisait un gamin, la nuque baignant dans la bouillie rosâtre de sa cervelle.

La taupe avait pratiqué un énorme trou dans le mur.

L'ingénieur Greathead se releva, les habits et le visage couverts de poussière. Il aperçut le trou béant et se mit à hurler de façon quasi hystérique :

— Nous avons réussi ! C'est magnifique ! Imaginez les conséquences.

J'étais abasourdi. Nous venions d'échapper à un désastre et cet homme exultait comme si c'était le plus beau jour de sa vie.

Surgissant de nulle part, le jeune Greathead s'engouffra dans la brèche encore fumante de poussière. Comme son père, il semblait exalté et totalement indifférent au drame humain qui venait de se dérouler.

Greathead poursuivit sur un ton emphatique :

— La première compagnie qui maîtrisera le percement des tunnels souterrains aura la richesse et la prospérité. La course est engagée avec la concurrence. Voilà pourquoi nous avons pris autant de précautions.

— De précautions ? répéta Holmes, hébété.

— Ce matériel n'est pas encore totalement au point.

La remarque était superflue. Il s'en rendit compte car il ajouta aussitôt :

— Nous avons choisi Whitechapel pour minimiser les risques. Imaginez que les demeures du West End s'écroulent parce que leurs fondations sont sapées par une énorme taupe.

— Tandis que les demeures de Whitechapel, bien sûr... Pourquoi ne pas faire vos essais en rase campagne ? objectai-je.

— Cela n'aurait aucun sens, docteur Watson. Notre projet concerne essentiellement les zones fortement urbanisées. Nous devons opérer dans des conditions réelles.

L'homme en larmes passa à côté de nous, le gamin à la tête éclatée dans ses bras. Il n'y avait pas de mot pour décrire son désarroi et sa souffrance.

Je sentis le sang monter à mon visage et j'explosai :

— Combien de drames comme celui-ci avant que votre fichue taupe ne soit opérationnelle ?

— Je tiens à vous rassurer, les familles des victimes sont largement indemnisées. De plus, tous ces gens sont des volontaires conscients des risques encourus.

Je levai les yeux au plafond.

Il poursuivit :

— Savez-vous combien d'ouvriers sont morts de noyade ou sous les éboulements lors du percement du tunnel de Wapping ?

Je dédaignai de répondre, afin de lui montrer que je désapprouvais son argumentation.

Il faisait les questions et les réponses.

— Plus d'une centaine. Et il a fallu seize ans à Isambert Brunel et à son fils Kingdom pour terminer un ouvrage qui ne fait que trois cent soixante-six mètres. Malgré cela, Brunel et son fils restent mes modèles. Qu'y a-t-il de plus gratifiant pour un père qu'une passion partagée avec son propre fils ? Je travaille pour la postérité. Mon fils poursuivra mon œuvre. Notre nom s'inscrira dans la lignée des ingénieurs qui ont marqué l'histoire de Londres. Voyez le progrès que nous avons accompli par rapport aux Brunel. Avec notre machine, la réalisation de notre tunnel ne demandera que quelques mois et beaucoup moins de pertes en vies humaines. Si tout continue de se dérouler aussi bien, nous percerons notre premier tunnel souterrain le mardi 13 novembre sous Osborne Street. C'est une date qui m'a toujours porté chance. De plus, c'est Jonathan lui-même qui m'a suggéré cet endroit judicieux. Tous les facteurs de réussite sont réunis.

J'allais objecter qu'une seule vie humaine valait mieux que n'importe quel tunnel quand un nouvel événement se produisit.

Mongo beuglait dans notre direction, depuis l'entrée de la cavité ouverte par la machine, et exhibait un objet à bout de bras.

— Venez voir ça !

Les ouvriers les plus valides emportaient leurs infortunés camarades sur des brancards de fortune. D'autres s'étaient déjà remis au travail et dégageaient la machine des décombres.

Notre petit groupe se précipita vers Mongo. Il nous montra un objet rouillé d'aspect antique et nous désigna la gueule béante du trou.

— On dirait un temple romain, ou quelque chose comme ça. Y a peut-être un trésor là-dedans ?

Greathead leva sa lanterne.

— Encore !

— Cela vous est-il déjà arrivé ? demanda Holmes.

— Presque à chaque fois. Le sous-sol de Londres est un vrai gruyère. Il y a des dizaines de galeries de tailles plus ou moins importantes et d'époques différentes. Plus c'est profond, plus c'est ancien. Parfois, j'ai plus l'impression d'être un archéologue qu'un ingénieur des chemins de fer. À une époque ancienne, la plupart des maisons étaient reliées entre elles par des souterrains. Initialement, cela permettait aux habitants de fuir en cas d'invasion. C'est particulièrement vrai dans l'East End. Plus récemment, cela permettait aux malfrats d'échapper à la police.

Nous entrâmes dans un lieu hors du temps.

Holmes sortit sa loupe et montra un regain d'intérêt pour cette étrange visite souterraine. Le jeune Jonathan le suivait comme un chien sur les talons de son maître.

Holmes inspecta plusieurs objets avec la même attention que lorsqu'il menait ses enquêtes criminelles.

Mongo était moins délicat. Il donna un coup de pied dans plusieurs reliques.

— Nan. Pas de trésor. Y a que des objets sans valeur.

Une grosse chaîne rouillée dépassait d'une alcôve.

Le négrier tira dessus d'un geste brusque.

Un squelette s'écrasa sur lui dans un fracas d'os brisés.

Le terrible Mongo se couvrit alors la tête à deux mains et tomba à genoux en gémissant :

— Au secours, virez-moi ça. Je supporte pas !

Jonathan Greathead s'enfuit en courant.

Holmes se précipita vers Mongo.

— Ne bougez pas !

L'autre gesticulait comme un animal fou de terreur.

Holmes tira sur plusieurs autres chaînes. Mongo disparut sous une montagne de squelettes et de cadavres à des états de décomposition divers. Certains semblaient avoir été momifiés et riaient de leurs dents terrifiantes.

Mongo hurlait comme un porc que l'on mène à l'abattoir. Plus il se débattait, plus le piège macabre se refermait sur lui. Des dizaines de mains squelettiques s'accrochaient à ses cheveux et à ses vêtements.

Holmes se pencha pour ramasser je ne sais quoi, avant de se relever.

— Je vous avais pourtant dit de ne pas bouger.

Puis il tourna les talons, abandonnant Mongo à son sort.

— Venez, Watson. Nous en avons assez vu pour aujourd'hui.

Dans le fiacre, je repensai à l'enthousiasme de l'ingénieur Greathead pour ses inventions et au peu de cas qu'il faisait des pertes en vies humaines. Était-il indispensable que des hommes meurent pour assouvir les fantasmes de quelques dirigeants illuminés ?

Peu à peu mes pensées glissèrent vers ce caveau séculaire découvert par la fameuse taupe. Quel terrible secret cachaient ces reliques ? Depuis combien de temps étaient-elles enfermées dans cet endroit ?

Je fis part de mes réflexions à Holmes.

— Ces reliques ne devraient-elles pas être analysées par des archéologues ? À en juger par leur état, elles doivent bien dater de l'Antiquité.

Il sortit de sa poche une petite pièce de monnaie qu'il me tendit.

— C'est fort possible, Watson. J'ai ramassé cette piécette dans le fatras de squelettes où s'était empêtré Mongo. Je n'entends rien en numismatique.

Je collai mon œil à quelques centimètres de l'objet.

— Il y a une inscription... Impossible à lire. Trop effacée. Et un visage, de profil. Un empereur romain ou quelque chose du genre...

Je lui rendis la piécette.

— Ce genre de petite découverte a quelque chose d'excitant. Je serais curieux de savoir de quelle époque elle date.

Il la glissa dans sa poche et étouffa un bâillement dans son poing.

— Sans doute. Je me renseignerai peut-être un de ces jours...

On sentait bien que c'était le cadet de ses soucis.

Samedi 6 octobre 1888

Si notre épopée de la veille nous avait ouvert les yeux sur les vicissitudes du métier de tunnelier, elle ne nous avait guère permis d'avancer dans notre enquête.

Holmes passa presque toute la journée l'œil rivé à son microscope.

Je rédigeai pour ma part le présent journal, frustré de ne pas pouvoir mentionner d'avancée significative sur l'enquête en cours. Puis, quand j'eus terminé de consigner nos tristes exploits, je me plongeai dans un ouvrage d'entomologie qui semblait appartenir à Holmes et que je voyais pour la première fois dans notre bibliothèque. Je me demandai un instant si ce livre avait un quelconque rapport avec ses études en cours. Une page avait été cochée. Je tentais de me concentrer sur la vie fascinante du *Lampyris noctiluca* dans une demi-torpeur d'après dîner. Le sujet manquait singulièrement d'intérêt et j'avais le plus grand mal à conserver les yeux ouverts.

La voix de mon camarade me fit sursauter.

— La question est bien de retrouver le meurtrier de ces malheureuses, n'est-ce pas, Watson ?

— Certes.

— Mais la façon dont les enquêteurs se posent la question n'induit-elle pas une erreur ?

— Heu... oui, c'est bien possible...

— Dans ce cas, ils s'épuisent à chercher une solution au mauvais endroit.

Je pris peu à peu pied dans la conversation.

— Mais comment peut-on savoir que l'on ne cherche pas au bon endroit ?

— Précisément parce que l'on n'y trouve rien, Watson.

Tout semblait si simple dans la bouche de Holmes. Mais, de la théorie à la pratique, il y avait un pas. Et je ne parvenais pas à le franchir.

Comme mon ami lisait le scepticisme sur mon visage, il joignit l'extrémité de ses dix doigts et prit un air sentencieux :

— Prenons un exemple simple. Voici une petite énigme à la portée d'un enfant de six ans. Vous parviendrez peut-être à la résoudre. Voici l'énoncé : elle n'apparaît que deux fois dans l'année, et une seule fois dans la lune. Quelle est votre réponse, Watson ?

Je réfléchis un instant :

— À l'évidence, il s'agit d'un phénomène lié aux saisons, ou aux astres. Je dirais une éclipse ?

— Méfiez-vous des évidences et des conclusions hâtives. Ce n'est pas ça.

— Deux fois dans l'année, dites-vous ? La lune ? J'y suis : un équinoxe !

— Pas plus. Je vous donne un indice supplémentaire qui devrait faire jaillir la lumière, mais qui, si vous ne l'interprétez pas en cohérence avec les deux premiers, risque de semer un grand trouble dans votre esprit : elle apparaît une seule fois dans chaque nuit.

— Le rêve, bien sûr !

Holmes ne répondit pas.

Je réfléchis encore et me repris.

— Non, ce n'est pas ça. On peut faire plusieurs rêves par nuit, n'est-ce pas ?

Un doute survint :

— Essaieriez-vous de me piéger de façon déloyale, Holmes ?

— Vous n'avez pas besoin de moi pour cela, cher ami.

— Pourtant, vos indices sont contradictoires. Comment un phénomène peut-il apparaître toutes les nuits, s'il n'apparaît que deux fois dans l'année ?

Une solution incertaine et complexe prit forme dans mon esprit. Je me mis à réfléchir à haute voix :

— Il pourrait s'agir d'une planète où l'année ne dure que deux jours. Enfin, je m'exprime mal. Je veux dire que deux jours de cet astre représenteraient trois cent soixante-cinq journées terrestres. Mais dans ce cas, quelle pourrait être la lune d'une telle planète ? Cette configuration bien particulière induirait alors un phénomène particulier qui... Je suis sur la bonne voie, Holmes ?

— Pas du tout, Watson. Vous êtes en train de construire des hypothèses justifiant *a posteriori* votre propre axiome. Vous agissez comme ces enquêteurs qui ont besoin de nommer l'innommable. Si on les laissait faire, ils rebâtiraient l'univers autour d'une vision de l'esprit, dans le seul but d'étayer leurs conclusions.

— Prétendez-vous savoir qui est le tueur de Whitechapel ?

— Pas encore, Watson, mais nous savons ce qu'il n'est pas. Jack l'Éventreur est une invention de Thomas Bulling, au même titre que le monstre de Mary Shelley ou le Mr Hyde de Stevenson. Sachant qu'il n'existe pas, il faut chercher la solution ailleurs, réfléchir autrement.

— Et la solution à votre énigme ?

— Elle est dans l'équinoxe.

Je me raidis.

— Mais vous venez de dire que ce n'est pas un équinoxe. Alors...

Il se leva, prit la boîte sur la cheminée et se dirigea vers sa chambre d'un pas lourd.

— La lettre N, Watson.

Il me fallut encore quelques secondes. Soudain la solution s'imposa. La lettre N apparaît deux fois dans « l'année », mais une seule fois dans « la nuit ». Et elle apparaît aussi dans « équinoxe », bien sûr !

Je tentais d'appliquer le raisonnement de Holmes au cas qui nous préoccupait. Peut-être perdions-nous notre temps à chercher un improbable éventreur, mais dans ce cas comment orienter nos recherches ? Sur ce point, Holmes ne dit rien.

La lettre N n'a que peu de rapport avec la lune, l'année ou l'équinoxe. Pourtant elle est dans les trois mots et je ne l'ai pas vue. Holmes voulait-il me dire que le tueur n'avait pas de rapport avec les assassinats mais qu'il était commun aux trois ? Cela n'avait aucun sens.

Cette pensée me tortura jusqu'au moment de trouver le sommeil, sans que je parvienne à résoudre l'énigmatique équation de Holmes. Mais avait-il lui-même une solution ?

Dimanche 7 octobre 1888

Je restai un instant devant la fenêtre du salon à regarder le jour décliner.

La nuit tombante avait étendu sur la ville une légère brume. Les allumeurs de réverbères faisaient apparaître de loin en loin, comme des magiciens, des lueurs tremblotantes qui transformaient les rues en couloirs sans fin d'un château hanté.

Personne ne s'attardait, hormis les habituels marchands qui tentaient d'écouler leur camelote.

J'allais regagner ma chambre quand un curieux personnage, passant de l'autre côté de la rue, attira mon attention. Il s'arrêta un court instant et il me sembla qu'il observait nos fenêtres. C'était la deuxième fois depuis mon arrivée à Baker Street que j'apercevais cette silhouette. Je me souvins que Holmes avait affirmé lors de mon arrivée à Baker Street qu'il était surveillé par d'énigmatiques espions.

Je voulus le prévenir, mais il venait de regagner sa chambre, titubant de fatigue.

Je retournai vers la fenêtre, tandis que le personnage s'enfonçait déjà dans la nuit et le brouillard.

N'écoutant pas ma raison, j'enfilai mon manteau, enfournai mon arme dans une de mes poches et décidai de le suivre.

Par un curieux phénomène physique, les ondes sonores se propagent mieux par temps de brouillard et les bruits semblent amplifiés, comme si la nature compensait par l'ouïe les défaillances de la vue.

Je me laissai donc guider par la résonance des pas de l'inconnu sur le pavé. Je pris soin, quant à moi, d'étouffer le bruit de mes chaussures afin de ne pas éveiller ses soupçons.

Dans ce genre de situation, il est toujours plus facile d'être le chasseur que la proie.

La silhouette filait devant moi en direction de l'East End. Je la devinais plus que je ne la voyais. Elle marchait d'un pas déterminé, sans se douter que je la suivais.

Nous passâmes les hautes grilles d'un parc. J'avançai dans un monde muet, peuplé d'une foule de formes blanches et des moignons de monuments.

Il me fallut plusieurs minutes pour réaliser qu'il ne s'agissait pas d'un parc mais d'un cimetière.

Je sentis un souffle glacé dans mon cou. Je me demandai une fraction de seconde vers quoi cette poursuite nocturne allait m'entraîner. Je faillis rebrousser chemin quand je m'aperçus avec soulagement que nous traversions les grilles de sortie du cimetière.

L'homme s'était contenté d'emprunter ce cimetière comme un simple raccourci.

Le brouillard devenait si dense, et la nuit si profonde, que je renonçai à tenter d'identifier l'endroit où nous nous trouvions. Du reste, les panneaux indiquant les noms des rues étaient hors de ma vue.

Notre marche me parut interminable.

À en juger par l'absence chronique de becs de gaz, nous devions nous trouver dans un coin reculé de l'East End.

Des cris perçants me firent sursauter, sans que je puisse en déterminer l'origine. Impossible de dire s'il s'agissait de plaintes ou de rires. Je commençai à regretter mon expédition insensée et me demandai s'il ne serait pas plus sage de regagner Baker Street. Mais je réalisai que je ne pourrais même pas retrouver mon chemin.

Soudain, quelque chose changea devant moi. Les bruits de pas avaient cessé. Je me tapis contre un mur, me glissant dans les ténèbres, et attendis un instant. Un halo lumineux apparut et disparut dans l'obscurité. Je m'approchai en longeant le mur, tiraillé entre l'appréhension et la curiosité, et constatai que la lumière provenait d'une maison crasseuse. Un cercle de lumière se déplaça au plafond et disparut. Une ombre s'étira sur un mur.

J'approchai mon visage d'une minuscule fenêtre aménagée à hauteur d'homme. Il faisait sombre et je ne parvins pas à comprendre ce que je voyais. Une traînée de lumière balaya à nouveau le plafond. En une fraction de seconde, je distinguai un groupe d'hommes et de femmes qui se tenaient immobiles dans l'obscurité. À la faveur d'un rayon de lune, des taches difformes se décrochèrent du mur et commencèrent à se déplacer de façon inquiétante.

Les nuages s'écartèrent peu à peu. La lune éclairait maintenant, à la façon d'un tableau fantastique, un univers chaotique et incompréhensible. Ces silhouettes immobiles semblaient communier dans un silence angoissant. Un sentiment lugubre et morbide émanait de cette scène.

Dans la petite maison, la lumière disparut du rez-de-chaussée. Quelques secondes plus tard, derrière une fenêtre du premier étage, vacilla une faible lueur, que masquait par intermittence une silhouette se déplaçant dans la pièce.

La curiosité l'emporta sur la peur. J'étais poussé par le besoin de comprendre. Aucune logique ne guidait mes actes. Je serrai mon poing sur mon arme et contournai la maison. Une petite porte, à l'arrière, n'était fermée que par un verrou rouillé. Je tirai dessus plusieurs fois, mais le verrou ne céda pas. Je tirai de toutes mes forces. L'huis vermoulu et rongé par la vermine explosa en un nuage de sciure silencieux. La porte s'ouvrit sans effort et je me retrouvais dans l'antre du mystérieux individu. Un sentiment trouble me persuada que ce que nous cherchions se trouvait ici, à quelques mètres de moi.

Ma main se crispa sur la crosse de mon arme et j'avançai à tâtons dans la pièce.

Mes pupilles s'accoutumèrent à l'obscurité, dépouillant peu à peu la pièce de ses zones cachées.

Les gens étaient toujours debout, plongés dans un silence de mort, comme des statues. Je butai sur quelque chose. Un visage spectral se tourna vers moi. L'apparition me tétanisa. Elle se déplaça en flottant au-dessus du sol et vint se coller tout près de moi. Je restai pétrifié, la gorge sèche. Des images, comme on en voit parfois dans les rêves, me traversèrent l'esprit. Des personnages qui hurlent. Un couteau à la lame couverte de sang qui plonge dans des entrailles tremblantes. La face livide qui me fixait toujours. Pas de bouche. Pas d'yeux. J'étais incapable de mettre des mots sur ce qui se tenait devant moi. Juste une succession d'images incompréhensibles. L'horreur échappée des ténèbres et des profondeurs de la mort. Des alignements de visages sans regard, pétrifiés dans un silence éternel.

Mon index appuya sur la détente.

La balle partit.

Mon crâne explosa dans un tonnerre d'éclairs rouges.

Lundi 8 octobre 1888

Le visage de Wendy m'apparut dans une brume de pastels.

Je crus un instant que je rêvais, mais la douleur de mon front me rappela à la réalité. Un rapide coup d'œil autour de moi m'apprit que j'étais allongé tout habillé sur mon lit, un linge humide sur le front.

— Qu... quel jour est-il ?

Wendy posa sa main sur la mienne.

— J'ai eu si peur...

Elle se reprit :

— Nous avons tous eu très peur.

— Que s'est-il passé ?

Mes paroles résonnaient sous mon crâne, comme les roues d'une locomotive dans un tunnel.

La main de Wendy s'attarda sur mon front.

Holmes fit irruption dans la chambre. Wendy retira sa main, comme si elle venait de se brûler.

— De retour parmi nous, mon vieux Watson. Vous allez pouvoir nous expliquer ce qui s'est passé.

— Ce qui... ? Mais je n'en sais fichtrement rien !

La locomotive hurla dans mes tympans. Je poursuivis à voix basse :

— J'ai donné la chasse à un curieux individu, hier soir, dans l'Est End. Je crois que j'ai découvert la cachette de notre tueur.

Holmes écarquilla les yeux et se pencha sur moi.

— Où ça ? Sauriez-vous retrouver l'endroit ?

— Malheureusement non. Il faisait tellement sombre...

Le regard de Holmes devint suppliant.

— Un indice... une piste... quelque chose...

— Hélas, je ne me souviens de rien de précis. Juste de l'endroit. Une espèce d'atelier rempli de morts vivants.

Holmes fronça les sourcils.

— De... morts vivants, n'est-ce pas ?

— Des momies, si vous préférez. Comme des animaux empaillés, mais vivants.

Il ne croyait pas un mot de mon histoire.

— N'auriez-vous pas fait une mauvaise chute, Watson ?

Je m'offusquai :

— Je n'invente rien, Holmes !

La locomotive calma mon ardeur. Wendy changea le linge sur mon front. Le contact de sa petite main m'apaisa.

Je fixai Holmes.

— Si vous pouviez m'expliquer à votre tour comment je suis arrivé dans mon lit...

— Je peux tout au plus vous expliquer comment je vous ai hissé, non sans mal, du rez-de-chaussée à votre chambre. Cette nuit, Wendy qui, comme vous le savez, dort sur le canapé de l'entrée, a été réveillée par un bruit suspect à la porte. Apeurée, elle a alerté Mme Hudson, qui m'a réveillé. J'ai donc ouvert la porte, arme au poing, pour vous découvrir, gisant sans connaissance sur le paillasson. Toutes mes tentatives pour vous réveiller sont restées vaines. Je vous ai donc ramené sur votre lit. Notre petite soubrette a tenu à veiller sur vous tout le reste de la nuit.

Wendy baissa les yeux.

Holmes arbora un large sourire.

— Quoi qu'il en soit, vous êtes sain et sauf. C'est le principal.

— Mais comment tout cela a-t-il pu... ?

— Je ne vois pas grand mystère à votre petite histoire, Watson.

— Vraiment ?

— Tout laisse penser que vous avez été victime d'une crise de somnambulisme. Vous vous êtes réveillé et...

— Pour se réveiller, il faut d'abord s'être endormi !

Le train fit place à un concert de forgerons fous.

Je poursuivis en tentant de calmer le vacarme des enclumes :

— J'étais debout devant la fenêtre, plongé dans mes pensées, quand tout a commencé.

— Vous vous êtes endormi sur place, ne serait-ce qu'une fraction de seconde. Le reste, vous l'avez vécu comme dans un rêve.

— À vrai dire, il y avait un peu de cela. Mais je suis certain d'avoir suivi quelqu'un.

— Je ne dis pas le contraire. Vous étiez sans doute en état de somnambulisme. Mais tout le reste semble relever du pur fantasme.

Je me souvins d'avoir eu la courte impression de me trouver dans un rêve, ou plutôt dans un cauchemar.

Je profitais d'un *moderato* du concert d'enclumes pour argumenter :

— Mais cette bosse ! Je ne l'ai tout de même pas inventée.

— Il n'est pas rare que les somnambules fassent de mauvaises chutes.

— Je suis certain d'avoir été surpris et assommé par le tueur. J'étais à sa merci.

Holmes s'esclaffa, réveillant les forgerons :

— Mais comme c'est un garçon bien élevé, plutôt que de vous tuer, il a préféré vous raccompagner chez vous, c'est bien ça ?

— Heu... oui, évidemment... cela semble étrange...

Wendy s'éclipsa.

Je fermai les yeux sur ma douleur.

Mardi 9 octobre 1888

Avais-je rêvé tout cela ? Ou l'avais-je vécu dans un état second ?

Il eût probablement été plus sage de rester à Baker Street afin de me reposer, mais je voulais en avoir le cœur net.

Je tentai donc de refaire le chemin de cette nuit-là. Je sortis du 221b et longeai le trottoir sur la droite pendant environ dix minutes.

Je refis le trajet en pensée. Je me souvins d'avoir traversé la rue. Mais je manquais de repères. Mes appréciations des distances et des durées me parurent très aléatoires. Plusieurs fois, à l'embranchement de rues, je choisis alors ma voie par instinct. Mais avais-je fait le bon choix ? N'étais-je pas en train de me fourvoyer ?

Au terme d'une longue marche, je me retrouvai en bordure du quartier de Whitechapel. Les gens comme les maisons devenaient plus sombres. J'évitai les ruelles désertiques au profit des rues populeuses.

Je ralentis le pas. Un souvenir éclata dans mon esprit, comme une allumette que l'on craque dans le noir. J'avais traversé un cimetière, peu de temps avant de parvenir au repaire de l'homme en noir. Si je parvenais à le localiser, sans doute aurais-je une chance de retrouver aussi l'endroit de ma mésaventure.

Je tentai d'aborder quelques personnes dans la rue, mais les regards se détournaient. Les gens se montraient méfiants ou indifférents. Aucun ne semblait connaître le moindre cimetière dans les environs. L'avais-je également inventé ?

En désespoir de cause, je décidai d'entrer dans une taverne et d'y interroger les gens qui s'y trouvaient, sachant que l'alcool finirait bien par délier quelques langues.

Je poussai la porte d'un estaminet qui me parut un peu moins misérable que les autres. L'endroit était si sombre que l'on se serait cru en pleine nuit. Quand j'entrai, le brouhaha se transforma un instant en murmure, puis reprit peu à peu de sa vigueur.

Je m'assis au bar et commandai une bière, un peu pour me conformer aux usages de l'endroit, beaucoup parce que cette longue marche m'avait assoiffé.

N'ayant pas de petite monnaie, je posai un shilling sur le comptoir. Un nouveau silence s'établit dans la salle, comme si tout le monde semblait surpris par le bruit incongru de cette espèce sonnante et trébuchante.

Après m'être désaltéré, je tentai de lier conversation avec le serveur. Il ressemblait à un taureau. Sa tête était posée sur ses épaules, comme si le Créateur avait fait l'économie d'un cou pour une créature aussi fruste. En fait de conversation, il ne parvenait à émettre que de vagues borborygmes qui s'apparentaient à des croassements de corbeau enroué. Les mots semblaient sortir directement de son ventre. Sans doute une conséquence de son absence de cou.

J'en étais là de mon soliloque quand un curieux bonhomme entra dans l'estaminet.

Il eût été impossible au vu de sa défroque de dire à quel corps de métier ou à quelle confraternité il appartenait. Il y avait quelque chose de mystique dans sa silhouette. Il portait des dizaines de colliers autour du cou et d'autres breloques.

Il se mit à faire de grands gestes, agitant tour à tour ses breloques et de petites pancartes, comme celles que l'on voit chez l'épicier : *Dent de lait de saint Antoine, contre les maux de dents : 5 pence* ; *Tibia de saint Thomas. Contre les hémorroïdes et les chancres mous : 10 pence l'unité, 30 pence les quatre* ; *Morceau d'étoffe du saint suaire. Avec certificat d'authenticité signé par Ponce Pirate. Soigne tout : 20 pence* ; *Calice du Christ. État neuf. Très peu servi. Redonne jeunesse et joie de vivre à ceux qui boivent dedans : 1 shilling.*

Il agita la dernière pancarte avec plus de véhémence.

J'interrogeai le barman du regard.

Il me sembla discerner dans ses borborygmes stomacaux :

— Vendeur de reliques. Sourd-muet de naissance. Pauv'gars.

Mais le sourd-muet, qui n'était pas aveugle, m'avait vite repéré, flairant le client potentiel. Un petit groupe se forma peu à peu autour de nous.

Ce regain d'intérêt pour ma personne ne faisait pas vraiment mes affaires.

Le sourd-muet brandissait sous mon nez un tibia qui paraissait bien court pour avoir appartenu à un saint, fût-il de taille modeste.

Un homme au visage sournois échangea un regard avec un autre. Quelque chose se tramait dans mon dos.

J'avais commis l'erreur de payer avec une pièce de trop grande valeur. Sans doute escomptaient-ils en trouver d'autres sur ma personne.

Je décidai de devancer leur initiative et lançai sur un ton enjoué :

— Chers amis !

Le silence se fit.

Je levai le poing au-dessus de ma tête.

— Dans ma main, je tiens trois shillings !

Des dizaines d'yeux se focalisèrent sur mon poing.

Je poursuivis sur un ton dans lequel je ne laissais pas transparaître ma peur :

— Ils sont pour celui qui m'indiquera le repaire de Jack l'Éventreur !

— Moi, m'sieur ! hurla le sourd-muet, passant instantanément du statut de martyr à celui de miraculé.

Tous les regards se portèrent aussitôt sur lui, ce qui me laissa le temps d'imaginer une stratégie de repli indolore. Le lascar plaqua sa main sur sa bouche, comme pour ravaler les mots un peu trop vite prononcés.

Tandis que les regards se faisaient de plus en plus menaçants, il tomba à genoux et se mit à beugler tout en baisant les tibias de saint Thomas.

— Merci, Seigneur. Vous avez récompensé votre plus fidèle serviteur. C'est bien la preuve que toutes ces reliques sont authentiques !

— Et les fausses ? demanda quelqu'un.

— Même les fausses, confirma le miraculé.

— Ça fait des années qu'il nous pique notre oseille ! hurla une cliente de sa voix de marchande de poisson.

— C'est honteux d'abluser comme ça de la crédibublité des jonettes zens, balbutia un poivrot indigné.

— Cinquante pour cent de remise sur tous les articles ! hurla le miraculé dans un ultime espoir de sauver sa peau et son fonds de commerce.

Il s'ensuivit une dangereuse bousculade. C'est le moment que je choisis pour m'éclipser, abandonnant mes quelques pièces sur le bar et laissant les protagonistes débattre à mains nues des mystères de la chrétienté.

Je m'en tirai à bon compte, pas mécontent de retrouver l'air de la rue.

Je m'arrêtai un peu plus loin, pour rajuster mes vêtements dans le reflet de la vitrine d'un magasin de confiseries.

Je me décidai à regagner Baker Street, conscient de la dangerosité et de l'inutilité de ma quête, quand un nouveau fait se produisit. Un visage se refléta dans la vitrine.

Il me sembla apercevoir l'espace d'une seconde... Sherlock Holmes !

Je fis volte-face.

Une tête dépassait des autres, dans la cohue du trottoir.

Il était accompagné d'une jeune femme qui tenait un bébé dans ses bras et traversait la rue à grandes enjambées.

Je l'appelai et fis de grands gestes dans sa direction, mais ma voix fut couverte par le vacarme d'un attelage qui passa au même moment. Il disparut de ma vue un court instant. Quand l'attelage fut passé, je me lançai dans la circulation, évitant comme je pouvais les cabs et charrettes. Je parvins de l'autre côté sain et sauf. Je scrutai la foule, mais Sherlock Holmes avait disparu.

Je marchai encore un instant et décidai de prendre un cab pour faire le reste du chemin car ma vieille douleur à la jambe se rappelait à mon bon souvenir.

En chemin, je doutai à nouveau. L'homme que j'avais aperçu semblait un peu plus grand que mon camarade. Son accoutrement était des plus communs. Du reste, qu'aurait fait Sherlock Holmes avec une jeune femme et un nourrisson dans un tel quartier ?

À Baker Street, Mme Hudson m'ouvrit la porte.

— Savez-vous si Holmes est ici ? lui demandai-je.

— Je ne l'ai pas vu ressortir. Mais quand je suis montée tout à l'heure, il n'était plus sur son fichu microscope. Il a dû s'assoupir dans sa chambre.

Arrivé dans notre appartement, je m'aperçus que les chaussures de Holmes étaient dans l'entrée. Toutefois, le doute ne parvint pas à se dissiper complètement. Je tambourinai à sa porte. S'il était là, je trouverais bien un prétexte pour justifier cette intrusion dans son intimité.

Après plusieurs minutes, un grognement se fit entendre de l'autre côté de la porte, suivi d'un bruit de pas traînant.

La porte finit par s'ouvrir. Holmes glissa une tête ébouriffée par l'entrebâillement.

— Kess'keussé ?

Je pris le visage de l'innocence.

— Je ne vous ai pas réveillé au moins ?

Il fronça les sourcils.

— Peu importe. De toute façon, je rêvais que j'étais réveillé. Que voulez-vous ?

J'improvisai :

— Je... voulais vous proposer de partager mon dîner.

Il finit par ouvrir les yeux et les planta dans les miens.

Il ne tarderait pas à percer mon mensonge. Je choisis la franchise.

— En fait, j'étais sorti... et j'ai cru vous voir du côté de Whitechapel, il y a moins d'une demi-heure.

— Toujours à chasser vos fantômes, Watson ?

— Non, cette fois je suis persuadé... Vous avez un sosie. Il était accompagné d'une femme qui tenait un nourrisson dans ses bras.

Son visage prit une expression indéchiffrable.

Je crus qu'il allait me faire quelque révélation, mais il bâilla, s'étira et conclut :

— J'accepte votre invitation à dîner, Watson. D'ailleurs, un bon repas vous fera le plus grand bien à vous aussi. J'ai toujours pensé qu'une trop grande absorption de bière troublait la vue et l'esprit, surtout quand on a le ventre vide.

Durant le dîner, j'eus à plusieurs reprises la sensation que Holmes m'observait. Il me semblait sur le point de me faire quelque aveu sans y parvenir.

Notre simulacre de conversation tourna autour des incontestables qualités culinaires de Mme Hudson. Il y eut de grands silences gênés. Si Holmes ne parvenait pas à se livrer de façon spontanée, c'était probablement parce que son secret devait lui peser. Sans doute me serait-il reconnaissant d'avoir fait le premier geste. N'était-ce pas l'occasion de lui montrer mon amitié et de gagner la sienne ? Au lieu de trouver les mots qui auraient pu le mettre en confiance et faciliter sa confidence, j'évitai son regard et je m'entendis proférer d'effroyables banalités sur le temps qui ne cessait de se dégrader et sur les difficultés économiques que cela allait inévitablement engendrer.

Holmes opina plusieurs fois, comme il le faisait si bien quand il ne m'écoutait plus, et nous nous retirâmes finalement l'un et l'autre dans nos appartements.

Une fois seul, je me sentis frustré, avec le sentiment d'être encore passé à côté de quelque chose d'essentiel. Je n'avais pas eu la force de recueillir sa confidence. Sans doute me faisait-elle peur. Ou étais-je trop timoré pour en assumer les conséquences ? Je me fustigeai pour ma faiblesse et mon manque de détermination. Ce sentiment étrange se transforma peu à peu en un malaise plus profond. Cette soirée n'était-elle pas à l'image de mon existence entière ? Incapable de communiquer avec ceux que j'appréciais. Incapable de sortir du carcan de la bienséance et des conventions. Incapable de clamer mes sentiments et d'en solliciter en retour. Pour tout dire, incapable de vivre avec les autres. Comment peut-on aider les autres à porter leur fardeau quand on ne peut même pas assumer le sien ? N'était-ce pas une forme de lâcheté de ma part ? Où me conduirait cette fuite perpétuelle ?

Sans que je puisse expliquer exactement pourquoi, mes pensées glissèrent vers Mary. Un nouveau flot de questions me submergea. Avais-je eu raison de la laisser partir ? Son départ n'était-il pas la conséquence de mon attitude ? Que pouvait-elle penser de moi à présent ? La place d'un mari est aux côtés de sa femme, surtout dans un tel moment de souffrance et de détresse. Mais moi, au lieu de cela...

Je passai le reste de la nuit à me mortifier, tiraillé entre mes contradictions et mes remords. L'image de Mary m'obsédait. Elle me fixait en silence et ses yeux étaient des miroirs qui me renvoyaient ma pitoyable image.

Mercredi 10 octobre 1888

Le lendemain dans la matinée, je rédigeai le présent journal, comme je le faisais à chaque fois que je disposais d'un minimum de temps.

Holmes se mit à brasser l'éternel tas de papiers qui encombraient sa table de travail. Il passa plusieurs fois en revue les mêmes piles, marmonnant je ne sais quoi entre ses dents.

Il me sembla à nouveau qu'il m'observait en catimini.

Il désigna soudain mon carnet d'un coup de menton.

— Qu'est-ce que vous écrivez, Watson ?

C'était bien la première fois qu'il me posait cette question. Son regard était étrange et pénétrant, comme s'il essayait de lire dans mes pensées.

J'allais lui répondre quand il poursuivit sur un ton plus dur :

— Auriez-vous trouvé quelque chose dans mes papiers ?

Je sursautai.

— Holmes ! Comment pouvez-vous imaginer ?...

— Désolé d'être direct, Watson, mais mes recherches sont si...

— Spéciales ?

— C'est ça, spéciales... que je ne voudrais pas que vous en divulguiez le contenu sans m'en informer. J'imagine que si vous trouviez quelque document qui vous semblerait... comment dire...

— Bizarre ?

— Oui, bizarre. J'espère que vous m'en parleriez d'abord, et que vous n'iriez pas en tirer des conclusions... disons...

— Hâtives ? Erronées ?

— Oui. Quelque chose dans ce genre-là.

En voilà un qui porte l'équivalent d'un hippopotame sur la conscience.

J'esquissai un demi-sourire.

— Rassurez-vous, Holmes, je n'ai mis la main sur aucun document compromettant dont je pourrais tirer des conclusions... erronées.

Il sembla soulagé.

Je poursuivis sur le même ton que lui :

— À mon tour d'être franc. J'espère que si vous aviez... comment dire... quelques...

— Confidences ?

— Par exemple... vous n'hésiteriez pas à m'en parler ?

— Cela va de soi, mon cher Watson.

— Alors tout est pour le mieux, mon cher Holmes.

Après ce curieux échange, un nouveau doute s'insinua en moi.

Holmes était-il vraiment disposé à la confidence la veille au soir ? N'avait-il pas au contraire redouté que je lui pose certaines questions ? Ou bien avait-il changé d'avis durant la nuit et décidé de garder son secret ? Autant de questions qui demeureraient probablement à jamais sans réponses.

Holmes me demanda où en étaient mes recherches sur les sectes. Je lui fis part de mes premières découvertes, mais aussi de mes difficultés.

Il me suggéra de nouvelles pistes et m'affirma qu'il se consacrait encore et toujours à recueillir des témoignages et des indices nouveaux sur les quatre meurtres de Whitechapel.

Il me fit part à son tour des limites de ses méthodes d'investigation et des difficultés qu'il avait parfois à discerner le vrai du faux lors de ses conversations avec les gens de l'East End.

Chacun de nous vaqua à ses occupations, nous promettant de faire un nouveau point le lendemain.

Jeudi 11 octobre 1888

Ce soir-là, Holmes semblait dépité, au point de préférer entamer une véritable conversation avec moi plutôt que de se réfugier derrière son microscope.

— Il nous faudrait infiltrer la pègre, mener une enquête en profondeur. Mais nous sommes immédiatement repérés et les gens se méfient. Soit ils racontent n'importe quoi dans l'espoir de grappiller quelques cents, soit ils se méfient de nous et ne livrent pas ce qu'ils savent. Seule une personne qui a passé sa vie dans ce cloaque peut comprendre les méandres de ces esprits tortueux.

Wendy tenait la théière à la main, plus absorbée par les propos de Holmes que par son service. Elle croisa mon regard et opina du chef, montrant qu'elle approuvait l'analyse de mon camarade.

Elle s'affaira un instant. J'eus un moment l'impression qu'elle m'observait à la dérobée, puis elle s'éclipsa aussi silencieusement qu'elle était entrée.

Holmes se retira dans sa chambre, tout à ses pensées.

Je mis une bûche dans l'âtre et restai un instant assis devant le foyer, à regarder les flammes danser, l'esprit vide.

Quelques minutes plus tard, un toussotement derrière moi me fit sursauter.

Mme Hudson tenait une bûche dans ses bras.

— Je venais ajouter du bois dans l'âtre, docteur Watson.

— Merci, madame Hudson, je viens de le faire.

Elle resta interdite mais ne tourna pas les talons.

— Vous... n'avez besoin de rien d'autre ?

Celle-ci a autre chose à me dire.

— Non, et vous ?

— Oh, pour moi, tout va bien... mais c'est Wendy...

Nous y voilà.

Elle posa sa bûche dans le panier à bois, près de la cheminée, et poursuivit :

— Je me suis beaucoup attachée à cette petite.

— Moi auss... Certes, elle vous seconde admirablement bien.

— Mais...

— Mais ?

— C'est trop petit ici. Elle grandit... Qu'allons-nous faire d'elle ? Cette situation ne peut pas durer éternellement.

J'avais moi-même tourné et retourné le problème sans trouver de solution. Sans doute n'étais-je pas vraiment pressé de la voir partir.

Mme Hudson poursuivit :

— J'avais pensé... rapport à notre conversation de l'autre jour... peut-être qu'avec vos relations...

vu que vous êtes médecin... une lettre de recommandation...

Je me raidis.

— Un faux en écriture ! Vous n'y pensez pas !
Imaginez ce que penseraient les gens. Ma réputation !

— Bien sûr, docteur Watson. Dans ce cas, la
dernière solution serait sans doute... un *workhouse*.

Je frémis à la simple évocation de cet univers
effroyable.

Elle ajouta :

— Au moins serait-elle logée et nourrie... En
attendant de trouver mieux.

J'étais abasourdi.

Elle poursuivit, en baissant la voix :

— Nous pourrions l'accueillir le dimanche. Elle
se reposerait sur le canapé de l'entrée...

Un bref cliquetis trahit une présence du côté de
la porte d'entrée.

Wendy se tenait sur le pas de la porte, un plateau sur les bras. Elle me parut bien blême. Depuis
combien de temps était-elle là ? Avait-elle surpris
notre conversation ?

Mme Hudson recula, comme si sa présence
devenait soudain incongrue. Je tentai de la retenir
mais elle fut happée par l'escalier, et je me
retrouvai seul, en tête à tête avec Wendy.

Les seuls mots qui me vinrent à l'esprit furent :

— Les soirées sont plus fraîches, n'est-ce pas ?

— Oui. C'est... c'est pour ça que je vous ai
monté une tasse de tilleul.

Je ne voulais pas reproduire le simulacre de
conversation que j'avais eu avec Holmes.

Je méditai un instant sur ce qu'il fallait dire, et ne trouvai que :

— Je pense que cet hiver sera plus rude que les précédents.

— Je le pense également.

— Il y a quelque chose d'important...

— Oui ?

— Il faut que nous parlions...

Je suspendis ma phrase.

Un long silence suivit.

Elle reprit :

— C'est important pour moi aussi, docteur Watson. Je...

— Oui ?

Elle posa son regard sur la table.

— J'espère que le tilleul est assez chaud.

Je pris la tasse et bus quelques gorgées.

— Qu'as-tu mis dans ce tilleul, Wendy ?

— Du tilleul, docteur Watson.

— Quelle merveilleuse idée.

Elle se rapprocha de moi.

Son corsage soulevait sa poitrine au rythme accéléré de sa respiration.

Elle reprit :

— Nous devrions parler de quelque chose d'encore plus important, n'est-ce pas ?

La tasse tremblait dans ma main.

— Encore plus, en effet.

— Il faut que nous...

Sa bouche vermeille. Ses lèvres vermeilles.

Une petite veine qui battait follement dans son cou.

Mon regard se posa sur une coupure de journal qui évoquait le tueur de Whitechapel.

— Il faut que nous retrouvions le meurtrier !

Elle posa sa tasse.

— Le... meurtrier ?

— Le meurtrier.

— N'y a-t-il rien de plus important, docteur Watson ?

— Non. Rien.

Elle s'écarta.

Je fis un effort insurmontable pour conserver ma dignité.

— Merci pour le tilleul. Il est très bon.

— Oui, très bon...

Je me dirigeai vers ma chambre, la nuque raide, sans me retourner.

— Bonne nuit, Wendy.

— Bonne nuit, docteur Watson.

Vendredi 12 octobre 1888

Cette nuit-là, un mélange de honte et de remords vint me hanter jusqu'au plus profond de mon rêve.

Une voix rouge me hurlait des insanités, me traitant de pleutre et m'accablant de toutes les faiblesses du monde. Une voix blanche m'affirmait au contraire que j'avais agi en homme responsable et honnête. N'avais-je pas déjà fait beaucoup pour cette petite ? Que pouvait-elle attendre de plus de moi ?

Je finis par sombrer dans un sommeil agité.

Au milieu de la nuit, comme dans un rêve, Mary vint se glisser dans le lit, tout contre moi, comme au début de notre mariage. Je parvins enfin à retrouver un peu de calme.

J'avançai ma main et le bout de mes doigts trouva sa joue dans l'obscurité. À son tour, elle effleura mes yeux, mon nez, mes lèvres, scruta mon visage comme si elle était aveugle.

Elle caressa ma joue, puis ma bouche. Elle se pressa contre moi, et je sentis ses seins chauds sous sa chemise de nuit. Nos bouches se cherchèrent.

— Caresse-moi, John.

Je passai d'abord une main hésitante sous ses vêtements et me laissai guider par les courbes suggestives de son corps. J'explorai un univers de volupté. Cela faisait si longtemps... Puis l'impatience me gagna. Je la caressai avec frénésie, lui couvrant le visage de baisers, le souffle rauque et brûlant.

Je sentis sa poitrine se soulever de plus en plus vite au rythme de mes caresses. Elle gémit de plaisir et retira sa chemise dans une habile contorsion. Elle me rendit mes caresses et mes baisers avec une passion que je ne lui avais jamais connue.

Elle se mit à haleter, ce qui m'excita plus encore.

Ses caresses portèrent mon désir à la limite du supportable.

Les nuages s'écartèrent un instant et la lune déversa ses effluves d'argent sur son corps, comme pour me permettre de jouir pleinement du spectacle. Sa peau d'une douceur de satin frémissait sous l'urgence du désir.

Elle se frotta de haut en bas contre mon corps. Après avoir repéré un point précis où elle goûtait un plaisir plus intense, elle se pressa contre moi avec frénésie.

À présent, ses lèvres déposaient des baisers sur chaque centimètre de ma peau, comme autant de brûlures de plaisir. Elle parvint au centre de tous mes désirs. Me prit dans sa bouche. M'embrassa, m'avala. Des milliers d'étoiles explosèrent dans ma tête.

Au comble de l'exaspération, elle me chevaucha. Rien ne pouvait plus arrêter l'ondulation frénétique de son corps gracile et souple.

— S'il te plaît, vite !

La voix de Mary n'était qu'un souffle, mais si présente que je me demandais si cela faisait partie du rêve. Mes mains voletaient de ses joues à son cou. Je sentis le bout de ses seins, durcis par le désir, contre ma poitrine.

— Maintenant !

Elle cambra le dos, m'offrant sa poitrine, et se pâma sous mes caresses.

Nos deux corps bougeaient à l'unisson.

— Plus vite, John !

Son ardeur me gagna. J'accélérai mes mouvements. Elle ferma les yeux.

— Oui, c'est ça.

Elle plaqua ses hanches contre les miennes. Ses jambes me retenaient comme dans un étau.

— Je t'aime, je t'aime. Dis-le-moi. Juste une fois.

— Je...

J'étais au bord de l'extase quand un claquement de volet rompit la magie et me réveilla en sursaut.

J'étais en sueur, les cheveux collés au front, la chemise ouverte et débraillée.

Je m'assis sur le lit, hébété et frustré, à mi-chemin entre le rêve et la réalité.

Il me sembla qu'un parfum flottait encore dans la chambre. Mais ce n'était pas celui de Mary.

Ma langue était pâteuse et ma tête lourde, comme un lendemain de beuverie, ou comme si j'avais pris un somnifère. Pourtant, je n'avais bu que du tilleul.

Le tilleul ?

Je jetai un œil par la fenêtre et réalisai que le jour s'était levé, sans toutefois parvenir à s'imposer aux ténèbres.

J'enfilai ma robe de chambre et gagnai le salon où Mme Hudson servait le petit déjeuner.

Sans lever les yeux de son journal, Holmes me demanda d'un ton qui me parut trop désinvolte :

— J'ai entendu grincer votre lit dans votre chambre toute la nuit. Je n'ai pas fermé l'œil de la nuit.

Mon cœur fit un bond dans ma poitrine.

— Plaît-il ?

— Je dis que j'ai entendu grincer le volet de votre chambre toute la nuit.

— Ah...

— Maudites bourrasques. Il faudra trouver un moyen de le bloquer.

Mme Hudson me servit, puis s'attarda dans le salon plus que de raison. Il me sembla qu'elle m'observait à la dérobée, mais peut-être n'était-ce qu'une illusion. Comme elle prenait racine, je finis par lui demander :

— Vous voulez encore me parler, madame Hudson ?

Elle rosit et tordit ses mains.

— C'est notre petite protégée...

Je faillis renverser ma tasse.

— Il lui est arrivé quelque chose ?

— Oui. Non. En fait, je ne sais pas...

— Parlez donc !

Elle baissa les yeux et dit à ses chaussures :

— Elle est partie.

— Co... comment ça ?

Pour toute réponse, elle me tendit un morceau de papier plié en quatre.

— Elle a laissé ça. J'ai pensé...

Je lui arrachai la lettre des mains :

Je préfère la rue plutôt que l'asile. Merci de m'avoir soignée. Mais il est des maux que l'on ne soigne pas avec la médecine. J'ai compris ce qui était important pour vous. Je saurai gagner votre estime. Votre dévouée Wendy.

— Qu... quand a-t-elle laissé ça ?

— Cette nuit... ou ce matin de bonne heure.

— Vous l'avez laissée partir ?

— Je dormais, docteur Watson.

La pauvre femme n'y était évidemment pour rien.

— Dans son état...

— Je peux vous assurer que je l'ai bien nourrie et soignée. Elle était en pleine forme, docteur.

Holmes saisit sa loupe et inspecta le pli.

— Cette enveloppe a été ouverte puis refermée, avec une habileté qui trahit une certaine habitude.

Il la tendit à Mme Hudson qui devint écarlate.

— Qu'en pensez-vous, madame Hudson ?

— Je... je n'ouvre pas le courrier de mes locataires, monsieur Holmes, bien au contraire.

Mon camarade eut un sourire en coin.

— Même par mégarde ?

La perche était un peu grosse, mais Mme Hudson la saisit à deux mains.

— J'étais tellement inquiète...

Samedi 13 octobre 1888

Je me revis torse nu. Des gouttes de sueur salée brûlaient mes yeux. J'aurais hurlé de soif. Mais ce n'était pas le moment de penser à moi. Une vie humaine dépendait de moi.

Le blessé fut secoué de plusieurs spasmes. Je redoublai d'énergie pour le tirer d'affaire.

Le blessé ouvrit soudain les yeux et esquissa un sourire douloureux.

— ... la flotte a jailli comme une fontaine. On a gagné.

Il replongea aussitôt dans une inquiétante léthargie.

Comme dans mes autres rêves, le vacarme cessa soudain, laissant la place à un silence lourd et oppressant.

Tout semblait irréel.

Je me retrouvais à présent dans un immense mirage.

Quelqu'un me tira par le bras et m'obligea à me relever.

— Venez boire avec nous, Watson. Vous l'avez bien mérité.

— Je ne peux pas le laisser...

L'homme désigna le soldat du regard.

— Il se repose.

Sans transition, je me vis penché sur l'eau de l'oasis. Je plongeai ma tête entière dans le liquide salvateur et bus jusqu'à l'étouffement.

L'horreur me figea soudain.

Au fond de l'eau, un cadavre me regardait, les yeux grands ouverts. Je connaissais ce visage. Ses traits s'étaient figés dans un masque de reproche. Il me fixerait jusqu'à la fin des temps. Des viscères épouvantables s'échappaient de son ventre béant. Le sang emplissait ma gorge à la place de l'onde claire.

Je me réveillai, hagard et épuisé, après une nuit de cauchemars et d'insomnie. J'avais besoin de parler de cela à quelqu'un. Ce fardeau était trop lourd pour moi. Mais à qui aurais-je pu confier mes tourments ?

Sûrement pas à Holmes, trop plongé dans ses propres méditations et noyant ses vieux démons dans sa solution à sept pour cent.

Sûrement pas à Mary, la pauvre, qui avait assez de ses propres soucis, et qui était sans doute la dernière personne à pouvoir recueillir mes confidences.

Abberline ? Lui qui voyait des éventreurs partout... et pourquoi pas Lestrade, pendant qu'on y était ?

Non, il me fallait une oreille attentive. Quelqu'un de discret et de confiance, et si possible compétent pour les affres de l'âme.

Sir Frederick ! Cette idée s'imposa d'elle-même. Il était sans doute le seul être intelligent, généreux et sensé que j'avais rencontré depuis le début de cette sinistre affaire.

Je me souvins de ses propos : « Ce sera toujours un plaisir pour moi de vous recevoir. Si je puis vous aider en quoi que ce soit, n'hésitez pas à venir me voir. »

Par chance, Sir Frederick se trouvait à l'hôpital.

Il me reçut presque aussitôt dans son bureau.

En quelques mots, il comprit ce qui m'amenait et m'exhorta à me confier sans arrière-pensée.

— Chacun de nous porte en soi le ciel et l'enfer, docteur Watson. Moi-même...

Il se reprit aussitôt :

— Mais c'est de vous qu'il s'agit, n'est-ce pas ?

Il marqua un silence, attendant ma confession.

Jusqu'à quel niveau de confidence pouvais-je aller avec cet homme ? Il était médecin, comme moi. Et tenu au secret professionnel. Mais je ne le connaissais pas si bien que ça.

Je ne savais trop par où commencer.

— J'ai des... visions.

— Des rêves, ou bien des visions éveillées ?

— Je dirais plutôt des rêves... Encore que parfois la réalité rejoigne le cauchemar. Un cauchemar qu'il m'est difficile d'évoquer. Impossible, même.

Il me sourit.

— Une part de notre nature nous échappe. Les rêves sont les exutoires de nos fantasmes les plus profonds. Je passe ma vie à étudier ceux de mes patients. S'ils devaient tous les réaliser, je puis vous affirmer que Jack l'Éventreur passerait pour un amateur et que ses exploits n'occuperaient plus que quelques lignes dans les rubriques de faits divers.

— Les miens sont souvent... comment dire ? Morbides.

— Si vous cessiez de parler par énigmes, docteur. Sans doute gagnerions-nous du temps, vous et moi.

— Je vois... des cadavres. Beaucoup de sang. Je tiens un couteau de nécropsie... mais je ne suis pas très certain de l'usage que j'en fais...

Il haussa les épaules.

— J'ai lu dans vos chroniques que vous aviez fait la guerre en Afghanistan, n'est-ce pas ?

— En effet.

— Vous avez vu de nombreux blessés. Certains ont dû mourir dans vos bras. Leurs blessures devaient être atroces. Vous vous êtes peut-être alors senti coupable de ne pouvoir les aider.

— Oui.

— Le sang vous a longtemps hanté. Sans doute quelques faits d'actualité récents ont rouvert des cicatrices que vous pensiez guéries.

— Co... comment pouvez-vous me connaître à ce point ?

— Chacun s'imagine que son cas est unique, docteur Watson. Mais j'ai le regret de vous informer que le vôtre est tout à fait banal. J'ai eu d'anciens soldats parmi mes patients. J'ai constaté que le stress de la guerre produit parfois chez les soldats toutes sortes de comportements... déviants.

— Vous voulez dire que la guerre provoque un déséquilibre mental ?

— Oui, mais après coup. Tant qu'il est en guerre, le soldat connaît son adversaire et le combat au nom d'un idéal. Il se trouve donc dans un état d'équilibre psychique, même si ce dernier est traumatisant. Mais c'est quand la guerre prend fin que débute le malaise. L'investissement dans le combat, tant physique que moral, est si important que l'ex-soldat ne parvient pas à revenir de façon sereine à une vie normale.

— Serait-ce mon cas ?

— Je n'ai pas dit ça. Il s'agit juste d'une observation courante. Il se peut aussi que vos troubles soient provoqués par quelque fait extraordinaire ou difficulté rencontrée dans votre vie... De plus, les rêves associent les souvenirs à l'actualité récente...

À vrai dire, ces cauchemars ne m'avaient jamais abandonné depuis mon retour d'Afghanistan. Parfois, les visions s'estompaient et me laissaient un peu de répit. Mais elles reprenaient sans crier gare, s'infiltrant dans mon sommeil comme un esprit malin. Les cauchemars semblaient s'intensifier de façon inexplicable à chaque fois que je me trouvais confronté à un événement pénible contre lequel je ne pouvais rien : le jour où j'ai découvert que Mary souffrait d'une maladie incurable, celui où j'ai pris conscience que Sherlock Holmes se droguait. Et maintenant... le jour où Wendy a disparu... les épouvantables meurtres de Whitechapel. Le monde des songes me harcelait et me punissait. Les cauchemars étaient ma mortification.

La voix de sir Frederick interrompit ma réflexion.

— J'imagine que chacun de nous doit avoir une idée de la réponse à ses propres problèmes. Le tout est de l'admettre, d'avoir la volonté de conjurer ses tabous, parfois seulement de pouvoir tirer un trait sur son passé. L'âme et le corps, quel double mystère, docteur Watson ! Qui n'a jamais senti des ardeurs qui l'ont effrayé, conçu des pensées qui l'ont glacé d'horreur ? Des rêves ont hanté mes veilles et mes nuits, dont la seule évocation vous ferait monter le rouge au visage. Chacun de nous porte sa croix. Qu'est-ce que la douleur d'un condamné à mort face à celle d'un condamné à vivre ?

Sir Frederick m'observa en silence, sollicitant ma réaction.

Les seuls mots que je trouvai le moyen de prononcer furent :

— Que me conseillez-vous ?

— Compte tenu de ce que vous me racontez, je crois qu'il serait sage de tout avouer...

— Avouer ?...

— ... à l'inspecteur Abberline.

— Abberline !

Il tambourina soudain sur son bureau.

— Oui, docteur Watson, Abberline. Il est grand temps !

Sir Frederick parlait avec la voix de Sherlock Holmes.

Je me réveillai en sursaut.

Quelqu'un tambourinait à la porte de la chambre.

— Alors, vous venez, Watson ?

— Quoi ? Où ça ?

— Nous avons rendez-vous avec Abberline. Il est grand temps.

— Je... j'arrive, Holmes.

Abberline désigna les deux piles de lettres qui montaient de chaque côté de son bureau.

— La lettre de Jack l'Éventreur a fait des émules.

Il posa une main sur la pile de gauche.

— Ici, toutes les lettres signées par l'Éventreur, le Coquin, le Tueur, le Boucher, le Massacreur, et j'en passe...

Il en extirpa une de la pile.

— Tenez, voici le genre de littérature que je suis obligé de lire chaque jour : *Je m'attake pas quau putes, connars de policiés à la mort moi neux. Ma prochaine victime, ça serat un boby bien grat. Je lui boufferé les roubignolles à la sausse tartar.*

— Délicat.

— Il y a bien pire.

Abberline posa un bocal devant lui. Un objet immonde y flottait dans un liquide jaunâtre.

Holmes fit une moue de dégoût.

— Qu'est-ce que c'est ?

— Un rein. Au courrier, ce matin, dans une boîte en carton. On l'a mis dans le formol pour le conserver.

Holmes sortit sa loupe et examina l'objet.

— Vous l'avez fait analyser ?

— Oui. Le docteur Thomas Openshaw, de l'hôpital de Londres, a estimé qu'il s'agissait d'un rein humain provenant d'un individu d'environ quarante-cinq ans atteint de la maladie de Bright, ce qui ne semble pas incompatible avec l'alcoolisme notoire de Catherine Eddowes.

— A-t-il encore transité par la Central News Agency ?

— Non, mais j'aurais presque préféré. C'est George Lusk en personne, le président du Comité de vigilance de Mile End, qui a reçu la chose et nous l'a apportée. Il y avait même une lettre d'accompagnement, histoire de finir de le mettre de bonne humeur.

Abberline lut :

— *De l'enfer. M. Lusk, Je vous envoie la moitié du rein que j'ai pris sur une femme. Je l'ai gardé pour vous. L'autre morceau je l'ai frit et mangé. C'était très bon. Je peux vous envoyer le couteau plein de sang qui l'a enlevé si seulemant vous attendez encore un peu.* Signé : *Attrapez-moi quand vous pourrez Mister Lusk.*

— C'est d'un goût douteux, commenta mon camarade. Et la boîte en carton ?

— Lusk l'a jetée.

— Encore un indice qui échappe à notre analyse. C'est à se demander...

Abberline semblait sincèrement contrit.

— Je sais. Je lui ai dit la même chose. Mais il m'a affirmé qu'il n'y avait aucune inscription sur le paquet, si ce n'est le cachet attestant que l'organe avait été posté de Whitechapel.

— Quand ça ?

— Hier soir.

— Qui aurait intérêt à envoyer cela à Lusk ?

— Jack l'Éventreur, évidemment. Ce type est fou. Il nargue la police et les milices populaires.

La formule de la signature est assez explicite : *Attrapez-moi quand vous pourrez* est une façon évidente de défier la police de la part de quelqu'un qui a découvert qu'il pouvait tuer à plusieurs reprises en toute impunité. Tout ce qu'il semble vouloir, c'est ridiculiser la police.

Mon camarade opina.

— C'est en effet le point qui me paraît le plus insolite dans cette affaire. Qui pourrait avoir la certitude de ne jamais être pris ?

— Quelqu'un qui est déjà pris, répondis-je sur le ton de la boutade.

Holmes et Abberline braquèrent leurs regards sur moi.

Je regrettais déjà mes paroles quand Abberline s'exclama :

— Bravo, docteur Watson.

Une lueur d'admiration passa dans les yeux de mon camarade.

Abberline hurla un nom incompréhensible.

Un visage anxieux apparut dans l'entrebâillement de la porte.

— Les maisons de redressement, exécution immédiate !

— Oui, chef !

Le visage disparut et la porte se referma.

Abberline sourit.

— Pourquoi n'y ai-je pas pensé plus tôt ? C'est tellement évident. Et c'est sûrement notre dernière chance.

On frappa de nouveau à la porte.

Le visage anxieux réapparut.

— Les hommes demandent ce qu'il faut faire avec les maisons de redressement, chef.

Abberline grinça entre ses dents :

— Les visiter, bande d'abrutis !

— Mais, chef, les collègues et moi, on s'est dit comme ça que si le tueur est déjà en prison, il ne peut pas sortir pour commettre ses crimes et...

— Vous n'avez pas remarqué que tous les crimes ont eu lieu une fin de semaine ? C'est le jour de « libération » de certaines maisons de redressement pour les détenus au comportement exemplaire. Jack l'Éventreur est certain de ne jamais être pris car il est *déjà* pris.

— Vous êtes vraiment formidable, chef.

— Vous aussi, dans votre genre.

L'homme s'éclipsa.

Abberline posa sur nous un regard dépité.

— Je ne suis pas toujours très bien aidé. La police a encore de gros progrès à faire. Il faut dire à sa décharge que tous mes hommes sont épuisés. Ils travaillent sans relâche et ne dorment que quelques heures par nuit. Tout cela pour un salaire de misère. Nous enregistrons de plus en plus de démissions. Un problème de plus à gérer...

Une fois dehors, je ne pus m'empêcher de questionner Holmes :

— Ce... rein ? Pensez-vous que ce soit un nouveau canular ?

— Je ne saurais le dire, Watson. Une fois de plus, les rares indices ont été détruits.

— Je ne sais pas pourquoi, mais cette lettre « de l'enfer » m'a donné froid dans le dos. Il n'a pas signé « Jack l'Éventreur », mais « Attrapez-moi quand vous pourrez ».

— Si la lettre est authentique, cela nous ouvre de nouvelles pistes...

— Croyez-vous à la piste d'Abberline ?

— Il n'y a pas que les maisons de redressement qui libèrent les détenus le week-end. Les asiles de fous le font aussi. Souvenez-vous de ce que disait sir Frederick : « Si vous ne leur faites pas confiance, ces pauvres bougres n'évolueront jamais. » Mais comment évaluer cette confiance ? Leur fonctionnement mental échappe tant à notre logique qu'ils seraient capables de commettre les pires ignominies sans la moindre conscience de leur faute.

Voilà qui nous ramenait donc à Bedlam.

Je demandai à Holmes :

— Pensez-vous qu'un simple d'esprit puisse se rendre par ses propres moyens de Bedlam à Whitechapel ?

— Bien sûr.

Il traça un trait imaginaire de son index.

— High Street... London Bridge...

Son doigt dessina un angle droit.

— Puis Fenchurch Street... et Whitechapel. Même un enfant pourrait faire le chemin sans se tromper.

Lundi 15 octobre 1888

C'était une de ces journées troublantes et irréelles, comme il y en avait souvent à Londres, quand les maisons et les bâtisses sombrent dans le brouillard jusqu'à l'amnésie. Les repères connus, clochers ou maisons, semblaient flotter, sans attache ni fondation, comme de vagues souvenirs d'une vie antérieure.

J'avais passé ma journée à errer dans cet univers immatériel à la recherche d'improbables sectes. Je rentrai à Baker Street en fin d'après-midi, bredouille et peu convaincu de l'utilité de mes démarches.

Holmes était assis devant sa table de travail et observait avec une moue de dépit une émulsion aux effluves âcres qui pétillait dans une cornue. L'idée me vint, en le voyant ainsi, que lui aussi s'adonnait à ses mystérieuses recherches pour combler le vide de sa vie.

Nous dînâmes sans un mot. Ni lui ni moi n'avions vraiment faim. Nous n'avions pas plus le goût à la conversation.

Holmes se retira très vite dans sa chambre en marmonnant un bonsoir à mon intention.

Quant à moi, je repoussai l'instant d'aller me coucher, sachant que de toute façon je ne trouverais pas le sommeil.

Je décidai d'écrire à Mary, me persuadant que c'était mon devoir de mari, et que rien d'autre ne devait distraire mes pensées. La fidélité à la parole donnée était ma règle suprême. À quoi ressemblerait mon existence si je devais y déroger ? Serais-je encore capable de croiser mon reflet dans un miroir ?

Dix fois, je commençai ma lettre. Dix fois, je ne trouvai pas les mots et froissai mon papier.

Mon esprit revenait sans cesse à Wendy et je me rongeais les sangs pour elle. Où était-elle en ce moment ? Quels tortionnaires allaient encore abuser d'elle ? Où irait-elle et comment survivrait-elle ? L'exemple de toutes les malheureuses que nous avions rencontrées depuis le début de cette enquête me faisait frémir.

J'avais l'impression de devenir fou.

N'y tenant plus, j'abandonnai mon projet de lettre à Mary, torturé par ma mauvaise conscience, et je décidai de partir à la recherche de Wendy.

Mais n'était-ce pas déjà trop tard ?

Et où chercher ? Un *workhouse* ? Jamais elle n'y serait retournée.

À qui demander conseil ?

Une seule personne pouvait m'aider : Sherlock Holmes. Quelques indices et déductions dont il avait le secret lui suffiraient sans doute pour retrouver sa trace.

Je me plantai devant sa porte et restai un instant, l'index en l'air, hésitant à frapper à l'huis. Des volutes de fumée rampaient sous sa porte et montaient jusqu'à moi. Un nouveau débat intérieur s'engagea. Comment accueillerait-il ma requête ? N'était-il pas déjà lui-même très préoccupé par ses propres recherches ? Il paraissait si soucieux et si fatigué. Et surtout, qu'allait-il penser de moi ? Un homme marié, délaissant son épouse malade pour partir à la recherche d'une fille des rues ?...

Je retournai à mon fauteuil en serrant les poings.

Je réfléchis encore.

Pourquoi ne pas demander l'aide de la police ? Abberline disposait d'agents en grand nombre. Ces gens-là sillonnaient l'East End à longueur d'année. Il leur serait facile de poser des questions aux habitants et peut-être de retrouver la piste de Wendy. Mais qu'allait penser Abberline de ma requête ? N'allait-il pas se méprendre sur mes intentions ? Du reste, quelles étaient vraiment mes intentions ? Le savais-je moi-même ?

Plusieurs réflexions de Holmes me frappèrent l'esprit. Il affirmait, non sans raison, que les gens de l'East End se méfiaient plus de la police que des malfrats. Il y a quelques jours, il s'interrogeait lui-même sur la façon de les aborder : « Seule une personne qui a passé sa vie dans ce cloaque peut comprendre les méandres de ces esprits tortueux. »

Une pensée en amena une autre. Une phrase s'imposa soudain à mon esprit : « Si vous avez besoin de quoi que ce soit, je saurai toujours vous renseigner. C'est pas pour rien qu'on m'appelle la Fouine. »

Je décrochai mon manteau et courus dans Baker Street à la recherche d'un fiacre. Il faisait un froid de canard et il y avait un brouillard à couper au couteau, mais cela m'était égal. L'espoir me donnait une nouvelle énergie.

Je retrouvai le *Ten Bells* sans difficulté. L'endroit était devenu une véritable attraction touristique. Il était à peine 22 heures. Les gens de toute condition s'agglutinaient pour avoir le privilège de contempler l'endroit dont la réputation sulfureuse avait été exagérée par la presse.

Je parvins à esquiver les trajectoires aléatoires de quelques ivrognes et me frayai un chemin jusqu'au bar. Le barman semblait débordé. Je réussis à capter son regard un court instant :

— Savez-vous où je pourrais trouver la Fouine ?

Il désigna du regard une malheureuse, le nez en immersion dans un énorme bol fumant, comme s'il s'agissait d'une inhalation.

— Hé, la Fouine, un client !

Elle leva la tête vers moi. De lourds cernes marquaient son visage. Son regard était vitreux et marbré d'une multitude de petits vaisseaux rouges.

— Si c'est pour la bricole, c'est dix cents.

Je fis une moue de réprobation.

— Comme t'es beau gosse, je peux te faire un prix. Cinq cents la turlute.

— Non, non !

— Deux cents la pignole.

Je lui glissai dix cents dans la main.

— J'ai juste besoin d'un renseignement.

Elle ne semblait pas me reconnaître. Au fond, c'était aussi bien ainsi.

— Tu pouvais pas mieux tomber, mon mignon, c'est aussi ma spécialité.

— Je cherche une fillette... une jeune fille qui se fait appeler Wendy.

— Elle est comment ?

— Belle... Très belle. Blonde. Cheveux longs. Bouclés.

Elle écarta une mèche graisseuse de son front.

— Un peu comme moi ?

— Heu...

Elle rit entre ses dents, projetant une brume de postillons fétides.

— Tu vois pas que je plaisante ?

Elle se pencha en avant. Je reculai malgré moi.

— Je crois savoir qui peut te renseigner. Faut aller voir N'a-qu'une-couille.

— N'a... ?

— Le Gros Midget, si tu préfères. On l'appelle comme ça parce qu'il n'a plus qu'une...

— Je m'en doute, la coupai-je. Où puis-je trouver ce Gros Midget semi-eunuque ?

— Faut écumer les bordels et les bouis-bouis de Whitechapel. Faut poser des questions partout... Avec un peu de chance, tu pourras aussi le croiser dans la rue quand il relève les loyers de ses protégées. Difficile de le rater.

— Auriez-vous un signalement moins... intime ?

— Ouais. L'odeur. Y fouette tellement que ça donne envie de gerber. On dirait qu'y se parfume au vomi d'ivrogne.

— Charmant.

— Y a autre chose. Il est gras comme une loche, sale comme un goret et il a une petite voix aiguë, rapport à sa couille gauche qu'est restée coincée dans ses cordes vocales quand il était gamin.

Fort de cette édifiante description, je consacrai le reste de la journée à écumer les pubs, les restaurants et même les maisons closes des environs.

Je répétai sans cesse les mêmes indications, fournissant force détails descriptifs de Wendy et de mon présumé informateur. Après des heures d'enquête, je parvins devant une porte noire de crasse, surmontée d'une pancarte laconique : *Meubles de style époque.*

Je frappai plusieurs fois.

La porte s'ouvrit enfin, dégageant des effluves insupportables. Un mastodonte apparut et me demanda d'une voix de fausset :

— Qu'est-ce qu'y veut, le monsieur ?

La voix et l'odeur de la créature me confirmèrent que j'étais bien en présence du Gros Midget.

— Je cherche une jeune fille.

L'homme eut un rire de crécelle. Il passait son temps à gratter d'immondes plaques d'eczéma avec ses ongles noirs de crasse.

— Sans blague ?

— Elle s'appelle... ou elle se fait appeler Wendy. Elle est blonde. Très belle. Un peu fluette, avec des taches de rousseur. Elle semble plus jeune que son âge.

L'homme se gratta les aisselles avec véhémence. Puis son visage s'éclaira soudain, faisant naître l'espoir. Je demandai aussitôt :

— Vous la connaissez ?

Pour toute réponse, il me tendit la paume de sa main, comme un plateau.

— Ça fera un shilling. On paye d'avance.

L'heure n'était pas au marchandage. Je lui tendis son argent. Il mordit la pièce et la fourra dans sa poche.

— Suivez-moi.

Quand il marchait, les plis de sa graisse formaient des ondulations abjectes sur tout son corps. Il avançait très vite malgré sa masse imposante. Je crus un instant qu'il essayait de me semer et je me demandai comment il pouvait se repérer dans un tel dédale de ruelles. Je le suivis à distance respectable, presque en apnée. La crainte d'un piège me sembla futile face au désir de retrouver Wendy.

Il s'arrêta soudain devant le numéro 27 de Brunswick Street. C'était une construction à trois étages littéralement écrasée entre ses voisines.

— C'est là.

Il entra. Je le suivis. Une odeur d'urine, d'oignons pourris et de graillon imprégnait les murs pelés. Une porte claqua quelque part à l'étage. Une voix d'adulte tonitruante s'éleva. Des enfants dévalèrent l'escalier, pieds nus et noirs de crasse, et nous bousculèrent en sortant. Nous entrâmes dans une pièce au rez-de-chaussée. Une vieille femme était accroupie devant un feu à demi éteint. Un bébé serré dans ses langes était suspendu à un fil tendu au-dessus de l'âtre, comme un vulgaire linge que l'on aurait mis à sécher. La vieille se recroquevilla un peu plus, terrifiée par l'homme.

Il lui hurla de sa voix de fausset :

— La mère est pas rentrée ?

La vieille fit non de la tête.

— La gamine est là-haut ?

Elle opina.

L'homme s'engagea dans un escalier vermoulu. Chaque marche grinçait sous nos pas, à tel point que je me demandai un instant s'il n'allait pas s'effondrer comme un château de cartes.

Le Gros Midget ouvrit une porte à la volée. Une forme tressaillit dans l'obscurité. Je me précipitai vers elle.

— Wendy ?

Pour toute réponse, je ne reçus qu'une toux sèche.

L'homme mit ses poings sur les hanches.

— Faites vite, j'ai pas que ça à foutre.

— Quoi ?

— Qu'est-ce que vous voulez au juste ?

— Je veux l'emmener avec moi.

— Faudra y mettre le prix, elle est d'un bon rapport. C'est un bon coup.

J'étais abasourdi.

L'homme apostropha l'ombre prostrée.

— Pas vrai, Martha, que t'es un bon coup.

— Martha ?

Comme la pauvrette ne répondait pas, il se mit à hurler une octave au-dessus :

— Dis au client que t'es un bon coup !

Une voix faible répondit dans une quinte de toux :

— J'suis un bon coup, m'sieur.

Ce n'était pas la voix de Wendy. Je sortis ma boîte d'allumettes de ma poche et en craquai une. La vision qui s'offrit dépassait en horreur tout ce que j'aurais pu imaginer.

Une fillette grasse et flasque était assise par terre, jambes écartées et dos contre le mur. Ses bras pendaient le long de ses flancs, sans vie, telles des masses molles de graisse et de peau. Son visage blême était constellé de cratères rouges et purulents. Des bandages gris de crasse pendaient le long de ses jambes. Son corps ressemblait à une vaste cicatrice à vif.

— Comment t'appelles-tu, petite ?

— J'suis un bon coup, m'sieur, répéta-t-elle.

Son regard hébété contemplait le néant. Elle gardait la bouche entrouverte et un filet de bave coulait sur son menton. Je compris que la pauvre gosse était à demi attardée.

Je me relevai d'un bond et me plantai devant l'homme.

— Où est Wendy ?

— Qu'est-ce que j'en sais, moi ? Wendy ou Martha, où est la différence ?

— Vous n'avez pas le droit !

— V'là aut'chose...

— La prostitution enfantine est lourdement réprimée par la loi. Je vous ferai expulser de ce gourbi et jeter en prison, ainsi que l'odieux propriétaire qui loue cet endroit abject.

J'avais sorti cela d'une traite, sans réfléchir. L'homme faisait une bonne tête de plus que moi. Une seule de ses claques m'aurait assommé. Il posa un regard sidéré sur moi. Je crus un instant qu'il allait me frapper et me jeter dehors, mais il éclata d'un rire de hyène. Puis il répéta comme s'il s'agissait d'une bonne plaisanterie :

— Jeter en prison le propriétaire !

— Je... je vais vous envoyer les services d'hygiène de la reine.

Il redoubla d'un rire hystérique. Puis il retrouva brusquement son sérieux.

— Le propriétaire, c'est le maire. Cet endroit a reçu l'aval des services d'hygiène. Si vous nous dénoncez, vous les privez d'une sacrée source de revenus !

— La petite... Vous n'avez pas le droit.

Il prit un air de chien battu.

— C'est pas de gaieté de cœur. Mais faut bien payer le loyer.

Il vissa son doigt sur sa tempe.

— Toute façon, elle est bonne à rien d'autre, vu qu'elle a une case en moins...

Je fis un effort considérable pour retenir mon poing.

Il sentit le danger et recula d'un pas.

— Je demande qu'à vous aider. Les gamins et les gamines qui fuguent, c'est mon rayon. J'essaie de leur trouver des petits jobs dans des maisons bien et de les sortir de la misère. Je prends juste un petit pourcentage au passage. Juste pour couvrir mes frais. Faut bien vivre.

Mon cœur se souleva.

Il poursuivit :

— Si c'est vraiment cette Wendy qui vous fait band... qu'il vous faut, je la retrouverai.

Cet être ignoble était peut-être ma dernière chance. Je ravalai ma haine.

Il affecta un air soucieux.

— C'est qu'une question de temps... et d'argent.

— Combien ?

Il étudia un instant mes vêtements et déclara :

— Cinq shillings d'avance. Le solde à la livraison.

— Quelle assurance me donnez-vous ?

Il prit un air offensé.

— Vous n'avez pas confiance en moi ?

À nouveau mon poing me démangea.

Et ma conscience s'en mêla :

« *Tu ne vas tout de même pas donner cinq shillings à cette grosse loche putride ?*

— *C'est peut-être ma seule chance de retrouver Wendy.* »

Une idée me traversa l'esprit. Je fouillai dans la poche intérieure de mon manteau. Par chance, il me restait un billet de banque de dix shillings. Je le déchirai par le milieu et lui tendis une moitié.

Il eut un rictus douloureux.

— Qui me dit que vous me donnerez l'autre moitié ?

Je lui rendis sa grimace.

— Vous n'avez pas confiance en moi ?

« *Bien joué* », trépigna ma conscience.

J'allais sortir quand il me rappela de sa voix de crécelle :

— Comment je pourrais vous ramener votre Wendy sans votre adresse ?

Je lui tendis ma carte du bout des doigts et m'enfuis.

Une voix me rattrapa.

« *Que comptes-tu faire pour cette pauvre Martha ?*

— *Je ne sais pas encore.*

— *Tu n'as jamais honte de toi ?*

— *Si, j'ai honte de moi, et de la turpitude humaine.* »

Mardi 16 octobre 1888

Ce jour-là, nous reçûmes la visite de Thomas Bulling.

Je vis à la mine du journaliste que ses recherches piétinaient autant que les nôtres.

Il nous expliqua :

— J'ai épluché des centaines de journaux sans le moindre résultat. Cette histoire de monstre, si elle est vraie, n'a pas marqué les esprits. Le travail qui reste à faire est titanesque.

Holmes plissa les yeux.

— Et l'histoire de ce fameux rein, prélevé sur Catherine Eddowes, qu'en pensez-vous ?

Mon camarade avait l'art de cueillir ses interlocuteurs au dépourvu.

Il poursuivit sans laisser à Bulling le temps de répondre :

— C'est tout de même curieux que Lusk ait reçu cet organe quinze jours après le décès de la victime, comme par hasard à un moment où la presse n'avait plus rien à se mettre sous la dent... si j'ose dire.

Le journaliste se raidit.

— Ce n'est pas moi qui ai fait le coup, cette fois !

— Non ?

— Ça ressemble fort à une mauvaise farce de carabin. Mais je reconnais que ça pourrait aussi provenir d'un confrère qui souhaite relancer l'affaire et vendre son journal.

Il réfléchit un court instant.

— Avez-vous analysé l'emballage postal du... colis ?

— Malheureusement non. Lusk ne l'avait pas conservé.

— Tiens ? Il savait pourtant que cela constituait une pièce à conviction de premier ordre...

Bulling fronça les sourcils.

— N'aurait-il pas pu inventer cette histoire lui-même ?

Cette idée me surprit.

J'intervins dans la conversation :

— Cela n'a pas de sens. Pourquoi aurait-il fait ça ? Il est lui-même le président du Comité de vigilance de Mile End.

Bulling me sourit.

— Vous n'imaginez pas ce que les gens seraient prêts à faire pour voir leur nom imprimé dans un journal et pour que l'on parle d'eux, docteur Watson.

— Quel bénéfice en tirerait-il ?

— Lusk est un commerçant. Grâce à cette affaire, ou à cause d'elle si vous préférez, il s'est soudain retrouvé à la une de tous les journaux, bénéficiant ainsi d'une notoriété inespérée...

— Il aurait aussi rédigé la lettre d'accompagnement ?

Bulling devint silencieux.

Holmes glissa un regard entendu dans sa direction.

— Pourquoi pas ? D'autres ont montré l'exemple...

Bulling balbutia :

— Ce n'est qu'une hypothèse. Sans doute vous a-t-elle également effleuré, monsieur Holmes ?

— Elle a fait un peu plus que m'effleurer, cher monsieur. J'ai mené une enquête approfondie sur ce George Lusk. Je me suis moi-même demandé pourquoi Lusk avait fait disparaître un indice aussi capital.

— Alors ? Qu'a donné votre enquête sur ce Lusk ?

Holmes devint soudain énigmatique.

— C'est en cours.

J'eus la très nette sensation qu'il voulait changer de sujet.

Il joignit les extrémités de ses dix doigts.

— Toujours est-il que nous devons envisager toutes les possibilités. Y compris le fait que cette lettre et ce rein proviennent bien du tueur. Or cette lettre affirmait : *Je vous envoie la moitié du rein que j'ai pris sur une femme. Je l'ai gardé pour vous. L'autre morceau je l'ai frit et mangé. C'était très bon.*

Bulling blêmit.

— Vous croyez que... ?

— Je ne crois rien, je mène l'enquête à partir des faits et indices dont je dispose. Or cette lettre, à défaut de pouvoir établir s'il s'agit d'un faux ou non, constitue un indice essentiel. Je vais donc vous confier une nouvelle mission...

Bulling commença à protester :

— Mais je ne peux pas. Je cherche déjà...

— Préférez-vous méditer sur tout cela au bagne de Sydney ? coupa Holmes.

Le journaliste se tassa.

Holmes reprit.

— Je veux que vous cherchiez dans la presse les faits divers relatifs à des cas de cannibalisme récents.

— Il y a belle lurette que plus personne ne se livre à ce genre de pratique dans nos contrées.

Holmes fit apparaître une carte, comme un prestidigitateur.

— *Londres, février 1882. L'horreur de la famine. Une jeune mère qui venait de mettre au monde son septième bébé l'a fait cuire afin de donner à manger à ses enfants. La jeune femme, qui n'avait visiblement plus tous ses esprits, a déclaré qu'il était déjà mort quand elle l'a mis en broche.*

Un frisson me parcourut l'échine.

Bulling se raidit.

— Il s'agit d'un cas isolé, dû à la famine et à la folie.

Holmes sortit une deuxième carte.

— *Londres, juin 1886. Découverte macabre. C'est en faisant nettoyer une fosse à déchets dans une maison nouvellement héritée sur Pimlico qu'un propriétaire a découvert des restes humains rongés par l'eau. Il a aussitôt prévenu la police qui a mené son enquête. La fosse contenait des restes de nombreux individus mêlés à des reliefs de repas. Les précédents propriétaires étant morts, le mystère demeure entier. Le voisinage parle de secte anthropophage et de cannibalisme rituel.*

Le journaliste était atterré.

414

— D'où tenez-vous ces informations, monsieur Holmes ?

— De mon fichier criminel. Ceux que je viens de lire sortent du *Star* et du *Globe*. Je suis certain qu'il y en a d'autres.

Holmes poussa notre visiteur vers la porte.

— Cela ne vous prendra guère plus de temps, il vous suffira de mener les deux recherches de front : les faits divers mentionnant l'existence d'un monstre, et ceux relatifs au cannibalisme rituel et aux sectes. Je ne serais pas étonné que ces différentes recherches finissent par converger.

Mercredi 17 octobre 1888

J'avais passé la nuit à réfléchir, incapable de trouver le sommeil.

Mes pensées ne se portaient pas sur cette sinistre enquête, qui m'intéressait de moins en moins, mais sur ma propre destinée.

Qu'avais-je réalisé dans ma pauvre vie ?

Mon métier de médecin de guerre ? Rien de glorieux. Mon cabinet privé ? Un fiasco. Certes, je n'avais pas manqué de clients, mais la grande majorité d'entre eux étaient insolvables. Pourtant, si je n'avais fait le mauvais choix de racheter cette clientèle en perdition, j'aurais sans doute pu faire une vraie carrière. Peut-être aurais-je été un jour reconnu et honoré pour mes talents. Au lieu de cela, je vivotais aujourd'hui avec une pension dérisoire.

Mon mariage avec Mary ? Un échec programmé que je ne voulus pas admettre. Elle avait été pour moi une bouffée d'oxygène dans une vie morose. Mais son retour chez Mme Forrester n'était-il pas une fuite ? Une façon de m'exprimer la lassitude qu'elle éprouvait à mon égard ? Je n'avais même pas été capable de la soigner et encore moins de la rendre heureuse. Comment avais-je pu accepter son départ ? Lâcheté ? Résignation ?

Ma carrière d'écrivain ? Certes, le destin m'avait offert une deuxième chance. Mais mon œuvre se bornait à chroniquer les exploits de mon camarade. Je n'existais que par cela et pour cela. Du reste, qu'attendait Sherlock Holmes de moi ? Je n'étais pour lui qu'un observateur attentif de ses découvertes fantasques, une sorte de miroir devant lequel il monologuait sans espérer la moindre réponse. J'étais éclipsé par son aura. Il représentait tout ce que je n'étais pas. Il était doté d'un sens de la repartie et de l'à-propos qui me faisait cruellement défaut. Sans doute étais-je trop naïf, trop prude. Pour tout dire, trop pur. J'avais placé l'honneur au-dessus de toute valeur morale. J'avais lutté toute ma vie pour ignorer la face cachée de ma personnalité. Mais Holmes s'embarrassait-il de tels préjugés ? Était-il rongé par le remords ? Éprouvait-il de la compassion envers son prochain ? Il semblait pouvoir tout oser, tout réussir. Même ses échecs prenaient avec le temps l'allure de réussites. Ses préceptes en disaient long sur son état d'esprit : « La fin justifie les moyens, Watson. » Ou bien : « Il n'y a pas de mal à combattre les malfrats avec leurs méthodes. Ce n'est que juste retour des choses. Cela leur donne à réfléchir. » Ou encore : « Il n'est pas toujours nécessaire d'être génial, il suffit parfois de le laisser croire. » Et : « La chance sourit aux audacieux »... Autant de maximes qui ne seraient jamais miennes.

Et puis un jour...

Il m'avait fallu du temps pour réaliser que le seul rayon de lumière dans cet univers terne et sans gloire portait un nom : Wendy. Mais, comme toujours, j'avais le sentiment d'avoir gâché notre relation unique au nom de mes grands principes. Je l'avais laissée partir faute d'avoir su – ou pu – prendre la bonne décision. J'étais comme l'autruche qui préfère enfouir sa tête dans le sol plutôt que d'avoir à affronter les vérités. Au fond, n'avais-je pas reproduit avec cette pauvre petite ce que j'avais déjà fait à Mary ? Certes, je l'avais tirée de la rue et je l'avais soignée, mais je n'avais rien fait pour l'empêcher d'y retourner.

Wendy avait disparu, mais Mary... Peut-être était-il encore temps.

Au petit matin, ma décision était prise. Elle s'était imposée au terme d'un long débat intérieur. Ma conscience ne me laissait guère de choix. Mon devoir de mari était de me dévouer à ma femme. Et mon devoir de médecin était de veiller sur sa santé et de la soigner. Je ne savais pas encore ce que j'allais faire, soit ramener Mary à Londres, soit rester à ses côtés le temps qu'elle se rétablisse. Ce qui importait, c'était que nous soyons ensemble. J'avais décidé de partir sans plus attendre, mais je ne pus prévenir Mary et Mme Forrester de mon arrivée, la brave femme ne disposant pas de poste téléphonique.

Je griffonnai quelques lignes à l'intention de Sherlock Holmes, lui faisant part de ma décision de m'éloigner pour un temps de Baker Street et de suspendre mes recherches. Je glissai le mot dans une enveloppe et la plaçai en évidence sur la table du petit déjeuner.

Un hurlement me tira de mes pensées. Le train venait d'entrer en gare de Victoria Station à toute vapeur, suivi d'un grand panache de fumée blanche. Il éructa, cracha des volutes de vapeur chaude, toussa. Les roues crissèrent pendant plusieurs longues secondes, et il s'immobilisa dans un grognement métallique.

La simple présence de ce train excita plus encore l'univers grouillant et bourdonnant de la gare.

Une foule bruyante monta à l'assaut des wagons dans un vacarme étourdissant de sifflets, d'invectives, de claquement de portières, de cris, de rires et de pleurs. Dans le même temps, une autre horde de passagers tentait de descendre du train, dans un mouvement contraire. L'affrontement dura plusieurs minutes dans un chaos indescriptible. Des dizaines de porteurs se ruèrent dans la cohue. Des camelots ambulants proposaient toutes sortes de marchandises et de nourriture aux passagers désorientés qui venaient à peine de poser le pied sur le quai. Des grappes de gamins, et d'autres un peu plus grands, le regard plissé sous la casquette, se tenaient en embuscade, prêts à dérober une valise, une montre ou un portefeuille.

J'attendis que la situation se décante et réussis à prendre place dans mon compartiment à l'instant même où le chef de gare donnait un signal au conducteur de la locomotive.

J'eus à peine le temps de déposer mon bagage dans le filet, au-dessus de ma tête, que le train se mit en mouvement. Le choc du départ fut si violent que je dus m'accrocher à la sangle de cuir pour ne pas perdre l'équilibre. Je sentis le train rouler de plus en plus vite.

Au bout d'une demi-heure, nous fîmes une première halte dans une petite gare, qui n'avait aucune commune mesure avec la ruche londonienne. Un flot de voyageurs quitta encore le train, aussitôt remplacé par une nouvelle fournée de passagers écarlates et suffocants.

Les arrêts suivants furent plus calmes. Au fil des stations, les voyageurs désertaient le train, mais plus personne n'y montait. Le paysage citadin s'estompa peu à peu pour laisser place à la campagne.

Bientôt, les conversations se tarirent autour de moi. Les têtes commencèrent à dodeliner, bercées par le claquement régulier des roues sur les rails.

Je me laissai gagner par une douce léthargie, regardant défiler les champs et les vallons par la fenêtre.

Le train s'immobilisa enfin dans un immense soupir mécanique. La gare de Lower Camberwell, terminus de la ligne, était minuscule et le quai presque désert. Quelques rayons de soleil semblèrent m'accueillir. L'air était pur et frais. Je pris une profonde inspiration. Pour la première fois depuis longtemps, je me sentis apaisé. L'endroit était beau comme un songe d'enfant.

Devant la gare, j'avisai un cocher, somnolant sur le siège de son fiacre.

— Pouvez-vous me conduire chez Mme Cecil Forrester ?

L'homme sursauta et m'adressa un large sourire.

— Avec plaisir, monsieur.

Il sauta à terre, s'empressa de me débarrasser de mon bagage et le plaça avec soin dans le coffre. Il déplia le marchepied et me tint la porte quand je pris place dans la cabine. J'étais si habitué aux manières rustres des cochers londoniens que son geste me parut presque incongru.

L'attelage démarra en douceur.

Dix minutes plus tard, le cocher me déposa devant la maison de Mme Forrester. Je m'acquittai du prix de la course qui me parut fort modeste. Le cocher sembla s'en accommoder et me remercia d'une profonde révérence.

Je m'annonçai en agitant la sonnette du portail.

Je sentis une agitation de l'autre côté. Plusieurs voix féminines riaient.

Une soubrette vint m'ouvrir. Je n'eus pas le temps de me présenter. Mary, qui se trouvait juste derrière elle, m'aperçut et arriva vers moi en courant.

Elle me sauta au cou, en dépit des convenances, et déposa un baiser sonore sur mes lèvres.

Je lui souris et restai interdit, m'attendant peu à un accueil aussi démonstratif de sa part. Même dans les premiers temps de notre mariage, elle avait toujours fait preuve de la plus grande réserve, surtout en public.

Mary semblait dans une forme éblouissante.

— Mon cher John, tu as devancé mon courrier de quelques jours. J'ai le plaisir de t'annoncer que je suis guérie !

Elle se trémoussait de bonheur comme une jeune fille au jour de ses fiançailles.

— Ce séjour est une réussite totale.

J'étais encore abasourdi.

— Je l'ai tant espéré, Mary.

Je lui pris la main. Les bourrelets au bout de ses doigts avaient disparu. Une nouvelle vie s'ouvrait à nous.

Elle me tapota l'épaule, d'un geste curieusement familier.

— Vous n'avez donc pas dormi cette nuit ?

— Cela se voit tant que ça ?

— Forcément, puisque vous roupillez encore. Faut descendre, c'est le terminus.

Je sursautai.

Le compartiment était vide.

L'homme répéta :

— Il faut descendre, monsieur. Le train va repartir pour Londres dans un instant.

Je bondis sur mes pieds, tirai mon bagage du filet et sautai du train. Une rafale de pluie me gifla le visage.

Je rentrai la tête dans mes épaules et courus m'abriter dans le cabanon qui faisait office de gare.

J'avisai un homme, occupé à je ne sais quelle tâche administrative derrière son guichet.

— Savez-vous où je pourrais trouver un fiacre ?

Il leva un regard effaré vers moi, comme si je venais de dire un gros mot.

— Un fiacre ! Vous vous croyez à Londres ou quoi ?

Un fiacre aimable et disponible dans un tel endroit. J'aurais bien dû me douter que c'était un rêve...

— Un fiacre ou un moyen de transport ?

— Y a bien le père Gloom avec sa charrette. Y prend des voyageurs à chaque arrivée de train. Mais ça fait bien vingt minutes qu'il est parti. Vous allez où comme ça ?

— Chez Mme Forrester.

Il esquissa un sourire énigmatique.

— C'est pas si loin.

Il tendit le doigt dans une direction.

— À peine un quart d'heure à pied.

La pluie martelait les carreaux et le toit de l'abri, couvrant presque notre conversation.

Il comprit ma crainte et ajouta :

— Vous pouvez gagner un peu de temps en coupant par la lande. Quant à la pluie, elle va cesser d'un instant à l'autre. Le vent est au nord.

— Et le prochain train ?...

— Vous voulez déjà repartir ?

— Non, je veux profiter de la charrette du père Gloom à l'arrivée du prochain train.

— Dans ce cas, il faudra attendre jusqu'à demain midi. Mais je vous préviens, le règlement est strict. Vous ne pouvez pas attendre ici toute la nuit. La gare ferme dans une heure. Même moi j'ai pas le droit de rester là.

Je haussai les épaules et tournai les talons, comprenant que je ne pouvais rien espérer de plus de ce lascar.

Dehors, une pluie glacée tombait sans discontinuer. Je mis mon bagage sur ma tête, à la façon des porteurs africains, pour me protéger de l'averse. Au premier pas, je m'enfonçai jusqu'à la cheville dans une ornière pleine d'eau marron. Je m'engageai sur la lande, avec une légère appréhension due à certaines expériences passées.

Les prédictions de l'homme de la gare se révélèrent fausses. Non seulement la pluie redoubla d'intensité, mais le brouillard se leva, masquant toute visibilité.

J'errai ainsi pendant une bonne heure, tentant de garder la direction que m'avait indiquée l'employé.

J'étais gelé jusqu'aux os, j'avais les bras ankylosés et le cou tassé par le poids du bagage. En définitive, je décidai de porter ma valise à bout de bras, laissant la pluie dégouliner sur ma tête et s'engouffrer dans mon col.

Une autre demi-heure passa. Je commençai à perdre espoir quand j'aperçus la lumière faible d'une lanterne osciller à travers le rideau de pluie. Je courus en direction du signal en faisant de grands gestes, espérant ainsi attirer l'attention de quelqu'un. La lumière oscillait toujours, comme figée sur place, mais personne ne répondit à mes appels. Quand j'arrivai à proximité de la lumière, je m'aperçus qu'elle éclairait faiblement un panneau portant l'indication : *Gare de Healawgh*.

Je réalisai avec horreur que je me retrouvais à mon point de départ. L'expédition tournait au cauchemar.

Soudain, le léger tintement d'une clochette émergea de la nuit, accompagné d'un clapotis de sabots dans la boue.

Je me précipitai dans la direction du bruit et tombai nez à nez avec une charrette, tirée par un solide percheron. Je fis un grand geste du bras.

— Hé ! Une demi-livre pour vous si vous me conduisez au domaine de Mme Forrester.

L'homme tira sur les rênes de l'attelage.

— Ben, c'est que je dois ramener...

— Une livre ! coupai-je. Je suis très pressé.

Il hésita une seconde.

— Montez.

L'homme m'apprit qu'il s'appelait Gloom et qu'il venait chercher tous les soirs l'employé de la gare, lequel habitait non loin de la maison de

Mme Forrester. Je fulminai intérieurement, tout en savourant ma revanche d'être à sa place dans cette charrette.

Moins d'un quart d'heure plus tard, je me présentai à la maison de Mme Forrester.

En fait de domaine, contrairement aux descriptions flatteuses de Mary, il s'agissait d'une maison d'aspect modeste bien que solide. Il n'y avait pas de grille. Je frappai donc à l'huis.

Au bout d'un temps interminable, une servante au visage ridé comme une vieille pomme vint coller son visage devant l'œilleton.

— Qu'est-ce que c'est ?

— Je suis le docteur Watson. Je viens rendre visite à mon épouse.

Sa voix s'affola :

— Le docteur Watson. Oh mon Dieu !

Je l'entendis défaire la chaîne. Elle ouvrit la porte en grand.

Mme Forrester accourut vers moi en levant les bras au ciel. Comme je ruisselais de la tête aux pieds, je crus qu'elle s'inquiétait pour moi, mais elle répéta les mots de sa servante :

— Mon Dieu, docteur Watson ! Mary n'est pas prête à vous recevoir.

— Comment ça ?

Elle mit son visage dans ses mains et éclata en sanglots.

— Oh, mon Dieu...

J'attendis qu'elle se calme.

Elle reprit :

— Elle est si courageuse, si digne. Elle ne voudrait pas que vous la voyiez dans cet état.

— Que se passe-t-il ?

— Elle... est très fatiguée... un peu plus chaque jour...

Cette nouvelle aurait dû m'abattre, mais je gardai mon sang-froid. Sans doute m'y étais-je préparé inconsciemment.

— Où est-elle ?

Elle désigna du regard l'étage.

Je repris mes esprits et montai l'escalier quatre à quatre, comme si cela allait changer quoi que ce soit. Je frappai à l'unique porte de l'étage.

Ma pauvre Mary était allongée. Dès que je la vis, je compris qu'elle avait minimisé son état dans ses lettres afin de ne pas m'alerter.

Elle m'adressa un sourire triste.

Ses petits yeux s'enfonçaient dans leurs orbites, comme s'ils refusaient désormais d'affronter la lumière. Sa peau laiteuse était tendue au point de faire ressortir chaque os de son visage. Tout en elle n'était plus que souffrance.

Elle avait compris qu'elle avait perdu la bataille et qu'il ne servait plus à rien de lutter.

Elle lut dans mon regard que j'avais également compris et anticipa :

— Le docteur est venu ce matin. Il me donne des calmants. Je ne souffre pas.

Elle se reprit :

— Enfin, pas trop...

Je pris sa main dans la mienne. Elle était froide et tendue. Je sentis ses os à fleur de peau, et le renflement de son pouce. Mon rêve ne s'était pas réalisé.

Elle eut encore la force de me dire :

426

— Tu ne devais pas venir, John. Tu ne devais pas...

Puis elle tourna la tête sur le côté et s'endormit, à bout de forces.

Si seulement j'avais pu prendre sa place... Que n'aurais-je fait pour la délivrer de ce fléau qui la rongeait de l'intérieur ?

De retour dans le salon, Mme Forrester entreprit de me faire la morale et me déversa une litanie de reproches à mots couverts. J'aurais dû prévenir avant de venir. On m'en aurait d'ailleurs dissuadé. Si j'éprouvais un tant soit peu de compassion pour Mary, je devais respecter sa retraite et son calme. Ma venue ne pouvait qu'accroître sa douleur et la transformer en supplice. Il ressortait que ma présence ici n'était pas souhaitable, et que l'on m'inviterait le moment voulu.

Je me sentis mortifié et honteux.

En même temps, j'avais l'estomac dans les talons. Je grelottais toujours dans mes habits trempés. Je rêvais d'un bon repas au coin du feu et d'un lit bien chaud.

Mme Forrester m'apprit qu'il n'y avait pas de chambre d'amis.

Elle me proposa de m'héberger à titre exceptionnel dans le grenier, si je ne craignais pas trop les courants d'air et les insectes.

Elle dut penser que j'avais déjà dîné car elle ne me proposa rien à manger. Je n'osai rien lui demander de plus.

Jeudi 18 octobre 1888

Je préfère ne rien raconter de la nuit que je passai dans ce grenier...

Le lendemain, je pris congé de Mary et de Mme Forrester, m'excusant encore pour cette intrusion inopinée. Un garçon d'écurie me ramena à la gare peu avant midi dans une carriole qui n'avait rien à envier à celle du père Gloom.

À la gare, je retrouvai l'employé de la veille, derrière son guichet. Son état était aussi piteux que le mien. Ses vêtements étaient encore trempés de la nuit qu'il avait dû passer dehors à attendre la charrette.

Il me reconnut et m'adressa un regard embrumé entre deux éternuements.

Je lui achetai un ticket pour Londres et pris congé non sans lui rendre la monnaie de sa pièce :

— Vous remercierez encore le père Gloom d'avoir bien voulu me déposer hier soir chez Mme Forrester, à deux pas de chez vous.

Il manqua s'étouffer, prêt à protester, mais il fut pris de court par une salve d'éternuements d'une rare violence.

Sur le quai, j'achetai une patate chaude et un verre de thé brûlant à un camelot. J'engloutis l'un et l'autre en quelques minutes, juste avant l'arrivée du train.

Mes pensées étaient déjà loin. J'étais venu dans l'espoir de me raccrocher à mon ancienne vie, or je repartais plus dépité et seul que jamais.

Je regagnai Baker Street en début d'après-midi, pas mécontent de retrouver un bon feu et un peu de chaleur humaine.

Holmes ne sembla pas remarquer ma présence, trop occupé qu'il était à observer le contenu d'une éprouvette à la lumière de sa lampe.

Je lui demandai :

— S'est-il passé quelque chose de particulier durant mon absence ?

— Vous étiez sorti, Watson ?

Je restai sans voix. Il ne s'était même pas rendu compte de mon départ, ni de mon retour. J'aurais pu disparaître corps et âme dans cette maudite lande. Au bout de combien de temps aurait-il remarqué mon absence ?

La lettre que j'avais déposée à son intention sur la table du petit déjeuner n'avait même pas été décachetée. L'avait-il seulement vue ?

Comme je ne répondais pas, il poursuivit :

— Pour tout vous dire, mes expériences piétinent et l'enquête n'avance pas.

Je m'apprêtai à lui dire ce que je pensais de ses expériences et de cette fichue enquête quand on frappa à la porte du salon.

Mon cœur fit un bond dans ma poitrine. Ma première pensée fut pour Wendy, mais ce n'était que Mme Hudson.

— Un monsieur demande à vous voir, monsieur Holmes.

— S'il ressemble à une musaraigne en colère, dites-lui que je ne suis pas là.

— Non, ce serait plutôt du genre renard excité. Très excité, même.

— Encore Bulling ?

Holmes fit un geste de la main.

— Faites monter, il a peut-être mis la main sur quelque chose d'intéressant.

Bulling fit irruption dans le salon en brandissant quelques journaux.

— Bonjour, messieurs. J'ai enfin une piste sérieuse !

Holmes abandonna ses éprouvettes et j'oubliai un instant ma rancœur.

La vie tumultueuse de Baker Street ne laissait guère de place aux états d'âme.

Holmes invita le journaliste à s'asseoir.

Il brassa un instant sa paperasse et exhiba une feuille.

— Le *Punch* du 24 décembre 1882. *Un homme a vu le fantôme du Moine fou.*

Holmes leva un sourcil.

— Un moine fou ?

Pour toute réponse, Bulling poursuivit sa lecture :

— Il a déclaré : *C'est la cheminée qui m'a alerté. Une épaisse fumée en est sortie. J'ai tout de suite compris qu'il était revenu. J'ai aussitôt prévenu les voisins. On est allés là-bas en brandissant des crucifix au-dessus de nos têtes. À travers les carreaux de la maison, on a vu le fantôme du Moine fou. Il dansait au milieu des flammes, insensible à la mor-*

sure du feu. Son visage était affreux. On aurait dit un squelette.

Holmes leva l'autre sourcil.

— Un squelette ! Où cela s'est-il passé ?

Bulling arborait un large sourire en lui tendant une feuille de papier.

— J'ai l'adresse. Et même le nom de l'homme qui a témoigné.

Le journaliste déplia un deuxième journal.

— Ce n'est pas tout. J'ai un autre témoignage, daté du 22 décembre, deux jours seulement avant l'incendie relaté par le *Punch*...

Il lut :

— *Le monstre des poubelles : un restaurateur de Whitechapel, qui était sorti pour jeter des déchets dans l'arrière-cour de son restaurant, a déclaré avoir vu un monstre surgir des poubelles. Il a aperçu son visage quelques secondes et a été terrorisé. Le monstre avait une partie du visage arraché, un regard démoniaque et souriait comme un squelette.*

Il désigna du regard la feuille que tenait toujours Holmes.

— J'ai également noté le nom du témoin, ainsi que l'adresse du restaurant sur ce papier.

— Exactement ce qu'a raconté le petit Gedeon Pilbrock ! s'exclama Holmes.

Le journaliste ouvrit des yeux de hibou.

— Gedeon Pilbrock ?

Holmes fonça dans sa chambre sans répondre et en ressortit tout habillé quelques instants plus tard. J'ignorais que l'on pût changer de vêtement à une telle vitesse.

— En route, Watson ! Nous vivons peut-être un tournant de cette enquête.

Je décrochai mon manteau de la patère et le suivis sans réfléchir.

Le malheureux Bulling semblait désorienté.

Sur le trottoir, il demanda à Holmes :

— Mais qui c'est, ce Gedeon Pilbrock ? Et moi, qu'est-ce que je fais maintenant ?

Tandis que je hélais un fiacre, j'entendis Holmes lui donner des instructions :

— Continuez à éplucher vos canards, mon vieux. Vous avez encore du pain sur la planche : les sectes, le cannibalisme rituel, les assassinats...

Un cab s'arrêta devant nous.

Bulling répéta sur un ton désabusé :

— Sectes. Rituels sanglants. Cannibalisme... Je ne peux tout de même pas y passer ma vie. Quand serais-je libre ?

Holmes beugla une adresse au cocher et s'engouffra dans le cab qui démarra en trombe.

À travers la lunette arrière, je vis le visage dépité de Bulling. Ses lèvres remuaient encore. Il n'avait pas terminé sa phrase quand le cab tourna l'angle de la rue.

Vingt minutes plus tard, notre cocher nous déposa dans un endroit sordide qui tenait à la fois de la mine de charbon à ciel ouvert, du champ de bataille en ruine et du campement de bohémiens. J'en déduisis que des baraquements de fortune avaient été construits sur l'emplacement de la fameuse maison brûlée. Restait à retrouver quelques témoins des événements.

Nous trouvâmes sans difficulté l'adresse indiquée par Bulling.

— Est-ce que vous vous souvenez en quelle occasion a brûlé cette maison ?

— Bien sûr que je m'en souviens. J'ai eu tellement peur que je m'en souviendrai jusqu'à ma mort, et même après.

— Qu'avez-vous vu précisément ?

— D'abord, j'ai vu de la fumée qui sortait de la cheminée et montait vers le ciel.

Il accompagnait son explication de grands gestes, au cas où nous n'aurions pas compris.

— Je me suis dit que ce n'était pas normal, vu que la maison était inhabitée.

— Depuis quand ?

— Depuis toujours.

Il prit un air de prédicateur inspiré.

— La maison est hantée.

Holmes leva les yeux au ciel.

— Allons bon.

Le vieillard fit un effet de manche, à la façon d'un magicien de foire.

— Ça fait des années que je vis ici.

Il donna un coup de menton en direction de la maison en ruine.

— Il s'est toujours passé des choses abominables là-dedans.

— Quel genre ?

— Un jour, des tuiles se sont arrachées du toit et ont failli tomber sur des passants.

— Il y avait du vent ?

— Oui. Une vraie tempête.

— Mmm. Quoi d'autre ?

— Une autre fois, un chat noir est sorti de la maison en miaulant comme un damné.

— L'escalade dans l'horreur, commenta Holmes sur un ton sarcastique. Vous n'avez rien observé de plus... terrifiant.

— Si. Les personnes qui habitaient là ont eu de gros ennuis.

— Quel genre d'ennuis ?

— Elles sont mortes.

— C'est déjà mieux. Pourquoi ne pas me l'avoir dit tout de suite ?

— Je garde toujours le meilleur pour la fin.

Un muscle se crispa dans la mâchoire de Holmes. Je le connaissais assez pour savoir qu'il ne tarderait pas à perdre patience. Moi-même, je me demandais où nous conduirait cette discussion, peu désireux de retomber dans les délires à la Enigmus.

Je demandai au vieil homme :

— Les personnes qui sont mortes dans cette maison souffraient-elles préalablement d'une quelconque maladie ?

— Au contraire. Elles se portaient comme un charme.

— Connaît-on les causes de leur décès ?

— Certains prétendent qu'elles sont mortes de vieillesse, mais moi je sais que c'est à cause de la malédiction.

— Combien de personnes sont mortes, précisément ?

— Deux. Une mère et sa fille.

— Elles étaient très âgées ?

— Pas tellement. La fille n'avait pas encore soixante-dix ans, et la mère en avait à peine quatre-vingt-dix.

434

J'entendis Holmes grincer des dents à mes côtés.

Je tentai encore de démêler le vrai du faux :

— Les deux femmes sont mortes en même temps ?

— Non, pourquoi ? La fille est morte dix ans après la mère.

Je récapitulai.

— Donc elles étaient *vraiment* âgées et elles sont mortes de mort naturelle.

Il secoua la tête.

— Pas sûr. Sans la malédiction du Moine fou, elles auraient peut-être vécu plus longtemps.

Holmes joignit les extrémités de ses dix doigts et prit une profonde inspiration.

— Et si vous nous parliez de cette fameuse malédiction ?

— Vous ne connaissez pas le Moine fou ?

— J'avoue qu'il ne fait pas partie de mes intimes.

— En fait, personne ne connaît son véritable nom. Tout ce qu'on sait, c'est qu'il vivait à Londres vers 1200. Il était chargé de mettre au point les machines de torture pour obtenir les aveux des suspects dans les procès en sorcellerie. Comme tout le monde à cette époque, il préconisait l'utilisation des machines de dépeçage, d'écorchement et d'empalement, qui obtenaient de bons résultats et étaient des valeurs sûres auprès du public.

Holmes haussa un sourcil.

L'homme poursuivit :

— Mais l'Espagne, qui possédait une solide avance technologique, avait déjà inventé les pinces à castrer, les crochets à soulever les côtes et les tenailles à tirailler les tétons. L'Angleterre se devait de relever le défi.

— Le défi ?...

— Voyez-vous, l'Inquisition, c'était une espèce de compétition. Le but était de gagner les faveurs du pape. Chaque pays se devait de montrer sa piété et son zèle dans la chasse aux sorcières. C'était une question d'honneur national, vous me suivez ?

— Vaguement.

— Toujours est-il qu'on lui a demandé d'imaginer des supplices spectaculaires, destinés à damer le pion aux Espagnols. Il a alors mis au point diverses méthodes de crémation et de supplices par le feu avec adjonction de fusées chinoises multicolores, ce qui offrait un divertissement familial de qualité et de bon goût. Mais l'Espagne a répliqué en inondant le marché d'innovations : des peignes métalliques destinés à brosser les chairs, des machines à enfoncer des coins dans les sexes, des scies spéciales destinées à découper les boîtes crâniennes des suspects sans les tuer. Bref, tout un arsenal de techniques astucieuses et à portée de toutes les bourses. Notre pauvre moine a alors dû se creuser les méninges. Il a eu quelques coups de génie, comme l'entonnoir à verser le métal en fusion dans la gorge ou le sodomisateur à manivelle, mais ça restait du bricolage face à la créativité des Espagnols.

Holmes et moi échangeâmes un regard interdit. Ce bonhomme semblait mûr pour Bedlam et se serait probablement bien entendu avec Enigmus.

J'allais intervenir mais Holmes m'en dissuada du regard.

L'homme prit un grimoire sur une étagère, souffla pour ôter la poussière de la tranche et l'ouvrit devant nous, étalant quelques planches abominables.

— Si vous voulez plus de détails...

Holmes déclina la proposition et fit un geste de la main, lui signifiant d'accélérer son explication. Le bonhomme poursuivit :

— Toujours est-il que le pauvre moine a perdu peu à peu la boule et que son souci de bien faire l'a conduit à quelques excès. Il cherchait inlassablement de nouvelles techniques, même en dehors des horaires que lui avait fixés l'évêque. Il avait installé un petit atelier dans la cave de l'abbaye et emmenait du travail chez lui, jusqu'à des heures indues. Il torturait inlassablement les enfants de chœur, les nonnes distraites, les bigotes en bout de course, et même les animaux blessés quand il était à court de matériel humain. Il s'est pour ainsi dire tué à la tâche. C'est ainsi qu'après sa mort son fantôme est revenu périodiquement hanter cette maison, construite sur les vestiges de l'ancienne abbaye. aujourd'hui, il poursuit sa recherche comme une âme en peine. Triste, n'est-ce pas ?

— Consternant, corrigea Holmes.

— Comment savez-vous tout cela ? hasardai-je.

Il plaqua la main sur son grimoire.

— Tout est expliqué dans cet ouvrage.

— L'auteur est-il vraiment... sérieux ?

— Bien sûr. C'est moi.

— Et vous-même, d'où tenez-vous cette histoire ?

Il prit l'attitude d'un professeur s'apprêtant à débiter son savoir.

— Tout est parti d'un récit d'Inquisition anglais datant du Moyen Âge.

— Pourtant la chasse aux sorcières n'a jamais été très virulente dans notre pays, autant que je sache.

Il ignora la remarque de Holmes et pontifia :

— J'ai fait un gros travail de déduction et d'extrapolation. J'ai retrouvé l'emplacement exact de l'abbaye, ainsi que des outils de torture de l'époque...

Holmes referma le grimoire d'un claquement sec, ce qui souleva un nuage de poussière et provoqua quelques quintes de toux.

— Bon. Que s'est-il *réellement* passé dans la nuit du 22 décembre 1882 ?

Le vieillard éternua, se moucha et poursuivit :

— Je vous l'ai dit. J'ai d'abord été alerté par la fumée qui s'échappait de la cheminée. Je me suis aussitôt précipité vers la maison au péril de ma vie pour observer ce qui se passait à l'intérieur. C'est là que je l'ai vu.

— Et vous avez vu quoi *exactement* ?

— Il était là, en train de danser au milieu des flammes, insensible à la douleur. Sans doute mettait-il au point un nouveau système de torture. Il portait une grande robe ressemblant à celle d'un moine des temps anciens. Son visage était... comment dire...

Il chercha un instant ses mots au plafond.

— ... à mi-chemin entre le vivant et le mort. Il avait la mâchoire pendante et les yeux exorbités. Je n'avais jamais rien vu de tel. C'était... cauchemardesque.

Il frappa soudain dans la paume de sa main.

438

— Au fait. Je peux vous le montrer. Je l'ai dessiné de mémoire pour l'ajouter à une future édition de mon livre.

Il exhiba un dessin de facture naïve représentant une sorte de moine squelettique flottant dans une robe de bure élimée. Son visage évoquait les gravures d'écorchés que l'on trouve dans les livres d'anatomie. Ses yeux luisaient comme deux boules étranges et paraissaient énormes au fond de leurs cavités. Sa chevelure était éparse et ébouriffée. Quelques mèches sales et raides sortaient çà et là de son crâne.

Il nous laissa examiner le dessin et poursuivit son récit :

— Un gamin se tenait prostré dans un coin de la pièce. Sûrement sa prochaine victime. Je me suis collé au carreau pour mieux voir, mais je crois que le moine m'a aperçu. Il a alors pris le gamin sous son bras et s'est enfui. La fumée est devenue si dense que je n'ai rien pu distinguer d'autre. N'importe quel humain serait mort dans un tel brasier.

Un accent de sincérité dans sa voix me persuada qu'il ne mentait pas.

Son regard s'échappa dans le vague.

— L'incendie s'est propagé à une vitesse folle. Une chaîne humaine s'est formée. Mais il semblait impossible de venir à bout des flammes. Par chance, il s'est mis à pleuvoir. Quelques heures plus tard, la dernière braise s'éteignait. La maison s'était écroulée et il ne restait plus que les ruines que vous pouvez encore voir. J'ai tout raconté aux journalistes. L'histoire a fait quelques lignes dans un journal et est tombée dans l'oubli. Mais moi, je sais que j'ai vu le fantôme du Moine fou.

Quand nous quittâmes le vieillard, Holmes semblait dépité.

— C'est à se demander s'il existe une seule personne sensée à Londres. Espérons que le deuxième témoignage sera moins fantaisiste.

Nous nous présentâmes devant *L'Arrache-Gueule*. Une enseigne présentait un mangeur à la face rubiconde, tenant des piments rouges dans une main et un énorme boc de bière dans l'autre. Un sous-titre mal orthographié précisait : *Cuisine épissée trait tipyque*, ce qui laissait présager le pire.

Nous pénétrâmes dans un endroit dont la décoration évoquait l'intérieur d'un rafiot de pirates.

Un homme, qui devait être le capitaine, s'affairait derrière son bar.

— Nous souhaiterions discuter quelques instants avec vous, demanda Holmes d'un ton courtois.

— Pas le temps. Vous repasserez quand j'aurai moins de travail, grogna l'homme.

Holmes m'adressa un clin d'œil de connivence et annonça avec assurance :

— Services d'hygiène de la ville de Londres.

L'homme leva les mains au-dessus de sa tête en signe de reddition.

— C'est pas moi. Je vous jure que j'y suis pour rien. J'étais même pas au courant.

En voilà un qui avait la conscience tranquille.

Holmes jubilait, ce qui se traduisit par un léger frémissement de son sourcil droit.

Il poursuivit, sur un ton inquisiteur :

— Je ne demande qu'à être convaincu.

Mon camarade était passé maître dans l'art de prêcher le faux pour obtenir le vrai.

L'homme devint livide.

— Un os, c'est un os, pas vrai ?

— Jusque-là, ça se tient.

— Et moi, je savais pas d'où qu'y venaient ces os. Sinon, je les aurais pas servis aux clients.

L'épisode des gamins fouillant à pleines mains dans les déchets de l'hôpital de Whitechapel me revint en mémoire. Un des gosses affirmait qu'il revendait ces morceaux de viande avariés et ces os à des restaurants misérables. Un frisson de dégoût me parcourut.

Holmes poursuivit sur un ton glacial :

— Vous avez empoisonné plusieurs personnes en leur servant des abats contaminés et à demi pourris. Ces fautes sont passibles de la potence.

Le bougre devint translucide.

— Pitié. Je... je vous jure que je savais pas. Si les plats n'avaient pas été aussi épicés, je m'serais rendu compte que c'était tout du frelaté, pas vrai ?

— Les épices ne servaient-elles pas plutôt à masquer le goût et l'odeur ?

Le lascar suait à grosses gouttes.

Holmes posa son index sur ses lèvres et fit mine de réfléchir un court instant.

— Nous pouvons peut-être alléger votre peine... si vous nous aidez à remonter la filière.

L'homme reprit quelques couleurs.

— Je vous donnerai les noms et les adresses de tous mes fournisseurs, et les endroits où ils s'approvisionnent : abattoirs, décharges, hôpitaux, fourrières, les zoos et tout ce qui s'ensuit.

Cette liste constituait déjà en soi un aveu abominable.

Holmes le tenait à sa merci. Il lui demanda sans transition :

— Nous recherchons un de ces chapardeurs d'immondices. Si nous parvenons à le retrouver, nous pourrons plaider votre cause. Mais nous ne disposons que d'un signalement approximatif.

— À quoi ressemble-t-il ?

— Une sorte de mort vivant.

L'homme écarquilla les yeux.

— Celui-là, je suis pas près de l'oublier. Je l'ai vu rôder un soir dans l'arrière-cour du restaurant.

— Quand ça ?

— C'était pendant l'hiver 81 ou 82, je sais plus.

Le témoignage semblait correspondre à notre article de journal.

— Que faisait-il là ? poursuivit Holmes.

— Il fouillait dans les déchets.

— Pouvez-vous le décrire ?

Il eut un frisson, comme s'il venait de voir un fantôme.

— Rien que d'y penser... Il avait le visage à moitié déchiqueté, comme s'il avait été arraché par les dents d'un animal. C'était affreux à voir. Mais le pire, c'était son regard. À faire peur au diable. Sûrement un évadé de Bedlam.

— De Bedlam ? Qu'est-ce qui vous fait dire ça ?

— Il portait l'habit de certains pensionnaires de l'asile. Une espèce de robe marron, nouée autour de la taille.

— Comme une robe de moine ?

— Ouais. Faut dire que la direction de Bedlam

utilise de vieilles robes de moines pour confectionner de vagues pèlerines à ses pensionnaires.

Holmes se raidit.

— Comment savez-vous ça ?

— J'ai pu les observer et discuter un peu avec eux. Ils font partie de ma clientèle. Du moins ceux qui ont l'autorisation de sortir le dimanche.

Je me souvins de ces malheureux qui déambulaient dans la grande cour de Bedlam. Certains d'entre eux portaient en effet de grands manteaux informes munis de capuches.

Holmes poursuivit :

— Le personnage qui fouillait dans vos poubelles était-il seul ?

— Non, je crois qu'il y avait des gamins un peu plus loin.

— Combien étaient-ils ?

— J'en ai vu que deux. Mais peut-être qu'y en avait d'autres, planqués dans l'ombre. Ils ont détalé comme des rats, chacun de leur côté, dès qu'ils m'ont aperçu.

— Savez-vous où je pourrais retrouver celui qui portait la fameuse pelure de Bedlam ?

L'homme haussa les épaules en signe d'impuissance.

— La potence..., se contenta de rappeler Holmes.

L'homme se massa le cou, comme s'il sentait déjà le nœud coulant se resserrer sur sa gorge.

— Je... j'en ai pas la moindre idée. Mais il habitait sûrement le secteur parce qu'il a été aperçu par plusieurs de mes clients. C'était même devenu une conversation de comptoir pendant un temps.

Et petit à petit, plus personne n'en a parlé. Il a disparu comme il était apparu.

L'homme fronça les sourcils, en proie à un doute subit.

— Quel est le rapport avec notre affaire ?

Mon camarade reprit aussitôt le contrôle.

— Il joue un rôle important dans la filière. Qui pourrait me donner des informations complémentaires sur ce mystérieux personnage ?

— Je sais pas, monsieur. Les clients, ça va, ça vient. Tous ceux de l'époque ont déménagé ou sont morts. Ça fait plus de six ans...

— Avec ce que vous leur serviez, cela n'a rien d'étonnant.

Holmes tourna les talons.

L'homme gémit dans son dos :

— Et moi ?... Dites-moi au moins ce que vous comptez faire.

— Pas le temps, conclut Holmes. On repassera quand on aura moins de travail.

De nouvelles connexions s'établissaient. Les pistes convergeaient enfin.

Le restaurateur de l'infâme estaminet avait mentionné la présence de deux gosses. L'un d'eux devait être le petit Gedeon, occupé de son côté à fouiller dans les poubelles. L'autre était avec la créature. Tous s'étaient enfuis à l'arrivée du patron du restaurant.

Et maintenant, nous apprenions que la créature portait un manteau provenant de Bedlam.

Comme pour prolonger ma pensée, Holmes dit soudain :

444

— Julius nous a parlé de fous évadés de Bedlam, mais il a été interrompu par l'arrivée de sir Frederick et nous n'avons plus prêté attention à son récit. La solution de cette énigme est cachée derrière les murs de Bedlam, Watson.

Holmes héla un fiacre.

Je m'attendais à ce qu'il demande au cocher de nous conduire à Bedlam, mais à ma grande surprise il lui cria :

— À Baker Street, 221b.

Nous prîmes place dans la cabine et je lui demandai :

— Pourquoi ne pas aller à Bedlam maintenant ?

— Parce que nous sommes jeudi. Nous irons demain.

Je me souvins que le jeudi était le jour de visite de sir Frederick à Bedlam.

J'en déduisis que Holmes préférait l'éviter.

Un doute germa dans mon esprit.

Sir Frederick avait-il un rapport quelconque avec cette affaire ?

Vendredi 19 octobre 1888

Le fiacre s'immobilisa. Holmes en sortit comme un boulet hors de la gueule d'un canon. Je payai le cocher, sautai sur le marchepied et je le rejoignis en courant.

Holmes discutait avec le garde de Bedlam. Je n'eus pas le temps d'entendre ce qu'ils se disaient, mais la porte s'ouvrit et nous nous engouffrâmes.

À l'intérieur, le fameux Julius se précipita vers nous dès qu'il nous aperçut.

Il nous exprima sa joie avec les effusions démonstratives d'un jeune chiot retrouvant son maître.

Quand il se fut calmé, il nous annonça sur un ton d'excuse :

— Jeudi, c'était hier. Ce n'est pas le jour de visite de sir Frederick aujourd'hui.

Holmes fit un geste d'indifférence.

— Ça ne fait rien. D'ailleurs, ce ne sera pas nécessaire de l'informer de notre visite. Vous le remplacerez très bien. Votre bonne connaissance de la maison nous sera de la plus grande utilité.

Il bomba le torse.

— Je ferai tout mon impossible pour vous rendre service, et même plus.

Holmes lui sourit.

— Ça devrait suffire.

Et il ajouta sans transition :

— N'avez-vous jamais remarqué de personnage étrange ici ?

— Oh non ! Tous nos fous sont parfaitement normaux.

Holmes réalisa que ce n'était pas la bonne question et se reprit :

— Je n'en doute pas un instant. Je parle seulement de l'aspect physique...

Julius le considéra d'un œil torve, bouche bée.

Holmes précisa :

— Avez-vous déjà eu ici un pensionnaire au visage... étrange.

Julius fronça les sourcils et prit son menton dans sa main droite :

— Je ne vois pas...

— Quelqu'un qui ressemblerait... à un squelette ?

L'autre arrondit les yeux.

Comme il ne répondait pas, j'ajoutai :

— Avec un visage défiguré, comme s'il avait été mutilé ou passé au vitriol.

Julius semblait effaré.

— Non... non, vraiment. Il y a parfois des accidents. Mais jamais aussi graves.

Holmes planta ses yeux dans ceux de notre guide, qui recula d'un pas.

— Je... je vous jure que je ne sais rien de plus. Il faudrait peut-être demander au directeur. Lui, il sait reconnaître les fous normaux des autres.

Holmes posa une main amicale sur l'épaule du bougre.

— Je le rencontrerai, mais pas aujourd'hui. Pour l'instant, je souhaite que notre visite reste confidentielle.

Julius reprit quelques centimètres.

Holmes lui sourit :

— Nous aimerions revoir Enigmus un instant. Ensuite, j'aurai encore recours à vos services.

Julius rougit de plaisir et s'inclina.

— Tout ce que vous voudrez. Rares sont les personnes qui me font confiance, à part sir Frederick... Je saurai me montrer à la hauteur. Vous savez, je suis le fou le plus normal de Bedlam.

Quelques minutes plus tard, nous poussions la porte d'Enigmus.

Le vieillard était penché sur son travail.

— Observez ses doigts, me glissa Holmes. Vous constatez qu'ils ne portent pas la moindre tache d'encre.

Enigmus sembla réagir au dernier mot prononcé par mon camarade et tourna la tête vers nous. Je crus un instant qu'il nous avait reconnus, mais il fronça les sourcils et demanda :

— Vous venez pour l'encre ?

— Non, nous souhaiterions..., commença Holmes.

Enigmus tourna le dos et replongea le nez dans son grimoire.

— Alors je n'ai pas le temps.

Mon camarade insista :

— Nous nous sommes déjà rencontrés.

Il se tourna de nouveau vers nous et nous dévisagea.

— Vous faites partie des apôtres ?

— Remplaçants seulement, hasarda Holmes.

Il se leva et vint à notre rencontre, main tendue :

— Il fallait le dire tout de suite. Mon nom est frère Dominique. Je suis le treizième apôtre. Est-ce qu'on ne se serait pas rencontrés lors d'un de ces pique-niques géants. La fois où Il a fait le coup des pains, non ?

Holmes fit un geste évasif.

— Possible.

— Nous allons pouvoir évoquer le bon vieux temps. Voyez-vous, je me suis retiré dans ce monastère afin de livrer mon témoignage à la postérité. Il faut que tout le monde sache ce qui s'est passé. Mais ces histoires sont déjà anciennes et ce n'est pas facile...

Holmes coupa :

— Nous savons déjà tout cela. De plus, je tiens à préciser que nous resterons debout durant notre entretien et que nous ne buvons pas de thé.

— Ça tombe bien, je n'ai ni chaise ni thé à vous offrir.

Julius suivait la conversation, un sourire béat aux lèvres.

Holmes reprit :

— Nous voulions justement évoquer une histoire que vous nous avez racontée.

— Le coup des pains ?

— Non, non...

— Je sais, le coup des poissons !

— Non plus. Il était question d'une femme terrible. Une ogresse, selon votre expression.

Il plongea dans un abîme de perplexité.

— Marie-Madeleine ? Elle n'avait rien d'une ogresse... Quant à Ponce Pilate, c'était vraiment un sale type, mais ce n'était pas une femme.

Holmes poursuivit sur un ton qu'il s'efforçait de maîtriser :

— Écoutez, ça n'a rien à voir avec cette histoire. Essayez de vous souvenir.

Enigmus lissa sa barbe.

— C'est que... voyez-vous, il m'arrive d'avoir de petits trous de mémoire ces temps-ci. Mais je vais peut-être pouvoir retrouver cela dans les archives en attente de classement. Je consigne des bribes de souvenirs. Il n'est pas impossible que ce passage y figure si je l'ai déjà évoqué avec vous.

Il tira de l'unique étagère un carnet plat d'une cinquantaine de pages.

— Je suis certain que mes réminiscences retrouveront un jour ou l'autre leur place dans mon témoignage...

Holmes tendit la main pour saisir le carnet.

L'homme hésita.

— Vous allez avoir du mal à vous y retrouver. Même moi je m'y perds.

Le très hypothétique treizième apôtre finit par lui donner son carnet.

Holmes le feuilleta en avant, puis en arrière, de plus en plus vite.

— Mais... il n'y a rien ! Les pages sont blanches.

Enigmus afficha un sourire de connivence.

— Je vous avais prévenu...

— Vous n'avez *rien* noté sur ce carnet, répéta Holmes.

— Si, mais je l'ai rédigé juste après le mystère de l'encrier.

Holmes se précipita vers la petite bibliothèque d'Enigmus, ouvrit le gros volume qui était supposé contenir ses Mémoires.

Il constata que toutes les pages étaient vierges et se prit la tête à deux mains.

Le vieux bougre poursuivit :

— Figurez-vous que quelques jours après mon arrivée ici, mon encrier a été retrouvé vide au pied de mon lit. Quelqu'un avait versé son contenu au fond de ma gorge. J'ai été malade comme un chien et je me suis fait un sang d'encre. Forcément. Depuis ce jour, il n'y a plus que de l'eau dans mon encrier. J'ai bien essayé de la transformer en encre. Mais ça n'a pas marché. Vous y comprenez quelque chose, vous ?

Holmes était effondré.

— Non.

— Ça me rassure.

Voilà pourquoi les mains d'Enigmus étaient si blanches. Ce diable de Sherlock Holmes l'avait bien remarqué, mais n'avait pu imaginer une telle conclusion.

— Vous continuez à écrire sans encre depuis tout ce temps ? hasardai-je.

— Bien obligé. Pour ne pas oublier. Il me suffira de repasser à l'encre quand on m'en apportera. J'ai fait une demande au père supérieur, mais il semblerait que le pays traverse une grave pénurie.

Holmes revint à la charge, sans grande conviction :

— Vous êtes là depuis longtemps, n'est-ce pas ?

— Pas tant que ça, je suis arrivé juste après...

— Vous avez donc obligatoirement entendu parler de l'évasion de certains pensionnaires.

Il se concentra un instant.

— Une évasion, dites-vous ?

— Oui.

— Ici ?

Holmes opina.

Le drôle d'apôtre exulta.

— Alors tout s'explique !

Nous étions suspendus à ses lèvres.

Il poursuivit :

— La bande à Judas. Je l'aurais parié. Ils se sont sauvés avec l'encre. Sans doute comptaient-ils se livrer à quelque trafic illicite. C'est bien dans leur genre, ça. Coups fourrés, trahisons et compagnie.

Il nous serra la main avec ferveur.

— Je vous remercie. Vous venez sans doute de résoudre le dernier grand mystère de notre époque. Je vais tout de suite écrire un mot au pape.

Je fis une dernière tentative :

— N'avez-vous vraiment aucun souvenir de cette histoire d'évasion ?

— L'évasion...

Il prit un air sombre.

— À vrai dire, je n'ai jamais compris le truc.

— Le truc ?

— Vous parlez bien de la fois où il s'est évadé en faisant rouler la pierre devant le tombeau ?

Notre patience atteignait ses limites.

Holmes serra les poings et parvint encore à lui demander :

— Avez-vous déjà vu à Bedlam un homme défiguré ?

— Bedlam ? Connais pas.

Holmes était sur le point de capituler. Je poursuivis sur un ton calme :

— Allons, faites un effort. Avez-vous rencontré ici quelqu'un qui portait un habit de moine ? Le visage mutilé ou vitriolé ? Une allure squelettique ?

Il se signa.

— Oh mon Dieu ! Ce n'était pas un homme, mais une jeune femme.

— Une jeune femme ? Ici ?

Son visage devint inquiet, comme lors de notre première visite. Je crus un instant qu'il allait fondre en larmes, mais il se reprit :

— Non, c'était dans l'autre monde.

— Où se situe l'autre monde ?

— Je ne sais plus. C'est justement ce que je recherche.

Il feuilleta son carnet aux pages vierges.

— C'est peut-être marqué quelque part, mais je n'arrive pas à me relire.

Je tentai encore :

— Si jamais cette histoire vous revient en mémoire, parlez-en immédiatement à Julius.

— Je ferai même mieux : je noterai tout dans mon carnet pour être sûr de ne rien oublier.

Cette fois, la coupe était pleine.

Une fois dehors, Holmes s'épongea le front et prit une profonde inspiration.

Julius vit notre mine dépitée et crut bon d'ajouter :

— On a été obligés de lui enlever l'encre depuis qu'il a avalé le contenu de son encrier. Je suppose que j'aurais dû vous en parler plus tôt, n'est-ce pas ?

Je haussai les épaules.

— Cela n'a plus d'importance maintenant. Mais pourquoi a-t-il fait ça ?

— Il faisait chaud et il avait soif. Il a cru un instant qu'il avait transformé son encre en vin.

— Vous ne croyez pas à tout cela, n'est-ce pas ?

— Bien sûr que non. J'ai beau être fou, je ne suis pas idiot.

Holmes reprit espoir.

— À la bonne heure. Votre témoignage sera sûrement plus précieux que celui de ce vieil abru... apôtre. Avec quoi fabrique-t-on les manteaux des pensionnaires de Bedlam ?

Il arrondit les yeux.

— Les manteaux ? Ben... de la toile. Des vieux habits qu'on récupère un peu partout.

— Quel genre ?

— Du genre que les autres ne veulent plus porter. C'est souvent des dons que font des religieux ou des associations de charité... On nous apporte de tout.

— Essayez d'être plus précis.

Il y eut un silence Le pauvre Julius chercha son inspiration dans les nuages qui filaient au-dessus de sa tête.

— Il y a des chemises, des chaussettes, des caleçons...

— Et les manteaux ?

— Ça, c'est plus rare. Parfois, on se contente d'en fabriquer avec d'anciennes robes de moines.

Holmes sourit.

Julius lui rendit son sourire, sans trop savoir pourquoi.

Mon camarade poursuivit :

— Vous nous avez parlé de cette fameuse évasion lors de notre dernière visite. Un groupe de patients dangereux s'est sauvé durant l'hiver 1878. C'est bien ça ?

— Oui, autant que je me souvienne.

— Vous prétendiez tenir ces informations d'un pensionnaire...

— Le Glouton ?

— C'est ça ! Pouvons-nous l'interroger ?

Il fit un geste d'impuissance.

— Je crois que ça ne donnerait rien.

— Pourquoi ?

— Parce qu'il est mort à présent.

— En effet, l'argument me semble valable.

Holmes réfléchit un instant.

— Existe-t-il des archives retraçant les entrées et les sorties de tous les patients de Bedlam ?

— Bien sûr. Pour les consulter, il suffit de demander au directeur...

Mon camarade fit un geste de dénégation.

— Inutile de le déranger pour si peu. Vous le remplacerez avantageusement.

Julius rougit de plaisir, puis il tourna les talons.

— Suivez-moi. Je vais vous conduire aux archives.

Nous longeâmes un couloir et descendîmes un escalier humide. Notre guide ouvrit une porte vermoulue et s'écarta.

— Tout est là.

La petite pièce empestait le salpêtre et la moisissure. Les murs de pierre semblaient enduits d'une couche de graisse brillante. C'était bien le dernier endroit où il aurait fallu stocker des archives.

Des piles de registres, posés à même le sol, évoquaient les immeubles d'une ville miniature secouée par un séisme.

À en juger par l'état des reliures de certains registres, les rongeurs prenaient une part active au désastre.

— Comment est-ce classé ? osa Holmes.

— Comme ça, répondit Julius en embrassant la pièce d'un geste ample.

En clair, il nous fallait explorer les décombres pour espérer remonter le temps.

Fort heureusement, les dates étaient notées sur le dos de la plupart des registres. Parfois l'humidité et le temps avaient effacé l'encre, mais il suffisait de tourner quelques pages jaunies pour avoir une idée précise de la date, inscrite en haut de chaque page.

Au bout d'une demi-heure, nous parvînmes à reconstituer un semblant de classement. Les années étaient entassées en paquets liés par des ficelles à demi pourries par l'humidité, ce qui facilita notre recherche.

Outre les noms et adresses d'origine des pensionnaires, les registres contenaient une foule de détails, tels que leurs habitudes, leurs phobies, leurs crises et les traitements qui leur étaient infligés.

Nous consultâmes ainsi un par un l'ensemble des documents, classeurs et registres de la pièce sous l'œil attentif de Julius. Mais l'année 1878 demeurait introuvable. Ce n'était d'ailleurs pas la seule qui manquât à l'appel. Disparition accidentelle ou subtilisation ?

Holmes se tourna vers Julius :

— Existe-t-il d'autres archives ailleurs, ou d'autres livres indiquant les entrées et les sorties de pensionnaires ?

Julius se gratta le menton.

— Non. À part le registre de l'année en cours, mais il n'est pas encore dans les archives puisque l'année n'est pas finie.

— Comment expliquez-vous qu'il manque certains mois et certaines années ?

— Quand elles sont trop mangées, on les jette.

— Mangées ?

— Par les bestioles, les rats, les insectes, tout ça.

Il réfléchit encore et ajouta :

— On a aussi eu une fuite d'eau. Ça a ruiné les archives d'une année entière.

— Quelle année ?

— 1878, si j'ai bonne mémoire.

— Vous ne pouviez pas le dire plus tôt ?

Julius se tassa.

— Je ne savais pas que vous vous intéressiez aussi aux fuites d'eau.

Nous sortîmes de cet endroit, pas mécontents de retrouver l'air frais de l'extérieur. L'odeur de moisi s'était imprégnée dans nos vêtements et nos narines. Une fois dans la cour, Julius annonça avec enthousiasme :

— J'ai peut-être autre chose qui va vous intéresser.

Il fonça vers la petite chapelle de Bedlam et nous invita à le suivre d'un geste de la main. Il poussa la porte et entra sur la pointe des pieds. Il se signa, fit une rapide génuflexion vers l'autel et pointa le menton dans une direction.

— Regardez, il y en a une autre ici.

— Une autre quoi ? demanda Holmes, qui ne savait où porter son regard.

— Une fuite. Là, sous le bénitier.

Holmes sortit en fulminant.

Julius nous suivit, désemparé.

— Vous ne vous intéressez déjà plus aux fuites ?

Une fois de plus, notre recherche conduisait à une impasse.

Julius trottina sur nos talons jusqu'à la porte d'entrée, comme un petit chien derrière ses maîtres. Au moment de prendre congé, le malheureux semblait mortifié, conscient d'avoir failli à son devoir, mais incapable de comprendre ce que nous attendions de lui.

— Je... suis désolé. Que puis-je encore pour vous ?

— Vous en avez assez fait, grinça Holmes en s'éloignant.

Julius me serra la main avec son effervescence habituelle.

— Et vous, docteur Watson, voulez-vous examiner les malades ?

— Ça ira, merci.

Je tentai de reprendre ma main, mais le bougre n'était pas décidé à la lâcher.

Il insista :

— Ou au moins prendre connaissance du rapport d'autopsie du docteur Llewellyn.

Holmes, qui s'apprêtait à héler un fiacre, resta figé, la main en l'air.

— Que dites-vous ? Vous connaissez Llewellyn ?

Julius reprit un peu d'assurance, soucieux de se racheter.

— Bien sûr, je l'ai reçu en personne pas plus tard qu'hier quand il est venu examiner le cadavre du Glouton.

Holmes se mordit la lèvre inférieure.

— Vous êtes en train de nous dire que ce fameux Glouton, le seul homme qui connaissait cette histoire d'évasion, est mort hier. C'est bien ça ?

Julius rentra la tête dans les épaules, sentant venir un nouvel orage.

— Je vous ai bien dit que le Glouton était mort.

— Vous ne nous avez pas dit quand !

— Je ne savais pas que vous vous intéressiez aussi aux dates des décès.

Holmes ferma les yeux quelques secondes, à la recherche de son karma.

Je fus saisi par le doute et demandai à Julius :

— Ce... Glouton n'a tout de même pas été assassiné ?

Julius baissa les yeux.

— Oh, non. C'est un décès en bonne et due forme, tout ce qu'il y a de plus naturel.

Holmes chercha son regard.

— C'est-à-dire ?

— Il est mort étouffé. On a retrouvé une grenouille enfoncée dans sa gorge.

La tête de Holmes évoquait une chaudière de locomotive en surpression.

Julius perdit encore plusieurs centimètres.

Holmes libéra une soupape et demanda :

— Hier, c'était bien jeudi, le jour de visite de sir Frederick, n'est-ce pas ?

— Ça oui ! claironna Julius, trop heureux de pouvoir lancer une affirmation qui ne serait pas sujette à controverse.

— Sir Frederick et le docteur Llewellyn se sont donc rencontrés ?

— Oui. Et ils ont longuement discuté car ils n'étaient pas d'accord.

— À quel sujet ?

— La cause du décès. Sir Frederick penchait pour l'accident, tandis que le docteur Llewellyn soutenait qu'il s'agissait d'un assassinat.

— Vous êtes sûr que ce n'est pas l'inverse ?

— Absolument certain. C'est ce qu'ils ont dit.

— On n'avale pas une grenouille par accident, fis-je remarquer.

— Ben... le Glouton, il avait tendance à mettre n'importe quoi dans sa bouche. D'un autre côté, faut reconnaître qu'une grenouille, c'est assez dégoûtant. Habituellement, il mangeait plutôt des petites bestioles craquantes et croustillantes, comme des cafards ou des blattes. Alors c'est peut-être un accident. Mais c'est peut-être aussi un assassinat. Ça serait comme qui dirait un assassinat accidentel.

C'est sur cette conclusion édifiante que nous prîmes congé de Bedlam et de ses locataires.

J'avais l'impression de refaire le chemin à l'envers, de revivre des instants désagréables et déjà vus. Après Bedlam, nous étions de retour chez Llewellyn. J'avais espéré ne plus revoir l'exécrable médecin légiste.

Llewellyn semblait avoir pris dix ans depuis notre précédente visite. Il était assis sur une chaise, penché en avant, les coudes posés sur les genoux et la tête dans les mains. Il évoquait un camelot, attendant au coin d'une rue qu'un chaland vienne s'intéresser à sa marchandise.

Il leva un regard vide vers nous.

Holmes le salua. Llewellyn marmonna quelques mots que l'on pouvait interpréter, avec beaucoup d'imagination, comme une formule de bienvenue.

Holmes entra dans le vif du sujet.

— Nous souhaiterions converser un moment avec vous, si votre emploi du temps vous le permet.

Llewellyn redressa la tête.

— À moins qu'on m'apporte une nouvelle cargaison de macchabées, je suis disponible. Mais je ne pourrai pas vous accorder beaucoup de temps. Je suis épuisé. Il faut que je dorme.

Il désigna quelques formes allongées recouvertes d'un drap sale, comme pour nous faire mesurer l'étendue de sa tâche.

— Cinq morts et demi, cet après-midi.

— Et demi ?

— Une bonne femme. Une grande bringue. Découpée dans le sens de la longueur. De l'entrejambe au cuir chevelu. Scie circulaire. Travail de pro.

Il s'exprimait par bribes, comme si un cas aussi banal ne justifiait pas des phrases entières.

— Le mari était croque-mort depuis plus de trente ans. Il taillait des planches à longueur de journée pour fabriquer ses cercueils. Pas pu expliquer son geste à la police.

Il s'anima un peu.

— J'ai d'autres cas qui devraient vous intéresser...

— Un rapport avec les meurtres de Whitechapel ?

— Peut-être. En tout cas, ça devrait vous permettre de mieux comprendre ce qui se passe dans ce quartier.

Il tendit l'index vers un suaire plus petit que les autres.

— Un bébé. Le ventre gonflé comme une outre. J'ai à peine posé mon scalpel dessus qu'il m'a éclaté au nez, comme un ballon de baudruche. J'ai été aspergé de la tête aux pieds par un bon litre de gnôle pure. D'après la police, la mère était tellement ivre qu'elle lui aurait collé sa bouteille de gin dans le gosier à la place du biberon.

Il désigna une deuxième forme, un peu plus longue, à côté du bébé.

— La femme aurait été battue à mort par son mari qui lui aurait reproché d'avoir gâché sa bonne gnôle. Il lui aurait ensuite enfoncé la bouteille dans le...

Il fit un geste évocateur.

— Enfin, vous voyez ce que je veux dire...

— C'est ignoble, lâchai-je.

— Et encore, je vous ai donné la version officielle...

Il prit un air entendu.

— ... celle qui alimentera les colonnes des journaux à sensation. Mais la vérité est sans doute bien plus épouvantable.

— Plus épouvantable que ça ? demandai-je.

Il haussa les épaules.

— Bien sûr. Ce ne serait d'ailleurs pas une première. Des types sans scrupule vendent femme et enfants à des établissements très privés qui se livrent à des petits jeux spéciaux pour satisfaire une clientèle non moins spéciale.

— Vous prétendez que la femme et le bébé auraient été violentés ?

— Je ne prétends rien, je constate. La Tamise rejette tous les jours sur ses rivages des résidus d'êtres humains qui portent les traces de ce qu'ils ont enduré. Officiellement, il n'y a pas de preuve, pas de témoin, pas de coupable.

J'étais abasourdi.

— Si ce que vous dites est vrai, pourquoi personne ne l'a jamais dénoncé ?

— Peur du scandale, et parfois des représailles. La police étouffe toujours ces affaires en donnant une version acceptable. Sinon, ça mettrait en cause trop de personnes en vue.

Il marqua une pause et poursuivit, la voix plus basse :

— Contrairement à ce qu'on pourrait penser, ces horreurs ne sont pas toujours le fait de brutes incultes. Les habitués des maisons closes les plus fortunés en demandent toujours plus. Ils font ça avec des enfants, des vieillards, des animaux. Un groupe déterrait même des morts fraîchement mis en terre. Vous n'imaginez même pas ce qu'ils faisaient avec. Il n'y a plus de limites à la perversion et à l'horreur. Ils se repaissent du spectacle de la lente agonie d'une mère sous les yeux de ses enfants, ou l'inverse. J'ai vu arriver des femmes enceintes, le ventre couvert d'hématomes, le bébé mort à l'intérieur...

Il fit un geste d'indifférence.

— Enfin, je ne sais plus pourquoi je vous raconte ça...

Il se reprit.

— De quoi vouliez-vous m'entretenir, au fait ?

Holmes sauta sur l'occasion :

— Une autopsie peu banale que vous avez réalisée il y a peu de temps.

Il marqua une pause et guetta la réaction de Llewellyn.

— Une mort étrange survenue à Bedlam, reprit-il.

En fait de réaction, Llewellyn étouffa un bâillement dans son poing.

— Ha... hrenouille ?

— Oui, la grenouille. Il semblerait que votre conclusion diffère de celle de sir Frederick sur les conditions de la mort.

Une fois encore, la réaction de Llewellyn ne fut pas celle que nous escomptions. Il se contenta d'une moue de dédain.

— Sir Frederick a toujours des explications... tordues. Mais ce n'est pas lui qui a les mains dans la glaise, si j'ose dire. Il s'agit d'un banal assassinat.

— Un assassinat n'est jamais banal. Celui-ci moins que les autres. La victime a tout de même été étouffée par un batracien, coincé au fond de sa gorge. Comment est-il arrivé là ?

Il haussa de nouveau les épaules.

— Est-ce que je sais ? Je suis médecin légiste, pas policier. Je ne peux rien vous dire de plus que ce que j'ai déduit de mes observations.

— C'est-à-dire ?

— Quelqu'un a assommé ce type et lui a enfoncé une grenouille dans la gorge. Il y avait encore des traces de sang séché à l'arrière du crâne de la victime.

— Et vos déductions ?

— Une dispute avait éclaté quelques jours plus tôt entre deux pensionnaires à propos d'une rainette trouvée dans la grande cour. Je ne serais pas étonné que ce meurtre en soit la conséquence. Il ne faut pas perdre de vue que les pensionnaires de Bedlam sont fous à lier. Il n'y a que sir Frederick pour leur trouver des excuses et espérer en tirer quelque chose.

Holmes planta ses yeux dans ceux du médecin légiste.

— Et si la vraie raison du meurtre était plus grave que cela ?

Llewellyn fronça les sourcils d'un air suspicieux.

Holmes poursuivit, sans le lâcher du regard :

— Quelqu'un aurait pu saisir l'occasion de cette histoire de grenouille pour faire disparaître un témoin gênant.

— Témoin de quoi ?

— C'est ce que j'essaie de déterminer.

Un silence gêné emplit l'espace.

Llewellyn plissa les yeux et nous observa d'une manière étrange.

— Je vous ai donné mon avis. À vrai dire, je n'ai rien en particulier contre sir Frederick. Je me suis peut-être emporté tout à l'heure. La fatigue. Les nerfs... Peut-être que ce bonhomme s'est réellement suicidé. On peut s'attendre à tout avec les aliénés, n'est-ce pas ? Dans ce cas, les conclusions de sir Frederick seraient justes. Lui seul pourrait s'expliquer sur ce point.

Quel étrange revirement ! Llewellyn semblait se rétracter, comme s'il s'était soudain rendu compte qu'il en avait trop dit. Craignait-il lui aussi des représailles ? À présent, il nous renvoyait vers sir Frederick. Essayait-il de nous faire comprendre que la réponse à nos questions se trouvait là ?

Il se dirigea vers la porte, nous signifiant qu'il souhaitait mettre fin à cette entrevue.

Holmes ne bougea pas d'un pouce.

— Que savez-vous de l'évasion de Bedlam ?

Llewellyn le fixa avec surprise.

— Je n'ai pas été informé. Ça s'est passé aujourd'hui ?

Soit il jouait la comédie à la perfection, soit il ne savait vraiment rien.

Holmes lui tendit sa carte.

— Si quelque chose vous revient en mémoire, venez m'en parler. Il n'est jamais trop tard pour libérer sa conscience.

Llewellyn resta bouche bée. Son regard passa de la carte à Holmes, puis à moi, comme s'il attendait une explication.

Comme elle ne vint pas, il glissa la carte dans sa poche et sortit en haussant les épaules.

Dans le fiacre qui nous ramenait à Baker Street, je tentai de récapituler ce qui nous avait conduits jusqu'à Llewellyn sans vraiment y parvenir. Mes pensées tournaient en rond. Tout semblait parti de cette histoire de monstre qui portait un vêtement identique à ceux que portaient les pensionnaires de Bedlam. Puis il y avait eu cette histoire d'évasion en 1878, la disparition des archives de cette année-là, et le meurtre de l'unique personne qui aurait peut-être pu nous apprendre quelque chose sur cette évasion. Or ces archives correspondaient à l'année où le fameux monstre avait été repéré. Que contenaient-elles ? Qui les avait fait disparaître ? Le nom de l'assassin y figurait-il ? Et peut-être même les raisons de ses crimes ? Possédait-il des complices ?...

Nous étions venus chercher des réponses, nous repartions une fois de plus avec des interrogations et des doutes. Je révisai mon jugement sur Llewellyn. Certes il était cynique et désabusé. Mais l'aurais-je été moins que lui après tant d'années de dissections et d'horreurs ? Je comprenais aussi beaucoup mieux ce qui l'opposait à sir Frederick. Sans doute le médecin légiste, relégué aux tâches ingrates, éprouvait-il quelque dépit face au brillant chirurgien du corps et de l'âme qu'était sir Frederick.

Pour autant, l'un et l'autre avaient-ils révélé le fond de leur pensée ? Que savaient-ils vraiment de cette affaire ? S'en tenaient-ils l'un et l'autre au silence ?

Une fois à Baker Street, Holmes fit les cent pas dans le salon, mains croisées derrière le dos, tête baissée et visage renfrogné.

De mon côté, je me rongeais les ongles tout en essayant de chasser les démons de la nuit qui se profilaient à l'horizon noir de ma conscience.

Je me plantai devant la fenêtre et contemplai la rue où des volutes de brouillard couraient comme des fantômes. Le temps était le pur reflet de mon angoisse et de ma tension.

Quand on frappa à la porte, Holmes et moi sursautâmes en même temps.

Mme Hudson entra.

— Un monsieur et une dame demandent à vous voir, monsieur Holmes.

— Mari et femme ?

— Pas frère et sœur en tout cas.

Holmes ne semblait pas d'humeur à se livrer à son petit jeu consistant à deviner l'identité de ses visiteurs.

Il demanda :

— De qui s'agit-il ?

— M. Richard Mansfield...

— Mansfield ! Que veut-il ?

— Je l'ignore, monsieur.

— Faites monter.

Quelques instants plus tard, Mansfield se présentait, accompagné d'une jeune femme à la beauté évanescente. L'homme avait retrouvé toute sa superbe. La femme avait un sourire mélancolique qui ajoutait encore à son charme.

Nous les saluâmes.

Holmes s'adressa à l'acteur :

— Que nous vaut l'honneur de cette visite ?

— Nous sommes venus vous remercier.

Il glissa sa main autour de la taille de sa compagne.

— J'ai également le plaisir de vous annoncer mes prochaines fiançailles avec Mlle Martha Winegrave.

Holmes et moi restâmes bouche bée. La jeune fiancée de Mansfield n'était autre que la pauvre fille que nous avions croisée chez le médium usurpateur. Comment une telle métamorphose était-elle possible ?

La réponse vint de l'intéressée elle-même.

— Je vous dois le salut, monsieur Holmes. Vous m'avez ouvert les yeux. Ce sinistre escroc de faux médium me volait mon argent en même temps que ma vie. En cessant de le fréquenter, j'ai retrouvé la santé, et mieux encore...

Elle se blottit contre la poitrine de Mansfield.

— Dieu soit loué ! proclama Holmes. Ma méthode était sans doute un peu expéditive, mais je me félicite de ses conséquences.

— Quant à moi, poursuivit Mansfield, je vais interpréter *Richard III* l'année prochaine au Globe Theater.

Jouer la célèbre pièce de Shakespeare dans un tel théâtre correspondait à une consécration et couronnait une carrière d'acteur.

Nous le félicitâmes pour ce succès.

Mansfield adopta une attitude humble.

— Sans vous, je n'aurais jamais eu la force morale et physique de relever ce défi. C'est pourquoi je me sens redevable. Je tenais donc à mon tour à vous apporter ma modeste contribution. Notre fâcheuse expérience nous a beaucoup donné à réfléchir. Voyez-vous, je pense que nous recherchions une sorte de guide spirituel. Quelqu'un qui soit capable de catalyser et d'orienter nos énergies. Quelqu'un qui pourrait nous révéler à nous-mêmes et nous aider à accomplir nos destins. En vérité, nous sommes passés à côté de la catastrophe.

Holmes opina et le laissa poursuivre, sans doute aussi intrigué que moi par le discours de l'acteur et le motif réel de sa visite.

Mansfield continua :

— Dans notre cas, cette énergie a été positive. Le théâtre... notre couple... Mais je frémis à l'idée de ce que nous serions devenus et de ce que nous aurions accompli si vous n'étiez pas intervenu. Nous serions peu à peu devenus les jouets de ce soi-disant médium. Il aurait pu nous manipuler à sa guise et réaliser ses sinistres desseins à travers nos personnes.

Il marqua une pause.

— S'il pouvait le faire, d'autres le pouvaient également. Un individu usant de subterfuges tels que la drogue ou l'hypnose, ou toute combinaison des deux, pourrait parfaitement projeter ses pires fantasmes sur des personnes... disons fragiles, qui agiraient à sa place. Vous voyez où je veux en venir.

Bien sûr que l'on voyait. L'Éventreur pourrait n'être qu'une simple marionnette, manipulée à distance par un opérateur dément.

Holmes se contenta d'opiner, invitant tacitement Mansfield à aller au bout de son raisonnement.

Mlle Winegrave buvait les paroles de son fiancé, le regard extatique.

Mansfield poursuivit :

— Ma conclusion, c'est qu'en recherchant l'Éventreur la police fait fausse route. Aucun être sensé ne se livrerait à de tels crimes en pleine rue, dans un quartier de quelques kilomètres carrés grouillant de policiers à l'affût. Seul un fou ou un personnage inconscient du danger pourrait se conduire de la sorte.

Holmes et moi étions suspendus à ses paroles.

Mansfield s'en aperçut et prit l'attitude énigmatique de l'acteur, laissant saliver son public à l'épilogue d'une pièce de théâtre.

— Le boucher de Whitechapel n'agit pas sous l'effet d'une pulsion maladive irrépressible, mais sous l'influence d'un esprit néfaste... sur lequel j'ai mes idées.

Il sortit de sa poche un papier qu'il déplia avec une lenteur désespérante.

— Je suis parti de quelques hypothèses simples. Le manipulateur du meurtrier maîtrise les techniques de l'hypnose. Il peut user de la drogue pour affermir son ascendant sur son esclave. Les crimes qu'il lui ordonne ont un caractère... chirurgical, qui a été maintes fois relevé par les médecins en charge de l'enquête. Donc le manipulateur peut l'être également.

Il tendit enfin sa feuille à Holmes.

— Voici la liste des personnes à Londres qui répondent à ces critères. Certaines sont médecins, d'autres agissent au sein de sectes plus ou moins douteuses. Tout est indiqué : nom, adresse, profession...

Mon camarade parcourut la liste. Il se figea un court instant, incapable de masquer sa surprise.

Mansfield poursuivit :

— Sans doute l'Éventreur n'est-il qu'un pauvre bougre, incapable d'accomplir par lui-même de grands projets. En se plaçant sous la protection d'un esprit supérieur, il a sans doute le sentiment d'exister enfin. Il se sent puissant et indestructible. Il pense que la police ne parviendra jamais à le coincer. D'où ses lettres narquoises, son ironie morbide. Vous ne croyez pas ?

Holmes ne l'écoutait plus.

Martha Winegrave tapa dans ses mains, comme pour applaudir la prestation d'un acteur après le baisser de rideau. Mansfield bomba le torse et l'attira contre lui. Elle ferma les yeux de plaisir.

Holmes était plongé dans ses pensées. Il les salua distraitement et leur renouvela tous ses vœux de bonheur et de réussite comme un compliment appris par cœur.

Mansfield et sa fiancée prirent congé.

Quand ils furent partis, Holmes sortit la feuille de sa poche et me la tendit sans un mot. Je lus plusieurs noms, parmi lesquels je reconnus ceux d'Azam, de Paul Boca et de James Braid, dont Richard Mansfield nous avait déjà parlé. En bas de la liste, mon œil s'arrêta sur : *Sir Frederick Treves, spécialiste de l'hypnose, médecin chirurgien, préconise l'usage de certaines drogues pour soigner des malades mentaux. Appartient au cercle très fermé de la Société théosophique.*

Je confiai à Holmes :

— Je n'arrive pas à croire que sir Frederick nous ait menti.

— Moi non plus. Serais-je à ce point obtus pour ne pas mieux déceler la franchise et le mensonge chez mes contemporains ?

472

Je me gardai de le contredire. Il y eut un silence.

— Pourquoi ne pas lui rendre visite ? hasardai-je encore.

— Surtout pas. S'il ment, il doit se méfier de moi comme de la peste. Je dois prendre mes précautions et éviter d'éveiller sa méfiance. Il faut trouver une autre méthode... d'investigation.

Il frappa soudain son poing droit dans sa paume gauche.

— Et je n'en vois qu'une !

Puis il se dirigea d'un pas ferme vers sa chambre et me lança :

— Bonne nuit, Watson !

Ce qui ne me renseigna guère sur ses intentions.

Une fois seul, je tentai d'intégrer ce nouvel élément d'enquête.

Par le biais inattendu de Mansfield, le nom de sir Frederick revenait sur le devant de la scène. J'acquis la conviction que la solution de cette enquête se trouvait quelque part entre Bedlam, Llewellyn et sir Frederick. Mais il nous manquait le lien entre ces différents éléments.

C'était comme un puzzle dont nous découvrions des morceaux trop éloignés les uns des autres pour parvenir à les rassembler.

Llewellyn avait réalisé les autopsies de Polly Nichols et du fameux Glouton. Mais quel lien pouvait-il y avoir entre des personnages aussi différents ?

Quant à sir Frederick, il nous était apparu comme le protecteur généreux et désintéressé de l'homme-éléphant. Il ne semblait guère apprécier Llewellyn. Mais les deux hommes n'étaient-ils pas

plus proches qu'ils ne l'avaient laissé entendre ?
Pourquoi sir Frederick nous avait-il présenté
Enigmus et non le Glouton ?

Et puis, il y avait cette histoire d'évasion de
Bedlam, qui correspondait exactement aux apparitions du prétendu monstre de Whitechapel. Les
archives de Bedlam de cette année-là avaient
comme par hasard disparu. Et la seule personne
qui aurait encore pu nous donner quelque information sur cette évasion, si l'on excluait le pauvre
Enigmus, venait juste de décéder en ingurgitant
accidentellement une grenouille. Quelqu'un avait-il
essayé de faire disparaître un témoin gênant ?

Si tel était le cas, la méthode utilisée était pour
le moins étonnante.

Quant à Julius et Enigmus, il m'avait semblé
plusieurs fois qu'ils forçaient le trait de leur folie
ou de leur amnésie. N'était-ce pas une façon
d'éviter d'aborder une réalité dérangeante ?

Ces questions me tinrent éveillé tard dans la
nuit. Puis elles s'ajoutèrent à d'autres inquiétudes
et d'autres tourments, plus intimes et plus per-
sonnels, que je ne confierais pas même à ce
journal.

Dans un demi-sommeil, mon esprit esquissa un
scénario.

Un aliéné, habillé avec un vieux manteau taillé
dans une bure de moine, s'était échappé de
Bedlam durant l'hiver 1878. Il réapparaissait à la
fin d'août 1888 pour éventrer des malheureuses.
Mais pourquoi aurait-il attendu si longtemps pour
commettre ses crimes ? Comment était-ce possible puisqu'il semblait avoir péri dans un
incendie en 1882 ? Du reste, aucun témoignage

474

concernant les crimes de Whitechapel n'évoquait un tel personnage. L'Éventreur avait certes de nombreux signalements contradictoires, mais jamais celui-ci. Il manquait surtout le principal : le mobile des meurtres... Mon histoire ressemblait à un mauvais scénario de roman à quatre cents, tout juste bon pour amuser les lecteurs du *Punch*, et encore.

J'effaçai mon ardoise mentale et élaborai un nouveau scénario, bien plus terrifiant que le premier.

La créature échappait au rationnel. Elle n'avait rien d'humain. Mais d'où sortait-elle vraiment ? De cet « autre monde » auquel Enigmus avait fait allusion ? Était-elle un simple fantasme ? L'esprit maléfique de toute une ville ? L'envers d'une personnalité, comme le Mr Hyde du docteur Jekyll ? Était-elle consciente de ses actes ? Ou plutôt pilotée par quelque influence diabolique ? Quel but poursuivait-elle ? Vengeance ? Plaisir d'infliger la souffrance ? Goût morbide du sang et des viscères ?

Je redoutais l'instant où j'allais m'endormir et me plantai une fois encore devant la fenêtre pour tenter de me vider l'esprit en contemplant le théâtre de la rue, traversée par ses spectres vêtus de lambeaux de brume.

C'est alors qu'il se passa quelque chose d'inattendu.

Une silhouette s'arrêta un court instant sous notre fenêtre, regarda dans ma direction et s'enfonça dans le brouillard.

J'avais eu le temps de reculer dans l'obscurité pour me soustraire à son regard.

Cette fois, j'étais résolu à ne pas laisser passer ma chance. Je pris mon arme et bondis dans l'escalier.

Une fois dehors, je me jetai à la poursuite de l'étrange apparition. Contrairement à la première fois, je n'entendis pas le son de ses chaussures sur le pavé. En revanche, il me sembla percevoir le murmure d'une conversation, un peu plus loin devant moi.

Je m'approchai et me dissimulai dans l'ombre d'une porte cochère. D'où j'étais, je pouvais observer à loisir l'étrange personnage sans qu'il puisse se douter de ma présence. Il me tournait le dos et parlait avec une autre personne.

À la faveur d'un rayon de lune, je constatai qu'il portait une robe de bure, serrée à la taille par une corde. Une capuche recouvrait son visage. Sa façon de se tenir ne m'était pas étrangère. Depuis ma cachette, je ne pouvais pas entendre ses mots.

De gros nuages masquaient de nouveau la lune, plongeant la rue dans une obscurité totale.

Je me glissai hors de ma cachette et avançai, sans un bruit, le dos collé au mur, vers l'endroit du conciliabule.

L'étrange personnage sortit un objet de sa poche.

Sa voix n'était qu'un murmure.

— Tiens, celui-ci fera l'affaire.

— Et s'il se passait quelque chose d'imprévu ?

— Qu'est-ce qui pourrait arriver ?

— Je ne sais pas, il pourrait finir par comprendre, et alors...

— Lui ? Tu plaisantes. C'est le parfait pigeon. Tu as bien vu avec quelle facilité tu l'as...

— Peut-être qu'on devrait le ?...

— Non. Nous avons encore besoin de lui.

Un malaise grandissait en moi.

À présent, il me semblait reconnaître ces deux voix, mais mon subconscient refusait de l'admettre. Je restai tétanisé, le dos collé contre le mur, buvant le calice jusqu'à la lie. Je voulais comprendre de quoi il retournait.

La conversation reprit :

— Où sont les archives ?

— En lieu sûr.

— Et ma part ?

— Tu l'auras le moment venu.

— Combien de fois encore ?

— Autant qu'il le faudra.

— Tu as peur ?

— Bien sûr que non.

— Et ce déguisement grotesque ?

Les nuages s'écartèrent de façon inattendue. Je fis un pas de côté, pour tenter de rester dans la pénombre. Mais le frottement de mes chaussures trahit ma présence.

Quelques mètres plus loin, les deux visages se tournèrent vers moi.

Ma nuque se hérissa.

Je m'entendis hurler :

— Wendy ! Holmes ! Non ! Qu'avez-vous fait ?

Ma voix s'étrangla. Je restai figé de terreur.

Leurs visages se déchirèrent et se fondirent dans la brume, comme s'ils appartenaient à un autre monde.

Je me réveillai en nage, la gorge sèche, les mains crispées sur les accoudoirs de mon fauteuil.

Soudain, je perçus une présence dans mon dos. Cette fois, je ne rêvais plus.

Le salon était plongé dans une pénombre morbide traversée par les reflets argentés intermittents de la lune.

Je me retournai et me retrouvai nez à nez avec Holmes. Il semblait être passé de mon rêve à la réalité en un clin d'œil. La même expression énigmatique flottait sur son visage.

Je restai à bonne distance de lui.

— Que faites-vous dans le salon en pleine nuit, Holmes ?

— Je vous ai entendu crier. Je me suis précipité pour vous porter secours.

Je jetai un œil à la pendule : 4 h 30.

Holmes portait son costume de ville.

— Vous ne dormiez pas ?

Il parut gêné.

— Je... je lisais. J'étais sur le point de me coucher quand je vous ai entendu. Un mauvais rêve sans doute...

— Sans doute.

— J'espère que vous parviendrez à retrouver un sommeil plus apaisé.

— Je l'espère aussi.

Il regagna sa chambre et s'y enferma.

Quelque chose luisait sur le parquet, sous un rayon de lune. Je me penchai et posai ma main. Le sol était mouillé. Les traces avaient été déposées par les chaussures humides de Holmes.

Samedi 20 octobre 1888

Je me levai avec le petit jour, l'esprit encore embrumé par les cauchemars de mon épouvantable nuit, ne sachant toujours pas quelle était la part de fantasme et d'autosuggestion dans mon horrible expérience.

Après quelques ablutions, je m'habillai, pris un petit déjeuner frugal et décidai de sortir, espérant que la fraîcheur matinale m'éclaircirait les idées. Je n'avais pas fait cent mètres qu'un fiacre se porta à ma hauteur et ralentit. La porte s'ouvrit. Un vieillard m'apostropha :

— Montez vite !

Je plissai les yeux, tentant de reconnaître mon interlocuteur.

— Vous faites erreur, monsieur. Je n'ai pas l'honneur...

L'homme eut un geste d'impatience et poursuivit d'un ton autoritaire :

— Dépêchez-vous, Watson, nous allons être en retard.

Comme j'hésitais encore, le vieillard me tira par la manche avec une vigueur inattendue et je me retrouvai assis dans le fiacre qui démarra en trombe.

Le vieil homme m'adressa un clin d'œil appuyé.

— Holmes !

— Tenez, votre carte de membre, Watson.

Je lus : *Terry Saint Johns, aliéniste criminologue, Nouvelle-Zélande*.

— Qu'est-ce que... ?

— Quant à moi, je suis temporairement le *docteur Franck Leslie, aliéniste, hôpital de Boston, membre de la Société théosophique*.

Il ouvrit sa sacoche et en sortit un petit paquet qu'il me tendit :

— Je vous suggère d'enfiler ces quelques postiches afin de parfaire l'illusion.

Je m'exécutai et vieillis d'une vingtaine d'années en quelques minutes.

— Auriez-vous la bonté de m'expliquer où nous allons ?

Il me tendit un carton plié en deux, évoquant un menu de restaurant ou un livret de théâtre.

— Voyez vous-même, mon cher.

Je lus : *Société théosophique. Conférence privée réservée aux membres. Sir Frederick Treves. « Hypnose médicale et médecine aliéniste. »*

Un petit texte de présentation expliquait que sir Frederick allait communiquer les résultats de ses dernières expériences en matière d'hypnose médicale appliquée à l'aliénisme.

Holmes vit mon étonnement et poursuivit :

— J'ai mené mon enquête sur cette fameuse Société théosophique. Il s'agit d'une sorte de courant ésotérique fondé en 1875 à New York, par une certaine Helena Petrovna Hahn, plus connue sous le nom d'Helena Blavatsky ou Madame Blavatsky, une Ukrainienne, héritière d'une famille de la grande noblesse russe, les von Hahn. Elle a entrepris dès l'âge de dix-huit ans une série de voyages autour du monde. Elle a acquis en plus de vingt ans de voyages la connaissance de nombreuses cultures où elle a rencontré sorciers, chamans et autres penseurs qui l'ont profondément influencée. Au contact de ces derniers, en Inde et surtout au Tibet, elle a découvert ce qu'elle allait appeler la théosophie.

— Comment savez-vous tout cela ?

— Il m'a suffi de prendre connaissance de quelques courriers et documents... spécifiques.

— Et en quoi consiste cette fameuse théosophie ?

— En principe, elle vise à unir les hommes, au-delà des religions et des sectarismes. Dans la pratique, Madame Blavatsky s'intéresse de très près à l'hypnose, à l'ésotérisme, au somnambulisme, et autres sciences occultes. Mais le moins que l'on puisse dire, c'est que ses thèses ne font pas l'unanimité. Elle a fait l'objet de nombreuses attaques. L'orientaliste Max Müller l'a accusée ouvertement d'incompétence lors de la parution de son livre *La Doctrine secrète*. Quant à la Société théosophique, elle compte parmi ses membres des médecins, des philosophes, des aliénistes, des orientalistes, tous des gens fort respectables... du moins en apparence. Cette secte est une sorte de laboratoire d'idées. J'ignore ce qu'ils cherchent de façon précise. Sans doute ne le savent-ils pas très bien eux-mêmes.

Il ajouta d'une voix sourde :

— Je soupçonne un bon nombre de membres de prendre de la drogue dans le cadre de leurs multiples expériences.

Je voulus lui demander plus d'explication, mais il changea bien vite de sujet de conversation :

— N'oubliez pas, Watson. Vous êtes Terry Saint Johns, de Nouvelle-Zélande, et je suis Franck Leslie, de Boston.

Il se pencha soudain vers la fenêtre.

— Je crois que nous sommes arrivés, monsieur Saint Johns.

Le fiacre s'immobilisa devant un immeuble des plus anodins.

Un portier morose se tenait devant la porte d'un club qui n'était repérable que par une minuscule plaque de cuivre portant un laconique *Club privé*.

Nous nous contentâmes de lui présenter notre carton d'invitation.

Il ouvrit la porte, sans demander plus d'explications.

— La salle au fond du couloir.

La procédure d'entrée dans ce club me paraissait fort simple.

Au fond du fameux couloir, une dame assez forte était assise dans un fauteuil, devant un grand rideau pourpre. Un homme à l'allure d'astronome se tenait à ses côtés.

La femme ajusta son face-à-main et braqua son regard vers Holmes.

— Quelle joie de vous revoir, cher monsieur Leslie !

Elle roulait les *r* à la façon des Slaves.

Holmes se plia en deux.

— Le bonheur est partagé, chère madame Blavatsky.

— C'était à Boston, n'est-ce pas ? Cela fait bien...

— Au moins, coupa Holmes, avec un geste évasif.

Elle ajusta à nouveau son face-à-main et me parcourut du regard.

— Je ne pense pas vous connaître... Qui êtes-vous, monsieur ?

Je m'inclinai à mon tour et débitai ma leçon :

— Je suis Terry Saint Johns, aliéniste criminologue en Nouvelle-Zélande.

— En Nouvelle-Zélande ? J'ignorais que la Société théosophique avait une annexe là-bas. À quand remonte sa création ?

Mes mains devinrent moites et j'eus l'impression que mes postiches se décollaient sous l'effet de la sueur.

Comme je tardais à répondre, elle m'assena une nouvelle salve de questions :

— Combien de membres compte la Société théosophique de Nouvelle-Zélande ? Qui la dirige ? Est-ce que *La Doctrine secrète* est diffusée dans votre pays ?

Je n'avais pas la moindre idée de ce qu'il fallait répondre à cela.

L'astronome se pencha vers Helena Blavatsky et lui murmura quelque chose à l'oreille.

Elle se redressa.

— Plamyrin m'informe que la conférence vient juste de débuter. Je vous propose de vous installer dans la salle. Nous reprendrons cette conversation plus tard. Il paraît que sir Frederick Treves a d'importantes révélations à nous faire.

Je sortis un mouchoir et me tamponnai le front, évitant tout frottement qui eût été préjudiciable à ma nouvelle apparence.

L'homme écarta le rideau pourpre.

Nous découvrîmes une salle minuscule et sombre. Une trentaine d'hommes et de femmes s'entassaient dans un silence religieux.

Notre petit groupe prit place au fond de la salle sur les quatre dernières chaises libres.

Sir Frederick se tenait sur une estrade lilliputienne et parlait à voix basse :

— ... c'est pourquoi je remercie Madame Blavatsky d'avoir organisé cette petite réunion aujourd'hui.

Plusieurs regards reconnaissants se tournèrent un court instant dans notre direction.

L'orateur poursuivit :

— Je pense que seule une mise en commun de nos expériences et découvertes permettra à l'aliénisme de progresser.

— Croyez-vous que l'on puisse guérir les aliénés par le biais de l'hypnose ? demanda Madame Blavatsky, pressée d'entrer dans le vif du sujet.

Sir Frederick lui sourit.

— À défaut de guérir les aliénés, l'hypnose permet d'ores et déjà de remonter aux sources de leur folie.

Sir Frederick se livra alors à un exposé des plus brillants dans lequel il présenta sa méthode consistant à mettre ses malades en état d'hypnose et à les aider à remonter le temps.

La plupart de ses expériences avaient permis de déceler chez ses patients les raisons profondes de leur déséquilibre. Certains d'entre eux offraient cependant une résistance à sa tentative d'investigation. Sir Frederick préconisait alors l'utilisation de certaines drogues hallucinogènes dans des dosages complexes et subtils.

Il fit enfin une synthèse de ses déclarations :

— Je suis parvenu à la conclusion qu'il existe une possibilité de communication entre cerveaux. L'état somnambulique accroît les capacités sensorielles : les patients acquièrent une seconde vue intérieure qui les rend aptes à voir leur maladie et celle des autres. Je pense en outre que la production du somnambulisme est favorisée par un cerveau irritable. Mais ce qui fonctionne dans un sens peut aussi fonctionner dans l'autre. L'émetteur peut alors devenir récepteur. Je ne désespère pas qu'un jour, en comprenant mieux les causes, nous parviendrons à prévenir les effets. Il suffirait alors...

Il hésita, comme s'il n'osait livrer sa conclusion.

— ... de combattre le mal par le mal. En se libérant de la cause de son aliénation, le sujet redeviendrait normal. Il serait en quelque sorte exorcisé.

Le silence se fit un instant.

Sir Frederick parcourut la petite assistance du regard.

— Y a-t-il des questions ou argumentations contraires ? Ou bien encore quelques commentaires complémentaires ?

Un doigt se leva timidement.

— Une fois que le sujet aura pris conscience de la cause de son aliénation, comment pourrait-il concrètement s'en libérer ?

Sir Frederick hésita.

— Je... sur ce point, je ne sais pas encore répondre. Je suppose que si l'on parvient à pénétrer le cerveau des aliénés par hypnose pour en connaître le passé, on peut aussi y introduire les remèdes par la même voie...

Holmes leva à son tour le doigt et demanda d'une voix de fausset.

— Et si l'on n'y parvient pas ?

Sir Frederick blêmit.

Holmes poursuivit :

— Votre méthode ne risque-t-elle pas de révéler aux aliénés les raisons profondes de leur folie sans leur fournir le remède adapté ?

— Dès lors, chacun tentera, en connaissance de cause, d'exorciser ses propres démons, compléta une voix.

Sir Frederick se ressaisit :

— Nous n'en sommes pas là. Mes expériences ne font que débuter. Chaque malade reçoit une réponse personnalisée. De plus, les sujets sur lesquels j'ai testé ces procédés sont tous à Bedlam. Et ils ne risquent pas de s'évader.

Holmes et moi échangeâmes un regard. Je pus lire dans ses yeux les mêmes questions que je me posais.

Sir Frederick ignorait-il l'évasion de Bedlam ? N'était-elle pas la conséquence de ses fameuses expériences ? Quand avaient-elles réellement débuté ? Sir Frederick avait-il menti, flairant le piège ?...

Aussitôt monté dans le fiacre qui nous ramenait à Baker Street, je m'empressai de retirer mes postiches que je ne supportais plus.

Holmes fit de même.

D'autres questions me taraudaient. Je lui demandai :

— Comment Madame Blavatsky a-t-elle pu vous reconnaître, alors qu'elle ne vous avait jamais vu ?

— Ce n'est pas tout à fait exact, Watson. Madame Blavatsky a rencontré le vrai docteur Franck Leslie, aliéniste à l'hôpital de Boston et membre de la Société théosophique, il y a plus de vingt ans. Mais elle ne l'a pas revu depuis cette époque. J'ai trouvé une photographie récente de Franck Leslie dans un magazine et me suis composé son visage.

— Et moi ? Dois-je en conclure qu'il existe un véritable Terry Saint Johns en Nouvelle-Zélande ?

— Aucune idée, Watson. Je me suis contenté de transcrire en anglais le nom d'un de mes lointains cousins français, Thierry Saint-Joannis. Je ne sais même pas s'il existe une Société théosophique sur place.

Je me raidis.

— Qu... quoi ? Et les cartons d'invitation ? Les cartes de membres ?

— J'ai trouvé les modèles en investiguant quelque peu.

— Chez Madame Blavatsky ?

Il parut gêné.

J'insistai :

— C'est donc de là que vous reveniez hier soir quand je vous ai croisé dans le salon ?

— Eh bien oui. À quoi bon vous le cacher ? Je ne vous en ai pas parlé car je craignais que vous ne réprouviez mes méthodes. Quant à mes faux documents, je reconnais qu'ils comportent quelques défauts mineurs, mais j'ai paré au plus pressé.

Je ne savais pas si j'étais plus outré par le culot ou par le génie de mon camarade.

Je m'en voulus de mes idées saugrenues de la nuit précédente.

Je demandai encore :

— Et si Madame Blavatsky avait découvert notre imposture, qu'aurions-nous fait ?

— Je suppose que nous aurions opéré un repli stratégique et qu'il nous aurait fallu moins de temps qu'à ce fiacre pour regagner Baker Street.

Le fiacre venait précisément de s'immobiliser devant notre porte. Le cocher vit sortir deux hommes vigoureux alors qu'il avait embarqué deux vieillards quelques instants plus tôt. Il se frotta les yeux.

— J'perds la boule ou quoi ? nous lança-t-il en roulant des yeux hagards.

— Inscrivez-vous à la Société théosophique, suggéra Holmes. Vous aurez une réponse personnalisée à tous vos problèmes.

Dimanche 21 octobre 1888

C'était un dimanche anglais dans toute sa splendeur, terne, morose, sans passion. Une sorte de prémisse de la mort. Les aliénistes affirmaient d'ailleurs, statistiques à l'appui, que c'était durant ces pauses dominicales que l'on enregistrait le plus grand nombre de suicides.

J'avais fait une longue promenade solitaire, préférant divaguer sous le ciel gris à l'extérieur plutôt que de broyer du noir à l'intérieur. Mes pas avaient fini par me conduire à Regent's Park. Le moindre détail ravivait mes plaies. Des cheveux blonds qui s'échappaient d'un bonnet, le voile d'une robe blanche, un parfum délicat capté au passage d'une belle dame, des couples enlacés sur les bancs.

Wendy me manquait cruellement. Je cherchais son visage à travers celui des passantes.

Finalement, une méchante averse éclata. Le parc se vida en un clin d'œil et je regagnai Baker Street au pas de course.

La journée se termina comme elle avait commencé, glauque et immobile.

Il n'était que 17 heures, mais on aurait dit que la nuit était déjà tombée.

Mme Hudson servit le thé, assorti de petites pâtisseries de sa fabrication.

Holmes regagna l'appartement à cet instant, comme attiré par ces odeurs irrésistibles.

Tandis que je dégustais un morceau de cake aux raisins, il laissa tomber comme une évidence :

— Il existe un lien entre Nichols, Chapman et Eddowes.

Je faillis m'étouffer.

Il poursuivit sur un ton blasé :

— J'ai visité le dernier domicile de Polly Nichols, une modeste pension de famille au 18 Thrawl Street, dans le quartier de Spitalfields. Elle a partagé une chambre avec quatre femmes jusqu'au 24 août 1888, une semaine avant sa mort. La logeuse m'a expliqué qu'elle n'avait plus d'argent pour payer sa part de loyer et que cela provoquait des rixes avec ses colocataires. J'ai retrouvé une des filles qui occupait cette pension. Elle m'a appris que Polly Nichols s'était installée le 25 août dans une autre pension appelée la Maison Blanche, au 56 Flower and Dean Street. Aucun rapport de police ne mentionnait l'existence de cette dernière adresse.

— La Maison Blanche ?

— Il s'agit en fait d'un bouge infâme. Flower and Dean Street est probablement une des rues les plus dangereuses et les plus mal famées de Londres.

Il marqua un silence, le temps d'avaler une gorgée de thé.

Il s'essuya le coin des lèvres et poursuivit.

— Nichols, Stride et Eddowes y ont toutes les trois travaillé.

Il savoura un instant l'effet que produisait sur moi cette annonce et poursuivit :

— Des centaines de filles sont passées dans cet endroit sordide. C'est en général là qu'elles se retrouvent quand elles n'ont plus rien. L'assurance d'avoir des clients réguliers les attire toutes au début. Mais aucune d'elles ne reste très longtemps, tant les conditions de travail y sont abominables. Nichols, Stride et Eddowes y ont travaillé à des époques différentes entre 1883 et 1886 et ne se sont jamais rencontrées.

— Reste à trouver l'homme qui a croisé Polly Nichols dans ce bouge entre le 25 et le 31 août.

— C'est là que se pose le problème. Ce type d'endroit pratique des tarifs fort bas et un abattage terrible. Les filles sont traitées comme du bétail et doivent subir les assauts de trente à quarante clients par jour dans des conditions d'hygiène effroyables et pour un salaire de misère. Il ne fait aucun doute que Polly Nichols s'est pliée à la règle pour pouvoir manger, boire sa dose d'alcool quotidienne et payer sa location.

Je fis un rapide calcul.

— Elle a donc pu croiser jusqu'à deux cent quatre-vingts clients en sept jours. J'imagine qu'ils laissent rarement leurs noms dans les registres de l'hôtel.

— Très juste, Watson. Mais rares sont ceux qui fréquentent l'établissement depuis 1885. Il faut d'ailleurs une bonne dose de perversion et un goût prononcé du stupre pour apprécier ce genre de lieu. Autant dire que l'enquête n'a pas été aisée.

Les langues ne se délient pas facilement dans ce genre d'établissement.

Il but une nouvelle gorgée et s'éclaircit la voix.

— J'ai cependant réussi à interroger plusieurs filles en me présentant à chaque fois sous des déguisements différents afin de ne pas éveiller les soupçons. J'ai payé de ma personne, fait preuve de doigté et de persuasion, et j'ai fini par arracher les descriptions de trois fidèles de la Maison Blanche, trois messieurs d'âge mûr, pour ne pas dire des vieillards.

Je songeai aux déductions d'Abberline, démontrant que le tueur ne pouvait être qu'une personne âgée. Tenions-nous enfin une piste sérieuse ?

Holmes poursuivit :

— Inutile de vous dire que je ne disposais ni des noms ni des adresses des fameux clients. Ce que j'ai appris sur leurs habitudes m'a laissé pantois. Le premier exigeait que les filles se déguisent en fillettes et se faisait appeler papa. Je vous fais grâce de la suite de leurs ébats. Le deuxième apportait de la nourriture et se livrait à... bref, rien de très recommandable. Mais le troisième, lui, apportait des accessoires spéciaux et pratiquait des jeux cruels avec les filles. Elles semblaient rire des perversions des deux premiers, mais celui-ci les terrorisait. La traque n'a alors fait que commencer. J'ai enfilé mon habit de mendiant et me suis posté non loin de l'entrée durant plusieurs nuits, attendant des heures durant dans le froid glacial et parfois sous une pluie battante. J'ai reconnu les trois hommes à leur description. J'ai guetté leur sortie et les ai suivis jusqu'à leur domicile. J'y suis retourné en leur absence et j'ai quelque peu investigué... Les deux premiers sont détraqués mais inoffensifs, partagés entre le romantisme et la lubricité. J'ai accumulé assez de preuves pour les déshonorer et les faire coffrer à Bedlam, ou même les envoyer au bagne, mais aucun indice ne m'a permis de les confondre. Le troisième, un certain Ebenezer Finley, est plus pervers. J'ai trouvé à son domicile une panoplie déroutante d'objets dont je ne soupçonnais même pas l'existence, mais aucun couteau, ni aucun indice relatif aux filles assassinées.

Il marqua une pause. Son visage s'assombrit.

— D'autres détails m'ont amené à douter de sa culpabilité. L'homme est plus ou moins souffrant. Il ne se déplace qu'avec difficulté. Je ne l'imagine guère prendre ses jambes à son cou pour fuir devant les sifflets des policiers. De plus, s'il a très bien pu rencontrer Polly Nichols, comment a-t-il pu se souvenir d'Annie Chapman et de Catherine Eddowes, et les retrouver pour les tuer ?

— Comptez-vous faire arrêter ce Finley ?

— Certainement pas, Watson. En l'état, il serait aussitôt relâché faute de preuves. Deux de mes hommes le suivent nuit et jour et me rendent compte régulièrement de ses faits et gestes. Ils sont prêts à intervenir à tout instant pour l'empêcher de commettre un nouveau crime.

Un doute me traversa.

— Deux de vos hommes ? S'agit-il de Wiggins et de sa petite bande ?

— Non, Watson, je parle de vrais hommes, dont l'un pourrait assommer un cheval d'un coup de poing. Rassurez-vous, si Finley s'avisait de faire du tort à qui que ce soit, il serait maîtrisé avant de lever le petit doigt.

— Que comptez-vous faire à présent ?

— Attendre et espérer que notre homme finisse par se trahir s'il est vraiment l'assassin...

— Reste le cas d'Elizabeth Stride... Elle n'a jamais fréquenté la Maison Blanche.

— En effet, Watson, mais son cas est... différent.

Lundi 22 octobre 1888

Le début de semaine fut à l'image du week-end. Londres s'enfonçait dans la grisaille et la morosité. Jour après jour, la ville se transformait. Était-ce la psychose de l'Éventreur ou l'arrivée du froid ? Peu à peu, les vendeurs disparaissaient des rues et, avec eux, toute la vie qui animait la ville. Les gens semblaient nerveux, inquiets. Les unes des journaux devenaient de plus en plus alarmantes. Aucune perspective n'était trop sombre. Par un curieux amalgame, les crimes de Whitechapel prenaient un sens quasi prophétique. Ils annonçaient des catastrophes plus grandes encore. Les fléaux de la guerre, de la maladie, de la pénurie de nourriture et de charbon se profilaient déjà.

La phobie de l'Éventreur gagnait les familles les plus respectables. Des épouses soupçonnaient leur propre mari. Des belles-mères dénonçaient leur gendre, et réciproquement. Des amis de longue date ne s'adressaient plus la parole. Des familles autrefois amies réglaient des comptes séculaires par accusations mutuelles. Les voisins s'évitaient et chacun voyait en l'autre un éventreur potentiel.

Je lisais le *Times* quand Mme Hudson se présenta au salon.

Holmes n'était pas encore rentré.

Mme Hudson resta un instant sans un mot, puis finit par lâcher dans un murmure à peine audible :

— Docteur Watson, je dois vous parler.

Je m'aperçus qu'elle tremblait.

Mon cœur fit un bond dans ma poitrine.

Ma première pensée fut encore pour Wendy.

— Que se passe-t-il ?

Elle déplia un ballot de tissus qu'elle tenait sous son bras et étendit devant elle une chemise maculée de sang.

— D... dans le linge de M. Holmes. J'ai pensé que je devais vous le montrer... Peut-être est-il blessé ? Ou alors...

Elle laissa sa phrase en suspens. Le silence se fit pesant. Cette vision me pétrifia.

Je me frottai les yeux et je repris mes esprits.

— Holmes se livre parfois à certaines expériences... salissantes.

Mon explication n'était guère convaincante. Nous échangeâmes un regard. J'ajoutai :

— J'essaierai d'en savoir plus. N'allez pas imaginer que... qu'il...

— Je n'imagine rien, docteur Watson. Je suis juste inquiète.

Je ne l'étais pas moins, mais je parvins à masquer mon trouble.

Je tentai d'éloigner les mauvaises pensées et de me convaincre que tout cela trouverait une explication des plus rationnelles.

Je la rassurai et lui promis de m'en ouvrir à Holmes.

Il regagna l'appartement en fin d'après-midi et se précipita sur son microscope, comme si c'était une question de vie ou de mort, faisant peu de cas de ma présence dans le salon.

J'attendis qu'il soit disponible pour l'interroger, mais l'instant ne se présenta pas. Et je savais qu'il était inutile de tenter de le distraire de son travail.

En fin de journée, je décidai de me coucher, me jurant d'aborder le sujet de la chemise ensanglantée avec lui dès le lendemain matin. En vérité, je crois bien que je repoussais la confrontation par peur de commettre quelque maladresse. La nuit porterait conseil et je trouverais les bonnes questions à lui poser lors du petit déjeuner.

J'entendis soudain la porte du salon claquer. Holmes venait de sortir. Comme j'étais encore habillé, une idée folle me traversa l'esprit. Pourquoi ne le suivrais-je pas ? Peut-être en apprendrai-je un peu plus sur la façon dont il occupait ses nuits.

J'enfilai mes bottines et mon manteau, et me retrouvai dans la rue en quelques secondes.

Dehors, je fus déséquilibré par une puissante bourrasque et dus batailler quelques secondes pour retrouver ma stabilité. Le vent soufflait de face. C'était une chance, car le son se dirigeait vers moi. Je pouvais donc percevoir le claquement des bottes de Holmes sur le pavé, tandis qu'il ne pouvait déceler ma présence dans son dos.

Je rentrai la tête dans le col de mon manteau et le suivis à distance respectable.

La visibilité était restreinte. De loin en loin, les becs de gaz évoquaient des balises de détresse sur une mer en pleine tempête. Le froid pénétrait mes narines comme une odeur de brûlé et la bise criblait mon visage de mille pointes acérées.

Une pensée me fit frémir. Je revis l'endroit macabre où j'avais été assommé une nuit. Holmes se rendait-il dans ce lieu ?

Au terme d'une poursuite qui me parut interminable, Holmes s'arrêta. Je m'approchai en prenant soin de rester dissimulé dans les ténèbres.

Un bec de gaz, tout proche, me permit d'apercevoir la scène. Holmes regarda autour de lui, visiblement soucieux de ne pas être surpris. Il ouvrit une porte et disparut à la dérobée dans un grand bâtiment d'aspect morbide. Cet endroit n'avait rien à voir avec celui de ma précédente expédition nocturne. Je n'en fus pas plus rassuré pour autant.

J'attendis que la porte se refermât et me glissai à mon tour vers l'entrée. Je collai un instant mon oreille à l'huis. J'entendis ses pas s'estomper dans un couloir, puis un nouveau claquement de porte, plus lointain.

Je tournai la poignée et constatai avec satisfaction qu'elle n'était pas verrouillée. Le propriétaire de cet endroit ne devait pas craindre les voleurs.

Je me glissai à l'intérieur et me retrouvai dans un long couloir. Une odeur fade et écœurante emplit mes narines malgré le froid. Des rangées de portes de part et d'autre évoquaient un hôtel.

Ici, pas de vent pour masquer ma présence, mais le sol était recouvert d'une curieuse substance qui amortissait le bruit de mes pas à la façon d'un tapis.

Un rai de lumière, sous une porte, m'indiqua l'endroit où devait se trouver Holmes. Je collai mon œil à la serrure. L'endroit était trop sombre et trop encombré pour que je puisse distinguer ce qui s'y passait. Une silhouette longiligne s'agitait au fond de la pièce.

Il eût été simple d'ouvrir la porte à la volée et de lui poser la question directement. Mais mon instinct me dicta une tout autre attitude.

J'ouvris la porte avec mille précautions et me glissai dans la pièce. Il y régnait un froid polaire, pire qu'à l'extérieur.

Je m'accroupis derrière un gros meuble et retins ma respiration.

Ma vue commença à s'habituer à la pénombre.

Ma respiration se coupa, comme si je venais de recevoir un coup de poing dans l'estomac. Je crus que mes yeux allaient sortir de leurs orbites.

Une dizaine de cadavres de femmes étaient accrochés contre un mur, bras ballants, tête baissée sur la poitrine. Leurs pieds ne touchaient pas le sol. Certaines d'entre elles étaient à demi nues, horriblement mutilées. D'autres portaient encore des vêtements en lambeaux.

Un homme s'affairait autour de ces résidus d'êtres humains. Il se tourna une seconde dans ma direction. Je reconnus Holmes, le visage en sueur, traversé de rictus inquiétants, comme habité par une force incontrôlable.

Je sentis le sang déserter mon visage.

Le temps se figea.

Holmes souleva un corps de femme par les aisselles et le planta sur un clou à hauteur des omoplates en un horrible craquement de chair et d'os brisés. Elle portait encore tous ses habits. C'est seulement à cet instant que j'aperçus les autres clous, d'énormes clous rouillés alignés sur toute la longueur du mur. Les cadavres étaient accrochés à quelques centimètres du sol, comme de vulgaires quartiers de bœuf chez le boucher.

Tout se passa très vite.

Holmes saisit un objet tranchant – sabre court, couteau ou poignard, je n'aurais pu dire – et déchiqueta la malheureuse avec un acharnement inhumain.

Je suivais la scène, tétanisé d'horreur, incapable du moindre mouvement.

Holmes jeta son couteau, enfonça sa main droite entre les jambes de la malheureuse. Il en retira quelques organes brunâtres qu'il arracha dans un horrible bruit de succion, et dont il se débarrassa dans le seau.

Je crus que j'allais vomir. Je sortis un mouchoir de ma poche pour combattre la nausée. Un objet tomba de mon mouchoir. Par chance, il ne fit aucun bruit en touchant le sol. Du reste, Holmes était trop préoccupé par son horrible besogne pour prêter la moindre attention à ma présence.

Je refusais d'admettre ce que je venais de voir.

Mais là-bas, au fond de la pièce, la même scène se déroulait, comme un cauchemar récurrent. La main de Holmes, guidée par quelque pulsion infernale, reproduisait les mêmes gestes.

Une panique irrationnelle s'empara de moi. J'eus soudain la sensation que les murs se précipitaient vers moi pour m'emmurer vivant dans cet enfer.

En quelques secondes, un flot d'images insoutenables me submergea : des réminiscences de la guerre d'Afghanistan, les pauvres filles éventrées de Whitechapel, Wendy se débattant contre les forces des ténèbres...

Il fallait fuir. Fuir l'impensable et l'incompréhensible.

Là-bas, Holmes s'acharnait toujours avec des grognements d'animal.

Je me relevai et pris appui sur le rebord d'un meuble.

Dans la pénombre, à quelques centimètres de mon visage, une malheureuse me regardait de ses grands yeux vides dans une face translucide. Ses lèvres semblaient m'inviter à un baiser mortel. Sa robe en lambeaux était remontée jusqu'à la taille. Mon regard fut happé par un grand trou sanguinolent entre les jambes, d'où s'échappaient des matières immondes. Il fallait fuir l'horreur. Je parvins à ramper vers la porte.

Des bruits de pas résonnèrent derrière moi.

Je parvins à me relever. Je me retrouvai dans la nuit glacée, courant à en perdre haleine.

Je voulais encore me convaincre qu'il ne s'agissait que d'un cauchemar, que j'allais me réveiller dans mon lit, et que toute cette horreur allait s'estomper, comme la brume qui se fond dans le ciel. Mais le froid me brûlait le visage. Mes mains et mes pieds transis me rappelaient que j'étais bien dans la réalité.

À présent, j'aurais voulu ne plus jamais me réveiller pour ne jamais revivre cet instant damné.

Je rentrai à Baker Street, encore tremblant de froid et de peur. Je regagnai ma chambre et m'allongeai tout habillé sur mon lit, incapable du moindre geste, torturé par mille pensées contradictoires.

Qu'allait-il se passer maintenant ? Comment Holmes parviendrait-il à expliquer cela ? Avait-il seulement conscience de ce qu'il faisait ?

Des bribes de phrases me revinrent en mémoire. Holmes affirmant après notre visite à Mansfield : « Je suis certain qu'un homme peut en piloter un autre par la seule force de son esprit. »

Llewellyn : « Seul un monstre peut commettre de telles abominations... pour se venger. »

Mon cerveau se transforma en un bloc de glace.

Voilà donc à quoi Holmes passait ses nuits. Je comprenais mieux son visage défait du petit matin. Et ses longues siestes dont il n'émergeait qu'au milieu de l'après-midi.

Je veillai de longues heures, guettant le moindre bruit, ne parvenant pas à stopper le mécanisme fou de mes pensées.

Où était Holmes lors des différents meurtres ?

Je me relevai et consultai mon journal pour en avoir le cœur net.

Polly Nichols avait été tuée dans la nuit du 31 août au 1er septembre.

Mais je n'avais rien noté au 31 août. Sans doute ne s'était-il rien passé de significatif à mes yeux. Je ne me souvins pas d'avoir vu Holmes une seule fois ce jour-là.

Mon journal passait directement au 1er septembre, où j'avais noté : « Quand je me levai, Holmes était déjà parti. » Mais en réalité, était-il seulement rentré à Baker Street la nuit précédente ?

Je tentai également de me remémorer la visite d'Abberline. C'était le 6 septembre, soit six jours après le meurtre. Quand le policier avait donné le détail du rapport d'autopsie, Holmes avait eu un geste d'impatience et lui avait répondu : « J'ai lu tout cela dans le journal. L'autopsie a-t-elle révélé quelque information inattendue ? »

La presse avait-elle révélé autant de détails ? Holmes ne les avait-il pas connus... autrement ? Qu'entendait-il par « information inattendue » ?

Holmes avait aussi insisté sur le fait qu'il ne désirait pas enquêter sur cette affaire. Mais, curieusement, il avait fini par accepter l'offre d'Abberline. Je connaissais assez bien mon camarade pour savoir qu'il n'était pas vénal. Alors, quelle était sa réelle motivation ? En acceptant de mener cette enquête, ne cherchait-il pas autre chose ?

Je décidai de pousser plus loin mon investigation.

Que faisait Holmes la nuit du meurtre d'Annie Chapman ?

Je parcourus mon journal et m'arrêtai au dimanche 9 septembre.

J'avais moi-même appris le meurtre de Chapman par un petit crieur de journaux dont la voix était parvenue jusque dans mon rêve. Je devrais plutôt dire cauchemar, auquel était mêlée Wendy...

Au réveil, je ne me souvins pas d'avoir entendu ce crieur de journaux sous nos fenêtres. S'était-il seulement déplacé ? Comment aurais-je pu apprendre la nouvelle autrement ?

Quant à Holmes, il s'était contenté de me dire : « Je suis descendu acheter le journal et je viens de découvrir les faits. »

Je n'eus pas la présence d'esprit de vérifier ce qu'il lisait. Du reste, pourquoi aurais-je mis sa parole en doute ?

Je me reportai à présent à la nuit du double meurtre.

Holmes m'avait fixé un étrange rendez-vous, sans aucune explication. Nous avions failli capturer un homme. Mais pourquoi Holmes lui avait-il tendu un piège à cet endroit ? Comment savait-il qu'il viendrait ?

Certes, Holmes avait limité le périmètre où allait frapper l'individu, mais pas au point de connaître le lieu exact.

Un autre détail me frappa.

Je relus mes notes du mercredi 3 octobre, prises juste après que nous eûmes démasqué Thomas Bulling :

« – Mais alors, l'homme que nous avons traqué la nuit du double meurtre, ce n'était pas Bulling.

— Bien sûr que non ! »

Il avait répondu un peu trop vite et avec trop d'assurance. Son regard gêné croisa le mien une fraction de seconde. À cet instant précis, j'aurais juré que Sherlock Holmes connaissait l'homme que nous avions poursuivi.

Qui était l'homme que nous avions traqué cette nuit-là tandis que deux meurtres étaient commis ailleurs ? Comment avait-il pu échapper à Holmes ?

Un nouveau scénario s'esquissa. Ce mystérieux personnage n'était-il pas un leurre destiné à nous éloigner du lieu réel des meurtres ? Holmes le savait-il ?

Ce personnage ne lui servait-il pas tout simplement d'alibi ? Qu'avait fait Holmes avant de me rejoindre ? Il m'avait semblé que j'étais arrivé en avance à notre rendez-vous. N'était-ce pas au contraire Holmes qui était en retard ?

D'autres détails venaient maintenant s'ajouter à ceux-ci.

Plusieurs fois, l'attitude de Holmes m'avait paru étrange.

Je relus, au dimanche 14 octobre : « Je fis volte-face et découvris Holmes, tout près de moi, qui cachait je ne sais quoi dans son dos. »

Il y avait aussi eu ces curieuses traces de pas laissées par les chaussures de Holmes sur le plancher. Il s'était dérobé, comme à chaque fois qu'une question l'embarrassait. Je mis un peu plus de temps à retrouver mes notes sur ce sujet. J'avais observé les fameuses traces le 29 septembre, peu avant la nuit du double meurtre, et le 19 octobre. Où allait-il, d'où venait-il ? Que faisait-il de ses jours et de ses nuits ?

Au fond, je ne connaissais pas précisément l'emploi du temps de mon camarade. Pire, je ne comprenais rien à ses allées et venues permanentes. J'étais incapable de dire combien de temps il passait à Baker Street, ni même quand il entrait et sortait. C'était à croire qu'il profitait de mes instants de sommeil pour s'éclipser et réapparaître.

D'autres doutes s'immisçaient dans mon esprit, plus insidieux, plus troubles.

Je revis Holmes, repoussant d'un geste brusque les trois terriers qui s'apprêtaient à le renifler. Craignait-il qu'ils ne trouvent quelque indice sur sa personne ?

Qui était le personnage fantomatique que j'avais suivi une nuit jusqu'à son épouvantable repaire ?

Et à présent, il y avait cette chemise ensanglantée, puis ces horribles visions.

Je cherchai en vain des explications jusqu'aux petites heures du matin.

Les premières lueurs de l'aube salissaient le ciel quand je finis par sombrer dans un sommeil noir et agité.

Mardi 23 octobre 1888

Il me sembla entendre quelques bruits.

Je sautai de mon lit et fis irruption dans le salon.

Je redoutais la confrontation avec Holmes.

Des éprouvettes contenant du sang humain étaient alignées sur sa table de travail sans qu'il cherchât à les dissimuler.

Je commençai à douter de moi. Était-ce bien le même homme que j'avais vu se livrer à de telles horreurs la veille au soir ?

Je ne parvenais pas à réprimer mes tremblements. Je cherchai mon tabac afin de me préparer une pipe. Cela me calmerait et me donnerait une certaine contenance.

Impossible de retrouver cette maudite tabatière.

Holmes plongea sa main dans la poche de sa robe de chambre. Il en extirpa un objet qu'il me tendit sans lever les yeux vers moi :

— C'est cela que vous cherchez, Watson ?

Un frisson parcourut ma colonne vertébrale.

— Co... comment ?...

— Comment je sais que vous la cherchiez ?

— Oui.

— Pas compliqué, vous tenez une pipe éteinte entre vos dents.

— Certes, mais où avez-vous trouvé ma tabatière ?

— Vous l'avez laissée tomber hier à la morgue de Whitechapel.

— La... la morgue...

— Auriez-vous déjà oublié, Watson ? Regardez vos vêtements couverts de sciure et de sang séché pour vous rafraîchir la mémoire.

Mon sang se glaça. Je me souvins soudain d'avoir fait tomber quelque chose de ma poche en sortant mon mouchoir pour m'essuyer le front.

Holmes n'avait toujours pas levé les yeux vers moi.

Une éternité s'écoula.

Je décidai de rompre le silence.

— Vous saviez donc que je vous suivais ?

— Pas du tout. Du moins pas avant d'avoir trouvé cette blague à tabac dans laquelle figurent votre nom et une adresse que je connais bien : 221b Baker Street. D'ailleurs, si je puis vous donner un conseil...

Je pris la blague qu'il me tendait.

— ... vous ne devriez pas laisser traîner des objets de valeur dans de tels endroits. Encore que les cadavres ne soient généralement pas de grands voleurs.

Holmes avait un don indéniable pour retourner les situations. J'allais lui demander de me rendre des comptes, et c'est lui qui se permettait à présent de me donner des conseils.

Je serrai les poings et m'éclaircis la voix, afin de trouver le ton approprié à ma question.

— Holmes, je souhaiterais savoir ce que vous faisiez hier soir dans cette morgue.

Il leva enfin les yeux et me scruta d'un air surpris.

— Vous le savez bien puisque vous m'avez observé.

— Ce que j'ai vu dépasse mon entendement, Holmes.

— Vous devriez parfois dépasser votre entendement, cher ami.

Je m'apprêtai à protester, mais il ne m'en laissa pas le temps.

— Comme vous avez pu le constater, je me livrais à quelques calculs complémentaires afin de mieux comprendre les conditions de la mort de ces malheureuses.

— Mais les cadavres sur lesquels vous vous êtes acharné n'étaient pas ceux de ces pauvres filles...

— En effet, Watson. Ces cadavres étaient tous destinés à l'école de médecine. Mais j'ai pu les acheter pour une somme acceptable. Forfait de gros. Je les ai choisis car leur morphologie était proche de celle de Nichols, Chapman et Eddowes.

J'étais bien décidé à aller au bout de l'explication.

— Mais pourquoi toute cette mise en scène ?

Il éclata de rire.

— À vous entendre, on dirait que je jouais une pièce de théâtre. J'ai voulu vérifier une fois encore mes déductions. Vous avez pu observer comme moi que ces malheureuses portaient tous leurs vêtements sur elles. J'ai dénombré que la Fouine avait au moins quatre épaisseurs sur le dos.

Je revis Holmes, lorgnant jusqu'au torticolis sur le décolleté vertigineux de la malheureuse. Je compris rétrospectivement à quel calcul il se livrait.

Il poursuivit :

— La moindre hypothèse doit être vérifiée. Les incohérences sont légion. Je me méfie des rapports des médecins légistes. Le sort de ces malheureuses leur importe peu. Les observations sont souvent aussi contradictoires et incomplètes que les conclusions. Vous avez lu le rapport d'autopsie comme moi. *Le meurtrier doit avoir quelques notions d'anatomie. Il a mis au moins deux heures pour effectuer son travail.* Je me suis donc livré aux mêmes essais et je les ai minutés. De deux choses l'une. Soit le meurtrier avait réellement des notions d'anatomie. Dans ce cas, il ne lui fallait qu'un quart d'heure pour faire ce qu'il a fait. Soit il a mis deux heures et, dans ce cas, il est évident qu'il n'a aucune notion d'anatomie. Il était fondamental que je sache combien de temps avait mis le meurtrier pour commettre son crime. La durée varie considérablement en fonction du nombre de couches de vêtements et de leur texture. Il m'est à présent possible de connaître l'heure précise à laquelle le meurtrier a quitté ses victimes. Vous conviendrez que ces données sont cruciales pour l'enquête, n'est-ce pas ?

— Certes, mais...

— Vous souvenez-vous des hypothèses concernant le double crime de la nuit du 1er octobre, Watson ?

510

Je fis un rapide récapitulatif mental.

— Si j'ai bonne mémoire, ils ont été commis sur une période de vingt à trente minutes maximum, en deux endroits séparés par une distance que l'on peut couvrir à pied en douze minutes. Le rapport de police et la presse établissaient que le meurtrier avait été interrompu lors du premier crime par le passage d'un marchand ambulant du nom de...

Je fis un nouvel effort de mémoire.

— ... Louis Diemschutz. Mais comme le tueur n'a pas pu assouvir sa soif de sang, il s'est déchaîné sur une autre malheureuse, moins d'une demi-heure plus tard. Entre-temps, il a laissé son fameux message sur le mur, visant à faire porter les soupçons sur les juifs. Abberline pense donc qu'il réside dans ce quartier. Tout se tient.

— En effet, tout se tient... mais tout est faux.

J'attendis, partagé entre le doute et la fascination.

Holmes débita d'une voix monocorde :

— Elizabeth Stride avait eu la gorge tranchée et son visage comme son cou portaient des traces de meurtrissures profondes, mais elle n'avait pas été mutilée de la même façon que Nichols, Chapman et Eddowes. De plus, l'examen *post mortem* auquel je me suis livré à la morgue a révélé qu'elle a été tuée avec un couteau à lame courte, et non à longue lame comme celui qui avait manifestement servi pour Nichols et Chapman. Vous objecterez sans doute que le tueur pouvait très bien porter deux couteaux sur lui. Ou bien qu'il a pu s'en procurer un deuxième entre les deux crimes. Ce qui signifie...

— Qu'il est rentré chez lui entre les deux meurtres, ce qui est d'ailleurs la théorie d'Abberline.

— Le meurtrier n'est pas repassé chez lui, Watson, pour la simple raison qu'il ne s'agit pas du même homme.

— Quoi ? Deux tueurs ? Comment pouvez-vous en être certain ?

— Les faits, Watson. L'assassinat d'Elizabeth Stride a été commis par un gaucher, à l'aide d'une lame courte. Celui de Catherine Eddowes par un droitier, à l'aide d'une lame longue.

— Ça alors ! Les médecins légistes ne s'en sont pas aperçus ?

— Bien sûr que si. Ils l'ont même signalé dans le rapport, mais la police n'a pas su en tirer les conclusions qui s'imposaient.

— Et l'inscription sur le mur ?

— Elle n'a aucun rapport avec les meurtres. Il en existe des dizaines d'autres du même type dans tout le secteur du marché... J'ai vérifié. Souvenez-vous de ce que disait Billy. Il s'agit d'une inscription courante de clients mécontents, et qui signifie : « Ne demandez pas le remboursement d'une marchandise défectueuse à un juif, il vous le refusera en prétextant qu'il n'y est pour rien. »

— Comment êtes-vous parvenu à cette conclusion ?

— Je n'arrivais pas à croire qu'un tueur puisse être assez fou pour commettre deux crimes consécutifs sur un temps aussi court et à une distance aussi rapprochée, sachant que toutes les forces de police étaient sur ses traces. En outre, l'idée d'un repaire situé entre les deux endroits ne résistait pas à l'analyse. En supposant que le tueur s'y soit caché, j'ai calculé qu'il lui aurait fallu au minimum huit minutes pour échapper au quadrillage policier mis en place par Abberline, se changer et prendre une autre arme. En outre, les deux endroits ne sont pas séparés de douze minutes, contrairement à ce qu'affirme le rapport de police. C'était sans doute vrai avant le début des travaux du métropolitain. Souvenez-vous qu'il nous a fallu quinze minutes et cinq secondes pour aller de l'un à l'autre au pas de course.

Je revis Holmes, courant la robe retroussée d'un lieu de crime à l'autre et consultant son chronomètre pour mesurer sa performance.

Il poursuivit :

— Quant au charcutage de cette pauvre Catherine Eddowes, il nécessite au minimum dix-huit minutes et vingt-sept secondes, même avec un entraînement intensif.

— Vous n'avez tout de même pas...

— Il le fallait bien, Watson. J'arrive donc à un total de quarante et une minutes et trente-deux secondes. Je n'ai pas compté les centièmes, bien sûr.

— Bien sûr.

— Aucun être humain n'aurait pu commettre les deux crimes en moins de trente minutes tout en échappant à la vigilance des policiers.

— Mais alors ?...

— En revanche, deux criminels, agissant presque simultanément par le plus grand des hasards à deux endroits différents, auraient pu y parvenir en prenant chacun tout son temps.

— Le tueur de Whitechapel a fait des émules ?

— Pas plus que d'habitude, Watson. Une ou deux femmes sont égorgées à Londres chaque week-end. Cette triste statistique n'a rien à voir avec notre meurtrier. En temps normal – si j'ose dire – le meurtre d'Elizabeth Stride aurait tout juste alimenté la rubrique faits divers des journaux à scandale. Mais dans ce contexte, il était tentant de rapprocher les deux meurtres et de les attribuer au même assassin. Dès lors, la police s'est efforcée de justifier sa théorie à l'aide d'indices découverts *a posteriori* et non à partir des faits objectifs établis *a priori*. Un morceau de tissu ensanglanté est devenu une partie de la robe de Stride, mais mon examen au microscope m'a montré que ce n'est pas le cas. Une banale inscription sur un mur a été lue comme un indice crucial laissé par l'assassin. Avec de tels arguments, on pourrait prouver n'importe quoi et accuser n'importe qui.

Le silence se fit.

Je m'attablai devant mon petit déjeuner, le ventre encore noué par mon expérience nocturne.

Holmes se leva et enfila son manteau.

— Êtes-vous convaincu maintenant, Watson ?

— Oui.

Une voix intérieure me criait pourtant non.

La démonstration de Holmes était brillante, mais rien ne parvenait à effacer de ma mémoire la scène à laquelle j'avais assisté.

Étais-je moi aussi victime de la psychose de l'Éventreur ? Allais-je moi aussi me mettre à douter d'un ami de longue date ?

Jeudi 25 octobre 1888

Ce soir-là, Holmes me parla longuement et sans que je lui demande quoi que ce soit. Ce n'était pas dans ses habitudes.

Avait-il besoin de se confier ? N'essayait-il pas plutôt de gagner ma confiance ?

Il m'apprit qu'il était retourné à Bedlam. Il avait rencontré le directeur de l'hôpital qui était, selon lui, un homme serviable et humble. Il avait également croisé sir Frederick, en prenant toutes ses précautions pour ne pas lui dévoiler ses soupçons.

Il joignit les extrémités de ses dix doigts et laissa planer un long silence avant de conclure :

— Rien, Watson. Pas le moindre indice. Aucun des deux n'a entendu parler d'une évasion à Bedlam, ni d'un quelconque pensionnaire au visage défiguré. Le plus étonnant, c'était leur étonnement quand je leur posais mes questions. Soit ils jouaient l'ignorance à la perfection, soit ils ne savaient vraiment rien.

— Peuvent-ils être manipulés à leur insu ?

Il ne répondit pas.

Je repris :

— Et les fameuses archives de 1878 ?

— Aucune trace. Le directeur de Bedlam affirme qu'elles ont été endommagées puis jetées car devenues irrécupérables.

Il marqua un nouveau silence.

— Je suis tiraillé par le doute. Toutes les pistes semblent converger vers Bedlam, mais je n'y trouve rien.

Je le paraphrasai :

— C'est donc que la vérité est ailleurs.

— Sans aucun doute, Watson. Mais cela signifie aussi que quelqu'un a peut-être essayé de m'aiguiller sur une fausse piste, comme pour détourner mon attention de la vérité...

Son visage se ferma.

— La question est de savoir qui et pourquoi.

Vendredi 26 octobre 1888

Abberline se présenta à Baker Street dans la matinée. Habituellement, il nous convoquait dans son bureau. Il ne se serait pas déplacé lui-même s'il n'avait pas eu quelque chose d'important à nous annoncer.

Le policier semblait épuisé mais détendu. Toute tension avait disparu de son visage, comme s'il était soudain soulagé.

Il se laissa tomber dans un des fauteuils du salon et annonça d'une voix atone :

— Il n'y aura plus de meurtres. Votre enquête est terminée, monsieur Holmes.

Mon camarade se figea.

— Mais... notre contrat ?

— Je crains qu'il ne soit caduc.

— C'est impossible. Je ne pourrai jamais poursuivre mes recherches sans le financement. J'ai passé un contrat avec sir Warren.

— Sir Henry Matthews vient d'exiger la démission de sir Charles Warren qui s'cst aussitôt exécuté.

Holmes blêmit.

— Je... je ne comprends pas.

Abberline baissa les yeux.

— Je suis désolé. Moi-même, j'ai compris trop tard. Sir Warren m'a confié au moment de démissionner : « Ils ont eu ce qu'ils voulaient. »

— Qui, « ils » ?

— L'opposition, bien sûr. Toute cette affaire n'était qu'un complot visant à décrédibiliser Warren, et à travers lui sir Henry Matthews. En éliminant sir Warren, sir Matthews a sauvé sa place, mais pour combien de temps ?

Holmes était abattu.

— Ces horribles assassinats, dans le seul but de décrédibiliser un seul individu ? J'ai du mal à y croire.

Abberline poursuivit :

— Tout était pourtant évident. C'est sir Charles qui a sollicité votre aide. Dès le premier meurtre, il a compris qu'il n'aurait pas droit à une deuxième erreur. Sa politique a été très contestée après le massacre qu'il a ordonné lors des émeutes du Dimanche sanglant. Les meurtres de Whitechapel ont été orchestrés par l'opposition et relayés par la presse radicale qui a trouvé là un thème de polémique idéal. La peur qu'ils suscitaient était une façon d'alerter l'opinion, de leur montrer l'incapacité de la police à résoudre les problèmes, et de préparer les prochaines élections.

Ainsi donc, sans le savoir, Thomas Bulling avait joué le jeu de ce complot.

Holmes écoutait Abberline, le regard dans le vague.

Le policier poursuivit :

518

— Tout était parfaitement orchestré. Vous aviez pourtant approché la vérité, mais je n'ai pas su tirer les leçons de vos remarques.

— Quelles remarques ? demanda Holmes, effaré.

— Vous avez souligné un jour le fait que seul un policier pouvait connaître le plan de surveillance que j'avais mis en place et passer au travers. Sur l'instant, cette idée m'a choqué, mais, avec le recul, je vois les choses autrement. Un espion a très bien pu obéir à un ordre venant de très haut. Il lui était alors facile de déjouer mes plans et d'assassiner quelques filles au nez et à la barbe de mes hommes.

— Avez-vous déjà un suspect ?

— J'ai épluché les états de service de mes hommes. Je les connais tous depuis des années. Ils me sont très dévoués et ne comptent plus leurs heures de travail dans cette enquête. Mais leur salaire est misérable et il n'est pas impossible que l'un d'eux ait succombé aux sirènes de l'argent. Je vais être obligé de fouiller dans leur passé afin de connaître leurs antécédents, leurs dettes, leurs faiblesses... Pas très agréable... Je suis persuadé que le coupable – ou du moins celui qui a exécuté les ordres – se trouve près de moi.

Il se leva pour prendre congé et se ravisa :

— À propos, j'ai fait analyser le fameux rein. Il ne provient pas de Catherine Eddowes. Il semble avoir été volé à l'hôpital de Whitechapel. Là aussi, vous aviez émis des doutes sur son authenticité. Vous aviez raison. L'affaire du rein accompagné de la lettre « de l'enfer » est intervenue à un moment où il ne se passait plus rien. Il s'était écoulé quinze jours depuis le dernier meurtre.

L'intérêt du public commençait à retomber. C'était le moment idéal pour le raviver avec un fait sensationnel. La lettre narguait directement le chef de la police, c'est-à-dire, dans l'esprit de l'opinion public, sir Charles Warren.

Dimanche 28 octobre 1888

La même scène faisait régulièrement surface, comme la lame de fond d'un rêve obsessionnel. 27 juillet 1880. Maïwand. La bataille fatale.

Mon visage se couvrit d'une suée, mes pensées se lancèrent dans une course vertigineuse.

— Mordez ça ! Courage, mon vieux. Vous allez vous en sortir.

Le reste suivit à vitesse accélérée.

Nos dernières réserves d'eau, englouties par le sable.

Le vent brûlant du désert.

Le blessé agonisant à mes pieds.

Moi, le torse nu et couvert de sueur, tentant de le ranimer.

Une main lourde s'abattit sur mon épaule.

— Votre tenue n'est pas réglementaire, Watson. Enfilez ça et suivez-moi !

Je tournai la tête vers l'homme qui venait de me donner cet ordre, tout en continuant à m'activer sur le blessé.

— Je ne peux pas le laisser...

Il m'obligea à me relever et me tendit une chemise.

— Quelqu'un d'autre va prendre votre place. Il y a plus urgent.

Je lui fis face.

— Je suis le seul médecin ici.

— Justement.

— Qu'y a-t-il de plus important que la vie d'un soldat ?

— La vie d'un gradé.

— Si je le laisse, il va mourir...

— C'est un ordre, Watson !

Je n'avais pas le choix. Je savais ce qu'il m'en aurait coûté de désobéir.

Quand je sortis de la tente, le soleil s'abattit sur moi comme un marteau sur une enclume. Le sirocco avait redoublé d'intensité. Je mis ma main en visière, autant pour me protéger de la réverbération insoutenable que des gifles du sable.

Une déflagration sourde secoua l'air, comme surgissant de nulle part.

L'homme me tendit une gourde.

— Buvez. Le chemin sera long et fatigant.

J'avalai le liquide tiède à grands traits.

Deux cornacs chargèrent des paquets sur le dos d'un chameau. Je pris place sur un deuxième animal. La caravane avança, tête baissée, avec une lenteur désespérante. Je nouai mon mouchoir sur mon crâne, dérisoire protection contre le martèlement du soleil.

Nous marchâmes ainsi pendant plusieurs heures, nous éloignant de plus en plus des lignes ennemies.

J'étais étourdi par le tangage lancinant du chameau. J'avais l'impression que l'animal allait s'écrouler à chaque pas, et moi avec.

J'avais les lèvres sèches et la gorge en feu.

Nous arrivâmes enfin à un campement retranché solidement gardé.

Mon guide me donna à nouveau à boire et m'introduisit sans tarder sous une tente de nomade ouverte aux quatre vents.

Un homme était allongé, le visage ruisselant de sueur et le regard perdu. Je compris à ses habits qu'il s'agissait d'un colonel, ce que confirma mon guide :

— Le colonel Williams est malade depuis deux jours. Les médecins locaux sont des charlatans et ne parviennent pas à le soigner. L'issue du conflit dépend en grande partie de ses décisions.

Un bref diagnostic révéla que ses jours n'étaient pas en danger. Je connaissais bien son mal. Il n'avait pas pris suffisamment de précautions avec l'eau et les fruits. Je lui prescrivis les médicaments nécessaires pour faire tomber la fièvre et le remettre sur pied.

Puis je demandai :

— Quand pourrais-je retourner à mon campement ?

— Vous y êtes.

— Quoi ? Ici ?

— C'est votre nouvelle affectation. Désormais, vous soignerez le colonel Williams... et tous les hommes de la garnison, bien sûr.

Je tentai encore de trouver un argument pour retourner au front, ne serait-ce que pour prendre des nouvelles de mes derniers patients.

— Mais mon paquetage ? Mes affaires ?...

Il désigna quelques paquets que le cornac venait de décrocher du chameau.

— Tout est là.

Ils avaient déjà tout prévu.

Je me sentis anéanti par un sentiment mêlé de culpabilité et d'impuissance.

— Je souhaiterais savoir ce qu'il est advenu de l'homme que je venais d'amputer.

— Ce n'est plus nécessaire.

Il détourna la tête. Je le poursuivis du regard et plantai mes yeux dans les siens.

— Pourquoi ?

Je soutins son regard, l'obligeant à aller jusqu'au bout de sa pensée.

Il sortit un mouchoir de sa poche et s'essuya le front.

— Il faut faire des choix... vous devez comprendre... votre poste avancé a été sacrifié. Nous ne pouvons plus rien faire pour ces hommes. Ordre du colonel.

Je reçus cette information comme un coup de poignard dans le dos.

Ainsi donc, j'allais veiller à la santé de l'homme qui avait signé l'arrêt de mort de mes infortunés camarades.

Je sentis des larmes de rage et d'impuissance monter à mes yeux. Je ne voulus pas lui offrir ce spectacle. J'eus la force de faire un salut militaire et tournai les talons pour prendre mon paquetage.

Je ruminai longtemps ma haine et mon dépit, mortifié par cette décision absurde.

J'avais échappé à la boucherie du front, laissant mes camarades se faire massacrer sous mes yeux. Je ne devais mon salut qu'au seul fait d'être médecin. Quelle justice y avait-il dans tout cela ?

Serais-je plus utile ici, affecté à la santé d'un homme, plutôt que là-bas, où j'aurais pu sauver la vie de dizaines de soldats ?

Avais-je vraiment fait mon devoir ? N'aurais-je pas dû me révolter ? Ne devais-je pas plutôt mon salut à ma lâcheté ?

Jeudi 8 novembre 1888

Durant les jours qui suivirent la visite d'Abberline, Holmes se plongea dans un profond mutisme.

Je ne redoutais rien autant chez lui que cette soudaine apathie aux effets destructeurs. Dans ces moments-là, il ne parlait plus, ne mangeait plus et abusait de sa sinistre solution de cocaïne à sept pour cent.

Il s'enfermait des journées entières dans sa chambre, fumant comme un pompier ou divaguant dans quelque paradis artificiel.

Je le trouvais lointain, différent.

Quelque chose avait changé chez lui.

Son regard était indéchiffrable, perdu dans le néant.

Je ne le vis presque plus. C'était à se demander s'il habitait ici.

Jamais je ne me sentis aussi seul qu'à cette époque.

Pas un mot de Mary.

Pas de nouvelles de Wendy.

Seul à attendre la nuit, que les spectres de mon passé viennent me hanter.

J'avais l'impression d'être un prisonnier en cage à Baker Street.

Je sortis plusieurs fois pour prendre l'air et acheter le journal. Un désespoir sans nom semblait s'être abattu sur la ville. Londres s'enfonçait dans un crépuscule sans fin qui plongeait les gens dans une humeur sombre, déclenchait des crises de larmes et des actes de folie. Les faits divers regorgeaient d'affaires abominables. Ou bien peut-être y attachai-je plus d'importance qu'avant. Une femme avait étranglé ses enfants, sans parvenir à expliquer son geste. Elle ne manquait pourtant de rien et ses enfants étaient en bonne santé. Des chiens hurlaient à la mort, la gueule tendue vers la lune, toutes les nuits sous les murs de Bedlam. Les plaintes et les cris de détresse des aliénés se mêlaient aux aboiements dans une cacophonie effrayante. Un homme s'immola en plongeant dans une barrique de rhum en flammes. Des pêcheurs de la Tamise remontèrent plusieurs cadavres mutilés dans leurs filets. Dans Fenchurch, une femme fut rouée de coups et on lui fracassa la mâchoire à coups de barre de fer sous prétexte qu'elle cachait des grenades dans son tablier. Après quoi, on s'aperçut que ces grenades n'étaient que des poulets et que la terroriste n'était qu'une fermière qui se rendait au marché. Dans l'hystérie grandissante, les Londoniens voulaient trouver la cause de leurs maux dans ce qu'ils redoutaient et haïssaient le plus : les juifs, les Français et les catholiques.

Je regagnai Baker Street, plus dépité encore.

Ma vie semblait vide, sans projet, sans but ni espoir.

En rentrant, je croisai Holmes dans l'appartement.

Il sursauta en m'apercevant, comme si je venais de le prendre en flagrant délit.

Il me sembla un court instant qu'il dissimulait quelque chose sous ses vêtements.

Il était habillé chaudement. Je n'aurais pu dire s'il venait de rentrer ou s'il était sur le départ.

J'accrochai mon pardessus à la patère de l'entrée.

Tout en défaisant mes lacets, je lui demandai sur un ton que je m'efforçai de rendre anodin :

— Restez-vous dîner ici ce soir, Holmes ?

Je me relevai et tournai la tête dans sa direction pour recueillir sa réponse, mais j'entendis le claquement de la porte de sa chambre.

Il réapparut plus tard dans la soirée. Son comportement était étrange. On aurait dit qu'il voulait me parler mais qu'il n'y parvenait pas.

Il se planta devant la fenêtre du salon, les mains dans le dos, et n'en bougea plus. Il pouvait rester un temps infini dans la même position, sans éprouver le besoin d'en changer. Il devait y avoir des lézards parmi ses ancêtres.

Je me plongeai dans un ouvrage et finis par oublier sa présence.

Je sursautai soudain au son de sa voix.

— J'ai croisé son regard, Watson !

— Quoi ? À l'instant ?

Il ne répondit pas.

Il s'assit dans son fauteuil. Ses yeux fixaient un point invisible devant lui. Son visage était agité de tremblements. Son esprit n'était pas avec moi.

— Je l'ai vu dans ses yeux.

Je demandai d'une voix calme, afin de ne pas troubler sa méditation :

— Qu'avez-vous vu dans ses yeux, Holmes ?

— La... la peur... le crime... la folie... la haine...

— Où ? Quand ?

Il revint brusquement à lui.

— Je... je ne sais pas. Juste son regard, au fond du mien. C'était étrange. Une sorte d'hallucination. Une fraction de seconde. Trop furtif pour me laisser un souvenir durable, mais juste assez pour s'imprimer dans mon subconscient.

— Cela signifierait que vous connaissez le meurtrier ?

— Si seulement je pouvais répondre à cette question, Watson...

Il regagna sa chambre d'un pas traînant, emportant avec lui son mystère.

Par acquit de conscience, je pris sa place devant la fenêtre du salon et tentai de comprendre ce qu'il avait pu voir à l'extérieur.

Mais au bout d'un instant, je constatai que la vitre faisait office de miroir sur le fond d'ébène de la nuit. Mon regard était plongé dans le reflet de mes propres yeux.

Vendredi 9 novembre 1888

Ce matin-là, Holmes sortit de sa chambre et vint s'asseoir à la table du petit déjeuner, en face de moi, le visage rasé de près et la mine d'un jeune homme.

Il paraissait détaché et apaisé, comme si tout ce qui s'était passé ces derniers temps n'avait plus la moindre importance à ses yeux.

Il se servit du thé et dévora deux saucisses avec appétit.

Un policier ectoplasmique se matérialisa au beau milieu du salon.

Il tendit un message à Holmes, sans un mot de présentation ni de salutation.

— Une nouvelle abominable...

— Lestrade a été nommé chef de la police à la place de sir Charles Warren ? demanda Holmes.

À en juger par ce trait d'humour caractéristique, je compris que mon camarade allait beaucoup mieux.

— Bien pire, monsieur.

— Je ne vois pas.

— Il faut venir... tout de suite...

Le malheureux policier en revanche ne semblait pas d'humeur à plaisanter. Il était pâle comme un linge et suait à grosses gouttes. Son regard se perdait au-delà de nos personnes, comme s'il pouvait voir des choses qui nous échappaient.

Je lui demandai :

— Ça ne va pas, mon vieux ?

Il vacilla et se retint au chambranle.

Je lui proposai de s'asseoir. Il fit quelques pas, mais ses genoux flanchèrent et il s'effondra sur le plancher.

Holmes et moi parvînmes à le relever et à le hisser dans un fauteuil.

Il tenait toujours son message dans sa main.

Holmes lui desserra les doigts, prit le papier et lut : *Rejoignez-moi sans délai au 13 Miller's Court. Abberline.*

Le policier revint à lui, le regard toujours traversé d'éclairs de terreur.

— Excusez-moi. Le choc. La fatigue. C'est... horrible... horrible...

Je me tournai vers Mme Hudson qui venait d'entrer dans le salon.

— Ce garçon est commotionné. Servez-lui une bonne collation avec un verre d'alcool fort. Ça devrait le remettre sur pied.

Le fiacre fonçait à travers les rues vides. Tout obstacle semblait s'être écarté, comme pour nous laisser le passage. Londres semblait retenir son souffle. Les seuls signes d'activité étaient les groupes de cantonniers qui balayaient et sablaient les rues pour le défilé du lord-maire qui devait avoir lieu un peu plus tard dans la matinée.

Moins d'un quart d'heure plus tard, le fiacre s'immobilisa sur le bord de trottoir juste à côté de Spitalfields Market et le cocher nous désigna l'endroit d'un sommaire coup de menton.

L'entrée de Miller's Court était étroite et sinistre, à côté de la boutique de chandelles portant l'enseigne de McCarthy.

Comme d'habitude, une troupe de badauds s'était formée à l'entrée du passage. Contrairement au voyeurisme bruyant qui avait régné sur les lieux des autres crimes, les gens attendaient dans un silence quasi religieux et ne parlaient qu'à voix basse.

Nous grimpâmes quelques marches et parvînmes devant une pièce d'aspect misérable dont l'unique fenêtre portait un carreau cassé. À l'intérieur, un vieux manteau faisait office de rideau. La chambre faisait à peine trois mètres sur quatre. Un silence lourd régnait dans la pièce.

Un étau de terreur serra ma poitrine et me coupa la respiration. Je sentis la peur se diluer dans mes veines.

Je ne savais plus où regarder. Il y avait du sang partout. Sur les murs, le lit, les draps, en giclures, en flaques, traces de la mort.

Une masse oblongue, étendue sur le lit, s'imposa dans mon champ de vision.

Je maîtrisai de justesse mon estomac quand le policier souleva les draps.

Le corps était mutilé, déchiré, les chairs arrachées par lambeaux et les entrailles éparpillées en travers du lit et sur le sol, au point qu'on ne discernait plus ses dimensions ni même sa silhouette exacte.

Le lit et l'espace environnant étaient trempés de sang. Le corps attestait du degré ultime auquel était parvenu le tueur dans sa frénésie mutilatrice. Une boule informe, mélange de cheveux et de chair sanguinolente, se tenait à l'emplacement de la tête. Il me fallut un temps infini pour y discerner le vague dessin d'un visage.

Les seins avaient été sectionnés, l'abdomen ouvert en deux et les organes internes répandus dans toute la pièce, dans la région pubienne, sur la cuisse droite et la fesse droite, la chair avait été enlevée jusqu'à l'os.

Ma tête tournait.

Un cauchemar, une spirale infernale.

Je crus un instant que je devenais fou.

Nous venions de pénétrer en enfer.

Je parvins à détacher mon regard de l'horreur et découvris Abberline, qui s'affairait autour de l'âtre.

Il nous aperçut aussi et vint vers nous.

— Bonjour, Holmes. Bonjour, docteur Watson. Je vous ai fait prévenir dès que j'ai su. Pour une fois, rien n'a été touché avant mon arrivée. On vient juste d'ouvrir la porte.

Il ouvrit un petit sac et nous en montra le contenu.

— D'après les cendres qui restaient dans l'âtre, j'ai conclu que le tueur a brûlé des vêtements et s'est servi des flammes pour se réchauffer ou peut-être même s'éclairer. Je vais faire analyser cela et évaluer le temps de combustion. Cela nous donnera une évaluation de l'heure à laquelle le massacre a commencé.

Mon camarade désigna le corps en charpie.

— Encore une malheureuse ?

— Oui. Je me suis lourdement trompé. Ces meurtres ne sont pas liés à un quelconque complot visant à destituer...

Il suspendit sa phrase et son regard devint fixe.

Nous nous retournâmes et nous trouvâmes nez à nez avec sir Charles Warren qui nous salua d'un bref signe de tête.

Abberline perdit tout naturel au profit d'une attitude protocolaire qui correspondait peu à la situation.

— Je... j'ignorais que vous deviez venir, sir Charles. Nous venons juste d'ouvrir la porte et nous n'avons pas encore eu le temps de...

Sir Warren fit un geste d'indifférence.

— Vous n'avez pas à vous justifier, Abberline. Je ne suis plus votre supérieur hiérarchique.

Abberline baissa les yeux.

— J'en suis sincèrement désolé, sir Charles.

— Et moi donc. Poursuivez votre travail, mon vieux, et ne vous occupez pas de moi. Je veux juste savoir de quoi est encore capable ce meurtrier, maintenant que je ne suis plus responsable de rien.

Il jeta un œil vers le lit et ferma les yeux de dégoût.

Il planta son regard métallique dans celui d'un journaliste qui eut la malchance de se trouver en face de lui.

— Il semblerait que ma... démission n'ait pas servi à grand-chose. Je suis curieux de savoir qui la presse va pouvoir dénoncer à présent.

Le cynisme le disputait à l'amertume dans son propos. Plusieurs journalistes baissèrent la tête et s'écartèrent pour le laisser sortir.

— Il nous avait promis l'enfer, nous y sommes, commenta Abberline.

— A-t-on des témoins ?

— Pas encore. Mes hommes interrogent les gens du voisinage. Ils doivent me prévenir s'ils parviennent à mettre la main sur un témoin fiable.

— Puis-je inspecter le corps ? demanda Holmes.

Abberline opina.

Holmes sortit sa grosse loupe, souffla un peu de buée dessus et la nettoya avec conscience. Il s'approcha ensuite du corps et l'observa en détail, sous le regard vide d'Abberline. Le policier supportait difficilement le spectacle de ce corps en charpie.

Moi-même, je ne me sentais pas au mieux de ma forme. La tête me tournait. Le corps empestait. L'odeur de la mort était encore imprégnée dans la moindre parcelle de cette pièce.

Holmes tendit le nez au-dessus de la purée immonde qui lui faisait office de ventre et huma comme un goûteur de vin.

— Alcool. Gin absorbé en quantité notable. Vous ne sentez pas ?

Abberline tordit le nez.

— Je ne vois pas l'intérêt de se prêter à cette analyse sordide.

— La digestion n'est pas terminée. Elle a été tuée environ une heure après avoir mangé. Elle était ivre morte. Ces informations vous semblent-elles superflues ?

— Non... certes...

Lestrade venait d'entrer. Il se fraya un passage jusqu'au cadavre.

Il était si pâle qu'il paraissait transparent. Il fournit un effort mental visible pour tenter de comprendre la situation.

— Elle... elle est morte ?

Holmes le fusilla du regard.

— Non. Un léger malaise.

Le policier écarquilla les yeux, comme s'il venait seulement de réaliser l'horreur de la situation. Puis il se précipita dehors, juste à temps pour déposer son petit déjeuner aux pieds des journalistes.

Holmes termina son travail d'investigation habituel, indifférent à l'ambiance morbide de l'endroit.

Deux policiers arrivèrent, encadrant un homme. L'un d'eux salua Abberline.

— On a un témoin, chef.

Abberline fit signe à l'homme de s'approcher. Holmes lui demanda :

— Comment vous appelez-vous ?

— George Hutchinson, m'sieur.

— Dites-nous ce que vous savez, monsieur Hutchinson.

— J'ai croisé Mary Kelly sur le coup de 2 heures. Elle m'a demandé de lui prêter six pence. Mais j'avais pas d'argent sur moi. Après, je l'ai vue parler avec un homme. Alors j'ai ouvert un journal. J'ai fait semblant de lire d'un œil et je les ai observés de l'autre.

— Mmm. Vous avez eu le temps de voir l'homme ?

— Oui, il est passé devant moi, et j'ai même croisé son regard.

— Pourriez-vous le décrire ?

— Dans les trente-cinq ans, un mètre soixante-dix, environ. Cheveux noirs et petite moustache bouclée aux deux extrémités. Il portait un long manteau sombre avec col en astrakan, un costume sombre, des bottines à boutons et une cravate sombre avec une épingle en forme de fer à cheval. Il avait une apparence plutôt respectable, mais on aurait dit...

Hutchinson marqua une pause et baissa la voix :

— ... un étranger, si vous voyez ce que je veux dire.

— Je vois.

Le terme d'étranger désignait les juifs, boucs émissaires favoris du quartier où la xénophobie atteignait des niveaux alarmants depuis le début de cette affaire.

Il ajouta sur un ton mystérieux :

— En plus, il tenait dans ses mains un paquet d'une vingtaine de centimètres de long. Alors je les ai suivis à distance respectable.

— Pourquoi ?

Il hésita une fraction de seconde.

— C'était... une brave fille. Je la connaissais bien. J'aurais pas voulu qu'il lui arrive quelque chose de mal...

— Pourquoi l'avez-vous suivie ? insista Holmes sur un ton plus incisif.

— Je... j'avais retrouvé un peu de monnaie au fond de ma poche... Alors je me suis dit comme ça que je pourrais peut-être la dépanner...

Holmes attrapa l'homme par le col et le souleva du sol. Son geste fut si rapide et inattendu que tous se figèrent. Une lueur de folie traversa le regard de mon camarade.

— Et moi je me dis comme ça que je pourrais peut-être vous faire coffrer pour faux témoignage.

L'homme paniqua et dit d'une voix terrifiée :

— Je... je vais tout vous dire.

Holmes relâcha son étreinte et le freluquet retomba sur le sol, comme un paquet de linge sale.

Il déglutit et marmonna pour ses chaussures :

— J'ai pensé que je pourrais peut-être tenter ma chance quand l'autre aurait fini.

— Ça ne vous dégoûte pas de passer derrière un... étranger ?

— Là, c'est différent. Et puis, j'avais pas de mauvaise intention.

Holmes leva la main, comme s'il s'apprêtait à le frapper.

— Qu'est-ce que l'homme portait sous son bras ?

L'autre se protégea le crâne des deux mains dans un geste réflexe.

— Rien, m'sieur. Rien du tout. J'ai inventé cette histoire de paquet.

— Pourquoi ?

— C'était... un étranger. Il aurait pu avoir un paquet avec un couteau dedans, s'pas ?

Holmes lui hurla au visage :

— C'est avec ce genre de témoignage qu'on envoie des innocents à la potence ! Disparaissez de ma vue.

L'homme détala, une main sur la tête et l'autre sur les fesses, à titre préventif.

Quand il fut parti, Abberline se tourna vers mon camarade.

— Vous n'en finirez pas de m'étonner, monsieur Holmes. Comment saviez-vous qu'il mentait ?

— Je ne le savais pas.

Abberline resta bouche bée, comme un gamin devant un spectacle de marionnettes.

Holmes ajouta :

— Il a hésité un quart de seconde de trop avant de répondre à ma question.

À l'instant même, le corps était évacué sur une civière pour être conduit à la morgue de Whitechapel.

Holmes suivit le triste cortège.

— Venez, Watson. Je veux assister à l'autopsie avant que le médecin légiste ne nous ponde un roman à la Bram Stoker.

En chemin, notre fiacre fut détourné plusieurs fois. Les grands axes étaient fermés à la circulation. La foule se pressait sur tous les trottoirs. Les cloches sonnaient dans toutes les églises. Nous croisâmes un défilé avec des fanfares, des chevaux et des hommes costumés comme pour jouer une pièce ancienne. Des dizaines de gamins couraient en hurlant quelque chose au sujet d'un meurtre affreux qui venait de se produire. Mais seuls les badauds les plus proches d'eux pouvaient les entendre car le vacarme couvrait leurs voix.

Ainsi allait la vie de Londres. À un bout de la ville, le lord-maire se pavanait sous les applaudissements de la foule enthousiaste à l'idée de la fête qui se préparait. À l'autre bout, les enquêteurs vomissaient leur dégoût au fond d'une cour misérable. Entre les deux, les ouvriers du métropolitain poursuivaient leur travail exténuant, indifférents à la vie de la cité. Et nous tentions de trouver notre chemin dans ce marasme tragi-comique.

Le docteur Bond, qui était responsable de l'autopsie, et Holmes tombèrent d'accord sur le fait qu'il avait fallu au moins deux heures pour procéder à toutes ces mutilations, bien que la mort elle-même, causée par la section de la carotide, fût intervenue assez rapidement.

Ils estimèrent que les mutilations avaient été effectuées avec un couteau très aiguisé, d'environ quinze centimètres de long, et que le meurtrier était gaucher.

Au fur et à mesure qu'il pratiquait l'autopsie, le docteur Bond formulait ses observations à haute voix, comme pour les soumettre à l'approbation de mon camarade :

— Toute la surface de l'abdomen et des cuisses a été enlevée et la cavité abdominale a été vidée de ses viscères. Les seins ont été découpés, les bras mutilés par plusieurs blessures et le visage a été tellement tailladé qu'on ne reconnaît aucun des traits. Les tissus du cou ont été tranchés tout autour de l'os. Les viscères ont été trouvés en différents endroits : l'utérus, les reins et un sein sous la tête, l'autre sein à côté du pied droit, le foie entre les pieds, les intestins sur le côté droit et la rate sur le côté gauche du corps. Les lambeaux de chair prélevés sur l'abdomen et sur les cuisses se trouvaient sur la table. Voilà pour l'observation externe.

Il prit un couteau de nécropsie et se tourna vers Holmes.

— On ouvre ?

Mon camarade opina.

Bond découpa le corps, qui émit un gémissement incongru.

Je détournai les yeux.

Une exclamation de surprise me ramena à la table de travail.

Holmes et Bond étaient penchés sur la cage thoracique béante.

— Il a enlevé le cœur !

Bond plongea la main dans les viscères.

Il en tira une masse sanguinolente qu'il posa sur la table à côté du corps.

— Un fœtus. Elle était enceinte de trois mois environ.

Samedi 10 novembre 1888

La nouvelle du meurtre de Mary Kelly se répandit comme une traînée de poudre et provoqua une panique sans nom dans les rues de Whitechapel, qui furent de nouveau désertées la nuit.

Abberline engagea toutes les forces de police dans l'enquête et promit de suivre chaque piste, d'interroger chaque suspect. Il était décidé à en finir vite avec cette affaire.

Très tôt le matin, Holmes reçut la visite de deux hommes à Baker Street.

L'un d'eux ressemblait à un colosse de foire.

Je me souvins que Holmes avait fait suivre le client de la Maison Blanche par un homme capable d'assommer un cheval d'un coup de poing.

Le colosse annonça :

— On n'a pas lâché Ebenezer Finley d'une semelle. C'est pas lui qu'a fait le coup, m'sieur Holmes. Il a pas bougé de chez lui.

Holmes les congédia en leur donnant quelques pièces.

Puis il me dit :

— Je veux résoudre cette affaire, Watson. Ce n'est plus une question d'argent mais une question d'honneur. Je dois interroger le moindre témoin, recueillir le moindre indice. La vérité finira bien par éclater. M'accompagnerez-vous ?

Je sautai sur l'occasion. Je préférais encore l'horreur de cette enquête plutôt que la solitude déprimante de Baker Street.

Nous parvînmes à reconstituer l'emploi du temps de Mary Kelly lors de la nuit du meurtre.

Entre minuit et 1 heure du matin, plusieurs résidents de Miller's Court avaient entendu chanter Mary Kelly. Elle avait ensuite croisé le fameux George Hutchinson vers 2 heures. Puis, vers 3 h 45, dans la nuit, trois femmes de Miller's Court déclarèrent qu'elles avaient cru entendre crier « Au meurtre ! » en provenance du numéro 13. Mais les trois femmes n'étaient pas très sûres de ce qu'elles avançaient. La première déclara qu'elle était un peu sourde et qu'elle avait peut-être été influencée par les deux autres. La deuxième déclara qu'elle avait un peu bu et que, dans ces cas-là, elle entendait souvent des voix. La troisième affirma qu'elle dormait quand c'était arrivé.

Avec toute la réserve que nous pouvions accorder à ces témoignages, il ressortait que Mary Kelly avait été tuée vers 3 h 45 du matin et que le meurtrier n'était sorti de sa chambre qu'aux environs de 5 h 45.

Nous apprîmes aussi que la fille s'appelait Mary Jane Kelly. Ses amis et ses clients occasionnels l'appelaient Ginger, Fair Emma ou Black Mary.

C'était une fille des rues, une Irlandaise de vingt-quatre ans, très jolie, d'après les témoignages. Il ressortait qu'elle vivait épisodiquement avec un livreur de poisson de Billingsgate Market du nom de Joseph Barnett. Quand il était au chômage, Mary Kelly se prostituait pour subvenir aux besoins du couple. Mais Barnett était jaloux et impulsif. Il frappait sa compagne d'infortune qui noyait sa misère dans l'alcool.

Plusieurs pipelettes des environs laissèrent entendre que Mary Kelly venait de quitter Joseph Barnett.

D'autres affirmèrent au contraire qu'ils étaient sur le point de se marier et que Joseph Barnett, décrit comme le plus doux des hommes, semblait ravi de sa future paternité.

Comme toujours, il était impossible de discerner le vrai du faux.

Holmes demanda à tous si Mary Kelly avait déjà fréquenté un endroit portant le nom de Maison Blanche. La réponse était toujours négative. La jeune femme n'avait jamais vécu ailleurs que dans sa petite chambre de Miller's Court.

En revanche, Joseph Barnett semblait s'être volatilisé. Brusquement, personne ne savait ce qu'il était devenu. Plusieurs personnes affirmèrent avoir passé une bonne partie de la nuit avec lui à jouer aux dés dans un estaminet plus ou moins clandestin nommé *La Main Jaune*. Le patron de l'endroit nous confirma que Jo Barnett avait joué jusqu'aux premières lueurs de l'aube et qu'il était rentré se coucher vers 5 heures du matin. Ces témoignages l'innocentaient donc.

Une vieille femme émit cependant l'hypothèse, au bout de plusieurs verres de gin, que l'homme se cachait par peur d'être accusé, mais qu'elle ignorait où.

Une fois de plus, cette enquête débouchait sur une impasse.

Lundi 12 novembre 1888

Abberline nous fit appeler dans ses bureaux.

L'homme ne connaissait visiblement plus de repos. Ses cernes étaient tels que l'on aurait dit qu'il avait les deux yeux pochés.

Il nous tendit une lettre.

— La dernière en date...

— Encore une missive de l'Éventreur ? demanda Holmes.

— Pire.

Holmes lut :

— *Pétition des bourgeoises instruites.*

À notre Très Gracieuse Souveraine Sa Majesté la Reine Victoria,

Votre Majesté,

Nous soussignées, bourgeoises instruites, épouses dévouées et bonnes mères de famille, sommes horrifiées par les effroyables péchés commis dans certaines ruelles et établissements des bas quartiers.

Le vice et le crime ont pris des proportions inquiétantes et nous ne nous sentons plus en sécurité dans notre bonne ville de Londres. C'est pourquoi nous saurions gré à Votre Majesté de bien vouloir instruire ses premiers serviteurs d'appliquer les lois

déjà en vigueur afin de fermer ces maisons qui sont
autant de repaires du vice et entre les murs des-
quelles hommes et femmes sombrent corps et âme.

Nous avons l'honneur de demeurer, Votre Majesté,
Vos loyales sujettes et très humbles servantes,
Les bourgeoises instruites.

Abberline était effondré.

— La reine en personne, vous vous rendez
compte !

Il reposa la lettre et prit un air grave.

— Je dois boucler cette affaire au plus vite. Je
pense avoir trouvé le coupable. Je souhaite avoir
votre avis sur la question.

Il ouvrit un dossier.

— L'heure de la mort de Mary Kelly est estimée
entre 3 h 30 et 4 heures du matin, le vendredi
9 novembre 1888. C'est un fait avéré par la température du corps et la rigidité cadavérique, et cor-
roboré par la majorité des témoignages. La
majorité, sauf un, celui de Mme Caroline Maxwell.

— Qui est cette femme ? demanda Holmes.

— Une voisine de l'immeuble mitoyen. Elle
affirme avoir vu Mary Kelly non pas une fois, mais
deux. La première fois vers 3 heures du matin, la
deuxième vers 8 heures. Elle est sûre de cet horaire
car c'est l'heure à laquelle son mari rentre du travail. Elle a décrit les habits de Mary en détail. Son
mari a lui-même croisé Mary Kelly et l'a saluée.
Que dites-vous de cela, Holmes ?

— Cette... Caroline Maxwell et son mari
étaient-ils en possession de tous leurs esprits ?

— Ils ne boivent pas, si c'est ce que vous insi-
nuez. Et ils n'avaient aucune raison de mentir à
la police. Il n'y avait aucune récompense en jeu.

— Ont-ils pu se tromper de personne ? Il faisait encore nuit à 8 heures du matin, si je ne m'abuse...

Abberline s'emballa.

— Exactement. C'est pourquoi ils se sont trompés. Ils ont bien vu une femme portant les habits de Mary Kelly vers 8 heures du matin, mais ce n'était pas elle.

Nous nous demandions où le policier voulait en venir.

Abberline poursuivit :

— Voici ma déduction. Cette femme portait les habits de Mary Kelly, parce qu'elle venait de la tuer.

— Quoi de plus naturel, en effet ?

Abberline leva la paume de sa main.

— Laissez-moi finir. En endossant les habits de sa victime, elle pouvait ressortir et passer inaperçue. Les faits sont là. Nous n'avons pas affaire à Jack l'Éventreur, mais à Jill l'Éventreuse, Holmes.

Mon camarade me glissa un regard.

— Un homme n'aurait-il pu enfiler les habits de Mary Kelly et se faire passer pour une femme ? Un maquillage bien étudié peut tromper, surtout de nuit...

— Caroline Maxwell et son mari sont formels : il s'agissait bien d'une femme.

— Pas n'importe quelle femme. Ils ont affirmé avoir vu Mary Kelly, n'est-ce pas ?

— Ils ont été trompés par les vêtements. Il faisait très sombre...

Abberline réalisa qu'il était en train de se contredire et abrégea :

— Quoi qu'il en soit, les habits qui brûlaient dans l'âtre étaient ceux de la meurtrière et non pas ceux de la victime. L'éventreuse a tout simplement endossé les habits de sa victime. Il y avait une double raison à cela. D'abord, comme je l'ai dit, elle pouvait sortir sans attirer l'attention. Ensuite, elle endossait en quelque sorte la dépouille de sa victime.

— Mais les habits de Mary Kelly n'étaient-ils pas maculés de sang ?

— Non, car Kelly les avait enlevés à la demande de sa visiteuse.

— Oh, ces femmes étaient-elles... particulièrement intimes ?

— Pas le moins du monde, Holmes.

— Dans ce cas, je ne vois pas...

— C'est le docteur Bond qui m'a ouvert les yeux.

Il attendit un instant, savourant l'instant de sa révélation. Il parla en guettant notre réaction.

— Mary Kelly était enceinte de trois mois.

Holmes plissa les yeux.

— Je le sais, j'ai assisté à l'autopsie.

Abberline ignora sa réponse.

— Vous savez ce que cela signifie de tomber enceinte pour une prostituée ?

— Je m'en doute. Elle perd ses... clients et, à terme, elle a une bouche de plus à nourrir.

— Bien raisonné. La conclusion s'impose donc d'elle-même. Mary Kelly avait rendez-vous avec une avorteuse.

Holmes resta bouche bée. À l'évidence, cette hypothèse ne l'avait pas effleuré. Abberline poursuivit sa démonstration :

— L'avorteuse lui a donc demandé de se dés-habiller, ce qui est la moindre des choses pour une telle opération. Mary Kelly était en parfaite confiance jusqu'au moment où elle a vu l'arme et a compris que sa visiteuse n'était pas seulement venue lui ôter son fœtus...

Holmes fronça les sourcils.

Le policier poursuivit :

— Dès lors, tout le reste s'explique d'une façon limpide. Les quatre autres filles ont été victimes de l'avorteuse. Elles n'avaient aucune raison de se méfier d'une femme, qui plus est si elle portait la blouse facilement identifiable d'une sage-femme. Après chaque meurtre, l'avorteuse pouvait se déplacer sans éveiller le moindre soupçon. Sa blouse constellée de taches de sang n'attirait pas l'attention puisqu'elle était la conséquence de sa fonction. Souvenez-vous aussi de la remarque du docteur Llewellyn qui estimait que le meurtrier – nous pouvons maintenant dire la meurtrière – possédait de réelles notions d'anatomie. Nous pensions à un médecin déchu, ou à un quelconque assistant de chirurgien. Or une sage-femme pos-sède à l'évidence de telles connaissances.

Mon camarade joignit les extrémités de ses dix doigts et observa Abberline avec un demi-sourire qui n'augurait rien de bon.

— En somme, il ne vous reste qu'à vérifier les alibis de toutes les sages-femmes de Londres pour retrouver la coupable ?

— Nous procéderons par recoupements, nos agents éplucheront les archives...

— Rectifions, vous devrez plutôt interroger les avorteuses, ce qui ne sera pas aisé compte tenu du fait que cette activité est loin d'être officielle et reconnue par les autorités.

— Certes.

— En outre, votre raisonnement, bien qu'assez astucieux au premier abord, soulève quelques objections.

— Je ne vois pas...

— Les quatre autres victimes étaient-elles enceintes ?

— Eh bien... Si c'était le cas, je dois reconnaître que les médecins légistes ne l'ont pas remarqué.

— Ne disiez-vous pas à l'instant que ce genre de choses ne saurait échapper à un médecin légiste ?

— ...

— Supposons qu'elles aient réellement été enceintes, ce qui semble peu probable compte tenu de leur âge et de leur état de décrépitude physique. Est-il usuel pour une avorteuse d'opérer au fond d'une cour, où elle peut être surprise à tout instant ?

— Elles n'avaient peut-être pas d'autre endroit où aller...

— Admettons. Combien de témoins ont-ils signalé la présence d'une sage-femme avant ou après les meurtres ?

Il fit mine de réfléchir.

— Aucun, à ma connaissance. Mais il n'est pas aisé de repérer une sage-femme d'un simple coup d'œil en pleine nuit...

Abberline s'aperçut qu'il venait de nouveau de se contredire.

Holmes lui adressa un sourire carnassier.

— Par ailleurs, qu'est-ce qui pourrait pousser une avorteuse à se livrer à un tel carnage ?

— Nous n'avons pas encore cerné ses motivations, mais il est probable qu'au fond d'elle-même elle désapprouve ces filles et les punit en les faisant mourir dans des douleurs abominables.

— Non.

— Non ?

— Les filles ont toutes été égorgées. Une fois l'artère carotide tranchée, le cerveau n'est plus irrigué. La mort intervient en moins de vingt secondes. Les malheureuses voguaient vers l'au-delà bien avant que ne commence la boucherie. Même votre médecin légiste a noté ça.

L'édifice de certitudes construit par Abberline venait de s'écrouler.

Mardi 13 novembre 1888

Un vacarme, au rez-de-chaussée, me tira de mon sommeil.

Quelqu'un m'appelait du bas de l'escalier. Je reconnus la voix de Mme Hudson.

Une étrange appréhension me serra l'estomac. Je sautai dans mes chaussons et enfilai une robe de chambre.

Une odeur infecte emplissait l'entrée. Mme Hudson me désigna une forme allongée sur le canapé de l'entrée.

— Elle est revenue, docteur Watson.

Billy, notre groom, était penché sur elle et semblait désemparé.

Quand elle m'aperçut, elle s'efforça de sourire, mais tout son être trahissait le stade ultime de l'épuisement.

Ses pieds avaient la couleur de la cire rouge et des cristaux de glace s'étaient coagulés sur l'ourlet de sa pauvre robe. Ses paupières étaient lourdes, couvertes d'une croûte et fermées. Ses lèvres fendillées saignaient.

Le mouvement fit saigner de nouveau les coupures les plus profondes.

Je dis à Mme Hudson :

— De l'eau tiède, des serviettes. Vite ! Et des sels volatils ! Billy, apporte-moi la bouteille de brandy et un petit verre.

Ses vêtements et son visage étaient couverts d'une poussière noire et collante.

Elle avait les mains et les cuisses tuméfiées. Ses cicatrices semblaient superficielles, mais un masque de douleur déformait ses traits quand elle respirait.

Elle me fixait de ses yeux pleins de confiance.

J'avais prié des nuits entières pour qu'elle revienne.

La pauvre petite s'agrippait à moi comme un naufragé à sa planche.

Dans mes rêves les plus troubles, elle ne m'avait jamais semblé si menue et si fragile.

Tout cela était de ma faute. Je me jurai de lui consacrer le temps et l'affection qu'il faudrait pour qu'elle se rétablisse. Jamais plus je ne la laisserais partir.

Je posai ma main sur son front.

— Elle est brûlante de fièvre.

Au contact de ma paume, elle ouvrit les yeux et prononça d'une voix désincarnée :

— J'ai tenu... ma promesse.

— Quelle promesse, Wendy ?

— J'ai retrouvé... l'Éventreur... pour gagner votre estime...

— C'est lui qui t'a fait ça ?

Elle fit un signe de dénégation de la tête.

Ses yeux partirent en arrière. Je lui tapotai les joues. Billy me tendit les sels. J'ouvris en hâte le flacon et je le fis respirer à Wendy.

Elle revint à elle et s'agrippa au pan de ma veste.

— Je veux entendre ces mots, au moins une fois dans ma vie.

— Quels mots ?

— Est-ce que tu m'aimes ?

Je sentis le sang affluer à mon visage. Si j'avais pu entrer sous terre, je l'aurais fait.

Je dis, à l'intention de Mme Hudson, qui se tenait juste à côté de moi :

— C'est... la fièvre. Je crois qu'elle délire.

— Si vous le dites, docteur Watson.

La petite s'accrochait à mon bras.

— Dis-moi la vérité... je te dirai ce que je sais.

— Tu sais où il est ?

Elle opina.

Je me penchai vers elle et lui murmurai quelques mots dans le creux de l'oreille.

Ses yeux partirent de nouveau.

Je remis les sels sous son nez. Elle eut un hoquet et rouvrit les yeux.

Je répétai.

— Tu connais son nom ?... Son adresse ?

Son regard m'échappait. J'insistai.

— Où habite-t-il ? À quoi ressemble-t-il ?

— Sous la terre... Toujours tout droit...

Elle fit un effort surhumain et tendit l'index vers le fond de la pièce.

Mon regard se porta dans la direction qu'elle indiquait et rencontra... Billy !

Je plissai les yeux. Le gamin comprit et mit sa main à plat sur sa poitrine.

— C'est pas moi, m'sieur. C'est pas moi !

Il semblait terrorisé.

L'ombre prit vie dans son dos et Sherlock Holmes avança vers la lumière.

— Que dit-elle, Watson ?

— Je... je ne sais pas... je ne sais plus...

— Eh bien, demandez-le-lui.

— Non.

— Pourquoi ça ?

— Parce qu'elle est morte.

Mercredi 14 novembre 1888

Mes larmes se mêlaient à la pluie.

La cérémonie – mais le terme était-il bien choisi ? – fut expédiée par un prêtre éthylique qui balbutia quelques phrases incompréhensibles. Le cercueil fut jeté au fond du trou. Quelques pelletées de terre. Ma gorge était à vif à force d'avoir réprimé les sanglots. Une boule de haine s'était formée dans ma poitrine, grosse comme le poing. Je me retrouvais seul. Seul avec mes remords et le dégoût que m'inspirait ma propre personne.

Qu'est-ce que la douleur d'un condamné à mort, face à celle d'un condamné à vivre ?

Ma main se crispa sur la crosse de mon arme dans ma poche. Ce n'était plus qu'une formalité.

Au-dessus de moi, la pluie s'arrêta soudain, comme si elle suspendait son action à ma décision. Pourtant, à travers mes larmes, je la vis clapoter dans les flaques de boue, tout autour de moi. Il me fallut encore quelques secondes pour réaliser qu'un parapluie me protégeait, tendu par une main bienveillante.

— Vous... aviez oublié votre parapluie, Watson.

Holmes me parlait sans me regarder.

Je ne parvins pas à prononcer un mot, tant ma gorge était nouée.

Il me prit le coude. Ma main restait crispée sur la crosse. Il insista.

— Ne faisons pas attendre le cocher. Il fait un temps de chien.

J'avalai ma salive et m'apprêtai à refuser son invite, mais il prit les devants.

— J'ai encore besoin de vous, Watson. Tout est limpide à présent !

Je ne trouvai pas la force de résister.

Comme toujours, mon intrépide camarade fonçait droit devant lui, sûr de détenir la vérité. Comme toujours, je serais le dernier à comprendre ce qui se passait. Mais cette fois, ça m'était égal. Je le suivis, par habitude, par faiblesse, et sans doute aussi parce que je savais confusément que mon heure n'était pas encore venue.

Dans le fiacre qui nous conduisait je ne sais où, pas un mot. J'écoutais comme dans un cauchemar le crépitement de la pluie sur le toit, les grelots pendus au cou du cheval qui sonnaient en cadence comme par hoquets, les roues ferrées qui grinçaient sur le pavé, la caisse qui cognait en passant sur les ornières, le claquement du fouet du cocher. Tout cela se mélangeait dans un tourbillon irréel qui m'emportait.

Je me mis à trembler de la tête aux pieds, incapable de me maîtriser. C'était comme si tout mon corps se rebellait à mon insu.

Holmes me tendit une flasque de whisky.

— Vous pouvez la garder, Watson.

Je bus plusieurs gorgées. Ma gorge s'enflamma, mais mon corps se réchauffa et les tremblements cessèrent peu à peu.

C'est seulement à ce moment que je réalisai que Holmes portait une grosse gibecière en bandoulière.

Il fouilla dedans et en tira quelques petits objets cylindriques qu'il me présenta sur la paume de sa main. Je ne parvins pas à voir de quoi il s'agissait à travers mon regard embué.

— Vous devriez remettre les balles dans votre arme, Watson. Nous pourrions en avoir besoin là où nous allons.

Le fiacre quitta soudain l'avenue et s'enfonça dans les ruelles tortueuses de Whitechapel.

Un flot d'images m'assaillit aussitôt. Wendy maltraitée par son bourreau dans une ruelle sombre. Wendy à Baker Street. Le vertige de mes sens. Sa peau de satin que jamais plus je ne frôlerais. Wendy qui avait brûlé ses ailes pour gagner mon attachement. Le dégoût et la honte de moi-même. Une pensée incongrue me traversa l'esprit. Comment avait-elle eu la force de se traîner jusqu'à Baker Street alors qu'elle était à l'agonie ? Si Wendy avait fait tout cela pour moi, je le referais pour elle.

Le fiacre s'arrêta avec la délicatesse d'un bélier cognant contre un pont-levis et mit un terme brutal à mon débat intérieur.

Holmes bondit sur le pavé, jeta une pièce au cocher et s'engouffra dans une allée.

Je le suivis sous la pluie battante et passai sous un porche. C'est à cet instant seulement que je reconnus l'enseigne de la boutique de chandelles au nom de McCarthy. Nous nous trouvions au 13 Miller's Court, sur le lieu du dernier meurtre.

La pluie redoubla d'intensité.

Holmes se dirigea tout droit vers un étroit soupirail et hurla à mon intention, pour couvrir le vacarme du déluge :

— C'est par là qu'on livre le charbon. On ne peut pas passer. Il y a forcément un autre accès à l'intérieur. Le Gros Midget affirme qu'elle a été retrouvée en train d'appeler au secours depuis la cave. Lui-même a été alerté par un gamin qui semble travailler pour lui.

L'évocation de ce nom me fit l'effet d'un coup de poing dans l'estomac.

— Vous connaissez cet horrible personnage ?

Il s'engouffra dans l'entrée de l'immeuble et me répondit sans se retourner :

— Souvenez-vous, Watson, c'est lui qui a ramené la pauvre petite. Il semblait bien vous connaître.

Tout s'éclaira soudain. C'est comme si je reprenais connaissance après un long coma. J'avais promis de payer ce Midget s'il retrouvait Wendy. Il avait dû remuer ciel et terre pour y parvenir. Il m'avait en effet parlé de ces nombreux gamins qui travaillaient pour lui. Je me souvins à présent de l'effroyable odeur qui emplissait le vestibule lors du retour de Wendy. J'étais trop choqué pour faire le rapprochement.

J'insistai :

— Pourquoi n'ai-je pas vu ce Midget ?

Holmes me répondit tout en s'acharnant sur la porte du sous-sol :

— Mme Hudson ne l'a pas laissé entrer. Il empestait.

Il opérait sur un gros cadenas rouillé à l'aide de son cure-pipe.

— J'y suis presque, Watson...

— Il ne vous a pas demandé d'argent ?

— Si. Je lui ai donné quelques faux billets. Des imitations grossières que j'avais récupérées dans l'affaire du gang des Artistes. Il fallait bien que je me débarrasse de lui au plus vite. Ce type est une infection ambulante.

Le cadenas céda dans un grincement sinistre.

— Ça y est !

Holmes poussa la porte d'un coup d'épaule. Puis il alluma une lanterne et scruta les environs. Nous nous trouvions dans une cave à charbon qui servait également de débarras à une quantité d'objets hétéroclites.

— Il y a forcément une autre issue, Watson.

Tout s'embrouillait de nouveau. Que faisions-nous dans cette cave ? Quel rapport avec Wendy et le Gros Midget ? Que cherchions-nous exactement ?

Je me souvins que Wendy avait le visage et les vêtements couverts de suie. Était-elle venue ici ?

J'allais lui poser de nouvelles questions quand il s'exclama :

— Ici, Watson !

Il venait de dégager une trappe étroite qui s'ouvrait sur une sorte de puits.

Il brandit sa lampe au-dessus du trou béant.

— Il y a des marches taillées dans la pierre. Ça a l'air profond.

Il se glissa dans l'étroit boyau et descendit quelques marches.

— Faites attention, Watson, les prises sont humides et glissantes.

Holmes ne doutait pas un instant que j'allais le suivre. Une fois de plus, il avait raison. Je voulais comprendre ce qu'elle n'avait pas eu le temps de me dire. C'était ma triste façon de rendre hommage à son courage et à son sacrifice.

Wendy avait fait tout ce chemin pour me prouver son amour. Qu'avait-elle trouvé ? Qu'avait-elle enduré ?

La descente fut longue et difficile. À chaque instant, nous risquions de perdre l'équilibre et de nous retrouver en bas, plus vite que prévu, sans personne pour nous secourir.

— J'ai touché le fond, annonça Holmes avec enthousiasme, quelques mètres au-dessous de moi. Vous y êtes presque, Watson.

J'avais envie de lui répondre que je l'avais également touché, à ma manière.

Je parvins à mon tour en bas, le souffle coupé par l'effort, le visage et les mains en sueur. La morsure du froid m'enveloppa d'une gangue de glace et me figea un instant. Je réalisai alors seulement que je n'étais guère équipé pour ce genre d'expédition. Holmes non plus, d'ailleurs, mais il ne s'en souciait guère et s'enfonçait déjà dans les ténèbres, lampe au poing.

Nous avançâmes courbés en deux. Le couloir que nous longions était étroit et bas de plafond. Il semblait très ancien et je me demandai à quoi il avait bien pu servir. Je me souvins de ce qu'affirmait l'ingénieur Greathead à propos du sous-sol londonien qu'il comparait à un gruyère.

Sans doute ce boyau était-il une des innombrables galeries destinées à relier les maisons entre elles ou à permettre aux habitants de prendre la fuite en cas d'agression. Peut-être avait-il aussi servi, à une autre époque, à évacuer des eaux de pluie. Puis il était tombé dans l'oubli. C'était comme si nous remontions le temps.

Nous progressâmes ainsi pendant longtemps.

J'en étais là de mes pensées quand je percutai de plein fouet une masse sombre obturant mon passage.

La masse se retourna vers moi en se frottant les reins.

— Faites donc attention, Watson !

— Excusez-moi, Holmes. Je ne vois rien du tout d'ici.

Il brandit sa lanterne au-dessus de lui. Nous étions parvenus dans une petite salle d'environ vingt-cinq mètres carrés, sorte de carrefour souterrain d'où partaient plusieurs galeries. Une seule de ces galeries avançait droit devant nous. Les autres repartaient dans trois directions qui nous ramenaient sur nos pas.

Holmes tendit l'index dans le prolongement de notre galerie.

— Toujours tout droit. C'est ce qu'a dit la pauvre petite avant de partir, n'est-ce pas ?

Sans attendre ma réponse, il fonça dans le tunnel, qui était un peu plus étroit que le précédent, mais aussi un peu plus pentu.

Après quelques mètres, le boyau était si bas de plafond que nous dûmes avancer à quatre pattes.

Le sol était recouvert d'une sorte de poussière collante. Notre progression devenait difficile et je commençai à éprouver de sérieuses difficultés pour respirer.

Holmes s'arrêta de nouveau. Cette fois, je parvins à éviter son fessier de justesse.

Il déclara :

— Une porte en bois, Watson ! Juste devant moi !

Il s'arc-bouta et poussa sur la porte. Mais, n'ayant aucune prise à laquelle se retenir, il glissa et ne parvint qu'à me donner un coup de pied dans le thorax.

Je hurlai, plus de surprise que de douleur.

Il insista cependant.

— Appuyez-vous sur moi de tout votre poids, Watson. Quelque chose bloque la porte de l'autre côté. Mais elle a bougé. Si je parviens à conserver mon appui, je réussirai sûrement à l'ouvrir.

Holmes déploya toute son énergie. Après une vingtaine de tentatives aussi épuisantes que douloureuses, la porte finit par s'ouvrir, libérant une avalanche de petites pierres. Notre lampe ayant rendu l'âme depuis un certain temps, il nous était impossible de savoir où nous étions et ce qui nous tombait sur la tête. La pluie minérale cessa enfin, mais à présent le sol était recouvert d'un tapis de gravillons aussi glissants que des billes. Les derniers mètres furent effroyables. Après plusieurs minutes de lutte, nous parvînmes enfin à nous extirper de notre trou. Un rectangle de lumière nous apprit en une fraction de seconde que nous venions de déboucher dans une cave à charbon. Ce que j'avais pris pour des cailloux n'était que des morceaux de charbon que la trappe avait libérés.

Nous nous époussetâmes de notre mieux et essuyâmes nos visages, mais nos habits avaient pris l'apparence de soutanes.

Nous montâmes quelques marches et nous retrouvâmes devant une nouvelle porte, d'une taille normale. Un rai de lumière nous indiquait qu'elle donnait sur une pièce d'habitation. Holmes sortit son arme de sa poche et barra ses lèvres avec le canon, m'invitant au silence.

Puis il tourna la poignée de la porte qui s'ouvrit sans résistance. Un long couloir s'offrait maintenant à notre vue.

Nous n'avions pas fait deux pas qu'une femme au visage fou accourut vers nous. Elle agitait ses longs bras en tous sens et ses cheveux voltigeaient autour de son crâne, évoquant un arbre tourmenté par la tempête.

Elle tomba presque dans les bras de Holmes et son ventre s'écrasa contre l'arme qu'il tenait toujours dans son poing.

— Dieu soit loué ! Vous êtes là, mon père.

Ses yeux sans cesse en mouvement accentuaient l'impression de démence qui émanait de toute sa personne.

Elle sentit l'arme et recula.

— Qu'est-ce que c'est ?

— Mon... moulin à prières, ma fille, affirma Holmes en faisant disparaître l'objet dans sa poche.

Elle nous scruta de la tête aux pieds.

— Que vous est-il arrivé ? Vous êtes dans un état...

Holmes joignit les mains et baissa les yeux.

— Nous avons fait vœu de pauvreté.

— Dieu soit loué, répéta la femme. Suivez-moi, mon père, et vous aussi, monsieur le bedeau.

Elle s'engouffra dans un long couloir de marbre.

Tout en la suivant, je demandai à Holmes à voix basse :

— Je présume qu'il est inutile de vous demander ce que nous faisons ici ?

— Allons, Watson, il est évident que nous sommes dans l'antre du tueur.

— Bien sûr, où avais-je la tête ?

Je désignai la femme du menton.

— Elle est un peu... bizarre, non ? Elle nous prend pour des gens d'Église.

— Qu'importe, Watson. Enigmus nous avait bien pris pour des apôtres. Il faut croire que notre bonne mine inspire confiance. En attendant, adaptons-nous à la situation. L'explication viendra bien à point.

— Et si c'était un piège ?

Il tapota sur sa poche.

— J'ai toujours mon moulin à prières à portée de main.

Au bout du couloir, la femme s'engagea dans un escalier en colimaçon. Nous la suivîmes.

Elle s'arrêta sur la dernière marche et tendit l'index.

— C'est là.

Elle nous fit entrer dans une pièce lugubre où tout évoquait une veillée funèbre. Un homme à genoux était plongé dans la prière, devant un lit à baldaquin. Deux énormes bougies diffusaient une lumière morbide et faisaient danser des ombres grotesques au plafond.

Un gamin d'une douzaine d'années gisait sur le lit, les mains croisées sur la poitrine.

La femme se pencha à l'oreille de l'homme.

— Le prêtre vient d'arriver.

L'homme se retourna et nous aperçut. La pièce était trop sombre pour que je puisse distinguer ses traits. Il se figea un instant et se précipita vers sa femme.

— Retournez au chevet du petit, ma chère. Je m'occupe de ces messieurs.

Il s'approcha de nous et je découvris son visage. Je lâchai, dans un cri de stupéfaction :

— James Henry Greathead !

Je serrai ma main sur la crosse de mon arme et, à travers ma poche, en dirigeai le canon vers l'ingénieur. Je n'arrivais pourtant pas à me convaincre que j'avais devant moi le tueur de Whitechapel.

La panique transforma son visage.

— Sherlock Holmes ! Docteur Watson ! La cave à charbon... Vous avez tout découvert, n'est-ce pas ?

Holmes opina. Greathead poursuivit à voix basse, en jetant des regards furtifs vers le lit :

— Réglons cela entre gentlemen. Si ma femme apprenait... Elle en mourrait. Elle n'a déjà plus toute sa raison depuis la mort de notre fils.

— Votre fils... ?

Il baissa encore la voix :

— Je vous expliquerai tout. Pour l'heure, je vous implore de donner l'extrême-onction à notre fils.

Holmes croisa mon regard.

— Vous venez de dire que votre fils était mort. Alors qui est celui-ci ?

— C'est aussi notre fils. Enfin, si on veut...

La femme tourna la tête vers nous.

— Faites vite, mon père. Il se meurt.

Cette scène fut certainement la plus hallucinante qu'il me fut donné de vivre aux côtés de mon camarade.

Holmes me fit signe de garder un œil sur l'homme. Puis il se pencha sur le lit, échangea quelques mots avec le gosse moribond et marmonna une litanie de prières en latin, du moins c'est l'impression qui ressortait de son charabia. Je venais à peine d'enterrer Wendy, et maintenant j'assistais à l'agonie d'un pauvre gosse. J'avais l'impression de vivre une sorte de cauchemar éveillé.

Quelques instants plus tard, mon camarade fermait les paupières du pauvre gamin.

— *In nomine Patris et Filii et Spiritus Sancti. Amen.*

La malheureuse femme s'accrocha aux pans crasseux de sa veste.

— Combien de temps sera-t-il mort cette fois, mon père ?

Holmes chercha son inspiration au plafond et joignit les mains.

— Les voies du Seigneur sont impénétrables, ma fille.

— Qu'à cela ne tienne. Je l'attendrai aussi longtemps que la première fois.

— Voilà qui est sage.

La pauvre femme s'accrochait toujours aux pans du manteau de Holmes. Il parvint enfin à l'en décrocher.

— Bon... eh bien... heu... amen.

La femme plongea dans une curieuse prière mystique, balançant la tête d'avant en arrière à la façon d'une poule picorant du grain.

Nous vivions l'épilogue de cette effroyable aventure, mais je ne parvenais pas à tirer la moindre conclusion de ce qui se passait. Leur conversation me sembla obscure et déconnectée de toute réalité, comme dans ces rêves absurdes où le non-sens fait loi.

Holmes poursuivit :

— L'auriez-vous livré à la police ?

— Non. J'ai préféré...

— L'achever.

James Henry Greathead hocha la tête.

— Disons plutôt le délivrer. Je suppose que vous allez me dénoncer ?

Holmes fronça les sourcils.

— Il serait peut-être temps de nous fournir quelques explications complémentaires.

L'homme baissa les yeux.

— J'ai paniqué. Jack l'Éventreur, sous mon propre toit, portant mon propre nom. Imaginez le scandale... et surtout la réaction de ma pauvre épouse. J'étais tiraillé. Que pouvais-je faire ? J'ai brûlé presque toutes les preuves matérielles. Pour que notre nom ne soit pas éclaboussé par le scandale. Pour ma femme... Pour qu'elle conserve le peu de dignité et d'espoir qui lui reste.

Il semblait sincère et ému.

Holmes insista :

— En quoi consistaient ces preuves ?

— Un couteau, qu'il avait dû emprunter à l'office. La tenue qu'il mettait pour commettre ses...

Sa voix s'étrangla. Il ne parvint pas à prononcer le mot.

Holmes poursuivit :

— Une tenue de ramoneur, n'est-ce pas ?

Ce n'était pas une question mais une affirmation. Greathead opina.

Un dialogue énigmatique s'instaura entre les deux hommes.

Holmes poursuivit :

— Et une sacoche.

Greathead opina de nouveau.

Holmes reprit :

— C'est aussi là-dedans qu'il transportait les morceaux prélevés sur...

Holmes toussa dans son poing.

Un silence lourd stagna dans la pièce.

Holmes reprit à voix basse :

— Vous ne vous êtes jamais douté de rien ?

— Non. Une seule fois, il a... déliré. Il a raconté des choses horribles, mais c'était tellement décousu, bizarre... Je ne savais trop quoi penser. Il était si souvent tourmenté. J'ai mis ça sur le compte de sa maladie. Ce n'est que la nuit dernière que j'ai tout compris. Il se relevait la nuit, descendait à la cave et empruntait des souterrains. Là, il enfilait ces vieux habits qui devaient lui donner une allure de ramoneur.

James Greathead baissa les yeux.

Holmes poursuivit :

— Et le couteau ?

— Il avait dû le prendre en cuisine. La cuisinière a fini par m'avouer qu'un de ses meilleurs couteaux avait disparu. Elle n'avait jamais osé en parler, de crainte d'être punie.

— Où est ce couteau ?

— Je l'ignore. Il l'a probablement abandonné quelque part lors du dernier meurtre...

— Vous disiez avoir détruit *presque* toutes les preuves... Qu'avez-vous gardé ?

— Suivez-moi.

Greathead nous conduisit dans une autre pièce, ouvrit un tiroir et nous tendit un petit carnet.

— Son journal intime.

Il rectifia aussitôt :

— C'est plutôt une sorte de confession. J'y ai découvert son histoire et ses mobiles. Je n'ai pu me résigner à le détruire.

Holmes le prit et le feuilleta avec incrédulité.

— Vous... vous ne connaissiez pas l'histoire de votre propre fils ?

Greathead se laissa tomber dans un fauteuil et nous désigna deux sièges en face de lui.

— Ce n'est pas mon fils. Je vais vous raconter comment tout cela est arrivé...

Nous nous assîmes et l'homme commença son récit :

— Notre fils est mort quand il avait six ans. Il a échappé à notre vigilance et s'est réfugié à la cave pour s'amuser à je ne sais quel jeu d'exploration enfantine. Tout à son jeu, il s'est retrouvé dans la cave à charbon... au moment où la charrette nous ravitaillait par le soupirail.

Sa diction était difficile et ses mots devenaient douloureux dans sa gorge.

— Nous l'avons cherché durant des mois. C'est un de nos employés qui a découvert son cadavre un jour, étouffé sous le tas de charbon. Ma femme a eu une attaque cérébrale. La vision de notre enfant, recroquevillé dans sa gangue de suie, l'a définitivement commotionnée. Elle a été frappée de paralysie et immobilisée durant de longs mois. À force de soins et d'attentions, elle a recouvré la plupart de ses mouvements, mais son cerveau a refusé d'admettre la réalité. Elle descendait tous les jours à la cave et cherchait notre pauvre enfant des heures durant. Un jour, elle est remontée avec un petit être à demi mort dans les bras.

— Comment était-il arrivé là ?

— J'ai longtemps cru qu'il s'agissait d'un gosse des rues qui s'était glissé dans la cave par le soupirail pour se protéger du froid. Son journal intime m'a donné une explication sensiblement différente. Toujours est-il que ma femme a cru que notre enfant était de retour. Voilà pourquoi je vous disais que notre fils était mort, et que celui-ci se mourait également. Mais le pauvre gosse qu'elle venait de recueillir était lui-même épuisé et semblait avoir subi des traumatismes irréversibles. Je l'ai soigné comme j'ai pu. Il s'est réveillé, mais son regard, ses gestes, son esprit n'étaient qu'à moitié avec nous. Une partie de son histoire continuait à courir quelque part au fond de son esprit, tandis que sa personne physique accomplissait les gestes du quotidien. Ma femme a repris peu à peu goût à la vie. Elle a cru retrouver son enfant tant aimé. Bien sûr, elle l'a appelé par le prénom de notre défunt fils. J'ai cru que notre petit protégé était tiré d'affaire, du moins sur le plan physique. Peu à peu, il s'est intéressé à mes activités. Je me suis pris au jeu. Il incarnait toute l'ambition que j'avais mise dans mon défunt enfant. Mon rêve était de lui transmettre ma passion et mon savoir. C'est lui qui m'a proposé de percer ce tunnel expérimental dans le quartier d'Osborne Street.

Je me souvins que Greathead nous avait en effet livré ce détail.

Il poursuivit sur un ton abattu :

— Maintenant, je sais pourquoi il voulait creuser à cet endroit et pas ailleurs. Il devait garder un souvenir flou du lieu de son martyre.

— Son martyre ? reprit Holmes.

Il désigna le petit carnet du regard.

— Vous découvrirez tout cela là-dedans.

Il replongea aussitôt dans son récit :

— Je l'avais cru tiré d'affaire, mais ce n'était pas le cas. Il a fait plusieurs rechutes effroyables. De violents accès de fièvre, les yeux exorbités sur des univers d'abominations. Dans ces instants-là, son regard me terrorisait. Il n'avait plus rien d'humain. Il se convulsait, comme torturé par des démons intérieurs. Plusieurs fois, je me suis écarté de son lit, épouvanté par ce qui allait se produire. Il semblait vouloir sortir de son propre corps, comme sur le point de se métamorphoser. Mais rien ne s'est jamais produit. L'instant d'après, il redevenait serein, presque extatique. Les crises sont devenues de plus en plus violentes, et de plus en plus longues. Son corps se couvrait d'une sueur épaisse et glacée. Il suffoquait, et j'ai cru plusieurs fois qu'il allait succomber à ces attaques. Notre médecin nous a conseillé de lui injecter une solution opiacée afin de le soulager dans les cas les plus extrêmes. Je lui ai administré ce remède qui lui a apporté un peu d'apaisement.

Une lueur d'exaltation traversa son regard.

— J'aurais tant voulu qu'il assiste à notre grande première. Mes équipes sont déjà au travail.

Il y eut un nouveau silence.

Holmes reprit :

— N'avez-vous jamais avoué la vérité à votre femme ?

— À quoi bon ? Elle n'aurait pas compris. Grâce à ce petit, elle revivait. Et nous sauvions une petite âme perdue.

— Avez-vous essayé de savoir d'où venait ce gosse ?

— Bien sûr. J'ai passé des mois à enquêter dans le quartier, à diffuser son signalement dans les postes de police, dans les hospices, les écoles... en vain. J'ai fini par abandonner.

James Greathead s'enfonça dans un silence douloureux.

— Pouvons-nous lire son journal intime ?

Greathead lui tendit le carnet du gamin, la gorge trop serrée pour pouvoir prononcer un mot.

Holmes commença la lecture à voix basse.

Le fils adoptif des Greathead racontait sa descente aux enfers à travers des bribes de mémoire éclatée. Lui et sa sœur Clara étaient les seuls enfants d'un couple modeste et honnête résidant dans l'East End. Son nom ne figurait à aucun moment dans le texte. Son père était contremaître dans une usine, sans doute une cimenterie. Mais le chef de famille était tombé gravement malade et était mort « étouffé », laissant sa femme et ses deux enfants sans ressources.

Il ressortait que la logeuse de la famille était une créature tyrannique qui tenait un « lieu de perdi-

tion dans une cave attenante à la maison familiale »
et se faisait appeler la Dame de Cœur. Très vite, la
mère tomba sous l'emprise de cette Dame de Cœur
et dut se prostituer pour permettre à ses enfants de
survivre. Sa fille Clara, à peine pubère, et son frère,
emprisonnés « au fond de la terre », subirent vraisemblablement le même sort. Clara réussit à
s'échapper une première fois, mais fut reprise et
sévèrement punie par ses tortionnaires. Défigurée
au vitriol, la peau sur les os, vêtue d'une vieille robe
de moine volée à un autre « pensionnaire », elle
parvint enfin à s'enfuir par les souterrains de la
ville, emmenant avec elle son petit frère.

Dès lors, ils se cachèrent dans des sous-sols et
des caves, ne sortant que la nuit pour grappiller
quelque nourriture. Le gamin évoquait aussi une
cachette secrète où il avait mis son Teddy en sécurité dans une boîte en fer-blanc. Nous comprîmes
que le Teddy en question était vraisemblablement
son jouet préféré. Dans sa détresse, le gosse avait
pensé à sauver son petit compagnon de jeu.

Holmes arrondit les yeux et lut :

— *Ce soir-là, comme presque tous les soirs,
Clara m'a emmené avec elle. Elle m'a expliqué que
les tas où nous faisions notre marché nocturne
étaient les déchets des restaurants. Les gens jetaient
des fruits ou des légumes entiers. Parfois même un
peu de viande, de fromage et de pain pas trop rassis.*

*On trouvait aussi un reste de bière et d'alcool au
fond des bouteilles. Ça réchauffait un peu le ventre
et on oubliait notre malheur.*

*On avait tellement faim qu'on arrivait toujours
à trouver quelque chose de mangeable dans les tas
de déchets.*

Ce jour-là, on faisait notre marché dans une cour de restaurant, quand quelque chose est tombé sur notre tête et a roulé devant nos pieds en disant plein de gros mots.

C'était un gamin de ma taille.

Il s'est relevé en furie et s'est mis à crier :

— Aussi vrai que je m'appelle Gedeon, cette cour est mon territoire ! Z'avez rien à faire ici !

Clara s'est relevée aussi. Dans le choc, ses bandages avaient glissé autour de son cou et sa capuche était tombée en arrière.

En voyant son visage tout abîmé par le vitriol, le petit Gedeon a hurlé de plus belle.

C'est vrai que, quand on n'est pas habitué, ça fait très peur.

Après, tout s'est passé très vite.

Une lumière blanche nous a aveuglés.

Un bonhomme est sorti du restaurant par la porte qui donnait sur la cour.

Il a commencé à crier lui aussi :

— C'est quoi ce bordel ? C'est une propriété pri...

Dès qu'il a vu Clara, il s'est arrêté net. Il a reculé et il a dit :

— Nom de Dieu, qu'est-ce que c'est que ça ?

Gedeon en a profité pour s'enfuir. Clara m'a attrapé par le bras et on a fait pareil.

On est plus revenus dans cet endroit. Clara a dit que c'était trop risqué. Dommage, y avait toujours plein de choses à manger.

Holmes poursuivit sa lecture d'une voix monocorde.

Puis il s'anima :

— L'incendie ! Le monstre qui danse au milieu

des flammes ! Écoutez ça : *Je grelottais de fièvre. Clara m'a pris dans ses bras et elle a dit :*

— Viens, j'ai trouvé un endroit moins froid.

Elle a marché longtemps. Je crois que je me suis endormi dans ses bras.

Quand je me suis réveillé, on était dans une vraie maison, comme avant. Mais y faisait tellement froid que mes dents claquaient toutes seules. Clara a fabriqué des paillasses avec des coussins qui sentaient un peu le moisi. Et on s'est endormis.

Je me suis réveillé au milieu de la nuit, grelottant de froid.

J'ai cherché des couvertures. J'en ai pas trouvé, mais j'ai vu qu'il y avait une cheminée dans la pièce où on était. Y avait même un panier plein de bois sec. Un tas de journaux pour allumer le feu. Et une boîte d'allumettes sur la cheminée.

J'ai réussi à allumer le journal qui s'est enflammé comme une torche. Le bois sec a crépité. Ça faisait plein de petites étincelles. C'était beau comme un feu d'artifice. Et surtout, c'était chaud comme un soleil.

Après, je me souviens plus. Je crois que je me suis rendormi.

...

Un énorme craquement m'a réveillé en sursaut.

Je me suis demandé où j'étais. Maintenant, il faisait beaucoup trop chaud. Il y avait des flammes partout. Elles avalaient les rideaux, léchaient les boiseries et dévoraient la bibliothèque.

L'escalier en bois s'est effondré en soulevant des gerbes d'étincelles et de fumée.

Les étagères de livres se sont écroulées à leur tour à quelques mètres de moi.

Les vitres explosaient les unes après les autres.

Des rafales de vent traversaient les fenêtres et atti-saient le brasier. Des faces hideuses sont apparues aux fenêtres. Clara a sauté au milieu des flammes. Elle a enlevé sa cape et a frappé le feu, comme un dompteur qui veut calmer un animal sauvage. Elle a du courage, Clara.

Mais là, quand même, je crois qu'elle avait peur. Elle s'est précipitée vers moi et m'a entouré de sa grande cape. On a traversé les flammes. Le feu brû-lait jusqu'au fond de mes poumons. J'avais plus d'air.

...

Quand j'ai repris mes esprits, on était revenus dans le sous-sol. Le froid glacial brûlait ma peau.

Il y avait un vacarme infernal au-dessus de nos têtes.

Il y avait des crépitements, des hurlements, des sifflements.

Clara gisait à quelques mètres de moi, recroque-villée et agitée de soubresauts.

Elle se tordait de douleur, les yeux révulsés. Je ne savais pas quoi faire pour l'aider.

J'ai voulu parler mais elle a crié :

— Cours ! Obéis ! Tout va s'écrouler !

Alors je lui ai obéi, comme je faisais toujours.

J'ai couru dans la nuit, l'esprit sens dessus dessous. Des cris semblaient me poursuivre dans la nuit.

Soudain, mon front a cogné quelque chose de très dur et je suis tombé.

Je suis resté allongé sur le dos un long moment.

Je me suis relevé et j'ai compris que le choc venait

*d'une porte en bois que j'avais percutée de plein
fouet dans ma course.*

*J'ai vu des rais de lumière par les interstices des
lattes disjointes.*

*J'ai tiré la porte vers moi. Une avanche de pierres
rondes et lisses est tombée sur moi. J'ai réussi à les
escalader.*

Je me suis assis dans un angle de la pièce.

Je ne sais pas combien de temps je suis resté là.

Voici donc, raconté par l'intéressé, comment le
gosse, seul, rongé par la fièvre, la maladie et la
faim, avait trouvé la force de se réfugier dans une
cave à charbon, celle des Greathead. Il avait alors
entrepris de retrouver sa tortionnaire et de se
venger. Malheur à celles qui se trouvaient sur son
chemin.

Holmes lisait de plus en plus vite, ponctuant sa
lecture de hochements de tête, comme s'il trouvait
là la confirmation de toutes ses hypothèses.

Il en arriva au dernier chapitre, qui portait la
date de l'horrible meurtre de Miller's Court.

Sa voix s'étrangla :

— *J'ai refait tout le chemin à l'envers. Ma
mémoire a remonté le temps. Mon nouveau papa
m'a bien aidé en creusant ses trous sous la terre.*

*En retrouvant les lieux où ça s'était passé, je me
suis souvenu de tout.*

*J'ai revécu ce que maman appelait les « sévices ».
J'ai revu maman avec son gros ventre.*

*La Dame de Cœur m'avait épargné pour faire de
moi son esclave. Pourquoi voulait-elle que je voie
ça ? C'était son plaisir de faire du mal aux autres.*

*Je revois le couteau qui s'enfonce entre les cuisses
de maman.*

La Dame de Cœur qui coupe, qui déchire. Le paquet de chair et de sang qui tombe du ventre de maman et qui reste pendu entre ses jambes comme un balancier ridicule.

Les hurlements de maman, les rires des gens. Le couteau qui coupe encore. La Dame de Cœur qui se déchaîne et qui hurle aussi de rire à s'en étouffer. Les restes jetés aux rats qui se battent toutes dents dehors pour arracher les derniers morceaux. Je ne pouvais pas croire à ce que je voyais. Maintenant, je sais que c'est vrai.

Ce soir, je vais retrouver la Dame de Cœur. Cette fois, je ne me tromperai pas. J'irai jusqu'au bout pour lui faire payer ses crimes.

...

Je suis sorti de la cave par le soupirail et je l'ai vue. À cet endroit, ça ne pouvait être qu'elle.

Elle a demandé :

— Tu as de l'argent ?

J'ai fait « oui » de la tête.

Elle a dit :

— Alors viens dans ma chambre. Faut bien commencer un jour, pas vrai ?

Son haleine sentait le gin.

En haut, elle s'est allongée sur son lit, a remonté sa robe et écarté les jambes.

J'ai sorti mon couteau. Elle m'a regardé sans comprendre.

Elle a juste eu le temps de crier :

— Au meurtre !

Je lui ai tranché la gorge, comme aux autres, pour ne plus entendre sa voix.

Le sang a giclé sur les draps. Je lui ai dit :

— Je vais te faire ce que tu as fait à maman.

Elle ne m'écoutait déjà plus.

Ma main n'a pas tremblé. Il commençait à faire nuit, mais je n'avais pas fini.

Alors j'ai jeté ses habits dans l'âtre et j'ai mis le feu. Ça a fait un peu de lumière, et ça m'a donné assez de chaleur pour terminer mon travail.

J'avais vengé maman. Une immense lassitude s'est emparée de moi. J'ai essuyé mon couteau dans ses cheveux et je l'ai glissé dans ma sacoche avec le reste.

J'ai repris le chemin du soupirail et j'ai jeté les morceaux aux rats. C'était tout juste bon pour eux.

Quand il eut terminé sa lecture, Holmes referma le journal et poussa un profond soupir.

Le père adoptif du gamin cacha son visage dans ses mains, incapable de retenir plus longtemps ses larmes.

Une boule énorme s'était formée dans ma gorge.

Un long silence emplit la pièce.

Seul Sherlock Holmes trouva la force de parler, comme dans un monologue :

— Tout prend un sens nouveau. Le monstre qui a été aperçu du côté d'Osborne Street par le petit Gedeon n'était que la sœur de ce gamin. Je me souviens très clairement des termes employés par Gedeon. C'est dans le secteur d'Osborne Street qu'elle et son frère se sont réfugiés après avoir échappé à leurs tortionnaires. L'incendie de la maison a également eu lieu dans ce coin. D'après le récit du gosse, ils ont réussi à fuir de nouveau par les souterrains. Et ils sont arrivés jusqu'ici. Par la suite, le gosse a exploré le souterrain. Chacune des branches l'a conduit à un endroit : Mitre

Square, Buck's Row, Hanbury Street, Miller's Court. Sur son lit de mort, il m'a dit : « J'ai tué la Dame de Cœur. J'ai vengé maman et Clara. »

— Mais pourquoi s'en est-il pris justement à cette malheureuse Mary Kelly ? demandai-je.

Holmes fronça les sourcils, à la recherche d'une explication aussi rationnelle que possible.

Je rectifiai :

— Compte tenu de sa soif de vengeance, n'importe quelle autre fille aurait subi le même sort.

— Je ne crois pas, Watson. Quelque chose d'autre a dû déclencher chez lui ce déchaînement ultime.

— Quel choc pourrait être assez violent pour provoquer une telle réaction ?

Holmes rouvrit le journal du gosse et lut :

— Il a écrit : *En retrouvant les lieux où ça s'était passé, je me suis souvenu de tout.* Il a peut-être même retrouvé l'endroit où il avait été emprisonné, ou alors...

— ... sa maison d'enfance !

— Exact, Watson.

Holmes se leva d'un bond.

— S'il l'a retrouvée en partant d'ici, nous pouvons en faire autant. En explorant le réseau de galeries, nous allons la retrouver et nous connaîtrons la véritable identité de ce pauvre gamin.

Je me souvins que, lors de notre recherche, nous avions croisé une autre galerie.

Je lâchai :

— Alors la solution serait au bout de cette galerie qui repartait en sens inverse...

— Nous allons bientôt être fixés. Venez, Watson !

Sherlock Holmes savait maintenant qui avait tué les malheureuses de Whitechapel et pourquoi. Mais cela ne lui suffisait pas : il lui fallait encore découvrir l'identité réelle du gamin et non pas son nom d'adoption. Pour ma part, avais-je vraiment envie d'aller jusqu'au bout ?

Le père adoptif du gosse restait prostré, ne parvenant toujours pas à surmonter son chagrin. Ce n'était pas la préoccupation de Sherlock Holmes.

Mon camarade se précipita vers l'escalier de la cave d'où nous étions sortis quelques heures plus tôt. Je le suivis, encore une fois, entraîné par son irrésistible force d'attraction.

Les ténèbres de la cave tranchaient avec la lumière de la maison.

Une forme bougea dans l'ombre.

Holmes dégaina son arme avec une vitesse surprenante.

— Qui est là ? Avancez vers nous les bras au-dessus de la tête !

La pauvre femme apparut dans le halo de la lampe, comme un spectre sortant d'une tombe.

— Vous allez le chercher, mon père ?

— Le chercher ?... Heu... oui, bien sûr, ma sœur... ma fille...

— Vous croyez qu'il sera revenu pour Noël ?

Holmes me poussa dans le conduit.

— Difficile à dire... En attendant, vous devriez retourner au chaud là-haut, auprès de votre mari. Il... il a besoin de vous autant que vous avez besoin de lui.

— Merci, mon père. Je vais préparer le sapin de Noël.

La pauvre femme remonta l'escalier en fredonnant *Jingle Bells*.

Holmes s'engagea dans le conduit avec la même frénésie qu'à l'aller.

Après une demi-heure de progression harassante, nous débouchâmes enfin dans la petite salle d'où partaient les différentes galeries.

J'allais lui demander dans quelle direction nous devions nous diriger quand il dit :

— Nous pouvons déjà éliminer l'artère que nous avons empruntée en arrivant et celle qui nous a conduits chez James Greathead. Restent deux possibilités.

Holmes sortit sa loupe et inspecta le sol. Moins d'une minute plus tard, il repéra quelques minuscules taches brunes dans les deux couloirs.

— Souhaitons que la chance nous sourie, Watson. Si les traces sont du sang dans les deux cas, rien n'indiquera le chemin. En revanche, si une seule des taches sombres que vous apercevez ici correspond à du sang, ce sera forcément le chemin qu'il aura emprunté.

Je ne compris son explication qu'à demi-mot, mais j'étais trop fatigué pour lui demander de répéter. Comme toujours avec Sherlock Holmes, les événements et les déductions s'enchaînaient à une telle vitesse qu'il était pratiquement impossible d'en suivre le cours.

Il se mit à plat ventre par terre, répandit quelques gouttes de son produit sur les taches d'une des artères. Puis il se releva comme un ressort.

— Rien, Watson ! Il n'est pas passé par là. Il a donc forcément pris l'autre artère.

Il se précipita dans le tunnel adjacent et réitéra son expérience.

Moins d'une minute plus tard, Holmes dansait sur un tapis de lucioles phosphorescentes.

— Par là, Watson !

L'air semblait plus lourd et plus moite. Plus nous avancions et plus les effluves se faisaient nauséabonds, comme si les pestilences s'étaient réfugiées en un même endroit.

Au bout d'une centaine de mètres, ce n'était plus une impression mais une horrible réalité. L'air empestait l'urine et la décomposition d'organes putréfiés. La mort et l'horreur semblaient suinter des murs en une sueur grasse et luisante.

Je posai le pied sur quelque chose de mou, glissai et me rattrapai de justesse, avec la désagréable impression que la chose avait bougé, quand j'avais marché dessus. Il y eut un craquement sec sous mon pied. Je laissai échapper un cri d'horreur. Mon pied avait écrasé la cage thoracique d'un squelette humain, à demi immergé sous la paille. Les ossements blancs et desséchés étaient cernés de traînées d'une substance gluante aux reflets argentés.

Nous débouchâmes dans une nouvelle salle. Je fus assailli par un sentiment de peur incontrôlable, identique à celui que j'avais éprouvé en entrant dans la chambre de Mary Kelly. Le sentiment de pénétrer en enfer.

Un squelette était enchaîné contre un mur. Sa bouche figée en un hurlement muet s'ouvrait sur des abîmes d'horreur. Ses orbites aux yeux morts semblaient m'implorer du fond des temps. Autour de lui, des pinces et des objets rouillés.

— Nous avons déjà visité un endroit semblable, Holmes ! Les squelettes, les instruments de torture... Nous étions tout près de l'endroit où ce pauvre gosse a vécu son supplice.

Holmes ne m'écoutait pas. Il grattait le sol, comme un chien à la recherche d'un os.

Il exhuma un objet qu'il posa devant lui.

— Une boîte en fer.

Il força le couvercle.

On aurait dit un gosse, découvrant un coffre aux trésors.

— Le Teddy. La petite peluche dont parle le gosse dans son journal !

Il tendit l'index droit devant lui, au comble de l'excitation.

— Ce tunnel va nous conduire à son point de départ. Nous pourrons alors savoir qui louait cette maison et donc connaître l'identité du gosse et de ses tortionnaires.

Il me sembla percevoir un grondement sourd, venant du fond de ce tunnel.

Je retins Holmes par la manche.

— N'y allons pas.

Il se retourna sur moi avec étonnement.

— Pourquoi non ?

— Je ne sais pas, un pressentiment... Il se passe quelque chose d'anormal...

Soudain mon poil se hérissa et mon corps se couvrit de sueur glacée. Quelque chose avançait en ondulant vers nous dans la pénombre, comme une mer noire.

Holmes leva sa lampe au-dessus de sa tête et hurla :

— La flasque d'alcool, Watson ! Vite.

Il en répandit le contenu sur les squelettes qui gisaient autour de nous et jeta sa torche sur le tout.

Les tissus secs qui s'accrochaient encore aux membres des morts s'embrasèrent, nous encerclant d'un mur de flammes.

Une vague de rats monstrueuse passa devant nous en contournant l'obstacle enflammé.

Quand ils se furent éloignés, Holmes sauta à pieds joints sur les ossements.

— Il faut éteindre ça, Watson, sinon l'incendie va se propager à toute la galerie.

Un danger faisait place à un autre. Une fumée âcre emplissait l'air déjà vicié de l'endroit.

Holmes ôta son manteau et étouffa les flammes. Je l'imitai aussitôt et nous parvînmes enfin à les éteindre.

Nous enfilâmes nos manteaux, désormais en piteux état, car ce feu inopiné n'avait pas suffi pour réchauffer l'atmosphère.

— Tout danger est écarté, Watson, annonça Holmes sur un ton d'optimisme exagéré.

— Je ne crois pas. Les rats ne se sont pas sauvés sans raison. Eux aussi auront senti le danger.

— Ils auront senti notre présence et pris peur.

— Dans ce cas, ils ne seraient pas venus vers nous...

La réflexion était frappée au coin du bon sens, mais Holmes feignit de ne pas l'entendre.

— Allons, Watson, nous sommes tout près du but.

— Ce grondement...

— Vous avez été victime de votre imagination.

Holmes terminait à peine sa phrase qu'une secousse ébranla les murs. Plusieurs pierres se décrochèrent de la voûte dans un nuage de poussière et de terre.

— La taupe ! hurlai-je.

Voilà ce qui avait causé la fuite paniquée des rats.

— Quel jour sommes-nous, Watson ?

— Mardi 13 novembre.

Holmes se figea.

— Bon sang, vous avez raison ! Greathead nous a pourtant prévenus : « J'aurais tant voulu qu'il assiste à notre grande première. Mes équipes sont déjà au travail. » C'est aujourd'hui qu'il avait programmé le percement de sa galerie expérimentale. Nous sommes donc tout près d'Osborne Street.

Un nouveau grondement ébranla les ténèbres.

— Il semble s'éloigner, décréta Holmes. Nous ne risquons pas grand-chose. Ces vieilles voûtes sont solides.

Je savais qu'il était inutile de tenter de le convaincre. Son obstination, conjuguée à une évidente mauvaise foi, aurait eu raison de mes arguments.

Nous avançâmes encore d'une dizaine de mètres quand une énorme déflagration fit vibrer le tunnel. Nous nous plaquâmes au sol, les mains sur la tête, dérisoire protection contre les avalanches de terre et de pierres qui se décrochaient du plafond.

Holmes se releva, fou d'excitation.

— Regardez, Watson ! Au bout du couloir !

Un faible halo de lumière apparut à travers le nuage de poussière.

Mais une nouvelle déflagration ébranla la voûte fragilisée. Des pans entiers de la paroi s'effondrèrent dans un fracas de fin du monde.

Holmes rampait vers l'endroit le plus dangereux. Malgré les décombres, il avançait en se trémoussant comme un crocodile dans le bayou louisianais.

Je hurlai vers mon camarade :

— Holmes, revenez, c'est trop dangereux !

Il émergea d'un tas de gravats, toussant et éructant :

— Non, Watson, je n'abandonnerai pas si près du but.

Le tunnel était presque entièrement obstrué par les éboulements.

Holmes s'obstinait à se frayer un passage et dégageait les blocs de pierre avec frénésie.

La nouvelle déflagration fut plus puissante.

Holmes poussa un cri de douleur, mais rien n'aurait pu l'arrêter. L'air saturé de poussière brûlait la gorge et les poumons.

Je ne l'avais pas suivi jusque-là pour le laisser mourir, enseveli vivant sous des tonnes de pierres et de terre. Je parvins à ramper jusqu'à lui et tentai de le tirer en arrière, mais il était comme hystérique et ne voulait rien savoir.

Un nouveau grondement, ultime avertissement, ébranla la voûte. Il fallait agir vite. Soit mourir ici avec lui, soit tenter de nous tirer d'affaire tous les deux.

Je fouillai dans sa besace et pris la première chose qui me tomba sous la main. Je lui écrasai le flacon sur le crâne. Holmes s'immobilisa enfin, assommé sur le coup.

Je le tirai de son étau de pierre et le traînai sur plusieurs mètres. Derrière moi, la galerie s'écroula dans un fracas de fin du monde, soulevant un nuage à rendre jaloux le brouillard londonien. Privé d'air et de toute visibilité, je chargeai le corps de mon camarade sur mes épaules et courus ainsi sur plusieurs dizaines de mètres.

Mon cœur et mes tempes battaient à tout rompre. Plusieurs fois, je heurtai le mur, tombai et me relevai aussitôt. Après plusieurs chutes, je m'aperçus que j'étais totalement désorienté. Je n'avais plus la moindre allumette pour allumer une torche de fortune.

C'est alors que le miracle se produisit. Sous l'impact du choc, le cuir chevelu de Holmes s'était fendu et saignait abondamment. Et, au contact du fameux produit de son flacon, il dégageait peu à peu un providentiel éclairage phosphorescent.

Même assommé et à demi mort, la tête de Sherlock Holmes éclairait encore les ténèbres de mon existence. Cette réflexion incongrue me tira un rire nerveux et décupla mes forces. Je ne craignais plus de mourir, j'avais maintenant un but : sauver la vie de mon camarade. Je ne m'autoriserais pas un nouvel échec. C'était comme si le destin m'offrait une dernière chance de racheter mes erreurs et mes faiblesses passées.

J'engageai toutes mes forces dans cette course contre la mort.

Je ne sais combien de temps j'avançai, à la lueur du crâne de mon camarade.

Les grondements de la taupe finirent par s'estomper derrière moi et l'air devint un peu plus respirable. Mais j'étais épuisé, et Holmes pesait une tonne.

Le tunnel devenait de plus en plus étroit et encombré. Pour tout arranger, mon pied buta sur une large pierre posée en travers et je perdis l'équilibre. Je voulus enjamber l'obstacle, mais mon genou rencontra une deuxième pierre, plus haute que la première. À la troisième pierre, je pris conscience que je grimpai un escalier. Ce qui signifiait la fin de mon calvaire.

Une porte s'ouvrit et la lumière m'aveugla.

Une harpie en tablier sale se dressait devant moi, à contre-jour.

— C'est pas trop tôt !

— Quoi ?

— Ça fait des semaines que je réclame le service de dératisation. Y a à peine un quart d'heure, cinq gros rats ont encore traversé la cuisine en courant.

Je déposai mon camarade sur le carrelage. La harpie désigna Holmes, toujours assommé. Dans la semi-pénombre de l'escalier, le crâne ensanglanté de mon camarade diffusait encore quelques signaux lumineux.

— Qu'est-ce qu'il lui est arrivé, à celui-là ?

Je me souvins du précepte de mon camarade : « Il faut s'adapter à la situation. »

— Il a été attaqué par un rat de la taille d'un sanglier. Il n'a pas pu éviter la charge et a été assommé. Comme vous le savez sûrement, la bave de rat géant est fluorescente. La situation est grave. Il nous faut un fiacre d'urgence pour appeler des renforts.

La femme s'empressa de refermer la porte de la cave et s'agita en gesticulations aussi inutiles que bruyantes.

— Je le savais ! C'est infesté de bestioles du diable là-dessous !

Quelques minutes plus tard, nous roulions vers Baker Street.

Jeudi 15 novembre 1888

— Suis-je au ciel ou en enfer ?

— Entre les deux. 221b Baker Street, pour être précis.

Holmes plissa les yeux, dans un effort pour tenter de focaliser sa vue sur moi, et émergea de son sommeil.

— Watson ?

Un rictus de douleur déforma son visage.

— J'ai l'impression d'avoir reçu la voûte de la galerie sur le crâne. Comment suis-je arrivé ici ?

— J'ai réussi à vous traîner jusqu'à l'extérieur avant que tout ne s'effondre.

— Merci, Watson, vous m'avez sauvé la...

Il se reprit aussitôt :

— Mon flacon !

— Brisé dans l'effondrement du tunnel.

Il ferma les yeux et laissa échapper un long soupir, comme si je venais de lui annoncer la mort d'un être cher.

— Était-ce si important, Holmes ?

— Bien sûr, Watson. Imaginez les applications d'un produit qui réagit au contact du sang humain en émettant une lumière phosphorescente.

Je repensais à la tête de mon camarade, ballottant sur mon épaule comme un lampion de carnaval et me guidant dans les ténèbres de ces tunnels.

Voilà donc la fameuse invention à laquelle Holmes consacrait tout son temps et qu'il n'avait jamais voulu me révéler par crainte des indiscrétions !

— C'est prodigieux, Holmes. Comment avez-vous fait une telle découverte ?

— Un pur hasard. Je manipulais un mélange chimique un soir, résidu de vieilles expériences. Il faisait sombre et j'ai brisé mon éprouvette par maladresse, m'entaillant la main avec un éclat de verre. À ma grande surprise, le mélange du sang et du produit chimique a dégagé une lumière phosphorescente.

Je me souvins que Holmes avait la main bandée lors de ma première visite à Baker Street. Il m'avait alors expliqué qu'il s'était blessé accidentellement. Mon imagination avait par la suite trouvé une autre explication.

— Quel était donc ce fameux mélange chimique, Holmes ?

— C'est tout mon problème, Watson : je n'en sais rien. J'ai passé des semaines à tenter d'en retrouver la composition.

— Ne vous en reste-t-il pas un échantillon ?

— Non. J'ai utilisé les dernières gouttes pour essayer de retrouver l'identité de ce pauvre gamin. Le dernier échantillon provenant de ma première manipulation est enseveli sous des tonnes de gravats.

— Peut-être parviendrez-vous malgré tout à reproduire ce formidable produit.

— J'en doute, Watson. J'ai étudié pratiquement toutes les substances qui produisent ce type de lumière naturelle, y compris chez les insectes... sans résultat.

Un souvenir me traversa l'esprit. J'avais découvert un jour dans la bibliothèque du salon un ouvrage sur les insectes. La page cochée était celle du *Lampyris noctiluca*, qui n'était autre que le nom savant du ver luisant. Si j'avais su, je me serais concentré sur ma lecture.

Holmes poursuivit :

— De toute façon, je n'aurais pas les moyens de financer mes recherches, puisque j'ai également perdu toute chance de recevoir cette aide financière. C'est une énorme perte pour la science criminelle.

— Je pourrais peut-être proposer à George Newnes de raconter la vérité sur cette affaire, il nous donnerait sûrement...

— Non, Watson. Je pense que Londres n'aspire qu'à une chose maintenant : ne plus entendre parler de ces horreurs. La vérité serait encore plus traumatisante que cette légende sur Jack l'Éventreur. Du reste, cette affaire sera vite oubliée. Dans quelques mois, elle n'intéressera plus personne.

Il grimaça une nouvelle fois et ferma les paupières.

J'ignorais s'il dormait vraiment, mais je compris qu'il avait besoin de se retrouver seul.

Je le laissai donc se reposer et me promis de reprendre cette conversation plus tard.

J'avais encore tant de questions à lui poser.

Vendredi 16 novembre 1888

Holmes fit son apparition dans le salon en milieu de matinée.

Sa démarche était encore incertaine. Le bandeau qui ceignait sa tête ressemblait à un turban. Il portait une barbe de deux jours. Avec sa robe de chambre exotique et ses babouches, il évoquait un prince des *Mille et Une Nuits*.

Il prit place dans un fauteuil devant l'âtre et plongea son regard dans les flammes.

Plus rien ne l'attirait vers son microscope ni vers son incroyable fichier.

Quelque chose me dit qu'il avait plutôt besoin de parler.

Je pris l'initiative de lancer la conversation :

— Quand avez-vous percé le mystère, Holmes ?

Il hésita avant de répondre.

— Quand j'ai découvert les vêtements et le visage de... Wendy. Ils étaient enduits de poussière de charbon. Cela m'a intrigué. Je n'ai pas compris tout de suite.

Il baissa la voix.

— Je... je n'avais pas osé intervenir lors du retour de Wendy, afin de ne pas troubler... vos retrouvailles. Je m'étais effacé afin de suivre votre conversation dans l'ombre...

Je ne lui connaissais pas tant de pudeur ni de délicatesse. Ce diable de Sherlock Holmes demeurerait-il à jamais la plus grande énigme de mon existence ?

— Quand vous lui avez demandé où habitait le meurtrier, elle a répondu « sous terre ». Et quand vous lui avez demandé à quoi il ressemblait, elle a désigné Billy. Notre groom n'était évidemment pas le meurtrier, mais il en avait la taille. Je me suis alors souvenu que le meurtrier était plus petit que sa victime. Les traces portées sur la palissade indiquaient un mouvement de bas en haut, et de la droite vers la gauche, ce qui m'avait permis au cours de l'enquête de déduire que le meurtrier était gaucher. Compte tenu de la taille de ses victimes, il était en effet aisé de déduire la taille de l'agresseur.

Je revis Holmes marchant comme un canard et découpant l'air à grands gestes. Il mimait les attaques du meurtrier en fonction des trajectoires de sang laissées sur la palissade.

— C'est prodigieux, Holmes. Tout le monde a vu ces traces et personne n'a été capable de les interpréter.

— En effet, Watson. C'est toute la différence qui existe entre voir et regarder.

Il se concentra à nouveau.

— Vous souvenez-vous de l'endroit où nous nous sommes réfugiés avec Abberline, pour analyser son fameux tablier de cuir, à l'abri des regards ?

— Dans une cave de l'immeuble, je crois.

— Pas n'importe quelle cave, Watson. Une cave à charbon. C'est seulement en revoyant mentalement cette scène que j'ai enfin compris. Que voulez-vous, je suis un peu lent, mon frère me l'a toujours dit... Seul un meurtrier de la taille d'un gamin pouvait passer par le soupirail à charbon.

— Le soupirail ?

— Tous les meurtres ont été commis dans des impasses ou des cours fermées à un bout.

— En effet, c'est là que les malheureuses exercent leur commerce.

— Chacune des filles a donc emmené son client avant de mourir dans un de ces endroits. Puis, quand il en avait terminé, le client quittait la fille et ressortait de la venelle. C'est pourquoi les signalements donnés par les témoins divergeaient tant. Ce simple fait m'avait déjà alerté. Tantôt le meurtrier était grand, tantôt il était petit. Parfois il était « étranger », d'autres fois non. Un témoin a même affirmé qu'un homme était parfaitement décontracté et sifflotait « comme après un bon repas ». Cette attitude semble peu compatible avec l'horreur des meurtres. La raison de tout cela est bien simple. Tous ces gens étaient passés juste avant le meurtrier.

— Mais comment... ?

— Parce que le meurtrier se trouvait déjà sur place avant que la fille ne se présente avec son client.

— Vous voulez dire qu'à chaque fois il guettait au fond de l'impasse, attendait qu'elle ait terminé sa besogne et se présentait à elle ?

— Exactement. Pourquoi ces filles se seraient-elles méfiées d'un gamin ? Certaines ont même dû penser qu'il souhaitait connaître sa première expérience sexuelle. Mais, pour notre garçon, la réalité était bien différente. Chaque femme incarnait celle qu'il recherchait et dont il voulait se venger. Peut-être même que l'acte qu'elle venait de commettre avec un autre homme réveillait de tragiques souvenirs dans sa mémoire. Il était dans un état second, incapable de différencier le présent du passé, en proie à une de ses crises délirantes. Il les tuait selon un rituel correspondant à ce que sa mère avait subi. Puis il s'enfuyait par le soupirail.

Le front de mon camarade se plissa.

— Quand je pense que vous l'avez tenu dans vos bras, juste avant qu'il ne commette son troisième meurtre...

Tenu dans mes bras !

— Que racontez-vous là, Holmes ? Je m'en souviendrais !

J'étais abasourdi.

Holmes s'en amusa.

— Faites donc fonctionner votre mémoire, mon vieux ! C'était le 30 septembre, si j'ai bonne mémoire, pendant la nuit du double meurtre.

— Il s'est passé tant de choses, cette nuit-là...

— Certes. Mais un gamin terrorisé nous a heurtés de plein fouet. Relisez donc vos notes.

J'ouvris mon journal au dimanche 30 septembre et retrouvai le passage :

— *Nous n'avions pas fait dix mètres qu'un projectile humain troua les ténèbres et nous percuta de plein fouet. C'était un petit ramoneur, casquette vissée sur la tête et musette en bandoulière. Son visage maculé de charbon se distinguait à peine des* ténèbres, à l'exception de ses yeux. Il était transi de peur et de froid. Il tendit le doigt dans la direction d'où il venait. Ses lèvres tremblaient mais aucun son n'en sortait.

Et un peu plus loin :

— *Le gosse semblait terrorisé. L'accoutrement et la voix discordante de Holmes avaient fini de l'épouvanter. Il s'esquiva et fut happé en quelques secondes par les ténèbres.*

Il me prit mon journal des mains, tourna quelques pages et me le rendit.

— Maintenant, lisez ça, Watson.

Je lus :

— *Lundi 1er octobre 1888... Un gamin courut vers nous et apostropha mon camarade : « Hé ! Vous êtes Sherlock Holmes, pas vrai ? Je vous ai vu enquêter tout à l'heure. Il est formidable votre déguisement ! »*

— Un peu plus loin, Watson...

Je passai quelques lignes et lus :

— *J'ai un sérieux indice sur le tueur.*

— *Quelle aubaine ! dit Holmes en m'adressant un clin d'œil. Connais-tu son adresse ?*

— *Non, m'sieur, mais j'ai récupéré sa casquette.*

— *Et je parie que tu es prêt à me la vendre pour quelques cents.*

— *Comment vous avez deviné ?*

— *Je suis détective.*

Il se frappa le front du plat de la main.

— *C'est vrai, chuis bête.*

— *Mais qu'est-ce qui me prouve que cette casquette n'est pas la tienne ?*

Le gamin sortit la fameuse caquette de sa poche, la déplia et nous la présenta.

— *Regardez, il y a encore des traces de sang.*

Holmes l'inspecta.

— *Disons qu'il y a quelques taches brunes qui pourraient bien être de la boue.*

Il prit la casquette et la vissa d'autorité sur la tête du gamin.

— *Elle te va comme un gant, dis donc !*

— *Tiens, c'est vrai, j'avais pas remarqué.*

J'étais abasourdi. Je ne parvenais toujours pas à réaliser.

— Mais vous avez prouvé que les deux meurtres étaient dus à deux criminels différents, chacun ignorant le méfait de l'autre. Pourquoi fuyait-il, dans ce cas ?

— Précisément, Watson. Il venait d'émerger de son soupirail. Il guettait dans l'ombre l'arrivée d'une fille avec son client. Il attendait qu'ils aient fini leur besogne. Mais au lieu de cela, l'homme a tué la fille, la fameuse Elizabeth Stride, sous ses yeux. Comment son cerveau a-t-il interprété ce meurtre ? Quel souvenir cette vision a-t-elle réveillé en lui ? On peut l'imaginer. Il a pris peur et s'est enfui. Ce n'est que vingt minutes plus tard qu'il a commis son propre meurtre, à Mitre Square.

Le doute me tenaillait. Un détail me revint en mémoire.

— Pourtant, vous avez établi vous-même qu'il était impossible de commettre les deux crimes à si peu de temps d'intervalle.

— C'était impossible dans le cas où le meurtrier se serait arrêté en route dans son repaire pour changer de couteau. Ce gamin courait deux fois plus vite que nous. De plus, il n'avait aucune raison de s'arrêter où que ce soit puisqu'il portait déjà son couteau sur lui.

— Sur lui ? Où ça ?

— Dans sa musette, bien sûr. Elle lui servait aussi à recueillir les morceaux prélevés sur ses victimes. Ensuite, il devait les jeter aux chiens... ou aux rats.

Un nouveau silence s'installa.

Chacun poursuivit sa réflexion intérieure.

Je fis part de mes pensées à Holmes :

— Quand je pense que le hasard nous avait conduits à Greathead et que nous n'avons pas su en tirer parti.

Holmes se raidit :

— Le hasard ?

— Si Wiggins et sa petite bande n'avaient pas repéré cette activité insolite près d'Osborne Street, nous n'aurions jamais rencontré l'ingénieur, ni son fils.

— Vous confondez la cause et l'effet, Watson. Wiggins était parti à la recherche du fameux monstre sur les indications du petit Gedeon Pilbrock. Or le meurtrier cherchait les traces de son passé au même endroit. Le hasard n'a rien à faire dans tout cela. Tout convergeait vers ce quartier.

— Vous avez raison. Si nous avions été plus perspicaces, nous aurions dû établir la relation entre Greathead et les meurtres de Whitechapel.

— Sans doute, Watson. Mais je reconnais qu'une telle idée ne m'a jamais effleuré.

Samedi 17 novembre 1888

Je me tenais devant la fenêtre, les pensées dans le vide, quand j'aperçus une étrange silhouette, passant sur le trottoir d'en face. Cette fois, j'étais certain de ne pas rêver.

Il s'agissait bien de l'énigmatique personnage que j'avais suivi au fin fond de Whitechapel avant de me retrouver allongé dans mon lit, le crâne orné d'une bosse de la taille d'un œuf de poule.

L'homme traversa Baker Street et se dirigea vers l'entrée du 222 Baker Street, l'immeuble mitoyen du nôtre. Se pouvait-il que ce mystérieux individu fût notre voisin ?

Cette idée raviva ma vieille douleur au crâne.

Cette fois, je voulais en avoir le cœur net.

J'enfournai mon arme dans la poche de ma robe de chambre et dévalai l'escalier, toujours en chaussons.

J'ouvris la porte et me précipitai dans le froid glacial. J'eus juste le temps de voir une ombre s'engouffrer dans l'entrée du 222. Par chance, la porte n'était pas fermée à clé. J'entrai à mon tour. Je l'entendis gravir un étage, s'arrêter sur le palier, ouvrir une autre porte et entrer quelque part. Il ne semblait pas avoir perçu ma présence.

Je grimpai quelques marches dans l'obscurité, arme au poing, et parvins sur le palier du premier étage.

Grâce à mes chaussons, je pouvais me déplacer sans faire le moindre bruit.

Un rayon de lune éclaira le palier un court instant par une lucarne. Cela me suffit à repérer l'unique porte où l'étrange voisin avait dû entrer.

Je me penchai et collai l'œil à la serrure. Mais il faisait noir comme dans un four.

Je me souvins soudain des préceptes de Holmes. Je fouillai dans ma poche et en tirai mon cure-pipe.

Il me fallut plusieurs minutes avant d'entendre le cliquetis caractéristique de l'ouverture de la serrure.

Il était encore temps de faire demi-tour, mais, une fois de plus, la curiosité l'emporta sur la raison. J'ouvris la porte et avançai dans une forêt de peaux de bêtes que j'écartai du canon de mon arme. Je fis quelques pas dans cet univers étouffant et incompréhensible et tombai sur une deuxième porte, moins d'un mètre après la première.

Une lumière apparaissait par les interstices.

Je décidai de jouer le tout pour le tout.

Je donnai un violent coup de pied dans la porte qui craqua sous le choc et hurlai : « Haut les mains ! », soudain ébloui par une lumière crue.

L'homme se retourna.

— Auriez-vous l'obligeance de m'expliquer ce que vous faites dans mon armoire, Watson ?

— Holmes !

Je descendis de l'armoire et pris pied sur le parquet de la chambre de mon camarade.

Sherlock Holmes retira son grand manteau, le posa sur un cintre et m'écarta.

— Permettez. Je dois le ranger avec les autres. Il risquerait de prendre un mauvais pli.

J'étais sidéré.

— Il me semble que vous ne m'avez pas tout dit, Holmes.

— Je vous félicite pour votre admirable perspicacité, cher ami.

— Peut-être serait-il grand temps de m'expliquer, non ?

— Puisque vous êtes là, prenez donc un siège. Et rangez cette arme, vous allez finir par blesser quelqu'un.

Il s'étira et reprit :

— J'ai imaginé ce petit passage à cause de vous...

— C'est un peu fort !

Il me fit taire d'un geste de la main.

— Grâce à vous, si vous préférez. Vous chroniquez mes exploits depuis plusieurs années, n'est-ce pas ?

— Je ne vois pas le rapport.

— Le rapport, c'est que des milliers de gens les ont lus, en particulier mes pires ennemis. À présent, tout le monde connaît notre adresse. J'ai déjà repéré de nombreux espions qui passent leur temps à nous épier, de préférence quand je mène une enquête délicate.

— Je n'ai jamais voulu vous nuire.

— Je n'en doute pas, Watson, mais je vous l'ai dit, j'étais sur le point de faire une découverte majeure. Il y avait eu des fuites dans les services de police. Des hommes espionnaient mes moindres déplacements et tentaient de connaître les ingrédients de ma formule. Je devais donc donner l'illusion de me trouver à Baker Street tandis que je sortais acheter mes précieux produits aux quatre coins de Londres. Si je vous avais dévoilé mon stratagème, vous en auriez parlé tôt ou tard dans un de vos rapports d'enquête du *Strand*.

Il alluma sa pipe, tira quelques bouffées et reprit :

— Puis cette affaire de meurtre est survenue. Comme j'utilisais mon passage secret pour mes déplacements, j'ai décidé de m'en servir aussi pour cette nouvelle enquête. Je ne m'imaginais pas courir Londres, déguisé en fille, avec une cohorte d'espions chinois sur les talons.

— Certes.

— Les plans des immeubles du 222 et du 221b m'ont rapidement appris que le mur du fond de ma chambre donnait sur le palier du premier étage. J'ai donc profité de travaux menés dans l'immeuble mitoyen pour faire percer une porte dans ce mur avec l'accord du propriétaire.

Je me souvins en effet que, lors de ma première visite, Mme Hudson se plaignait du vacarme des travaux dans l'immeuble voisin.

Une nouvelle pensée me traversa l'esprit.

— Mais alors... c'était vous le personnage que j'ai suivi un soir jusqu'au cœur de Whitechapel ?

— Je vous avais pris pour un quelconque espion à mes trousses.

— C'est donc vous qui m'avez assommé et déposé devant le 221b ?

— Oui. J'aurais pu utiliser mon passage secret, mais je ne me voyais pas traverser cette armoire quelque peu encombrée en vous portant sur mes épaules.

Je me souvins encore que l'on m'avait retrouvé sans conscience devant la porte du 221b, incapable d'expliquer ce qui m'était arrivé. Holmes avait même fini par me convaincre que j'avais été victime d'une crise de somnambulisme.

D'autres détails me revinrent en mémoire et prirent soudain une nouvelle signification.

Je lui demandai :

— Savez-vous que j'ai quitté Baker Street une journée entière et une nuit pour rendre visite à Mary ?

— Non. Quand ça ?

— Sans doute une nuit où vous dormiez vous-même dans votre repaire... Je vous avais même laissé un mot pour vous prévenir de mon absence. À mon retour, il n'avait pas été ouvert.

Il détourna les yeux, et parut gêné, comme si je venais de découvrir un nouveau secret. Me cachait-il autre chose ?

Il se ressaisit :

— Il m'arrivait en effet de m'absenter, parfois plusieurs jours d'affilée...

Il ajouta, comme pour se justifier :

— ... selon les besoins de l'enquête.

Je me souvins en effet qu'il avait guetté les

abords de la Maison Blanche pendant une longue période.

Ces révélations appelaient d'autres questions.

— Pourtant, je ne m'en suis jamais rendu compte. Je pensais que vous méditiez en fumant cigarette sur cigarette...

Il esquissa un sourire et me désigna du regard sa fameuse machine à analyser les cendres de cigarettes.

— Ce n'est pas par hasard que je l'ai mise là, Watson.

Je me rappelai en effet qu'il l'avait transférée du salon à sa chambre peu après mon retour à Baker Street. Je revis également les étranges taches d'humidité sur le plancher, ne parvenant pas à m'expliquer comment Holmes entrait et sortait de notre appartement.

Combien de secrets comme celui-ci me réservait-il encore ?

Une nouvelle réflexion s'imposa.

— Mais alors, ce repaire ? Ces personnages effrayants ?

— Ce ne sont que les dépouilles de quelques criminels que j'ai tués. Je les garde en souvenir. Un peu comme des trophées de chasse, et aussi par nostalgie.

Je me décomposai.

Il m'observa un instant et éclata de rire.

— Watson, ne me dites pas que vous croyez ce que je viens de dire !

— Eh bien...

— Vous ne distinguez donc pas le moment où je plaisante de celui où je suis sérieux ?

— Je dois avouer...

608

— De simples mannequins sur lesquels je pose mes différents déguisements. Je ne peux pas les entreposer dans des malles ou des armoires, ils finiraient par s'abîmer. Et je dois parfois pouvoir changer d'apparence aussi vite qu'un transformiste. Il est donc nécessaire que tout soit à portée de main.

— Mais... pourquoi tous ces déguisements ?

— Contrairement à ce qu'affirme le proverbe, Watson, l'habit fait toujours le moine. Souvenez-vous du piège que nous avons tendu à notre suspect. Il suffit ensuite d'adopter l'attitude adéquate pour que l'illusion soit presque parfaite. Avouez que je vous ai abusé plus d'une fois.

Je levai les yeux au plafond.

— J'ai été aveugle pendant ces longs mois. C'est tout de même insensé !

— Pas du tout, Watson. Les personnes les plus sensées peuvent parfois faire preuve d'une cécité déconcertante.

Puisque l'heure était aux aveux, j'en profitai pour vider mon sac :

— Reste encore une question, sur laquelle je n'ai jamais eu d'explication.

— Tout est pourtant limpide à présent.

— À une exception près. Il s'agit de la nuit du double meurtre. Votre démonstration délimitant le périmètre d'action du meurtrier a certes été brillante, mais comment avez-vous deviné qu'un homme se tiendrait précisément à l'angle à l'endroit où vous avez tendu votre piège, ce jour-là et à cette heure précise ?

Holmes hésita un court instant.

— J'espérais que vous ne me poseriez jamais cette question, Watson. Ou...

— ... que j'allais oublier ?

Il opina.

Le silence s'éternisa.

Puis il eut un soupir résigné.

— Après tout, je vous dois bien la vérité à présent. Je ne l'ai pas deviné, on me l'a dit.

— ...

— Une jeune femme est venue à Baker Street un jour où vous étiez sorti. Elle avait reçu une lettre anonyme qui la terrorisait.

Il ouvrit un tiroir de sa table de travail et brassa un instant le tas de courrier qui s'y trouvait.

— Le temps de la retrouver... Ah, voilà ! *Chère petite pute, ta fin est proche. Cette fois, tu ne pourras pas m'échapper. Et personne ne viendra à ton aide, malgré la pleine lune. Avant les douze coups de minuit, j'aurai vidé le contenu de ton ventre sur le pavé, comme à l'étal d'une boucherie. Ton Jack.*

— Voilà qui ne nous renseigne guère sur le lieu et le jour.

— Le Jack en question nous fournissait de précieux renseignements. Comme nous, il avait remarqué que le tueur opérait à la pleine lune, ce qui était le cas lors du week-end où Catherine Eddowes a été tuée. Pour le reste, plusieurs indices ont attiré mon attention. D'abord, la façon peu courtoise dont le signataire s'adresse à cette pauvre fille. Il a aussi écrit « cette fois », ce qui signifie qu'il y a déjà eu d'autres tentatives. J'ai longuement questionné la jeune femme. Elle a d'abord prétendu qu'elle ne comprenait pas le sens de ces mots. J'ai usé de toute ma persuasion, déployant des trésors de patience et de... Hum...

— Tendresse ?

— Bref, elle a fini par fondre en larmes et m'a fait de terribles aveux. La pauvrette était dans une misère noire.

Cette histoire me rappela avec douleur le destin de Wendy qui n'avait pas hésité à se vendre elle-même pour tenter de sauver une plus malheureuse qu'elle.

Holmes croisa mon regard et baissa les yeux.

— Elle... avait un bébé à nourrir. Les maigres revenus qu'elle tirait d'un travail harassant suffisaient tout juste à payer son loyer. Une nuit, alors que son petit s'était enfin endormi, elle est sortie et a décidé de faire ce que font toutes les malheureuses acculées par la faim. Mais cela n'a pas été simple. Le moindre recoin était déjà occupé par d'autres filles qui l'ont chassée.

J'avais déjà entendu cette histoire. Les malheureuses défendaient leur territoire bec et ongles. C'était une question de survie. La compassion et l'entraide n'existaient pas dans le monde sans pitié de la rue.

— Après des heures d'errance, elle finit par trouver un endroit peu fréquenté.

— Là où nous avons failli arrêter le lascar ?

— Exact. Quelques... hommes sont passés par là... Je vous fais grâce des détails. Elle a surmonté son dégoût. Est parvenue à accepter certaines choses. À en refuser d'autres, sans jamais commettre l'irréparable. Le lendemain, elle a pu donner à manger à son enfant. Sa vie avait basculé mais elle avait sauvé l'être qui comptait le plus pour elle. Elle est revenue au même endroit tous les samedis, peu avant minuit.

— Voilà le sens de la lettre : « Avant les douze coups de minuit. » Quelqu'un connaissait donc ses habitudes ?

— En effet. Mais je me trompais lourdement sur le motif et surtout sur l'identité de l'auteur de la lettre. Avec le recul, je m'en veux de ne pas avoir attaché plus d'importance à certains détails. La lettre était signée « Ton Jack », et non « Jack » seulement. Or Jack est aussi le diminutif affectueux que l'on donne parfois à un ami. Le fait de le faire précéder de « ton » signifiait à l'évidence qu'il se considérait comme un ami de la jeune femme. Mes soupçons auraient dû se porter sur un amoureux éconduit. Je connaissais donc le lieu, l'heure et le jour précis où l'auteur de la lettre comptait mettre sa menace à exécution. Il ne nous restait plus qu'à lui tendre un piège. Vous connaissez la suite.

Cette nouvelle révélation me plongea dans un abîme de réflexions.

Je tentai de comprendre.

— Il essayait de faire peur à la fille pour l'empêcher de se livrer à ses... transactions ?

— C'est un peu ça. Quand il a découvert ce qu'elle faisait, il a voulu la terroriser pour la punir. Mais il n'avait jamais osé lui avouer sa flamme auparavant.

— Avait-il l'intention de la tuer ?

— Nous ne le saurons jamais... J'ai réussi à l'identifier grâce à l'écharpe.

— Votre microscope ?...

— Cela n'a pas été nécessaire. Son nom et son adresse étaient inscrits sur l'étiquette.

— Vous l'avez livré à la police ?

— Non. L'homme savait que cette écharpe le trahirait. Quand je suis arrivé à son domicile, il avait disparu. Une rapide enquête m'a appris qu'il avait quitté Londres. Nous n'avons plus jamais entendu parler de lui.

— Nous ?

Il se reprit :

— Je veux dire... plus personne n'a jamais entendu parler de lui.

— La fille le connaissait ?

— À peine. Il ne lui avait jamais adressé la parole. Il était fou amoureux d'elle. J'ai retrouvé chez lui des poèmes et des lettres enflammées qu'il ne lui a jamais envoyés.

— Mais pourquoi ?

— Il ressort de ces lettres qu'il attendait qu'elle le remarque. Il rêvait d'un coup de foudre. C'était une sorte d'idéaliste, rongé par la timidité. De plus, il aurait pu être son père.

Il détourna le regard et ajouta pour le mur d'en face.

— Enfin, ce n'est pas le plus important, n'est-ce pas ? Quand une passion est partagée, je ne vois pas ce qui empêche deux personnes, au-delà de leurs différences, de s'unir l'une à l'autre. Mais ce n'était à l'évidence pas le cas pour ces deux-là...

Difficile de savoir s'il prêchait pour sa propre paroisse ou s'il me reprochait ma pudibonderie. En tout cas, il était clair qu'il avait percé depuis longtemps ma passion cachée pour Wendy.

Il changea de sujet, sans doute afin d'éviter une conversation qu'il ne souhaitait pas.

— Je dois avoir conservé quelques-unes de ces lettres dans mon fourbi.

Je me souvins de l'étrange attitude de Holmes un soir où il m'avait demandé si j'étais tombé sur quelques documents compromettants. Il craignait sans doute que je ne tombe sur ces fameuses lettres.

— Et qu'est-il advenu de cette pauvre fille ?

— Elle va bien. Elle m'écrit de temps à autre. Elle a trouvé un... protecteur qui veille sur son destin et lui évite le déshonneur. Son bébé se porte bien.

Je lui adressai un sourire en coin.

— Un protecteur, hein ? Se pourrait-il que je le connaisse ?

Il toussa dans son poing. Son silence était plus éloquent qu'un aveu.

Je poursuivis sur le même ton :

— À vrai dire, je me suis souvent demandé où vous étiez durant vos longues absences.

Je me souvins du regard extatique et absent de mon camarade, certains soirs. L'abandon momentané de ses expériences chimiques. Ses mystérieuses disparitions et réapparitions. Sans doute filait-il le parfait amour avec cette jeune femme, probablement dans son repaire à costumes... Qui était le plus secret et le plus pudibond de nous deux ?

Une multitude de détails prenaient un sens différent.

Plusieurs fois, j'avais eu l'impression que Sherlock Holmes dissimulait quelque chose à ma vue.

Je voulus en avoir le cœur net.

— Certains soirs, je me suis demandé si vous ne cachiez pas quelque objet suspect dans votre dos...

Il s'esclaffa.

— Des layettes pour le bébé, Watson !

Je ris avec lui.

Quelques instants plus tard, Holmes ferma les yeux et se plongea dans ses pensées.

Nous restâmes un long moment silencieux, nous laissant envahir par la chaleur réconfortante de notre bon feu.

Puisque nous en étions aux confidences, je décidais de vider mon sac.

— Vous avez été franc avec moi, je le serai avec vous, cher ami. Je vous ai... soupçonné.

Holmes émit un grognement de désapprobation et ferma les paupières.

Je poursuivis.

— Il faut dire que les circonstances... D'abord, il y avait eu les apparitions furtives du mystérieux personnage que j'avais suivi jusqu'à son repaire. J'avais beau m'en défendre, mais je ne pouvais m'empêcher de reconnaître votre silhouette... Ensuite, il y a eu cette chemise ensanglantée retrouvée par Mme Hudson dans votre linge sale. Puis ces horribles expériences à la morgue. Votre explication était certes convaincante, mais j'avoue que ce soir-là... j'en tremble encore rien que d'y penser. L'imagination nous joue parfois de drôles de tours... Enfin, lors de l'agonie de cette pauvre Wendy, elle a tendu le doigt vers Billy. Vous êtes sorti de l'ombre au même moment. J'ai cru que c'était vous qu'elle désignait. Mais tout a été remis en cause quand vous m'avez sauvé la vie. Aujourd'hui, je suis fier d'être votre ami. Voilà des aveux que l'on ne prononce qu'une seule fois dans sa vie, n'est-ce pas ?

Holmes garda le silence, probablement par pudeur.

Je conclus, sur une note enjouée :

— Après cela, je suis certain que nous passerons tous les deux une bonne nuit.

Holmes sursauta.

— Vous me parliez, cher ami ?

— Je... Bonne nuit, Holmes.

Il se leva et s'étira.

— Bonne nuit, Watson.

Lundi 19 novembre 1888

Holmes fit sauter quelques pièces dans sa main.

— Les finances sont au plus bas, mon cher Watson. Il ne me reste que dix livres et trois shillings. Je n'ai même plus de faux billets puisque j'ai fourgué les derniers à ce fameux Midget. Quant à mon compte en banque, il est aussi sec que le désert de Gobi.

— Vous êtes certain que sir Charles Warren ne vous donnera pas le moindre dédommagement pour le temps passé ?

— Certain, Watson. Je n'ai d'ailleurs pas l'intention de quémander quoi que ce soit auprès de la police. De plus, il aurait au moins trois bonnes raisons de refuser. Premièrement, il a perdu son poste avant la fin de l'enquête. Or, c'était pour le garder qu'il avait fait appel à mes services. Deuxièmement, je n'ai pas livré l'assassin à la justice. Troisièmement, je n'ai pas réussi à mettre au point mon fameux produit à détecter le sang.

Je me souvins des monographies qu'il avait envoyées à son éditeur peu avant mon arrivée à Baker Street.

— Et vos droits d'auteur ?

— Si vous faites allusion à mon *Essai sur la détection des traces de pas* et à mon *Traité sur l'influence des métiers sur la forme des mains*, je crains qu'ils ne m'aient coûté plus qu'ils ne me rapporteront jamais.

Il lâcha un long soupir de résignation.

— Cette affaire est un effroyable fiasco, Watson. Je vous suggère d'ailleurs de la rayer de vos annales et de ne jamais en parler, du moins tant que je serai vivant. Reste maintenant à espérer qu'un nouveau client, de préférence solvable, se présentera dans un bref délai à Baker Street.

Il finissait à peine sa phrase que Mme Hudson s'encadra dans le chambranle, les lèvres fendues d'un large sourire et portant un plateau couvert de petits fours.

Holmes se redressa.

— Un client pour moi ?

— Si on veut. C'est ce sympathique petit Wiggins qui demande à vous parler, monsieur Holmes.

L'espoir avait été de courte durée.

— *Ce sympathique petit Wiggins ?* répétai-je, incrédule.

— Faites monter le jeune réhabilité, ordonna mon camarade d'un geste las.

Wiggins apparut, le regard vif sous son éternelle casquette effilochée.

Il la retira, lécha ses paumes crasseuses et en lissa ses cheveux afin de les coller à son crâne.

— Bonjour, m'sieur Holmes. Bonjour, docteur Watson.

— Qu'est-ce qui t'amène, mon garçon ? demanda mon camarade.

Le gamin se dandinait d'un pied sur l'autre, l'air embarrassé.

— C'est rapport à l'affaire, m'sieur Holmes.

— Oui ?

— Vu qu'on n'a rien trouvé, on a comme qui dirait rien palpé rapport au pognon qu'on aurait bien besoin.

Mme Hudson posa le plateau sur la table basse et s'affaira à relancer le feu qui se mourait dans l'âtre.

Je surpris Holmes qui se débarrassait de ses pièces en les dissimulant au milieu des petits fours.

— Certes.

— Alors, si des fois y aurait un petit peu de boulot en ce moment.

— C'est que, pour l'instant...

Mme Hudson, qui en avait fini avec le feu, se redressa, saisit l'assiette de petits fours et la tendit au gamin.

— Tiens, mon garçon. Tu n'auras pas tout perdu. Tu peux tout prendre. Je les ai préparés pour toi.

Une lueur d'angoisse traversa le regard de mon camarade.

Mme Hudson poursuivit :

— Tu es un bon petit.

Le gamin n'osait toujours pas s'approcher. Elle lui adressa un clin d'œil appuyé.

— Rapport aux détergents...

— Aux détergents, m'dame Hudson ?

619

Le gamin se gratta le crâne. Puis il nous interrogea du regard.

Comme Holmes restait figé, je lui donnai mon accord d'un signe du menton.

En quelques minutes, Wiggins fit main basse sur les petits fours et s'en remplit les poches. Puis il aperçut les pièces et les saisit :

— Ça alors. Dix livres et trois shillings ! C'est pour moi aussi ?

Mme Hudson joignit les mains.

— Merci, monsieur Holmes. Vous êtes si généreux. Ce garçon le mérite.

Mon camarade déglutit.

— À vrai dire...

Wiggins se précipita vers mon camarade et lui serra la main avec ferveur.

— Merci, m'sieur Holmes. Merci encore. Je suis vraiment fier de travailler pour vous. Vous êtes mon modèle et mon héros. Comme j'aimerais vous ressembler, plus tard !

Il remercia encore Mme Hudson un million et demi de fois et sortit en sifflotant.

Quand il fut parti, la brave femme baissa les yeux, mains croisées, dans une attitude de contrition.

— Je vous dois toutes mes excuses, monsieur Holmes.

— Et pourquoi donc, chère madame Hudson ?

— Rapport aux détergents. J'ai douté de l'intégrité de votre petite troupe, et en particulier de son chef. Voyez-vous, je n'aurais jamais imaginé que ce petit Wiggins me les rapporterait. Vous ne m'en voulez pas trop d'avoir été méfiante à son égard ?

Holmes toussa dans son poing.

— Mais non, voyons.

Mme Hudson se retira à son tour.

Je demandai à Holmes :

— Ne m'avez-vous pas dit un jour que vous aviez emprunté ces fameux détergents pour une de vos expériences ?

— Certes. Mais je les ai remis à leur place. J'ai même doublé les quantités que j'avais empruntées afin de dédommager Mme Hudson.

Je m'esclaffai.

Il rit à son tour.

— Tout bien considéré, cette affaire n'est pas un fiasco complet. Elle a permis de réconcilier Wiggins et Mme Hudson. Avouez que le jeu en valait la chandelle.

Jeudi 29 novembre 1888

Mme Hudson se planta à l'entrée du salon :

— Un visiteur pour vous, monsieur Holmes.

Mon camarade se redressa, à l'affût du client potentiel.

— Qui ça ?

— M. Thomas Bulling.

Holmes retomba dans son fauteuil.

— Je l'avais presque oublié, celui-là...

Il fit un geste las.

— Faites monter, ça nous occupera un moment.

Bulling se présenta, plus excité que jamais.

Il serra la main de Holmes et lorgna son turban auréolé d'une tache de sang.

— Vous vous êtes blessé ?

— Je suis tombé sur un casse-tête.

Le journaliste ne releva pas la repartie et ouvrit sa sacoche, trop pressé d'en venir à l'objet de sa visite.

— Votre intuition était la bonne, monsieur Holmes.

— Mon intuition ?

— J'ai épluché la presse et toutes sortes de magazines relatifs aux sectes.

Holmes me glissa un regard entendu. Ce sujet avait également occupé plus d'une de mes journées, sans le moindre résultat tangible.

— Vous souvenez-vous du texte qui avait été inscrit à la craie sur un mur de Spitalfield au cours de la nuit du double meurtre ?

Holmes plissa les yeux. Non seulement il s'en souvenait, mais cela faisait belle lurette qu'il avait résolu ce petit mystère.

Le journaliste s'emballa.

— Le message disait : *Les juifs ne seront pas blâmés pour rien* et accuse directement les juifs.

Holmes dodelina de la tête de façon dubitative.

Bulling poursuivit :

— L'important est ailleurs. Si l'on considère que le message concerne les juifs, le mot *Juwes* est mal orthographié. Il devrait s'écrire *Jews*.

Le journaliste eut un sourire énigmatique.

— Mais si ce mot ne désigne pas les juifs, il pourrait être fort bien orthographié.

Mon camarade commençait à s'impatienter.

— Je ne vois pas...

— Le mot *Juwes* désigne Jubelum, un des apprentis d'Hiram.

— Je n'ai pas l'honneur de connaître ce monsieur. Selon vous, ce Jubelum serait l'assassin ?

Bulling s'esclaffa.

— Vous ne connaissez donc pas le livre saint des francs-maçons ?

— Très vaguement, admit Holmes – ce que l'on pouvait traduire en langage clair par « pas du tout ».

— Le livre raconte que trois meurtriers repentants, Jubelas, Jubelos et Jubelum, ont avoué à Salomon qu'ils avaient tué leur maître, Hiram. Ils ont demandé à périr en subissant le même sort qu'ils avaient infligé à leur maître. En conséquence, Salomon ordonna que leur propre sentence soit exécutée, puisqu'ils avaient désigné eux-mêmes le genre de leur mort : Jubelas a eu la gorge coupée, Jubelos le cœur arraché, Jubelum le corps coupé en deux parties, dont l'une a été jetée au nord, l'autre au sud. Salomon avait ainsi vengé la mort du maître Hiram. Vous voyez où je veux en venir...

Holmes fit une grimace que l'autre interpréta comme un signe de connivence.

Bulling reprit de plus belle :

— Les malheureuses de Whitechapel ont eu la gorge tranchée. Mary Kelly a eu le cœur arraché...

— Aucune n'a été coupée en deux parties, fit remarquer Holmes.

— Question de temps.

Il referma son dossier.

— Le rituel sectaire semble clairement établi. Le mot *Juwes* est une signature qui ne trompe pas. À l'évidence, le meurtrier est un franc-maçon ou un proche de cette mouvance.

— Méfiez-vous des évidences, Bulling. Selon vous, quel serait le mobile de ces crimes ?

— C'est ce que je cherche encore à savoir, mais l'étau se resserre. J'ai dressé la liste des francs-maçons possédant de solides connaissances chirurgicales ou anatomiques. Vous n'imaginez pas les difficultés que j'ai rencontrées pour obtenir ces noms. Mais le jeu en vaut la chandelle. Certains d'entre eux sont des personnalités de tout premier plan. Le scandale serait...

Il gonfla les joues.

— ... énorme !

Au début, Thomas Bulling s'était plié aux exigences de Sherlock Holmes car il craignait d'être livré à la police, ce qui aurait signifié au mieux la fin de sa carrière et au pire l'exil dans les lointaines colonies pénitentiaires. Mais à présent, il semblait évident que le journaliste s'était pris au jeu de l'investigation. Il allait bien au-delà des demandes de mon camarade et se passionnait pour cette enquête.

Comme pour me donner raison, il annonça :

— Je suis peut-être en train de résoudre l'affaire du siècle.

Son enthousiasme retomba soudain.

— Je n'ai pas oublié le contrat qui nous lie. Pourrais-je toutefois espérer que mon nom soit associé à mes découvertes ?

— Il n'y aura pas d'autre nom que le vôtre. Nous sommes quittes.

Bulling ouvrit des yeux de hibou.

— Co... comment est-ce possible ?

— Pour moi, cette affaire est close.

Le journaliste était partagé entre le bonheur de sa liberté retrouvée et le doute.

— Auriez-vous découvert l'identité de l'assassin ?

— Malheureusement non, avoua Holmes, qui ne disait que la pure vérité.

Le journaliste le remercia encore pour sa bonté et se retira, pressé d'en découdre avec l'univers mystérieux de la franc-maçonnerie.

Mardi 18 décembre 1888

Dès qu'il fut rétabli, Holmes s'appliqua à démonter une à une les fausses pistes qui avaient jalonné cette triste enquête.

Le fameux tablier de cuir, retrouvé sur le lieu d'un des crimes, était tombé d'une des fenêtres. Il appartenait à un boucher qui ne s'était pas fait connaître par peur de représailles. Je me souvins en effet des innombrables hardes grises et humides qui pendaient aux fenêtres de ces quartiers. La solution flottait au-dessus de nos têtes, trop évidente pour que nous lui prêtions la moindre attention.

Julius nous apprit que le Glouton et Barbe-Bleue étaient une seule et même personne. Il s'étonna que nous ne le sachions pas, compte tenu du fait que Barbe-Bleue avait bien été obligé de prendre un deuxième surnom en attendant que sa barbe repousse. L'amie de Barbe-Bleue, qui se prenait pour le sosie de la reine d'Angleterre, nous expliqua sous le sceau du secret – car elle était toujours en visite incognito à Bedlam – que le Glouton, alias Barbe-Bleue, voulait la grenouille pour lui tout seul. Tel qu'elle le connaissait, il avait voulu mettre la rainette dans le seul endroit sûr qu'il connaissait : son ventre. Mais la grenouille, qui ne partageait pas ce point de vue, était restée bloquée au fond de sa gorge. Donc, vu sous cet angle, Barbe-Bleue était bien mort de mort naturelle. Personne n'avait jamais essayé de le faire taire pour l'empêcher de divulguer quelque secret inavouable.

Enigmus mourut dans le courant du mois de décembre après avoir avalé les deux tiers de l'Évangile selon saint Luc. Ce geste hautement symbolique n'échappa pas à sir Frederick qui y vit une poussée de mysticisme. Pour Llewellyn, en revanche, Enigmus avait été victime d'une fringale passagère. Il en voulut pour preuve le cas d'un ancien marin qui, se prenant pour Moby Dick après avoir lu le roman d'Herman Melville, avait voulu avaler un navire miniature avec sa bouteille un jour où il n'avait rien d'autre à se mettre sous la dent.

Les deux médecins ne s'apprécièrent pas plus après cette affaire qu'avant. La soudaine réserve de Llewellyn lors de notre deuxième visite n'avait été dictée que par des considérations professionnelles. Nous comprîmes qu'il craignait de perdre sa place en claironnant trop fort son opinion sur son puissant collègue sir Frederick.

Llewellyn continua à autopsier les cadavres, dans un souci constant de rendement, lequel conditionnait directement son revenu mensuel.

Sir Frederick poursuivit ses expériences auprès de nombreux sujets, dont Joseph Merrick. Il donna encore des conférences au sein de la Société théosophique de Madame Blavatsky.

Ladite société s'avéra bien plus inoffensive qu'il n'y paraissait.

Edwin le Bègue parvint à s'évader, mais fut repris quelques semaines plus tard alors qu'il tentait de droguer un cheval dans le but de gagner un concours hippique. Le cheval, qui mourut peu après, fut déclaré impropre à la consommation, et Edwin le Bègue, qui s'appelait désormais Omar El Pasha, fut envoyé au bagne de Sydney.

Thomas Bulling publia un article à sensation dans lequel il mettait directement en cause William Gull, le médecin de la reine, un franc-maçon connu pour ses crises d'amnésie à répétition. Bulling reçut quelques avertissements qui le dissuadèrent de publier d'autres articles. On n'entendit plus parler de lui, mais il promit de léguer ses découvertes à la postérité dans une déposition testamentaire.

À en juger par la couleur de ses vêtements certains soirs, je soupçonnais Sherlock Holmes d'avoir encore visité quelques caves à charbon, apparemment sans succès.

Ce soir-là, Holmes déposa une petite rondelle de métal doré devant moi.

— Un simple bouton, Watson.

— Pardon ?

Il désigna l'objet du menton.

— Vous ne vous souvenez pas ? La pièce que vous avez ramassée dans la cave antique percée par Greathead...

Je me revis ramasser le petit objet patiné et rouillé.

Holmes me l'avait empruntée pour l'analyser.

Il poursuivit son idée :

— Eh bien, ce n'était pas une pièce de monnaie datant de l'Antiquité, mais un bouton de culotte tout ce qu'il y a de récent. Des initiales, presque invisibles à l'œil nu, sont apparues sous l'effet d'une solution de ma fabrication : W&S, pour Wholeworth & Son. Quant à l'effigie, ce n'est pas celle d'un empereur romain, mais plutôt celle de M. Wholeworth lui-même. Les ossements que nous avons trouvés dans cette cave ne datent pas de l'Antiquité, ni même du Moyen Âge, mais du milieu des années 1800.

— Cela voudrait dire...

Il leva la main et fit un geste fataliste.

— Les terribles secrets de cette cave sont enterrés. Nous n'en connaîtrons jamais les détails. Sans doute est-ce aussi bien ainsi...

Samedi 29 décembre 1888

Plus de dix jours s'écoulèrent. Londres préparait l'arrivée de la nouvelle année dans une incroyable effervescence.

Holmes semblait lui-même fort occupé à l'extérieur. Ses apparitions à Baker Street se faisaient aussi rares que celles du pape à la fenêtre du Vatican, place Saint-Pierre.

L'ingénieur James Henry Greathead déclara que ses travaux avançaient à merveille et que le parcours de King William Street, à Stockwell, serait ouvert au public dès 1890. La presse nota l'effondrement de quelques maisons dans le secteur d'Osborne Street, mais personne ne fit la relation avec l'affaire des meurtres. Du reste, nul ne s'intéressait jamais à ce qui se passait dans ce coin-là.

La reine ordonna que le quartier de Whitechapel soit équipé de becs de gaz et que plusieurs maisons insalubres soient rasées.

C'est ainsi que la Maison Blanche fut détruite. Ses plus anciens clients se firent une raison, à l'exception d'Ebenezer Finley, qui rôda longtemps dans les décombres et que l'on retrouva mort chez lui, une corne de brume enfoncée dans le rectum jusqu'à l'embouchure. L'autopsie fut confiée au docteur Llewellyn qui ne s'en émut guère et affirma avoir connu le cas d'un tromboniste que l'on avait retrouvé empalé sur la coulisse de son instrument après une soirée dansante mal fréquentée.

Les meurtres de Whitechapel semblaient bien loin.

Dimanche 30 décembre 1888

Cette nuit-là, je me retrouvai une fois de plus en Afghanistan.

J'avais la gorge sèche et le corps en sueur.

Je me penchai sur l'eau pour me rassasier, mais, par effet de miroir, un homme qui se tenait au-dessus de moi se refléta à la surface de l'oasis.

— Buvez, Watson, vous l'avez bien mérité.

Je tournai la tête et mis ma main en visière.

L'immense silhouette m'apparut à contre-jour.

L'homme me prit le coude et m'aida à me relever.

Son visage s'approcha du mien et je le reconnus.

— Holmes ! Qu'est-ce que vous faites dans mon rêve ?

Il portait une soutane élimée et crasseuse.

Il fit un signe de croix.

— Je suis venu vous donner l'absolution, mon fils.

— C'est gentil, mais...

— Vous vous êtes montré héroïque, Watson. Vous m'avez sauvé la vie dans le souterrain.

Il se retourna et me désigna un empilement de cadavres qui pourrissaient au soleil sous le bourdonnement de myriades de mouches aux ventres verts.

— Vous auriez aussi sauvé ceux-là, si on vous en avait donné les moyens.

Je me défendis.

— Non, Holmes. La vérité, c'est que je me suis enfui.

— Allons donc, je connais votre histoire par cœur. Vous avez été blessé par une balle de fusil Jezaïl. Vous n'avez pu échapper à l'ennemi que grâce au dévouement et au courage de votre ordonnance Murray, qui vous a ramené dans les lignes anglaises. Vous avez ensuite été transporté à l'hôpital de Peshawar, où l'on vous a soigné.

— C'est en effet ce que j'ai raconté dans mes chroniques. Mais j'ai menti. Je ne suis allé à Peshawar que pour soigner un gradé qui souffrait de maux d'estomac. C'est lui qui m'a donné ma décoration. Voilà mon unique gloire.

— Mais votre blessure, Watson, vous ne l'avez tout de même pas inventée !

— Un accident. Peu après la guerre. Rien à voir avec la bataille de Maïwand. Je suis un lâche. J'ai délibérément tourné le dos à l'horreur. J'ai abandonné les cadavres de mes compagnons derrière moi.

— Quels cadavres ?

Je tournai la tête vers le charnier, mais il avait disparu.

Je tendis le doigt vers l'oasis.

— Il y en a un là-dessous, qui hantera mes cauchemars jusqu'à la fin de ma vie. Il s'agit de mon ordonnance, le fidèle Murray. Je l'ai abandonné au moment où il avait le plus besoin de moi. Je n'ai pas été capable de le soigner. C'est lui qui avait reçu la balle de Jezaïl, et non moi.

— Il n'y a jamais rien eu dans l'eau. Regardez vous-même.

Je plongeai la tête dans l'eau claire et scrutai le fond de l'oasis. Un petit poisson étonné s'enfuit. Je cherchai à droite, puis à gauche. Pas la moindre trace de cadavre.

La voix de Sherlock Holmes trouait la surface de l'eau et parvenait jusqu'à moi.

— Ce rêve n'a plus de raison d'être, Watson. Murray n'est pas mort à cause de vous. Vous n'avez fait que votre devoir de soldat en obéissant aux ordres. Au nom du Père, du Fils et du Saint-Esprit, je vous absous. Amen, Watson !

— Vous n'en faites pas un peu trop, Holmes ?

— C'est votre rêve, mon vieux, pas le mien.

Même dans mes cauchemars, il fallait qu'il ait le dernier mot.

Je sortis la tête de l'eau et me relevai.

Holmes avait disparu.

Mon rêve aussi d'ailleurs.

Je me réveillai, purifié.

Lundi 31 décembre 1888

Au petit matin, quelque chose avait changé en moi. Je savais que je ne serais plus jamais le même.

Ce rêve n'était pas la raison de ma mutation, mais plutôt sa conséquence. Un message clair que m'adressait mon subconscient.

Comme toujours, Holmes avait raison. Il fallait oser. Oser s'imposer. Oser vivre, tout simplement. À quoi bon s'acharner à vouloir déterrer les morts ?

Un bon mot involontaire de la malheureuse épouse de John Pizer me revint en mémoire : « Faut profiter de la vie tant qu'on est vivant. »

Cette pensée m'emplit d'allégresse tandis que je m'emplissais l'estomac avec le troisième toast grillé de mon petit déjeuner.

Au quatrième toast, Mme Hudson se présenta dans le salon.

— Un visiteur pour M. Holmes.

À en juger par le ton de sa voix, le personnage n'était pas en odeur de sainteté à Baker Street.

Holmes eut une moue de dédain.

— Lestrade ?

Mme Hudson lui rendit sa mimique et opina.

Mon camarade haussa les épaules.

— Bah... Faites monter le limier, les distractions sont si rares...

Quelques minutes plus tard, le policier traversa le salon en boitillant, douloureux souvenir de son dernier départ précipité.

— Asseyez-vous ! lui lançai-je en me calant au fond de mon fauteuil.

Il fit le tour du salon et dégotta un vieux tabouret bancal sur lequel il prit place en face de nous, de l'autre côté de la table basse.

Il gesticula un instant, à la recherche d'une position confortable qu'il ne trouva pas.

— Je vous dois un aveu, monsieur Holmes. Après mon... manque de réussite dans l'affaire Jack l'Éventreur, je me suis mis à douter de moi.

— Vous ? s'exclama Holmes.

— Je sais que c'est difficile à croire. En fait, j'étais au bord du gouffre. Mais je me suis ressaisi et j'ai fait un véritable bond en avant.

— Joli, commenta Holmes.

Lestrade lissa sa moustache et bomba le torse, vivante image de la confiance retrouvée.

— Normal, je suis de cette race d'hommes qui ne se rend jamais.

— Surtout à l'évidence, marmonna mon camarade à mon intention.

Le policier porta la main à son oreille.

— Pardon ?

— C'est une évidence, répéta Holmes un peu plus fort.

— Certes.

Lestrade tenta alors de se composer un regard

énigmatique qui évoquait plutôt un myope cherchant son chemin dans le brouillard.

Il se pencha vers nous dans un inquiétant grincement de tabouret.

— Je sais qui est Jack l'Éventreur.

Holmes étouffa un bâillement dans son poing.

— Incroyable, vous l'avez encore arrêté ?

— C'est tout comme. Le lascar s'est enfui aux États-Unis. Je suis certain de retrouver sa trace. Il se peut que je quitte Londres pour une période assez longue.

Mon camarade sembla soudain s'intéresser à la conversation.

— Vraiment ?

Comme d'habitude, Lestrade ne suivait que son idée.

— Savez-vous qui a parlé avec Mary Kelly le soir du meurtre ?

— Si j'ai bonne mémoire, le dernier à lui avoir adressé la parole est un certain Hutchinson. Il a suivi Kelly jusque chez elle et...

— Non, avant Hutchinson, en début de soirée ?

Holmes haussa les épaules.

— Aucune idée.

— Je vais vous le dire. Elle a eu une longue discussion avec Joseph Barnett, son compagnon... plus ou moins régulier.

— J'ai en effet entendu parler de ce Barnett.

— Selon plusieurs témoins, leur conversation a été plutôt animée. Barnett lui aurait dit : « Je veux que tu arrêtes ça. Sinon, je coupe les ponts. » Vous saisissez l'allusion ?

— Hum...

— Allons, Holmes. « Je coupe les ponts. » Il faut comprendre : « Je te coupe la gorge, les voies respiratoires », les ponts de la vie, bien sûr.

— Astucieux.

— Je ne suis pas mécontent de cette déduction, en effet. Abberline avait retrouvé et interrogé ce lascar, mais n'avait rien pu en tirer. Il faut bien reconnaître que tous les policiers n'ont pas ma perspicacité.

— C'est une chance.

— Plaît-il ?

— Une chance pour vous.

Il bomba le torse.

— Alors, Holmes, que dites-vous de cela ?

— Les mots me font défaut, mon cher Lestrade. Il ne me reste qu'à vous souhaiter un bon voyage aux États-Unis. Je ne vous retiens pas plus longtemps. Je m'en voudrais de vous faire rater votre bateau.

— Il ne part que dans une semaine.

— On n'est jamais trop prudent, affirma Holmes en refoulant le policier boiteux vers la porte.

Mardi 1er janvier 1889

Cette affaire était déjà loin dans nos esprits quand Abberline s'annonça à Baker Street.

Il n'avait plus rien à voir avec l'homme stressé et irascible que nous avions connu durant cette horrible affaire. Il était serein, détendu et rasé de frais.

Il nous présenta ses vœux.

Il accepta de fumer un cigare avec nous.

Nous sablâmes le champagne en l'honneur de la nouvelle année.

Puis il se leva, l'œil humide fixé vers la porte d'entrée, et annonça, un vibrato d'émotion dans la voix :

— Permettez-moi de porter un toast au nouveau venu.

Je regardai vers la porte, mais il n'y avait personne.

J'interrogeai Holmes du regard, mais son visage était aussi étonné que le mien.

Abberline poursuivit :

— À Frederick Abberline Junior !

— Félicitations, m'écriai-je, comprenant soudain la raison de son émotion. Quel merveilleux cadeau vous fait madame votre épouse, un bébé pour le nouvel an.

Il parut gêné.

— À vrai dire... il vient tout juste d'avoir quatre mois. Mais je ne m'en suis aperçu qu'aujourd'hui. Cette fichue enquête m'avait un peu éloigné de la réalité. Mais tout est bien fini maintenant. Et j'aimerais par la même occasion porter un dernier toast à la clôture de ce dossier.

Il me tendit son verre vide, que je m'empressai de remplir, curieux d'entendre sa nouvelle révélation.

Il but en prenant tout son temps, apparemment décidé à entretenir son petit mystère.

Il passa sa langue sur les lèvres, comme s'il voulait récupérer les dernières gouttes du nectar, et la fit claquer contre son palais.

— Voyez-vous, j'ai recueilli pendant des mois les témoignages les plus farfelus. Une femme de l'île de Wight a prétendu que l'Éventreur était un singe échappé d'une ménagerie. Elle venait de lire *Double Assassinat dans la rue Morgue*, de M. Edgar Poe. Un artisan avait lu sur la portière des W-C publics de Spitalfied : *Je suis Jack l'Éventreur, et je donne rendez-vous ici à toute jeune femme désireuse de connaître le grand frisson*, et préconisait de faire surveiller l'endroit nuit et jour par de faux pisseurs, espionnant le voisinage, leur outillage à la main...

Holmes leva les yeux au plafond.

Abberline poursuivit sur un ton facétieux :

— Une bigote a accusé le simplet qui a l'habitude de geindre pendant les services à la cathédrale Saint-Paul. Un gamin est même venu me voir et m'a soutenu pendant plus d'une heure que Jack l'Éventreur était un gosse comme lui.

Holmes et moi tressaillîmes en même temps.

Abberline nous considéra une seconde d'un œil suspicieux.

Puis il chassa le doute et poursuivit son récit :

— Il a même eu le culot d'essayer de me vendre sa casquette en affirmant que c'était celle du tueur. Vous vous rendez compte ?

— Oui, acquiesça Holmes en connaissance de cause.

— Bref, je l'ai renvoyé jouer aux osselets et je n'ai attaché aucun crédit à son histoire. Vous en auriez fait autant, n'est-ce pas ?

— Je le crains, en effet.

— Bref, tout cela pour vous dire qu'il m'a fallu une bonne dose de discernement pour y voir clair dans ce fatras de déclarations fantaisistes. Mais aujourd'hui, j'ai le plaisir de vous annoncer que le dossier Jack l'Éventreur est bel et bien clos.

— Vous avez donc abandonné les recherches ?

— C'est généralement ce que je fais quand j'ai trouvé le coupable.

Holmes haussa un sourcil interrogateur.

Abberline reprit son air mystérieux.

— Comme je vous l'ai dit, la police ne vérifie que les témoignages dignes de confiance. Or, l'un d'eux a particulièrement retenu mon attention en raison de la qualité des accusateurs.

Il marqua une nouvelle pause, le temps de tremper ses moustaches dans sa coupe de champagne.

— Des policiers ? hasardai-je.

— Non, sa propre famille. À commencer par ses parents.

— Mon Dieu. Qui sont ces gens-là pour dénoncer leur propre enfant et l'envoyer à la potence, fût-il le dernier des assassins ?

— Rassurez-vous, il ne risque pas de mourir.

— Pourquoi ça ?

— Parce qu'il est déjà mort. Nous l'avons repêché dans la Tamise avant-hier.

— Peut-on connaître son nom ?

Il hésita une fraction de seconde et haussa les épaules.

— De toute façon, la presse se chargera de diffuser la bonne nouvelle, si ce n'est déjà fait. Il s'agit d'un dénommé Montague John Druitt, un médecin de bonne famille qui avait disparu peu après le meurtre de Mary Kelly. Le médecin légiste a déterminé que le corps de Druitt était resté près d'un mois dans l'eau. Ce n'est qu'après la découverte du cadavre que ses parents nous ont avoué leurs doutes. Une rapide enquête a permis de déterminer que Druitt était... sexuellement aliéné. Il ne fait aucun doute qu'il a tué ces malheureuses dans un accès de démence et qu'il s'est ensuite suicidé.

Je tentai d'aiguiller le policier vers une autre vérité, ne pouvant toutefois pas lui dévoiler ce que je savais.

— Ce Druitt n'aurait-il pu être lui-même victime d'un assassin qui se serait débarrassé de son corps après l'avoir agressé ?

— Impossible. Nous avons retrouvé tout son argent dans les poches de sa veste. Il portait même sur lui une importante reconnaissance de dette signée à son avantage.

— A-t-on retrouvé l'homme qui a établi cette reconnaissance ?

— Bien sûr. N'allez pas imaginer... l'homme possède un solide alibi. Il a semblé très attristé par la mort de son ancien collègue, mais il n'a pas caché son soulagement de voir sa dette effacée. Une stupide dette de jeu, soit dit en passant...

Le policier leva encore un toast à la reine, qui avait eu l'heureuse initiative d'ordonner que toutes les rues de Whitechapel soient dotées d'éclairages suffisants et que nombre de tripots soient fermés.

Puis il leva un dernier toast pour une raison indéterminée. Je ne lui avais jamais connu une humeur aussi enjouée. Il s'ensuivit une discussion à bâtons rompus lors de laquelle il nous livra encore de nombreuses anecdotes sur les vicissitudes de l'administration policière. Holmes n'en perdait pas une miette.

Quand la bouteille fut vide, il décréta qu'il était largement temps de prendre congé et qu'il ne saurait abuser plus longtemps de notre patience.

Il s'apprêtait à sortir quand il se ravisa et me lança depuis le pas de la porte :

— Au fait, docteur Watson, j'ai arrêté ce fameux Midget grâce à vos précieuses informations.

Holmes me glissa un regard mi-étonné, mi-amusé.

Je toussai dans mon poing.

Abberline poursuivit :

— Nous avons en effet retrouvé une liasse de faux billets de banque chez lui. Il a simulé l'étonnement et a farouchement nié toute implication dans un quelconque trafic.

— Vous... vous lui avez demandé d'où il tenait ses billets ?

— Oui. Vous ne devinerez jamais l'explication qu'il a donnée...

— Je... je n'ose imaginer...

Il s'esclaffa et lâcha dans un hoquet :

— Il a prétendu que Sherlock Holmes les lui avait remis en main propre pour l'achat d'une fillette.

Je serrai les poings, tentant de me composer une attitude offusquée.

— L'odieux personnage !

Holmes s'esclaffa à son tour et m'observa avec une attention accrue.

Comme tout le monde riait à gorge déployée, j'en fis autant.

Abberline, persuadé d'être à l'origine de cette hilarité, se fit plus volubile.

— Ce n'est pas tout. En nous faisant cet aveu, l'infâme Midget s'est trahi et nous a révélé la vraie nature de ses activités. Ce gros porc ratissait les rues à la recherche d'enfants perdus. Ou alors, il les achetait – probablement avec sa fausse monnaie – à des familles pauvres. Ensuite, il revendait ou louait les gosses à un réseau de maisons closes. Il prostituait même sa jeune sœur, une pauvre gamine à moitié folle.

— Seigneur Dieu !

— Rassurez-vous, tous les enfants sont maintenant en sécurité. J'en ai profité pour utiliser le tout récent décret de la reine. J'ai fait fermer les bordels et coffrer les responsables. Le plus drôle...

644

Il ne parvenait plus à retenir son fou rire.

— ... Midget devait être pendu...

— Désopilant, en effet.

— Non, ce n'est pas ça le plus drôle.

— Je me disais...

— Au procès, le juge et les jurés étaient au bord de l'asphyxie à cause de l'odeur de l'accusé. Le juge a ordonné que Midget prenne un bain glacé chaque jour avant la pendaison. Midget a claqué dès la première baignade. Il ne s'était jamais lavé depuis sa naissance.

— Hydrocution ?

— Non, crise cardiaque à la simple vue de l'eau.

Après le départ d'Abberline, Sherlock Holmes me sourit en dodelinant de la tête. Son regard ne comportait aucune trace de reproche. Il me sembla au contraire y discerner une lueur d'admiration. Sans doute se reconnaissait-il un peu dans ma méthode. J'avais appliqué un de ses préceptes : « Il faut combattre les mécréants avec leurs propres armes. La sentence n'en est que plus redoutable. »

Puis Holmes commença à faire les cent pas devant la fenêtre du salon.

Je l'observai à mon tour du coin de l'œil.

Il sortit son oignon et lâcha :

— Je vous souhaite une fois encore la bonne année, Watson. J'espère vivement que vous rencontrerez...

Il se racla la gorge, comme pour aider les mots à sortir.

— Que vous aurez la chance de vivre... disons de connaître...

— Le même bonheur que vous ?

Ce fut la première fois de ma vie que je le vis rougir et baisser les yeux, comme un adolescent timide.

Il remit son oignon dans son gousset, puis le ressortit presque aussitôt et l'ouvrit d'une pression du pouce de façon quasi compulsive.

Il demanda enfin à ses chaussures :

— Avez-vous prévu de sortir quelque part ce soir, Watson ?

En voilà un qui a un rendez-vous...

— Non, et vous ?

— Eh bien... quoi qu'il en soit, j'aurais mauvaise conscience à vous abandonner un jour comme celui-ci, n'est-ce pas...

— Je m'y suis très bien habitué, Holmes. De plus, j'imagine que vous auriez encore plus mauvaise conscience de la faire attendre, n'est-ce pas ?...

— La faire... ? Oh, oui, sans doute, Watson.

Il me serra la main, les yeux brillants de reconnaissance.

Il enfila son manteau et se dirigea vers sa chambre.

Je lui désignai du regard la porte du salon.

— Il n'est peut-être plus nécessaire d'emprunter l'armoire à présent.

Une fois qu'il fut parti, je restai un instant face à la fenêtre du salon, sans oignon à consulter, sans rendez-vous programmé pour longtemps.

Dehors, la rue semblait revivre, insouciante et heureuse. Des enfants construisaient un bonhomme de neige. Les couples s'arrêtaient et s'extasiaient devant ce spectacle charmant. Quelques personnes donnaient une petite pièce aux gosses.

Il me semblait que tout ce blanc m'aiderait à chasser mes idées noires. J'enfilai mon lourd manteau d'hiver et sortis.

L'air vibrait de vie autour de moi. L'affaire de Whitechapel était bel et bien oubliée. Telle était Londres, capable de renaître sans cesse de ses cendres, comme un malade sortant plus vigoureux d'une maladie bien soignée.

Je me dirigeai vers le parc.

L'air grisant me fouettait le visage.

J'allongeai le pas pour me réchauffer.

Bientôt, je me trouvai au milieu du parc. La surface gelée du lac évoquait un miroir bleuté. Des couples de patineurs y glissaient avec grâce. Les couples emmitouflés se tenaient par la taille. À chacun sa chacune. Certains couples, plus ou moins légitimes, jetaient sans cesse des œillades inquiètes autour d'eux.

Je venais de croiser un couple quand une voix cristalline résonna à mes oreilles :

— Bonjour, docteur Watson.

Je fis volte-face et me retrouvai face au couple que je venais de dépasser.

Une créature pulpeuse et souriante se tenait au bras d'un homme plus âgé qu'elle au visage couperosé. Un père et sa fille, pensai-je, sans parvenir à mettre un nom sur ces visages.

Comme ils continuaient à me sourire l'un et l'autre, je finis par demander :

— On se connaît ?

— Oh, oui ! répondit la jeune fille en appuyant son affirmation d'un clin d'œil énigmatique.

Mon cœur fit un bond dans ma poitrine.

— Elsa !

— Ravie que vous vous souveniez de moi, docteur.

Elle fit une révérence, à la façon d'une petite fille modèle.

— J'ai grandi, ne trouvez-vous pas ?

Puis elle se tourna vers le vieil homme.

— Je vous présente mon époux, lord Percival. Nous venons tout juste de nous marier.

L'homme me serra la main et m'expliqua :

— Figurez-vous qu'Elsa et moi avons fait connaissance dans ce même parc, par le plus grand des hasards, lors d'une promenade dominicale. Ç'a été le coup de foudre immédiat. Incroyable, n'est-ce pas ?

— En effet.

Le vieillard semblait assez fier de sa conquête.

Il serra sa jeune femme contre lui et poursuivit son explication :

— Qui aurait pu imaginer une telle rencontre ? Moi, brassant des actions en Bourse à la City à longueur de journée, et Elsa, jeune fille de bonne famille sur le point d'entrer dans les ordres.

— Dans les ordres ?

Je me tournai vers Elsa qui baissa les yeux et joignit les mains.

— Les sœurs bénédictines. Mais mon amour pour lord Percival a été le plus fort. N'est-ce pas merveilleux ?

— Un vrai conte de fées.

Lord Percival poursuivit :

— Elsa m'a souvent parlé de vous, docteur Watson. Elle m'a confié qu'elle vous devait beaucoup sur le plan de l'épanouissement physique. Je tiens à vous en remercier pour sa prompte guérison.

— Je n'ai aucun mérite, Els... lady Percival ne doit sa guérison qu'à sa propre volonté.

Il la considéra avec un regard baigné de tendresse.

— Je reconnais bien là son courage. Savez-vous qu'elle a regretté de vous avoir perdu de vue ?

— Non ?

Elsa leva ses yeux de biche vers moi.

— Si. Mes éternelles tracasseries dans le bas des reins.

— Allons bon.

Lord Percival me tendit sa carte.

— Vous m'obligeriez en acceptant de soigner ma jeune épouse, docteur Watson.

— C'est que...

— Il va de soi que vous fixerez vous-même le montant de vos honoraires. Le bien-être de lady Percival passe avant toute considération d'ordre matériel.

Elsa eut encore quelques battements de paupières appropriés vers son mari.

— Oh, Percy, vous êtes merveilleux.

Puis elle se tourna vers moi et prit mes mains dans les siennes.

— Acceptez, docteur Watson. Vous devez être très occupé, mais une bonne séance par semaine me ferait tant de bien. Je puis vous garantir que je me donnerai à fond.

— Je n'en doute pas.

Ses mains tremblaient.

Une veine battait la chamade sur son poignet.

« *Vas-tu encore laisser passer ta chance, John ?*

— *Je suis un homme marié...*

— *Avec un fantôme ?* »

Elle serra mes mains. Son souffle devint court. Ses seins superbes se gonflaient au rythme de sa respiration.

Sa bouche s'entrouvrit, promesse de baisers inavouables.

Mon corps se réveilla avec vigueur.

Son mari m'exhortait du regard. Était-il vraiment dupe ? Ou amoureux au point d'accepter l'inacceptable ?...

Situations parallèles. Mary elle-même ne m'avait-elle pas poussé vers cette fille ?

« *Je ne peux pas.*

— *Serais-tu le seul homme vertueux de Londres ?*

— *C'est trop tôt.*

— *Combien de cadavres vas-tu laisser mariner au fond de l'oasis, au nom de tes grands principes, John ?* »

— Soit. Je viendrai.

— Merci ! déclarèrent-ils en chœur.

La boucle était bouclée.

Une nouvelle année commençait.

Une nouvelle vie sans doute.

Fin du journal du docteur Watson

BUREAU DE GEORGE NEWNES

Je refermai le journal de Watson.

Je feuilletai un instant le petit carnet, qui n'était autre que la confession du meurtrier. Je compris pourquoi Watson m'avait recommandé de ne pas le lire avant son journal, au risque de mettre la charrue avant les bœufs.

Je me frottai les yeux un long moment et tentai de récapituler mentalement cet incroyable récit.

L'enfer de Whitechapel avait engendré un monstre. Mais qui était le vrai coupable ? Le malheureux gamin à l'enfance brisée qui s'était débattu jusqu'à la mort au milieu des spectres de son passé ? Ses tortionnaires qui l'avaient transformé en un prédateur redoutable, ivre de vengeance ? Ou plutôt la bonne société qui avait permis qu'une telle chose puisse se réaliser ?

Chacun avait sa part de responsabilité dans cette affaire.

À présent, je comprenais mieux l'acharnement de Watson à s'occuper de sa fondation. Et sa devise : « Il vaut mieux prévenir que guérir. »

Je me sentais honteux et un peu responsable, moi aussi, de ce qui était arrivé. Je décidai de publier ce témoignage, ne serait-ce que pour mettre en garde les générations futures et éviter que de telles abominations ne se reproduisent un jour. Sans plus tarder, je fis établir un chèque de cinquante mille livres à l'ordre de la fondation Watson. Une goutte d'eau dans l'océan de misère et de malheurs qui submergeait encore Londres.

Au fond, que signifiait ce texte ? La frontière entre le bien et le mal est bien étroite. Celui que l'on prenait pour un monstre n'était en fait que la pauvre victime d'une violence plus grande encore. N'importe lequel d'entre nous aurait pu connaître le même destin. Sherlock Holmes lui-même aurait pu être l'Éventreur. Ils représentaient les deux faces d'une même médaille. Mais la grande victime de ce récit, c'est l'enfant qui meurt de faim, le dernier échelon d'une chaîne nourrie de haine, de violences et d'injustice. C'était contre cette injustice que Watson engageait ses dernières forces. Si son message était de me sensibiliser à travers ce récit, nul doute qu'il y était parvenu. Comment ne pas s'émouvoir du sort de ces malheureux ? Au fond, j'étais heureux de lui donner la somme qu'il me demandait.

Le lendemain même, comme il l'avait promis, Watson me rendit visite.

Après de brèves salutations d'usage, j'entrai dans le vif du sujet, sans lui laisser le temps de me raconter ses troubles rhumatismaux de la nuit :

— Mes lecteurs vont me poser des questions, docteur Watson. Cette Mlle Strawberry ne me laissera aucun répit. Le moindre détail revêt une importance folle pour les passionnés. Ils voudront savoir.

— Savoir quoi ?

— Où a été enterrée cette pauvre Wendy, par exemple ?

— Dans un cimetière, si j'ai bonne mémoire.

— Certes, mais lequel ?

— Ça, j'ai oublié.

— L'identité même du tueur n'est pas révélée. N'y a-t-il pas un moyen de retrouver ce souterrain pour savoir où il mène ?

— Vous avez lu mon récit. Holmes a bien essayé, mais il s'en est fallu de peu qu'il y laisse la vie. Une partie de ce dédale existe sûrement toujours. Mais il a été endommagé ou comblé par les travaux du métropolitain. Les taupes ferroviaires ont fait de gros dégâts dans le sous-sol londonien. Et la reine a fait raser les taudis en surface. Que voulez-vous retrouver dans ces conditions ?

— Et cette... Elsa, vit-elle toujours ? L'avez-vous revue ?

— Aux dernières nouvelles, son mari avait eu un revers de fortune à force de boursicoter. Elle a aussitôt disparu et changé de nom. Je me demande si elle était vraiment amoureuse de lui...

— Quel nom a-t-elle pris par la suite ?

Ma secrétaire posa le thé sur la table.

Il me sembla un instant que son regard croisa celui de Watson.

Il balbutia :

— Ça ne me revient pas...

— En somme, rien n'est vérifiable, concluai-je.

Il parut tomber des nues.

— Tiens, c'est vrai. Maintenant que vous le dites.

Un nouveau doute s'immisça dans mon esprit.

Je me remémorai la suite des événements qui m'avaient amené à désirer plus que tout ce texte. D'abord, la visite de cette vieille demoiselle Strawberry, présidente de l'Association des fidèles lectrices du *Strand Magazine*, elle-même porte-parole de lectrices inconditionnelles qui aidaient Watson dans les travaux quotidiens de sa fondation.

Du reste, je ne me souvenais pas d'avoir jamais entendu parler de cette association avant de recevoir la lettre de Mlle Strawberry. Lettre suivie, comme un fait exprès, par un rendez-vous que je ne me souvenais pas non plus d'avoir fixé.

Ces femmes avaient acquis la certitude qu'il existait un récit ignoré. Mais qui leur avait mis cela en tête ? Watson lui-même ! En distillant des remarques et des allusions qui n'avaient sans doute rien de hasardeux.

Un horrible doute me gagnait peu à peu. Et si toute cette histoire était née dans l'imagination de Watson ? Il lui suffisait de s'appuyer sur des modèles existants pour camper certains de ses personnages. Mon regard se posa sur ma secrétaire. Je la revoyais quelques années plus tôt, resplendissante et capable d'affoler le plus prude des hommes.

Et pas plus tard que la veille, ne m'avait-elle pas confié qu'elle était soucieuse de la santé de Watson ?

Elle et Watson ?...

En quelle année était morte Mary Watson ?

Les dates se brouillaient.

Je décidai de jouer franc jeu.

— Vous n'avez tout de même pas inventé toute cette histoire pour me soutirer cent mille livres, n'est-ce pas, mon bon Watson ?

Il sursauta.

— Je ne vous remercierai jamais assez, mon bon Newnes !

Puis il se dirigea vers la porte de sortie, dans une parfaite composition de vieillard à demi gâteux.

Quand il fut parti, je plongeai dans un abîme de perplexité.

Ma secrétaire entra dans le bureau pour débarrasser le plateau de thé.

J'attendis qu'elle me tourne le dos et je lançai :

— Elsa !

Elle continua sa tâche, comme si elle ne m'avait pas entendu.

Quand elle me fit face, je lui dis en plongeant mon regard dans le sien :

— Vous pouvez disposer, Elsa.

Elle écarquilla les yeux et se retourna, comme pour vérifier qu'il n'y avait personne d'autre derrière elle.

Puis son regard revint vers moi.

— C'est à moi que vous parliez, monsieur Newnes ?

— Il me semble.

— Mais... je m'appelle Anna, monsieur.

— Depuis quand ?

— Depuis que mes parents m'ont donné ce nom.

— Vous êtes sûre ?

Elle fronça les sourcils et me jeta un regard noir.

— Il me semble... si je puis me permettre, vous devriez prendre un peu de repos à présent, monsieur Newnes.

— Si vous le dites.

POSTFACE DE L'AUTEUR

À la lecture de tels documents, et avec le recul des années, on est en droit de se poser quelques questions. Le docteur Watson a-t-il dit toute la vérité ? Sa mémoire ne l'a-t-elle pas trahi ? A-t-il pu se laisser entraîner sur la pente savonneuse de l'affabulation ?

Nous avons tenté de faire le point sur les éléments qui pouvaient être vérifiés.

Les noms des victimes, les lieux où ont été trouvés leurs cadavres, les circonstances de leur mort, les noms des témoins et leurs témoignages sont rigoureusement exacts et ont fait l'objet de nombreux rapports de police. Sur ce plan, les faits relatés par Watson sont donc conformes à la réalité.

Frederick George Abberline a bien été en charge de cette enquête. Comme le note fort justement Watson, Abberline était un inspecteur de la London Metropolitan Police, division A, à l'époque des faits. L'histoire du célèbre policier est bien connue. Il travailla d'abord chez un tailleur avant d'être engagé dans la police métropolitaine en 1863 sous le matricule 43519. En 1865, il

657

passa sergent. En mars 1868, il épousa Martha Mackness, alors âgée de vingt-cinq ans, qui décéda en mai 1868. Abberline fut promu inspecteur en 1873 et muté à la division H (celle en charge du quartier de Whitechapel) où il resta durant quatorze ans. En 1876, il épousa Emma Beament, fille de commerçant. Deux ans plus tard, il passa inspecteur divisionnaire et prit la tête du service de la division H. En 1887, il fut transféré à la division A, puis à celle de Scotland Yard. Nous n'avons pu déterminer si Emma Meament avait donné un héritier à Frederick Abberline à la fin de l'année 1888. Cela semble toutefois plausible car elle était la deuxième épouse d'Abberline, et la première n'avait vécu que deux mois en sa compagnie avant de décéder. Abberline prit sa retraite en 1892 et monta une agence privée avant de prendre la direction de la célèbre agence Pinkerton. Il se glorifiait d'avoir reçu près de quatre-vingt-quatre récompenses ou citations pour états de service et de connaître sur le bout des doigts les moindres magouilles des malfrats de Whitechapel. Comme le relate Watson, il soupçonna un certain Montague John Druitt d'être l'auteur des meurtres de Whitechapel. Tout ce que dit Watson au sujet de Druitt est rigoureusement exact.

Comme le raconte aussi Watson, Abberline avait d'abord cru que les meurtres étaient le fait d'une accoucheuse clandestine qui punissait ses victimes en les éventrant. Un événement survint par la suite, qui sembla à nouveau lui donner raison et remisa Druitt au rang de simple suspect. La police accusa une sage-femme nommée Mary Pearcey d'avoir tué la maîtresse de son mari, une certaine Mme Phoebe Hogg, le 24 octobre 1890. Le corps de la jeune Mme Hogg fut retrouvé en pleine rue, la gorge tranchée, peu de temps après qu'elle eut rencontré Mary Pearcey. Mme Phoebe Hogg venait de mettre au monde un bébé. Mary Pearcey l'aurait punie de sa faute en la tuant. Elle nia pourtant les faits et clama son innocence jusqu'au jour de sa pendaison, le 23 décembre 1890.

En mai 2006, un test ADN effectué sur un timbre d'une lettre attribuée à Jack l'Éventreur révéla que la salive était celle d'une femme. S'il était montré que cette salive était bien celle de Mary Pearcey, cela remettrait sérieusement en cause la crédibilité du récit de Watson. À ce jour, rien n'a été prouvé.

Sir Frederick Treves recueillit Joseph Carey Merrick, surnommé l'« homme-éléphant », à l'Hôpital royal de Londres. Joseph Merrick lui-même imputait la cause de sa maladie à l'accident dont sa mère avait été victime en ayant été renversée par un des éléphants d'une parade se produisant à Leicester. Merrick résidait encore à l'hôpital de Londres en 1888. Il y vécut ses derniers jours jusqu'à sa mort accidentelle à l'âge de vingt-sept ans, le 11 avril 1890. Ce matin-là, il fut retrouvé inanimé, apparemment mort d'étouffement dans son sommeil après que sa lourde tête se fut renversée vers l'arrière. Ne pouvant dormir étendu, il devait d'ordinaire dormir assis, la tête penchée vers l'avant. Dans le récit de Watson, sir Frederick fait d'ailleurs allusion à ce détail important. Il semble peu probable que Watson ait pu le deviner s'il n'avait pas réellement rencontré Merrick et son protecteur.

Sir Frederick raconte l'histoire de Merrick dans un livre publié en 1932, plus de quarante ans après la mort de l'homme-éléphant. Mais, à l'instar de Watson, sir Frederick se trompe et le nomme John Merrick au lieu de Joseph Carey Merrick. Avec l'âge, nul n'est à l'abri de ce type d'erreur.

Concernant Madame Blavatsky, tout laisse à penser qu'elle résidait bien à Londres en 1888. Elle y publia d'ailleurs cette année-là son livre *La Doctrine secrète*. Tout ce que rapporte Watson à propos d'Helena Blavatsky est exact. En revanche, nous n'avons pas pu apporter la preuve de l'appartenance de sir Frederick Treves à la Société théosophique. Il est probable que ses fameuses interventions demeurèrent secrètes et confidentielles, sans doute pour une question de déontologie professionnelle.

Aucune trace non plus d'un quelconque charlatan qui se serait fait appeler Edwin le Bègue, ou M. Müller, ou Omar El Pasha. Il est vrai que ce genre d'individu ne marque pas les mémoires. De plus, s'il a fini au bagne, comme le raconte Watson, il semble difficile de retrouver la moindre archive le concernant.

Le docteur Llewellyn a bien effectué l'autopsie de Polly Nichols. Son rapport figure encore dans les archives de la police de Londres. Bien des années après, les conclusions de ce rapport furent contestées. Certains accusèrent même Llewellyn d'avoir bâclé son travail. Compte tenu de ce que rapporte Watson sur la méthode de travail de Llewellyn et sa motivation, on comprend mieux.

Dans ses Mémoires, *The Lighter Side of My Official Life*, publiés en 1910, sir Robert Anderson, inspecteur en chef de la Metropolitan Police et patron du Criminal Investigation Department à l'époque des meurtres de Whitechapel, écrit : « Je voudrais seulement ajouter ici que la lettre signée Jack l'Éventreur conservée au Musée de la police de Scotland Yard est l'invention d'un journaliste londonien. »

En 1993, un certain Stewart Evans a retrouvé chez un antiquaire de Londres des courriers de l'époque mettant directement en cause un certain Thomas J. Bulling, qui travaillait pour la Central News Agency. Nous ne possédons malheureusement aucune information sur ce fameux Bulling. En revanche, il existe de nombreux documents concernant la Central News Agency. Elle fut créée par William Saunders en 1879, et ses locaux étaient bien situés sur Fleet Street.

Dès 1935, un certain R. Thurston Hopkins publia un livre intitulé *Life and Death at the Old Bailey*. Dans le chapitre intitulé : « *Shadowing the shadow of a murderer* », Hopkins donnait une information importante sur l'origine du sobriquet Jack l'Éventreur : « C'est un bien petit mystère en soi. [...] Le nom apparut la première fois dans une lettre reçue par la célèbre Central News Agency qui la transmit à Scotland Yard. Le Criminal Investigation Department estima que cette lettre était authentique et émanait du meurtrier. Ce fut sans doute une bonne chose que l'auteur de cette lettre ne soit jamais identifié, car cela aurait conduit à l'arrestation d'un journaliste bien connu de Fleet Street. »

Hopkins fait-il allusion à Thomas J. Bulling ? Cela paraît très probable.

Qu'en est-il de la découverte de Bulling concernant la thèse du rituel sectaire maçonnique mettant en cause le médecin de la reine ?

William Withey Gull était un médecin anglais. Il fut anobli par la reine Victoria après avoir guéri son petit-fils Albert Victor du typhus. Il devint médecin personnel de la reine à partir de 1887. Dès 1888, Robert James Lees, le médium de la reine, prétendit avoir eu une vision accablant William Gull. Avait-il lu l'article de Thomas Bulling ?

Mais ce n'est qu'en 1970 que la thèse de la culpabilité de Gull a été développée par le Dr Thomas Stowell dans un article de la revue *The Criminologist*. Selon Stowell, Gull était le complice du prince Albert Victor, devenu fou après avoir contracté la syphilis. Selon d'autres auteurs, sir Gull aurait eu des crises d'amnésie après son attaque et aurait été retrouvé, pendant la période des meurtres, la chemise tachée de sang et traînant la nuit d'un meurtre dans le quartier de Whitechapel. L'accusation principale a été élaborée dans le documentaire produit en 1973 par la BBC, *Jack the Ripper : The Final Solution*. Gull aurait voulu sauver la famille royale du scandale en tuant Mary Kelly et ses amies. La raison était que celles-ci auraient menacé de faire chanter le gouvernement et la famille royale. Les prostituées auraient en effet été informées du mariage sacrilège du prince Albert Victor avec une catholique irlandaise, Annie Elizabeth Crook, cette dernière lui ayant donné un enfant.

Dans la bande dessinée *From Hell*, d'Alan Moore, de 1994, portée à l'écran, en 2002, par Albert et Allen Hughes, Gull est dépeint comme un dirigeant maçonnique qui tue dans le but d'accomplir le dessein politique de la secte luciférienne.

Cette étrange théorie viendrait-elle de Thomas Bulling ? Cela tendrait à accréditer le récit de Watson.

Richard Mansfield interpréta le double rôle du docteur Jekyll et de Mr Hyde sur la scène du Lyceum Theatre en 1888, durant les assassinats de Whitechapel. Il fut accusé par la presse à scandale d'être le meurtrier. Il produisit et interpréta bien la pièce *Richard III* de Shakespeare en 1889 au Globe Theater. En revanche, nous n'avons trouvé aucune trace de sa relation avec son prétendu gourou, ni même avec lady Winegrave. On comprend qu'un artiste de ce rang ne souhaite pas ébruiter certaines rumeurs et tienne à préserver sa vie privée.

D'autres détails ont encore pu être vérifiés.

La Maison Blanche était bien un infâme bordel situé au 56 Flower and Dean Street. Polly Nichols, Elizabeth Stride et Catherine Eddowes y avaient toutes trois travaillé, contrairement à Annie Chapman et à Mary Kelly, qui n'y mirent jamais les pieds.

La maison close semble avoir été fermée (ce qui est un comble pour ce genre d'établissement) au début 1889, pour être rasée. L'Old Nichol Gang sévissait bien dans ce coin vers 1888. D'autres gangs défiguraient au vitriol les filles qui commettaient le moindre faux pas.

Le *Ten Bells* existait depuis 1752. Il a changé de nom entre 1976 et 1988, pour devenir *The Jack the Ripper*. Mais depuis 1988 il a repris son nom d'origine. En revanche, nous n'avons pas retrouvé de trace des établissements de seconde zone cités par Watson. Aucun annuaire digne de ce nom n'a sans doute jugé utile de les mentionner.

Créé en 1247, l'actuel Bethlem Royal Hospital de Londres est le plus vieil hôpital psychiatrique du monde. Il s'est également appelé St. Mary of Bethlehem, Bethlem Hospital, Bethlehem Hospital et Bedlam tout court. Les premières œuvres de malades mentaux furent exposées à Bedlam en 1900. Doit-on y voir l'aboutissement du travail de sir Frederick Treves mentionné par Watson ?

Les archives de Bedlam, en grande partie endommagées du fait de leurs conditions de stockage déplorables, ne mentionnent pas les noms de Julius ni d'Enigmus, qui du reste devaient être des pseudonymes.

Aucun registre de Bedlam ne porte les noms de Llewellyn ni de sir Frederick Treves. Il est donc impossible de vérifier les allégations de Watson selon lesquelles les deux médecins se connaissaient. Les deux hommes étant toutefois externes à l'hôpital, ils ont très bien pu intervenir sans laisser de trace écrite.

Le vendredi 9 novembre 1888, jour de la découverte du corps affreusement mutilé de Mary Kelly, Londres fêtait le Lord Mayor's Show, une manifestation importante durant laquelle le futur maire, sir James Whitehead, prit place dans son bureau, avec ors et apparats. Sir Charles Warren venait de démissionner, cédant à la pression du *home secretary* sir Henry Matthews.

L'ingénieur James Henry Greathead ouvrit bien en 1890 le premier *tube* fonctionnant à l'électricité, entre King William Street et Stockwell. Dans son livre *Tunnel Shields and the Use of Compressed Air in Subaqueous Works*, datant de 1906, William Charles Copperthwaite relate cette grande technologie et quelques autres dans un gros volume de 420 pages imprimées en petits caractères. Bien que l'ouvrage soit agrémenté de 260 illustrations et diagrammes fort explicites, nous en déconseillons la lecture aux amateurs de romans de suspense. Il constituera en revanche un excellent ouvrage de chevet thérapeutique pour les personnes souffrant de troubles chroniques du sommeil. Par ailleurs, nous n'avons rien trouvé d'anormal dans la vie familiale de James Henry Greathead. On comprend, compte tenu de sa notoriété et de l'importance de l'honneur attaché à son nom, qu'un tel personnage n'ait rien divulgué de sa vie privée. Son acte de décès nous apprend qu'il a succombé à un cancer de l'estomac à l'âge de cinquante-deux ans en 1896. N'est-il pas plutôt mort d'angoisse, rongé par le remords de n'avoir pu réaliser son rêve avec son fils ? En janvier 1994, il reçut une bien tardive reconnaissance sous la forme d'une statue, érigée devant la station de métro Bank, au centre de Cornhill.

Sherlock Holmes a bien publié ses deux monographies, *Essai sur la détection des traces de pas* et *Traité sur l'influence des métiers sur la forme des mains*, mais il semble peu probable qu'il se soit enrichi avec cette prose par trop spécialisée. Du reste, l'argent ne fut jamais la véritable motivation du grand détective, contrairement à Lestrade qui n'hésitait pas à proclamer en public : « On a tous besoin d'argent, ne serait-ce que pour des raisons financières », phrase reprise plus tard à son compte par Woody Allen.

Concernant le fameux produit qu'il tenta de mettre au point, il s'agit de toute évidence du luminol (3-Aminophthalhydrazide) qui fut synthétisé pour la première fois en 1853. D'après l'histoire, sa propriété à produire une réaction chimiluminescente en solution basique en présence d'un oxydant au contact du sang fut observée pour la première fois par Albrecht en 1928. Les principaux composés pouvant catalyser cette réaction d'émission de lumière sont les métaux de transition, l'hème et la peroxydase. L'hème est une structure biochimique qui fait partie intégrante de la peroxydase. Cette structure est également présente dans l'hémoglobine. Ainsi, la présence d'hémoglobine, donc de sang, peut être mise en évidence en exploitant l'aptitude de l'hème à catalyser la chimiluminescence du luminol. En d'autres termes, un mélange luminol plus agent oxydant plus agent alcalin mis au contact de sang émettra de la lumière. Comme il le pressentait, Sherlock Holmes était à deux doigts de faire une découverte capitale...

Quant à Mary Morstan, si l'on recoupe plusieurs récits de Watson, elle serait morte quelques années après l'affaire de Whitechapel. Toutefois, une polémique perdure. Les spécialistes de l'œuvre de Watson s'interrogent encore aujourd'hui sur le nombre d'épouses du bon docteur. Certains affirment qu'il aurait été marié deux fois. Mais, curieusement, si c'est le cas, on ne sait pratiquement rien de sa deuxième épouse. Le « mariage » a-t-il été officialisé ? Watson a-t-il préféré garder secret, pour des raisons qu'il ne nous appartient pas de juger, le nom de sa promise ?

La vie sentimentale de Sherlock Holmes est au moins aussi énigmatique que celle de son chroniqueur. Holmes évoque – il est vrai de façon très lapidaire – l'existence d'un bébé auquel il apportait quelques layettes avec la plus grande discrétion. Ce genre d'attention n'est-elle pas celle d'un père vis-à-vis de son propre enfant ?

Autre question restée en suspens, et non des moindres : nous n'avons pas pu confirmer l'existence de la fondation Watson. S'agissait-il d'une raison commerciale ou d'un lieu physique ? L'établissement a-t-il changé de nom ? Si c'est le cas, on peut supposer qu'il existe toujours à Londres.

D'autres points de détail nous ont plongés dans une profonde perplexité. Le Moine fou de l'Inquisition a-t-il vraiment existé ? Malgré des recherches poussées dans les milieux appropriés, nous n'avons retrouvé aucune trace historique de ce personnage, et encore moins de son étonnant sodomisateur à manivelle...

Nous laissons donc le lecteur seul juge des faits rapportés par le docteur Watson.

Bob Garcia

9152

Composition
PCA

Achevé d'imprimer en France (La Flèche)
par **CPI BRODARD ET TAUPIN**
le 10 janvier 2010. 56181

Dépôt légal janvier 2010.
EAN 9782290018880

ÉDITIONS J'AI LU
87, quai Panhard-et-Levassor, 75013 Paris

Diffusion France et étranger : Flammarion